A Divina Comédia

Dante Alighieri

Purgatório

Ilustrações
Gustave Doré

São Paulo, 2022

La divina commedia – Purgatorio
A divina comédia – Purgatório
Copyright © 2022 by Novo Século Ltda.
Traduzido a partir do original disponível no Project Gutenberg.

EDITOR: Luiz Vasconcelos
COORDENAÇÃO EDITORIAL: Stéfano Stella
TRADUÇÃO: Willians Glauber
Luciene Ribeiro dos Santos de Freitas (italiano)
PREPARAÇÃO E NOTAS: Luciene Ribeiro dos Santos de Freitas
REVISÃO: Elisabete Franczak Branco
DIAGRAMAÇÃO: Vitor Donofrio (Paladra)
ILUSTRAÇÕES: Gustave Doré
CAPA: Raul Vilela

Texto de acordo com as normas do Novo Acordo Ortográfico da
Língua Portuguesa (1990), em vigor desde 1º de janeiro de 2009.

Dados Internacionais de Catalogação na Publicação (CIP)
Angélica Ilacqua CRB-8/7057

Alighieri, Dante, 1265-1321
Purgatório/Dante Alighieri
Tradução e adaptação de Willians Glauber, Luciene Ribeiro dos Santos de Freitas; notas, preparação e revisão de Luciene Ribeiro dos Santos de Freitas; ilustrações de Gustave Doré.
Barueri, SP: Novo Século Editora, 2022.
304 p: il. (Coleção A divina comédia; vol. 2)

Bibliografia

Título original: Purgatorio

1. Poesia italiana I. Título II. Glauber, Willians III. Freitas, Luciene Ribeiro dos Santos IV. Doré, Gustave V. Série

22-1531   CDD 853.1

Índice para catálogo sistemático:
1. Poesia italiana

Alameda Araguaia, 2190 – Bloco A – 11º andar – Conjunto 1111
CEP 06455-000 – Alphaville Industrial, Barueri – SP – Brasil
Tel.: (11) 3699-7107 | E-mail: atendimento@gruponovoseculo.com
www.gruponovoseculo.com.br

A Divina Comédia

Sumário

Canto I	11
Canto II	19
Canto III	27
Canto IV	36
Canto V	45
Canto VI	55
Canto VII	64
Canto VIII	75
Canto IX	82
Canto X	94

Canto XI	102
Canto XII	110
Canto XIII	119
Canto XIV	129
Canto XV	137
Canto XVI	145
Canto XVII	155
Canto XVIII	161
Canto XIX	170
Canto XX	180
Canto XXI	191
Canto XXII	197
Canto XXIII	207

Canto XXIV	213
Canto XXV	223
Canto XXVI	233
Canto XXVII	242
Canto XXVIII	248
Canto XXIX	258
Canto XXX	267
Canto XXXI	276
Canto XXXII	283
Canto XXXIII	291
Referências Bibliográficas	300

Purgatorio

Matto è chi spera che nostra ragione
possa trascorrer la infinita via
che tiene una sustanza in tre persone.
Purgatorio III. 34-36

Canto I

INVOCAÇÃO DAS MUSAS – A PRAIA – AS QUATRO ESTRELAS – CATÃO DE ÚTICA – O CINTO DE JUNCO

Sobre melhores ondas, infle suas velas
Agora, ó barco leve do meu Gênio[1]
Deixando para trás um mar tão cruel.

E sobre aquele Segundo Reino irei cantar,[2]
Onde o espírito humano é purgado do pecado
E para a ascensão ao Céu se prepara.

Que a poesia morta volte a viver,
Ó sagradas Musas, pois ela é sua!
E que a bela Calíope[3] possa agora se levantar

10 Para me acompanhar em seu doce canto;
Aquele que foi ouvido pelas miseráveis Pegas[4]
E as fez implorar por misericórdia e perdão.

Um doce matiz de safira oriental
Espalhava-se sobre o céu, de aspecto sereno,
E pelo ar puro das primeiras horas da manhã.

Meus olhos se enchiam de deleite e de alegria
Por ter escapado da escuridão mortal,
Que enchera meus olhos e meu peito de tristeza.

O planeta radiante, que ao Amor convida,[5]
20 Fazia todo o Oriente brilhar e sorrir,
Velando as luzes de Peixes, que lhe faziam escolta.

Para a direita eu me virei, e fixei minha mente
Atenta no outro polo, onde vi quatro estrelas[6]
Vistas apenas por nossos primeiros pais.[7]

O Céu parecia alegrar-se com essas luzes –
Ó hemisfério boreal, como és viúvo e desolado,[8]
Pois estás privado de ver essas maravilhas!

Quando eu me voltei, a partir dessa bela visão,
Dirigindo um pouco meu olhar para o outro polo,
30 De onde agora o Carro[9] já tinha desaparecido,

Eu vi um homem velho, parado ao meu lado,
Sozinho, tão digno de reverência em seu olhar,
Como nenhum filho nunca devotou a um pai.

Tinha uma longa barba, mesclada de fios brancos
Assim como seus cabelos, que desciam
Sobre o peito, como dois afluentes de um rio.[10]

Os raios daquelas quatro luzes em seu rosto
Brilhavam intensas, com tanto esplendor
Que eu o via à minha frente como se fosse o Sol.

40 "Quem são vocês, que subiram pelo rio cego,[11]
E fugiram para longe da prisão eterna?"
Ele falava, movendo aquelas veneráveis plumas.[12]

"Quem os conduziu, ou que lanterna os iluminou
Enquanto emergiam das profundezas da noite
Que torna eternamente negro aquele vale infernal?

Terão sido quebradas as rígidas regras do abismo?
Ou foram ordenadas novas leis no alto Céu
Trazendo vocês, condenados, até minhas cavernas?"

O meu Guia, então, agarrando-se a mim
50 Falando baixinho, e fazendo gestos e sinais,
Fez-me dobrar os joelhos, e baixar os meus olhos,

E respondeu-lhe: "Eu não venho por mim mesmo;
Fui enviado por uma Senhora descida do Céu,
E seus apelos me levaram a guiar este homem.[13]

Mas, uma vez que a tua autoridade nos exige
Um relato verdadeiro de nossa condição,
Minha vontade não pode se negar ao teu pedido.

Este mortal ainda não viu a mais distante escuridão.
Mas, por causa de sua loucura, ele estava errante;
60 E logo para junto dele fui atraído.

Então, como disse antes, eu fui enviado
E vim em seu resgate; e não havia outra maneira,
A não ser por este caminho que tomei.

E eu mostrei a ele todas as almas perdidas;
E pretendo agora mostrar-lhe os espíritos,
Que, sob teus cuidados, são purgados do pecado.

Demoraria muito a dizer como o conduzi;
Mas do alto desce a Virtude que me auxilia
A guiá-lo até aqui, para ver-te e ouvir-te.

70 Nós imploramos, agora, que abençoe a nossa vinda.
Ele busca a liberdade, um bem tão precioso,
Como só sabem aqueles que dão sua vida por ela.

Tu bem sabes disso, pois não foi desonrosa
A tua morte em Útica,[14] ali onde deixaste as tuas vestes,
Que brilharão novamente quando chegar o grande dia.[15]

Por nós, os éditos eternos não foram quebrados:
Ele está vivo, e estamos livres do poder de Minos;[16]
Eu permaneço naquele Círculo onde brilham os olhos

De tua casta Márcia; olhos que ainda te buscam,
80 E teu coração sagrado deseja, e que ainda são teus.[17]
Então, pelo amor dela, a ti nós imploramos.

Deixe-nos passar pelos teus Sete Reinos;[18]
Levarei a ela notícias tuas, pela gentileza que concedes,
E lá nas profundezas serás lembrado com honra."

"Márcia era um deleite para os meus olhos,
Enquanto eu ainda vivia", ele então respondeu.
"Tudo que ela me pedia com graça, eu logo concedia.

Mas agora que ela habita além do rio maldito,
Ela não tem mais o poder de me mover,
90 Por causa da lei decretada, quando fui liberto.

Mas, se uma Senhora do Céu o move e o comanda,
Como você diz, então não há necessidade de lisonja.
Bastava, para mim, que me pedisse em seu nome.

Então vá, e pegue um junco delgado
Para passar em torno da cintura dele;[19]
E que ele lave o seu rosto de todas as manchas.

Pois não convém que ele traga em seus olhos
Nenhuma névoa escura, ao se apresentar
Ante o Primeiro Ministro que guarda o Paraíso.

100 Vocês verão, em torno daquela ilhota
Lá embaixo, bem onde quebram as ondas,
Uma moita de juncos, sobre o lodo macio.

Nenhuma outra planta coberta com folhagens
Consegue vingar ali, nem criar raízes,
Porque nenhuma resistiria aos golpes das ondas.

Então, não voltem por este mesmo caminho;
O Sol, que nasce agora, vai mostrar a vocês
O melhor caminho para subir a montanha."

Então ele desapareceu; e eu me levantei
110 Sem palavras, e fui para perto do meu Guia,
E em direção a ele voltei meus olhos.

E ele assim começou: "Meu Filho! Siga meus passos.
Vamos recuar; desceremos a partir daqui,
Para chegar até o mais baixo da planície."

O amanhecer vencia a última hora da escuridão,
Que já começava a desaparecer; quando, ao longe,
Eu pude reconhecer o tremor do oceano.

Atravessamos a planície deserta,
Como quem busca um caminho perdido,
120 E, até tê-lo encontrado, parece se mover em vão.

Quando chegamos ao ponto onde o orvalho tenro
Ainda luta com o sol – e, sob os ventos do mar,
Ele vence, pois sabe que não vai evaporar –,

Meu Mestre gentilmente baixou ambas as mãos
E as estendeu sobre a grama molhada;
E eu, já antecipando a sua intenção,

Ofereci a ele minhas faces, banhadas de lágrimas.
E neste momento ele restaurou de novo
A minha cor, que o Inferno tinha escondido.

130 Então, chegamos à costa solitária,
Que nunca tivera suas águas navegadas
Por algum homem que tivesse conseguido voltar.[20]

Ali ele me cingiu, da maneira que o outro indicara;
E eis que – Oh, maravilha! – no mesmo local
Onde ele arrancara a humilde planta,

Renasceu, imediatamente, outra planta em seu lugar.[21]

Notas

1. *Ó barco leve do meu Gênio*: Ao escrever o *Purgatório*, Dante desfrutou de uma certa liberdade ideológica que ofereceu "carta branca" para seu gênio inventivo e criativo. A própria ideia do *Purgatório* como uma montanha é invenção de Dante, assim como todas as regras e penitências que ele estabelece para os que ali habitam.

2. *O Segundo Reino*: O monte do *Purgatório*. Uma vasta montanha cônica, que se eleva íngreme e alta nas águas do oceano do hemisfério sul, em um ponto oposto a Jerusalém. Em *Purgatório* III. 14, Dante fala desse monte como "A colina que mais alta para o céu se eleva"; e em *Paraíso* XXVI. 139, como "O monte que se eleva mais alto sobre as ondas."

3. *Calíope*: uma das nove Musas, filhas de Mnemósine (a Memória) e Zeus (Júpiter). Veja também *Inferno* II. 9. Calíope era a Musa da bela voz, que presidia a eloquência e o verso heroico.

4. *Pegas*: As nove filhas de Piero, rei da Macedônia, também chamadas de Piérides. Eles desafiaram as Musas em uma prova de habilidade no canto; e, após serem derrotadas, foram transformadas por Apolo em pegas (pássaros tagarelas e de voz estridente).

5. O planeta Vênus.

6. *As quatro estrelas*: Figurativamente, representam as quatro virtudes cardeais: justiça, prudência, fortaleza e temperança. Veja também *Purgatório* XXXI. 106: "Nós aqui somos ninfas, e no céu somos estrelas."

7. Dante se refere a Adão e Eva (no original: *la prima gente*, os "primeiros povos"), os primeiros habitantes da Terra. Depois que foram expulsos do Jardim do Éden (localizado no *Paraíso Terrestre* – o cume da montanha do *Purgatório*, segundo a mitologia de Dante), nenhum ser humano jamais tornara a ver aquelas quatro estrelas.

8. No hemisfério norte, essas estrelas não podem ser vistas.

9. Dante se refere à Ursa Maior (o *Carro*). Veja também *Inferno* XI. 114.

10. Este é Catão de Útica, político e patriota romano (95 a.C.-46 a.C.), também citado em *Inferno* XIV. 15. Na *Eneida* (VIII. 664), Catão é representado como o líder dos bons e justos nos domínios do Tártaro (o Inferno): *"secretos que pios, his dantem iura Catonem"* ("e os bons ficavam à parte, e Catão lhes ditava leis" – tradução nossa). Como pagão virtuoso, Catão havia antes habitado o Primeiro Círculo do *Inferno* de Dante (o *Limbo*). Em *Inferno* IV. 51-63, Dante/Virgílio não haviam nos revelado o nome de nenhum pagão salvo que partira do Limbo com Cristo, após o terremoto que sacudiu o *Inferno*. Dante preserva o suspense, até nos revelar Catão como guardião do *Purgatório*.

11. O rio cego é o Letes, que não podia ser visto, mas pôde guiá-los pelo som através da caverna sinuosa,

do Centro da Terra até a superfície (*Inferno* XXXIV, 130-139).

12 *Veneráveis plumas*: os cabelos brancos e a barba de Catão (escrito por Dante: "*quelle oneste piume*").

13 Aqui Virgílio mostra efetivamente o "passaporte" dado a ele por Beatriz (*Inferno* II. 70).

14 Catão cometeu suicídio, preferindo a morte a se submeter ao domínio de César (que limitaria suas liberdades como republicano). A identidade do guardião do *Purgatório* é chocante, não apenas por ser um pagão salvo, mas também por ser um suicida. Dante não condenou Catão à *Floresta dos Suicidas* (segundo Giro do Sétimo Círculo do *Inferno* – descrito em *Inferno* XIII), pois o autossacrifício pela causa da liberdade política é visto por Dante como uma causa nobre, e não uma forma de autodestruição gratuita.

15 Aqui Virgílio se refere ao princípio da ressurreição da carne (ver também *Inferno* VI. 111 e *Inferno* XIII. 105).

16 Ver *Inferno* V. 22.

17 *Márcia*: esposa de Catão, que está aprisionada no Primeiro Círculo do *Inferno* (o *Limbo*). Ver *Inferno* IV. 128.

18 Os sete Círculos do *Purgatório*.

19 *O junco*: um símbolo de humildade, da qual Dante precisará para ascender o monte do *Purgatório*. Em *Inferno* XVI. 113, vimos o momento em que Virgílio jogou fora o antigo cordão que cingia Dante, símbolo da vigilância ou do autocontrole diante dos pecados do leopardo.

20 Dante nos conta em *Inferno* XXVI. 124-142 que Ulisses e sua tripulação navegaram por cinco meses pelas águas do hemisfério sul, após cruzarem os limites proibidos; o navio naufragou, e eles não conseguiram chegar à ilha do *Purgatório*.

21 Na *Eneida* (VI. 142-154), Virgílio narra que Eneias arrancou um ramo de ouro da árvore opaca (dedicada à deusa Juno), para oferecê-lo como presente a Prosérpina, e assim ter garantida a sua passagem pelo Tártaro. "*Primo avulso non deficit alter aureus, et simili frondescit virga metallo*" ("Quando um ramo de ouro foi arrancado, nasceu outro do mesmo metal em seu lugar" – tradução nossa). Sobre Eneias, ver também *Inferno* I. 75.

Canto II

O BARQUEIRO CELESTIAL – CASELLA – INÍCIO DA JORNADA

Naquele momento, o Sol já tinha alcançado
Aquele horizonte, cujo círculo meridiano
Repousa seu zênite sobre Jerusalém;

E a Noite, no lado oposto desse arco,
Avançava seu manto negro sobre o rio Ganges,
Deixando cair a Balança por entre suas mãos.[1]

As faces brancas e tingidas de vermelho
Da bela Aurora, ali onde eu me encontrava,
Tornavam-se laranja com o avançar das horas.

10 Enquanto isso, nos demorávamos à beira da água,
Como homens, que, meditando em seu caminho,
Viajam em pensamento, enquanto o corpo está imóvel.

E, como Marte, perto da hora do amanhecer,
Através da bruma, fica vermelho como o fogo
E brilha a oeste, sobre o espelho do oceano;

Eis que assim eu vi – e como queria ver novamente! –
Uma luz, que se movia veloz sobre o mar;
Nenhum curso alado poderia igualar sua corrida.

Por um momento, eu retirei dela meu olhar
20 Para fazer algumas perguntas ao meu Guia;
Quando a olhei de novo, estava maior e mais intensa.

E vi que, a cada lado dela, surgia algo indistinto,
Branco e brilhante como a neve,
Que, pouco a pouco, a circundava por inteiro.

Enquanto isso, meu Mestre não dizia uma palavra;
Até que percebemos que os objetos brancos eram asas;
Então, tendo reconhecido quem era o piloto,

Ele gritou: "Rápido, abaixe-se! Dobre seus joelhos!
Eis o anjo de Deus: fique de mãos postas!
30 Agora você verá um verdadeiro oficial do Céu.

Veja como ele menospreza todos os meios humanos!
Pois ele não precisa de remo, nem de velas:
Apenas de suas asas, nestas praias tão distantes.

Veja como ele as ergue em direção ao Céu,
Acariciando o ar com aquelas plumas eternas,
Que não mudam, como os pelos dos mortais!"

E então, quanto mais e mais o pássaro divino
Se aproximava de nós, mais brilhante ele parecia;
Até que meus olhos não suportaram, e eu me curvei.

40 Ele vinha até nós, em direção à terra,
Em um pequeno barco, tão ágil e tão leve
Que nenhuma onda parecia atingi-lo.²

Em sua popa estava o Piloto Celestial
Que parecia muito abençoado, em sua aparência,
E havia mais de cem espíritos sentados ali dentro.

"*In exitu Israël de Ægypto...*"³ – todos eles,
A uma só voz, cantavam alegremente
Este verso, e os versos seguintes desse salmo.

Então, fazendo o sinal da Santa Cruz,
50 O anjo os abençoou, e todos saltaram na praia;
E ele foi embora, tão veloz quanto veio.

A multidão parecia surpresa com o lugar,
Olhando ao redor, como quem vê novas paisagens
Ou com coisas incomuns se familiariza.

O Sol, que já ia veloz no meio do céu,
Estava à caça de Capricórnio com suas flechas
Que ele disparava, brilhantes, por todos os lados.

Então essas novas pessoas perguntaram,
Levantando os olhos em nossa direção:
60 "Podem nos indicar o caminho para o Monte?"

E Virgílio respondeu. "Talvez vocês acreditem
Que conhecemos bem este lugar:
Mas, assim como vocês, somos peregrinos.

Nós chegamos agora, um pouco antes de vocês;
Mas viemos por outra estrada, tão acidentada e difícil,
Que esta subida será para nós como uma brincadeira."

As almas, ao perceberem minha respiração,
Viram que eu ainda era um homem vivo;
E, em seu espanto, ficaram pálidas como a morte.

70 E como a multidão que corre até o mensageiro
Que carrega o ramo de oliveira, e se aglomera
À sua volta, para ouvir as notícias que ele traz,

Assim aqueles espíritos ditosos se fixavam em mim,
Como se tivessem esquecido de sua missão
De subirem o monte, para se purificarem do pecado.

Então eu vi que um dentre eles avançava
De maneira tão amorosa, para vir me abraçar,
Que eu, comovido, tentei fazer o mesmo.

Ó sombras vãs, exceto na aparência exterior!
80 Três vezes minhas mãos passaram por ele,
Mas elas retornaram ao meu peito, vazias.

A surpresa logo ficou estampada em meu rosto;
Por isso, a sombra sorriu e retrocedeu
Enquanto eu, iludido, continuava avançando.

Com doces palavras, ele me fez desistir;
Eu sabia quem ele era, e implorei a ele
Que parasse um pouco, e conversasse comigo.

Ele me respondeu: "Oh, como eu te amei
Em meu corpo mortal, e ainda te amo sem ele!
90 Mas diga-me; o que está fazendo aqui?"

"Casella, meu amigo!", disse eu, "Faço esta viagem
Para que eu possa aqui voltar no futuro.
Mas, o que ainda faz aqui, se partiu há tanto tempo?"[4]

E ele: "Não posso reclamar de nenhum ultraje,
Pois Ele leva quem quer, e quando quer;
E, por mais de uma vez, Ele me recusou a passagem,

Pois uma justa Vontade é quem o guia.
Mas, nos últimos três meses, de bom grado,[5]
Ele tem liberado a nossa entrada em seu barco.

100 E eu, que estava inclinado sobre a orla,
Ali onde a água do Tibre se mistura com o sal,[6]
Fui com gentileza por Ele recolhido.

Agora mesmo, Ele dirige suas asas à foz daquele rio.
Ali aguardam para serem recolhidas
As almas que não caem às margens do Aqueronte."

Então eu disse: "Se alguma nova lei não tiver tolhido
A sua memória, ou sua prática do doce canto
Tão amoroso, que acalmava todos os meus anseios,

Por favor, amigo! Eu peço que agora console
110 A minha alma, que ainda está em meu corpo,
E, por tanto ter peregrinado, está tão cansada!"

"*Amor che nella mente mi ragiona...*"[7]
Ele então começou, tão suavemente
Que essa doçura ainda ecoa em meu coração.

Meu gentil Mestre, e todos que ali estavam
Ficaram tão agradecidos, e tão contentes,
Como se nada mais ocupasse seus pensamentos.

E ali ficamos absortos, ouvindo suas notas,
Todos nós, imóveis; mas eis que veio o grave Ancião,[8]
120 E gritou: "O que é isso, seus espíritos inertes?

Que negligência os impede de prosseguir?
Corram para a montanha, para livrar-se das escamas
Que escondem de seus olhos a visão de Deus."

E assim como um bando de pombos,
Que comem tranquilos seus grãos de trigo ou joio,
Quietos, sem estufar seu peito orgulhoso,

Quando surge alguma coisa que os alarma,
De repente fogem, abandonando sua refeição,
Tomados por cuidados mais importantes;

130 Assim eu vi aquela tropa recém-chegada
Abandonar o canto, e correr para a montanha
Como alguém que corre, mas não sabe para onde.

E também partimos, com passos não menos apressados.

Notas

1 Era o horário do pôr do sol em Jerusalém, enquanto anoitecia na região do rio Ganges e amanhecia na montanha do *Purgatório*. Como o Sol está em Áries, a noite "deixa cair a Balança" (o signo ou constelação de Libra, que é oposto a Áries), pois a constelação de Libra deixa de ser vista na linha do horizonte. Figurativamente, durante o outono a noite começa a "perder a balança", ficando mais longa do que o dia.

2 Esse é o barco a que Caronte se referiu (*Inferno* III. 93), quando disse que Dante deveria tomar uma embarcação mais leve, em outro lugar.

3 *In exitu Isräel de Ægypto*: Um dos mais belos Salmos de Davi: "*Quando Israel saiu do Egito*" (*Salmo* CXIV). Quando o povo judeu deixou o Egito, onde eram escravos, houve uma onda de arrependimento e submissão a Deus. Os fatos do passado se tornaram um pilar para que as próximas gerações conhecessem todas as maravilhas concedidas pelo Senhor.

4 *Casella*: Músico florentino ou pistoiense da época de Dante (final do século XIII), de quem apenas se sabe que musicou um madrigal de Lemmo da Pistoia, preservado em um códice vaticano. Era muito amigo de Dante, e provavelmente deu melodia a muitos textos do poeta, como o citado na linha 107.

5 Esses foram os primeiros três meses do ano de 1300, o ano do Jubileu em Florença. As orações se intensificaram, e as almas destinadas ao *Purgatório* puderam receber indulgência.

6 A orla marítima de Ostia, na foz do rio Tibre, onde as almas destinadas à salvação são recolhidas pelo Barqueiro Celestial. O significado alegórico da localização parece evidente: em contraste com o Aqueronte, o rio dos condenados, o Tibre indica claramente Roma como o centro do Cristianismo.

7 *Amor che nella mente mi ragiona...*: "Amor, que fala comigo em minha mente." Este é o primeiro verso da Segunda Canção do *Convívio*, do próprio Dante Alighieri. Trata-se aparentemente de um poema de amor; mas a mulher amada da canção é uma personificação da filosofia, estudo ao qual Dante se dedicou para encontrar consolo após a morte de sua amada Beatriz.

8 *O grave Ancião*: Catão de Útica, o guardião do *Purgatório*.

Canto III

ANTEPURGATÓRIO (PRIMEIRO TERRAÇO): EXCOMUNGADOS – O REI MANFREDO

Embora sua súbita fuga pela planície
Os tivesse dispersado, todos correram para o Monte,
Para onde eram atraídos pelo impulso da Justiça.

Corri para perto do meu fiel Companheiro;
Pois como eu seguiria meu caminho sem ele?
E como, sem sua ajuda, eu subiria a montanha?

Ele parecia estar com remorsos de si mesmo.
Ó consciência! Quando ela é digna e correta,
Como a menor das falhas pode magoá-la!

Assim que nossos pés desistiram da pressa
– Que priva todos os atos de sua dignidade –,
A minha mente, que a princípio estava limitada,

Expandiu meus pensamentos, como uma onda;
E então dirigi meu olhar para aquela colina
Que mais alta para o Céu se eleva.[1]

O Sol, que flamejava vermelho atrás de nós,
Lançava diante de mim a minha forma,
Pois eu emprestava a seus raios um descanso.

Eu me virei, olhei para o lado e fiquei com medo
De ter sido abandonado; pois vi, nesse momento,
Que a terra estava escura apenas diante de mim.

Mas o meu Consolador disse: "Por que você desconfia?"
Ele disse, ao me ver todo sobressaltado.
"Não acredita que estou com você, seu Guia seguro?"

Já é noite agora, no local onde jaz enterrado
O corpo que me permitia lançar uma sombra.
Foi sepultado em Nápoles, e de Brindisi foi levado.[2]

Ora, se não há uma sombra diante de mim,
Não se espante; pois, entre os corpos celestes,
30 Um não pode obstruir o brilho dos outros.

E a Virtude suprema capacita tais corpos
A sofrerem tormentos, tanto o calor quanto o frio;
E como isso ocorre não nos é revelado.

Insano é quem espera que nossa razão humana
Consiga percorrer o caminho infinito
Que detém três Pessoas em uma só substância.

Esteja satisfeita com isso, ó raça humana;
Porque, se pudéssemos saber a causa de tudo,
Teria sido em vão o parto de Maria.[3]

40 Já vimos que o muito desejar é em vão;
Falo daqueles que, sem ter o desejo apaziguado,
Agora o sentem como um tormento eterno.

Eu falo de Aristóteles e de Platão,
E muitos outros mais." E então ele baixou a cabeça,
Comovido, e não disse mais nada.[4]

Enquanto isso, tínhamos chegado ao pé do monte;
E a rocha que encontramos era tão íngreme,
Que nem as pernas mais ágeis poderiam galgá-la.

A estrada deserta entre Lerice e Turbia,
50 O caminho mais selvagem e arruinado que existe,[5]
Perto dela, pareceria uma vereda segura.

Meu Mestre disse, detendo seus passos:
"Talvez, do outro lado, a colina seja mais suave
Para que alguém que não tem asas possa subir."

E enquanto ele mantinha seus olhos no chão
Com a cabeça baixa, examinando o caminho,
E eu olhava para cima, em torno do monte,

Do lado esquerdo surgiu um grupo de almas
Dando passos em nossa direção,
Tão lentamente, que nem pareciam se mover.⁶

"Mestre", disse eu, "levante os olhos;
Veja ali alguns que podem nos aconselhar,
Já que não conseguimos descobrir sozinhos."

Ele então olhou para cima e respondeu, aliviado:
"Vamos até lá, pois eles vêm lentamente;
E fique firme na esperança, meu doce filho."

Aquelas pessoas ainda estavam muito longe;
Mesmo depois de termos dado mil passos,
Ainda estavam à distância de um bom arremesso.

Então todos recuaram contra o duro penhasco,
E ali permaneceram, quietos e amontoados,
Como o caminhante, em dúvida, se detém para olhar.

"Ó espíritos de boa morte! Ó escolhidos!"
Virgílio começou, "Por aquela paz,
Que eu creio que por todos vocês espera,

Digam-nos, em que parte da montanha
Poderemos encontrar um caminho, e subir?
É triste perder tempo, sabendo o quanto ela vale".

Como as ovelhas que saem de seu aprisco
Uma por uma, às vezes em pares, ou em trios,
Ainda sentindo medo, baixando os olhos;

E o que a primeira faz, as outras fazem,
Reunindo-se em torno dela, quando ela para,
Simples e silenciosas, sem ainda saberem por quê;

Assim eu vi se moverem, e virem até nós,
Aqueles que estavam à frente do afortunado rebanho,
De aparência muito modesta, e andar gracioso.

Quando esses que vinham à frente
Viram que a luz do Sol se quebrava, à minha direita,
90 E que a minha sombra alcançava até o penhasco,

Eles pararam, e recuaram um pouco;
E todos os outros que vinham atrás,
Sem saber por quê, fizeram o mesmo.

"Antes que perguntem, eu digo a vocês
Que este é um corpo humano que vocês veem.
E é por isso que ele quebra a luz do sol.

Não se maravilhem: mas acreditem
Que somente pela Virtude descida do Céu
É que buscamos escalar esta parede", disse o Mestre.

100 E aqueles virtuosos nos chamaram:
"Venham, e sigam nesta fila conosco!",
Fazendo sinal para nós, com o dorso das mãos.

Então um deles falou: "Ó caminhante,
Quem quer que seja, volte o seu rosto para mim,
E pense se já não me viu em algum lugar."

Eu fui em direção a ele, e o olhei fixamente;
Ele era louro, belo e de aspecto gentil,
E tinha a sobrancelha marcada por uma cicatriz.

Quando eu, humildemente, fiz um sinal de negação
110 E disse que nunca o tinha visto, ele disse:
"Então, veja!", mostrando-me outra ferida no peito.

Então, com um largo sorriso, ele disse:
"Eu sou Manfredo, neto da imperatriz Constança;[7]
Por isso eu imploro que, quando voltar,

Vá até a minha bela filha, que é a matriarca
Dos honrados reis da Sicília e de Aragão;[8]
E se outra coisa já foi dita a ela, diga a verdade.

Pois, quando minha vida foi interrompida
Por dois golpes mortais, eu me rendi, chorando,
120 A Aquele que a todos perdoa de boa vontade.

Meus pecados foram horríveis, de fato;
Mas a Bondade Infinita tem braços tão largos
Que acolhe a todos os que se voltam para ela.

E se o pastor de Cosenza, que foi naquele momento
Enviado por Clemente para me caçar,[9]
Tivesse bem compreendido esta face de Deus,

Os ossos do meu corpo ainda estariam lá,
Debaixo da ponte, perto de Benevento,
Guardados pelo pesado mourão de pedras.

130 Agora eles são dispersos pela chuva e pelo vento,
Fora do meu reino, nas margens do rio Verde,
Para onde foram levados, sem nenhuma luz.[10]

Mas essa maldição não me deixa tão perdido
Que não possa retornar ao Amor Eterno,
Enquanto a esperança ainda tiver um grão de verde.

Na verdade, quem morre em contumácia
Contra a Santa Igreja, embora no fim se arrependa,
Deve ficar do lado de fora, à margem desta montanha;

E o tempo em que estivemos em nossa presunção,
140 Devemos passar trinta vezes do lado de fora,
A menos que sejamos ajudados por boas orações.

Veja então se pode acalmar o meu coração,
Revelando, em breve, à minha boa Constança
Como me encontrou, e como sou punido;

E como podemos ser salvos, pelas preces dos vivos."

Notas

1 Assim como em *Paraíso* XXVI. 139: "O monte que se eleva mais alto sobre as ondas." Dante e Virgílio estão no sopé da montanha do *Purgatório*, na região chamada *Antepurgatório*. Aqui eles chegam aos domínios do Primeiro Terraço, onde ficam as almas dos excomungados.

2 O túmulo de Virgílio fica no monte Pausilippo, com vista para a baía de Nápoles. Seu epitáfio diz: *"Mantua me genuit; Calabri rapuere; tenet nunc Parthenope; cecini pascua, rura, duces."* ("Mântua me gerou; a Calábria me levou, e agora estou sepultado em Partenope. Cantei as pastagens, as guerras e os líderes"). *Partenope* é o nome antigo da cidade de Nápoles. As pastagens foram cantadas por Virgílio nas *Éclogas*; as guerras, nas *Geórgicas*; e os líderes, na *Eneida*.

3 *Maria*: a Virgem Maria pode ser evocada no *Purgatório*, enquanto no *Inferno* os nomes de Cristo e de Maria não podem ser pronunciados (ver *Inferno* II. 94). Por outro lado, o Diabo não é chamado pelo nome no *Purgatório* (ver também *Purgatório* VIII. 95, *Purgatório* XI. 20).

4 Virgílio se refere aos sábios da Antiguidade e todos os iluminados que passam a eternidade no *Limbo* (Primeiro Círculo do *Inferno* – ver *Inferno* IV), incluindo ele mesmo. Por muito desejarem saber a explicação de todas as coisas, eles são condenados a sentir eternamente um desejo por Deus, e uma melancolia eterna.

5 *Lerice e Turbia*: locais na estrada montanhosa à beira-mar que vai de Gênova a Pisa, conhecida como Riviera di Levante.

6 Estas são as almas dos excomungados que, embora tenham morrido "em contumácia contra a santa Igreja" (ver linha 136), conseguiram se arrepender na hora da morte. Eles devem ficar vagando pelo *Antepurgatório* por trinta vezes o tempo que viveram excomungados, mas esse tempo pode ser encurtado por meio das orações dos vivos na Terra.

7 *Manfredo*: rei da Apúlia e da Sicília, era filho natural do imperador Frederico II (portanto, neto da imperatriz Constança I e do imperador Henrique VI). A imperatriz Constança I será homenageada em *Paraíso* III. 109-120. Manfredo foi morto em 1266, na batalha de Benevento, uma das batalhas decisivas entre Guelfos e Gibelinos; sendo os Guelfos (as forças papais) comandados por Carlos d'Anjou, e os Gibelinos (ou imperialistas) comandados por Manfredo. (ver *Inferno* XXVIII. 16).

8 A filha de Manfredo, a rainha Constança II da Sicília, era casada com Pedro III de Aragão. Ela foi a mãe de Frederico II da Sicília e de Jaime II de Aragão.

9 Bartolomeo Pignatelli, o bispo de Cosenza, por ordem do papa Clemente IV, desenterrou o corpo de Manfredo e ordenou que fosse jogado no Rio Verde, fora dos domínios da Igreja.

10 Os corpos dos excomungados não eram velados nem sepultados com velas acesas; elas eram apagadas, ou viradas de cabeça para baixo.

Canto IV

ANTEPURGATÓRIO (SEGUNDO TERRAÇO): ARREPENDIDOS TARDIOS. PRIMEIRO GRUPO: OS NEGLIGENTES OU PREGUIÇOSOS – BELACQUA

Quando uma de nossas faculdades retém
Uma forte sensação de prazer ou dor,
Toda a alma se concentra totalmente nisso,

E parece não dar atenção a mais nada.
E isso refuta o erro daqueles que creem
Que temos, dentro de nós, mais de uma alma.[1]

Logo, quando vemos ou ouvimos algo muito intenso,
Isso prende a nossa alma, de tal forma
Que o tempo passa, e nós não percebemos.

10 Pois a faculdade que nos permite ouvir
Não é a mesma que prende a alma ao curso do tempo:
Quando uma está ligada, a outra se desliga.

Eu pude confirmá-lo por experiência verdadeira;
Pois, enquanto eu ouvia e admirava aquele espírito,
O Sol já tinha avançado uns cinquenta graus no céu,

E eu não tinha percebido.[2] Foi quando paramos,
E todas as almas gritaram em uníssono:
"Eis a passagem que vocês procuravam."

O fazendeiro, quando as uvas amadurecem,
20 Com uma pequena touceira de espinhos
Pode remendar um buraco na cerca-viva

Bem maior do que aquele por onde subimos;
Meu Guia na frente, e eu atrás, sozinhos,
Depois que aquela companhia de almas se foi.

Quem viaja para Sanleo, ou desce para Noli,
Ou sobe até o cume de Bismantova,[3] usa os pés;
Mas aqui era preciso voar! Quero dizer,

Com as asas velozes e as plumas do desejo,[4]
Conduzido pelo meu Guia, que me dava esperança,
E pela sua luz, que iluminava meu caminho.

E assim subíamos por um árduo caminho,
Entre as paredes apertadas, escavadas na rocha,
Escalando com os pés e com a ajuda das mãos.

Quando chegamos à borda daquela fenda,
Onde um platô se abria, eu exclamei:
"Ó Mestre! Para onde vamos agora?"

Ele respondeu: "Não vacile, e não desanime.
Continue seguindo sempre atrás de mim,
Até que apareça alguém que possa nos guiar."

Nossos olhos ainda não alcançavam o cume,
E a soberba encosta era muito íngreme –
Por certo, mais que a metade de um quadrante.[5]

E eu já estava exausto, quando fiz um apelo:
"Ó meu doce Pai! Vire-se, e veja só:
Eu fico para trás, se você não esperar por mim."

"Meu filho", respondeu ele, "Só mais um esforço!"
Enquanto apontava para uma trilha, um pouco acima,
Que circundava aquele lado da colina.

Suas palavras me deram tanta coragem
Que eu me esforcei, engatinhando até ele,
Até que o terraço ficou sob meus pés.[6]

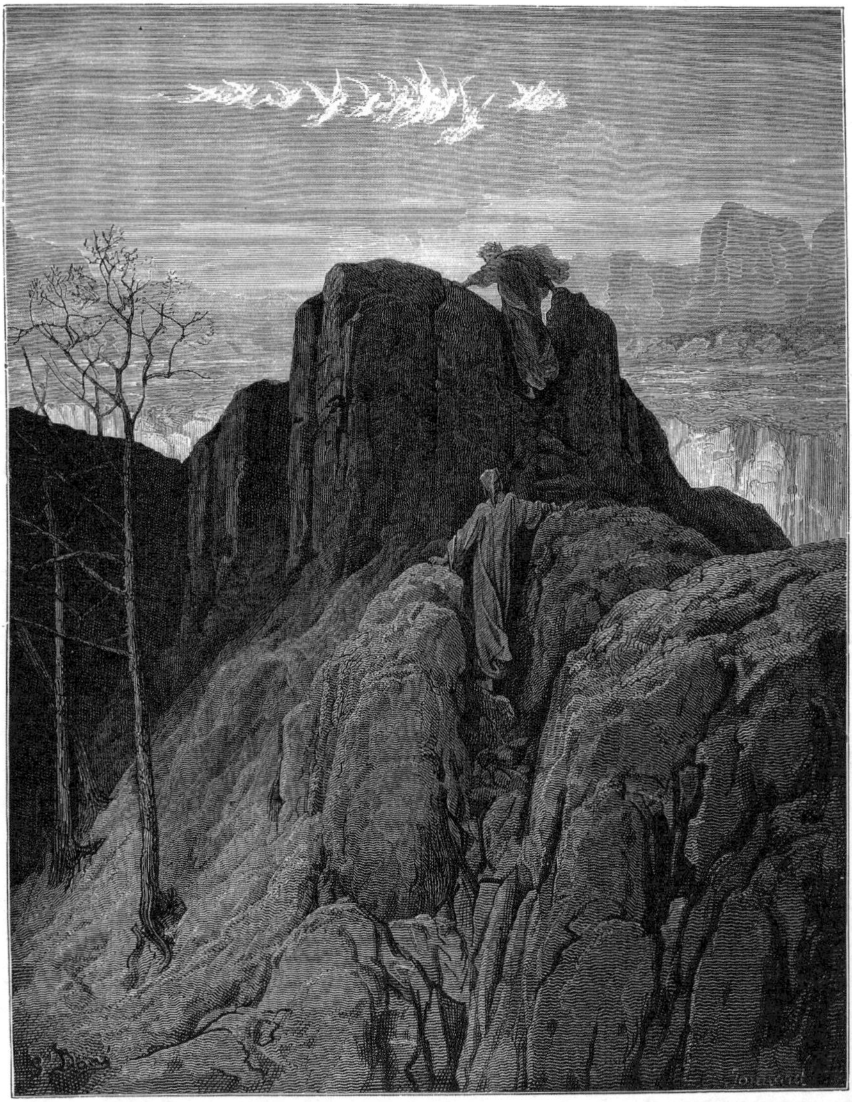

Ali nos sentamos, de frente para o levante,[7]
Olhando para a direção de onde viemos;
E ficamos felizes ao ver o caminho percorrido.

Lancei um primeiro olhar para a praia, lá embaixo;
Depois elevei os olhos em direção ao Sol
E percebi, admirado, que ele caía à nossa esquerda.[8]

E o Poeta percebeu a minha admiração,
Enquanto observava a carruagem de luz
60   Que passava entre nós e o Aquilão.[9]

Então ele me disse: "Imagine que Castor e Pólux[10]
Estivessem na companhia daquele largo espelho
Que reflete sua luz no norte e também no sul.

Então você veria o Zodíaco avermelhado
E mais próximo da Ursa, enquanto gira sua roda,[11]
A menos que ele deixasse seu antigo caminho.

Se você quer entender como isso pode ser,
Então concentre-se, e imagine esta montanha
Disposta na mesma terra que o Monte Sião.

70   Sim, embora estejam em hemisférios separados,
Eles compartilham o mesmo horizonte;
O mesmo caminho onde Faetonte se perdeu.[12]

Você verá que aqui ele vai para um lado,
Enquanto lá parece ir para o lado oposto.
Se você tiver uma visão clara, então compreenderá."

"Sim, meu Mestre!", exclamei, "Eu nunca vi nada
Tão claramente, como agora percebo.
Meu Gênio parecia falhar, mas agora me recordo:

O semicírculo do movimento celestial
80   Que é chamado de Equador, em qualquer arte,
Permanece sempre entre o Sol e o inverno;

E, assim, partindo daqui em direção ao Setentrião,
Estamos à mesma distância do ponto
Em que os hebreus podem vê-lo, ao olhar para os trópicos.

Mas se puder me dizer, eu gostaria ainda de saber:
Quanto ainda temos que subir? Pois esta colina
É mais alta do que minha visão pode alcançar".

E ele disse para mim: "Esta montanha é assim.
O início da subida é muito difícil;
Porém, quanto mais se avança, menos se sofre.

Portanto, quando a jornada parecer suave
E a subida para você se tornar tão leve
Como viajar rio abaixo em uma embarcação,

Então você terá alcançado o fim deste caminho,
E poderá descansar de seu árduo trabalho.
Nada mais respondo, mas sei que tudo é verdade."

Assim que ele disse essas palavras,
Uma voz soou, perto de nós: "Antes de prosseguir,
Talvez vocês queiram se sentar um pouco!"

Ao ouvir essa voz, cada um de nós se virou
E vimos à esquerda uma pedra enorme,
Que nem ele, nem eu, tínhamos notado antes.

Para lá nos movemos, e vimos que havia almas
Escondidas na sombra, atrás da rocha,
Como pessoas ociosas, que não têm o que fazer.[13]

E um deles, que parecia muito cansado,
Estava sentado no chão, abraçando os joelhos,
E escondia seu rosto voltado para baixo.

"Ó meu doce Senhor!", eu clamei, "Veja só,
Aquele homem parece tão negligente
Como se a própria preguiça fosse irmã dele."

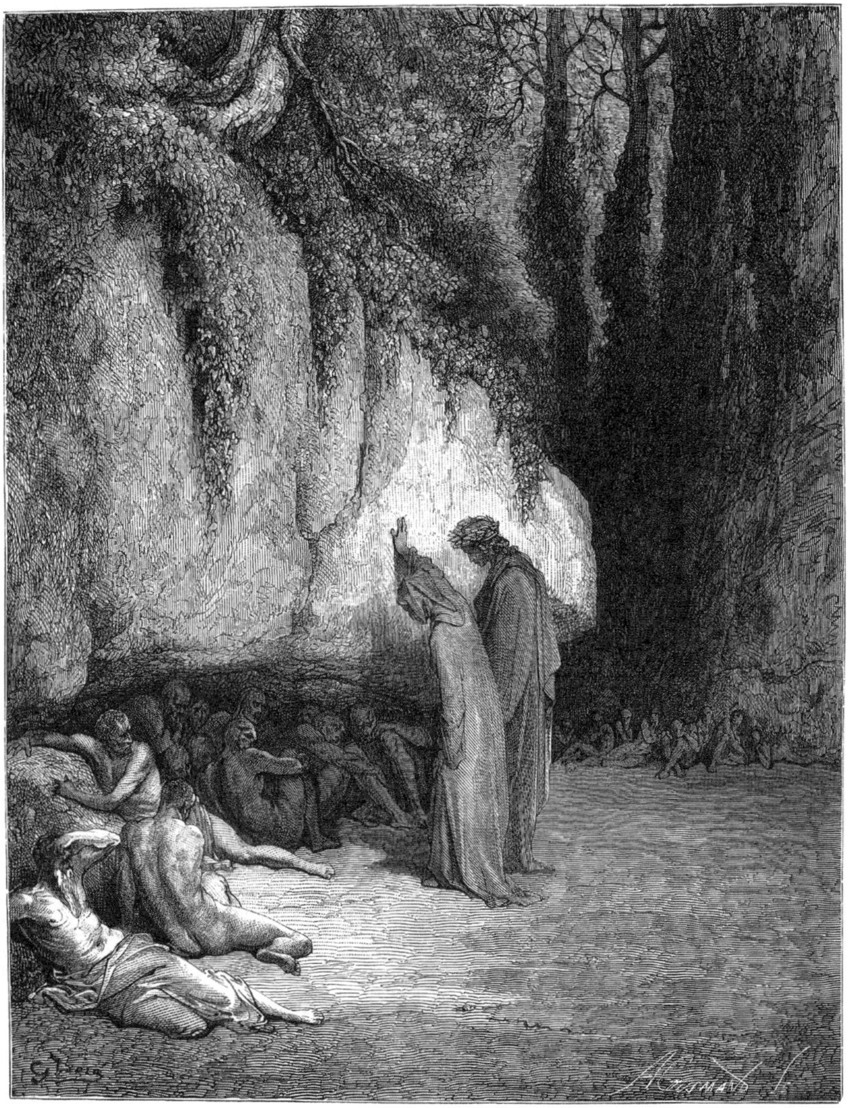

Então ele olhou firme na nossa direção,
Levantando o rosto entre suas coxas,
E disse: "Então suba você, se é tão valente!"

Então eu o reconheci; e senti tanta angústia
Que logo o ar começou a me faltar,
Mas isso não impediu que eu fosse até ele.

Quando me aproximei, ele mal levantou a cabeça,
Dizendo: "E então, conseguiu afinal entender
120 Como o Sol leva sua carruagem no ombro esquerdo?"

Seus atos preguiçosos e palavras curtas
Quase faziam meus lábios esboçar um sorriso;
E respondi: "Belacqua,[14] não sofro mais por você.

Mas diga-me, por que está sentado aí?
Você espera que alguém venha escoltá-lo?
Ou ainda continua em seus antigos modos?"

E ele: "Meu irmão, de que adianta subir?
Se o anjo de Deus, que está sentado na porta,
Não me deixa chegar até o meu martírio?

130 Convêm ainda que o Céu passe aqui sobre mim
O mesmo tempo que passou sobre mim na vida;
Pois eu me arrependi em meus últimos suspiros.

E, mesmo que eu seja lembrado nas orações
Que nascem dos corações que vivem na Graça,
De que adiantam, se não são ouvidas no Céu?"

E o Poeta já subia, na minha frente, e dizia:
"Está na hora! Veja, o Sol já toca o meridiano.
E no outro hemisfério, ao longo da costa,

A noite já colocou os pés sobre Marrocos."[15]

Notas

1. Dante se refere à doutrina de Platão sobre a existência de três almas: a alma vegetativa (localizada no fígado), a alma sensitiva (no coração) e a alma intelectual (no cérebro). Divergindo de Platão, Aristóteles afirma que a alma é uma só, e tem três faculdades: viver, sentir e raciocinar. Dante apresenta toda essa doutrina em um discurso no Canto XXV.

2. Como o Sol percorre 15 graus por hora, Dante passou quase três horas e meia caminhando com o grupo dos excomungados e conversando com o rei Manfredo.

3. *Sanleo*: uma fortaleza na montanha, no ducado de Urbino. *Noli*: uma cidade de Gênova, à beira-mar. *Bismantova*: uma montanha no ducado de Modena.

4. Aqui, Dante parece nos explicar: "Quando me refiro a voar, estou me referindo a desejar."

5. A encosta tinha mais de 45 graus de inclinação. A tradução de Xavier Pinheiro (1955) para os versos 40 a 42 diz: "Não mede a vista elevação tamanha: / Linha que o centro corte de um quadrante, / Por certo a ingrimidez não lhe acompanha."

6. Aqui, Dante e Virgílio alcançam o Segundo Terraço do *Antepurgatório*, onde se encontram as almas dos arrependidos tardios – aqueles que deixaram para se arrepender apenas na hora da morte. Estes são obrigados a esperar do lado de fora do *Purgatório*, pelo mesmo tempo que viveram na Terra. Assim como os excomungados, eles podem ter seu tempo de penitência encurtado por meio das orações dos vivos.

7. *Levante*: o leste.

8. Como eles estão no hemisfério sul, veem o movimento do Sol no sentido contrário. Dante fica admirado ao ver o Sol do lado esquerdo.

9. *Aquilão*: O vento nordeste, segundo a náutica antiga.

10. *Castor e Pólux*: os Gêmeos. Ou seja: se o sol estivesse em Gêmeos (no mês de maio), eles veriam o Sol ainda mais ao norte ("próximo da Ursa", na linha 65).

11. Os vários signos do Zodíaco, que correspondem aos corpos celestes, são descritos por Dante como engrenagens em uma grande roda.

12. Virgílio se refere ao movimento do Sol. Na mitologia grega, Faetonte era o cocheiro do Sol; e um dia ele se desviou da rota, causando oscilações nos astros, e quase provocando a destruição da Terra. A fim de prevenir um desastre, Zeus (Júpiter) viu-se obrigado a fulminá-lo com um raio, e Faetonte precipitou-se sobre o rio Erídano (o atual rio Pó, no norte da Itália). O incêndio da carruagem originou a Via Láctea (ver *Inferno* XVII. 108).

13. Estas são as almas do primeiro grupo de arrependidos tardios: os negligentes ou preguiçosos, que descuidaram de suas almas durante a vida, pois nunca rezavam nem se confessavam. Mesmo tendo se arrependido no último suspiro, este primeiro grupo não pode ser

ajudado pelas orações dos vivos (ver linhas 132-134).

14 *Belacqua*: Alguns estudiosos identificam este conhecido de Dante como Duccio di Bonavia, um músico e fabricante de instrumentos famoso por sua preguiça ("seus antigos modos", na linha 126).

15 Já está anoitecendo em Marrocos; e é quase meio-dia no *Purgatório*.

Canto V

ANTEPURGATÓRIO (SEGUNDO TERRAÇO): ARREPENDIDOS TARDIOS
SEGUNDO GRUPO: OS MORTOS PELA FORÇA

Eu já tinha deixado essas sombras para trás,
E acompanhava os passos do meu Guia,
Quando, por trás de mim, alguém me apontou

E exclamou: "Vejam só! Os raios do Sol
Parecem não atravessar aquele que vai atrás,
E o seu caminhar se parece com o andar dos vivos!"

Quando ouvi aquelas palavras, voltei-me,
E vi as sombras olhando espantadas
Para mim, para o Sol, e para a minha sombra.

10 "Por que seus pensamentos estão distraídos?"
Perguntou o Mestre. "Por que afrouxou o passo?
Por que se preocupa com esses cochichos?

Venha atrás de mim, e deixe-os falar;
Seja uma torre forte, que não desmorona jamais,
Mesmo que sobre ela soprem os ventos mais fortes.

O homem que se perde em muitos pensamentos
Acaba por afastar-se do seu objetivo,
Pois a força de um pensamento tira a força do outro."

O que mais eu poderia responder, a não ser: "Eu vou"?
20 Eu disse isso, um pouco tingido com aquela cor
Que às vezes torna um homem digno de perdão.

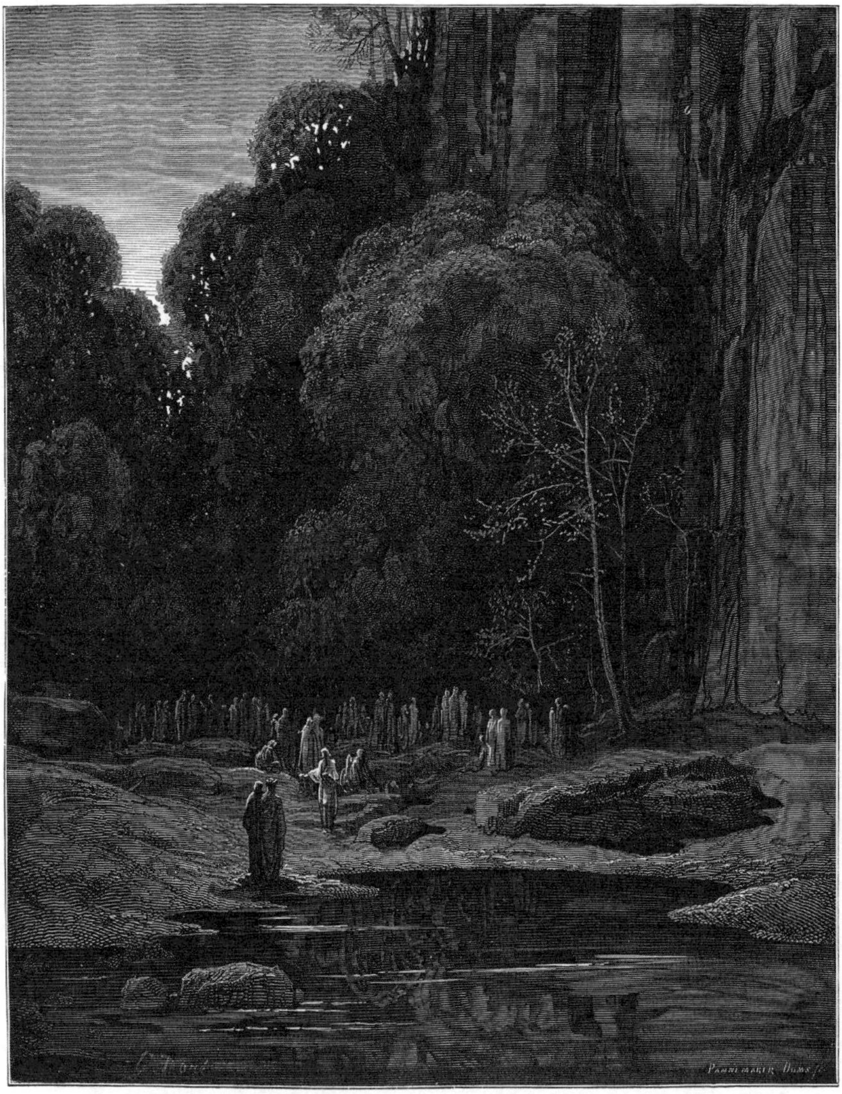

Enquanto isso, cruzando o nosso caminho,
Um pouco à nossa frente, pessoas se aproximavam[1]
Cantando o *Miserere*,[2] em responsivas melodias.

Quando eles perceberam que o meu corpo
Não dava passagem para os raios de luz,
Sua canção se transformou em um longo e rouco: "Oh!"

E dois deles, à guisa de mensageiros,
Correram para nos encontrar, e perguntaram:
30 "Por favor, expliquem-nos qual é a sua condição."

E meu Guia disse a eles: "Podem retornar,
E digam para aqueles que os enviaram
Que o corpo dele é verdadeiramente de carne.

Se ficaram espantados por ver sua sombra,
Como eu penso, eles já têm sua resposta;
Honrem a ele, e ele lhes será grato."

Nunca vi estrelas ardentes em fogo caírem
Iluminando o céu sereno, ao cair da noite,
Ou nuvens, como em agosto, indo contra o sol poente,

40 Cortarem o espaço tão rápido, quanto estes dois.
E, tendo chegado, logo se juntaram aos outros
E voltaram para nós, como um rebanho sem freio.

"Muitos se aglomeram em torno de nós,
Querendo falar com você", disse o Poeta.
"Mas continue andando, enquanto os ouve."

"Ó alma, que segue assim tão bem-aventurada,
Com os mesmos membros que recebeu ao nascer!"
Eles vinham, gritando. "Diminua o seu passo!

Veja se encontra entre nós alguém que já conheceu,
50 E se pode levar notícias para o outro lado!
Ah, por que você se vai? Ah, por que não se demora?

Todos nós fomos mortos de forma violenta,
E pecamos até a nossa última hora;
Mas a luz do Céu nos deu entendimento,

E assim, arrependidos e perdoados,
Nós partimos da vida em paz com Deus,
E o desejo de vê-lo enche nosso coração."

Então eu disse: "Eu examino seus rostos brilhantes,
Mas não reconheço ninguém. Porém, qualquer coisa
60 Que eu puder fazer por vocês, espíritos gentis,

Peçam-me; e de bom grado eu farei,
Por essa mesma paz que eu tenho procurado,
De mundo em mundo, com o meu excelente Guia."

E um deles começou: "Temos fé em sua bondade,
E não precisa nos prometer ou jurar,
Desde que nenhuma vontade ou poder o impeça.

E eu, que falo sozinho perante os outros,³
Suplico: se voltar a ver novamente a terra
Que fica entre Romagna e o reino de Carlos,

70 Eu suplico que faça por mim uma gentileza
E peça aos moradores de Fano que rezem por mim,
Para que eu possa purificar meus graves pecados.

Foi de lá que eu vim; mas as profundas feridas
Por onde escorreu o sangue e se esvaiu minha vida,
Eu as recebi no seio de Antenor,⁴

Ali onde eu pensei que estaria mais seguro.
O mandante foi aquele de Este, que tanto me odiava;
Mas nem toda a ira do mundo daria a ele esse direito.

E se eu tivesse conseguido chegar a Mira,⁵
80 Antes que eles me alcançassem em Oriago,
Eu ainda estaria lá, entre os que respiram.

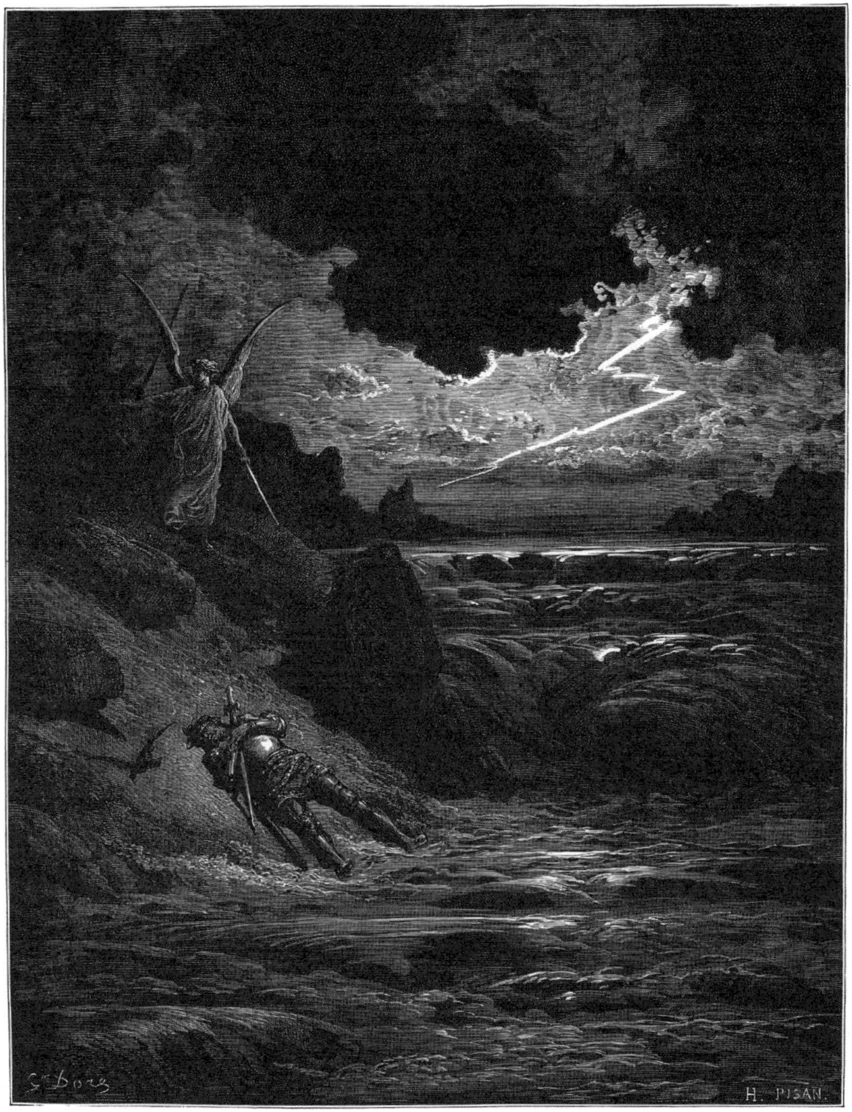
H. PISAN.

Mas eu corri para o pântano, onde caí.
Enredado nos juncos e na lama; e ali eu vi se formar
Uma poça sobre a terra, com o sangue de minhas veias."

Então outro disse: "Ah! Se você conseguir realizar
Esse desejo que o impele para o alto da montanha,
Tenha piedade, e ajude-me a realizar o meu!

Eu fui de Montefeltro, e sou Buonconte.[6]
Ninguém se lembra de mim, nem mesmo Giovanna;[7]
90 Por isso sigo assim triste, entre estas almas."

Então eu perguntei: "Oh! Que força ou que má sorte
Pôde arrebatá-lo para longe de Campaldino,
De modo que nunca encontramos sua sepultura?"

"Oh!", respondeu ele, "Aos pés de Casentino
Um riacho ali corre, chamado Archiano,
Que nasce nos Apeninos, acima do Ermitério.[8]

E até o lugar onde esse rio perde o nome,[9]
Eu me arrastei, com a garganta cortada,
Fugindo a pé, e sangrando pela planície.

100 Foi ali que as minhas vistas escureceram,
E eu perdi a voz, clamando o nome de Maria;
E então eu caí, e minha carne ficou ali.

Vou dizer a verdade; e quero que fale aos vivos.
O anjo de Deus me tomou, e então o do Inferno gritou:
'Ei, você do Céu! Por que rouba o que é meu?

Por uma mísera lágrima que ele chorou,
Você leva de mim a parte eterna desse homem;
Mas a outra parte dele, tratarei de outra maneira!'

Você sabe como se acumula no ar
110 Aquele vapor úmido, que reside na água,
E o frio o envolve, e então a água retorna à Terra.

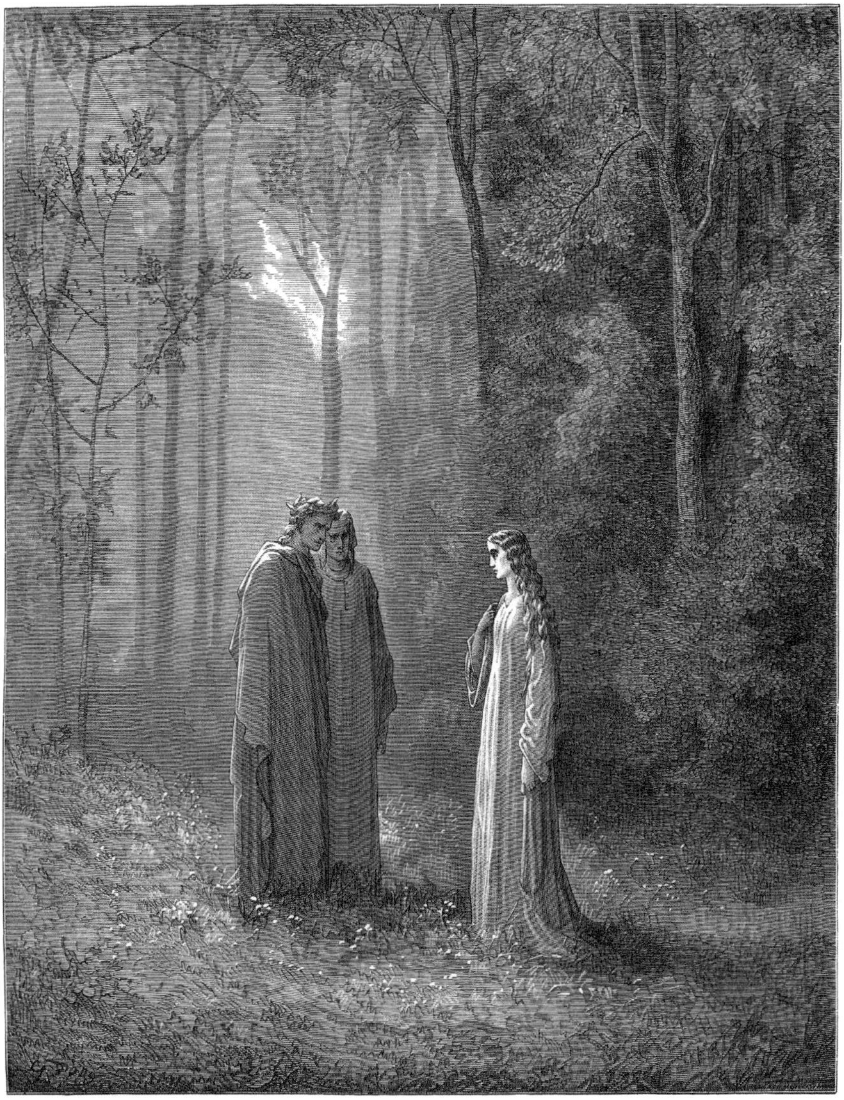

Aquela vontade do mal, que em seu intelecto
Também segue o mal, moveu ventos e névoas,
Com a força que lhe foi dada pela Natureza.

Então em todo o vale, enquanto o dia se extinguia,
Se fez nevoeiro, de Pratomagno até a cordilheira.[10]
E todo o céu acima do vale se fechou,

E o ar denso se converteu em água.
Caiu a chuva, abrindo valas com sua torrente
Levando tudo o que a terra não pudesse conter.

E quando aquela torrente se tornou um grande rio,
Correu para o rio verdadeiro, com tanta força
Que nada poderia deter sua turbulência.

Meu corpo rígido caiu na boca do Archiano,
E por ele foi carregado, até ser lançado no Arno,
Desfazendo a cruz traçada sobre meu peito –

Que eu mesmo traçara, quando vencido pela dor.[11]
Fui arrastado pelas suas margens, e pelo seu leito;
E ali, pelos seus despojos lamacentos, estou coberto."

"Ah! Quando você tiver retornado ao mundo,
E depois de descansar de sua longa jornada",
Assim falou um terceiro espírito, logo em seguida.

"Então, lembre-se de mim. Eu sou a Pia![12]
Siena me deu a vida, e eu a perdi em Maremma.
Você sabe quem foi aquele que me desposou,

E pôs no meu dedo um anel de rica gema."

Notas

1 Este é o segundo grupo de almas que vagam pelo Segundo Terraço do *Antepurgatório*: são aqueles que tiveram uma morte súbita ou violenta. Estes não tiveram tempo para confessar seus pecados e receber a extrema-unção, mas se arrependeram dos pecados na hora da morte. Essas almas ocupam uma posição superior às almas do primeiro grupo (os negligentes ou preguiçosos), e têm direito a rezar, e receberem orações.

2 *Miserere*: trata-se do *Salmo* LI (*Miserere mei Domine* – "Tem misericórdia de mim, Senhor"). Até os nossos dias, ainda é um salmo muito popular entre os seguidores das religiões judaico-cristãs.

3 Este é Jacopo del Casero, um guelfo da cidade de Fano (localizada na região entre Romagna e o reino de Nápoles, então governada por Carlos de Valois). Jacopo foi emboscado e assassinado em um pântano próximo de Oriago, entre Veneza e Pádua, por ordens do marquês Azzone de Este (filho de Obizzo d'Este, também conhecido por sua extrema violência, que já está sendo castigado no Sétimo Círculo do *Inferno* – *Inferno* XII. 111 e *Inferno* XVIII. 56).

4 Segundo as lendas italianas, a cidade de Pádua foi fundada pelo príncipe Antenor de Troia. *Antenora* também é o nome dado por Dante ao segundo anel do Nono Círculo do *Inferno*, onde os traidores da pátria são punidos; pois dizia-se que o príncipe Antenor havia entregado sua cidade natal aos gregos (ver *Inferno* XXXII. 88).

5 *Mira*: Município da província de Veneza.

6 Buonconte era um líder dos Gibelinos, filho de Guido de Montefeltro (ver *Inferno* XXVII), e perdeu a vida na batalha de Campaldino, um ferrenho combate entre Guelfos e Gibelinos ocorrido em junho de 1289 no Val d'Arno. Dante também lutou nessa batalha, no exército dos Guelfos (ver *Inferno* XXII. 4). O corpo de Buonconte nunca foi encontrado, e Dante imagina qual tenha sido o seu destino.

7 *Giovanna*: esposa de Buonconte, que aparentemente não faz mais orações por ele.

8 *Ermitério*: o Ermitério de Camaldoli, monastério localizado no cimo das montanhas centrais de Itália, perto de Arezzo. É a sede da Ordem dos Camaldulenses, ordem católica de clausura monástica da família dos Beneditinos.

9 O local onde o Archiano perde o nome ao fluir para o Arno.

10 O distrito de Casentino é cercado pelas montanhas do Pratomagno e pela cordilheira dos Apeninos.

11 Na hora da morte, Buonconte cruzou os braços sobre o peito.

12 "Pia dei Tolomei era filha de uma família de Siena. Casou-se com um líder guelfo chamado Nello ou Paganello, que era senhor do Castelo della Pietra (entre outros

castelos) em Maremma. Por causa de ciúmes ou porque desejava casar-se com uma herdeira mais rica, Nello levou Pia para o Castelo de Pietra e lá ele a matou. Uma das versões do assassinato relata que ela teve uma morte súbita, tendo sido, pelo marido, atirada de um precipício ou da janela do castelo." (Helder da Rocha, 2000).

Canto VI

ANTEPURGATÓRIO (SEGUNDO TERRAÇO): ARREPENDIDOS TARDIOS.
AS ORAÇÕES PELOS MORTOS – SORDELLO – LAMENTO SOBRE A ITÁLIA

Quando o jogo de zara termina,[1]
Aquele que perde fica sozinho, desconsolado;
Repassa mentalmente as jogadas, e assim aprende.

Mas aquele que venceu é cercado pela multidão:
Uns vão à frente, outros vão atrás,
E outros o cercam pelos lados, pedindo atenção.

Ele não para, mas tenta ouvir a todos;
Estende a mão, benevolente, e vai passando
E assim se defende da multidão que o pressiona.

10 Assim eu caminhava, entre aquele bando de almas.
Eu me virava para um lado e para o outro
E, fazendo promessas, escapava de seu assédio.

Ali estava o aretino[2] que conheceu sua morte
Sob as mãos bestiais de Ghino di Tacco,
E aquele que se afogou, fugindo de seus inimigos.[3]

Também estava ali Federigo Novello,[4]
De mãos postas em súplica; e aquele pisano[5]
Que fez o bom Marzucco mostrar sua força.

Eu vi o Conde Orso,[6] e também vi aquela alma
20 Que foi separada de seu corpo, como se diz,
Por despeito e inveja, e não por sua própria culpa.

Este era Pier de la Brosse;⁷ e é bom tomar cuidado
Enquanto ainda está viva, rainha de Brabant,
Ou terminará se juntando a um rebanho mais triste.⁸

Assim que me livrei de todas aquelas almas
Que não paravam de implorar por preces
Para que alcançassem logo a sua purificação,

Eu comecei: "Ó minha Luz, parece-me
Que em seu texto⁹ você negou expressamente
30 Que as orações possam mudar os decretos do Céu.

Mas essas pessoas rezam justamente por isso!
São vãs, portanto, as suas esperanças?
Ou eu não entendi claramente o que disse?"¹⁰

E ele para mim: "Meu texto é claro o suficiente,
E, mesmo assim, sua esperança não é uma ilusão
Se a examinarmos com sóbria inteligência.

A Justiça Divina não é abalada, de forma alguma,
Quando o fogo do Amor se manifesta
E desfaz o mal que antes estava feito.

40 Na verdade, quando escrevi sobre esse ponto,
Eu disse que as orações não expiam os pecados
Quando uma alma está distante de Deus.

Não se preocupe agora com esse profundo dilema;
Aguardemos pelas palavras daquela luz
Que está entre o intelecto e a verdade.¹¹

Não sei se você compreende: eu falo de Beatriz.
Você a verá lá em cima, no topo desta montanha,
Onde ela espera por você, sorridente e feliz."

E eu disse: "Então, meu Senhor, vamos mais rápido!
50 Pois já estou menos cansado do que antes;¹²
E, veja, a encosta já faz sombra em nosso caminho."

"Enquanto o dia estiver claro, nós caminharemos
O mais longe que pudermos", respondeu ele;
"Mas não iremos tão rápido quanto você pensa.

Antes de alcançar o cume, ainda veremos de novo
Aquele que já se esconde atrás das colinas
De modo que não podemos mais ver sua luz.[13]

Mas, veja: ali está uma alma solitária,
E olhando fixamente para nós espera;
60 Ela nos mostrará o melhor caminho."

E então fomos em sua direção. Ó alma lombarda,
Quão orgulhosa e altiva tu parecias,
Olhando assim para nós, tão digna e tão grave!

A alma permanecia calada;
Apenas observava, enquanto avançávamos,
Como um leão que vigia, quando está em repouso.

Então Virgílio chegou perto dela
E pediu que nos mostrasse a melhor rota,
Mas ela não respondeu à sua pergunta.

70 Ao invés, nos perguntou sobre nossa terra natal,
E sobre a vida que vivemos. Meu gentil Guia murmurou:
"Mântua..." – e a sombra, que antes estava retraída,

Levantou-se e correu até ele, exclamando:
"Ó mantuano, eu sou Sordello, de sua terra!"[14]
E então os dois se abraçaram, comovidos.

Ah, serva Itália, pátria de imensas tristezas,
Nau sem timoneiro em meio à tempestade,[15]
Não és rainha de províncias, mas de bordéis!

Esta nobre alma sentiu tanto entusiasmo
80 Apenas por ouvir o doce nome de sua cidade natal,
Que saudou o seu compatriota com grande alegria.

Mas aqueles que ainda se abrigam em teu seio
Não param de guerrear, e devorar uns aos outros
– mesmo aqueles cercados por um mesmo muro.

Procure, miserável, procure em teus litorais,
E depois procure no seio do teu interior,
Se alguma parte de ti se deleita com a paz.

De que adiantou o trabalho de Justiniano[16]
Para consertar teus freios, se a sela continua vazia?
90 Se não houvesse rédeas, tua vergonha seria menor.

Ah, miserável gente que deveria ser devota!
Que deveria deixar a César o que é de César,
Se bem entendo o que Deus determinou.

Veja como esta besta se torna feroz
Porque não há esporas que lhe deem correção,
Desde que tomaste as rédeas em tuas mãos.

Ó Alberto germânico,[17] tu que abandonaste
Esta terra tão indomável e selvagem,
Antes deverias montar e apertar a sela com força.

100 E que a Justiça mais justa caia das estrelas
Sobre ti e teu sangue, de forma tão notável
Que teu sucessor possa agir com mais tenacidade!

Pois tu permitiste, assim como teu pai,
Por causa da corrupção de teus compatriotas
Que o jardim de nosso Império fosse devastado.

Venha, veja os Montecchi e os Cappelleti,[18]
Os Monaldi e os Filippeschi:[19] uns estão arruinados,
Outros vivem apreensivos e com medo.

Venha, ó tirano! Venha contemplar a aflição
110 De tua nobreza, e venha cuidar de suas feridas;
Veja como Santafior está arrasada![20]

Venha, olhe para a sua Roma, viúva e abandonada,
Que chora amargamente, e clama noite e dia:
"Meu César, por que me abandonaste?"

Venha, venha ver como o nosso povo se ama!
E, se nenhuma piedade por nós mover-te,
Venha ao menos para sentir a vergonha de tua fama.

E se me for permitido, ó grande Jove:
Tu, que na Terra foste crucificado por nós,
120 Estarão Teus olhos voltados para outro lugar?[21]

Ou será que tens algum plano para nós,
Nos profundos recônditos do Teu julgamento?
Algum bem maior, além da nossa compreensão?

Pois toda a Itália está cheia de tiranos;
Um novo Marcelo[22] surge em cada esquina,
E cada camponês funda seu próprio partido.

Minha Florença, agora podes ficar contente,
Pois nesta digressão não falarei sobre ti:
Os esforços de teu povo a poupam deste lamento.[23]

130 Muitos têm a justiça em seus corações,
E pensam bem antes de proferir seus julgamentos;
Mas o teu povo tem a justiça na ponta da língua.

Outros recusam o peso dos cargos públicos,
Enquanto teu povo responde com avidez,
Mesmo sem ser solicitado, e grita: "Eu assumo!"

Estejas feliz agora, pois tens um propósito:
Tens riquezas, paz, justiça! E digo a verdade,
E os fatos provarão que não estou errado.

Atenas e Lacedemônia,[24] com suas antigas leis,
140 Embora fossem cidades tão civilizadas,
Fizeram poucos progressos pelo bem-estar do povo,

Se comparadas a ti, com teus subterfúgios:
Quando chegas em meados de novembro,
As leis criadas em outubro já não valem mais nada.

Quantas vezes, no tempo em que podemos recordar,
Mudaste tuas leis, a moeda, os ofícios e os costumes
E quantas vezes renovaste tua população![25]

E se tua memória ainda tiver essa clareza,
Verás que és como aquela mulher doente
150 Que não encontra descanso em seu leito de plumas,

E, rolando na cama, tenta aliviar sua dor.

Notas

1. *Zara*: do árabe *zahr*, "dados", era um jogo muito comum no Oriente bizantino, que consistia em cada um dos dois participantes arremessar três dados sobre a mesa.

2. Este aretino é o *Messer* Benincasa da Caterina, da cidade de Arezzo. Quando era *Podestà* (ou juiz) na cidade de Siena, ele condenou à morte um irmão e um sobrinho de Ghino di Tacco, que eram ladrões de beira de estrada. Ghino di Tacco era um nobre da cidade de Asinalunga, no território de Siena, conhecido por sua extrema violência. Quando Benincasa já era um auditor em Roma, Ghino entrou um dia no tribunal e matou-o diante de mil pessoas com um golpe de adaga no coração, e depois desapareceu no meio da multidão.

3. Este é Cione dei Tarlati, que foi perseguido pelo inimigo após uma batalha em Bibbiena, tentou cruzar o rio Arno e morreu afogado. Alguns interpretam o verso de forma diferente, fazendo de Cione o perseguidor. Mas como ele era um dos gibelinos de Arezzo, que foram derrotados nesta batalha, esta interpretação corresponde melhor aos fatos. (A expressão usada por Dante, *correndo in caccia*, pode significar "perseguindo" ou "sendo perseguido", daí a interpretação duvidosa do verso).

4. *Federigo Novello*: filho do *Messer* Guido Novello de Casentino e neto do conde Ugolino della Gherardesca (*Inferno* XXXIII). Federigo foi morto em 1291 por um dos membros da família Bostoli, durante a batalha de Casentino.

5. O pisano que fez Marzucco mostrar sua força foi Farinata degli Scoringiani, filho do próprio Marzucco. Sabe-se que ele foi assassinado: alguns pesquisadores dizem que o assassino foi Beccio da Caproni, e outros dizem que foi o conde Ugolino. Seu pai Marzucco, que tinha sido juiz e se tornara um frade franciscano, não mostrou ressentimento com o assassinato: além de não ter chorado no funeral do filho, beijou a mão do assassino em um ato de perdão.

6. *Conde Orso*: Orso degli Alberti, que foi assassinado pelo próprio primo, Alberto. Os pais de ambos, os irmãos Napoleone d'Acerbaja e Alessandro degli Alberti, também mataram um ao outro em uma briga por causa de sua herança, e foram encontrados por Dante em Caína (*Inferno* XXXII. 54-60).

7. *Pier de la Brosse*: foi conselheiro e cirurgião de Filipe III, o Ousado, rei da França, e teve um destino semelhante ao que se abateu sobre Pier delle Vigne na corte de Frederico II (*Inferno* XIII. 58). Foi acusado por Marie de Brabant, a segunda esposa de Filipe, de ter escrito cartas de amor para ela, e condenado à morte por enforcamento em 1276.

8. Um rebanho mais triste: as almas condenadas no *Inferno*.

9. A *Eneida* (ver nota 10).

10. Nos versos 28 a 42, o diálogo mostra que Dante ainda tem dúvidas

sobre a eficácia das orações dos vivos pelos mortos; pois Virgílio havia escrito na *Eneida* que essas orações de nada valiam. Nessa passagem da *Eneida*, Eneias encontra no submundo seu amigo Palinuro, que morrera afogado no mar e não fora devidamente enterrado. Desta forma, ele estava proibido de cruzar o rio Aqueronte por cem anos. Ele implora a Eneias que o carregue, mas a Sibila lhe diz: *"Desine fata deum flecti sperare precando."* ("Parem de pensar que o decreto divino pode ser alterado pela oração" – *Eneida* VI. 372, tradução nossa). Virgílio especifica que o que escreveu em seu poema ainda corresponde à verdade, porque ele se referia aos pagãos que viviam em um mundo sem Deus e, portanto, não poderiam receber nenhum efeito positivo das orações.

11 Beatriz representa a Filosofia Divina e o Amor espiritualizado, e é "a luz que liga a verdade ao intelecto".

12 Com a promessa de encontrar Beatriz, a esperança alivia o cansaço de Dante, e ele quer se apressar.

13 O Sol, agora no Noroeste, está escondido pela montanha; e Virgílio adverte gentilmente que ainda levarão mais de um dia para chegar ao cume.

14 *Sordello*: Sordello de Mântua, trovador nascido no final do século XII em Goito, na província de Mântua (atual cidade de Mantova, na Lombardia, que também era a terra natal de Virgílio). Embora tenha vivido por algum tempo nas cortes da Provença e tenha escrito muitos poemas em provençal, Dante fala sobre ele como um amante da língua italiana, muito cuidadoso com o seu falar e sua escrita (*De Vulgari Eloquentia*, XV. 2). O amor à terra natal induz Sordello a abraçar o seu concidadão, cujo nome ainda não conhece. Sordello torna-se assim, nesta cena (uma das mais memoráveis do *Purgatório*), um símbolo do amor à pátria, e definitivamente é a figura central de todo o Canto VI: após a cena de abertura, em que todos os que foram mortos de forma violenta cercavam Dante (um quadro dramático das discórdias que atormentavam sua sociedade contemporânea), e após a conversa entre Dante e Virgílio sobre as orações e a justiça divina, o patriotismo de Sordello é a faísca que faltava para iniciar o inflamado discurso sobre a Itália, inserido por Dante nos versos seguintes como uma "digressão" que interrompe a história.

15 A imagem da Itália como um navio sem timoneiro também é usada por Dante no *Convívio* IV. 4, e o timoneiro possivelmente era o imperador Henrique VII.

16 *Justiniano*: grande imperador romano do Oriente (482-565) que formulou o *Corpus Iuris Civilis*, uma recompilação e reorganização das leis romanas. Dante, neste Sexto Canto do *Purgatório* (assim como no Canto VI do *Inferno*) versará sobre assuntos políticos e históricos. Mas, desta vez, em maior escala: no *Inferno* ele falou sobre Florença, e no *Purgatório* fala sobre toda a Itália. Também ocorrerá o mesmo no

Canto VI do *Paraíso*, onde será dada voz ao próprio Justiniano, que contará a história do Império Romano.

17 *Alberto germânico*: o rei Alberto I da Áustria (1248-1308), filho do imperador Rodolfo, segundo monarca da casa de Habsburgo a receber o título de rei dos romanos. Ele foi aclamado em 1298, mas, assim como seu pai, nunca foi até a Itália para ser coroado (*Purgatório* VII. 94). Ele teve uma morte prematura e violenta pelas mãos de seu sobrinho João, em 1308. Este é o julgamento do céu a que Dante alude na linha 100. Seu sucessor foi Henrique VII de Luxemburgo, o rei admirado por Dante (*Inferno* I. 101). Este sim veio à Itália em 1311, e foi coroado em Milão com a Coroa de Ferro da Lombardia. Em 1312, ele foi novamente coroado em Roma, e morreu no ano seguinte.

18 *Montecchi e Cappelleti*: os Montéquios e os Capuletos, as duas famílias mais nobres de Verona, cujas brigas e rivalidades foram tornadas familiares a todo o mundo por William Shakespeare, em *Romeu e Julieta*.

19 *Monaldi e Filippeschi*: duas famílias nobres da cidade de Orvieto, na região da Úmbria.

20 *Santafior*: cidade conhecida hoje como Santa Fiora, no Monte Amiata (entre os distritos de Grosseto e Siena, na Toscana). Na época de Dante, estava tomada por salteadores e bandidos.

21 Aqui, a exemplo do que ocorre em *Inferno* XIV. 69, o deus greco-romano Júpiter *(Jove)* é identificado com o Deus judaico-cristão *(Javé*, do hebraico יהוה – *Yahweh*).

22 *Marcelo*: Marco Cláudio Marcelo, cônsul romano; era partidário de Pompeu e feroz adversário de Júlio César, a quem tentou se opor várias vezes. Derrotado por César, foi banido para Mitilene. Em 46 a.C., César acatou o pedido do Senado para permitir o retorno de Marcelo à sua terra natal; mas este não pôde retornar à Itália, pois foi morto em Atenas. César foi injustamente acusado de ter ordenado o assassinato.

23 Logo veremos que se trata de uma amarga ironia, pois nos versos seguintes Dante falará longamente sobre a cidade de Florença e sua decadência.

24 *Lacedemônia*: um dos nomes de Esparta. Atenas e Esparta fizeram pouco em comparação com Florença, cujas disposições legais eram tão sutis que duravam apenas algumas semanas (versos 142-145).

25 Devido aos numerosos exílios e às lutas internas entre as famílias nobres pelo poder, a população de Florença vivia em constante mudança. O mesmo fato é relatado por Dante em *Inferno* XVI. 73-75: "Novos ricos e novas fortunas surgem de repente, gerando em ti tanto orgulho e extravagância, ó Florença! E, por isso, muito já tens chorado."

Canto VII

**ANTEPURGATÓRIO (SEGUNDO TERRAÇO): ARREPENDIDOS TARDIOS.
TERCEIRO GRUPO: O VALE DOS PRÍNCIPES NEGLIGENTES**

Após as graciosas e alegres saudações[1]
Que se repetiram por três e quatro vezes,
Sordello retrocedeu e perguntou: "Quem é você?"

"Antes que viessem para esta montanha
As almas dignas de ascender a Deus,
Meus ossos foram enterrados por Otaviano.

Eu sou Virgílio, e por nenhum outro erro
Perdi o Céu, a não ser pela minha falta de fé."
– esta foi a resposta dada pelo meu Guia.

10   E como alguém que, repentinamente,
Encontra diante de si algo maravilhoso
E fica dizendo para si mesmo: "Não pode ser..."

Assim parecia o outro; e então, recuperando-se,
Ele baixou a cabeça, curvou-se humildemente
E abraçou-o, como um servo abraça o seu senhor.[2]

E então ele disse: "Ó glória dos latinos!
Através de ti, nossa língua revelou seu poder.
Ó honra eterna de minha cidade natal,

Que mérito, ou que graça o trazem até mim?
20   Se eu for digno de ouvir tuas palavras,
Diga-me se vens do Inferno, e de qual Círculo."

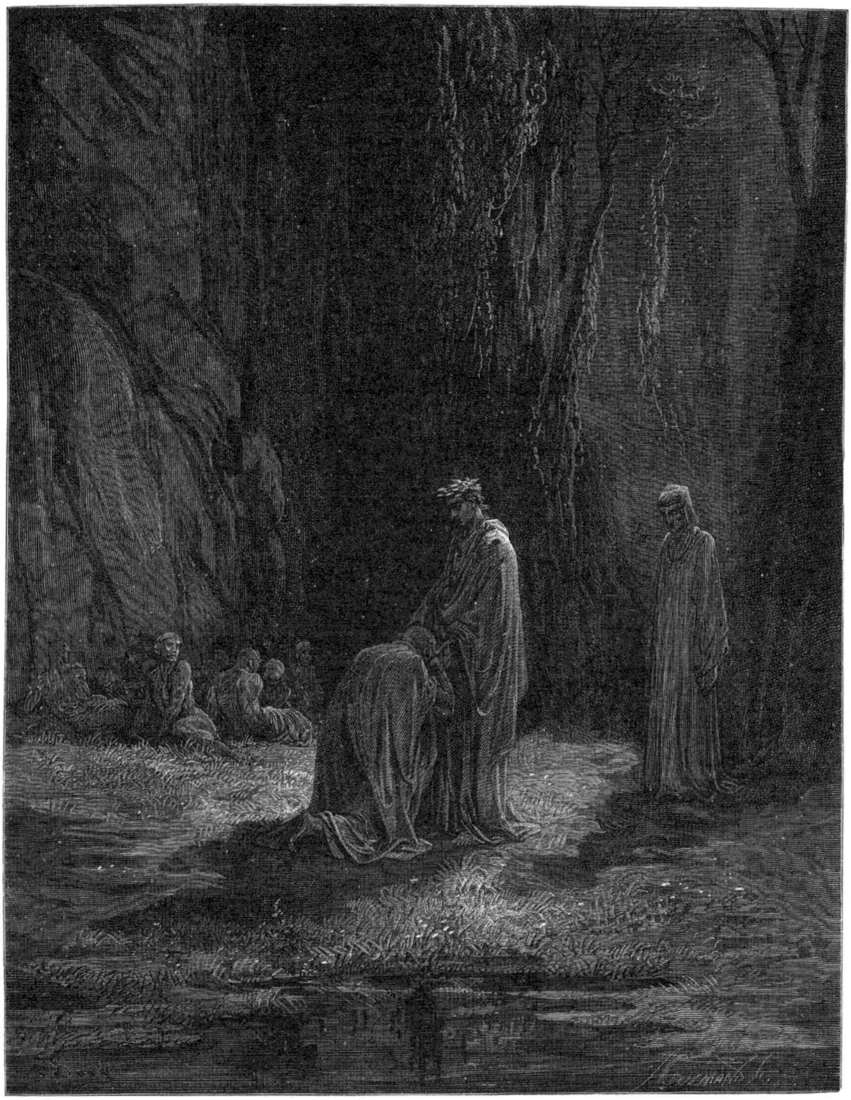

"Por todos os Círculos do reino dolente",
Ele respondeu, "eu viajei, para chegar até aqui;
Virtude do Céu me moveu, é por ela que eu venho.

Não foi pelo que fiz, mas pelo que não fiz,
Que eu perdi a visão do Sol que você deseja,
Aquele que eu conheci tarde demais.

Lá embaixo, há um lugar onde não há tormentos,
Apenas trevas; um lugar onde os lamentos
Não soam como gritos, mas apenas suspiros.[3]

Ali estou eu com as crianças inocentes,
Que foram agarradas pelos dentes da Morte
Antes que fossem lavadas do pecado original;

Ali permaneço com aqueles que não se vestiram
Com as três santas Virtudes;[4] mas viveram sem vícios,
E conheciam todas as outras, e as praticavam.[5]

Mas, se você souber, e se for permitido,
Poderia nos indicar o melhor caminho
Para a verdadeira entrada do Purgatório?"

Ele respondeu: "Não existe um lugar exato;
Mas somos livres para andar em torno e escalar,
E, até onde eu puder ir, eu serei seu guia.

Mas vejam, o dia já vai declinando;
E escalar durante a noite não é permitido.
Por ora, procuremos um bom lugar de repouso.

Há algumas almas ali na frente, à direita.
Se vocês me permitem, eu os conduzirei até eles;
E, com prazer, vocês poderão conhecê-los".

"Mas, como é isso?" – meu Guia perguntou.
"Quem tentasse escalar à noite seria impedido
Por alguém, ou por sua própria incapacidade?"

Então o bom Sordello fez um risco no chão, e disse:
"Veem? Não podemos passar nem mesmo esta linha,
Uma vez que o Sol já tenha se posto.

E não há nada, exceto a escuridão da noite,
Que nos impeça de prosseguir na escalada;
É a própria noite que enfraquece nossa vontade.

Quando está escuro, podemos apenas descer,
Caminhar pela praia, dar voltas ao redor do monte
60 Enquanto o horizonte ainda encerrar a luz do dia."

Então o meu senhor, maravilhado,
Disse: "Conduza-nos então até o lugar que indicou,
Onde poderemos passar um agradável pernoite."

Ainda não tínhamos nos afastado muito,
Quando eu percebi que o monte tinha cavidades,
Assim como os vales e cavernas, em nosso mundo.

E a sombra nos disse: "Nós vamos por ali,
Onde a inclinação do monte forma um vão;
Ali esperaremos pelo novo dia que se aproxima."

70 Entre a face da montanha e a planície,
Um caminho oblíquo nos levou até a beira da depressão,
No ponto onde a borda ficava mais baixa e acessível.

O ouro e a prata mais fina, o carmim[6] e o alvaiade,[7]
O índigo,[8] o ébano mais polido e brilhante,
A esmeralda no momento em que é quebrada,

Ao lado da grama e das flores daquele vale,
Cada uma dessas cores ficaria ofuscada,
Assim como o mais fraco é vencido pelo mais forte.

E a Natureza não tinha feito apenas uma pintura;
80 Mas, combinando a suavidade de mil perfumes,
Ela tinha criado um cheiro novo e desconhecido.

Sobre a grama verde e entre aquelas flores,
Cantando *Salve Rainha*, assentavam-se várias almas,
Que não podiam ser vistas do lado de fora do vale.

"Antes que o Sol que nos resta procure seu ninho",
Começou o mantuano que nos conduzira até ali,
"Não me peçam que os guie até aqueles que ali estão.

Mas a partir deste dique, vocês poderão observar
E conhecer os gestos e os rostos de todos estes
Que no fundo deste vale estão aninhados.

Aquele que está sentado no lugar mais alto
Com o olhar de alguém que falta ao seu dever,
E que não abre a boca, enquanto os outros cantam,

É o imperador Rodolfo,[9] aquele que poderia ter curado
As chagas que causaram a morte da Itália,
E que outros, mais tarde, tentaram curar.[10]

Aquele ao lado dele, que parece confortá-lo,
Governou a terra[11] onde nascem o rio Moldava,
Cujas águas correm até o Elba, e vão para o mar.

Ottokar[12] é o seu nome; e quando ele usava fraldas,
Era muito melhor que seu filho já crescido e barbado,
Wenceslau,[13] que afunda na ociosidade e no luxo.

E aquele de nariz achatado, bem próximo a ele,
Que fala com o outro de aspecto benevolente,
Morreu fugindo e desflorando o Lírio.[14]

Vejam só, como ele bate no próprio peito!
E vejam como a outra sombra suspira,
Descansando o rosto na palma da mão.[15]

Eles são o pai e o cunhado do mal da França;[16]
Conhecem sua vida cheia de faltas e vícios,
E daí vem a dor que tanto os atormenta.

Aquele outro, que tem um aspecto tão robusto[17]
E canta em dueto com aquele de nariz proeminente,[18]
Foi cingido com o cordão de todas as virtudes.[19]

E, se o jovem ali sentado atrás dele
Tivesse permanecido como seu sucessor,
O valor teria sido transmitido de pai para filho.[20]

Não se pode dizer isto de seus outros herdeiros;
Jaime e Frederico possuem seus próprios reinos,
120 Mas nenhum deles herdou o melhor legado.

Pois é raro que seja transmitida, de pai para filho,
A virtude humana; e isto é desejado
Por Aquele que a concede, para que se peça por ela.

Minhas palavras também se referem ao narigudo,[21]
Não menos que ao outro, Pedro, que canta com ele,
Pois seu herdeiro traz aflição à Apúlia e à Provença.[22]

A planta não é melhor que a sua semente:
Mais do que Beatriz e Margarida,[23]
Constança[24] ainda se orgulha de seu marido.

130 Vejam ali o rei que levou uma vida simples:
Afastado e sozinho, eis Henrique da Inglaterra,[25]
Que teve uma melhor sorte com seus filhos.

Aquele que está sentado no lugar mais baixo,
Olhando para cima, é o marquês Guglielmo;[26]
Por causa de sua guerra com Alessandria,

Ele ainda faz chorar Monferrato e Canavese."

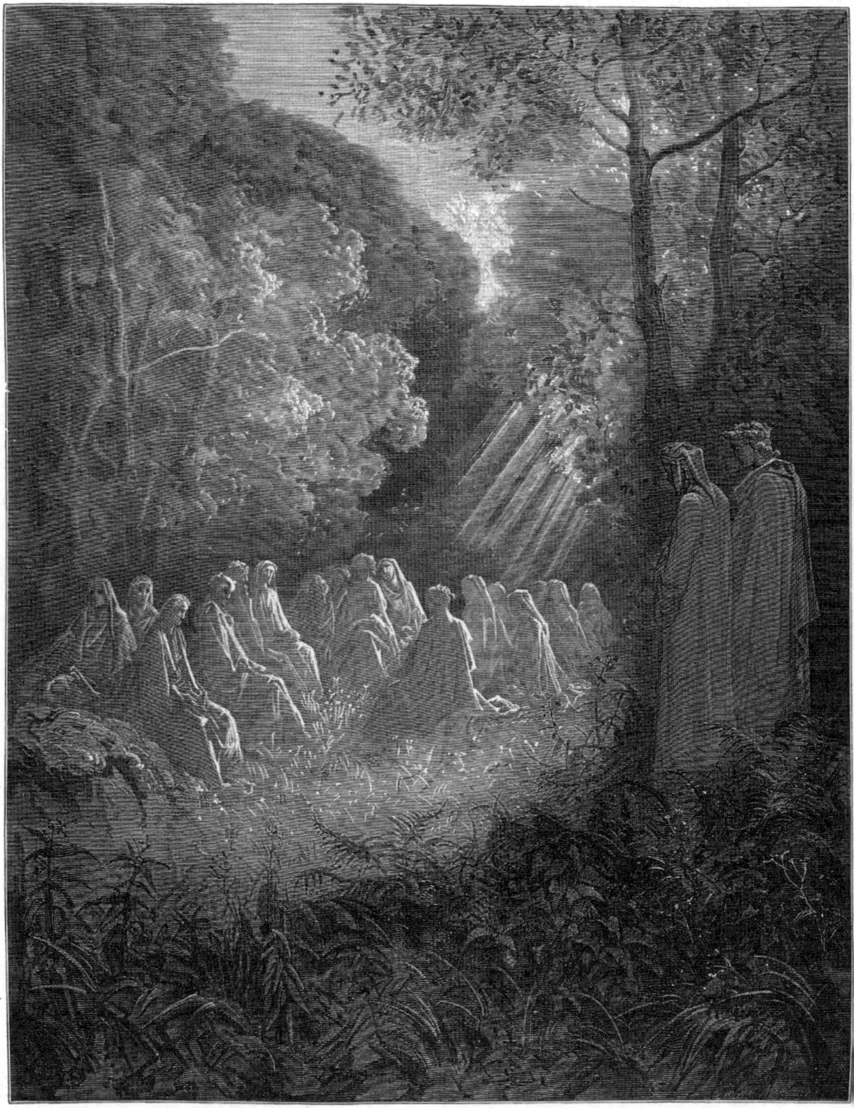

Notas

1. O abraço entre os conterrâneos Sordello e Virgílio, no Canto VI. 75.

2. *Como um servo abraça o seu senhor*: no original: *"e abbracciò là dove il minor s'appiglia"*. Sordello se ajoelhou e abraçou os joelhos ou os pés de Virgílio, como um servo abraça o seu mestre. Também seguiu proferindo palavras de exaltação comovente, que são uma nova homenagem de Dante ao seu mestre e autor.

3. Virgílio se refere ao Primeiro Círculo do *Inferno*, o Limbo (ver *Inferno* IV. 25).

4. As três virtudes teológicas: fé, esperança e caridade.

5. As quatro virtudes cardeais: prudência, justiça, fortaleza e temperança, também mencionadas em *Purgatório* I. 23.

6. *Carmim*: no original, *cocco*. O carmim é um corante natural vermelho, extraído do inseto conhecido como cochonilha.

7. *Alvaiade*: no original, *biacca*. O alvaiade é feito do carbonato de chumbo, um pó branco de textura suave, e era utilizado antigamente na composição de tintas e cosméticos. Passou a ser proibido na maioria dos países, porque era comum que provocasse o envenenamento por chumbo.

8. Índigo: pigmento azul de origem vegetal, conhecido na Ásia há mais de 4 mil anos. Nas regiões do Sahel, na Mauritânia, o índigo é um dos maiores símbolos de prestígio e nobreza. A túnica dos tuaregues, por exemplo, é toda tingida de índigo. Nas áreas do corpo que não são cobertas por roupas, os mauritanos espalham uma poeira de índigo que os protege da luz solar. Isso deu origem ao apelido de "homens azuis" para os povos nômades da região.

9. Rodolfo I, da casa de Habsburgo, primeiro imperador germânico a receber o título de rei dos romanos, pai do rei Alberto (*Purgatório* VI. 98). A eleição de Rodolfo marcou o fim do *Grande Interregno*, período em que o Império Romano ficou sem imperador após a morte de Frederico II, em 1250. Rodolfo foi coroado em Aix-la-Chapelle, em 1273, mas não foi até Roma para ser coroado.

10. Uma alusão ao imperador Henrique VII de Luxemburgo e sua tentativa de restauração da Itália.

11. A Boêmia, região histórica da Europa Central, era banhada pelos rios Elba, Moldava e Ohre. Foi parte do Sacro Império Romano-Germânico, do Império Austríaco e do Império Austro-Húngaro. Hoje corresponde ao território da República Tcheca.

12. Ottokar II, rei da Boêmia, conhecido como o Rei de Ferro e Ouro. Ottokar teve a coroa imperial germânica usurpada por Rodolfo, e não reconheceu a autoridade do novo imperador. Ele reuniu um grande exército para enfrentar as forças de Rodolfo e de seu aliado, o rei Ladislau IV da Hungria, mas foi derrotado e morto na batalha de Marchfeld, em 1278.

13 Venceslau II, rei da Boêmia e da Polônia. Dizia-se que era o mais belo entre todos os homens, mas não era um homem de armas; por isso Dante o acusa de viver no luxo e no ócio. Venceslau II é considerado um dos reis mais importantes da história tcheca. Construiu um grande império, que se estendia do Mar Báltico até o rio Danúbio, e estabeleceu várias cidades. Em seu reinado de paz, o reino da Boêmia foi o maior produtor de prata da Europa. Ele criou o centavo de Praga, que foi uma importante moeda europeia durante vários séculos.

14 O rei de nariz achatado é Filipe III da França, o Ousado, filho do rei Luís IX (São Luís). Após a sua tentativa de invadir a Catalunha em 1285, ele foi duramente derrotado por Pedro III de Aragão, tanto por terra quanto por mar; Pedro massacrou o exército francês, mas poupou a família real. O seu filho Filipe (o Belo) tentou negociar a passagem da sua família através dos Pireneus, mas recebeu uma recusa. O rei Filipe III acabou falecendo no exílio, em outra dura batalha naquele mesmo ano. O "lírio desonrado" mencionado no verso 104 é a flor-de-lis, símbolo da monarquia francesa. Filipe III é o rei que foi levado por sua esposa, Marie de Brabant, a condenar Pier de la Brosse ao enforcamento (*Purgatório* VI. 22-24).

15 O príncipe de aspecto benevolente (linha 104) que descansa o rosto sobre a mão é Henrique II de Navarra, conhecido como o Gordo, irmão do bom rei Teobaldo II (*Inferno* XXII. 52).

16 *O Mal da França*: Filipe IV da França, chamado de Filipe, o Belo. Era filho de Filipe III e genro de Henrique de Navarra. Foi um rei polêmico, estando no centro da tentativa de deposição do papa Bonifácio VIII, o grande desafeto de Dante (*Inferno* VI. 69) e da transferência do papado para a cidade de Avignon – o que criou as condições para a eclosão da Guerra dos Cem Anos, algumas décadas após a sua morte. Também foi no seu reinado, em 13 de outubro de 1307, que foi extinta a Ordem dos Cavaleiros Templários – fato que provavelmente originou a superstição da "sexta-feira 13".

17 O príncipe robusto é Pedro III de Aragão (1276-1285). Era inimigo de Carlos d'Anjou e seu rival na luta pelo trono da Sicília (ver nota seguinte); mas aqui os dois são encontrados juntos no *Purgatório*, cantando em dueto no Vale dos Príncipes Negligentes. Tornou-se rei consorte da Sicília ao casar-se com a rainha Constança II, filha do rei Manfredo (*Purgatório* III, 115-117).

18 O príncipe de nariz proeminente é Carlos I ou Carlos d'Anjou, rei da Sicília. Era o filho mais novo do rei Luís VIII da França, e irmão de Luís IX (mais tarde canonizado como São Luís). Sua linhagem real na Sicília coexistiu com a linhagem de Pedro III de Aragão (casado com a rainha Constança II, filha do rei Manfredo e legítima herdeira

do trono da Sicília). Os dois reinos coexistiram por mais de um século, com Carlos e seus sucessores governando no sul da Itália (conhecido como Reino de Nápoles), enquanto Pedro e seus descendentes governaram a ilha da Sicília.

19   A imagem do cordão como representação da sobriedade e propósito virtuoso é recorrente na obra de Dante. Veja também a nota em *Inferno* XVI. 114.

20   O rei Pedro III de Aragão e a rainha Constança II da Sicília tiveram quatro filhos: Afonso III (rei de Aragão, que morreu jovem sem deixar herdeiros), Jaime II (rei de Aragão, após a morte do irmão Afonso), Frederico II (rei da Sicília), e Pedro (que não se tornou rei). Não sabemos se o jovem mencionado na linha 115 é Afonso ou Pedro.

21   *O narigudo*: Carlos d'Anjou (verso 113).

22   De acordo com Dante, esses dois reinos estavam sendo mal governados por Carlos II, o Coxo (filho e sucessor de Carlos d'Anjou).

23   *Beatriz e Margarida*: filhas de Raimundo Berengário V, rei da Provença. A primeira se casou com São Luís (Luís IX, rei da França) e a segunda se casou com o irmão dele, Carlos d'Anjou.

24   Constança II, esposa de Pedro III de Aragão (ver notas anteriores).

25   Este é o rei Henrique III da Inglaterra. Era conhecido por sua piedade, pelas grandes cerimônias religiosas que promovia e pelas generosas doações à caridade; mas as grandes quantias eram arrecadadas dos judeus, por meio de altos impostos e débitos. Seu sucessor foi o rei Eduardo I, que expulsou os judeus da Inglaterra em 1290. Tudo isso justifica a amarga ironia de Dante/Sordello na menção de uma "vida simples" e "sorte com os filhos".

26   Este é o marquês Guglielmo VII de Monferrato. Sua filha, Irene de Monferrato, casou-se com o imperador bizantino Andrônico II Paleólogo e tornou-se imperatriz-consorte do Oriente. O marquês Guglielmo, que era gibelino, foi capturado em 1290 pelos guelfos de Alessandria, cidade na região do Piemonte que lutava por independência. Foi preso em uma gaiola de madeira e ficou exposto ao público como uma fera, por dezoito meses, até a sua morte. Como consequência, travou-se uma guerra sangrenta entre Alessandria e as províncias de Monferrato e Canavese.

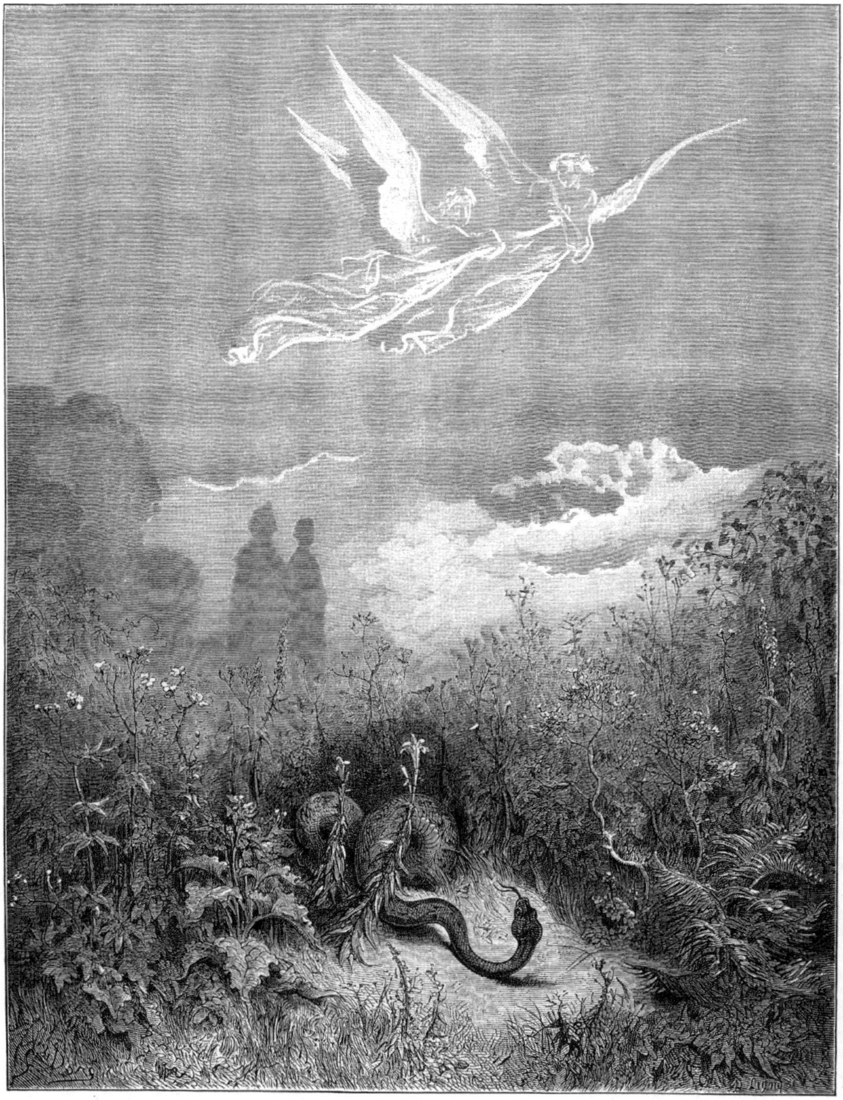

Canto VIII

OS ANJOS E A SERPENTE – NINO VISCONTI – AS TRÊS ESTRELAS – CORRADO MALASPINA

Já era a hora que desperta a nostalgia nos marinheiros,
Quando recordam em seus corações a pátria distante
E o dia em que se despediram de amigos queridos;

A hora em que a saudade trespassa o coração
Do jovem peregrino, que ouve ao longe os sinos
Que parecem se lamentar pela morte do dia.

Foi quando ouvi algo que me chamou a atenção
E observei que uma dessas almas tinha se levantado,
E fazia sinal com a mão, pedindo nossa atenção.

10 Ele juntou as palmas das mãos e, erguendo-as,
Olhou para o leste, como se dissesse a Deus:
"Senhor, somente a Tua graça me basta."

"*Te lucis ante...*"[1] – ele então começou a cantar
Com tanta devoção, e com notas tão doces
Que isso absorveu toda a minha atenção.

E então as outras almas o seguiram
Com devoção e doçura, durante todo o hino,
Tendo os olhos voltados para as luzes celestiais.

Ó leitor, aguce bem o seu olhar para a verdade,
20 Pois aqui o véu da alegoria se tornará tão fino
Que não será difícil vermos através dele.

Aquele nobre grupo de almas, cessando seu canto
Ficou em silêncio; e todas olharam para cima,
Pálidas e humildes, como se esperassem por algo.

E então eu vi, irrompendo e descendo do Céu,
Dois anjos com espadas flamejantes,
Cujas lâminas eram quebradas e sem pontas.

Suas vestes eram verdes como folhas novas
E eles agitavam velozes, atrás de si,
30   As verdes plumas de suas grandes asas.

Um deles ficou um pouco acima de nós,
Enquanto o outro desceu do lado oposto,
E o grupo de almas se reunia no centro.

Eu via o brilho de seus cabelos louros,
Mas estava mais deslumbrado com seus rostos
Que deixaram os meus sentidos desnorteados.

"Ambos vêm do seio de Maria", disse Sordello,
"Para tomar seus postos como guardiões do vale
Contra a serpente que logo aparecerá."

40   E eu, que não sabia para onde fugir,
Congelado de medo, olhei à minha volta;
E abracei-me ao meu Guia de confiança.

E Sordello continuou: "Agora podemos descer,
E conversar com as grandes sombras do vale;
Para elas, será um grande prazer conhecê-los."

Eu creio ter descido apenas três degraus,
E já estava lá embaixo; foi quando vi uma alma
Que me encarava; e então nossos olhares se cruzaram.

O céu, naquela hora, já estava escurecendo;
50   Mas não tão escuro, a ponto de privar os meus olhos
De reconhecerem aquele ilustre desconhecido.

Ele veio ao meu encontro, e eu me aproximei:
"Ó nobre juiz Nino![2] Como fico feliz em ver
Que tua alma não está entre os condenados!"

Então nos cumprimentamos, com muita cortesia,
E ele me perguntou: "Há quanto tempo você chegou,
Pelas águas distantes, à encosta desta montanha?"

Eu respondi: "Ah! Tendo passado pelas tristes regiões,
Cheguei nesta manhã; e ainda estou na primeira vida,
E, ao final desta jornada, alcançarei o Céu."

E assim que minha resposta foi ouvida,
Ele e Sordello recuaram, sobressaltados,
Como se, de repente, estivessem perdidos.

Um virou-se para Virgílio, e o outro gritou
A alguém que estava ali sentado: "Venha, Corrado!
Venha ver o que Deus permitiu, por Sua graça!"

Então ele me disse: "Em nome dessa graça especial,
Concedida por Aquele que não nos permite
Conhecer a primeira razão, nem os desígnios de Sua obra;

Quando cruzar o rio e passar as largas ondas,
Peça à minha Giovanna[3] que reze por mim lá na Terra,
Onde as preces dos inocentes são atendidas.

Creio que a mãe dela não sinta mais amor por mim,
Pois ela já renunciou aos seus véus brancos;
Mas, pobre mulher! Logo desejará usá-los novamente.[4]

Pelo seu exemplo, podemos entender facilmente
Quão breve é a chama do amor de uma mulher,
Se um toque ou olhar não o reavivam constantemente.

A serpente ostentada pelos milaneses
Não adornará tão bem o seu sepulcro
Quanto teria feito o galo de Gallura."[5]

Assim ele falou; e sua expressão mostrava
Aquela justa indignação que, embora flamejante,
Ardia moderadamente em seu coração.

Então meus olhos ávidos se voltaram para o céu,
Em um lugar onde as estrelas giravam mais lentas,
Como os raios de uma roda, mais perto de seu eixo.

E meu Guia: "Filho, para onde você está olhando?"
E eu respondi: "Estou olhando para aquelas três luzes
Que iluminam todo o céu do Sul, com seu esplendor."

Depois ele para mim: "As quatro estrelas brilhantes,
Que você viu esta manhã, estão agora atrás do monte;
E onde estavam aquelas, surgiram estas três."[6]

Enquanto ele falava, Sordello puxou-o para si
E disse: "Veja ali, o nosso antigo adversário!"[7]
E levantou o dedo para apontá-lo.

No lado desprotegido daquele pequeno vale,
Havia uma serpente, bem parecida, talvez,
Com aquela que deu a Eva o amargo fruto.

A cobra maligna rastejava na grama, entre as flores;
E às vezes virava a cabeça para trás,
Lambendo as costas, como uma fera que se alisa.

Eu não vi e, portanto, não posso dizer
Como os falcões celestes fizeram seu movimento,
Mas percebi claramente que os dois atacavam.

Ao ouvir aquelas asas verdes dividindo o ar,
A serpente fugiu, e os anjos foram embora
Voando juntos para sua bendita estação.

A alma que tinha se aproximado do juiz
Quando fora chamada, durante todo o ataque,
Não tirou os olhos de mim por um só momento.

Ela começou: "Que essa luz que o conduz até o alto
Seja alimentada por tua ardente fé e boa vontade,
E que ela possa durar, até chegares ao sublime esmalto.[8]

E, se acaso tiveres notícias verdadeiras
Do Vale de Magra, ou das terras ali próximas,
Conte tudo para mim, pois ali eu fui poderoso.

Corrado Malaspina[9] era meu nome.
Não o Velho, mas sim seu descendente;
120   E aqui o meu amor egoísta é purificado."

Eu respondi: "Oh! Nunca estive em tuas terras;
Mas haverá algum lugar em toda a Europa
Onde elas não sejam conhecidas?

Tal renome ainda honra a tua família,
Aclamada por todos os grandes e pequenos,
Mesmo aqueles que nunca lá estiveram.

E eu juro, por esta escalada que me aguarda,
Que tua honrada casa ainda tem glória
E ainda tem valor, na bolsa e na espada.

130   A nobreza e a natureza a privilegiam tanto,
Que, ainda que o mundo esteja sob o domínio do mal,[10]
Tua casa segue reta, e se afasta do mau caminho."

E ele respondeu: "Agora vá; e naquela cama
Que é coberta pelas quatro patas do Carneiro,
O Sol não terá se deitado sete vezes,[11]

Antes que esta opinião graciosa e cortês
Fique pregada no centro de tua cabeça,
Com pregos mais fortes do que qualquer discurso,

Isso se os decretos divinos não mudarem."[12]

Notas

1 *Te lucis ante*: "Antes que o dia termine", são as primeiras palavras do hino das *Completas*, oração litúrgica do final do dia, para a proteção contra os pesadelos e espíritos da noite." (Helder da Rocha, 2000).

2 Este é o juiz Nino dei Visconti de Pisa, neto do conde Ugolino e juiz de Gallura, na Sardenha. As rivalidades entre Nino e seu avô Ugolino são relatadas na nota explicativa em *Inferno* XXXIII. 13. Dante o conheceu no cerco de Caprona, em 1290, onde viu os soldados rendidos serem atacados (*Inferno* XXI. 94) Foi este "gentil juiz" que mandou enforcar o Frei Gomita de Gallura por peculato (*Inferno* XXII. 81).

3 Giovanna, a filha de Nino, ainda era jovem e vivia no ano de 1300.

4 A viúva de Nino Visconti, Beatriz d'Este, casou-se com Galeazzo dei Visconti de Milão; e Nino "profetiza" que ela será tão maltratada pelo novo marido que logo desejará ser viúva novamente.

5 *A Víbora de Milão e o Galo de Gallura*: O brasão da família de Galeazzo, os Visconti de Milão, ostenta uma serpente. O da família de Nino, os Visconti de Gallura, ostenta um galo. Nino argumenta que teria sido melhor para Beatriz se ela tivesse morrido como sua esposa, do que como esposa de Galeazzo (Helder da Rocha, 2000).

6 Segundo a nota da tradução de Xavier Pinheiro (1955), essas três estrelas seriam Canopus (*Alpha Carinae*), Achernar (*Alpha Eridanus*) e Alpha Doradus. Elas representam alegoricamente as três virtudes teológicas (fé, esperança e caridade). As quatro estrelas da manhã (*Purgatório* I. 23) são as virtudes cardeais da vida ativa, enquanto estas três estrelas anunciam a noite e a vida contemplativa.

7 Assim como os nomes de Jesus e de Maria não são pronunciados no *Inferno*, o Diabo também não é chamado pelo nome no *Purgatório*. Ver também *Purgatório* XI. 20.

8 No original: *al sommo smalto* ("ao mais alto esmalte"). Talvez seja uma referência ao Paraíso Terrestre, esmaltado de flores (*Purgatório* XXVIII. 42), ou o Céu mais alto, esmaltado de azul. A pedra-azul, também conhecida como lápis-lazúli, é um equivalente justo para o italiano *smalto*, particularmente se for uma referência sobre o céu.

9 Este é Corrado Malaspina, conhecido como *o Jovem*. Sua família nobre era da cidade de Lunigiana, no vale do rio Magra (limite que separa os genoveses e os toscanos).

10 Mais uma alusão ao Papa Bonifácio VIII.

11 Antes que o Sol esteja sete vezes em Áries, ou antes que se passem sete anos. Corrado anuncia que Dante comprovará a hospitalidade de sua casa em menos de sete anos, após este encontro no *Purgatório* – o que realmente ocorre em 1306, quando Dante é acolhido em seu

exílio pelo filho de Corrado, o guelfo negro Moroello Malaspina (que foi chamado por Dante como "o vapor do vale de Magra" – *Inferno* XXIV. 245)

12 Com este Canto termina o primeiro dia de Dante e Virgílio no *Purgatório*, conforme indicado pela descrição do anoitecer, em seu início, e pelo surgimento das estrelas (linha 89).

Canto IX

O PRIMEIRO SONHO DE DANTE – A ENTRADA DO PURGATÓRIO – OS SETE Ps.

Aquela que dormia ao lado do velho Titônio[1]
Já mostrava seu pálido rosto no balcão do Oriente,
Após ter rejeitado os abraços de seu doce amante.

Sua testa brilhava, refletindo as pedras preciosas
Que formavam no céu a figura do frio animal
De venenosa cauda, que fere todas as nações.[2]

E a noite, ali no vale onde estávamos,
Já tinha se movido, subindo dois degraus,
E inclinava suas asas para subir o terceiro.[3]

10 E então eu, que trazia comigo alguma coisa de Adão,[4]
Tomado pelo sono, deitei-me na grama
Onde já estávamos todos os cinco sentados.

Naquela hora perto do amanhecer,[5]
Quando a andorinha começa seu canto triste
Talvez se lembrando de suas primeiras dores,[6]

E quando nossa mente, desprendida do corpo,
Torna-se menos ocupada pelos pensamentos
E tem sonhos reveladores, quase divinos,

Pensei ter visto em meu sonho uma águia
20 De penas douradas, fazendo círculos no céu,
Com as asas abertas, preparando-se para descer.[7]

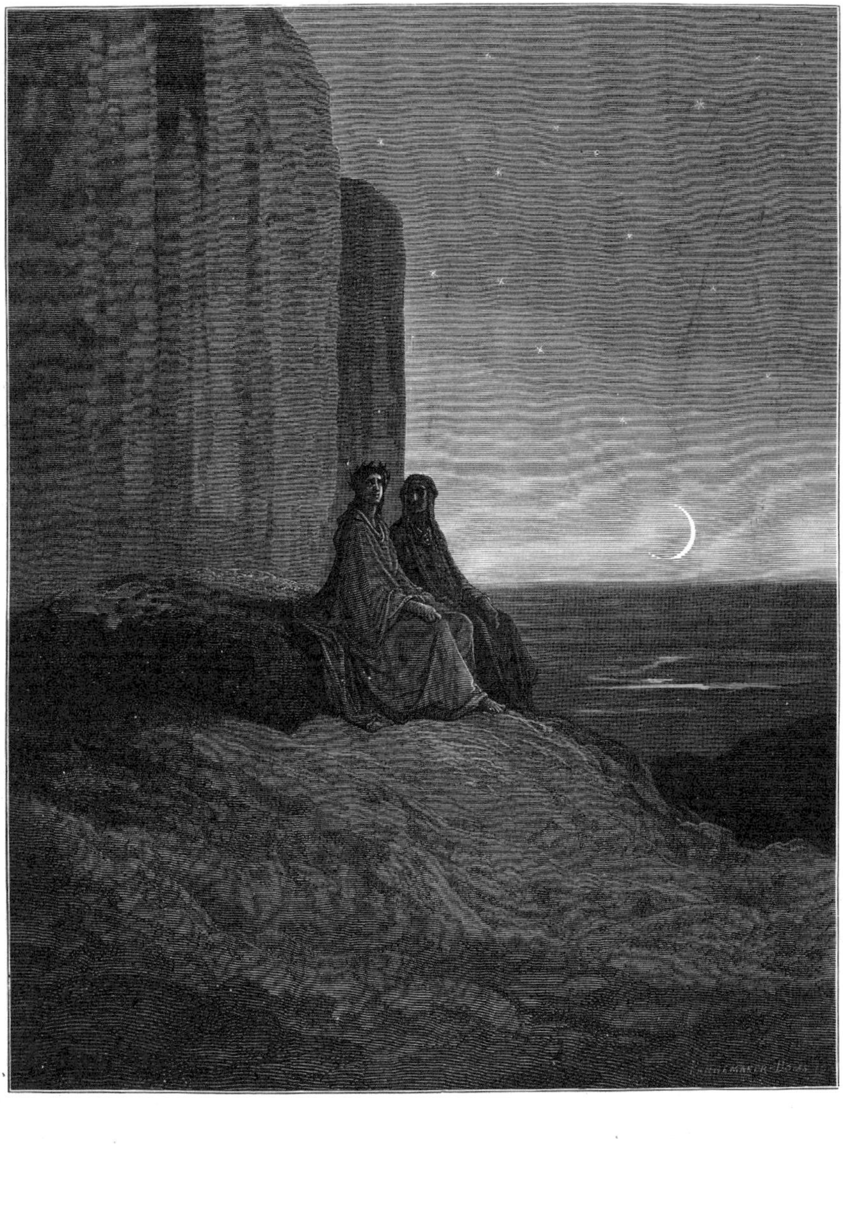

E eu parecia estar no lugar onde Ganímedes[8]
Foi separado de seus antigos companheiros,
Quando foi levado para o supremo consistório.[9]

Eu pensei comigo mesmo: "Talvez esta águia
Esteja acostumada a arrebatar aqui suas presas,
E talvez desdenhe de caçar em outro lugar."

Então me pareceu que, depois de alguns giros,
Ela descia, terrível como um relâmpago,
30   E me arrebatava em direção ao fogo.

E imaginei que eu estava queimando com ela;
E aquele fogo imaginário me queimou
De tal maneira, que eu inevitavelmente acordei.

Aquiles não acordou de forma diferente
Revolvendo em torno seus olhos assustados,
Ainda sem reconhecer em que reino estava,

Quando sua mãe o tirou do berço de Quíron
E levou-o nos braços, adormecido, até Ésquiro:
A ilha de onde, mais tarde, os gregos o levaram.[10]

40   Assim eu despertei, pálido como um morto,
Enquanto o sono desaparecia do meu rosto
Como um homem assustado que estremece.

O único ao meu lado era o meu Consolador;
O sol já estava alto havia mais de duas horas,
E o meu olhar estava voltado para o mar.

E o meu senhor disse: "Não tema, fique tranquilo;
Pois estamos seguindo bem em nosso caminho;
Não desanime, mas renove todas as suas forças.

Você chegou agora ao Purgatório:
50   Veja a parede rochosa que o envolve;
Veja a sua entrada, ali onde o muro se divide.

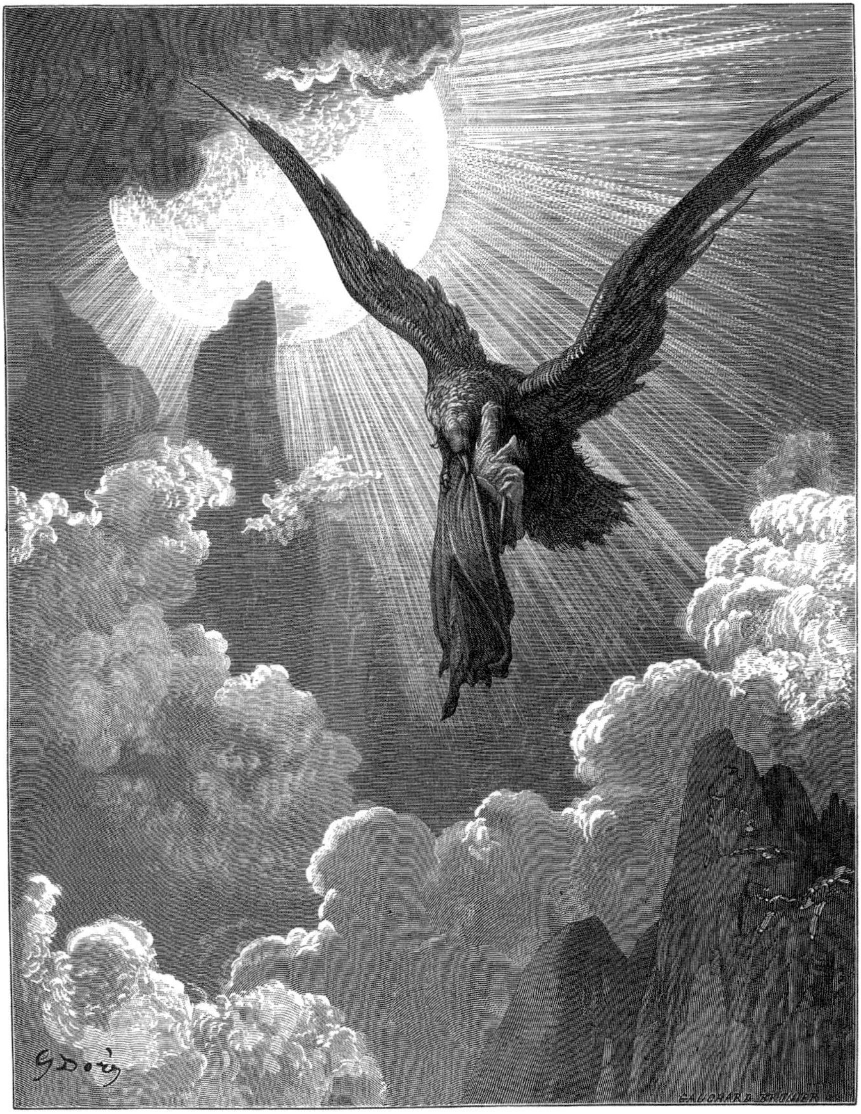

Agora há pouco, no momento em que o sol raiava
E enquanto a tua alma interior dormia,
Naquele lugar lá embaixo, enfeitado de flores

Uma senhora apareceu, e disse: 'Eu sou Lúcia;[11]
Deixe-me levar este que está dormindo,
E assim o ajudarei a prosseguir em seu caminho.'

Sordello ficou para trás, com as outras almas nobres.
E ela carregou você; e assim que amanheceu,
60 Ela subiu até aqui, e eu segui seus passos.

E aqui ela o pôs no chão; e seus lindos olhos
Mostraram para mim aquela entrada aberta;
Então ela foi embora, assim como o teu sonho."[12]

Assim como alguém que estava em dúvida
Mas se tranquiliza, e o medo se torna confiança
Depois que a verdade lhe é revelada,

Assim fiquei eu; e quando meu Mestre viu
Que eu estava tranquilo, livre da hesitação,
Ele subiu em direção à rocha, e eu o segui.

70 Ó leitor, você percebe claramente como se eleva
O motivo do meu cantar; então, não se surpreenda
Se eu agora fortalecê-lo com mais refinada arte.

Estávamos nos aproximando daquele ponto
Onde antes me parecia que a rocha estava quebrada
Tal como uma parede, dividida por uma fenda;

E vi uma porta, e vi também três degraus
Em três cores diferentes, para chegar até ela;
E o porteiro, que a guardava, nada dizia.

E quando pude olhá-lo com mais atenção,
80 Notei que ele se assentava sobre o degrau superior.
Seu rosto era tão radiante que eu não conseguia fitá-lo.

Em sua mão, ele segurava uma espada nua,[13]
A refletir de tal forma os raios em nossa direção
Que, por mais que eu tentasse, não conseguia ver nada.

Ele se manifestou: "Fale a partir daí. O que procura?
Onde está sua escolta? Tenha cuidado,
Para que esta escalada não venha a feri-lo."

Meu Mestre respondeu: "Veio do Céu até nós
Uma santa senhora, bem sábia sobre essas coisas,
E acabou de nos dizer: 'Vão! Aquela é a porta.'"

"Que ela possa ajudá-lo em seu feliz caminho!"
Respondeu então o gracioso guardião;
"Avancem, portanto, e subam os degraus."[14]

Então seguimos: o primeiro degrau era de mármore,[15]
Branco como nunca vi, tão claro e polido
Que eu nele me espelhava, como apareço em vida.

O segundo degrau, mais escuro do que a perse,[16]
Era de rocha áspera e dura, como se fosse queimada,
E rachaduras cruzavam seu comprimento e largura.

O terceiro, bem destacado acima de todos,
Pareceu a mim ser de pórfiro,[17] bem flamejante
Tal como o sangue que jorra das nossas veias.[18]

Sobre este degrau superior, o anjo de Deus
Pousava seus pés, assentado sobre a soleira
Que aos meus olhos parecia ser feita de diamante.

Meu Guia, com gentileza e muita boa vontade,
Ajudou-me a ascender por estes três degraus,
Dizendo: "Peça humildemente a ele que abra a porta."

Atirei-me com devoção aos pés sagrados do anjo,
E pedi a ele que abrisse, por misericórdia;
Mas primeiro eu bati três vezes no meu peito.

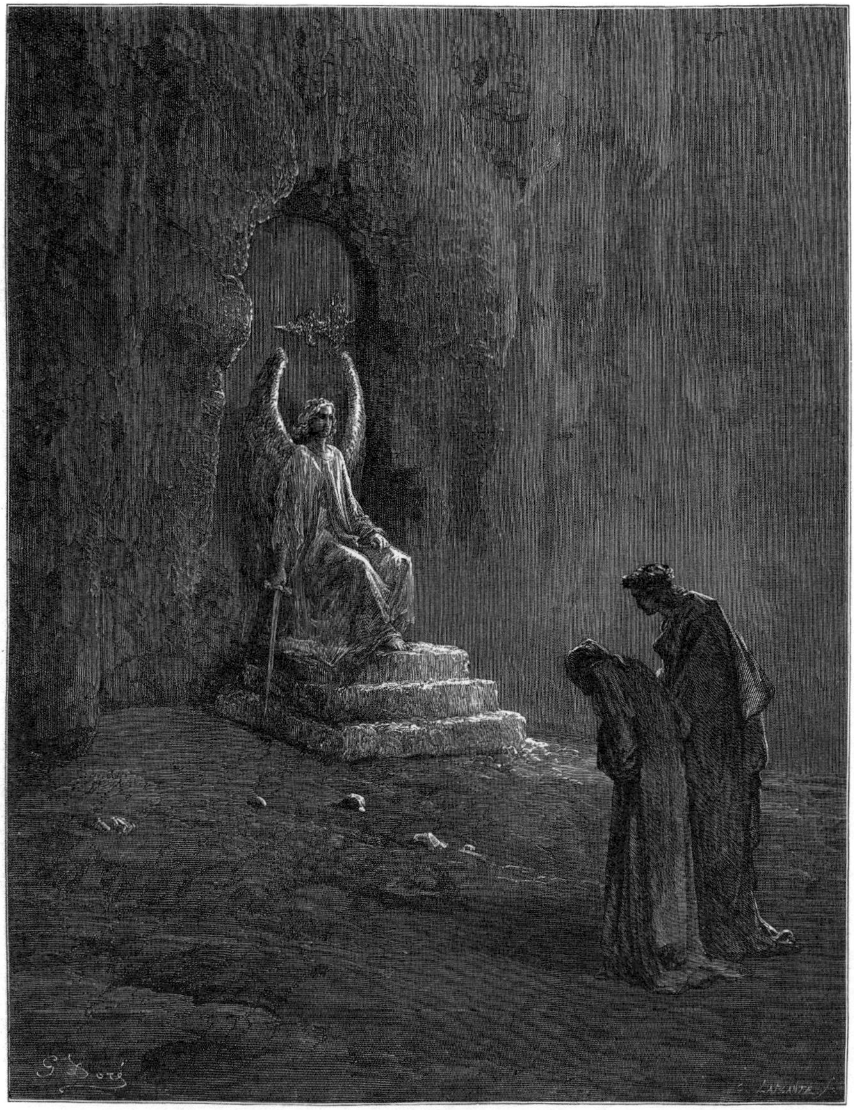
G. Doré

E então ele escreveu "P" na minha testa sete vezes[19]
Com a ponta da espada, e disse: "Ao adentrar,
Cuide para que estas feridas sejam limpas."[20]

A cor de suas vestes era idêntica à das cinzas,[21]
Ou como a terra seca, que acabou de ser revolvida;
E, do interior desse manto, ele sacou duas chaves.

Uma era de prata, a primeira que utilizou;
A segunda chave que girou era de ouro;[22]
120 E, desta maneira, ele atendeu ao meu desejo.

"Sempre que uma destas chaves falhar
E não girar corretamente na fechadura,
Esta porta não se abrirá", disse ele.

"Uma é mais preciosa, mas a outra requer
Muita arte e engenho em seu manuseio,
Pois essa é a chave que desfaz o nó.

De Pedro as recebi; e ele me ensinou que é bom errar
E abrir a porta, ao invés de mantê-la cerrada,
Sempre que um contrito se lançar aos meus pés."

130 Então ele empurrou a aldrava da porta sagrada,
Dizendo: "Entrem, mas ouçam o meu aviso:
Aqueles que olham para trás não podem entrar."[23]

E quando giraram em suas dobradiças
Feitas em metal maciço e retumbante
As duas bandas daquele portal sagrado,

Não rangeu tão alto[24] a rocha de Tarpeia
Quando o bom Metello foi dela retirado,
E ela foi pilhada, assim, de seu tesouro.[25]

Eu me voltei, atento, ao ouvir um primeiro som:
140 Parecia soar pelos ares o *Te Deum laudamus*,[26]
Em vozes que se misturavam com uma doce melodia.

E aquilo que eu ouvia me enlevava a tal ponto,
Que me veio então à mente aquela imagem
De quando se ouve um órgão, a acompanhar uma canção;

E ora sim, ora não, as palavras são compreendidas.

Notas

1. Dante inicia o Nono Canto com uma ousada imagem para Aurora, a deusa do amanhecer – algo que nunca fora feito por qualquer outro poeta: ele a apresenta como amante de Titônio (irmão de Príamo, rei de Troia). O mortal Titônio foi raptado por Aurora, e esta pediu aos deuses que o tornassem imortal, para que pudesse viver com ela para sempre. No entanto, ela se esqueceu de pedir para ele a juventude eterna. Como resultado, Titônio acabou envelhecendo eternamente. Quando ele ficou velho e decrépito, Aurora o abandonou.

2. A constelação de Escorpião, no hemisfério norte.

3. Enquanto o Sol nascia no hemisfério norte, era noite no *Purgatório*. Os versos indicam que eram quase três horas após o pôr do sol ("três degraus"), ou seja, eram quase nove horas da noite.

4. *Alguma coisa de Adão*: o seu corpo físico.

5. Havia uma crença generalizada de que os sonhos mais verdadeiros eram os que vinham na parte da manhã, pouco antes de despertar (ver também *Inferno* XXVI. 7).

6. Dante se refere ao mito de Procne e de sua irmã Filomela. Tereu, o marido de Procne, apaixonou-se por Filomela e a violentou. Cheias de mágoa, Procne e Filomela planejaram uma vingança e serviram a Tereu a carne de seu próprio filho Ítis. Como os três haviam sido cegados pela ira, foram transformados em aves: Tereu tornou-se uma águia, Procne foi transformada em andorinha, e Filomela tornou-se um rouxinol (*Metamorfoses* VI).

7. A imagem da ave de rapina que voa em círculos descendentes também foi utilizada por Dante para descrever o voo de Gerião (*Inferno* XVII. 127-132).

8. *Ganímedes*: os versos 22 a 24 indicam o monte Ida, em Troia, onde Ganímedes foi sequestrado por Júpiter. Ele foi transformado em águia e levado ao Olimpo, para servir como copeiro dos deuses.

9. *O supremo consistório*: o Olimpo, o conselho dos deuses (no original: *il sommo consistorio*).

10. Para evitar que Aquiles lutasse no cerco de Troia, sua mãe Tétis o tirou dos cuidados do centauro Quíron e levou-o às escondidas para a corte de Licomedes, rei de Ésquiro. Mais tarde, Ulisses o atrairia para longe de seu refúgio e o levaria para a guerra (ver também *Inferno* XXVI. 62).

11. Esta é Santa Lúcia ou Santa Luzia, a graça iluminadora do Céu e padroeira de Dante. Ela é uma das três senhoras do Céu que se preocupavam com a salvação de Dante (ver *Inferno* II. 97).

12. *O sonho de Dante*: Neste ponto, Virgílio revela a Dante que a águia de seu sonho é na verdade Santa Lúcia, que veio interceder por ele e o carregou, enquanto ele dormia.

Este é o primeiro dos três sonhos que Dante terá no *Purgatório*.

13 O anjo guardião do *Purgatório* representa a autoridade dos sacerdotes e confessores da Igreja Católica. Ele porta uma espada, que representa a palavra de Deus (*Efésios* VI. 17). Também guarda consigo as chaves do Reino dos Céus, que foram dadas por Jesus a São Pedro (*Mateus* XVI. 19), dando a ele autoridade para ligar e desligar (perdoar os pecados ou condená-los – ver também *Inferno* XXVII. 120).

14 Os três degraus na porta do *Purgatório* simbolizam as três fases da penitência: a confissão, a contrição e a purificação (ver notas seguintes).

15 O primeiro degrau é feito de mármore branco, tão polido que Dante consegue ver o próprio reflexo. Representa a confissão, que é o ato de reconhecer o pecado.

16 O segundo degrau, de cor escura e aspecto deteriorado, representa a contrição ou o arrependimento do pecador. A cor *perse*, segundo o próprio Dante, é uma cor entre o roxo e o preto, mas o preto predomina (*Convívio*, Tratado IV, Capítulo XX). A mesma palavra é utilizada por Dante para identificar a cor da água do rio Estige, representando a culpa dos pecadores que ali mergulhavam (*Inferno* VII. 104).

17 *Pórfiro*: rocha ígnea composta por pequenos cristais, semelhante ao que conhecemos como granito.

18 O terceiro degrau, que é vermelho como o sangue de Cristo, simboliza a purificação ou arrependimento, pelo qual o pecador alcança a absolvição do pecado.

19 Com sua espada (a Palavra de Deus), o anjo grava sete Ps na testa de Dante, o que obviamente representa os sete pecados capitais. O poeta deverá purificá-los durante a subida da montanha.

20 O anjo quer dizer que, depois de entrar no *Purgatório*, Dante deverá expiar os sete pecados mortais; e cada P deverá ser apagado. A subida de Dante pela montanha, portanto, representa um caminho de purificação moral; sendo análoga em alguns aspectos à descida ao *Inferno*, se lembrarmos que a colina em Jerusalém representava a felicidade terrena (*Inferno* I. 77-78), e que o poeta era incapaz de vencê-la por causa do pecado das três feras (incontinência, violência e malícia).

21 O manto cinza é um símbolo da mortificação da penitência, e também da humildade do confessor.

22 A chave de ouro representa a autoridade dada ao confessor para absolver os pecados; e a chave de prata (que segundo o anjo requer "muita arte e engenho") é a sabedoria que o confessor deve possuir para avaliar os pecados cometidos. Dante enfatiza que ambas foram dadas ao anjo por São Pedro; e que, se uma das duas não funcionar, a porta não se abre. Essa é uma crítica velada de Dante à simonia e ao mercado de

indulgências promovido pela Igreja no século XIV (ver também *Inferno* XIX. 1-4 e *Inferno* XXVII. 120).

23 "E disse Jesus: Ninguém que lança mão do arado e olha para trás é apto para o reino de Deus." (*Lucas* IX. 62).

24 A porta se abre com dificuldade e produz um tremendo rangido, significando que não era aberta havia muito tempo. Isso significa que o perdão de Deus é concedido apenas àqueles que se arrependem sinceramente de seus pecados, e isso acontecia muito raramente.

25 Segundo Lucano (*Farsália* III. 153), quando César chegou à rocha de Tarpeia, local que abrigava os tesouros da República, o tribuno Metello se esforçou para defendê--la; mas César, desembainhando a espada, removeu-o à força e abriu a porta que encerrava o tesouro.

26 *Te Deum laudamus*: "A vós louvamos, ó Senhor". Este é o hino de São Ambrósio, conhecido como *Te Deum*.

Canto X

PRIMEIRO CÍRCULO: SOBERBA

Depois de ter cruzado o umbral da porta
Que o amor pervertido fez cair em desuso,
Pois faz parecer reto o caminho tortuoso,

Ouvi seu rangido, e senti que ela se fechava.
E, se eu tivesse me voltado para olhar,
Qual desculpa seria digna de tal erro?[1]

Subimos por um caminho escavado na rocha
Que avançava e oscilava, tortuosamente,
Assim como uma onda, que se aproxima e recua.

10 "Aqui precisaremos de alguma habilidade",
Meu Guia me avisou, "enquanto caminhamos,
Olhe de um lado e do outro, para não se ferir."[2]

Nossos passos eram tão lentos e hesitantes
Que a Lua já se aproximava de seu leito[3]
Antes de termos saído daquele caminho.

Era como atravessar o fundo de uma agulha;
Mas quando finalmente chegamos até o topo
Em espaço aberto, onde a montanha se alarga,

Eu estava exausto, e ao mesmo tempo incerto.
20 Não sabíamos para onde ir naquele planalto,
Mais ermo do que uma estrada no deserto.

Desde a borda exterior, que limita com o vazio,
Até a base escarpada da montanha,
Media-se três vezes a altura de um homem;

E até onde minha visão alçava seu voo,
Ora para a esquerda, ora para a direita,
Aquele Círculo me pareceu igualmente amplo.[4]

Ainda não tínhamos avançado nossos pés
Quando descobri que, ao redor da parede,
No ponto onde ela se tornava menos íngreme,

Havia gravuras, em alvo mármore entalhadas,
Tão perfeitas, que não apenas Policleto[5]
Mas a própria Natureza se sentiria superada.

O anjo[6] que desceu à Terra com o decreto
Daquela paz, ansiada por longos anos,
E abriu o Céu após o longo interdito

Surgia tão real diante de nossos olhos,
Que seu gracioso gesto, divinamente esculpido,
Parecia não ser uma silenciosa imagem.

Eu poderia jurar que ele dizia: *"Ave!"*,
Pois também estava ali representada Aquela
Que girou a chave para liberar o mais alto Amor.

Em sua atitude, ela parecia estar dizendo:
"Ecce ancilla Dei",[7] de forma tão perfeita,
Como se fosse uma figura entalhada em cera.

"Não detenha seu olhar em apenas um ponto",
Disse o gentil Mestre que estava ali comigo,
Bem do lado onde fica o nosso coração.

Nisto eu desviei o olhar, e pude perceber
Que, um pouco além da figura de Maria,
Na parede ao lado daquele que me guiava,

Havia outra história gravada na rocha;
Então passei por Virgílio e me aproximei,
Para examinar melhor a cena com meus olhos.

Ali, esculpido naquele mesmo mármore,
Estavam a carruagem e os bois com a Arca Sagrada,
Pela qual se teme as tarefas não atribuídas.[8]

Havia pessoas à sua frente, e todas elas,
Divididas em sete coros, atordoaram meus sentidos,
60 Pois um dizia "Não!", e o outro dizia: "Sim, cante!"[9]

Da mesma forma, o incenso ali representado
Fazia meus olhos e o nariz discordarem,
E debaterem entre o "sim" e o "não".

E ia diante dela, como um vaso sagrado,
O humilde salmista, dançando e erguendo seu manto,
E nessa ocasião ele era nada menos que um rei.[10]

Ao fundo dessa cena, olhando pela janela
De um grande palácio, Mical o observava
Como faz uma mulher cheia de escárnio e desdém.[11]

70 E eu movi meus pés, saindo de onde estava,
Um pouco longe de Mical, para ver melhor
Outra cena branca e cintilante, que acenava.

Ali era eternizada a mais alta glória
De um imperador romano; aquele cuja virtude
Conduziu Gregório à sua grande vitória.

Refiro-me ao imperador Trajano;[12]
E uma pobre viúva ladeava seu cavalo,
Banhada em lágrimas, e em grande dor.

Ao seu redor, os cavaleiros se aglomeravam;
80 E acima de suas cabeças, em bandeiras douradas,
As águias imperiais moviam-se ao vento.

No meio dessa multidão, a mulher miserável
Parecia estar pedindo: "Senhor, faça-me justiça
Pelo meu filho que foi morto; é por isso que eu sofro."

E ele parecia responder: "Espere até eu voltar."
E ela, como alguém pressionado pela dor,
Respondia: "Meu senhor, e se não voltar?"

E ele: "Quem vier depois de mim, o fará."
E ela: "Então te beneficias da bondade de outro
90 Se acaso negligenciares o teu dever?"

Então ele: "Não se preocupe; pois, de fato,
Devo cumprir meu dever antes de partir
Pois a justiça quer, e a misericórdia me retém."

Este foi o discurso visível aos meus olhos[13]
Graças a Aquele cujos olhos nunca viram novidade;
Mas para nós isso é novo, pois não existe na Terra.

E enquanto eu me deleitava em observar
Tantos exemplos de verdadeira humildade
Tão preciosos aos olhos do Artista que os criou,

100 O Poeta murmurou: "Veja, uma multidão avança
Embora com passos lentos, deste lado de cá:
Eles poderão nos indicar o caminho a seguir."

Meus olhos, que tinham prazer em descobrir
Tantas coisas novas, pelas quais eu ansiava,
Não demoraram em voltar-se para ele.

Mas não quero que você, ó leitor, se distraia
De sua boa determinação, ao ouvir, a partir de agora,
Como Deus quer que paguemos nossas culpas.

Não se detenha na dureza da punição:
110 Pense no que virá depois;[14] na pior das hipóteses,
Nada poderá durar além da grande sentença.[15]

Eu comecei: "Mestre, estes que se aproximam
Não me parecem ser pessoas, e não sei o que é,
Pois minha visão está deveras embaçada."

E ele para mim: "O peso do seu grande tormento
Faz com que eles se curvem até o chão,
De tal forma que eu também não conseguia ver.

Mas olhe atentamente, e deixe seus olhos
Desvendarem o que está debaixo daquelas pedras:
120 Logo você entenderá qual é a pena deles."

Ó cristãos soberbos, preguiçosos miseráveis,
Pobres infelizes de mente obscurecida
Que depositam sua confiança em seus passos para trás,

Não percebem que somos todos vermes,
Destinados a formar a borboleta angélica
Que voa, sem impedimentos, rumo à justiça?

Em que se fia a nossa alma orgulhosa,
Se somos todos malformados como a larva,
Imperfeita, que ainda não atingiu sua final forma?

130 Assim como se vê, por vezes, aquelas esculturas
De pessoas agachadas, com os joelhos junto ao peito
Feitas para sustentar o teto, com todo seu peso,[16]

E essa ficção traz uma angústia real para quem vê,
Assim eu via passar aqueles penitentes,
Quando pude observá-los com mais atenção.

Eles estavam dobrados, de fato – uns menos, outros mais,
De acordo com o peso que suas costas suportavam;
E mesmo aquele que parecia ser o mais conformado,

Entre lágrimas, parecia dizer: "Eu não aguento mais."

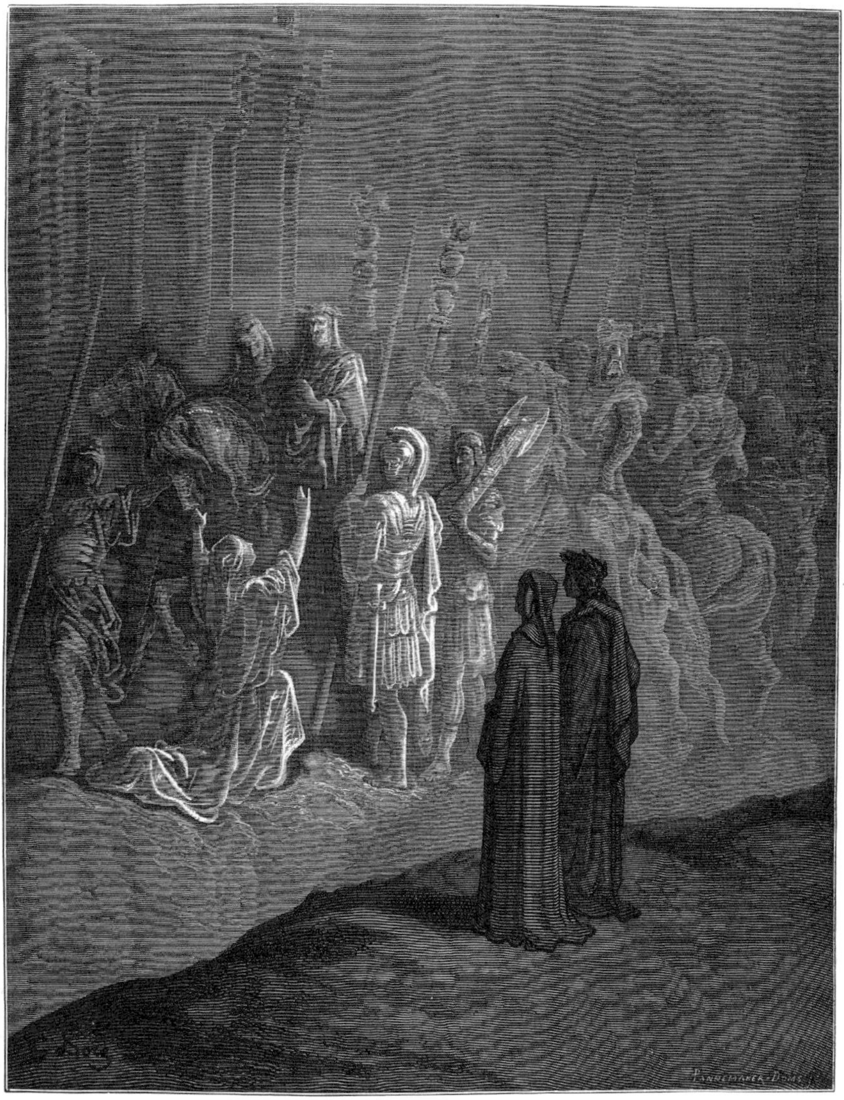

Notas

1. Depois de Dante e Virgílio terem cruzado a porta do *Purgatório*, o poeta toma cuidado para não se virar e olhar para trás, conforme as prescrições do anjo (*Purgatório* IX. 132).

2. O caminho é sinuoso e estreito, e as rochas da parede são pontiagudas. Representa o caminho árduo e difícil que leva à salvação (assim como em *Purgatório* IV. 31).

3. A parte sombreada da Lua já tocava o horizonte. São dez horas da manhã de segunda-feira, após o domingo de Páscoa no ano 1300.

4. Os dois poetas encontram-se no Primeiro Círculo da montanha do *Purgatório*, que é deserto e mede três vezes a altura de um homem, desde a parede rochosa até o vazio, e tem a mesma medida de largura. A descrição do Primeiro Círculo é amplamente dedicada aos exemplos de humildade, esculpidos em baixo-relevo na parede da montanha. "Na entrada de cada um dos círculos do *Purgatório* haverá uma sequência de imagens, sons, vozes ou visões que representam a virtude oposta ao pecado que é purgado" (Helder da Rocha, 2000). Somente na última parte do Canto são apresentados os soberbos e sua penitência: eles devem andar curvados sob grandes pedras pesadas, de modo que até o mais paciente parece estar no limite da sua resistência (verso 139).

5. *Policleto*: escultor grego da Antiguidade, exemplo supremo da arte da escultura clássica. Era muito conhecido na Idade Média, sendo mencionado várias vezes pelos escritores latinos.

6. O anjo Gabriel, aqui retratado na cena da Anunciação. "E, entrando o anjo onde ela estava disse: Salve, agraciada, o Senhor é contigo." (*Lucas* I. 28)

7. *Ecce ancila Dei*: "Eis a serva de Deus" (*Lucas* I. 38) A imagem reflete a humildade de Maria ao aceitar a missão de ser a mãe de Jesus.

8. Os versos 55-57 descrevem o traslado da Arca Sagrada da casa de Abinedabe para Jerusalém (*II Reis* VI. 1-16). O temor em relação às "tarefas não atribuídas" se alude ao fato de que Uzá, um dos condutores da carruagem, tocou a Arca e foi atingido por Deus – pois somente os sacerdotes podiam tocá-la.

9. A audição de Dante dizia "Não cante!", enquanto a visão dizia "Sim, cante!". A escultura é tão realista que a audição de Dante lhe diz que as figuras não cantam, enquanto a visão o faz acreditar; até a fumaça é tão verdadeira que o olfato de Dante se nega a sentir o cheiro do incenso, mas sua visão acredita que é real (linhas 61-63).

10. O salmista é o rei Davi, que precedeu a passagem da Arca dançando alegremente, com o manto levantado em sinal de humildade (o original em italiano, *trescando*, indica uma dança realizada em grupo, chamada de *tresca* – ver também *Inferno* XIV. 40).

11 Mical, uma das esposas de Davi, se incomodou com o fato de Davi se humilhar daquela maneira diante de seu povo; e então Deus a puniu com a esterilidade (*II Samuel* VI. 16).

12 *Trajano*: A lenda de Trajano e da viúva foi muito difundida na Idade Média, e talvez tenha se originado de uma escultura presente em muitos arcos romanos, representando um imperador a cavalo e uma mulher ajoelhada ao seu lado, como símbolo de uma província subjugada. Isso deu origem a outra lenda, a do Papa Gregório Magno, que, movido pelo episódio, rezou intensamente para que Trajano fosse salvo (a "grande vitória" do verso 75). De fato, o poema de Dante retratará Trajano no Sexto Céu (*Paraíso* XX. 100-114).

13 A expressão *visibile parlare* (que traduzimos como "discurso visível") é uma das mais belas sinestesias criadas por Dante, e ressalta o realismo absoluto das esculturas.

14 *O que virá depois*: a salvação ou bem-aventurança, após a expiação dos pecados. Santo Agostinho professava que, depois da ressurreição da carne, as alegrias dos bem-aventurados e os sofrimentos dos ímpios serão aumentados (ver também *Inferno* VI. 107-108).

15 *A grande sentença*: o dia do Juízo Final (ver também *Inferno* VI. 104).

16 Trata-se das estátuas de formas humanas conhecida como *cariátides*, muito utilizadas como colunas ou suportes arquitetônicos na Grécia Antiga. A maioria delas representava uma figura feminina.

Canto XI

PRIMEIRO CÍRCULO: SOBERBA – OMBERTO ALDOBRANDESCHI – ODERISI D'AGOBBIO – PROVENZANO SALVANI

"Ó Pai Nosso, que estás nos Céus,[1]
Não por eles circunscrito, mas pelo grande Amor
Que tens por Tua primeira criação;[2]

Louvado seja o Teu nome e o Teu Poder,
Por todas as criaturas; pois é justo
Dar graças à tua doce Sabedoria.[3]

Venha a nós a paz do Teu reino,
Pois não o veremos por nossos próprios méritos,
Mesmo que nos esforcemos, a não ser por Ti.

10 *Assim como os anjos oferecem a Ti o seu querer*
E fazem a Ti sacrifício, cantando Hosana,[4]
Que assim possam os homens a Ti se entregar.

O maná de cada dia dá-nos hoje,
Sem o qual, através deste duro deserto,
Aquele que tenta avançar recua seus passos.[5]

E assim como perdoamos a cada um daqueles
Que nos ofenderam, Tu também nos perdoas,
E não olhas para os nossos méritos.

Não coloques à prova nossa débil força
20 *Contra o antigo inimigo; mas livra-nos do mal*
E daquele que nos conduz ao mau caminho.

Esta última oração, querido Senhor,
Não a fazemos por nós, que dela não precisamos,
Mas por todos aqueles que deixamos para trás".

Assim aqueles penitentes, desejando nossa boa sorte,
Caminhavam, levando seus pesados fardos
Que suportaríamos apenas em nossos sonhos.

Cada um com seu próprio grau de sofrimento,
Mas todos exaustos, circulavam pelo primeiro Terraço,
30 Expurgando os vestígios dos pecados deste mundo.

Se ali eles sempre rezam em nosso favor,
O que pode ser dito e feito por eles, aqui na Terra,
Por aqueles que estão dispostos ao verdadeiro bem?[6]

De fato, devemos ajudá-los a ficar lavados
Das manchas que carregam deste mundo,
Para que possam, leves e purificados, ascender ao Céu.

"Ah, que a justiça e a compaixão em breve vos aliviem,
Para que vossas asas possam se abrir e voar,
Assim como desejam os vossos corações,

40 Mostrai-nos onde está o caminho mais curto
Para chegarmos às escadas; e se houver mais de um,
Dizei por favor qual deles é menos íngreme;

Pois este que vem comigo ainda carrega
O peso da carne de Adão, da qual se veste,
E seu andar é penoso, contra a sua vontade."

Estas palavras, ditas por meu Guia,
Foram respondidas por outras que ouvimos;
Embora não estivesse claro de quem vieram.

Então alguém disse: "Sigam conosco pela direita,
50 Ao longo da parede de rocha, e encontrarão
Uma passagem, por onde um vivo pode entrar.

E se eu não estivesse impedido por esta pedra
Que, subjugando meu pescoço orgulhoso,
Força meus olhos a se voltarem para o chão,[7]

Eu olharia para este homem que ainda vive
E não nos diz seu nome, para ver se o reconheço,
E para mover sua piedade por meu fardo.

Eu era italiano, filho de um grande toscano:[8]
Meu pai era Guglielmo Aldobrandeschi;
60 Não sei se alguma vez já ouviu seu nome.

A antiga linhagem, assim como as esplêndidas obras,
De meus antepassados, fizeram de mim tão arrogante
Que, sem levar em conta nossa mãe comum,[9]

Eu desprezei todos os homens, além da medida.
E isso foi minha morte, como sabem os sienenses,
Assim como cada criança em Campagnático.

Eu sou Omberto; e a minha arrogância
Não prejudicou somente a mim, pois alcançou
Todos os meus parentes, com seu mal.

70 E convém que eu suporte por eles este fardo
Até que Deus tenha ficado satisfeito,
Aqui entre os mortos, pois não o fiz entre os vivos."

Enquanto eu ouvia, abaixei o rosto;
E uma dessas almas – não aquela que falava comigo –
Contorceu-se, sob a pedra que a oprimia;

Então olhou para mim, reconheceu-me e chamou-me,
Fixando os olhos em mim com dificuldade
Enquanto eu, todo curvado, caminhava com eles.

"Oh!", eu exclamei, "Você não é Oderisi,[10]
80 A honra de Gubbio, e glória daquela arte
Que em Paris é conhecida como iluminura?"

"Irmão", disse ele, "mais belas são as páginas
Decoradas pelo pincel de Franco Bolognese.[11]
A honra é toda dele, e minha apenas em parte.

Certamente eu não teria sido tão cortês
Quando estava vivo; tão grande era o desejo
De ser excelente, que me animava o coração.

Por tal orgulho, aqui se paga o castigo;
E, se eu não tivesse me voltado para Deus
90 Quando eu ainda podia pecar, eu não estaria aqui.[12]

Ó glória vã das capacidades humanas!
Como dura pouco o verde nos altos galhos,
A menos que precedam uma era de decadência![13]

Cimabué[14] acreditava ser o melhor na pintura,
E agora é Giotto[15] o aclamado mestre.
Obscurecendo a fama do primeiro.

Assim como um Guido tirou do outro Guido[16]
A glória de nossa língua; e talvez já tenha nascido
Aquele que lançará os dois para fora do ninho.

100 A fama terrena nada mais é, senão
Um sopro de vento, que vem e que vai,
E muda de nome conforme a sua direção.

Que glória maior haveria, se a alma se separasse
De sua carne, quando você já fosse velho,
Ao invés de ter morrido falando *pappo* e *dindi*?[17]

Onde estaria, antes de passados mil anos?[18]
Para a eternidade, é apenas um piscar de olhos
Em comparação à esfera mais lenta do Céu.[19]

Aquele que caminha lentamente à minha frente
110 Já foi muito conhecido em toda a Toscana;
E agora seu nome é apenas sussurrado;

Mesmo em Siena, da qual ele era senhor
Quando foi destruída a ira florentina,[20]
E que era tão orgulhosa quanto hoje é corrupta.

A glória é como o verde da relva
Que vem e que vai, e é obliterado pelo sol
Que faz brotar a própria relva da terra."

E eu disse: "Tuas palavras encheram minha alma
Com humildade, mitigando o tumor do meu orgulho.
120 Mas diga-me, quem é esse de quem falava agora?"

"Aquele é Provenzano Salvani",[21] ele respondeu,
"E ele está aqui porque teve a presunção
De ter nas suas mãos toda a cidade de Siena.

Desde a sua morte, ele segue assim, sem repouso;
E esta é a moeda com a qual aqui se paga
Aos que, em vida, ousaram pensar ser grandes."

E eu: "Mas, se um espírito que espera
Até o limiar da vida para se arrepender
Deve aguardar lá embaixo, e para cá não sobe

130 Até que cumpra o tempo que passou em vida,
A menos que boas orações o ajudem,
Como a entrada dele foi permitida?"

Ele disse: "Quando estava no auge de sua glória,
Por livre vontade, ele foi até o Campo de Siena
Deixando de lado todo brio e vergonha;

E ali, para resgatar da prisão de Carlos
Um amigo cativo, ele sofreu grande humilhação,
A qual o fez tremer por todas as veias.

Nada mais direi; sei que falo obscuramente,
140 Mas, em pouco tempo, teus concidadãos
Que você experimente o mesmo; e tudo será explicado.[22]

Aquela boa obra libertou-o daqueles confins."[23]

Notas

1. O Canto XI inicia com a oração do *Pai Nosso* sendo recitada pelos soberbos, representada em uma bela paráfrase e expansão da prece original (*Mateus* VI. 9-13). A oração convida os homens a serem humildes e não caírem no pecado da soberba: este é o pecado mais grave, e o que mais arrisca privar o homem da salvação (o que também explica por que o Círculo dos soberbos é o mais baixo do *Purgatório*, e o mais distante do Céu). "Dorothy Sayers identifica três tipos de orgulhosos: Omberto, o aristocrata – orgulho pela sua nobre linhagem; Oderisi, o artista – orgulho pelas suas realizações; Provenzano, o déspota – orgulho pelo poder de dominar." (Helder da Rocha, 2000).

2. Os anjos e as potestades celestiais, a primeira criação do Poder Divino (*Inferno* III. 7).

3. O Poder, a Sabedoria e o Amor representam as Pessoas da Santíssima Trindade, descritas por seus atributos (ver também *Inferno* III. 5-6).

4. *Hosana*: do hebraico הנעשוה *(hoshi'anná)*, indica uma aclamação ou saudação (*Salmos* CXVIII. 25) e literalmente quer dizer "salve-nos, Senhor". Foi nesse sentido que a multidão de Jerusalém a utilizou para saudar Jesus, quando este chegou à cidade no domingo de Ramos.

5. *Maná*: em *Êxodo* XVI. 31, o maná (em hebraico: מן, *man*) é descrito como um alimento produzido milagrosamente, enviado por Deus ao povo israelita liderado por Moisés, durante toda sua estada no deserto rumo à Terra Prometida. O seu sabor lembrava o pão de mel.

6. Aqui Dante faz uma reflexão: se as almas do *Purgatório* estão sempre prontas para rezar pelos vivos, estes também devem fazer algo pelos mortos, ou seja, rezar para ajudá-los a purificar-se dos pecados e ir para o Céu.

7. Ver *Inferno* XXII. 82-85: no *Inferno*, os hipócritas (condenados na Sexta Bolgia) também não conseguem se virar nem olhar diretamente para Dante, por causa de seus pesados mantos de chumbo.

8. O orador é Omberto Aldobrandeschi, conde de Santafiore (assim como seu pai, Guglielmo). Os Santafiore sempre estiveram em guerra com os habitantes de Siena. Presume-se que ele tenha mantido seu orgulho e arrogância até o fim da vida e não tenha se arrependido; mas Dante o coloca no *Purgatório* por razões políticas. Mesmo sendo um Gibelino, Omberto lutou ao lado dos Guelfos de Florença na batalha de Montaperti (ver nota em *Inferno* X. 85). Mas ele foi morto em outra batalha entre Guelfos e Gibelinos, na aldeia de Campagnático.

9. Omberto reconhece sua própria arrogância, por pertencer a uma família rica e nobre. A "mãe comum" citada por ele é provavelmente Eva, mas também pode ser a Itália.

10 *Oderisi*: Este é Oderisi d'Agobbio (Gubbio), ilustrador e pintor que foi muito famoso no século XIII. A arte de fazer pequenas ilustrações em manuscritos era conhecida como *alluminare*. Em nosso idioma corresponde ao termo "iluminura", que registramos na linha 81.

11 *Franco Bolognese*: foi discípulo de Oderisi na arte da iluminura, e acabou superando o seu mestre.

12 Oderisi quer dizer que se arrependeu ainda em vida, o que o salvou de ficar no Antepurgatório.

13 A tradução de Eugênio Vinci de Moraes (2016) é mais transparente: "Como dura nada o verde no cimo das árvores, até chegarem os tempos difíceis!"

14 *Cimabué*: Cenni di Pietro Cimabué (1240-1302) foi um pintor e criador de mosaicos, nascido em Florença. Ele foi o mestre de Giotto, e o último grande pintor italiano a seguir a tradição bizantina da pintura sem perspectiva.

15 *Giotto*: Giotto di Bondone (1267-1337) foi um pintor e arquiteto italiano, nascido na cidade de Vicchio. Devido ao alto grau de inovação de seu trabalho, sendo considerado o introdutor da perspectiva na pintura, Giotto é considerado por Giovanni Boccaccio o precursor da pintura renascentista.

16 Os dois Guidos citados no verso 97 são Guido Guinizzelli e Guido Cavalcanti. Guinizzelli foi um dos fundadores da escola poética do *Dolce Stil Novo*, e Dante terá a oportunidade de encontrá-lo (*Purgatório* XXVI). Já o poeta Guido Cavalcanti, nascido em 1258, ainda estava vivo em Florença (ver também *Inferno* X. 60). Dante se refere a ele mais de uma vez na *Vita Nuova* como seu melhor amigo, e ele é representado por Boccaccio como um herói em *Decameron* VI. 9. O poeta citado alusivamente na linha 100, que superaria os dois Guidos, é o próprio Dante.

17 *Pappo e dindi*: são palavras infantis do idioma italiano, que significam "comidinha" e "dinheiro".

18 Os versos 103-105 querem dizer: "Você acha que teria uma fama maior se morresse velho, em vez de morrer ainda criança? Você acha que será lembrado daqui a mil anos?" Oderisi quer dizer que a fama não é eterna, e quem hoje é celebrado como o maior expoente de uma escola ou corrente artística logo será superado por outro, que fará esquecer seu nome, e assim por diante. A vida humana não é nada, se comparada à dimensão do eterno. Portanto, os homens fariam melhor em se preocupar com sua salvação espiritual, porque mais cedo ou mais tarde seu nome será esquecido.

19 A esfera mais lenta é o Céu das Estrelas Fixas (*Paraíso* XXIII). Segundo o conhecimento astronômico da época, seu tempo de rotação completa em torno da elíptica era de 36 mil anos.

20 Uma referência à batalha de Montaperti (ver nota em *Inferno* X. 85).

21 *Provenzano Salvani*: nobre de Siena, um dos rivais de Omberto, era tão presunçoso que queria ser o senhor absoluto da cidade. Enquanto Omberto morreu em batalha, Salvani teve a oportunidade de se humilhar diante de seus concidadãos: para resgatar seu amigo Bartolomeo Saracini, preso por Carlos d'Anjou após a batalha de Tagliacozzo (*Inferno* XXVIII. 17), Salvani foi mendigar na praça pública de Siena para tentar arrecadar o dinheiro da fiança, que chegava à enorme soma de dez mil florins. Este bom trabalho permitiu que ele não fosse para o Antepurgatório.

22 Oderisi faz uma referência profética ao exílio, pobreza e humilhação de Dante.

23 *Confins*: o Antepurgatório.

Canto XII

PRIMEIRO CÍRCULO: SOBERBA – ASCENSÃO AO SEGUNDO CÍRCULO: INVEJA

Como dois bois atrelados em um jugo,
Eu caminhava ao lado daquela alma carregada,
Enquanto foi permitido pelo meu gentil Mestre;

Até que ele disse: "Deixe-o, e siga em frente;
Pois aqui convém que cada um leve seu barco,
Com velas ou remos, da forma que puder."

Eu voltei a endireitar o corpo, ficando ereto;
Apenas o corpo, pois meus pensamentos
Permaneceram humildes e prostrados.

10 Agora tínhamos voltado a caminhar juntos.
Eu seguia de bom grado os passos do meu Mestre,
E percebi que nosso caminhar estava mais leve.[1]

Ele me disse: "Mantenha os olhos no chão;
O caminho ficará mais fácil para você,
Se prestar atenção ao piso sob seus pés."

Assim como as sepulturas cavadas no chão
Carregam efígies com a figura dos sepultados
Para que os mortos possam ser lembrados;

E ali, a memória, que toca apenas os piedosos,
20 Renova o luto pelos seus entes queridos
E assim as lágrimas caem novamente.

Ali eu vi gravuras perfeitas, de superior arte
Por causa do grande Artífice que as criou,
Serpenteando pelo piso, até o lado de fora.[2]

Vi, de um lado, aquele que fora criado[3]
Como o mais nobre de todos os seres,[4]
Caindo como um relâmpago do Céu.

Vi, do outro lado, a figura de Briareu,[5]
Quando era trespassado pelo raio celestial
30 Caindo pesadamente, congelado pela morte.

Vi Timbreu, com Pallas e Marte,[6]
Ainda armados, enquanto rodeavam seu Pai
A contemplar os membros dispersos dos Gigantes.[7]

Vi Nimrode[8] ao lado de sua grande obra,
Quase em ruínas; e ele olhava desnorteado
O povo de Senaar, que partilhava de sua arrogância.

Ó Niobe,[9] como meus olhos ficaram tristes
Quando, nesse caminho, eu vi sua imagem
Entre os teus quatorze filhos abatidos!

40 Ó Saul,[10] como parecias realmente morto
Por tua própria espada, no campo de Gilboé,
Onde a chuva e o orvalho nunca mais caíram!

Ó louca Aracne,[11] já semitransformada em aranha,
Miserável, embaraçada nos restos do trabalho
Que tu mesma fizeste, para tua própria dor!

Ó Roboão,[12] tua imagem não me ameaça;
Mesmo assim, foges em uma carruagem
Aterrorizado, sem que ninguém o persiga!

Mostrava ainda o duro pavimento
50 O quanto Alcmeão[13] fez sua mãe pagar
Pelo ornamento de tenebroso presságio.

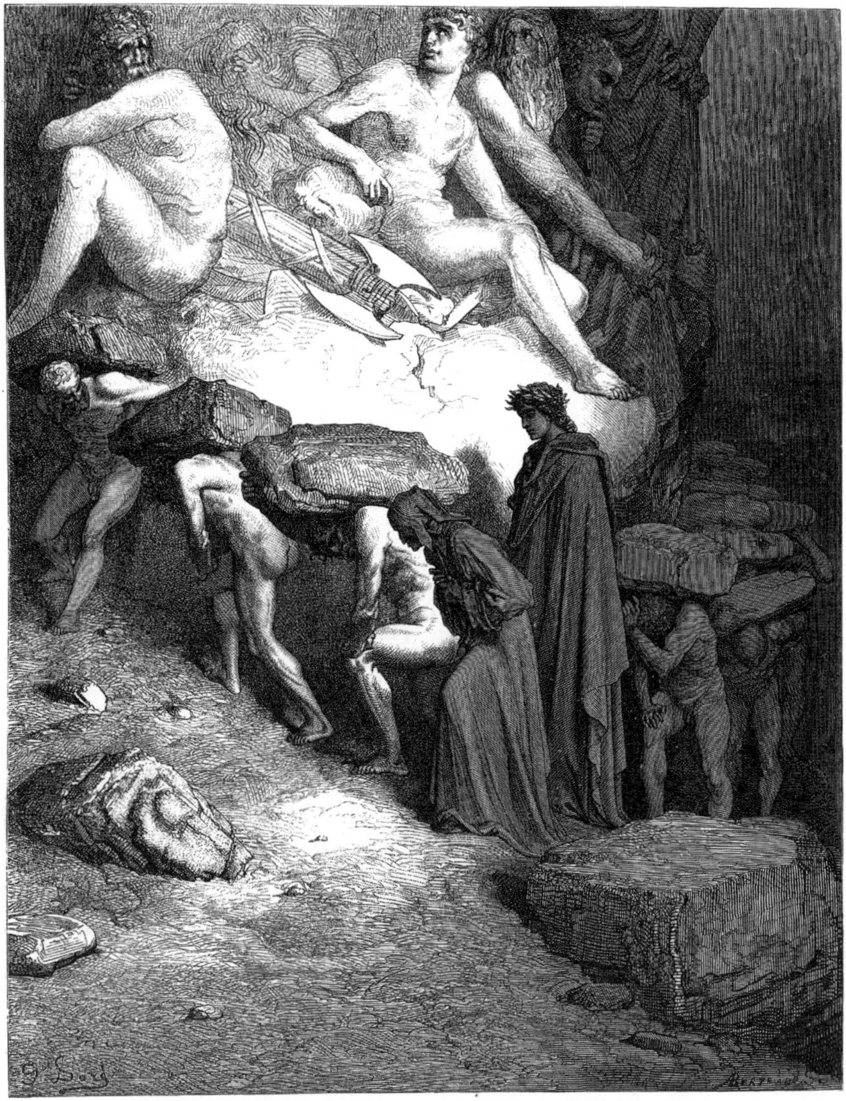

Mostrava como os filhos de Senaqueribe[14]
Atacaram dentro do templo o próprio pai,
E depois o deixaram morto, enquanto fugiam.

Mostrava a ruína e a cruel destruição
Causadas por Tamíris,[15] quando zombou de Ciro:
"Tens sede de sangue; com sangue eu te fartarei."

Mostrava a fuga dos assírios pelo caminho
Depois que Holofernes[16] cambaleou até a morte,
E o que restou de seu tronco decapitado.

Vi a bela Troia reduzida a cinzas e ruínas;
Ó Ílion,[17] como sua efígie em pedra
Mostrava teu rosto tão esquálido e abatido!

Que mestre do cinzel ou do estilete
Teria assim retratado tais figuras e contornos
Que surpreenderiam as mentes mais perspicazes?

Os mortos pareciam mortos, e os vivos, bem vivos.
Eu me abaixava, para examinar as cenas entalhadas;
E quem presenciou a cena real não veria melhor que eu.

Então, filhos de Eva, persistam em sua soberba!
Sigam de cabeça erguida, e com o rosto altivo,
E não olhem para baixo: não vejam seu mau caminho!

Já tínhamos completado uma volta na montanha,
E o Sol já tinha avançado muito em seu curso
Sem que minha mente absorta tivesse percebido;

Quando aquele que estava à minha frente,
Sempre atento, disse a mim: "Levante a cabeça;
É hora de deixar estas imagens de lado.

Veja ali um anjo, que vem em nossa direção;
E veja, a sexta das servas já retorna[18]
Depois de ter realizado seu trabalho do dia.

Recomponha seu rosto, e porte-se com reverência,
Para que ele possa nos ajudar em nossa escalada.
Lembre-se: o dia de hoje não terá outro amanhecer."[19]

Eu já estava tão habituado a esses avisos
Tão insistentes, que alertavam para a perda de tempo,
Que suas palavras para mim já não eram obscuras.

Aquela bela criatura veio em nossa direção;
Suas vestes eram brancas, e seu rosto brilhava
90 Como a trêmula estrela que se levanta pela manhã.

Ele abriu bem os braços, depois abriu as asas;
E disse: "Venham: os degraus estão próximos;
A partir deste ponto, pode-se subir facilmente.

São poucas as almas que respondem a este convite.
Ó humanidade, nascida para voar tão alto,
Por que se deixa levar por todo vento que sopra?"

Ele nos levou a uma fenda dentro da rocha,
E então tocou na minha testa com sua asa,[20]
E me abençoou, prometendo uma viagem segura.

100 Assim como à direita, quando se sobe a colina
Onde se ergue, sobre a ponte de Rubaconte,
A igreja que domina a cidade bem governada,[21]

E a íngreme encosta da colina é suavizada
Por escadas, construídas naquele tempo
Em que se podia confiar nos cadernos e pautas,

Assim, o abrupto declive se tornava mais leve
Por meio de uma escada, vinda do Círculo superior;
Mas uma alta parede a apertava, de ambos os lados.

E começamos a avançar naquela direção.
110 *"Beati pauperes spiritu"*[22] – ouvimos o anjo cantar
Tão docemente, que palavras não podem descrever.

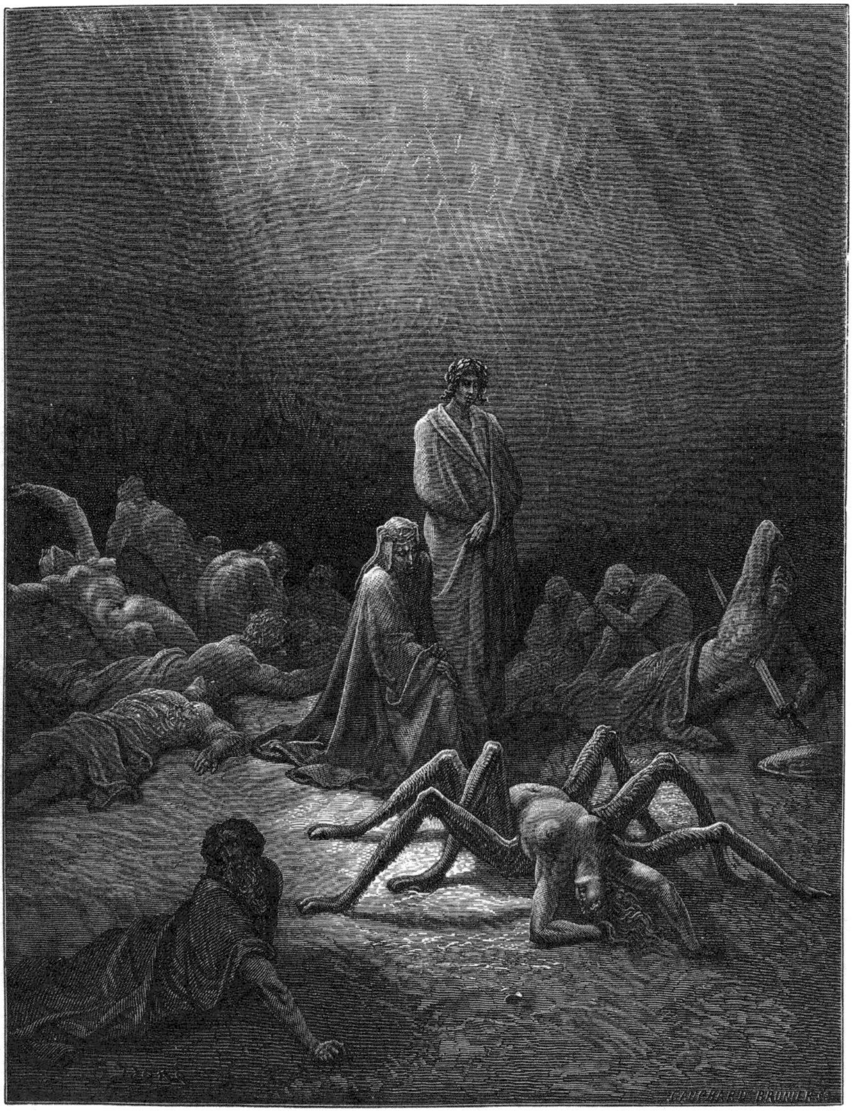

Ah! Quão diferentes são as entradas do Inferno!
Pois aqui se entra saudado por canções,
E lá embaixo, por lamentações ferozes.

E assim subimos pelas escadas sagradas;
E eu parecia estar muito mais leve do que antes,
Quando caminhava pelos vales e planícies.

Então eu perguntei: "Mestre, diga-me:
Que peso foi retirado de mim, de modo que,
120   À medida que prossigo, quase não sinto fadiga?"

"Quando os Ps que ainda restam em sua testa,
Mesmo que já estejam desbotados,
Forem completamente apagados, como o primeiro,

Os seus pés serão dominados pela boa vontade
A ponto de não apenas não sentirem fadiga;
Eles também se deleitarão em prosseguir."

Então eu me comportei como alguém que anda
Com alguma coisa grudada na cabeça, sem saber,
Até que os sinais das pessoas o façam suspeitar;

130   E assim, com o toque da mão vai verificar,
Procura e encontra; e então a mão realiza
A tarefa que não pôde ser realizada pela visão.

Assim, afastando os dedos da mão direita
Encontrei na minha testa apenas seis
Das sete letras inscritas pelo guardião das chaves.

E, enquanto me observava, meu Mestre sorria.

Notas

1 "O início da subida é muito difícil; porém, quanto mais se avança, menos se sofre." (*Purgatório* IV. 90).

2 Os exemplos de pessoas soberbas também são esculturas em baixo--relevo, assim como os exemplos de humildade no Canto X, com a diferença de que estas imagens estão emolduradas no chão (como as sepulturas construídas dentro de algumas igrejas) e obrigam Dante a pisá-las, como um sinal depreciativo em relação à soberba dos personagens retratados. Neste caso, também são obras de arte extraordinárias, feitas pela mão de Deus e, portanto, incrivelmente mais realistas do que qualquer escultura produzida por um artista humano – o que encerra o amplo discurso em torno da arte que ocupou grande parte dos Cantos X e XI.

3 A inusitada amplitude dos exemplos, a partir do verso 25, explica-se pela gravidade do pecado da soberba – o mesmo cometido por Lúcifer em sua rebelião contra Deus, que originou o mal do pecado que aflige o mundo. Os exemplos, que ocupam treze tercetos, foram extraídos tanto da mitologia clássica quanto da tradição bíblica. Em nossa tradução, tentamos a duras penas prestar um tributo à ideia original de Dante: os primeiros doze tercetos estão dispostos em três grupos de quatro, e começam respectivamente com as letras V (versos 25, 28, 31 e 34), O (versos 37, 40, 43 e 46) e M (versos 49, 52, 55 e 58), assim como os versos do último terceto (versos 61 a 63), formando a palavra *VOM* (em latim, "homem" – *uom/vom*). Por fim, a conclusão dos exemplos é um convite irônico e amargo aos homens, chamados filhos de Eva (linha 70), para que continuem sendo soberbos e andando de cabeça erguida.

4 O mais nobre de todos os seres: Lúcifer (*Inferno* XXXIV. 18).

5 Briareu: *Inferno* XXXI. 98.

6 *Timbreu*: Apolo, deus do sol e da beleza. *Pallas*: Atena ou Minerva, deusa da sabedoria. *Marte*: deus da guerra.

7 Dante alude à *Gigantomaquia*, a batalha na qual os gigantes lutaram com os deuses, no campo de Flegra. Ver também *Inferno* XXI. 119.

8 *Nimrode: Inferno* XXXI. 67. A sua obra foi a Torre de Babel, erguida na cidade bíblica de Senaar (*Gênesis* X. 10).

9 *Niobe*: era a esposa de Anfião, rei de Tebas. Ela zombava da deusa Latona, que tinha apenas dois filhos (Apolo e Diana), e foi punida com a morte dos seus quatorze filhos.

10 *Saul*: primeiro rei de Israel, que perdeu o reino por causa de seu orgulho. Quando se viu cercado e derrotado pelos filisteus no campo de Gilboé, ele se atirou sobre a própria espada (*I Samuel* XXXI. 4).

11 *Aracne*: Lídia, a melhor tecelã que havia na Terra, desafiou a deusa Atena (Minerva) para verem qual das duas seria a melhor na tecelagem. Lídia fez o melhor trabalho, despertando a ira da deusa, e foi

transformada em uma aranha. Veja também *Inferno* XVII. 18.

12 *Roboão*: rei de Israel, filho de Salomão. Oprimia o povo de Israel com altos impostos, e foi deposto e perseguido pelo povo (*I Reis* XII. 4-18).

13 *Alcmeão*: era filho de Anfiarau, o adivinho que morreu na guerra de Tebas e foi encontrado por Dante entre os adivinhos da Quarta Bolgia (*Inferno* XX. 31-36). Eurífile, a esposa de Anfiarau, tinha olhos cheios de cobiça e aceitou como suborno um precioso colar, para revelar o esconderijo de seu esposo. Ao saber da morte do pai (que foi tragado pela Terra, no campo de batalha), Alcmeão matou sua mãe.

14 *Senaqueribe*: rei da Assíria (*II Reis* XIX. 35-37).

15 *Tamíris e Ciro*: Tamíris foi uma princesa que reinou sobre os masságetas, uma nação de pastores nômades da Ásia Central (ao leste do mar Cáspio, na região que hoje corresponde ao Turcomenistão, Afeganistão, Uzbequistão e sul do Cazaquistão). Seus exércitos enfrentaram o ataque do orgulhoso imperador Ciro, o Grande, que foi derrotado e morto por ela em 530 a.C.

16 *Holofernes*: general do rei assírio Nabucodonosor, que foi decapitado pela hebreia Judite. A história é contada no *Livro de Judite* (presente apenas nas edições católicas da *Bíblia*, como a *Edição Pastoral*. Ver as *Referências Bibliográficas*).

17 *Ílion*: nome grego para a cidade de Troia, de onde deriva o título do poema épico *Ilíada*. Troia foi a cidade mais suntuosa e magnífica da mitologia (ver também *Inferno* I. 75).

18 *A sexta das servas*: a sexta hora. Já era meio-dia da segunda-feira, o segundo dia dos viajantes no *Purgatório*.

19 "Lembre-se de que o dia de hoje nunca mais voltará."

20 Neste momento, ao tocar a testa de Dante com a ponta de sua asa, o anjo apaga o primeiro P – representando a expiação do pecado da soberba.

21 A igreja é a basílica de San Miniato Al Monte, na cidade de Florença. É notável e elaborada a semelhança que compara a escadaria para o Segundo Círculo com a imagem das escadas que conduzem à basílica, acima de Florença. Além da indicação geográfica, semelhante a outras já vistas nos Cantos anteriores do *Purgatório*, vale a pena notar a ironia em indicar Florença como a "cidade bem governada", com óbvia referência ao mau governo dos Guelfos Negros; bem como à reconstituição de tempos antigos, em que a cidade desconhecia a corrupção (a referência aos "cadernos e pautas" no verso 105). A reconstituição da antiga Florença voltará em *Paraíso* XVI, nas palavras de Cacciaguida.

22 *Beati pauperes spiritu*: "Bem--aventurados os pobres de espírito." (*Mateus* V. 3).

Canto XIII

SEGUNDO CÍRCULO: INVEJA – SAPIA DE SIENA

Já tínhamos chegado ao topo das escadas
Até o local onde se estreita, pela segunda vez,[1]
O monte que purifica o homem dos pecados.

Ali, assim como no primeiro Círculo,
Um segundo Círculo corre ao redor da montanha,
Com a ressalva de ser menor em circunferência.

Ali não havia imagem, ou escultura alguma:
A parede era vazia, e o caminho era nu.
Somente se via a cor lívida da rocha bruta.

10 "Se ficarmos aqui esperando por alguém
Para que nos indique o caminho", disse o Poeta,
"Temo que essa escolha possa nos atrasar."

Então ele olhou fixamente para o Sol;
Depois girou sobre seu pé direito,
E dobrou o lado esquerdo do corpo.[2]

E disse: "Ó doce Luz, em quem confio
Para nos conduzir neste novo caminho;
Guia-nos, se nos for permitido prosseguir.

Tu aqueces o mundo, e o iluminas, acima de nós;
20 E, a menos que o Poder superior seja contrário,
Teus raios serão para sempre o nosso guia."

Já tínhamos caminhado, naquele Círculo,
A distância equivalente a uma milha aqui na Terra,
Em pouco tempo, movidos por ardente desejo.

Foi quando ouvimos, embora não pudéssemos ver,
Espíritos que voavam em nossa direção,
Pronunciando convites para a mesa da caridade.

A primeira voz que passou por nós voando
Clamou bem alto: *"Vinum non habent!"*,³
30 E continuou repetindo atrás de nós.

E enquanto essa voz ecoava ao longe,
Antes que desaparecesse, outra exclamou:
"Eu sou Orestes!"⁴ E também não parou.

Eu disse: "Ah, meu Pai! Que vozes são estas?"
E assim que perguntei, ouvi uma terceira voz:
"Amai aqueles que vos maltratam e perseguem."⁵

E meu bom Mestre disse: "O pecado da inveja
É punido neste Círculo; desta forma,
Os látegos do flagelo são palavras de amor.

40 Os freios da advertência terão o teor oposto;
Acredito que você ouvirá essas palavras
Antes de alcançarmos a passagem do perdão.⁶

Mas olhe atentamente através do ar
E você verá almas sentadas, diante de nós:
Estão encostadas na parede de pedra."

Abri bem os meus olhos, o mais que pude;
Olhei à minha frente, e realmente vi almas
Que vestiam mantos de cor semelhante à da pedra.

E quando estávamos um pouco adiantados
50 Ouvi gritos: "Maria, rogai por nós!"
E depois ouvi "Miguel", "Pedro" e "Todos os Santos!"

Não creio que haja um homem sobre a Terra
Que seja tão cruel, a ponto de não ficar trespassado
Pela compaixão, com a cena que vi a seguir.

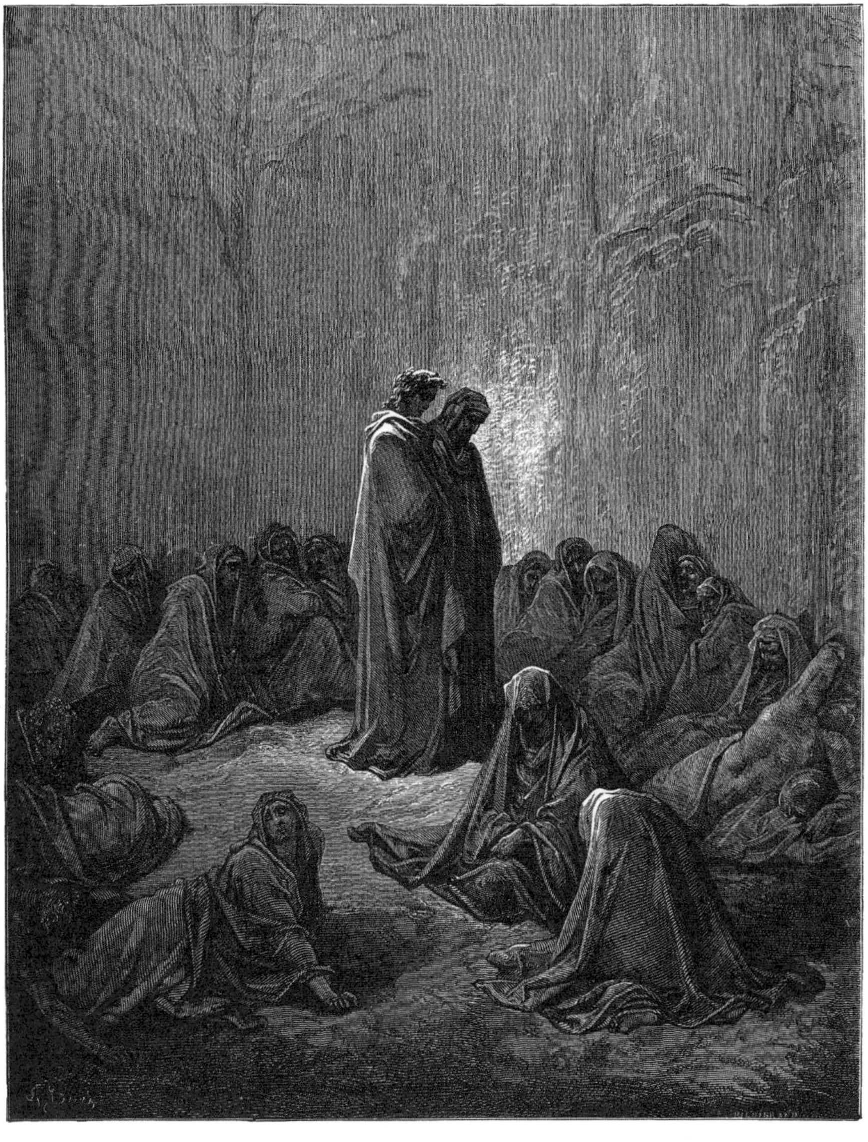

De fato, quando me aproximei daquelas almas
Para ver o modo como pagavam suas penas,
Meus olhos verteram lágrimas de dor.

Pareciam cobertos por um tecido de saco ordinário;
Os ombros de um sustentavam o outro,
60 E todos estavam encostados na parede da montanha.

Assim os cegos privados de seu sustento,
Em dias de indulgência, ficam a pedir esmolas;
E um sustenta a cabeça do outro,

Logo despertando a piedade dos que passam.
Não apenas com o som das palavras de súplica,
Mas também pela imagem, que não causa menos dor.

E assim como a luz do Sol não chega até os cegos,
Também a essas almas, das quais eu falo,
O Céu não deseja conceder sua luz.

70 Pois, em verdade, por fios de arame de ferro,
Seus cílios são perfurados e costurados,
Como falcões indomados, para que não possam voar.

Para mim, pareceu uma grande descortesia
Vê-los e não ser visto, enquanto eu caminhava;
Assim, recorri ao meu sábio Conselheiro.

Ele já sabia, mesmo antes que eu falasse;[7]
E assim não esperou pela minha pergunta,
Mas disse: "Fale, seja breve e conciso."

Virgílio estava à minha direita,
80 Do lado de onde se pode cair no vazio,
Pois não há parapeito para evitar a queda;

Do outro lado, estavam as almas devotas.
E por seus olhos, costurados de forma tão atroz,
Corriam lágrimas que banhavam suas faces.

Então me voltei para eles, e comecei:
"Ó almas, certas de ver a mais alta Luz
Que é o único objeto de vosso desejo,

Que a misericórdia dissipe em breve as espumas
De vossas consciências, para que flua por elas
90 O rio de águas cristalinas da memória.

Digam-me, pois eu acolherei tais palavras queridas,
Se há entre vós uma alma italiana;
E, se eu souber, então talvez possa ajudá-la."[8]

"Meu irmão, cada um de nós é cidadão
Da única e verdadeira Cidade. Talvez queira dizer:
'Alguém que viveu na Itália como peregrino.'"[9]

Procurei saber de onde veio essa resposta,
Um pouco à frente de onde eu estava;
Então dei alguns passos, mais adiante.

100 Vi entre os demais um que me esperava;
E se alguém quiser perguntar "Como?",
Saiba que ele ergueu o queixo, como fazem os cegos.

"Espírito", disse eu, "que você seja purificado,
E possa logo subir. Se foi você quem respondeu,
Diga-me de onde vem, ou qual é o seu nome."

"Eu era de Siena", respondeu, "e junto a outros aqui
Eu me purifico de minha vida pecaminosa,
Chorando a Ele, para que nos dê o livramento.

Eu não era sábia, embora me chamassem Sapia;[10]
110 E me regozijava com a desgraça dos outros,
Muito mais do que com a minha própria sorte.

E para que não pense que eu o engano,
Ouça, e julgue por si mesmo, se eu não estava louca
Quando o arco da minha vida começou a declinar.

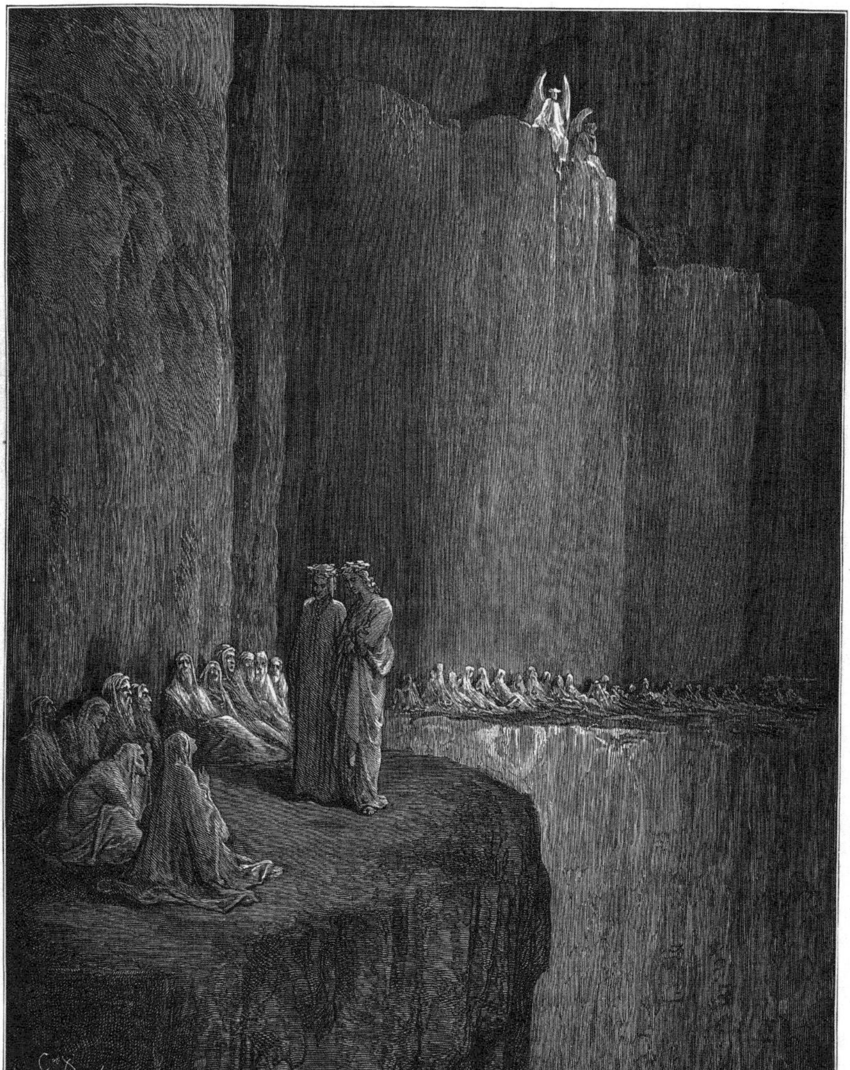
Gve Doré
H. PISAN

Meus concidadãos estavam próximos a Colle,
Onde travavam batalha com seus inimigos,
E eu pedia a Deus por aquilo que já acontecia.

Ali eles foram esmagados, destroçados,
E impelidos a uma amarga fuga pelos caminhos;
Vendo essa desgraça, senti uma alegria incomparável.

Ousadamente, ergui meu rosto para o Céu
E gritei para Deus: 'Agora não o temo mais!'
Assim como faz o melro em um curto dia de sol.

Busquei a paz com Deus na hora da morte;
E a dívida que resta pagar pelo meu pecado,
Ainda não estaria sendo atenuada neste lugar,[11]

Se não fosse por alguém que sempre rezou por mim:
Foi Pier Pettinaio,[12] em suas devotas petições,
Que se compadeceu, movido pela caridade.

Mas quem é você, que questiona nossa condição
E anda por aqui com os olhos livres – creio eu –
E ainda exala o seu alento, enquanto fala?"[13]

"Meus olhos ainda hão de ser costurados",
Disse eu; "Mas por um breve tempo; o meu olhar
A poucos ofendeu com o pecado da inveja.

Temo muito mais, e minha alma está angustiada
Pela punição que vi no Círculo abaixo de nós;
E já sinto pesar a rocha sobre meus ombros."[14]

E ela: "Quem, então, o conduziu até aqui?
E ainda acredita que voltará para a Terra?"
E eu: "Aquele que está comigo, e está em silêncio.

Eu estou vivo; e, portanto, espírito escolhido,
Diga-me, por favor, se acaso deseja
Que eu mova em seu nome meus pés mortais."

"Oh!", respondeu ela, "Isso é tão novo para mim!
É um claro sinal do amor que Deus tem por você;
Vez ou outra, lembre-se de mim em suas orações.

E peço, em nome daquilo que mais deseja:
Se alguma vez voltar a pisar a Toscana,
150   Restaure minha reputação, junto aos meus.

Você os verá entre aquela gente vaidosa[15]
Que depositou sua confiança em Talamone;
Essa decepção será maior que a de Diana,

E os almirantes serão os que mais perderão."[16]

Notas

1. *O monte se estreita pela segunda vez*: Dante e Virgílio chegam ao Segundo Círculo, onde é purificado o pecado da inveja. Aqui os penitentes têm os seus olhos costurados com arames de ferro. Os exemplos da virtude oposta, a generosidade, são expressos por vozes (gritos ou sussurros), e não há esculturas como no Primeiro Círculo.

2. Virgílio se posiciona em uma reverência clássica, para fazer uma prece ao Sol.

3. *Vinum non habent*: "Eles não têm vinho". Essa é a fala de Maria em *João* II. 3, pedindo a Jesus que fizesse o seu primeiro milagre, transformando a água em vinho. Esse é o primeiro exemplo citado por Dante da generosidade, a virtude oposta ao pecado punido no Segundo Círculo.

4. Quando Orestes foi condenado à morte, Pílades tentou tomar seu lugar, exclamando: "Eu sou Orestes!"

5. *Mateus* V. 44: "Eu, porém, vos digo: Amai a vossos inimigos, bendizei os que vos maldizem, fazei bem aos que vos odeiam, e orai pelos que vos maltratam e vos perseguem; para que sejais filhos do vosso Pai que está nos céus."

6. *Passagem do perdão*: A próxima escada, que conduzirá do Segundo ao Terceiro Círculo (*Purgatório* XV).

7. Em *Inferno* XVI. 123, e em várias outras passagens da *Comédia*, Dante deixa claro que Virgílio lê seus pensamentos, pois ele representa a razão humana iluminada.

8. *Inferno* XXII. 64.

9. A alma responde ao poeta dizendo que todos são cidadãos da cidade verdadeira (Jerusalém Celestial, o *Paraíso*), enquanto na Itália eles eram peregrinos e estrangeiros.

10. *Sapia*: "Sapia, da família Bigozzi de Siena, era casada com Ghinibaldo dei Saracini, senhor de Castiglioncello. Ela era tia paterna de Provenzano Salvani (*Purgatório* XI), capitão dos sieneses. Ela odiava os sieneses e invejava o poder de seu sobrinho. Durante a batalha contra os guelfos de Florença, ela torceu contra o seu povo e vangloriou-se ao saber que eles haviam sido derrotados. Neste Canto, ela é a imagem do prazer cruel da inveja na desgraça dos outros." (Helder da Rocha, 2000).

11. Sapia quer dizer que alguém rezou por sua alma, permitindo que ela saísse do Antepurgatório.

12. *Pier Pettinaio*: era um mercador muito devoto que vivia em Siena, e morreu em estado de beatitude em 1289.

13. No *Purgatório*, Dante é reconhecido como mortal por lançar uma sombra. Aqui ele é reconhecido por Sapia, que está cega, pelo ato da respiração (ver *Inferno* XXIII. 88).

14. O pecado maior de Dante não era a inveja, mas sim o orgulho, que ele ainda sente pesar sobre seus ombros desde o Círculo anterior. No decorrer da subida do *Purgatório*,

Dante experimentará as mesmas sensações que os penitentes, para expurgar seus próprios pecados. A cegueira dos penitentes do Segundo Círculo ("ter os olhos costurados") será sentida por Dante no Terceiro Círculo, por causa da fumaça negra (*Purgatório* XVI. 7).

15 Os sienenses eram vaidosos, e se orgulhavam do fato de a cidade de Siena ter sido fundada pelos gauleses (um dos povos fundadores da França). Ver também *Inferno* XXIX. 121-123.

16 *Talamone e Diana*: "Os habitantes de Siena esperaram infrutiferamente pela construção de um porto em Talamone, um pântano, assim como procuraram antes um suposto rio subterrâneo, o Diana. Os almirantes representam os comandantes que imaginaram aportar suas frotas ali, mas morreram de malária." (Eugênio Vinci, 2016).

Canto XIV

SEGUNDO CÍRCULO: INVEJA.
GUIDO DEL DUCA – RINIERI DA CALBOLI – OS POVOS DO VALE DO ARNO

"Quem é este, que circula por nossa montanha
Antes de ter recebido as asas da morte[1]
E abre e fecha os olhos, à sua vontade?"

"Não sei quem é, mas sei que não vai sozinho;
Você, que está mais perto, pergunte a ele
E seja gentil, para que ele nos responda."

Assim dois espíritos, inclinados um para o outro,
Falavam sobre mim, à minha direita;
Então levantaram o rosto para falar comigo.

10 E um começou: "Ó alma, ainda presa ao seu corpo,
Que faz seu caminho em direção ao Céu;
Consola nossos corações, em nome da caridade.

Por favor, diga-nos quem é, e de onde vem;
Pois, de fato, a graça que tens recebido
É algo novo, que nos deixa maravilhados."

E eu respondi: "Na parte central da Toscana
Corre um pequeno rio, que se origina do Falterona,[2]
E cem milhas não bastam para o seu grande curso.

Eu trago este corpo das margens daquele rio;
20 Se eu dissesse meu nome, falaria em vão,
Pois o meu nome ainda não tem fama."[3]

Aquele que falara primeiro respondeu:
"Se meu intelecto bem entende o que diz,
Então você nos fala do rio Arno."

E o outro perguntou: "Por que ele não pronuncia
O nome daquele rio, como alguém que desejasse
Esconder algo terrível de nossas vistas?"

Então, a alma a quem foi dirigida esta pergunta
Respondeu assim: "Eu não sei; mas isto está certo,
30 Para que o nome daquele vale assim pereça.

Pois, de fato, desde a nascente do rio,
Nas escarpas mais inacessíveis da montanha
Onde a robusta cadeia se separa do Peloro,[4]

Até seu ponto final, onde ele devolve ao mar
As águas que se evaporam para os céus
E logo tornam a alimentar a sua nascente,

Todos fogem da virtude, como de uma cobra:
Seja porque são lugares amaldiçoados,
Seja pelos maus hábitos de seus povos.

40 Pois os habitantes desse vale miserável
Tiveram a sua natureza transformada
E são como feras, pastando nos prados de Circe.[5]

E, desde o ponto em que é apenas um regato,
O rio faz seu curso entre porcos imundos,[6]
Mais dignos de lavagem do que de comida de gente.

Então, à medida que desce pelo vale,
Ele se depara com cães selvagens, que rosnam alto;[7]
E escarnecendo deles, ele desvia seu curso.

Desce ainda mais pelo vale maldito e miserável;
50 E, à medida que cresce em sua largura,
Os cães selvagens se transformam em lobos.[8]

Então, já tornado em águas mais profundas
Ele encontra raposas, tão viciadas na fraude
Que não existe armadilha que consiga capturá-las.[9]

Não vou parar de falar! Pois há alguém que me ouve;
E isso vai lhe servir como uma carapuça,
Se guardar em mente o que estou prestes a dizer.[10]

Eu vejo seu sobrinho, e o que ele se tornará:
Um caçador de lobos, às margens do rio feroz,
60   E ele perseguirá a todos, com muito terror.

Ele venderá a carne deles, ainda vivos;
Então, como uma antiga besta, ele os abaterá
Privando muitos da vida, e a si mesmo da honra.

Ele sairá da triste selva manchado de sangue;
E a deixará em tal estado de desolação
Que em mil anos ela não tornará a ser o que foi."

Assim como o rosto de alguém que fica perturbado
Ao ouvir notícias terríveis de dor e sofrimento,
Não importa de que lado venha o perigo,

70   Assim eu vi a outra alma, que ouvia com atenção,
Ficar de repente sombria e entristecida
Depois de ter ouvido essas duras palavras.

O discurso de um e a aparência do outro
Logo me fizeram querer saber seus nomes,
O que pedi a ambos, ao mesmo tempo, em súplicas.

E o espírito que havia falado primeiro
Começou novamente: "Você agora deseja
E suplica, de mim, justamente o que me recusou.

Mas, como Deus permite que sua Graça
80   Brilhe tanto através de ti, eu não recusarei:
Saiba, portanto, que eu era Guido del Duca.[11]

131

Meu sangue estava tão consumido pela inveja
Que, sempre que eu via alguém ficar feliz,
A lividez logo se estampava em meu rosto.

Pela semente que plantei, esta é a minha colheita.
Ó seres humanos, por que colocam o coração
Nos bens interditos, que com os teus não se partilham?

Este aqui é Rinieri – sim, ele mesmo:
A gloria e honra da casa de Calboli,
90   Família onde ninguém herdou seu valor.¹²

E do Pó às montanhas, do mar ao Reno,¹³
Sua linhagem não foi a única a abandonar as virtudes
Necessárias à verdade, e ao caráter dos homens de bem.

De fato, todas aquelas terras estão infestadas
Por ervas daninhas e plantas venenosas;
Já é tarde demais para arrancá-las e cultivar a terra.

Onde está o bom Lizio? Arrigo Mainardi?¹⁴
Pier Traversaro e Guido di Carpegna?
Ó romanholos, vocês viraram todos bastardos!

100 Quando florescerá um novo Fabbro, em Bolonha?
Nascerá em Faenza outro Bernardino di Fosco,
Nobre descendência de uma árvore humilde?

Não se surpreenda, toscano, se agora eu choro
Ao me lembrar de Guido da Prata,
E de Ugolino d'Azzo, que viveram entre nós;

Federigo Tignoso e sua graciosa brigada;
A casa de Traversara, a família Anastagi
(e ambas não têm mais herdeiros);

As damas e os cavalheiros, o trabalho e o lazer
110 Que outrora perseguíamos por amor e cortesia,
Enquanto hoje os corações abrigam a perversidade.

Ó Bretinoro,[15] por que não desaparece do mapa,
Como os teus habitantes, que foram embora
Para ficar longe de tanta iniquidade?[16]

Bagnacavallo é que faz bem, por não deixar herdeiros;
Mas Castrocaro faz mal, e Conio faz pior ainda,
Pois continuam a encher essa Terra de filhos.

Uma vez libertos de seu próprio demônio,[17]
Os Pagani ficarão bem; mas, não ao ponto
120   De ser esquecida a memória de seus atos.

Ó Ugolino dei Fantolini, teu nome está seguro!
Pois, já que não procriaste degenerados como tu,
Ninguém deverá superar tua mediocridade.

Vá, toscano, siga agora seu caminho;
Pois, em vez de falar, agora eu prefiro chorar
A tal ponto toda essa fala me entristeceu."

Sabíamos bem que aquelas almas gentis
Ouviam nossos passos; por isso, em silêncio,
Seguimos confiantes na direção que tomamos.

130   Quando já estávamos sozinhos, um pouco adiante,
Uma voz surgiu, e disparou em nossa direção
Como um relâmpago que atravessa o ar:[18]

"Aquele que me encontrar, me matará!"[19]
E se foi, como um trovão que se desvanece
Depois que a grande nuvem se dispersa.

Assim que aquela voz parou de ecoar,
Outra bradou com maior estrondo,
Como um trovão seguido por outros trovões:

"Eu sou Aglauros, que foi transformada em pedra!"[20]
140   E então, para me aproximar mais do Poeta,
Comecei a andar à sua direita, e não à sua frente.

O ar ficou em silêncio novamente
E ele me disse: "Essa foi a dura advertência
Que deveria manter o homem dentro de seus limites.

Mas o homem sempre morde a isca,
E é atraído pelo anzol do velho adversário;
Portanto, o freio ou a advertência de nada valem.

O Céu chama o homem, e gira à sua volta,
Mostrando a ele suas belezas eternas e incomparáveis,
150 Mas o seu olhar está sempre voltado para o chão;

Por isso, assim é castigado por Aquele que tudo vê."

Notas

1 *Inferno* VIII. 84-85: "Quem é este que, sem ter provado a morte, tem passagem livre através da região dos mortos?"

2 *Falterona*: é a montanha da cadeia dos Apeninos onde fica a nascente do rio Arno.

3 O poeta não revela seu nome, alegando que ainda não é famoso. É um gesto de humildade, que se segue à confissão do seu pecado de soberba (*Purgatório* XIII. 136-138).

4 *A robusta cadeia*: os Apeninos. A longa cadeia termina na Calábria, em frente ao Cabo Peloro, na Sicília.

5 *Os prados de Circe*: o orador (que revelará sua identidade como Guido del Duca, no verso 81) começa aqui a descrever o vale do rio Arno e seus habitantes, que são comparados a animais – como se tivessem sido transformados por obra da feiticeira Circe. Cada animal reflete o vício de cada cidade. As cidades são identificadas de forma bastante complexa, com detalhes geográficos que nos fazem lembrar da história de Virgílio sobre a fundação de Mântua (*Inferno* XX. 55).

6 *Os porcos*: o povo de Casentino (são ambiciosos, vorazes como os porcos).

7 *Os cães selvagens*: o povo de Arezzo (são bons em "rosnar" bem alto, mas não são fortes).

8 *Os lobos*: o povo de Florença (são gananciosos e soberbos).

9 *As raposas*: o povo de Pisa (são astutos e trapaceiros).

10 A profecia dos versos 58 a 66 se refere a Fulcieri da Calboli, sobrinho de Rinieri da Calboli (a outra alma, que conversa com Guido del Duca). Durante o governo dos Guelfos Negros (que se instaurou a partir de 1301, com o consequente exílio de Dante), Fulcieri tornou-se *Podestà* de Florença e caçador implacável dos Gibelinos e Guelfos Brancos, enviando vários deles à execução.

11 *Guido del Duca*: nobre da cidade de Ravena e membro da família Onesti, senhores de Bretinoro. Por muitos anos foi juiz em várias cidades da Romagna, incluindo Ímola, Faenza, Rimini e a própria Bretinoro, onde viveu por muito tempo.

12 *Rinieri da Calboli*: Foi *Podestà* de Faenza, Parma e Ravenna, tendo sido finalmente derrotado por Guido de Montefeltro durante o massacre da cidade de Forlì, sua cidade natal (*Inferno* XXVII. 43).

13 Estes são os limites da região da Romagna, que é limitada pelo rio Pó, pelos montes Apeninos, pelo mar Adriático e pelo rio Reno, que passa perto de Bolonha.

14 *Família e nobres citados por Guido del Duca*: nos versos 97 a 111, Guido del Duca saúda vários nobres, líderes do partido dos Gibelinos e famílias extintas da região da Toscana. Já nos versos 112 a 123 ele ataca várias famílias tradicionais que ainda existiam

na Itália (lamentando que tenham deixado herdeiros).

15 *Bretinoro*: pequena vila localizada entre Cesena e Forlì, governada pela família de Guido del Duca.

16 Ver *Inferno* XXIII. 153.

17 *O demônio*: trata-se de Mainardo Pagani, senhor de Ímola e Faenza (ver nota em *Inferno* XXVII. 49). Sua má reputação sempre será uma mancha na família.

18 Dante e Virgílio se aproximam da passagem do perdão, a saída do Segundo para o Terceiro Círculo. As vozes que agora ressoam pelo ar são exemplos de inveja (ao contrário das vozes que se ouviam na entrada, que eram exemplos de generosidade). Estas vozes são os freios de advertência para o pecado da inveja (ver também *Purgatório* XIII. 40).

19 Esta é a voz de Caim, que foi banido por Deus após ter matado seu irmão Abel. "Então disse Caim ao Senhor: É tão grande a minha maldade, que não pode ser perdoada. Hoje me lanças da face da terra, e da tua face me esconderei; e serei fugitivo e peregrino na terra, e será que todo aquele que me achar, me matará." (*Gênesis* IV. 13-14).

20 *Aglauros*: princesa de Atenas, filha mais velha do rei Cécrops. Segundo Ovídio (*Metamorfoses* II), Aglauros teve inveja do amor entre sua irmã Herse e o deus Mercúrio, e tentou várias artimanhas para separá-los. Por fim, Mercúrio a capturou e a transformou em uma estátua de pedra.

Canto XV

ASCENSÃO AO TERCEIRO CÍRCULO:
IRA – AS VISÕES DE DANTE – A FUMAÇA

Como o espaço coberto pela esfera celeste
Que está sempre brincando como uma criança
Desde o amanhecer, até o final da terceira hora,

Tantas eram as horas de luz que ainda restavam
Antes que o curso do dia chegasse ao pôr do sol;
Lá eram Vésperas, enquanto aqui era meia-noite.[1]

E os raios do Sol nos atingiram no rosto em cheio,
Pois já andávamos muito em torno do monte,
E estávamos voltados para o oeste.

10 Foi quando me senti deslumbrado por um brilho,
O mais intenso que eu já tinha visto na vida;
E eu não conseguia compreender aquele fenômeno.

Então, para proteger os olhos da intensa luz,
Coloquei as mãos acima da testa,
Para bloquear a visão daquele tamanho esplendor.

Como o raio de luz, quando é refletido
Pela superfície da água, ou por um espelho,
De modo que forma um raio ascendente

Com ângulo idêntico ao do raio descendente,
20 Simétrico na vertical, e perfeitamente contrário
– conforme nos demonstram Arte e experiência;[2]

Assim eu parecia ter sido atingido,
No ponto onde me encontrava, pela luz refletida;
O que me fez rapidamente desviar o olhar.

Eu perguntei: "Que luz é essa, querido Pai,
Diante da qual não consigo proteger meus olhos
E que parece se mover em nossa direção?"

Ele respondeu: "Não se surpreenda,
Se os habitantes do Céu ainda o deslumbram:
30 É um mensageiro, que vem nos convidar para subir.

Em breve, a visão de tais maravilhas
Não causará mais temor, mas trará alegria;
Pois a Natureza o preparou para esse momento."

Assim que chegamos até o anjo abençoado,
Ele nos disse com voz alegre: "Entrem!
Sigam por esta escada; é menos íngreme que a outra."

Subimos, ultrapassando aquele Círculo,
Enquanto o anjo cantava: *"Beati misericordes!"*³
E depois: *"Alegrai-vos, ó vencedores!"*⁴

40 Assim, meu Mestre e eu prosseguimos, sozinhos;
E, enquanto subíamos pela escada,
Pensei em buscar conhecimento em suas palavras;

Então me voltei para ele, e assim perguntei:
"O que o espírito da Romagna quis dizer
Quando falava sobre 'interditos' e 'partilhas'?"⁵

E ele me respondeu: "Ele sente na pele todo o mal
Que seu maior pecado causou; não se surpreenda
Se ele repreende os outros que ali estão.

Pois, quando os desejos se concentram nos bens,
50 Quanto mais se possui, menos se divide;
E a inveja faz suspirar o seu coração.

Mas, se o Amor que vem da esfera mais alta
Vier santificar e direcionar seus desejos,
A angústia dentro do peito desaparece.

E, no Céu, quanto mais as almas dizem 'nosso'
Maior se torna o bem que possuem;
E arde cada vez mais Amor naquele lugar sagrado."

Eu respondi: "Agora, fiquei sem entender
Menos ainda do que antes, se não tivesse perguntado;
E tenho na mente dúvidas mais profundas.

Como pode um bem, compartilhado por muitos,
Permitir que cada um se torne mais rico
Do que se fosse usufruído por poucos?"

E ele para mim: "É porque ainda persiste
Em deixar sua mente fixa nas coisas terrenas;
E assim você vê trevas, onde há verdadeira luz.

Aquele Bem inefável e infinito, que está lá em cima,
Corre em direção ao Amor, assim como o raio de luz
Também corre em direção a um corpo que reflete.

Quanto mais Amor encontra, mais ele se doa;
E assim, quanto mais Amor arde em uma pessoa,
Mais ela recebe uma medida do Bem eterno.

E quanto mais as pessoas se amarem,
Maior será o Bem para amar, e mais elas amarão;
E Amor reflete, de alma para alma, como um espelho.

E, se meu discurso ainda não satisfez a sua fome,
Você verá Beatriz, e ela satisfará plenamente
Este e todos os outros anseios do seu coração.

Portanto, se apresse; ainda restam cinco chagas,
Porque as duas primeiras já se foram:
O seu arrependimento cicatriza as feridas."

Mal tive tempo para dizer "Estou satisfeito",
Pois vi que tínhamos chegado ao próximo Círculo,[6]
E então meus olhos ansiosos me silenciaram.

Naquele local me pareceu, de repente,
Ter sido arrebatado por uma visão extasiante.
E então vi muitas pessoas em um templo;

E vi uma mulher, parada no limiar,
Que dizia com a doce atitude de uma mãe:
90 "Meu filho, por que se comportou assim conosco?

Teu pai e eu te procurávamos ansiosos."[7]
E depois ela ficou em silêncio,
E o conteúdo daquela visão desapareceu.

Então surgiu outra mulher, que chorava.
Eram lágrimas destiladas pela dor,
Nascida de uma grande ira contra alguém.

Ela disse: "Se és mesmo o senhor sobre a cidade
Cujo nome causou contenda entre os deuses,[8]
E da qual deriva toda arte e ciência,

100 Vingai aqueles braços ousados
Que abraçaram nossa filha, ó Pisístrato!"[9]
E seu esposo me parecia manso e benigno,

Respondendo a ela, em tom equilibrado:
"O que faremos, então, a aqueles que nos odeiam,
Se condenamos a aqueles que nos amam?"

Em seguida, vi pessoas inflamadas pela ira;
Eles apedrejavam um homem muito jovem,[10]
Gritando alto entre si: "Matem, matem!"

E eu o vi ficar cada vez mais curvado,
110 Em agonia, sendo levado pela morte;
Mas seus olhos estavam voltados para o Céu.

Ele pedia ao Senhor, apesar de tanta violência,
Que Ele perdoasse seus perseguidores;
E seu aspecto era de piedade e compaixão.

E, quando minha alma caiu em si
E eu reconheci as coisas ao meu redor,
Percebi que minhas visões tinham sido reais.

Meu Guia, que observava o meu transe,
Disse para mim, enquanto eu despertava:
120 "O que há de errado com você? Já não se aguenta?

Pois você percorreu mais de meia légua
Com os olhos cerrados, e as pernas bambas,
Como se estivesse bêbado ou sonâmbulo!"

Eu disse: "Oh, meu doce Pai, se puder me ouvir,
Eu posso contar o que me apareceu em uma visão,
Quando minhas pernas não podiam me sustentar."

E ele: "Mesmo se você tivesse cem máscaras,
Seus pensamentos, por menores que fossem,
Não poderiam ser escondidos de mim.

130 O que você viu foi para que não se recuse mais
A abrir seu coração para as águas da paz,
Que jorram continuamente da Fonte Eterna.

Não perguntei o que estava errado com você
Como alguém que vê com os olhos da carne;
Meu corpo sem a alma jaz morto, e não pode mais ver.

Falei para que ganhasse mais coragem e força:
Assim deve ser impelido o preguiçoso,
Quando ele demora em voltar à vigília."

Seguimos nosso caminho até o final das Vésperas;
140 Olhando à frente, até onde permitiam os raios do Sol,
Que já eram raros, mas ainda brilhantes.

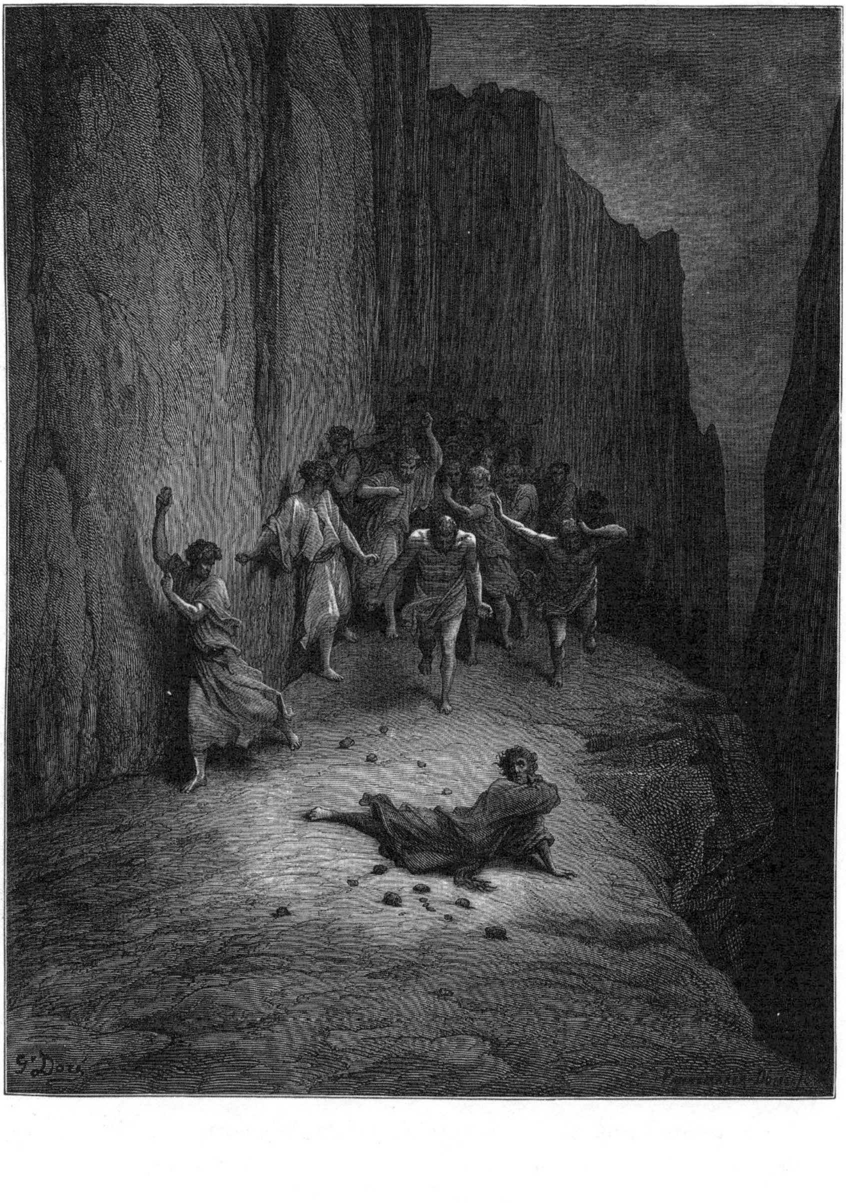

Mas começou a avançar até nós, pouco a pouco,
Uma fumaça densa e negra como a noite
Que, a todo custo, não conseguimos evitar.

Essa fumaça nos privou do ar puro, e nos cegou.

Notas

1. Os versos indicam que desse momento até o pôr do sol faltam três horas. Portanto, no *Purgatório* são vésperas (na liturgia católica, é o nome dado ao período da tarde, entre 15 e 18 horas), enquanto na Itália é meia-noite.

2. Dante descreve o fenômeno da reflexão da luz, em que os dois raios (o que incide sobre a superfície e o raio reflexo) formam dois ângulos de igual amplitude.

3. *Beati misericordes*: "Bem-aventurados os misericordiosos, porque eles alcançarão misericórdia." (*Mateus* V. 7). Ao proferir essa bênção, o anjo apaga o segundo P da testa de Dante – representando a expiação do pecado da inveja.

4. *Vencedores*: "No mundo tereis aflições; mas, tende bom ânimo! Eu venci o mundo." (*João* XVI. 33)

5. O espírito da Romanha é Guido del Duca, que diz em *Purgatório* XIV. 87: "Ó seres humanos, por que colocam seu coração nos bens interditos, que com os teus não se partilham?"

6. Dante e Virgílio chegam ao Terceiro Círculo, onde é purificado o pecado da ira. Os exemplos da virtude oposta, a mansidão, são mostrados por meio de visões. Nos versos seguintes, Dante fica em uma espécie de transe.

7. Esta é a fala de Maria, mãe de Jesus, durante o episódio em que o pequeno Jesus se perdeu de seus pais e foi encontrado no templo, em Jerusalém. "Quando o viram, maravilharam-se, e disse-lhe sua mãe: Filho, por que fizeste assim conosco? Eis que teu pai e eu, ansiosos, te procurávamos. E ele lhes disse: Por que é que me procuravam? Não sabeis que me convém tratar dos negócios de meu Pai?" (*Lucas* II. 48-49).

8. A cidade é Atenas; e a contenda foi entre os deuses Netuno (Poseidon) e Minerva (Atena), para dar nome à cidade.

9. *Pisístrato*: tirano de Atenas no século VI a.C., é o segundo exemplo de mansidão a ser apresentado no Terceiro Círculo. Um jovem havia beijado sua filha publicamente, e sua esposa, muito indignada, pedia a ele que o punisse. O tirano respondeu com mansidão: "Se matarmos aqueles que nos amam, o que faremos com aqueles que nos odeiam?".

10. O terceiro exemplo de mansidão é o mártir Santo Estêvão, que perdoou seus executores (*Atos dos Apóstolos*, cap. VII).

Canto XVI

TERCEIRO CÍRCULO: IRA – MARCO, O LOMBARDO

Nem as trevas do Inferno, nem a noite mais escura,[1]
Desprovida do brilho de qualquer planeta,[2]
Nem os céus mais carregados de fuligem negra

Jamais haviam encoberto minha visão
Nem irritado tanto os meus olhos, assim como fez
Aquela fumaça densa que nos envolveu.

Eu não conseguia manter os olhos abertos;[3]
Então meu sábio Guia se aproximou de mim,
E me ajudou, oferecendo o seu braço.

10 Assim como um cego anda pela mão do seu guia,
Para que não se perca, e não se depare com algo
Que possa machucá-lo, ou talvez matá-lo,

Assim eu me movia naquele ar tóxico e imundo,
Enquanto ouvia meu Guia, que não cessava de dizer:
"Tome cuidado, não se separe de mim."

Mas eu ouvi vozes, e todas pareciam rezar
Pedindo por paz e misericórdia
Ao Cordeiro de Deus, que tira o pecado do mundo.

"Agnus Dei...", todos entoavam como exórdio;[4]
20 Todas as almas cantavam em uníssono, de tal forma
Que parecia haver entre eles total concordância.

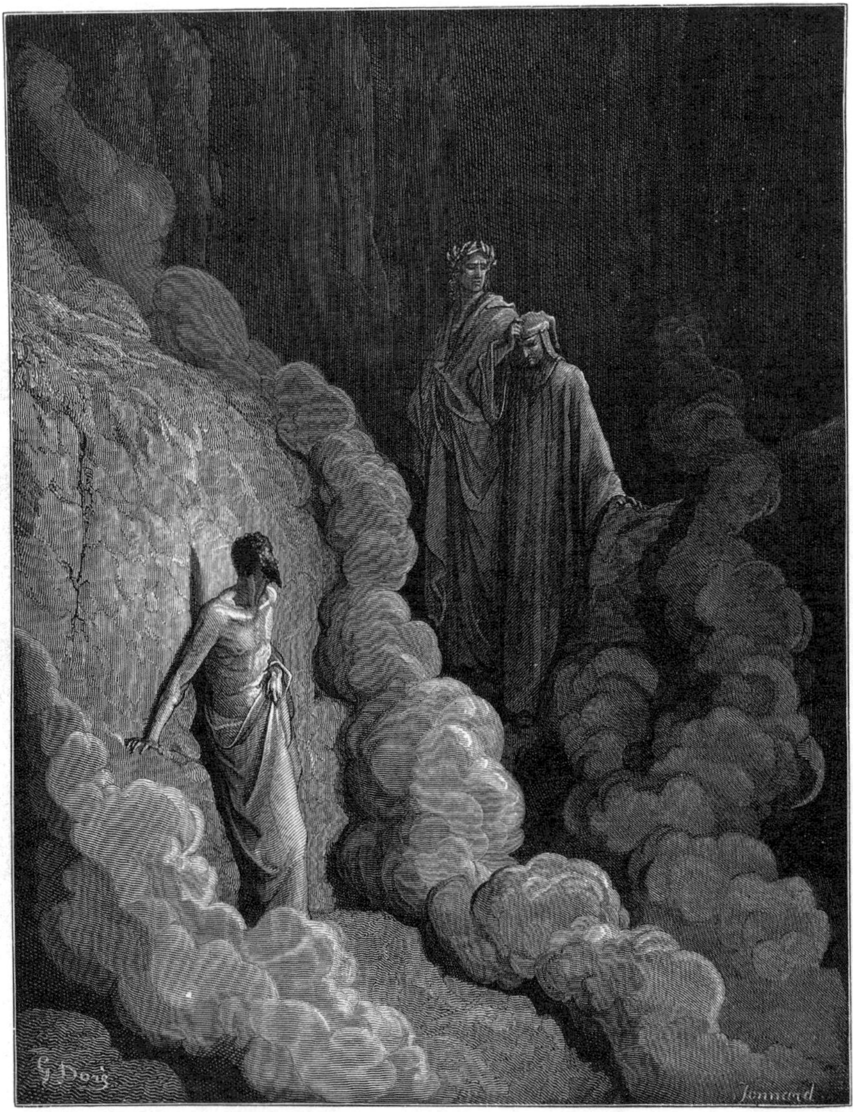
G. Doré
Jonnard

Perguntei: "Mestre, esses que ouço são espíritos?"
E ele para mim: "Sim, você entendeu bem.
E aqui eles desatam os nós de sua ira."

"Quem é você, cujo corpo atravessa nossa fumaça,
E deseja saber sobre nós, mas fala como alguém
Que ainda usa os meses para medir o tempo?"[5]

Assim foi dito por uma voz. Ao ouvi-la,
Meu Mestre voltou-se para mim: "Responda,
E pergunte se este caminho nos conduz para cima."

E eu: "Ó criatura que aqui se purifica,
Para retornar bela e justa para Aquele que a criou;
Eu ficaria maravilhado se pudesses me seguir."

"Eu o seguirei, até onde me for permitido!",
Ele respondeu. "E, se a fumaça não nos permite ver,
O som das palavras nos manterá unidos."

Eu comecei: "Eu sigo meu caminho para o alto
Com esta mesma pele, que a morte dissolve;
E com ela caminhei pelo Inferno, e cheguei até aqui.

E, uma vez que Deus me acolheu em Sua graça,
A ponto de desejar me mostrar Seu reino
De uma maneira tão moderna e incomum,

Não esconda de mim quem você foi, antes da morte,
E diga-me se estamos no caminho certo;
As tuas palavras serão o nosso guia."

"Eu fui Marco, o lombardo, e conheci o mundo;
E amei aqueles valores que se perderam,
Pois hoje já não se retesam mais os arcos.[6]

Se querem subir, continuem nesta direção."
Então ele respondeu, e acrescentou:
"Peço que ore por mim, quando estiver no Céu."

E eu a ele: "Eu juro, farei o que me pede;
Mas estou a ponto de explodir! Pois preciso esclarecer
Uma dúvida, que há um tempo me persegue.

Anteriormente, essa dúvida era muito simples;
Mas agora redobrou, por causa de suas palavras,
Que testificam, em parte, o que ouvi de outras almas.

De fato, o mundo está como você disse:
Totalmente despojado de qualquer virtude,
60 Grávido de toda malícia e perversidade.

Mas, eu suplico: explique-me a causa de tudo isso,
Para que eu compreenda, e possa a outros ensinar;
Pois alguns culpam o Céu, e outros, a Terra."[7]

A princípio, ele soltou um suspiro profundo,
E, em meio à sua dor, exalou um "Oh!" e respondeu:
"Irmão, o mundo é cego; e você prova que é do mundo.

Vocês, que estão vivos, ainda continuam
A atribuir a causa de tudo ao Céu,
Como se fosse a causa necessária de tudo o que há.

70 Se assim fosse, não existiria mais o livre-arbítrio;
Não haveria mais alegria por fazermos o bem,
Ou tristeza e punição, por fazermos o mal.

O Céu move nossos desejos – não digo todos eles,
Pois também é dada a nós, ao recebermos sua luz,
A capacidade de discernir entre o bem e o mal.

E recebemos também o livre-arbítrio,
Que trava suas primeiras batalhas contra os céus
E a tudo pode vencer, desde que bem fortalecido.

Somos livres, mas dependemos de um Poder maior
80 E de melhor Natureza; e esse mesmo Poder cria em nós
O intelecto, que foge ao controle dos céus.

Portanto, se o mundo atual se desviou do bem,
A razão está em nós, e a nós deve ser atribuída;[8]
E agora eu posso demonstrar com uma explicação.

A alma sai das mãos Daquele que a projetou
(E pensou nela com amor, antes de ser formada)
Como uma criança, que chora e ri sem saber o motivo.

A alma simples é como uma menina, que nada sabe;
Exceto que, movida por um gentil Criador,
90 Procura de boa vontade o que lhe dá prazer.[9]

No início, ela se deleita com os bens triviais;
Estes seduzem a alma, e ela os perseguirá,
A menos que haja rédeas que contenham seu amor.

Para isso, era necessário que houvesse leis;
Também era necessário haver um governante,
Que estabelecesse para a cidade uma torre.

As leis existem, mas hoje quem as aplica?
Ninguém! Pois o pastor que precede o rebanho
Pode até ruminar, mas não tem os cascos fendidos.[10]

100 E por isso o povo, que imita o seu guia,
Busca os bens terrenos, dos quais tem sede;
Contenta-se com eles, e não almeja mais nada.

A má liderança (antes o desgoverno!), como você vê,
É a origem da corrupção do mundo;
Certamente, a causa não são as forças celestiais.

Roma, que construiu o mundo virtuoso,
Tinha dois sóis, que indicavam os dois sentidos:
O caminho do mundo e o caminho de Deus.[11]

No entanto, um acabou por eclipsar o outro;
110 Agora, a espada uniu-se ao cajado,
E, dessa forçada união, só podia resultar o mal.

Porque, assim unidos, um poder não teme o outro:
E se você duvida de mim, observe as flores e o fruto,
Pois cada planta é reconhecida por sua semente.

Naquela terra que é regada pelo Adige e pelo Pó,[12]
Costumava-se encontrar valor e cortesia –
Isto é, antes que Frederico tivesse partido.[13]

E aqueles que tinham vergonha de se aproximar
Ou de falar com homens justos e virtuosos
120 Agora podem passar por lá, sem medo.

É verdade, ainda há ali três anciãos,
Pelos quais o velho costume repreende o novo;
E já tarda que Deus os leve para um lugar melhor.

Corrado da Palazzo, o bom Gherardo,
E Guido da Castello – aquele que os franceses
Conheciam como o Lombardo Honesto.[14]

Você pode concluir que a Igreja de Roma
Confunde em si mesma os dois poderes:
Ela cai na imundície, sujando a si mesma e ao seu ofício."

130 "Ó bom Marco", respondi, "Você raciocina bem;
E agora entendo por que os filhos de Levi
Foram excluídos da benção e da próspera herança.

Mas quem é esse Gherardo, que você menciona
Como um exemplo das antigas gentes,
E como uma reprovação a século caído?"

"Ou suas palavras me enganam, ou você me provoca",
Ele respondeu. "Pois, embora fale como um toscano,
Você parece não saber nada sobre o bom Gherardo.

Não há outro nome pelo qual eu o conheça,
140 A menos que eu me refira a ele como o pai de Gaia.
Deus esteja convosco; já não posso mais segui-los.

Veja aqueles brilhantes raios de luz
Que se irradiam pela fumaça; é o anjo que está chegando.
Devemos nos separar, antes que ele me apanhe."

Então ele voltou para trás, e não quis mais me ouvir.

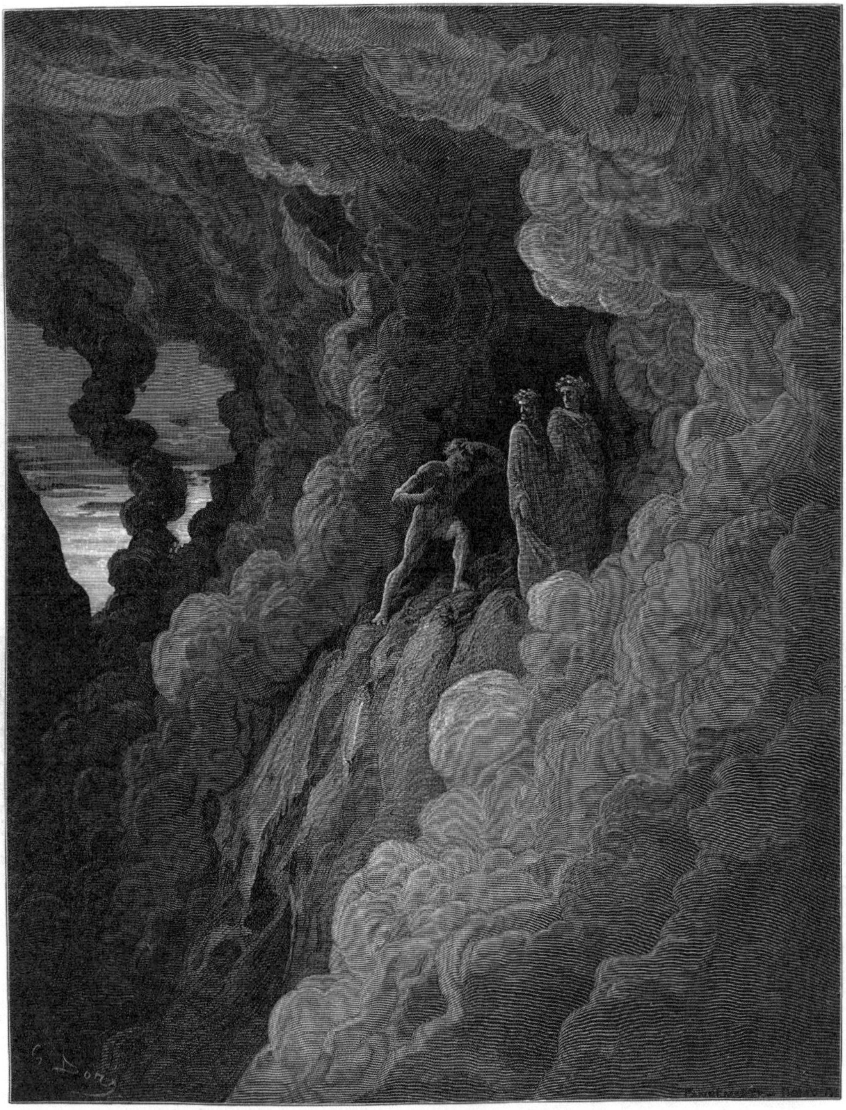

Notas

1. Dante e Virgílio estão no Terceiro Círculo, onde é purificado o pecado da ira: os penitentes ficam constantemente no escuro, sufocados por uma densa fumaça negra. Os iracundos sofrem punição semelhante no *Inferno*, onde ficam afogados e engasgados eternamente no lodo do rio Estige. "Vivíamos na escuridão, apesar do ar doce e do Sol que alegrava o dia, nutrindo dentro de nós a fumaça da melancolia." (*Inferno* VII. 121-123).

2. *Planeta*: No sistema astronômico de Ptolomeu, o Sol e todos os corpos celestes são considerados planetas. Ver também *Inferno* I. 17.

3. Dante havia dito, no Segundo Círculo: "Meus olhos ainda hão de ser costurados" (*Purgatório* XIII. 133). Dante ainda sente a punição pelo pecado da inveja, que ele presenciou no Círculo anterior. Por outro lado, as consequências do pecado da ira são bem claras: a ira cega a nossa mente, e nos leva a atos precipitados. O ser humano precisa seguir estritamente a razão, simbolizada neste caso pelo poeta Virgílio.

4. *Agnus Dei*: em latim, "o Cordeiro de Deus". A oração recitada pelos iracundos é a expressão de *João* I. 29: "Eis o Cordeiro de Deus, que tira o pecado do mundo."

5. *Inferno* VIII. 84-85; *Purgatório* XIV. 1.

6. *Os arcos*: esta é uma metáfora refinada de Dante, relembrando o ato dos cavaleiros de retesar o arco. Representa o abandono dos valores corteses do passado.

7. "Algumas pessoas colocam a culpa de suas más ações nas influências dos astros, enquanto outras assumem que são causadas pelo próprio comportamento humano."

8. Dante parece dar crédito às afirmações da astrologia (como em *Inferno* XXII. 23-26, e em *Inferno* XV. 55). Marco Lombardo tenta explicar para Dante que, quaisquer que sejam as influências que as estrelas possam exercer sobre nós, não podemos ser influenciados por elas para o mal. Ou seja, o mal vem das nossas próprias escolhas.

9. Nos versos 85 a 90, Dante ilustra (através das palavras de Marco) a criação da alma seguindo a doutrina de São Tomás (a alma no momento da criação é uma lousa em branco, e não tem ideias inatas).

10. O papa (o pastor que procede, que guia o rebanho) pode ruminar, ou seja, ele conhece as Sagradas Escrituras, mas não tem os cascos fendidos, ou seja, não distingue a autoridade temporal da espiritual; a metáfora é bíblica (*Levítico* XI. 3, *Deuteronômio* XIV. 7-8) e refere-se à lei judaica que proíbe os fiéis de comerem a carne de animais que não sejam ruminantes ou que não tenham cascos fendidos.

11. Os dois sóis aos quais Dante se refere no verso 106 são obviamente o papa e o imperador.

12 A província banhada por esses dois rios é a Lombardia, mais conhecida como o Vale do Pó.

13 Na visão de Dante, as leis devem ser aplicadas pelo poder político, ou melhor, pelo imperador: mas a sede imperial na Itália ficou abandonada após a morte de Frederico II. Aos olhos de Dante, o atual imperador (Alberto I) não tinha autoridade, porque ele nunca tinha ido à Itália para ser coroado, e permitiu que "o jardim do Império fosse devastado" (*Purgatório* VI. 96).

14 Os três anciãos citados por Marco Lombardo (vv. 124-126) são Corrado da Palazzo (de Brescia), Gherardo da Camino (de Treviso) e Guido da Castello (este último era chamado pelos franceses, segundo Marco, de "lombardo honesto", porque "lombardo" generalizava todos os italianos, e estava associado à sua fama de comerciantes desonestos.

Canto XVII

MAIS VISÕES DE DANTE – ASCENSÃO AO QUARTO CÍRCULO: PREGUIÇA

Ó leitor, se um dia já foi surpreendido
Pela névoa nos Alpes, e teve a sua visão encoberta
Assim como uma toupeira, que tem olhos enfermos;

E se, quando a espessa bruma começou a dissipar,
Viu a brilhante esfera do Sol, ainda sem forças,
Que tentava forçar por ali sua passagem;

Então sua imaginação entenderá facilmente
Como eu me senti, quando saí daquela escuridão
E vi novamente o Sol pela primeira vez.

10 Saí daquela nuvem, adaptando meus passos
Aos passos confiantes de meu Mestre,
E vi que o Sol já estava próximo ao horizonte.

Ó imaginação, que às vezes nos priva
De todas as coisas que acontecem ao nosso redor,
A ponto de não ouvirmos o soar de mil trombetas!

De onde vens, se não vens de nossos sentidos?
Acaso és enviada a nós por alguma luz do Céu,
Seja por ti mesma, ou pela Vontade Divina?

Pois, dentro da minha imaginação, eu vi claramente
20 A figura daquela ímpia, que se transformou
No pássaro que mais tem prazer em cantar.[1]

Naquele momento, a minha mente se voltava
Para o recôndito da imaginação, de tal maneira
Que nada do mundo exterior poderia distraí-la.

Em seguida, despencou em minha fantasia profunda
Um homem crucificado, que agonizava[2]
Com semblante amargo e cheio de desdém.

Ao seu lado estavam o grande Assuero,
E Ester, sua esposa, e o justo Mardoqueu,
30 Que era verdadeiro em suas palavras e ações.

E, assim que esta imagem desapareceu,
Assim como uma bolha que se desvanece
Quando se evapora a água que a formou,

Surgiu em minha imaginação uma menina,
Que chorava amargamente e dizia: "Ó rainha,
Por que, em tua ira, destruíste a ti mesma?[3]

Para não perder Lavínia, tiraste a própria vida;
E agora me perdes de vez! Ó mãe, agora eu sofro
Por tua ruína, antes que outros a encontrem!"

40 Assim como o nosso sono é interrompido,
Quando uma luz atinge nossos olhos fechados,
E brilha, antes de desaparecer pouco a pouco;

Assim cessou a minha imaginação,
Quando uma luz atingiu meu rosto –
Uma das mais intensas que eu já tinha visto.

Virei-me para ver onde estava,
Quando uma voz disse: "Podem subir por aqui",
E isso me distraiu de todas as outras intenções.

E tive muita vontade de ver quem falava;
50 Era como uma ânsia que nunca se acalma,
Até que seja totalmente satisfeita.

Mas o meu poder de visão foi insuficiente,
Pois fitar aquela luz era como olhar para o Sol,
Que ofusca nossos olhos e não nos permite vê-lo.

"Este espírito é divino; e, apesar de não ter sido chamado,
Ele nos conduzirá ao caminho ascendente;
Ele se esconde com essa mesma luz que ele lança.

Ele faz conosco como os homens fazem consigo mesmos;
Aquele que vê a necessidade e espera receber oração,
60 Em seu coração já tem a certeza de uma recusa cruel.

Agora nos apressemos, e aceitemos seu convite;
E vamos tentar subir antes que escureça.
Pois depois será impossível, até que o dia volte."

Assim disse meu Guia, e dirigimos nossos passos
Em direção a uma escadaria.
E, assim que eu pisei o primeiro degrau,

Senti perto do meu rosto um bater de asas,
E um sopro de vento, enquanto uma voz dizia:
"*Beati pacifici*,[4] aqueles que estão livres da ira perversa!"

70 Os últimos raios do sol que precediam a noite
Estavam tão altos acima de nós
Que podíamos ver as estrelas por todos os lados.

"Ó minha força, por que me abandonas assim?"
Eu disse para mim mesmo,
Porque sentia a força das pernas falharem.

Tínhamos chegado a um ponto
Em que a escada não subia mais; e ficamos ali parados
Assim como um navio quando chega à costa.

Esperei por um tempo, na expectativa de ouvir
80 Alguma coisa diferente, naquele novo Círculo;
Então eu me voltei para meu Mestre,

E perguntei: "Meu querido Pai, diga-me,
Que ofensa é purgada no Círculo onde estamos?
Embora estejamos parados, o teu ensino não cessa."

E ele para mim: "Precisamente aqui, se expia
O Amor pelo bem, quando não foi suficiente;
Aqui se conserta o remo que em vida foi preguiçoso.

Mas, para que possa entender mais claramente,
Volte agora sua atenção para mim,
90 E poderá colher bons frutos desta nossa pausa.

Meu filho: nem o Criador, nem qualquer criatura,
São desprovidos de Amor, seja ele natural ou desejado;
E você sabe bem disso", ele começou.

"Amor natural é sempre correto, mas o outro pode errar;
Seja por escolher um objeto errado,
Seja por vigor insuficiente ou excessivo.

Desde que seja direcionado para o Primeiro Bem
E equilibrado em boa medida sobre os bens terrenos,
Amor não pode ser causa de prazer pecaminoso;

100 Mas quando Amor se dirige para o mal
Ou corre demais para o bem, ou menos do que deveria,
Então a criatura opera contra o seu Criador.

A partir disso, você conseguirá entender
Que Amor dentro de nós é a causa de toda virtude,
Mas também de todo ato digno de punição.

Ora, como Amor nunca pode agir
Contra a salvação de seu próprio sujeito,
As criaturas estão livres do ódio a si mesmas;

E, visto que nenhuma criatura pode existir
110 Por si mesma, se for separada do Primeiro Ser,
É impossível para qualquer criatura odiar a Deus.

Resta, se minha classificação estiver correta,
Que Amor corrompido deseja o mal do próximo;
E esse Amor, em sua natureza, surge de três maneiras.

Há aqueles que esperam obter vantagem
Por meio da humilhação ao próximo,
E sentem prazer, e enriquecem com a decadência.

Há aqueles que temem ser ultrapassados,
E temem perder a fama, o poder, a honra e o favor,
120 De modo que desejam o infortúnio para o próximo.

E há os que ficam cegos, e totalmente ofuscados
Pelo desejo de vingar uma ofensa recebida;
E, cheios de ira, suspiram pelo mal do próximo.

Esse Amor tríplice é punido nos Círculos abaixo de nós;[5]
E agora quero que você compreenda o outro Amor,
Que corre para o bem, mas da maneira errada.

Cada um concebe à sua maneira um bem supremo,
Que satisfaça sua alma, e anseia por ele;
Portanto, todos se esforçam para alcançar esse Bem.

130 Mas, se o Amor que o impele a alcançá-lo
For insuficiente ou falho, então é no presente Círculo
Que se cumpre a pena justa, após o arrependimento.

Há outros bens, que não fazem o homem feliz;
Não carregam a essência da verdadeira felicidade,
E tampouco são o fruto ou raiz de todo o bem.

Amor que se entrega excessivamente a esses bens
É expiado nos três Círculos, acima de nós;[6]
Mas não direi em que formas ele se triparte,

Para que você encontre as respostas por si mesmo."

Notas

1 Filomela, irmã de Procne, que foi transformada em um rouxinol (ver nota em *Purgatório* IX, 12).

2 Aman, ministro do rei Assuero, foi crucificado na cruz que havia mandado levantar para o inocente Mardoqueu (*Ester* II. 5).

3 Esta que chora é Lavínia, filha da rainha Amata e do rei Latino (*Inferno* IV. 126). A rainha Amata, supondo que Turno (noivo de Lavínia) tivesse sido morto por Eneias, enforcou-se de raiva e desespero.

4 *Beati pacifici*: "Bem-aventurados os pacificadores, porque serão chamados filhos de Deus." (*Mateus* V. 9).

5 *Amor tríplice*: os três pecados do Amor Corrompido (soberba, inveja e ira), punidos nos três primeiros Círculos do *Purgatório*. O "outro Amor" citado no verso seguinte é o Amor Insuficiente (preguiça), punido no Quarto Círculo.

6 Trata-se dos pecados por Amor em Excesso (avareza, gula e luxúria), que são punidos nos três últimos Círculos.

Canto XVIII

QUARTO CÍRCULO: PREGUIÇA – AMOR E LIVRE-ARBÍTRIO – O ABADE DE SAN ZENO

O meu distinto Mestre concluíra seu raciocínio
E olhava para mim com bastante atenção,
Para se assegurar de que eu estivesse satisfeito.

E eu, ainda atormentado pela sede de saber,
Por fora estava calado, mas dizia dentro de mim:
"Talvez ele se aborreça com demasiadas perguntas."

Mas aquele verdadeiro pai, que tinha reconhecido
O meu íntimo desejo, que não se manifestou por medo,
Com suas palavras me convidou a falar.

10 Ao que eu disse: "Mestre, a minha visão
É tão iluminada pela tua luz, que vejo claramente
Tudo o que o seu raciocínio declara ou analisa.

Por isso eu peço, meu querido e doce Pai:
Explique-me: o que é Amor,
Ao qual atribui todo o bem, assim como o seu oposto?"

"Volte para mim os olhos aguçados do seu intelecto",
Ele disse a mim, "e para você ficará evidente
O erro do cego, que finge servir como guia.

A alma, que é criada com a disposição de amar,
20 Move-se em direção a tudo o que ama,
No momento que algo agradável a desperta.

A cognição humana extrai a imagem de um bem
E a expande dentro do ser, de tal forma
Que a alma corre para o bem, impelida em sua direção.

E quando a alma se volta para esse bem,
Essa propensão é Amor; é uma atitude natural,
E a alma retorna a si, por obra do bem que é amado.¹

Então, assim como as chamas sobem para o céu
(Porque o fogo, por natureza, foi criado para subir
30 Em direção à sua própria Esfera, onde ele é eterno),

Assim a alma tomada por Amor nutre o desejo,
Que é um movimento do espírito; e o desejo não cessa,
Enquanto o bem desejado trouxer alegria.²

Agora você pode compreender o mistério:
O quanto a verdade se esconde dos que afirmam
Que todo Amor é louvável em si mesmo;

E eles são levados a errar, quando falam de Amor,
Porque ele pode parecer sempre bom:
Mas nem todo selo é bom, ainda que seja boa a cera."

40 Eu respondi: "Seu discurso, e minha vontade de segui-lo,
Explicaram-me a natureza do Amor,
Mas isso leva-me ainda mais a duvidar.

Pois, se Amor nos é oferecido pela realidade externa
E a alma não pode deixar de ser induzida a ele,
Ela não tem culpa, se age de maneira certa ou errada."

E ele para mim: "Posso apenas dizer a você
O que a razão humana compreende; para ir mais além,
Espere por Beatriz, pois isto é uma questão de fé.

Cada alma, separada da matéria
50 E ao mesmo tempo à matéria unida,
Carrega em si uma força, que é somente dela.

É uma força que não se sente, até que ela aja.
E ela nunca é visível, enquanto não produzir efeitos,
Assim como o viço da planta se vê pelos ramos.

Portanto, o homem não sabe de onde vem
O conhecimento de suas primeiras noções,
E seu Amor pelos objetos primordiais do desejo:

Ambos estão inatos, assim como nas abelhas
Há a aptidão para fazer mel; e essa vontade primordial
60 Não é digna de louvor, nem de censuras.

Ora, para que todos os outros anseios se conformem a ela,
Existe em nós uma virtude inata que nos aconselha[3]
– um guardião, que nos dá ou nos nega o consentimento.

Este é o princípio, a partir do qual se origina
A virtude ou a culpa; e depende somente de nós
Examinar e discernir, entre os bons e os maus anseios.

Aqueles que raciocinam[4] foram até o fundo da questão,
E tomaram conhecimento dessa liberdade inata;
E, assim, deixaram a ética como um legado para o mundo.

70 E então, mesmo que se admita
Que todo Amor necessariamente nasce em nós,
O poder para refrear esse Amor ainda é nosso.

Beatriz nomeia essa nobre virtude como livre-arbítrio.
Portanto, tome cuidado para se lembrar,
Quando ela falar sobre isso com você."

A Lua, que já se atrasava para a meia-noite,[5]
Obscureceu as estrelas com sua luz,
Como um caldeirão de cobre cintilante,

E cruzava o céu na direção oposta
80 Àquela atravessada pelo Sol, quando ele se põe
Entre a Sardenha e a Córsega, para quem vê de Roma.[6]

E aquela graciosa sombra, pela qual Pietola[7]
Ganhou o maior renome entre as cidades de Mântua,
Tinha me libertado do peso da dúvida que eu carregava.

E então eu, que havia reunido em minha mente
Todas as suas ideias claras sobre essas questões,
Estava como alguém que divaga, antes de pegar no sono.

Mas logo fui bruscamente arrancado
Daquele estado de vagar e tranquila sonolência
90   Por almas que vinham correndo em nossa direção.[8]

E assim como à noite os rios Ismeno e Asopo[9]
Viravam uma multidão, correndo furiosamente
Sempre que os tebanos rogavam a Baco,

Tal era a multidão que eu vi, naquele Círculo;
Pois eles seguiam impulsionados pela Justiça,[10]
E Amor os fazia acelerar seus passos.

Logo eles estavam bem perto de nós,
Pois aquela grande multidão corria bem rápido;
E dois, à frente deles, choravam e gritavam:

100 "Maria apressou-se para chegar à montanha!"[11]
E César, a caminho de subjugar Lérida,
Atacou Marselha, e depois correu até a Espanha!"[12]

Os outros atrás deles gritavam: "Depressa, depressa!
Não percamos tempo por falta de Amor!
Pois, onde se deseja o Bem, ressuscita a Graça!"

"Ó povo, que agora em um fervor ardente
Tenta compensar a negligência e a preguiça
Que tiveram em vida, quando falharam com o Bem;

Este homem está vivo, e certamente eu não minto;
110 Ele deseja subir, assim que o Sol voltar a brilhar;
Então digam-nos onde fica a passagem mais próxima."

Estas foram as palavras do meu Guia;
E um desses espíritos respondeu:
"Venham atrás de nós, e encontrarão a passagem.

Temos tanto desejo de prosseguir,
Que não podemos parar; perdoem nossa descortesia,
E se nossa penitência parece tão cruel.[13]

Eu fui um abade de San Zeno, em Verona,
Sob o império do valente Barbarossa,[14]
De quem Milão ainda fala com tanta tristeza.

E ali vive alguém que já está com o pé na cova,[15]
E em breve chorará por aquele mosteiro,
E lamentará ter exercido poder sobre ele;

Porque, no lugar de seu verdadeiro pastor,
Ele colocou no cargo o seu filho: torto de corpo,
Mais torto ainda na mente, e nascido em pecado."

Não sei se ele disse mais alguma coisa,
Pois já tinha corrido para muito longe de nós;
Mas isso foi o que ouvi, e eu quis transcrevê-lo.

E aquele que me ajudava em todos os momentos
Disse: "Volte! Veja aqueles que vêm chegando.
Ali estão duas almas que amaldiçoam a preguiça."

Comandadas por eles, outro grupo de almas recitava:
"As pessoas para quem se abriu o Mar Vermelho
Pereceram antes que o Jordão visse seus herdeiros![16]

E aquele povo, que não suportou até o fim
As provações da viagem com o justo filho de Anquises,
Foi condenado a uma vida sem glória."[17]

Quando aquelas almas ficaram tão longe de nós
Que não podiam mais ser ouvidas,
Um novo pensamento nasceu em minha mente,

Do qual nasceram outros, e mais outros;
E fui vagando de um pensamento para o outro,[18]
Até que, exausto, fechei os meus olhos –

E meus pensamentos se transformaram em sonhos.

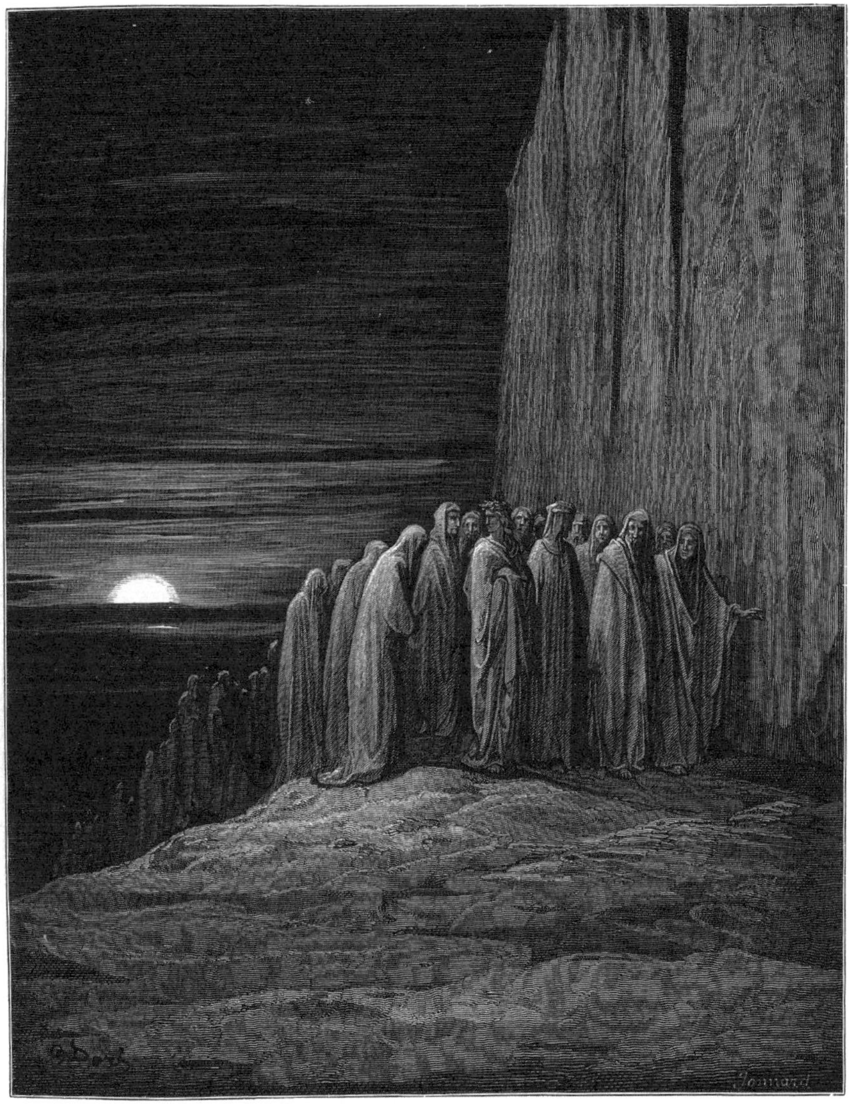

Notas

1 "Transforma-se o amador na coisa amada, / por virtude do muito imaginar; / não tenho, logo, mais que desejar, / pois em mim tenho a parte desejada. / Se nela está minha alma transformada, / que mais deseja o corpo alcançar? / Em si somente pode descansar, / pois com ele tal alma está liada. / Mas esta linda e pura semideia, / que, como o acidente em seu sujeito, / assim como a alma minha se conforma, / está no pensamento como ideia; / E o vivo e puro amor de que sou feito, / como a matéria simples, busca a forma." (Luís Vaz de Camões, *Rimas*).

2 "Amo-te como um bicho, simplesmente, de um amor sem mistério e sem virtude, com um desejo maciço e permanente." (Vinicius de Moraes, *Soneto do amor total*).

3 Nestes versos, Virgílio passa a explicar a Dante o que é o livre-arbítrio.

4 Aqueles que raciocinam: Os filósofos.

5 Já é perto da meia-noite do segundo dia no *Purgatório*.

6 A Lua estava sob o signo de Escorpião, sendo agora cinco dias após a Lua cheia; e quando o Sol está nesse signo, o pôr do sol é visto pelos habitantes de Roma entre as ilhas da Córsega e da Sardenha.

7 *Pietola*: aldeia perto da cidade de Mântua, onde Virgílio nasceu.

8 Dante e Virgílio estão no Quarto Círculo, onde é purificado o pecado da preguiça: os penitentes ficam correndo sem parar, enquanto recitam em voz alta exemplos de pessoas que foram solícitas e diligentes.

9 *Ismeno e Asopo*: Rios da Beócia. Os habitantes de Tebas se aglomeravam em suas margens à noite, para invocar a ajuda do deus Baco, para que ele mandasse chuva e abençoasse os vinhedos.

10 "Pois suas vontades são instigadas pela justiça celestial" (*Inferno* III. 125).

11 "E, naqueles dias, levantando-se Maria, subiu apressada as montanhas" (*Lucas* I. 39).

12 A caminho de conquistar a fortaleza de Ilerda (hoje Lérida, na Espanha), César sitiou a cidade de Marselha, deixando parte de seu exército sob o comando de Bruto para completar o trabalho.

13 Ver *Inferno* XV. 121-124; *Inferno* XVI. 27.

14 *Barbarossa*: o imperador Frederico I, também conhecido como Frederico Barbarossa (ou "Barba Ruiva"). Foi coroado Imperador Romano-Germânico e rei da Itália em 1155, e reinou até sua morte, em 1190. Em 1162, ele destruiu a cidade de Milão.

15 O nosso abade anônimo fala sobre Alberto della Scala, senhor de Verona. Ele fez várias manobras para que seu filho natural fosse colocado no cargo de abade do Mosteiro de San Zeno (suas qualificações para o ofício foram bem

enumeradas por Dante nos versos 125-126: *mal del corpo intero, e de la mente peggio, e che mal nacque).*

16 "De certo os varões, que subiram do Egito, de vinte anos para cima, não verão a terra que jurei a Abraão, a Isaque e a Jacó, porquanto não perseveraram em seguir-me; exceto Calebe, filho de Jefoné, o quenezeu, e Josué, filho de Num, porquanto perseveraram em seguir ao Senhor." (Números XXXII. 11-12).

17 Os troianos que permaneceram com Acestes na Sicília, em vez de seguirem com Eneias para a Itália (*Eneida* V. 604).

18 Ver *Inferno* XXIII. 10.

Canto XIX

O SEGUNDO SONHO DE DANTE – QUINTO CÍRCULO: AVAREZA – PAPA ADRIANO V

Naquele momento em que o calor do dia[1]
Vencido pelos gelos da Terra, e às vezes de Saturno,
Não pode mais aquecer o frio dos raios lunares,

Quando os geomantes[2] olham para o leste
E a Fortuna Maior se levanta, antes do amanhecer,
E é logo obscurecida em seu caminho, pela luz do Sol,

Eu vi em um sonho uma mulher que gaguejava;
Seus olhos eram vesgos, e ela mancava dos dois pés,
Tinha as mãos encolhidas e a pele amarelada.[3]

10 Olhei para ela; e assim como o Sol revive
Nossos membros, enregelados pelo frio da noite,
Assim fez o meu olhar, e a aqueceu.

Então sua língua se soltou, e seu corpo endireitou;
E rapidamente seu rosto pálido se coloriu
Com as cores do Amor, de acordo com o meu desejo.

Logo ela desatou a falar com fluência,
E começou a cantar, de tal maneira
Que não havia como desviar dela a minha atenção.

Ela cantou: "Eu sou uma doce Sereia,
20 Que fascina os marinheiros em alto-mar,
E minha voz é tão agradável de se ouvir!

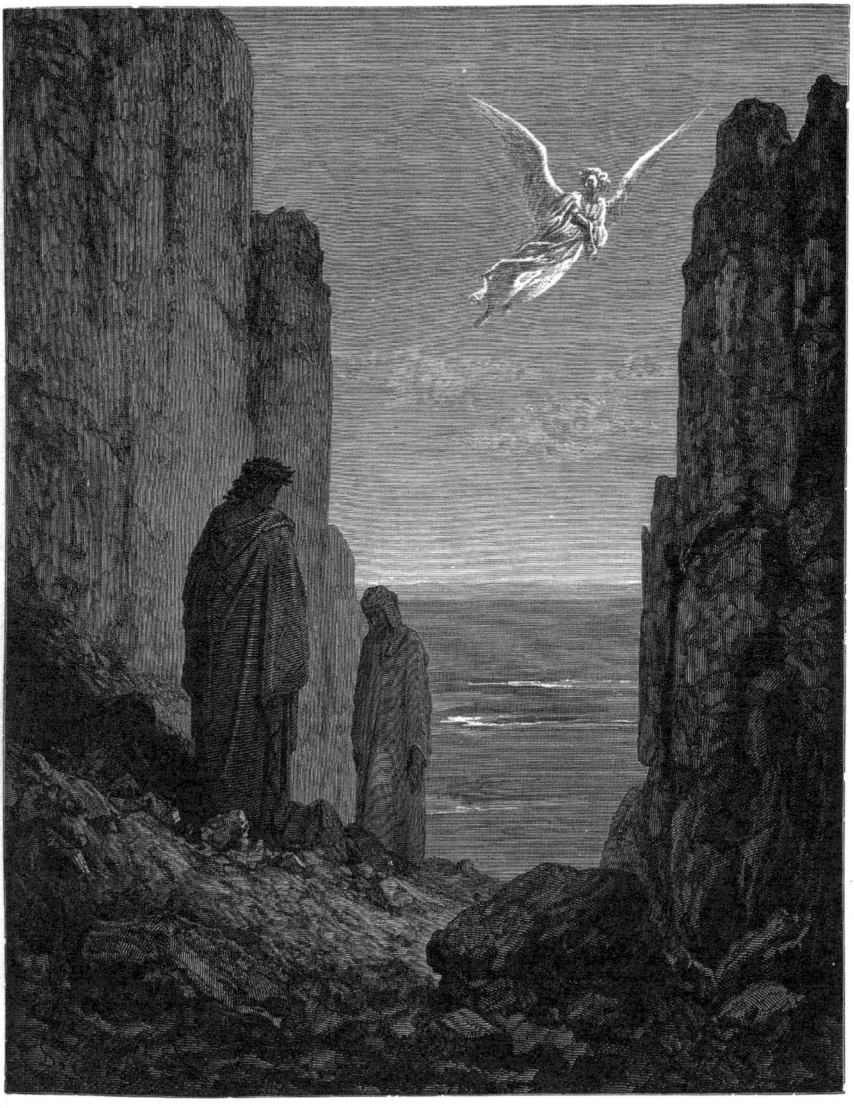

Com o meu canto, distraí Ulisses de seu caminho;
E aqueles que se tornam afeiçoados a mim
Nunca me abandonam, pois tanto eu os satisfaço!"

Sua boca ainda não havia se fechado
Quando surgiu uma mulher santa e alerta,[4]
Que logo se apressou em afugentar a outra.

"Ó Virgílio, Virgílio, diga-me: quem é este?"
Perguntou ela com altivez; e ele se aproximou,
30 Mantendo os olhos fixos naquela mulher virtuosa.

Ele agarrou a sereia, e rasgou as roupas dela.
Então mostrou-me o que havia em seu ventre,
E o mau cheiro que veio dali me despertou.

Desviei o olhar e vi o bom Mestre, que me sacudia:
"Acorde! Eu chamei você, pelo menos três vezes!
Venha, vamos procurar a próxima passagem."

Eu me levantei; a luz do dia já avançava
Sobre os Círculos da montanha sagrada,
De modo que o Sol caminhava atrás de nós.

40 Eu seguia o Mestre, mantendo a cabeça baixa
– pois ela estava cheia, carregada de pensamentos,
Assim como o arco de uma ponte, que se dobra.

Foi quando ouvi: "Venham! A passagem está aqui!"
E foi dito de uma forma tão doce e benevolente,
Como nunca se ouviu neste mundo mortal.

Aquele que nos falava assim abriu suas asas,
Brancas como as de um cisne, e nos conduziu acima
Entre as duas paredes rochosas da montanha.

E então ele moveu suas plumas em uma suave brisa,
50 Dizendo: *"Qui lugent!* Bem-aventurados os que choram,
Pois encontrarão consolo para suas almas."[5]

Depois de nos afastarmos daquele anjo
E já termos subido um pouco, meu Guia perguntou:
"Por que caminha assim, com os olhos no chão?"

E eu: "O que me faz andar com tanta apreensão
É outro sonho que tive; estou tão cheio de dúvidas
Que não consigo parar de pensar nele."

"Você viu aquela bruxa antiga",[6] disse ele,
Que é o único pecado punido acima de nós;
60 E você viu como o homem pode se libertar dela.

Que isso seja suficiente; e agora se apresse!
Eleve seu olhar para o chamado que vem do alto,
Onde o Rei eterno faz girar as esferas celestes."

Assim como o falcão, que primeiro olha para o chão
E depois se volta para o chamado de seu dono,
E voa, impelido pelo desejo da presa que o atrai,

Assim eu tomei coragem, e subi toda a escada
Através de uma fenda escavada na rocha,
E cheguei ao ponto onde aquele Círculo começava.[7]

70 Assim que adentrei a clareira do Quinto Nível,
Comecei a distinguir almas que choravam,
Deitadas no chão, com o rosto voltado para baixo.

"Adhæsit pavimento anima mea!",[8]
Eu os ouvia dizer, com suspiros tão profundos
Que suas palavras mal podiam ser compreendidas.

"Ó almas escolhidas por Deus! Espero que, em breve,
Suas dores sejam amenizadas pela Justiça!
Por favor, indiquem-nos como chegar ao próximo nível."

"Se chegou até aqui, mas não precisa se prostrar,
80 Você encontrará o caminho rapidamente;
Basta seguir à direita, sempre para o exterior."

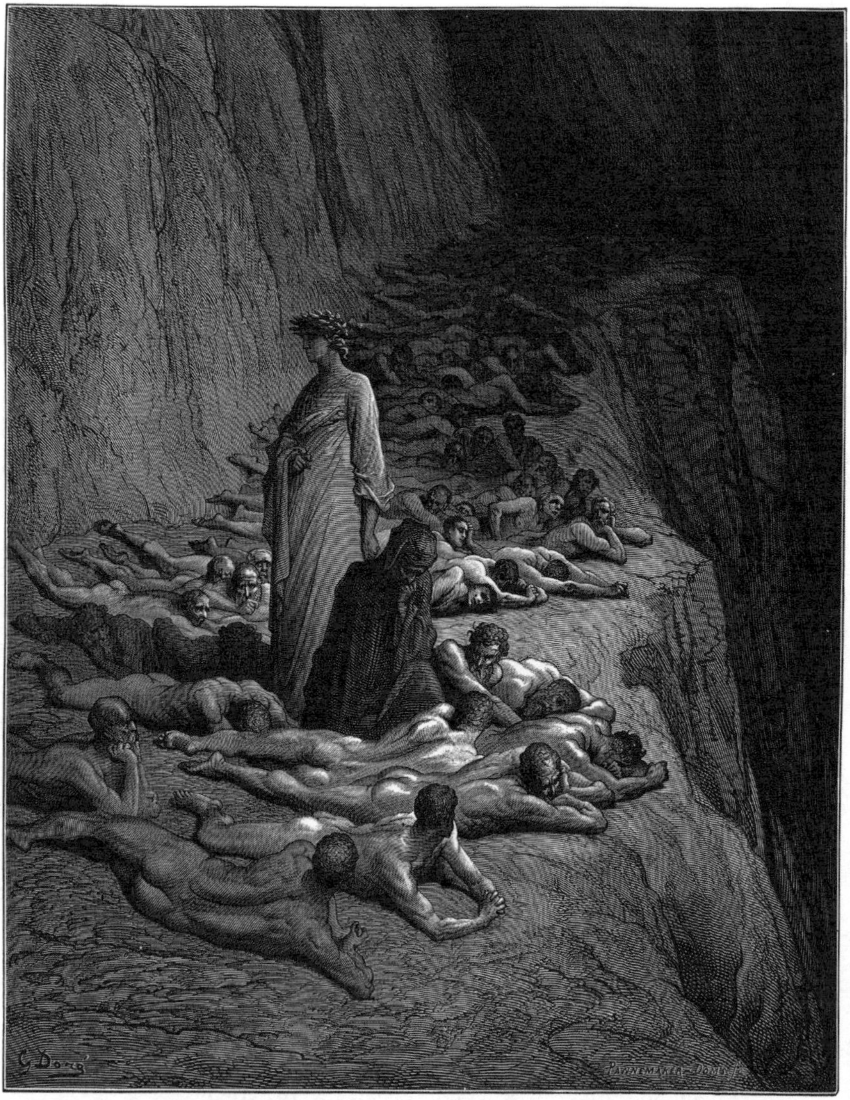
G. Doré
PANNEMAKER-DOMS

Assim perguntou o Poeta, e assim respondeu alguém,
Não muito longe de nós; mas, ouvindo aquela alma,
Percebi que suas palavras queriam dizer outra coisa.

Voltei os olhos para o meu Mestre;
E ele assentiu, com um alegre sinal,
Ao pedido silencioso que havia em meu olhar.[9]

Quando, livre para fazer o que desejava,
Eu avancei e me curvei sobre aquela alma
90 Cujas palavras tinham me chamado a atenção,

Eu disse: "Ó espírito que o pranto amadurece,
Sem o qual não se pode retornar a Deus;
Suspenda um pouco, por mim, o teu maior cuidado.

Diga-me, por favor: Quem era você?
E por que está assim, de bruços? Se me disseres,
Poderei agir em teu favor, lá de onde eu venho."

E ele para mim: "Você logo saberá por que o Céu
Nos virou assim, de costas para ele; mas antes,
Scias quod ego fui successor Petri.[10]

100 No vale entre Sestri e Chiavari, corre um belo rio;
E minha família coloca seu nome
No alto de seu nobre brasão.[11]

Por pouco mais de um mês, senti como pesa o Manto
Sobre aqueles que ele protege da corrupção
– e qualquer outro peso seria leve como plumas.

Minha conversão (infelizmente!) foi tardia;
Mas, assim que fui nomeado o pastor de Roma,
Descobri como era enganosa a minha vida.

Compreendi que ali o meu coração não teria repouso,
110 E que eu não poderia aspirar a nada mais digno;
Então me voltei, com amor, para as coisas eternas.

Até aquele momento, eu tinha sido uma alma miserável,
Completamente separada de Deus, e cheia de avareza;
Agora, como pode ver, recebo a devida punição.

Os efeitos da avareza são bem declarados
No castigo aqui infligido às almas convertidas;
E não há, na montanha, dor mais amarga do que esta.

Assim como o nosso olhar não se elevava para o Céu,
Permanecendo fixo nos bens terrenos,
120 Assim faz aqui a Justiça, mantendo nossos olhos na terra.

E como a avareza anulou, em nossos corações,
O Amor por todo Bem verdadeiro,
E desperdiçamos a vida, sem fazer boas obras,

Assim a Justiça nos prende, atados pelas mãos e pés;
E ficaremos aqui imóveis e estendidos no chão,
Por todo o tempo que convier ao justo Senhor."

Eu tinha me ajoelhado, desejando falar mais;
Mas assim que comecei, ele percebeu
Que eu tinha a intenção de fazer-lhe reverência.

130 "Por que se curva diante de mim?", ele perguntou.
E eu a ele: "Vossa Santidade! Por vossa alta dignidade,
A consciência me impede de permanecer em pé."

Ele respondeu: "Irmão, fique de pé, levante-se!
Não se engane; estamos sujeitos ao mesmo Poder,
Eu, você e todos os outros que aqui estão.[12]

Se você já ouviu e bem compreendeu
A passagem do Evangelho que diz *'Neque nubent'*,[13]
Então poderá entender por que eu falo assim.

Agora siga seu caminho: não se demore mais.
140 A sua estada aqui atrapalha minhas lágrimas,
Que me ajudam a amadurecer, como você mencionou.

Minha sobrinha Aládia está entre os vivos;[14]
Ela, em si mesma, carrega uma grande virtude,
Se ainda não foi corrompida pelo mau exemplo;

Ela é a única que me resta naquele mundo."

Notas

1 É o amanhecer do terceiro dia para Dante e Virgílio no *Purgatório*. Eles chegam ao Quinto Círculo, onde é punido o pecado da avareza (e também o seu oposto, a prodigalidade ou gastança excessiva).

2 *Geomantes*: a geomancia é a adivinhação da sorte por meio das formações geográficas e da disposição das pedras no solo. A figura chamada Fortuna Maior é uma das combinações de pedras e seixos que os geomantes desenhavam. Era parecida com as constelações de Aquário e Peixes.

3 A mulher gaga (que depois se transforma em uma sereia) representa o prazer sensual, que às vezes é feio por dentro, mas a imaginação do observador adorna com mil encantos, de acordo com o que deseja.

4 A mulher santa e alerta representa a Razão (a musa de Virgílio), a mesma que amarrou Ulisses ao mastro e tapou os ouvidos de seus marinheiros com cera, para que não ouvissem o canto das sereias. Beatriz também alerta a Dante sobre o canto das sereias em *Purgatório* XXXI. 44.

5 *Qui lugent*: parte da frase em latim *Beati qui lugent* ("felizes os que choram"). Os que *choram* representam aqueles que se esforçam, e não cedem ao pecado da preguiça. "Bem-aventurados os que choram, porque eles serão consolados." (*Mateus* V. 4).

6 *A bruxa antiga*: representa a ganância pelos bens terrenos (os pecados por Amor em Excesso: avareza, gula e luxúria).

7 Dante e Virgílio chegam ao Quinto Círculo, onde é purificado o pecado da avareza, bem como o seu complemento (a prodigalidade ou gastança excessiva): os penitentes permanecerem deitados, com os olhos permanentemente voltados à terra e incapazes de ver o Céu (por terem sidos apegados às coisas materiais, em vida). Enquanto cumprem suas penitências, devem recitar em voz alta os exemplos de pobreza e generosidade (durante o dia) e exemplos de avareza (durante a noite). No *Inferno*, os avarentos e pródigos também ficam juntos (*Inferno* VII).

8 *Adhœsit pavimento anima mea*: "Minha alma está pregada no chão", ou seja, apegada às coisas materiais. "A minha alma está pegada ao pó; vivifica-me segundo a tua palavra." (*Salmos* CXIX. 25).

9 Ver *Purgatório* XIII. 75.

10 *Scias quod ego fui successor Petri*: "Saiba que eu fui sucessor de Pedro" (um Papa). Este é o espírito do papa Adriano V, ou Ottobuono dei Fieschi, conde de Lavagna. Ele foi papa por apenas trinta e nove dias, e morreu em 1276.

11 A família do papa adotou o nome do rio Lavagna, que flui entre Sestri e Chiavari (cidades da Riviera de Gênova).

12 "E prostrei-me aos pés do anjo (…) para adorá-lo. E disse-me: Olha, não faças tal, porque eu sou conservo teu e de teus irmãos, os profetas, e dos que guardam as palavras deste livro. Adora a Deus." (*Apocalipse* XXII. 8-9).

13 *Neque nubent*: palavras de Jesus aos saduceus, explicando a eles que no Céu não há núpcias. "Porque, na ressurreição, nem se casam, nem são dados em casamento; mas serão como os anjos no céu." (Mateus 22:30). Com essa expressão, Adriano V explica a Dante que ele não deve mais considerá-lo esposo ou chefe da Igreja.

14 *Aládia*: Alagia dei Fieschi, sobrinha do papa Adriano, era casada com Moroello Malaspina, que seria o futuro anfitrião de Dante em seu exílio, na Lunigiana (ver nota em *Purgatório* VIII. 135).

Canto XX

QUINTO CÍRCULO: AVAREZA – HUGO CAPETO – O TERREMOTO

Diante de um querer maior, a vontade enfraquece.
Então, para agradá-lo, embora com relutância,[1]
Tirei da água a esponja que eu encharcava.

Segui em frente, acompanhado do meu Guia,
Pelo espaço livre, ao longo da parede rochosa,
Assim como se avança pelas ameias de um castelo.

As almas, que expiavam com lágrimas, gota a gota,
O pecado que aflige o mundo inteiro,
Jaziam do lado oposto, muito perto da borda.

10 Maldita sejas, antiga loba! O teu poder,
Maior que o de qualquer outra besta,
Sempre encontra vítimas para tua fome sem fim!

Ó Céu, cujas revoluções os homens creem
Influenciar os assuntos deste mundo:
Quando virá Aquele que afugentará esta loba?

Caminhávamos com passos lentos e incertos,
E eu continuava atento àquelas sombras,
Que choravam e lamentavam com grande tristeza.

Então, por acaso, ouvi alguém à nossa frente
20 Exprimindo em seu lamento: "Doce Maria!",
Como uma mulher que sofre com dores de parto.

E ele continuou: "Deveras foste tão pobre,
Como se pode ver pelo humilde estábulo
Onde deste à luz o teu santo fardo!"

Depois disso, eu o ouvi dizer: "Ó bom Fabrício,[2]
Escolheste a indigência como teu abrigo,
E a virtude, ao invés da riqueza e do vício!"

Estas palavras foram tão agradáveis para mim
Que eu me aproximei, para conhecer melhor
30 O espírito que eu julgava tê-las proferido.

Ele ainda falou da generosidade de Nicolau[3]
E dos dotes que ele ofereceu às donzelas
Para que pudessem se casar honradamente.

Eu disse: "Ó alma que falas com tanta retidão!
Diga-me quem tu eras, e por que és a única
A entoar aqui esses dignos louvores.

Tuas palavras não ficarão sem recompensa
Se eu retornar, a fim de completar o curto caminho
Desta vida, que agora se apressa para o seu fim."[4]

40 E ele: "Eu responderei, não porque espero
Receber conforto pela oração dos vivos; mas sim
Pela Graça que brilha em ti, mesmo antes da morte.

Eu fui a raiz da planta maligna e detestável[5]
Que lança sua sombra sobre todas as terras cristãs,
De tal modo que raramente se colhem bons frutos.

Mas quando Douai, Lille, Gante e Bruges[6]
Tiverem algum poder, a vingança virá;[7]
E isto eu imploro a Ele, que a todos julga.

Em vida, me chamavam Hugo Capeto;[8]
50 E de mim nasceram os Luíses e Filipes[9]
Por quem a França tem sido governada.

Eu era filho de um açougueiro parisiense;[10]
E, quando desapareceu a antiga linhagem,
Exceto por um, que trajava um hábito cinzento,[11]

Eu vi as rédeas do reino em minhas mãos.
E essa novidade me trouxe tanto poder,
E logo fiquei tão rodeado por novos amigos,

Que prontamente a coroa, outrora viúva,
À cabeça de meu filho foi elevada;
60　E de sua semente procederam os ossos consagrados.

E, até o dia em que o grande dote da Provença[12]
Removesse de minha casa todo o pudor e vergonha,
Minha linhagem foi sem valor, mas não cometeu delitos.

Ali começou sua rapina, com muita violência e engano;
E mais tarde, para tentar compensar seus crimes,
Conquistaram Ponthieu, a Normandia e a Gasconha.[13]

Carlos veio para a Itália e, como penitência,
Mandou imolar Corradino como uma vítima;
E depois enviou Tomás de volta para o Céu.[14]

70　Eu vejo um tempo – não muito distante –
Em que outro Carlos sairá da França,[15]
Para tornar a si mesmo e sua casa mais conhecidos.

Quando ele vier, não carregará armas,
Exceto a lança que foi empunhada por Judas,
Com tal destreza, que fenderá o ventre de Florença.

Ele não deixará terras como legado;[16]
Apenas vergonha e pecado; o que lhe será mais pesado,
Quanto mais leves ele considerar seus crimes.

E ainda haverá outro Carlos,[17] que será capturado no mar.
80　Eu vejo-o vender sua filha, fazendo dela barganha
Assim como os piratas negociam suas escravas.

Ó avareza, a minha casa é agora tua cativa!
O que mais você ainda pode nos fazer,
Se já traficamos a carne de nossos próprios filhos?

E, além de todo o mal de seu passado e futuro,
Eu vejo a Flor de Lis entrando em Anagni
E, em seu vigário, fazem de Cristo um prisioneiro.[18]

E ainda zombam dele, uma segunda vez:
Vejo novamente o vinagre e o fel,
90 E vejo uma morte entre dois ladrões, ainda vivos.

E eu vejo um novo Pilatos; um ser tão cruel[19]
Que, ainda não satisfeito, levará sua nau de pirata,
Sem decreto algum, para dentro do Templo.

Ó meu Senhor, quando me alegrarei em ver
A Tua vingança, oculta aos olhos dos mortais?
Doce é a Tua ira, pois permanece em segredo.[20]

E aquelas palavras que eu dizia, agora há pouco,
Sobre a única Noiva que o Espírito Santo conheceu
(aquelas palavras que o atraíram até mim)[21]
100 São o responsório de todas as nossas orações,
Enquanto durar o dia; mas, assim que cai a noite,
Recitamos, ao invés, alguns exemplos do mal.

Então repetimos o nome de Pigmalião,[22]
Que se tornou traidor, ladrão e assassino,
E algoz do próprio pai, em sua ganância por ouro;

E a miséria do avarento rei Midas,[23]
Consequência do seu desejo mesquinho
E até hoje motivo de riso entre os homens.

Cada um, então, se lembra do louco Acã[24]
110 Que roubou os despojos de Jericó,
E ainda parece ser punido pela ira de Josué.

Depois, acusamos Safira e seu marido;[25]
Elogiamos os coices recebidos por Heliodoro[26]
E execramos Polimnestor, que matou Polidoro.[27]

A infâmia ressoa alto por toda a montanha;
E, ao final de tudo, nós exclamamos: 'Ó Crasso,[28]
Estamos curiosos para saber: qual é o sabor do ouro?'

Ora falamos em voz alta, ora em voz baixa,
De acordo com o sentimento que nos impele;
120 Às vezes ficamos calmos, e às vezes nos inflamamos.

Agora há pouco, eu não era o único a declarar
Os exemplos do bem, que citamos durante o dia;
Mas aqui, ninguém levanta a voz mais alto do que eu."

Em pouco tempo, já havíamos nos afastado dele
E lutávamos para avançar pelo caminho,
Tanto quanto nos era permitido,

Quando senti a montanha inteira tremer,
Como se estivesse prestes a desabar;
E eu congelei, como se sentisse o frio da morte.

130 Delos, certamente, não tremeu com tanta força
Quando Latona plantou ali seu ninho
Para dar à luz os dois olhos do céu.[29]

E, por todos os lados, ecoou um clamor tão alto
Que o Mestre se voltou para mim e disse:
"Não tenha medo, eu ainda estou aqui."

"*Gloria in excelsis Deo*",[30] todas as almas cantavam –
Foi o que pude entender, pelas vozes mais próximas,
Cujas palavras podiam ser compreendidas.

Como os primeiros pastores que ouviram essa canção,
140 Ficamos parados e inseguros, na expectativa;
Até que o tremor cessou, e a oração terminou.

Em seguida, retomamos nosso caminho sagrado,
Passando pelas sombras que se estendiam pelo chão
E já haviam retomado suas habituais lágrimas.

Se a minha memória não me engana,
Nenhuma ignorância jamais me torturou
E nunca senti tanta fome de saber

Como eu sentia, naquele momento;
Mas, em minha pressa, não me atrevi a perguntar;
150 E nada pôde me explicar o que havia acontecido.

Então, tímido e pensativo, segui meu caminho.

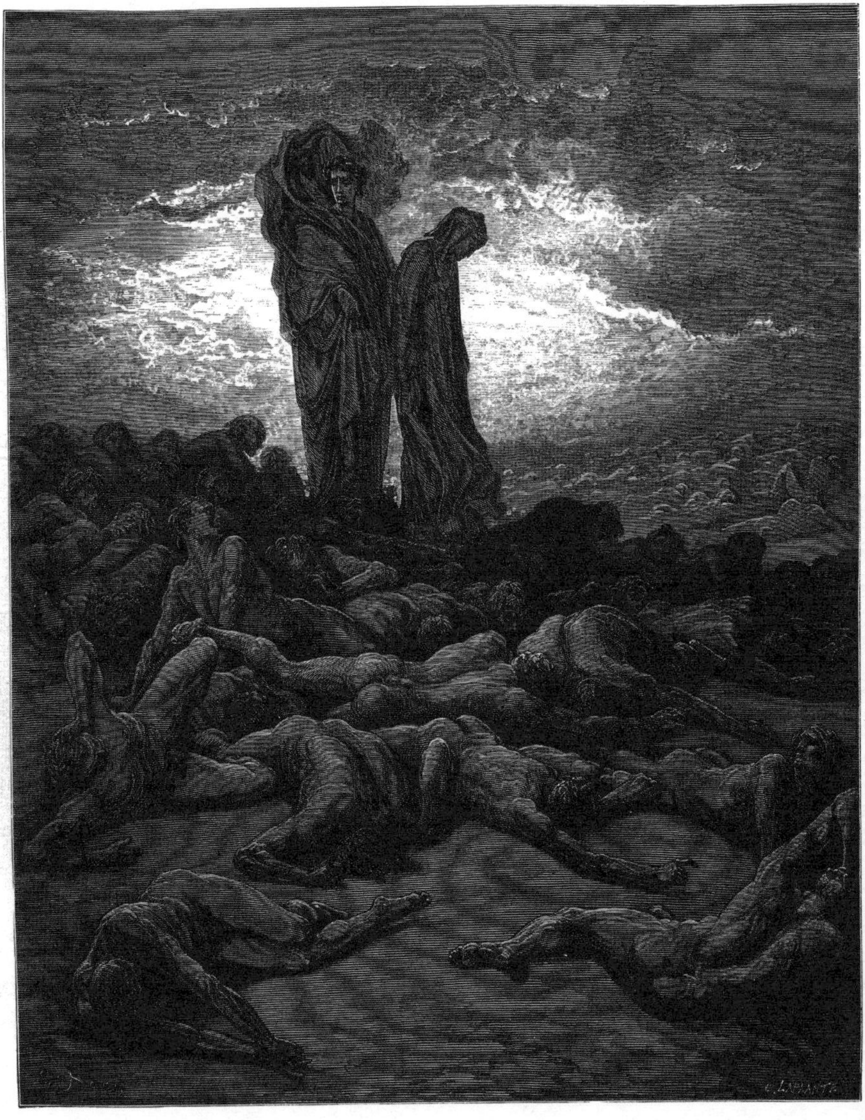

Notas

1 Dante se afasta a pedido do seu interlocutor, o papa Adriano V (que no Canto XIX. 139 diz: "Agora siga seu caminho"). Dante parte sem fazer mais perguntas, embora ainda esteja insatisfeito. No *Convívio* (Tratado IV, Capítulo XXIII), comparando a vida humana a um arco, Dante diz que aos trinta e cinco anos de idade um homem atinge o ponto mais alto de sua vida e começa a declinar.

2 *Fabrício*: cônsul romano, que rejeitou os subornos de Pirro. Ele morreu tão pobre que foi enterrado às custas do Estado, e os romanos foram obrigados a dar um dote para suas filhas. Virgílio o chama de "poderoso na pobreza" (*Eneida* VI. 8). Dante também o exalta em *Convívio* IV. 5.

3 *Nicolau*: São Nicolau, bispo de Mira; santo padroeiro das crianças, marinheiros e viajantes.

4 Dante acreditava estar no declínio do arco de sua vida, a caminho do fim. "No meio do caminho da minha vida" (*Inferno* I. 1).

5 A "planta maligna" é Filipe IV, o Belo, também chamado de "Mal da França" (ver nota em *Purgatório* VII. 109).

6 *Douai, Lille, Gante e Bruges*: províncias flamencas (da região de Flandres), tomadas por Filipe, o Belo.

7 *A vingança*: Filipe, o Belo, foi derrotado pelos flamengos na Batalha de Courtrai (1302), conhecida como a Batalha das Esporas Douradas. Esta é a vingança imprecada contra ele por Dante.

8 *Hugo Capeto*: quem fala com Dante é, na verdade, o conde de Paris, Hugo, o Grande (898-956). Ele foi o pai do conhecido rei franco Hugo Capeto (como fica claro nos versos 58-59: "a coroa, outrora viúva, à cabeça de meu filho foi elevada; e de sua semente procederam os ossos consagrados"). Hugo Capeto, o filho, nasceu em Paris no ano 941 e foi rei dos Francos desde a sua eleição, em 987, até a sua morte no ano 996. Foi o primeiro monarca da dinastia dos Capeto, sucedendo ao último rei carolíngio, Luís V. A dinastia dos Capeto terminou em 1328, com a morte de Carlos VI, o Belo (que não deixou herdeiros do sexo masculino). Então ascendeu ao trono o seu primo, Filipe VI (filho de Carlos de Valois – ver linha 71), iniciando a dinastia dos Valois.

9 Por dois séculos e meio (de 1060 a 1316), houve uma sucessão ininterrupta de Luíses e Filipes no trono da França. A sucessão foi a seguinte: Filipe I (o Amoroso), Luís VI (o Gordo), Luís VII (o Jovem), Filipe II (o Augusto), Luís VIII (o Leão), Luís IX (São Luís), Filipe III (o Ousado), Filipe IV (o Belo) e Luís X (o Teimoso).

10 O pai de Hugo, o Grande, era o rei merovíngio Roberto I, e não um comerciante de carnes em Paris. Segundo a *Enciclopedia Dantesca* (Treccani), Dante alude a uma lenda da época, que atribuía ao pai de

Hugo a profissão de açougueiro – uma forma de sublinhar o vício na origem da casa dos Capeto, como reis da França.

11 Toda a dinastia carolíngia (a descendência do rei Carlos Magno) já estava morta, exceto por uma pessoa, que usava um hábito cinza de monge. Segundo Longfellow (1867), "a identidade desse homem de cinza continua um mistério tão grande como a do Homem da Máscara de Ferro".

12 A vergonha da origem inferior da família de Hugo Capeto foi superada através do casamento de Carlos d'Anjou, irmão de São Luís, com a princesa Margarida, filha de Raimundo Berengário V, rei da Provença (*Purgatório* VII. 128). A princesa trouxe o reino da Provença como seu dote.

13 O orador quer dizer que a reparação dos crimes da dinastia dos Capeto foi feita por meio de um crime ainda maior. As províncias mencionadas (Ponthieu, Normandia e Gasconha) foram tomadas e anexadas à França por Filipe, o Belo.

14 *Carlos*: Este é Carlos d'Anjou, irmão de São Luís e rei da Sicília. Ele é o "narigudo" que aguarda no Vale dos Príncipes Negligentes (ver nota sobre ele em *Purgatório* VII. 113). *Corradino*: filho do imperador Conrado IV. Era um belo jovem de dezesseis anos quando foi decapitado na praça de Nápoles, por ordem de Carlos d'Anjou. *Tomás*: São Tomás de Aquino, frade italiano da Ordem dos Pregadores, cujas obras tiveram enorme influência na teologia e na filosofia (por isso tornou-se conhecido como "Doctor Angelicus"). Aqui, o orador Hugo Capeto indica supostamente que Tomás foi envenenado, por ordem de Carlos d'Anjou.

15 *Outro Carlos*: este é Carlos de Valois, filho do rei Filipe III e irmão de Filipe IV, o Belo. Veio para a Itália a convite do papa Bonifácio VIII, em 1301. Com sua ajuda, o partido dos Guelfos Negros triunfou em Florença e os Brancos foram banidos (incluindo Dante).

16 Uma alusão ao apelido de Carlos de Valois, *Carlo Senzaterra* (Sem-Terra).

17 *Ainda outro Carlos*: o terceiro Carlos apresentado é o conde Carlos II de Nápoles, filho de Carlos d'Anjou. Ele foi feito prisioneiro durante um confronto com a frota espanhola; e Dante diz que ele vendeu a filha, porque ele a deu em casamento por uma fortuna para o conde Azzo VI de Este.

18 Em 1303, por ordem de Filipe o Belo, o papa Bonifácio VIII foi aprisionado em Anagni.

19 *O novo Pilatos*: mais uma alusão a Filipe, o Belo (que também é a "planta maligna" e o "mal da França", como Dante o nomeou anteriormente). A pirataria referida no verso 92 se refere à prisão e condenação de vários cavaleiros, e

à própria supressão da Ordem dos Cavaleiros Templários.

20 "O Senhor é tardio em irar-se, mas grande em força; e ao culpado não tem por inocente." (*Naum* I. 3).

21 Hugo se refere ao momento em que falava sobre Maria (versos 22-24).

22 *Pigmalião*: irmão de Dido (*Inferno* V. 61), e assassino do marido dela, Siqueu.

23 *Midas*: rei da Frígia, que foi dotado por Baco com o poder fatal de transformar tudo o que tocava em ouro (*Metamorfoses* XI). Os homens riam dele (linha 108) por causa das suas grandes orelhas, que recebeu como punição por preferir a música de Pã (o deus dos bosques) às canções de Apolo.

24 *Acã*: hebreu da tribo de Judá, que desobedeceu às ordens de Deus e saqueou os despojos da cidade de Jericó, após sua tomada pelos hebreus. "E respondeu Acã a Josué e disse: Verdadeiramente pequei contra o Senhor, Deus de Israel, e fiz assim e assim. Quando vi entre os despojos uma boa capa babilônica, e duzentos siclos de prata, e uma cunha de ouro do peso de cinquenta siclos, cobicei-os e tomei-os; e eis que estão escondidos na terra, no meio da minha tenda, e a prata, debaixo dela." (*Josué* VII. 20-21).

25 *Safira*: esposa de Ananias. O casal fazia parte da primeira comunidade cristã. Os dois cometeram o pecado da avareza e caíram fulminados aos pés de Pedro. "Mas um certo varão chamado Ananias, com Safira, sua mulher, vendeu uma propriedade e reteve parte do preço, sabendo-o também sua mulher; e, levando uma parte, a depositou aos pés dos apóstolos. Disse, então, Pedro: Ananias, por que encheu Satanás o teu coração, para que mentisses ao Espírito Santo e retivesses parte do preço da herdade?" (*Atos* V. 1-2).

26 *Heliodoro*: tesoureiro do rei Seleuco. Os "coices" elogiados se referem à aparição milagrosa de um cavaleiro no Templo de Jerusalém, quando Heliodoro mexeu no tesouro sagrado. "Viram eles, montado num cavalo ricamente ajaezado e guiado furiosamente, um cavaleiro de terrível aspecto, que lançava em Heliodoro as patas dianteiras do cavalo. O que vinha nele montado parecia ter uma armadura de ouro." (*II Macabeus* III. 25 – livro presente apenas nas edições católicas da Bíblia, como a *Edição Pastoral*. Ver *Referências Bibliográficas*).

27 *Polimnestor e Polidoro*: Polimnestor era rei da Trácia durante a guerra de Troia. O rei de Troia, Príamo, enviou seu filho Polidoro à Trácia para que ficasse protegido durante a guerra – e, com ele, parte de suas riquezas. Quando chegou à Trácia a notícia de que Príamo e seu filho Heitor tinham morrido, Polimnestor assassinou seu hóspede para se apoderar do tesouro e atirou o corpo dele ao mar, do alto de um penhasco.

28 *Crasso*: Marco Licínio Crasso, cônsul de Roma, que gostava de

ostentar sua riqueza. Foi morto em uma batalha com os partas (uma das principais potências político-culturais da Pérsia Antiga). Uma lenda diz que, para matá-lo, os partas despejaram ouro derretido em sua garganta, um símbolo de sua sede por dinheiro.

29 *Delos e Latona*: a ilha de Delos, no Mar Egeu, foi sacudida por um terremoto quando a deusa Latona deu à luz Apolo e Diana, o Sol e a Lua ("os dois olhos do Céu"). Ver também nota em *Purgatório* VII. 37.

30 *Gloria in excelsis Deo*: "Glória a Deus nas alturas". Foi a canção entoada pelos anjos por ocasião do nascimento de Jesus. "E, no mesmo instante, apareceu com o anjo uma multidão dos exércitos celestiais, louvando a Deus e dizendo: Glória a Deus nas alturas, paz na terra, boa vontade para com os homens!" (*Lucas* II. 13-14).

Canto XXI

QUINTO CÍRCULO: AVAREZA – O POETA ESTÁCIO

A sede que nunca tem fim, senão pela água
Que pediu por graça a mulher de Samaria,[1]
Era a mesma sede que me atormentava.

E a pressa me impelia pelo caminho,
Repleto de almas, atrás do meu Mestre;
E eu sentia pena, embora fosse justo o castigo.

E eis que, como registrado por Lucas
Quando Cristo, já ressuscitado dentre os mortos,
Apareceu aos dois discípulos no caminho,[2]

10 Surgiu do nada uma sombra por trás de nós.
Estávamos cuidadosos e atentos, para não pisar
Aquela multidão estendida aos nossos pés,

E não a notamos, até que ela se dirigiu a nós:
"Ó meus irmãos, que a paz de Deus esteja convosco!"
Viramo-nos, e Virgílio retribuiu a saudação.

E começou: "E que essa justiça traga paz
A esta assembleia de bem-aventurados,
Enquanto me relega ao exílio eterno!"

O outro respondeu, enquanto caminhávamos rápido:
20 "O quê! Se Deus não vos considera dignos de ascensão,
Quem vos guiou até este ponto da escalada?"

E o meu Mestre: "Se observares os sinais
Que o anjo gravou sobre este homem,
Verás que ele é digno de reinar com todos os justos;

Mas aquela que fia sem parar, noite e dia,
Ainda não fiou todo o novelo de sua vida,
Que Cloto determina, e destina para cada um.³

E a alma dele, que é irmã da minha e da tua,
Não poderia ter escalado sozinha até aqui,
30 Pois ele não vê as coisas da mesma forma que nós.

Assim, fui tirado da voraz garganta do Inferno
Para mostrar a ele os mistérios do outro mundo,
E irei com ele, até onde alcançar meu conhecimento.

Mas diga-me, se por acaso souberes:
Por que, agora há pouco, a montanha tremeu
E pareceu clamar, daqui até a sua base?"

Com essa pergunta, ele enfiou a linha pela agulha
E me ajudou, a fim de satisfazer ao meu desejo;
E a esperança de uma resposta aliviou minha sede.

40 A sombra começou: "A santidade desta montanha
Não permite que nada saia da ordem,
Nem que aconteça alguma coisa fora do comum.

Este lugar é livre de qualquer transtorno:
Só recai sobre ele o que vem do Céu,
E nenhuma das perturbações da Terra o atinge.

Portanto, aqui não há chuva, nem granizo,
Nem neve, nem orvalho, nem geada;
Nada, acima da curta escadaria de três degraus.⁴

Aqui não aparecem nuvens, sejam densas ou esparsas,
50 E nunca há relâmpagos; e mesmo a filha de Taumante,⁵
Que é sempre vista em seu mundo, está ausente.

Os vapores da terra não conseguem subir
Acima dos três degraus que mencionei,
Nos quais o vigário de Pedro coloca seus pés.⁶

Talvez, abaixo desse ponto, possa haver terremotos,
Grandes ou pequenos; mas, aqui em cima,
O vento escondido sob a terra jamais a fez tremer.

Mas quando uma alma se alegra, esta terra treme;
Sentindo-se enfim purificada, a alma se eleva
60 E um clamor de louvores acompanha a sua salvação.

Basta a sua vontade, como prova de sua purificação;
E então, totalmente livre para partir,
A alma se surpreende, e se alegra nesta vontade.

A alma já tem dentro de si a vontade de ascender;
Mas, instigada pela Justiça divina, ela insiste no desejo
De fazer penitência, como antes no desejo de pecar.

E eu, que aqui sofri por mais de quinhentos anos,
Hoje senti renascer o meu livre-arbítrio
E a vontade de voar para um lugar melhor.

70 E foi por isso que ouvistes um terremoto
E os espíritos devotos louvando ao Senhor,
Pois Ele logo me levará para o Paraíso."

Assim ele falou; e assim como nos alegra beber
Quando nossa sede é muito intensa,
Eu senti em meu coração inexprimível alegria.

E meu sábio Guia: "Agora eu posso entender
Qual é a rede que os prende aqui, e como se libertam;
E porque a terra treme, e todos juntos se alegram.

E agora, se for do teu agrado, revela-nos teu nome;
80 Pois, pelas tuas palavras, estou bem certo
Que já estavas aqui deitado por muitos séculos."

O espírito respondeu: "No tempo em que o bom Tito,[7]
Com a ajuda do Rei Supremo, vingou as feridas
De onde verteu o sangue vendido por Judas,

Eu vivia com grande honra e renome na Terra.
A minha fama aumentava, e durava mais e mais,
Mas a minha fé ainda não era verdadeira.

Tão doce e gentil era a canção de meus versos,
Que fui atraído por Roma, sendo filho de Toulouse;
90 E ali minhas têmporas fizeram jus à coroa de louros.

Na Terra, ainda sou lembrado como Estácio.
Eu cantei sobre Tebas, e sobre o grande Aquiles;
E, tecendo este último trabalho, eu caí no caminho.

As fagulhas que acenderam o meu ardor
Provinham de uma chama divina;
A mesma chama, que ilumina mais de mil poetas.

Eu falo da *Eneida*. Quando escrevi meus versos,
Ela foi para mim como uma mãe, e como uma nutriz;
Sem ela, meu trabalho não pesaria uma onça.

100 E, para ter vivido na mesma época de Virgílio,
Eu estaria disposto a ficar aqui, por mais um ano
Além do tempo que resta para findar meu exílio."

Essas palavras fizeram Virgílio olhar para mim,
Com um olhar silencioso que parecia dizer: "Quieto!"
Mas o poder da vontade não pode resistir a tudo.

Pois, tanto as lágrimas quanto os sorrisos
São ambos fiéis aos sentimentos que os provocam,
Para que não sigam a vontade dos mais sinceros.

E eu sorria, como alguém que escondia algo;
110 Então a sombra ficou em silêncio,
E olhou nos meus olhos, que me denunciavam.

E disse para mim: "Que você siga em paz até o final,
E tenha sucesso em seu grande esforço!
Mas... por que vi em seu rosto lampejar um sorriso?"

Então me senti pressionado por ambos os lados:
Um me obrigava a calar, e o outro, a falar;
Por isso exalei um suspiro profundo.

Fui compreendido pelo Mestre, que disse a mim:
"Não tenha medo de falar; responda logo,
120 E diga o que ele pede com tanta insistência."

A isto, respondi: "Ó espírito antigo,
Talvez estejas maravilhado pelo meu sorriso,
Mas eu quero que te maravilhes ainda mais.

Este, que guia meus olhos para o alto,
É o mesmo Virgílio, em quem te inspiraste
Para cantar sobre homens e deuses.

Não suponhas que meu sorriso tenha outra razão,
Além do teu discurso; em verdade, ele foi causado
Pelas belas palavras que disseste sobre ele."

130 Ele já se curvava para beijar os pés do meu Mestre,
Mas este lhe disse: "Irmão, não faça isso![8]
Porque és uma sombra, e uma sombra é o que vês."

E ele, levantando-se: "Agora podes compreender
Como é grande o amor que sinto por ti;
Pois esqueço-me da nossa incoerência,

E trato as sombras como se fossem corpos materiais."

Notas

1 "Disse-lhe a mulher: Senhor, dá-me dessa água, para que não mais tenha sede." (*João* IV. 15).

2 Jesus encontra os discípulos no caminho para Emaús (*Lucas* XXIV. 13-15).

3 *Cloto*: uma das três Moiras, filhas de Zeus e Têmis. São as divindades que cuidam da linha do destino dos deuses e dos homens. Cloto é a irmã que fia a lã e segura a roca; Láquesis enrola o novelo, e Átropos corta o fio. Ver também *Inferno* XXXIII. 126.

4 Os três degraus da porta do *Purgatório* (Canto IX. 93).

5 *A filha de Taumante*: Iris, uma das ninfas Oceânides, era filha de Taumante e Electra. Era a mensageira de Juno e, segundo a mitologia, foi transformada pela deusa no arco-íris.

6 *O vigário de Pedro*: o anjo guardião da porta do *Purgatório*.

7 Aqui se refere ao cerco de Jerusalém sob Tito, ocorrido no ano 70 d.C. O novo orador é o poeta latino Públio Papínio Estácio (45-96 d.C.), que estará ao lado de Dante e Virgílio até o final da subida do *Purgatório*. Estácio, nascido em Nápoles no reinado de Cláudio, já havia se tornado famoso como poeta. Suas principais obras são: o *Silvae* (ou *Poemas Diversos*); a *Tebaida*, um poema épico em doze livros sobre a história de Tebas; e a *Aquileida*, deixado inacabado. "Eu cantei sobre Tebas e sobre o grande Aquiles" (verso 92). Também escreveu uma tragédia (*Agave*). Estácio não nasceu em Toulouse, como supunha Dante (linha 89), mas em Nápoles – como ele mesmo afirmou no *Silvae*, trabalho descoberto somente após a morte de Dante.

8 Ver *Purgatório* XIX. 133.

Canto XXII

O PECADO DE ESTÁCIO – A PRIMEIRA ÁRVORE MÍSTICA
(ENTRADA DO SEXTO CÍRCULO: GULA)

Já tínhamos deixado o anjo para trás;
Aquele que nos havia dirigido ao Sexto Círculo,
Depois de ter apagado mais um P do meu rosto;

E naquele momento, ele também declarou:
"Bem-aventurados os que têm sede de justiça",
E proferiu o *sitiunt* sem acrescentar mais nada.[1]

E eu me senti mais leve do que nas outras passagens,
De modo que seguia aqueles dois espíritos velozes
E subia as escadas, sem fazer nenhum esforço.

10 Virgílio disse: "Amor, quando é aceso por virtude,
Sempre será correspondido por outra igual,
Desde que a chama do Amor apareça;

Assim, desde o dia em que desceu Juvenal[2]
Até nós, que residimos no Limbo do Inferno,
E relatou a afeição que você sentia por mim,

A minha afeição por você foi tamanha,
Como jamais se devotou a um desconhecido;
E agora essas escadas parecem suaves para mim.

Mas diga-me (e, como meu amigo, perdoe-me
20 Se o excesso de ternura afrouxa as minhas rédeas,[3]
E, como amigo, troque algumas palavras comigo)

197

Como é possível que a avareza tenha se abrigado
Dentro de seu coração, se estava cheio da sabedoria
Que você cultivou, com tanto zelo e cuidado?"⁴

Estas palavras, a princípio, levaram Estácio ao riso;
E então ele respondeu: "Cada palavra sua, para mim,
É um sinal bem-vindo de sua afeição.

De fato, muitas vezes incorremos no engano
E algumas coisas provocam em nós perplexidade,
30   Porque suas verdadeiras causas estão ocultas.

A sua pergunta confirma o que pensa sobre mim:
Que eu vivi como um mesquinho na Terra,
E talvez por isso eu estivesse naquele Círculo.

Saiba, portanto, que eu estava bem longe da avareza.
Pelo contrário: vivi uma vida sem medida,
E este excesso foi aqui punido, por milhares de luas.

E, se eu não tivesse guardado em meu coração
O verdadeiro significado de seus versos –
Quando você, enfurecido com a natureza humana,

40   Escreveu: 'A que extremos não forças os homens,
Ó fome execrável do ouro!'⁵ – eu estaria no Inferno,
Rolando os grandes pesos, em triste movimento.⁶

Então compreendi que as mãos podem gastar demais
Abrindo-se largamente, como as asas dos pássaros;
E disso, como de meus outros pecados, eu me arrependi.

Quantos hão de se levantar sem cabelos⁷
Por causa da ignorância, e por não se arrependerem
Tanto em vida, quanto na hora da morte!

E saiba que, quando um pecado é expiado,
50   A falha diretamente oposta é punida com ele;
E, juntos, ambos os pecados veem seu verde murchar.

Portanto, durante a minha purificação
Eu estive entre aqueles que pagam pela avareza;
Mas o que me trouxe até aqui foi o pecado oposto."

Disse então o cantor das *Bucólicas*:[8]
"Ora, quando você cantou as guerras selvagens
Entre as duas dores gêmeas de Jocasta,[9]

Pela forma com que Clio[10] toca em seus versos,
Parece-me que você ainda não tinha fé –
60 Sem a qual as boas obras são insuficientes.

E, se assim for, então que sol ou que velas
Iluminaram teu barco na escuridão,
Para que você seguisse atrás do Pescador?"[11]

E ele respondeu: "Você primeiro me enviou
Às cavernas do Parnaso,[12] para beber de sua fonte;
E depois iluminou meu caminho, para chegar até Deus.

Para mim, você é como aquele que caminha à noite,
E vai carregando uma lâmpada atrás de si:
Não ilumina a si mesmo, e sim aos que o seguem.

70 Quando declarou: 'O século se renova,
Voltam a justiça e os primeiros tempos
E uma nova progênie desce dos céus',[13]

Graças a você, eu me tornei poeta e cristão;
Mas, para que possa entender mais claramente,
Agora vou colorir os detalhes do meu esboço.

Naquela época, o mundo já estava cheio
Do conhecimento da verdadeira fé,
Disseminada pelos mensageiros do Reino Eterno.

E os novos pregadores tanto concordavam
80 Com as suas palavras, que citei anteriormente,
Que eu, então, me habituei a visitá-los.

Na época em que Domiciano[14] os perseguiu,
Eles pareciam a mim tão santos, que os acompanhei
Em seu sofrimento, com muitas lágrimas.

Assim, enquanto durou a minha vida,
Eu os reverenciei; e suas práticas honestas
Fizeram-me desprezar todos os outros cultos.

E antes de conduzir os gregos até os rios de Tebas,
Em meus versos, eu fui batizado;
90   Mas, por medo, eu escondi minha religião.

Por um longo tempo, me mostrei como pagão;
E essa fé morna me trouxe ao Quarto Círculo,
Onde vaguei, por mais de quatro séculos.

E agora, já foram erguidos todos os véus
Que escondiam o bem, do qual agora eu falo.
Enquanto ocupamos nosso tempo nesta escalada,

Diga-me: onde está nosso antigo Terêncio?
E onde estão Cecílio, Plauto e Varro?[15]
Diga-me se estão condenados, e em qual Círculo."

100 "Todos, incluindo a mim, e Pérsio,[16] e muitos mais",
Meu Mestre respondeu, "estamos com aquele grego[17]
Agraciado pelas Musas, mais do que qualquer outro.

Nosso lugar na prisão cega é o Primeiro Círculo;
E muitas vezes falamos sobre a montanha[18]
Onde vivem as nossas Musas, eternamente.

Eurípides também está conosco; e Antifonte,[19]
Simônides e Agatão; e muitos outros gregos
Que um dia adornaram suas testas com louros.

Também estão ali tuas próprias personagens:
110 Lá estão Antígona, Deífile e Argia,
E Ismênia, que ainda é triste, como foi em vida.[20]

Ali está a mulher que descobriu Langia,[21]
E também a filha de Tirésias;[22] ali está Tétis,
E Deidamia, com suas belas irmãs."[23]

Os dois poetas estavam agora em silêncio,
Novamente com o cuidado de olhar à nossa volta,
Depois que superamos as escadas e as paredes.

As quatro primeiras servas já estavam para trás,
E a quinta serva estava à frente do leme,[24]
120   Atiçando o fogo, para que a chama subisse bem alto.

Então meu Mestre disse: "Acho que está na hora
De virar à direita, em direção à borda do Círculo,
E contornar a montanha, como costumamos fazer".

Desta forma, o hábito nos mostrou o que fazer;
E partimos sem medo e sem hesitação,
Graças ao consentimento daquela alma tão digna.

Eles iam na frente, e eu sozinho atrás;
E eu ouvia seus belos discursos,
Que traziam inspiração para a minha poesia.

130   Mas a deliciosa conversa logo foi interrompida
Por uma árvore, que bloqueava nosso caminho;
Seus frutos eram atrativos, e muito cheirosos.

E assim como se estreitam os galhos de um abeto,
Assim crescia aquela árvore – mas de cabeça para baixo,
Talvez para evitar que alguém a escalasse.[25]

À esquerda, onde a parede fechava o caminho,
Uma água cristalina jorrava da rocha alta
E regava as folhas, no alto daquela árvore.

Quando os dois poetas se aproximaram da árvore,
140   Uma voz emergiu de dentro das folhas
E gritou: "Deste fruto não comerás!"[26]

Depois acrescentou: "Maria se preocupou
Com a glória do casamento, e não com
A sua própria boca, que agora intercede por vós.[27]

As antigas romanas, quando desejavam beber,
Contentavam-se com água; e o jovem Daniel[28]
Desprezou o alimento, e adquiriu sabedoria.

A Primeira Idade foi bela como o ouro:[29]
Com fome, os homens se deliciavam com trufas;
150 Com sede, encontravam o néctar em cada riacho.

Mel e gafanhotos foram os únicos alimentos
Que sustentaram o Batista no deserto;[30]
Por isso, ele foi tão glorioso e tão grande

Como, por meio do Evangelho, vos foi revelado."

Notas

1. *Sitiunt*: parte da frase em latim: *Beati qui esurient et sitiunt iustitiam* – "Bem-aventurados os que têm fome e sede de justiça, porque eles serão fartos." (*Mateus* V. 6).

2. *Juvenal*: poeta e retórico romano, autor das *Sátiras*. Era contemporâneo de Estácio, e chegou ao Limbo (Primeiro Círculo do *Inferno*) anunciando a obra do novo poeta aos antigos.

3. *A ternura afrouxa as rédeas*: Para denotar o estreitamento da amizade entre Virgílio e Estácio, optamos neste Canto por mudar a forma de tratamento mais formal *(tu)* para a forma mais informal *(você)*, nas falas entre ambos.

4. Este canto é dedicado à entrevista com o poeta Estácio, cuja salvação foi anunciada pelo terremoto no final do Canto XXII.

5. *"Quid non mortalia pectora cogis, auri sacra fames!"* (*Eneida* III. 56-57). A tradução que transcrevemos é de Carlos Alberto Nunes (1983): "A que extremos não forças os homens, fome execrável do ouro!"

6. A punição do avarento e do pródigo no *Inferno*: "Com gritos penetrantes, vindos de dois lados opostos, rolando grandes pesos, empurrando-os com o peito." (*Inferno* VII. 25-26).

7. "Por toda a eternidade, ostentarão dois estigmas: uns hão de se levantar do sepulcro com os punhos cerrados, e outros sem cabelos no alto da cabeça." (*Inferno* VII. 55-57).

8. *Bucólicas*: as Éclogas, de Virgílio. Ver nota em *Purgatório* III. 27.

9. A guerra cruel entre Etéocles e Polinices, os dois filhos gêmeos de Jocasta e Édipo. Ver *Inferno* XXVI. 54.

10. *Clio*: uma das nove Musas, filhas de Mnemósine (a Memória) e Zeus (Júpiter). Veja também *Inferno* II, 9. Clio é a musa da história e da criatividade, aquela que divulga e celebra as realizações.

11. *O Pescador*: São Pedro, o "Pescador de Homens" (*Lucas* V. 10)

12. *Parnaso*: montanha da Grécia, que se eleva a alguns quilômetros das ruínas da cidade de Delfos. Na Antiguidade, era considerada a morada das Musas, de Apolo e Dionísio, o lugar privilegiado onde músicos e poetas vinham procurar inspiração. Os flancos do Parnaso possuem várias cavernas (habitadas, segundo as lendas, por Pã e outras divindades da floresta). Em uma destas cavernas, brota a célebre fonte Castália (*Purgatório* XXXI. 140). Em *Purgatório* XXVIII, Matelda revela aos poetas que o Parnaso é na verdade o Paraíso Terrestre, mostrado a eles em seus sonhos.

13. Esta é uma citação de Dante às Éclogas, de Virgílio (tradução de Eugênio Vinci, 2016).

14. *Domiciano*: imperador romano (51-96 d.C.), que as fontes clássicas descrevem como um tirano cruel e paranoico, colocando-o entre os

imperadores mais odiados, como Calígula e Nero.

15 Terêncio, Cecílio, Plauto e Varro: poetas clássicos latinos.

16 Pérsio: poeta satírico romano.

17 Homero: poeta da Grécia Antiga, autor dos poemas épicos *Ilíada* e *Odisseia*. Dante o nomeia como "o poeta sem igual" (*Inferno* IV. 88).

18 *A montanha*: o Parnaso (ver nota 12).

19 Antifonte: poeta trágico e épico da Ática. Simônides: poeta da cidade de Cós, conhecido por ser o primeiro poeta que escreveu por dinheiro. Agatão: dramaturgo ateniense.

20 Antígona: filha de Édipo e Jocasta. Deífile: esposa de Tideu (*Inferno* XXXII. 130). Argia: irmã de Deífile, e esposa de Polinices. Ismênia: outra filha de Édipo, que ainda lamenta a morte de Átis, seu prometido.

21 *A mulher que descobriu Langia*: Ísfile (mencionada em *Inferno* XVIII. 92), que apontou para Adrasto a fonte de Langia, quando seus soldados estavam morrendo de sede em sua marcha contra Tebas.

22 *A filha de Tirésias*: Hístoris, que teria ajudado Alcmena no parto de Hércules. Esta não é Mantó (também chamada de Dafne), como alguns tradutores identificaram. Mantó, a outra filha de Tirésias, está no Oitavo Círculo do *Inferno*, na *Bolgia* dos Adivinhadores (*Inferno* XX. 55).

23 Tétis: mãe de Aquiles (ver nota em *Purgatório* IX. 39). Deidamia: filha do rei Licomedes de Ésquiro, e esposa de Aquiles (*Inferno* XXVI. 62).

24 *As quatro primeiras servas*: quatro horas. Como a "quinta serva" já estava trabalhando, eram quase onze da manhã da terça-feira, o terceiro dia dos viajantes no *Purgatório*.

25 Esta árvore mística brotou de uma semente da Árvore do Conhecimento. Dante, Virgílio e Estácio estão na entrada do Sexto Círculo, onde é punido o pecado da gula; e esta árvore se destina a aumentar o tormento das almas famintas, mantendo suas frutas frescas e orvalhadas fora de seu alcance. Na saída do Sexto Círculo haverá outra árvore semelhante, como se verá em *Purgatório* XXIV. 103.

26 "Mas, do fruto da árvore que está no meio do jardim, disse Deus: não comereis dele, nem nele tocareis, para que não morrais." (*Gênesis* III. 3)

27 Para honrar a festa dos noivos em Caná, Maria pediu a Jesus que fizesse o seu primeiro milagre, transformando a água em vinho (*João* II 1-11).

28 O profeta Daniel, que adquiriu sabedoria por meio do jejum e da abstinência.

29 A Idade de Ouro, segundo a mitologia grega, refere-se ao período em que o mundo passava por seu apogeu, com glórias perpétuas. Durante essa Era havia a ideologia do estado ideal e a utopia de

que o gênero humano era puro e imortal. A Idade do Ouro também foi marcada por paz, harmonia, estabilidade e prosperidade.

30 "E este João tinha a sua veste de pelos de camelo e um cinto de couro em torno de seus lombos e alimentava-se de gafanhotos e de mel silvestre." (*Mateus* III. 4).

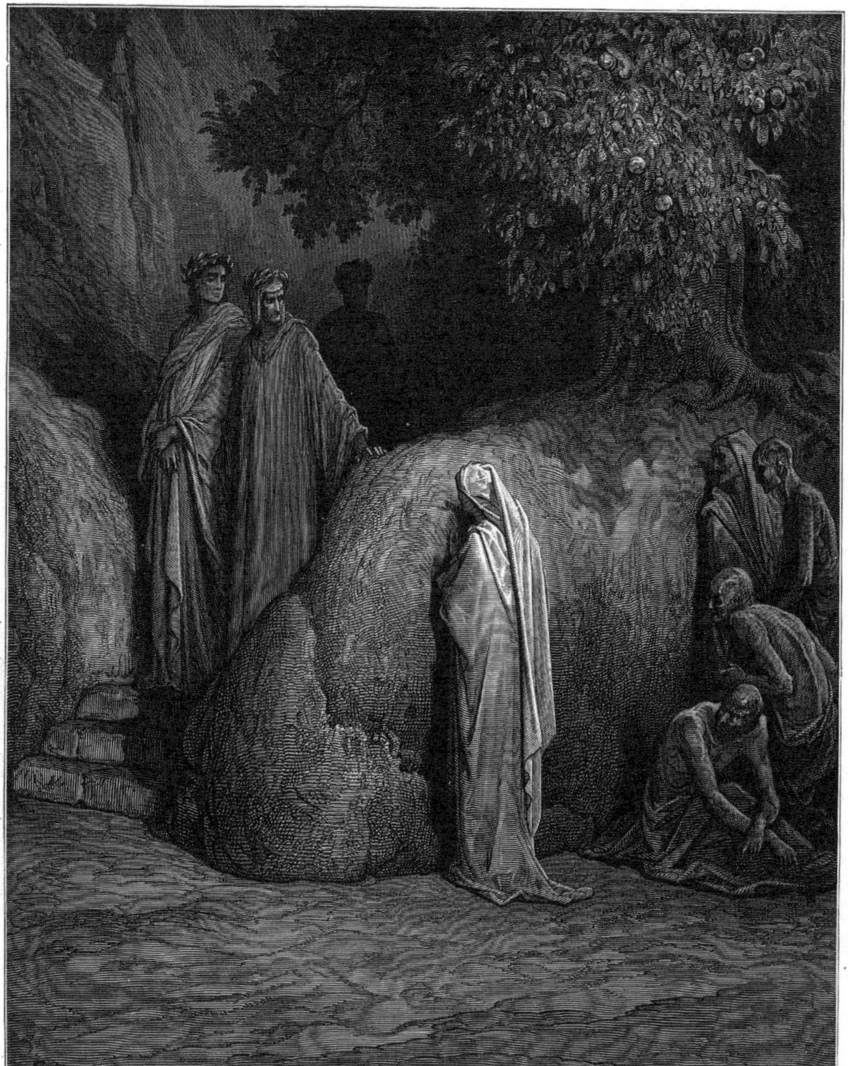

Canto XXIII

SEXTO CÍRCULO: GULA – FORESE DONATI

Como eu me distraía com os galhos verdes da árvore,
Assim como costumam fazer os caçadores
Que desperdiçam sua vida a observar pássaros,

Aquele, que era mais do que um pai para mim,
Disse-me: "Vamos, filho; o tempo que nos resta
Deve ser gasto de uma forma mais útil."

Desviei o olhar, e rapidamente virei meus passos
Para seguir atrás daqueles dois sábios;
E o seu discurso não me trazia qualquer enfado.

10 E eis que, de repente, ouvimos alguém que chorava
E cantava: *"Labia mea, Domine!"*[1] com tamanha devoção,
Que causou em nós tanto alegria, quanto dor.

Perguntei: "Ó doce Pai, o que é isso que eu ouço?"
E ele: "Talvez sejam outras sombras
Que vão desatando os nós de seus pecados."

Assim como fazem os peregrinos absortos
Quando encontram desconhecidos em seu caminho
E voltam-se para ele, mas não param de andar,

Assim fomos ultrapassados por uma multidão:
20 Eram almas devotas e silenciosas que passavam.
Em rápida marcha, olhando-nos com admiração.

Cada um deles tinha os olhos escuros e ocos;
Seus rostos estavam pálidos, e tão magros
Que a pele estava totalmente aderida aos ossos.

Eu não creio que nem mesmo Erisícton[2]
Tenha ficado assim tão seco, em pele e osso,
Devido ao jejum, que era o que ele mais temia.

Pensando, eu disse comigo mesmo:
"Aqui estão os judeus que perderam Jerusalém,
30   Quando Maria[3] devorou seu próprio filho!"

Suas órbitas eram como anéis sem pedras:
E aqueles que pensam ver no rosto do homem
A palavra "omo", conseguiriam distinguir apenas o M.[4]

Quem poderia acreditar que o cheiro de uma fruta
E o frescor da água causariam tanta aflição?
E que aquelas almas se reduziriam a tal estado?

Eu olhava para eles, e me perguntava
O que diabos os definhava; pois eu ainda não sabia
A razão de sua magreza, e de sua triste pele escamosa.

40   E eis que uma sombra, com os olhos lá no fundo,
Voltou-se para mim com ansiedade, e gritou:
"Que graça é esta que eu recebo?"

Eu nunca teria reconhecido o seu rosto;
No entanto, sua voz tornou evidente
O que havia sido apagado de sua aparência.[5]

Esta centelha reacendeu dentro de mim
Tudo o que eu sabia sobre aquelas feições deformadas
E logo reconheci o rosto de Forese.[6]

"Oh, não me evite por causa das crostas secas
50   Que mancham minha pele", implorou ele,
"Nem pelo fato de que me falta carne;

Mas diga-me a verdade sobre você,
E quem são essas duas almas que o acompanham;
Eu imploro, não fique sem falar comigo!"

"O seu rosto, que já chorei ao vê-lo morto,
Agora me faz chorar com a mesma dor,
Ao encontrá-lo assim, tão desfeito", eu respondi.[7]

"Diga, em nome de Deus, o que o faz emagrecer assim;
Não me obrigue a falar, pois estou espantado;
60 E quem tem curiosidade fala com relutância."

E ele para mim: "Pela vontade divina,
A água e a árvore que você deixou para trás
Recebem uma virtude que nos faz definhar.

Todas essas almas, que chorando cantam,
Um dia se entregaram ao prazer da gula,
E aqui expiam suas culpas, com fome e sede.

A fragrância dos frutos e o frescor da água
São borrifados em nós, pelas folhas da árvore
E nos instigam o desejo de comer e beber.

70 À medida que contornamos este espaço,
Andando em círculos, nossa dor se renova.
Eu falo em dor, mas deveria falar sobre alegria,

Pois somos guiados à arvore pelo mesmo anseio
Que levou Cristo a nos libertar, pelo Seu sangue,
Quando Ele, em Sua alegria, clamou: *"Eli!"*.[8]

E eu a ele: "Forese, desde aquele dia
Em que você partiu para uma melhor vida,
Ainda não se passaram cinco anos.

Se você esperou até o último momento,
80 Quando já não podia mais pecar,
E somente então se reconciliou com Deus,

Como veio tão rápido para cá?
Eu pensei que o encontraria lá embaixo,
Onde o tempo deve pagar pelo tempo."

E ele para mim: "É a minha boa Nella,⁹
Com suas abundantes lágrimas, que tem me guiado
Para beber o doce absinto dos tormentos.

Com suas orações e suspiros devotos,
Ela me fez sair daquela encosta onde se espera,
90 E me libertou dos outros Círculos abaixo deste.

Minha gentil viúva, a quem eu tanto amei,
É ainda mais querida e agradável a Deus,
Por estar sozinha em suas boas obras.

Pois até mesmo na Barbagia da Sardenha¹⁰
Há muito mais mulheres virtuosas
Do que naquela Barbagia onde eu a deixei.

Ó doce irmão, o que você quer que eu diga?
Eis que eu prevejo um tempo futuro,
Um tempo não muito distante de agora;

100 Quando os pastores subirão ao púlpito,
E proibirão as impudicas mulheres de Florença
De andarem com os seios nus à mostra.

Acaso foi necessária alguma lei, humana ou divina,
Para que as bárbaras e as sarracenas
Aprendessem a andar com os seios cobertos?¹¹

Mas, se essas desavergonhadas tivessem noção
Sobre o que o Céu tem preparado para breve,
Elas já teriam se posto a gritar e lamentar.

Pois, se minha previsão não me engana,
110 Elas serão afligidas, antes que cresça barba
Nas faces dos bebês que hoje acalentam.

Ah, irmão, não se esconda mais de mim!
Veja que não estou sozinho: todas essas almas estão
Maravilhadas, porque você encobre a luz do Sol."

Então eu disse a ele: "Se você se lembrasse agora
Da vida que nós dois levamos juntos na Terra,
A memória seria desagradável e embaraçosa.¹²

Aquele que me precede, há alguns dias,
Resgatou-me daquela vida; quando a irmã daquele
120 (eu apontava para o Sol) aparecia redonda no Céu.

Ele me guiou através da noite profunda,
Entre aqueles que estão verdadeiramente mortos;
E com esta verdadeira carne eu o tenho seguido.

Sua doce companhia tem me ajudado a subir,
Dando voltas e voltas ao redor desta montanha,
Que endireita em nós o que o mundo fez torto.

E ele diz que continuará ao meu lado,
Até chegarmos ao lugar onde está Beatriz;
E, a partir dali, convém que eu siga sem ele.

130 Quem falou assim comigo foi Virgílio
(e apontei para ele); e esta outra alma é aquela
Pela qual, agora há pouco, as encostas se abalaram

E todo o reino tremeu, pois agora ela se liberta."

Notas

1 *Labia mea, Domine*: "Abre, Senhor, os meus lábios, e a minha boca entoará o teu louvor." (*Salmos* LI. 15).

2 *Erisícton*: segundo a mitologia, Erisícton derrubou um antigo carvalho no sagrado bosque de Ceres, a deusa da agricultura e da vegetação. Ele foi punido com fome perpétua, até que, não suportando mais, roeu a própria carne.

3 Dante alude a um episódio relatado por um historiador do século I, Flavius Josephus. Quando Jerusalém foi sitiada e destruída por Tito no ano 70 d.C., uma mulher chamada Maria teria matado e devorado o próprio filho.

4 Neste reconhecimento da palavra *omo* (*homo*, homem) no rosto humano, os dois Os representam os olhos, os traços externos do M representam as maçãs do rosto, e o traço interno no M representa o nariz.

5 "A vida sem conhecimento os tornou vis, esmaecendo seus rostos, e ficaram irreconhecíveis." (*Inferno* VII. 53-54).

6 *Forese*: Forese Donati, poeta florentino, amigo e parente de Dante por afinidade (fruto de seu casamento com Gemma Donati). Forese era irmão de Corso Donati, o líder do partido dos Guelfos Negros em Florença (adversário do partido de Dante, os Brancos).

7 Ver *Inferno* VI. 59.

8 "*Eli, Eli, lama sabachthani?*" ("Deus meu, Deus meu, por que me desamparaste?" – Mateus XXVII. 46).

9 *Nella*: um apelido para Giovanna, viúva de Forese. Foram as suas orações que o tiraram do Antepurgatório, e o livraram de padecer nos Círculos inferiores do *Purgatório*.

10 *Barbagia*: região da Sardenha, aqui aludida por Dante como uma perífrase para "barbárie". De acordo com alguns historiadores, os antigos sarracenos deportaram famílias mauritanas para a Sardenha, e esses novos habitantes se estabeleceram nas montanhas perto de Cagliari. A região foi cristianizada somente no século IV d.C. Através de Forese, Dante compara os costumes licenciosos das mulheres de Florença aos costumes primitivos das mulheres da Barbagia, que na opinião dele são muito mais modestas que as florentinas.

11 Não sabemos a que evento futuro Dante se refere aqui, nem qual é o terrível castigo profetizado por Forese e destinado a fazer as mulheres florentinas gritarem de horror. Entre as várias hipóteses, talvez a mais provável seja a descida à Itália de Henrique VII de Luxemburgo e a reconquista de Florença (que nunca ocorreu).

12 Dante se emociona ao rever o amigo Forese, com quem ele trocara sonetos vulgares e obscenos na juventude, numa disputa poética tradicional chamada *tenzon*. Infelizmente, Forese já não se lembra mais dele.

Canto XXIV

SEXTO CÍRCULO: GULA – BUONAGIUNTA DE LUCCA – PAPA MARTINHO IV – A SEGUNDA ÁRVORE MÍSTICA

As palavras não diminuíam o nosso ritmo;
E assim, conversando, avançamos rapidamente,
Como um barco que um vento forte impulsiona.

E, reconhecendo que eu estava vivo,
Aquelas almas – que pareciam estar duas vezes mortas –
Olhavam-me maravilhadas, pelo oco de seus olhos.

E eu, continuando a minha revelação, acrescentei:
"Talvez esta alma se demore em sua ascensão,
Por causa da outra que acabou de conhecer.

10 Mas diga-me, se você souber: onde está Piccarda?[1]
E diga-me se há alguém digno de ser notado,
Entre estes que me olham fixamente."

"Minha irmã – e eu não sei se ela era maior
Em sua bondade ou em sua beleza –
Já triunfa no alto Olimpo, e regozija com sua coroa."

Ele disse isso a princípio; e depois acrescentou:
"Aqui é necessário nomear cada uma das almas,
Pois o longo jejum nos torna irreconhecíveis."

E ele indicava com o dedo várias almas:
20 "Aquele ali é Buonagiunta da Lucca;[2]
E aquele ao seu lado, o mais magro de todos,

Um dia já segurou as chaves da Santa Igreja.
Ele era natural de Tours;³ e agora expia com o jejum
As enguias de Bolsena e o vinho de Vernaccia."

Ele me mostrou muitos outros, um por um;
E todos pareciam felizes em ser nomeados,
E não notei um único gesto de aborrecimento.

Eu vi, com os dentes mastigando em vão,
Ubaldino della Pila,⁴ e também Bonifácio,⁵
30 Que tanta gente pastoreou e liderou.

Eu vi *Messer* Marchese,⁶ que encontrou em Forlì
Suprimento para beber o quanto queria,
E, ainda assim, não conseguiu ficar satisfeito.

Mas, como alguém que primeiro olha em torno,
E depois observa alguém em particular,
Assim fiz com aquele de Lucca, que parecia me conhecer.

E ele murmurou algo como "Gentucca..."⁷
Foi o que pude ouvir daqueles lábios sem carne,
Pois ali a Justiça Divina os consome.

40 "Ó alma", disse eu, "tão ansiosa por falar comigo;
Fale mais claramente, para que eu o ouça,
E ambos ficaremos satisfeitos com nossas palavras."

Ele respondeu: "Embora todos condenem minha cidade,
Já nasceu ali uma menina, que ainda não usa véus;
E por causa dela, minha cidade será agradável para você.

Você sairá daqui com esta profecia;
E se houver algo duvidoso em minha murmuração,
Em breve os próprios fatos revelarão a verdade.

Mas, diga-me, se o homem que eu agora vejo
50 É aquele que trouxe novas rimas, que começam assim:
'*Donne ch'avete inteletto d'amore...*'"⁸

E eu respondi: "Sou apenas um poeta,
E quando Amor me inspira, eu tomo nota;
E o que ele dita em meu coração, escrevo e dou forma."

"Ó irmão, agora eu entendo", disse ele,
"O nó que prendia a mim, e ao Notaro, e ao Guittone,[9]
Pois não tínhamos o *dolce stil novo* que agora ouço!

Agora vejo claramente que a sua pena
Segue estritamente as palavras ditadas por Amor,
60 Enquanto as nossas, certamente, não faziam o mesmo;

E se alguém deseja ir a fundo nesta questão,
Não verá outra diferença entre os dois estilos."
E ele ficou em silêncio, como se estivesse satisfeito.

E assim como os pássaros de inverno no Nilo
Às vezes formam uma grande nuvem no céu,
E depois voam mais rápido, e se organizam em fileiras,

Todas as almas que ali estavam, virando-se,
Apertaram o passo. Eles eram muito rápidos,
Por causa da magreza, e pelo desejo de expiação.

70 E como alguém que está cansado de correr
Deixa os companheiros seguirem, e atrasa seus passos
Até que tenha aliviado o ofegar em seu peito,

Assim fez Forese, deixando passar o rebanho sagrado.
Ele voltou e se aproximou de mim, dizendo:
"Amigo, quando o verei novamente?"

"Eu não sei quanto tempo viverei", disse eu,
"Mas, por mais breve que seja o meu retorno,
Meu desembarque será mais tarde do que desejo.

Pois a cidade onde nasci, e onde vivo,
80 Vem sendo privada de todo bem, dia após dia,
E parece estar no caminho para uma miserável ruína."

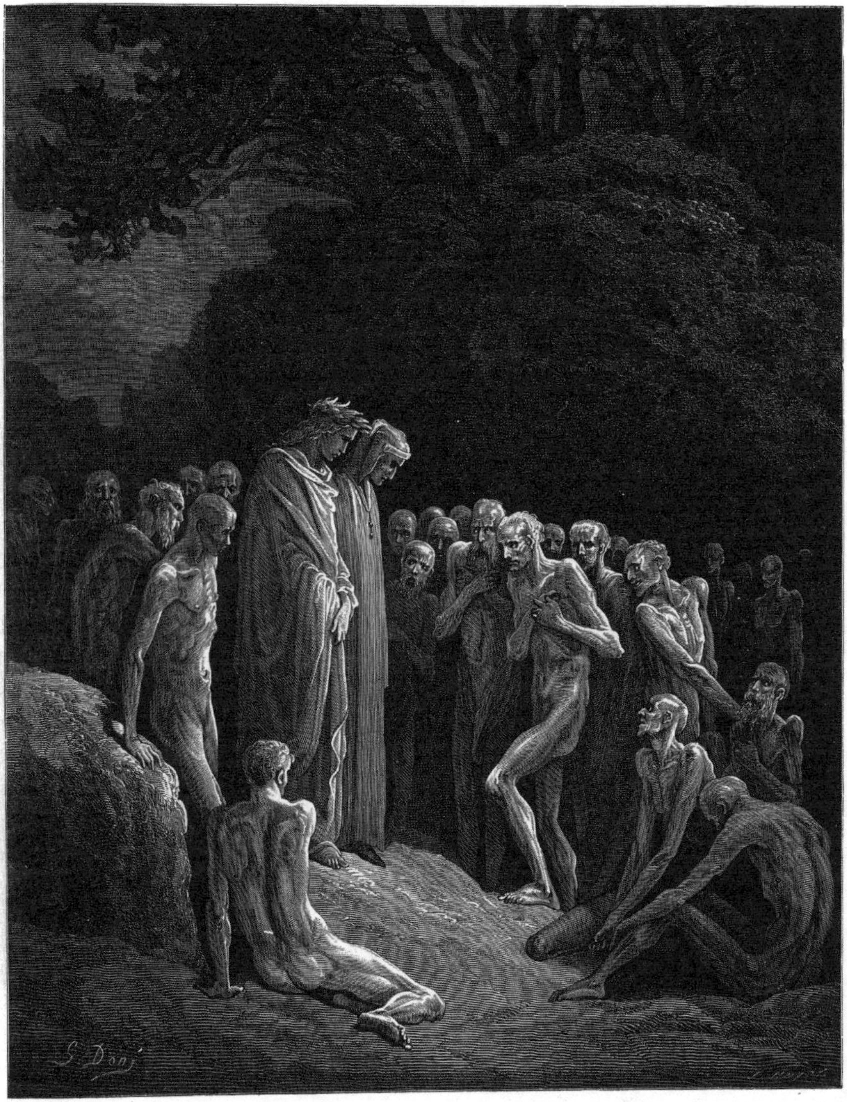

Ele disse: "Tenha coragem! Pois eu vejo o culpado[10]
Sendo arrastado pela cauda de uma fera,
Para o vale onde nenhuma culpa pode ser expiada.

A cada passo, a fera se move mais rápido,
Sempre ganhando impulso, até que ela o ataca;
E deixa seu corpo horrivelmente desfeito.

Aquelas rodas (e então ele olhou para o céu)
Não hão de girar muito, antes que isso aconteça,
E você mesmo presenciará aquilo que não posso dizer.

Devemos agora nos separar; pois, aqui neste reino,
O tempo é precioso. De modo que tenho muito a perder
Se eu continuar no mesmo ritmo com vocês."

Assim como o cavaleiro que às vezes sai a galope,
Deixando para trás sua tropa
E vai tomar a honra do primeiro assalto ao inimigo,

Assim ele nos deixou, com passos mais rápidos;
E eu permaneci em meu caminho com aqueles dois
Que foram grandes mestres em nosso mundo.

E quando aquele outro se afastou de nós,
Meus olhos se esforçaram para segui-lo,
E minha mente continuava a remoer suas palavras.

Foi então que vimos uma segunda árvore,[11]
Vicejando de verde, carregada de frutas;
Bem perto de nós, após termos feito uma curva.

Sob a árvore, vi almas que levantavam as mãos
Em direção aos galhos; e choravam muito,
Como crianças pequenas, ansiosas e birrentas.

Elas imploravam, mas não eram atendidas,
Como se alguém segurasse no alto o objeto desejado
E não o escondesse, para provocar seu desejo.

Depois partiram, como se estivessem desapontadas;
E logo alcançamos aquela grande árvore,
A qual recusava tantas orações e lágrimas.

"Continuem, mas não se aproximem!
La no alto, está a árvore do fruto mordido por Eva;
E da semente daquela, esta foi levantada".

Assim falou uma voz misteriosa entre os ramos;
Desta forma, Virgílio, Estácio e eu nos afastamos,
120 E nos dirigimos à parede interna da montanha.

A voz dizia: "Lembrem-se dos malditos Centauros,[12]
Nascidos da Nuvem! Eles se embebedaram,
E, na luta contra Teseu, foram derrotados!

E dos hebreus que gostavam de beber demais;
Aqueles que Gideão recusou para o seu exército,
Quando desceu as colinas, marchando para Midiã!"[13]

E seguimos avançando pela borda interna do Círculo
Ouvindo a voz falar sobre vários exemplos da gula,
Pecado que é punido com castigos terríveis.

130 Então, voltando pela estrada solitária,
Seguimos caminhando mais de mil passos,
Cada um absorto em seus próprios pensamentos.

Então uma voz repentina bradou em nossa direção:
"No que estão pensando, vocês três aí sozinhos?"
E eu me arrepiei todo, como uma besta assustada.

Levantei a cabeça, para ver quem poderia ser.
E nunca vi, em uma fornalha, vidro ou metal
Que fosse tão incandescente e vermelho,

Como aquele anjo que eu vi. E ele nos dizia:
140 "Se desejam subir, é necessário passar por aqui;
Este é o caminho para quem deseja a paz."

Sua aparência ofuscara minha visão, de tal maneira
Que eu tinha me encolhido atrás de meus mestres,
E fiquei ali, apenas ouvindo o que o anjo dizia.

E como a brisa de maio, que anuncia o amanhecer,
Carrega consigo o aroma da grama e das flores
E perfuma tudo por onde passa, impregnando o ar,

Eu senti um vento soprar no centro da minha testa,
E senti claramente o movimento das asas do anjo,
Exalando no ar um doce aroma de ambrosia.

E o ouvi dizer: "Bem-aventurados aqueles
A quem a graça ilumina, e não abrigam
O desejo excessivo da gula em seus corações;

Antes, sentem eterna fome de justiça!"[14]

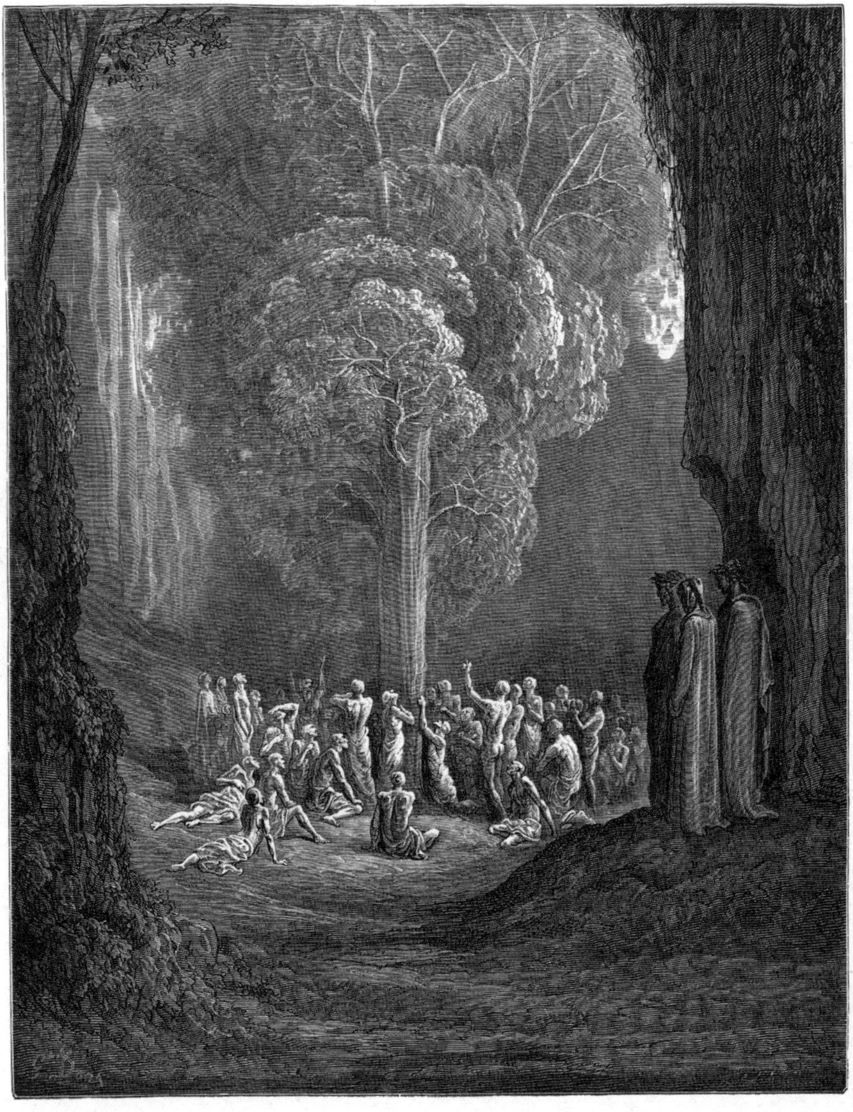

Notas

1. *Piccarda*: irmã de Forese Donati. Ela era freira de Santa Clara, e é colocada por Dante no Primeiro Céu do *Paraíso*, que Forese chama de "alto Olimpo" (*Paraíso* III. 48).

2. *Buonagiunta de Lucca*: Buonagiunta Urbisani, da cidade de Lucca, foi um dos fundadores e principais representantes da escola poética Siciliana-Toscana, e contemporâneo de Dante. Era um orador brilhante, e um grande amante dos vinhos italianos.

3. Este é o papa Martinho IV, que antes de ser o sumo pontífice foi cônego da catedral de Tours.

4. *Ubaldino della Pila*: era irmão do cardeal Ottaviano degli Ubaldini (*Inferno* X. 120) e pai do Arcebispo Ruggieri (*Inferno* XXXIII).

5. *Bonifácio*: Bonifazio dei Fieschi, arcebispo de Ravenna.

6. *Messer Marchese*: notário da cidade de Forlì.

7. *Gentucca*: Madame *(Madonna)* Gentucca, da cidade de Lucca. Segundo as previsões de Buonagiunta, ainda era uma menina naquele momento. Alguns anos mais tarde, Gentucca receberia o exilado Dante como hóspede em sua cidade (por volta de 1306, durante sua estada em Lunigiana com a família Malaspina).

8. *Donne ch'avete inteletto d'amore*: "Mulheres que têm inteligência no amor". Frase de uma canção do capítulo XIX da *Vita Nuova*, obra que Dante dedicou a Beatriz. Buonagiunta dirige-se a Dante como aquele que iniciou uma nova forma poética (as "novas rimas"). Dante se apresenta a ele como alguém que escreve sob a inspiração direta do Amor, a diferença fundamental que afastava Buonagiunta do *Dolce Stil Novo* – movimento iniciado por Guido Guinizzelli (*Purgatório* XXVI). Dante é, portanto, um representante do "novo" estilo, enquanto Buonagiunta de Lucca é o expoente do estilo "antigo", superado por Dante e seus amigos (entre eles, Guido Cavalcanti – ver *Purgatório* XI. 98).

9. *Notaro*: Jacopo da Lentini, apelidado de *Notaro* ("o Tabelião"), foi um poeta siciliano que floresceu por volta de 1250, nos últimos dias do imperador Frederico II. *Guittone*: Guittone d'Arezzo, poeta aretino do século XII. Foi discípulo de Buonagiunta de Lucca, e mais tarde superou o mestre, tornando-se o principal representante da escola Siciliana-Toscana.

10. O culpado, cujo nome não é mencionado, sem dúvidas é Corso Donati – líder dos Guelfos Negros em Florença e irmão de Forese (o próprio interlocutor). Dante nunca menciona diretamente o nome de Corso Donati, mas ele é citado três vezes no decorrer de sua obra. Primeiro, em sua juventude, durante um de seus confrontos poéticos com Forese (*Rimas*, LXXVII. 12-14), Dante fez uma dura alusão à vida mundana de Forese e seus irmãos. Mais direta é a referência aos desmandos de Corso no episódio

de sua irmã Piccarda (*Paraíso* III 106-108). E, nos presentes versos do *Purgatório*, são dados os pormenores da captura e do destino final de Corso, em um quadro muito forte e sombrio: segundo uma lenda popular, ele teria sido arrastado para o Inferno, amarrado ao rabo de um cavalo. O próprio Dante, que também foi vítima do abuso e vingança de Corso, indica-o como o principal culpado pelas maldades, injustiças e desmandos políticos que ocorriam em Florença naqueles anos; no entanto, ele não lança acusações diretamente contra ele em seus escritos, como fez com outras pessoas. Talvez houvesse alguma consideração pelo parentesco que ligava os Alighieri aos Donati, por meio de sua esposa Gemma Donati.

11 Ver *Purgatório* XXII. 131.

12 Os Centauros eram filhos do tirano Íxion, rei dos Lápitas, e da deusa Néfele (a Nuvem), e tinham uma dupla natureza de homem e cavalo. Todos eram violentos, exceto Quíron e Fólus (*Inferno* XII. 70), que não eram filhos de Íxion. Durante a festa de casamento de seu irmão Pirítoo, o novo rei dos Lápitas, os Centauros ficaram muito bêbados e chegaram a violentar a noiva (Hipodâmia), bem como outras mulheres que estavam na festa. Pirítoo, o herói Teseu e o restante dos Lápitas entraram em luta com eles e os expulsaram da cidade. Este confronto ficou conhecido como a *Centauromaquia*, e é descrito extensivamente por Ovídio (*Metamorfoses* XII). No *Inferno*, os Centauros são os guardiões do Vale do Flegetonte (Sétimo Círculo), a morada dos violentos.

13 "E fez descer o povo às águas. Então, o Senhor disse a Gideão: Qualquer que lamber as águas com a sua língua, como as lambe o cão, esse porás à parte; como também a todo aquele que se abaixar de joelhos a beber. E foi o número dos que lamberam, levando a mão à boca, trezentos homens; e todo o resto do povo se abaixou de joelhos a beber as águas. E disse o Senhor a Gideão: Com estes trezentos homens que lamberam as águas vos livrarei e darei os midianitas na tua mão; pelo que toda a outra gente se vá cada um ao seu lugar." (*Juízes* VII. 5-7).

14 "Bem-aventurados os que têm fome e sede de justiça, porque eles serão fartos." (*Mateus* V. 6).

Canto XXV

A METAFÍSICA DA ALMA – ASCENSÃO PARA O SÉTIMO CÍRCULO: LUXÚRIA

A hora ia tão avançada que não podíamos nos atrasar:
O Sol já deixara o meridiano, seguindo para Touro;
E a Noite, além, já se aproximava de Escorpião.[1]

Portanto, como alguém que não se detém por nada
E continua firme em seu caminho,
Quando é estimulado pela necessidade,

Assim entramos no estreito corredor,
E seguimos pela escada, que era tão estreita
Que nos forçava a seguir em fila indiana.

10 E como a pequena cegonha, com vontade de voar
Levanta suas asas, mas não ousa deixar o ninho
E então pousa, voltando a recolher as asas;

Assim estava eu, com meu eterno desejo de questionar.
Pois, sempre que estava prestes a falar,
Eu recuava, e não me atrevia a fazê-lo.

Apesar da nossa pressa, meu querido Pai percebeu
E disse-me: "Solte logo o arco de suas palavras,
Já que você retesou a corda e puxou a flecha."

Então, confiante, abri a boca e perguntei:
20 "Como é possível perder peso e ficar magro
Em um lugar onde não é preciso se alimentar?"

Ele disse: "Se você se lembra de como Meléagro[2]
Foi consumido por uma simples brasa,
Não será difícil para você entender;

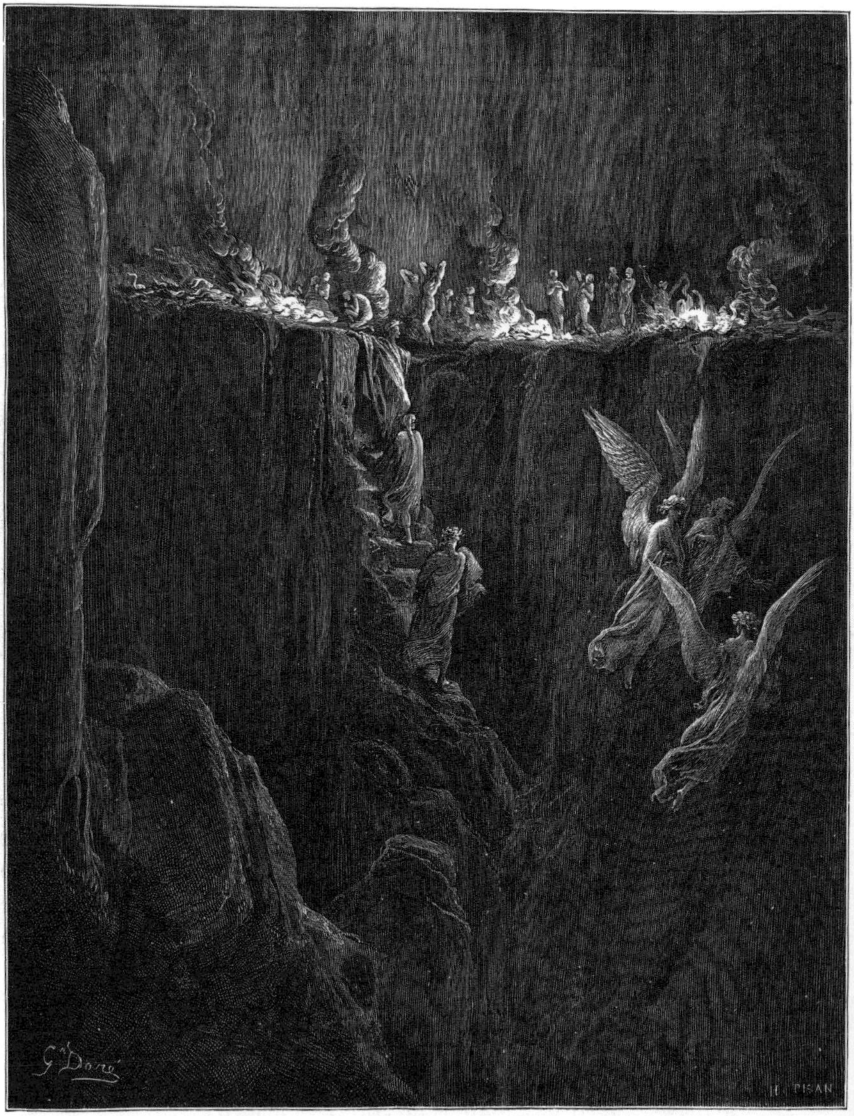
G. Doré
H. PISAN

E se pensar que, mesmo que o corpo seja rápido,
A sua imagem é sempre capturada pelo espelho,
Então o que é difícil se tornará transparente.

Mas, para que sua vontade de saber seja saciada,
Aqui está Estácio; eu o convoco,
30   E rogo para que ele cure as feridas de sua dúvida."

Estácio respondeu: "Mestre, se agora eu tenho que revelar,
Em sua presença, o horizonte das verdades eternas,
Invoco em minha defesa: não posso recusar um pedido seu."

Então, ele começou: "Filho, se a tua mente
Escutar atentamente as minhas palavras,
Elas te servirão como uma luz sobre a tua dúvida.

A parte mais perfeita do nosso sangue,[3]
Que não é absorvida pelas veias sedentas,
Permanece no coração – como as sobras em uma mesa.

40   Dentro do coração, essa parte adquire virtude
Para formar todos os membros humanos;
E o sangue restante, que corre pelas veias, os alimenta.

Depois de ser digerida, essa parte desce
Até as partes do homem, que é melhor não nomear,
E da mulher, onde goteja no receptáculo natural.[4]

Então ambos os sangues se misturam:
Um predisposto a ser passivo, e outro a ser ativo,[5]
Graças ao lugar perfeito de onde vêm – o coração.

O ativo, se unindo ao passivo, começa a trabalhar:
50   Primeiro ele coagula, depois se adensa,
E, por fim, dá vida à matéria que produziu.

Então, dessa virtude ativa se faz uma alma.
(Difere da virtude da planta, que já está na praia
Enquanto a da alma ainda está no caminho).[6]

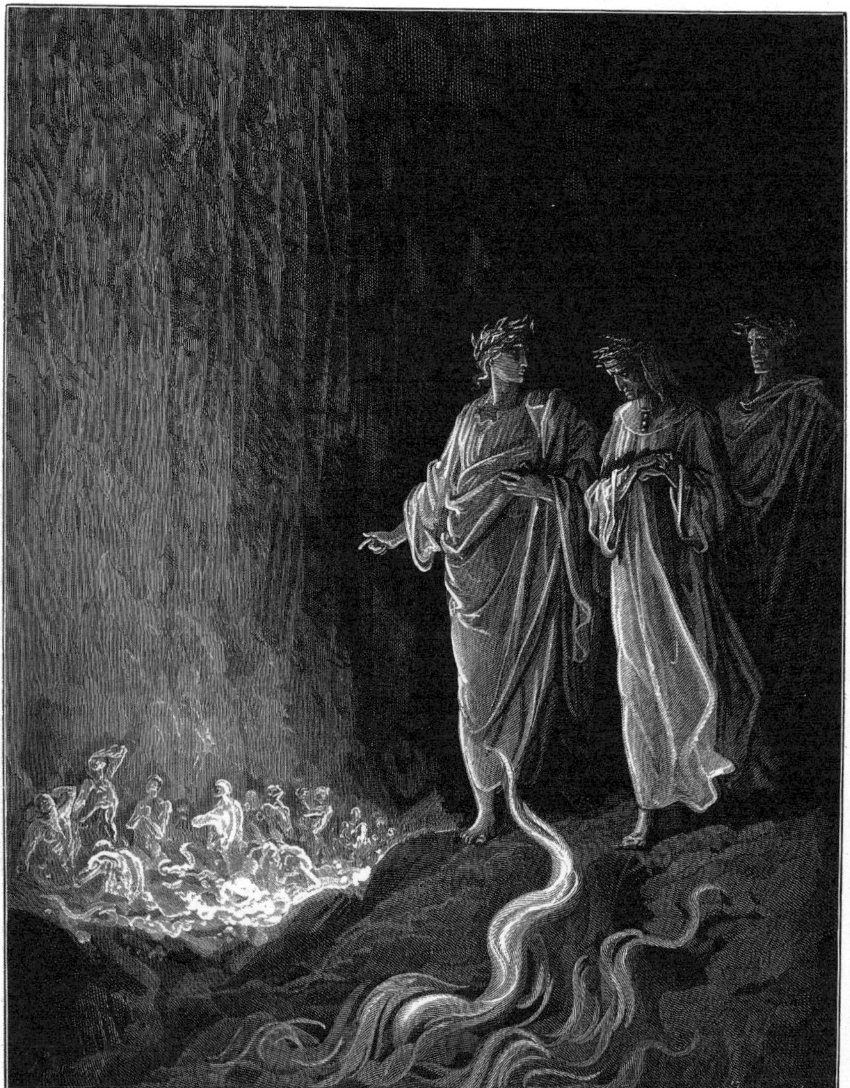

A virtude ativa já opera na nova alma,
Que já se move e sente, como uma esponja do mar;
E então começa a espalhar suas primeiras sementes.[7]

Neste ponto, meu filho, a virtude ativa –
Que veio do coração do pai – se desdobra e se estende,
60 Até que a Natureza aperfeiçoe cada membro formado.

Mas você ainda não consegue entender como o animal
Torna-se um ser racional; este ponto é tão difícil,
Que fez errar um homem mais sábio do que nós.[8]

Na ocasião, ele ensinou que havia separação
Entre o intelecto possível e a alma,
Porque não viu nenhum órgão adequado para a mente.

Abra seu coração para a verdade que agora vou contar,
E saiba que, tão logo o cérebro do feto se articula
E se desenvolve, atingindo a perfeição,

70 Então o Primeiro Motor se volta para ele
Com muita alegria, em ver esta obra da Natureza;
E lhe inspira um novo espírito, cheio de virtude.

Este espírito atrai e incorpora em sua substância
Tudo o que encontra ativo, e cria uma única alma,
Que vive, sente e está ciente de si mesma.

E para deixá-lo menos perplexo com o que eu digo,
Pense no calor do Sol, que se transforma em vinho,
Quando é combinado com a seiva que flui da videira.

Quando Láquesis não tem mais fio para tecer,[9]
80 Então a alma se separa do corpo
E leva consigo as faculdades humanas e divinas.

Todas as outras potências ficam inertes,
Enquanto a memória, a inteligência e a vontade
Ainda estão em vigor, muito mais agudas do que antes.

Sem demora, a alma cai de maneira admirável
Em uma das duas margens;[10] e ali ela conhece,
Imediatamente, o caminho que deve percorrer.

À medida que a alma é circunscrita pelo espaço,
A virtude ativa se irradia ao seu redor
90 Exatamente como antes, quando formou membros vivos.

E assim como o ar saturado de umidade,
Quando reflete os raios de sol que o atravessam,
Toma as cores do arco-íris como seu ornamento;

Da mesma maneira, o ar que envolve a alma
Assume a forma que a própria alma lhe imprimiu –
E a alma sente a si mesma, como um corpo real.

E então, de forma semelhante à pequena chama
Que segue o fogo, para onde quer que ele se mova,
Assim a nova forma segue a alma.

100 Uma vez que assume sua aparência externa,
A alma é chamada de "sombra", e então desenvolve
Todas as sensações, até mesmo para a visão.

Com este corpo sombrio, nós falamos e sorrimos;
Com ele produzimos as lágrimas e suspiros,
Que você pôde ouvir ao redor desta montanha.

A sombra assume sua forma e aparência
De acordo com os nossos desejos e sentimentos;
E esta é a causa da dúvida em seu coração."

A esta altura já tínhamos chegado ao Círculo final[11]
110 E viramos à direita para tomar o caminho certo,
Quando nos deparamos com outra preocupação.

Ali, a parede da montanha emite uma chama;
E sopra por todo o Círculo um vento ascendente
Que retrai a chama, e a impede de avançar no caminho.

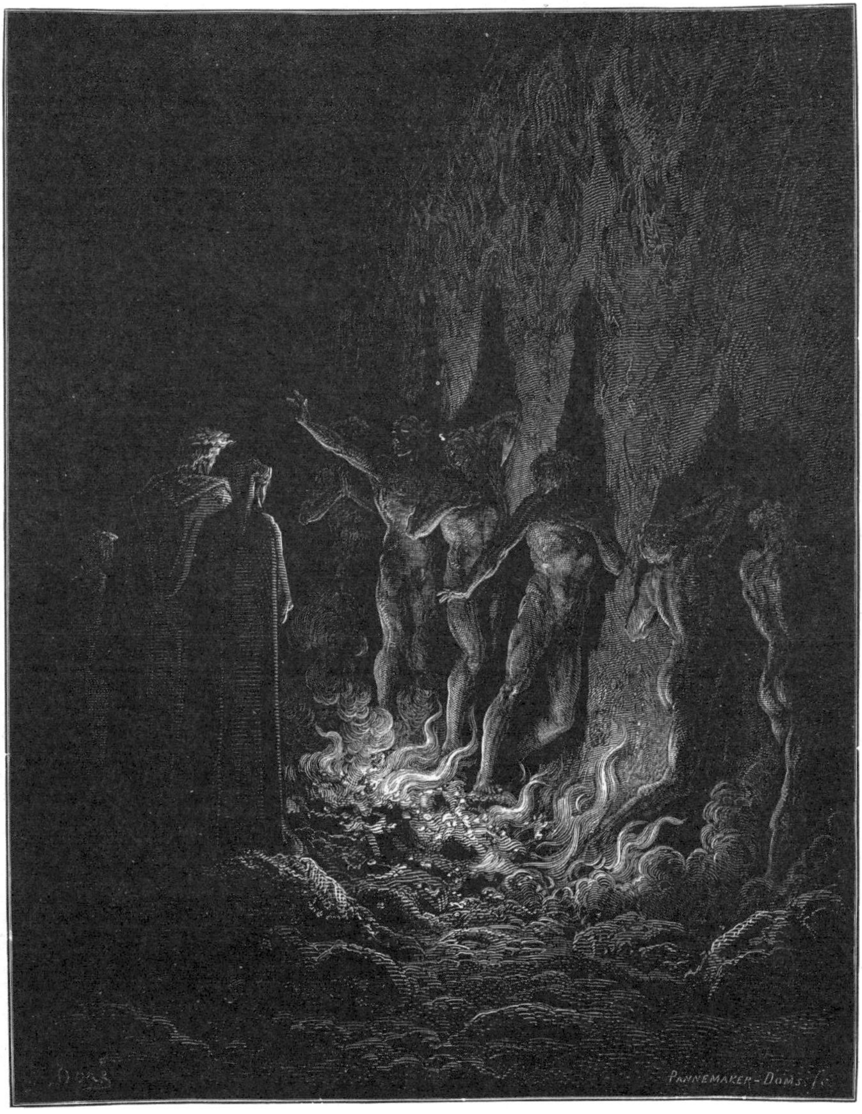
DORÉ
PANNEMAKER-DOMS. fc

Novamente, tivemos que caminhar em fila indiana
Ao longo da borda externa do Círculo;
Eu temia o fogo à esquerda, e o precipício à direita.

Meu Mestre disse: "Neste lugar, é melhor manter
Os olhos bem abertos; pois a menor distração,
120 Â direita ou à esquerda, pode ser um passo errado."

Então ouvi, de dentro da grande chama,
Alguém que cantava: "*Summæ Deus clementiæ*",[12]
O que instigou em mim uma grande vontade de olhar.

Então vi espíritos caminhando entre as chamas;
E eu olhava para eles, e para os meus passos,
Dividindo a atenção entre uma coisa e outra.

Depois de terem chegado ao fim daquele hino,
Gritaram em voz alta: "*Virum non cognosco!*"[13]
E então recomeçaram o hino, em voz baixa.

130 Após o hino, eles gritaram novamente:
"Na floresta sagrada, Diana baniu Helice,[14]
Que de Vênus havia experimentado o veneno."

Depois eles voltaram a cantar; e elogiavam,
Em voz alta, as esposas e os maridos que são castos,
Como dita o santo vínculo matrimonial.

Eu pensei: "Esta é a maneira como resistem
Enquanto são queimados, e o fogo os consome.
Com tais remédios e tais cuidados,

Eles se curam, enfim, de sua maior enfermidade."

Notas

1. O signo de Touro atingia o meridiano; mas, como o Sol estava em Áries, já tinha passado por ele. Do outro lado, a noite se aproximava de Escorpião, o signo oposto a Touro. Assim, no *Purgatório* já eram duas horas da tarde, enquanto no hemisfério norte eram duas horas da manhã.

2. *Meléagro*: era filho de Eneu, o rei de Cálidon, e irmão de Dejanira (*Inferno* XII. 68). Em seu nascimento, a moira Átropos previu que ele morreria quando uma das toras da lareira fosse consumida. Assim, a mãe de Meléagro apagou o fogo e escondeu a tora. Anos mais tarde, quando ele matou seus dois tios, irmãos de sua mãe, esta lembrou-se da profecia e jogou a tora no fogo, causando instantaneamente a morte de seu filho.

3. A longa explicação de Estácio sobre a origem da alma (versos 37 a 108) é baseada em Aristóteles, foi transcrita em forma de prosa por Dante Alighieri no *Convívio* (Tratado IV, Capítulo XXI. 4-5), em poucas linhas.

4. "As partes que é melhor não nomear" representam os órgãos genitais masculinos, o receptáculo natural é o útero.

5. O ativo (predisposição para agir) representa o sêmen masculino; enquanto o passivo (predisposição para sofrer as ações) representa o sangue feminino.

6. A planta, que tem uma "alma" vegetativa, já nasce completa em si mesma; mas a alma do ser humano ainda se desenvolve. O ser humano é essencialmente destinado ao crescimento, e tem uma capacidade inata de se desenvolver. Ao mesmo tempo, somos uma combinação complexa de emoções, de forças e sintomas (o livre-arbítrio), que podem dificultar ou mesmo bloquear essa tendência natural ao crescimento.

7. Depois que a alma começa a se mover e a ter sensações, formam-se os órgãos sensoriais básicos do corpo humano.

8. Estácio se refere ao filósofo Averróis (*Inferno* IV. 144), que não encontrou no corpo humano um órgão especial para o pensamento e concluiu que o intelecto era separado da alma do homem.

9. *Láquesis*: Ver nota em *Purgatório* XXI. 27.

10. As margens do rio Aqueronte (que conduzem as almas ao *Inferno*) e do rio Tibre (que as levam para o *Purgatório*).

11. Dante, Estácio e Virgílio chegam ao Sétimo Círculo, onde é punido o pecado da luxúria. Os penitentes devem caminhar entre chamas, enquanto cantam hinos e salmos, e recitam alternadamente exemplos de pessoas castas ou luxuriosas.

12. *Summæ Deus clementiæ*: "Ó Deus da suprema clemência", hino da Igreja Católica cantado nas manhãs de sábado, contendo uma

oração pela pureza e pedindo a
Deus que nos livre da luxúria.

13 *Virum non cognosco*: "Não conheço homem". Palavras da Virgem Maria ao arcanjo Gabriel, por ocasião da Anunciação. "E disse Maria ao anjo: Como se fará isso, visto que não conheço varão?" (*Lucas* I. 34).

14 *Helice*: Helice (ou Calisto) era uma das acompanhantes ninfas de Diana, a deusa da caça, que sempre se manteve virgem. Helice foi seduzida por Júpiter, e expulsa da floresta sagrada de Diana. A deusa Juno, enfurecida de ciúmes, a transformou em um urso, e ela quase foi "caçada" pelo seu próprio filho Arcas. Então, Júpiter transformou Helice e seu filho nas constelações da Ursa Maior e da Ursa Menor. O "veneno de Vênus", citado na linha seguinte, representa a sedução do amor carnal.

Canto XXVI

SÉTIMO CÍRCULO: LUXÚRIA – GUIDO GUINIZZELLI – ARNAUT DANIEL

Enquanto nos movíamos na borda, um após o outro,
Eu ouvi várias vezes meu gentil Mestre dizendo:
"Tome cuidado! Não ignore meus avisos!"

Os raios do Sol, que matizavam todas as cores,
Já golpeavam o meu ombro direito
E mudavam o Ocidente de azul para branco.[1]

As chamas ficavam mais fortes, à minha sombra;
E vi que muitas almas, enquanto caminhavam,
Tomaram consciência dessa visão tão estranha.

10 Esta foi a razão que os levou a falar sobre mim;
E assim começaram a dizer uns aos outros:
"Ele não parece ser uma sombra."

Então alguns, na medida do possível,
Vieram para perto de mim; sempre cuidando
Para não se apartarem da chama que os queimava.

"Ó tu, que segues os outros dois! Não por seres lento,
Mas talvez por reverência: dá-me de beber,
Pois ardo no fogo e tenho sede de conhecimento.

Sua resposta não é necessária apenas para mim;
20 Pois todos aqui têm mais sede de saber
Do que um hindu ou etíope precisam de água fria.

Diga-nos: como pode lançar uma sombra
Como se ainda não estivesse preso na teia da morte,
E faz de si mesmo um muro contra o Sol?"

Assim me falou um dos penitentes;
E eu teria prontamente atendido ao seu desejo,
Se outra coisa não tivesse atraído minha mente.

De fato, emergindo da muralha de chamas,
Veio outro grupo, na direção oposta ao primeiro;
30 E eu olhava para eles, maravilhado.

Então as almas das duas fileiras correram
Umas até as outras, e se beijaram sem parar;
Todas contentes, com aquela breve saudação.

Assim as formigas, em suas escuras fileiras,
Tocam as antenas umas das outras, talvez
Para saber notícias de suas jornadas e viagens.

Assim que terminaram essas saudações felizes,
Antes mesmo que dessem um passo para trás,
Cada uma delas gritou o máximo que pôde.

40 Os recém-chegados gritaram: "Sodoma e Gomorra!"[2]
E os outros: "Pasífae entra na vaca de madeira,
Para que o touro venha satisfazer sua luxúria!"[3]

Então, assim como grous se separam em seu voo,
Alguns para as montanhas Rifei,[4] e outros para o deserto
(os primeiros para evitar o sol e os outros, a geada),

Um grupo parte, e o outro segue na direção oposta;
E eles retornam às lágrimas, aos primeiros cânticos.
E aos gritos que mais lhes convêm.

E aqueles que me imploraram, voltaram para mim
50 Da mesma forma que haviam feito antes;
E seus rostos demonstravam que queriam me ouvir.

E eu, ouvindo o seu desejo mais uma vez,
Comecei: "Ó almas, que estão certas de alcançar
O estado de paz eterna, tão breve quanto possível,

Meus membros não permaneceram na Terra,
Nem verdes nem maduros; mas estão aqui comigo,
Junto com meu sangue e com meus ossos.

Até aqui eu subo, para que deixe de ser cego;
Lá em cima há uma senhora,[5] que me concedeu graça,
60 E então carrego meu corpo através do seu mundo.

Que o seu mais profundo desejo
Seja satisfeito em breve, para que o Céu,
Repleto do mais infinito Amor, possa recebê-los!

Digam-me, para que eu escreva em minhas páginas,
Quando retornar ao mundo: quem são vocês,
E quem é o povo que se move na direção oposta?"

O montanhês rústico e incauto, quando vai à cidade
E a tudo admira, com silêncio e assombro,
Não fica pasmo e estupefato de maneira diferente

70 De cada uma daquelas almas, em sua aparência.
Mas, depois de ter passado o espanto
Que nos corações nobres logo se desvanece,

Aquela alma que havia me questionado começou:
"Bem-aventurado sejas! Pois, para morreres salvo,
Já tens de antemão a experiência de nosso mundo!

A hoste que não vai conosco cometeu o pecado
Pelo qual certa vez César, em pleno triunfo,
Foi chamado pelo apelido de 'Rainha'.[6]

Por isso eles se afastam de nós, gritando 'Sodoma',
80 Censurando a si mesmos, como vocês ouviram;
E, através de sua vergonha, a dor pelo fogo aumenta.

Nosso pecado foi realmente hermafrodito,[7]
Mas não respeitamos os limites da lei humana
E seguimos os nossos apetites como animais.

Para nossa vergonha, quando nos separamos,
Gritamos o nome daquela infame mulher,
Aquela que fez de si mesma um animal.

Agora você sabe por que agimos assim,
E qual é o nosso pecado; e, se queres nossos nomes,
90 O tempo é muito curto, e não os conheço todos.

Cumprirei seu desejo apenas para mim:
Eu sou Guido Guinizzelli,[8] e aqui já sou purgado
Por ter me arrependido antes do meu fim."

Assim como, depois da triste fúria de Licurgo,[9]
Os dois filhos se abraçaram, ao reencontrar sua mãe,
Assim eu desejava, mas não ousei fazê-lo,

Depois que ele me declarou seu nome – ele mesmo,
Meu verdadeiro pai, e de outros melhores que eu,
No uso das graciosas e doces rimas de amor.

100 Eu caminhei por um longo tempo ao seu lado,
Observando-o com admiração, sem dizer nada;
Mas não pude me aproximar, impedido pelo fogo.

Depois de me contentar em tê-lo observado,
Ofereci-me prontamente para servi-lo,
Com sincero compromisso em minhas palavras.

E ele: "Por tudo que ouvi, você deixará em mim
Uma lembrança tão grande, e tão brilhante,
Que o próprio Letes não poderá esmaecer ou apagar.[10]

Mas se suas palavras, há pouco, foram verdadeiras,
110 Diga-me por que, em suas palavras e seu olhar,
Você demonstra sentir por mim tanto amor."

E eu a ele: "A razão são os teus doces versos;
E, enquanto durar o nosso uso moderno,
Farão preciosas as tintas que os preservam."

Ele apontou um espírito que estava à sua frente:
"Ó irmão, este para quem eu aponto
Foi o melhor mestre de sua língua materna.[11]

Ele superou a todos, na poesia de amor
E na prosa de romance;[12] e deixe falar os tolos,
120 Que pensam ser melhor aquele de Limoges.[13]

Eles creditam mais os rumores do que a verdade,
Permitindo que sua opinião seja definida
Antes de ouvirem o que diz a arte ou a razão.

Assim fizeram os antigos com Guittone:[14]
De boca em boca, seu trabalho foi sendo admirado,
E um dia alcançou a muitos, e a verdade prevaleceu.

Pois bem; se você tiver o grande privilégio
De ser admitido naquele claustro
Onde Cristo é o abade do colégio,[15]

130 Então recite diante d'Ele um *Pai Nosso*,
Por mim, e por todos que necessitam neste lugar,
Onde não temos mais o poder de pecar."

Então, talvez para dar lugar ao próximo da fila,
Ele mergulhou e desapareceu no fogo
Assim como um peixe vai para o fundo do lago.

Depois eu me aproximei daquele outro poeta
E apressei-me para saudá-lo, à moda francesa:
Desejei graciosamente dar boas-vindas ao seu nome.

Ele sorriu alegremente, e começou a cantar:
140 *"Tan m'abellis vostre cortes deman,*[16]
qu'ieu no me puesc ni voill a vos cobrire.

Ieu sui Arnaut, que plor e vau cantan;
consiros vei la passada folor,
e vei jausen lo joi qu'esper, denan.

Ara vos prec, per aquella valor
que vos guida al som de l'escalina,
sovenha vos a temps de ma dolor!"

E então, no fogo que purifica, ele desapareceu.

Notas

1. A hora do pôr do sol se aproxima, e o céu no Oeste está branco.
2. *Sodoma e Gomorra*: Ver *Inferno* XI. 50.
3. *Pasífae e o Touro*: Ver *Inferno* XII. 13.
4. *Rifei*: montanhas no norte da Rússia.
5. Beatriz.
6. Em um dos triunfos de César, a soldadesca romana se reuniu em torno de sua carruagem e o chamou de "Rainha", gracejando por causa de sua relação amorosa com Nicomedes, rei da Bitínia.
7. Dante usa, no original, o termo *ermafrodito* para se referir às relações com o sexo oposto (heterossexuais), em oposição aos sodomitas (homossexuais). É uma delicada referência ao mito de Hermafrodito, que nos chegou através de Ovídio (*Metamorfoses* IV. 306-312): era um jovem de particular beleza, filho de Hermes e Afrodite, que foi atacado pela ninfa Salmace enquanto se banhava em um lago. A ninfa, apaixonada pelo jovem e cegada pela luxúria (eis o ponto-chave da referência!), pediu aos deuses que seu corpo não se separasse mais do corpo do jovem: os deuses então fundiram os dois corpos em um só; que, a partir daquele momento, assumiu características andróginas.
8. *Guido Guinizzelli*: nascido em Bolonha por volta do ano 1230, foi um dos fundadores da escola poética do *Dolce Stil Novo* (ver nota em *Purgatório* XIV. 51). Reconhecido por Dante como seu mestre, Guinizzelli foi um dos poetas italianos mais celebrados em sua época. Seu poema mais célebre é uma *Canzone* sobre a natureza do amor. O calor e a ternura dos elogios de Dante, bem como a sua atitude respeitosa com Guinizzelli, lembram muito o encontro afetuoso com seu outro mestre, Brunetto Latino (*Inferno* XV) – e nos faz pensar novamente como Dante teve coragem de condená-lo ao *Inferno*, enquanto imagina que Guido Guinizzelli se arrependeu dos pecados e foi para o *Purgatório*.
9. *Licurgo*: rei da Nemeida, que condenou à morte sua serva Ísfile, por ter descuidado de seu filho. Ísfile foi descoberta e resgatada por seus filhos Eumênius e Thoas, frutos de sua união com Jasão (*Inferno* XVIII. 92).
10. *Letes*: um dos rios do Paraíso Terrestre, o último estágio da montanha do *Purgatório*. Como se verá adiante, o rio Letes tem o poder de apagar a parte ruim das memórias terrenas (*Purgatório* XXVIII.128).
11. *Arnaut Daniel*: trovador provençal do século XIII, nasceu de uma família nobre, em Périgord. Era um dos preferidos de Dante, e Petrarca o chamava de "o Grande Mestre do Amor",
12. Nas antigas línguas românicas (que originaram os idiomas português, espanhol, francês, italiano, provençal, occitano, catalão, romeno e muitos outros), o termo *romance* indica os poemas,

239

narrativas e textos literários escritos na própria língua materna (na área das Letras, é chamada *vernáculo*, e Dante chamava de *uso moderno* – verso 113). Esse também era um dos lemas do *Dolce Stil Novo* de Guido Guinizzelli, Dante Alighieri, Guido Cavalcanti, Lapo Gianni, Cino da Pistoia e *Messer* Brunetto Latino, entre outros, que preferiam escrever em seus próprios dialetos, ao invés de usar o latim, que era a norma da época. Os poetas Gerault de Berneil e Arnaut Daniel, referidos neste Canto, escreviam suas obras no idioma provençal.

13 *Limoges*: cidade de França, na região Nova Aquitânia. O poeta limusino é Gerault de Berneil, um dos trovadores mais famosos da Provença no século XIII. Apesar de sua grande reputação, Dante dá a palma da excelência a Arnaut Daniel, seu rival e contemporâneo.

14 *Guittone*: Ver nota em *Purgatório* XIV. 56.

15 Dante também fala sobre o *Paraíso* como "a Roma onde Cristo é o imperador" (*Purgatório* XXXII. 102).

16 Os versos cantados por Arnaut Daniel estão em provençal. A tradução a seguir é do poeta Augusto de Campos (2003), citado por Eugênio Vinci (2016). "Esse doce dizer me agrada tanto, que eu não posso nem devo me ocultar. Eu sou Arnaut, que choro e vou cantando. Choro a fúria de outrora, sem furor, e o prazer do porvir sigo esperando. E ora vos rogo, por esse valor que o mais alto da escada vos ensina: relembrai para sempre a minha dor!"

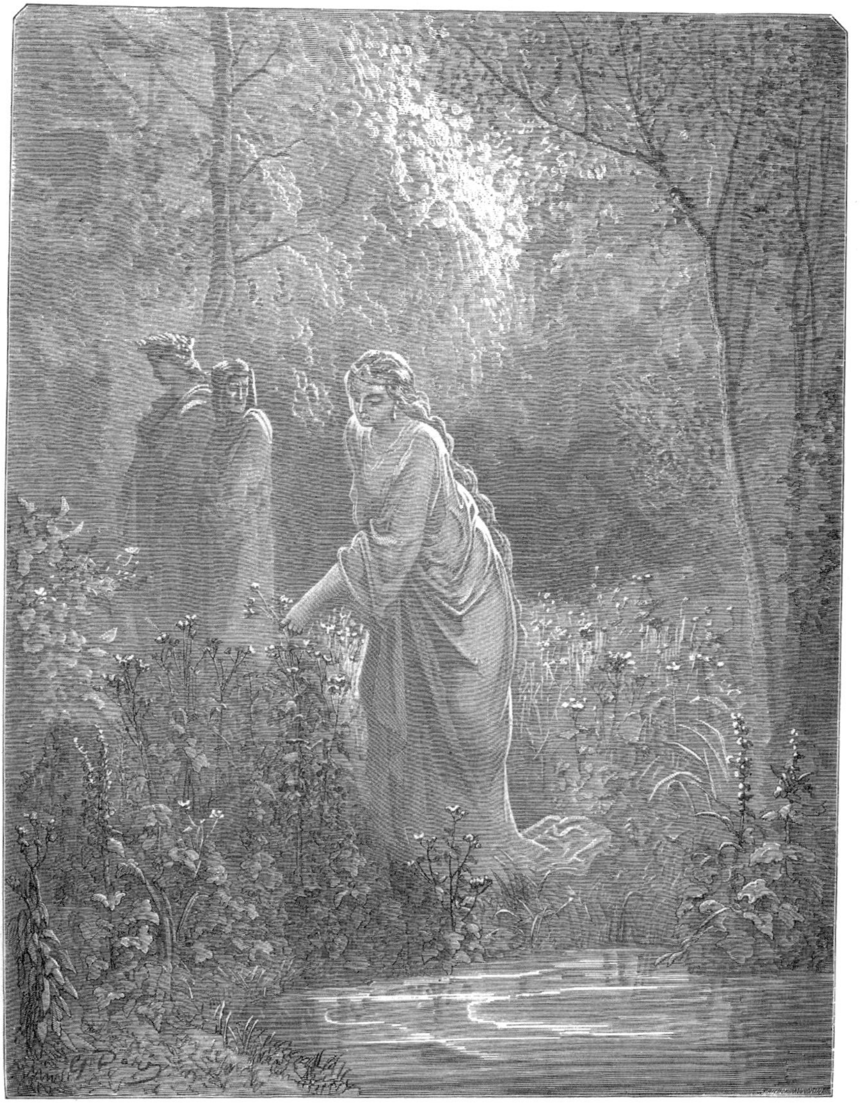

Canto XXVII

O MURO DE FOGO – O TERCEIRO SONHO DE DANTE – CHEGADA AO PARAÍSO TERRESTRE

Quando o Sol vibrou seus primeiros raios
Sobre o lugar onde o Criador derramou seu sangue,
Enquanto o Ebro estava sob a alta constelação de Libra

E os raios da hora nona abrasavam as ondas do Ganges,[1]
O Sol aqui declinava, e o dia chorava sua despedida
Quando o ledo anjo de Deus se apresentou a nós.

Então ele pousou sobre a borda do Círculo,
Longe das chamas, e cantou: *"Beati mundo corde!"*[2]
Com voz muito mais vívida do que a nossa voz humana.

10 "Ó almas santas, vocês não podem prosseguir,
A menos que o fogo as purifique primeiro.
Entrem, e não sejam surdos ao canto que ouvirão."

Assim ele falou, quando nos aproximamos;
E, quando ouvi aquilo, senti o meu sangue gelar
Como o daqueles que são deitados na cova.

Eu entrelacei as mãos e as apertei contra o peito,
Observando aquele fogo com terror,
E pensando nos corpos humanos que eu já vira queimar.

Meus fiéis guias vieram em meu auxílio,
20 E então Virgílio me disse: "Meu filho,
Aqui pode haver tormento, mas não há morte.

Lembre-se, lembre-se! Se eu o conduzi
Em plena segurança nas costas de Gerião,[3]
O que farei agora, que estou mais perto de Deus?

Tenha certeza: mesmo se você andasse
Por mil anos dentro dessas chamas,
Nem um fio de cabelo seu se queimaria.

E, se você pensa que eu quero enganá-lo,
Então experimente, e veja por si mesmo:
30 Coloque dentro do fogo o punho de seu manto.

Coragem! Abandone todos os medos;
Vire-se para o fogo e entre, confiante!"
Mas eu fincava os pés no chão, e não obedecia.

Quando me viu ainda parado e obstinado,
Ele disse, um tanto desapontado: "Ora, filho!
Pense: este muro está entre você e a sua Beatriz."

Assim como Píramo, ao ouvir o nome de Tisbe,[4]
Abriu os olhos moribundos e a viu,
Antes que a amoreira se tornasse vermelha de sangue;

40 Assim eu amoleci em minha teimosia, ao ouvir o nome
Daquela que está sempre presente em minha mente.
E então voltei-me para o meu sábio Mestre.

Ele concordou com a cabeça, e disse:
"E então? Ainda vamos ficar aqui?" – e sorriu,
Como alguém que oferece um doce para uma criança.

Então ele entrou no fogo primeiro,
E pediu a Estácio que entrasse atrás de mim,
E não à frente, como antes seguíamos pelo caminho.[5]

Entrei naquelas chamas, e o calor era tão intenso
50 Que, para me refrescar e encontrar alívio
Eu desejaria mergulhar em vidro incandescente.

Enquanto seguíamos pelo fogo purificador,
Meu doce Pai me confortava, falando
Sobre Beatriz: "Parece que já vejo os olhos dela".

Éramos conduzidos por uma voz que cantava;
Atentos a essa voz, enfim emergimos das chamas
E chegamos ao monte, por onde começamos a subir.

"*Venite, benedicti Patris mei*",⁶
Cantou uma voz, vinda do interior de uma luz
60 Tão brilhante, que eu não conseguia olhar para ela.

E ela acrescentou: "O sol se vai, e a noite vem:
Não detenham seus passos, mas sigam depressa
Antes que o Ocidente fique totalmente escuro."

A estrada esculpida na rocha subia em linha reta.
Creio que seguia para o Leste; pois, à minha frente,
Meu corpo bloqueava os raios do Sol que se esvaía.

E mal tivemos tempo de subir alguns degraus,
Quando notamos que o Sol já se tinha posto,
E a minha sombra tinha desaparecido.

70 E antes que o horizonte fosse revestido
Por um único aspecto, em toda a sua imensidão,
E a noite tivesse obscurecido todas as terras,

Cada um de nós fez, de um degrau, um leito;
Na verdade, a própria natureza da montanha
Enfraquecia nosso poder, e o desejo de prosseguir.

Assim como as cabras que, antes de ser saciadas,
Correm, velozes e indomáveis
Montanha acima, à busca de pastagens;

E depois se aquietam sob a sombra,
80 E o pastor se inclina sobre seu rebanho
Para se certificar de que está tudo em paz.

Ou como o pastor que passa a noite no campo
E fica em guarda, ao lado de seu tranquilo rebanho,
Cuidando para que nenhuma fera o disperse;

Assim éramos os três, naquele momento:
Eles eram os pastores, e eu era o rebanho,
Cercados, de ambos os lados, pela parede de rocha.

A partir dali, podia-se ver um pedacinho do céu;
Mesmo por essa nesga, eu conseguia ver as estrelas
90 Maiores e mais brilhantes do que normalmente são.

Mas, enquanto eu observava as estrelas, em devaneio,
Fui vencido pelo sono; o que muitas vezes nos faz ver,
Antes que aconteça, o que ainda está por vir.

Em meu sonho (creio eu), era aquela hora em que o Sol,
Vindo do Leste, brilha primeiro sobre o monte Citéron
– que parece estar sempre ardente de Amor.[7]

E então tive a impressão de ver uma mulher[8]
Tão jovem quanto bela, andando em uma planície.
Ela colhia flores, cantando:

100 "Eu sou Leia, para quem perguntar;
E uma grinalda das flores que colhi
Com minhas belas mãos vou entrelaçar.

Para me admirar no espelho, preciso me fazer bela;
Diferente de minha irmã Raquel, que o dia todo
O seu reflexo não se cansa de contemplar.

Ela não para de admirar seus lindos olhos,
Enquanto em tecer adornos eu me concentro.
Ela se satisfaz em contemplar, e eu em trabalhar."

E então surgiram as primeiras luzes da aurora,
110 Que se torna mais bem-vinda aos peregrinos
Quanto mais se aproximam de casa, em seu retorno.

A escuridão gradativamente se dissolvia,
E meu sono foi embora com ela; então me levantei,
Vendo os meus grandes mestres já em pé.

"Aquele doce fruto, entre tantos ramos procurado,
Que traz a cura para a angústia dos mortais,
Hoje satisfará todos os seus desejos."

Virgílio dirigiu-me estas solenes palavras;
E nunca houve anúncios ou boas-novas
120 Que me dessem mais alegria do que estes.

A minha vontade de subir foi tamanha
Que, a cada passo, eu me sentia mais leve,
Como se minhas pernas se desdobrassem em asas.

Quando toda a escada já estava abaixo de nós
E tínhamos alcançado o último degrau,
Virgílio olhou bem em meus olhos e disse:

"Meu Filho, você viu tudo: o fogo temporário,
E as dores eternas. No entanto, chegamos a um ponto
Que o meu conhecimento já não pode alcançar.

130 Eu o trouxe até aqui, por meio da razão e da arte;
A partir de agora, o prazer será seu guia,
Pois você já superou as vias difíceis e estreitas.

Olhe para o Sol, que brilha em seu rosto!
Olhe para a relva, para as flores e os arbustos
Que a terra aqui produz, espontaneamente.

Aqui você poderá descansar ou caminhar,
Enquanto aguarda a chegada daqueles lindos olhos;
Os mesmos que, chorando, me enviaram até você.

Não espere mais palavra ou sinal meu:
140 O seu arbítrio agora é livre, ereto e são,
E agir contra essa vontade seria um erro.

Eis a mitra: seja coroado como senhor de si mesmo."[9]

Notas

1. O sol nascia em Jerusalém, mas estava se pondo no *Purgatório*; era meia-noite no rio Ebro, na Espanha (com Libra no meridiano), e meio-dia no rio Ganges, na Índia.

2. *Beati mundo corde*: "Bem-aventurados os puros de coração, porque eles verão a Deus." (*Mateus* V. 8).

3. *Gerião*: guardião do Oitavo Círculo do *Inferno*, onde é punida a fraude ou malícia (*Inferno* XVII. 1).

4. *Píramo e Tisbe*: o mito de Píramo e Tisbe, trazido até nós por Ovídio (*Metamorfoses* IV), influenciou muitos autores, sendo a versão de William Shakespeare *(Romeu e Julieta)* a mais conhecida. Após o encontro dos amantes sob uma amoreira branca, as amoras ficaram vermelhas como sangue (pois o encontro, logicamente, terminou em tragédia).

5. Desde o Quinto Círculo, Estácio andou quase o tempo todo entre Virgílio e Dante.

6. *Venite, benedicti Patris mei*: "Vinde, benditos de meu Pai!" (*Mateus* XXV. 34).

7. Vênus (Amor), a estrela da manhã, brilha sobre o monte Citéron, na Grécia, duas horas antes do nascer do sol.

8. O terceiro sonho de Dante é um prenúncio das duas mulheres que Dante encontrará no Paraíso Terrestre: Matelda e Beatriz. No *Antigo Testamento*, Leia é um símbolo da vida ativa, e Raquel o da vida contemplativa; assim como Marta e Maria, irmãs de Lázaro, no *Novo Testamento*; e, por fim, Matelda e Beatriz na *Divina Comédia*. Dante diz no *Convívio* (Tratado IV, Capítulo XVII. 9): *"Veramente è da sapere che noi potemo avere in questa vita due felicitadi, secondo due diversi cammini, buono e ottimo, che a ciò ne menano: l'una è la vita attiva, e l'altra la contemplativa."* ("Verdadeiramente deve-se saber que podemos ter nesta vida duas felicidades, seguindo duas estradas excelentes, que levam até lá: a vida ativa e a contemplativa." – tradução nossa).

9. Estas são as últimas palavras pronunciadas por Virgílio na *Divina Comédia*: *"per ch'io te sovra te corono e mitrio"*. "O poeta encerra sua missão de guiar o seu discípulo até as portas do *Paraíso*. Como símbolo da razão, Virgílio não tem mais como ajudar Dante a progredir, pois apenas a fé cristã poderá fazê-lo compreender o que virá a seguir. De agora em diante, Dante escolherá o caminho a ser seguido. Os poetas [Virgílio e Estácio] apenas o acompanharão." (Helder da Rocha, 2000).

Canto XXVIII

PARAÍSO TERRESTRE: O RIO LETES – MATELDA – A NATUREZA DO PARAÍSO TERRESTRE

Eu estava ansioso para explorar, por dentro e por fora,
Aquela floresta divina, espessa e luxuriante,
Temperada pela luz do nascer de um novo dia.

Sem esperar mais, afastei-me da beira rochosa
E caminhei lentamente sobre a vegetação rasteira,
Que exalava doces aromas, por todos os lados.

Um vento suave, que não mudava de intensidade,
Soprava benfazejo sobre o meu rosto;
Não muito mais forte do que uma brisa.

10 Por causa dele, as copas das árvores tremiam
E inclinavam-se timidamente para o oeste,
Onde o monte sagrado lança suas primeiras sombras.

No entanto, não se curvavam com tamanha força
Que impedisse os passarinhos de praticar,
Sobre os seus galhos, toda a sua doce arte.

De fato, cantando com grande alegria,
Eles colhiam as primeiras horas da manhã
Entre as folhas, que faziam dueto com suas rimas.

Era como o vento que balança, de galho em galho,
20 Os pinheiros ao longo da costa de Chiassi[1]
Quando Éolo[2] solta as rédeas do vento siroco.

A essa altura, embora meus passos fossem lentos,
Eu já tinha ido tão longe naquela antiga floresta
Que eu não sabia mais por onde tinha entrado.³

Ali encontrei um riacho, que me impedia a passagem;
Suas pequenas ondas umedeciam a grama
Que crescia ao longo de sua margem esquerda.

Todas as águas mais puras da Terra
Pareceriam sujas e lamacentas, se comparadas
Àquelas águas cristalinas que nada escondiam –

Apesar de se moverem na escuridão,
Debaixo de uma sombra sem fim
Que nunca deixa passar os raios do Sol ou da Lua.

Eu parei, e olhei para além da outra margem
Admirando um pouco mais toda aquela abundância
E a grande variedade de ramos recém-florados.

E ali, como algo que aparece de repente
E nos distrai de todos os outros pensamentos,
– tão grande é o espanto que isso traz,

Eu vi uma mulher que caminhava solitária.⁴
Enquanto cantava, ela colhia, uma a uma,
As belas flores que coloriam o seu caminho.

"Ó linda senhora, que te aqueces com raios de Amor!
Se posso confiar em tua aparência,
Que muitas vezes é um espelho do coração,

Tenha a gentileza de dar um passo à frente,
Em direção a este rio, para que eu possa ouvi-la
E possa entender melhor o que cantas.

Tu me fazes lembrar de Prosérpina,⁵
Onde, e como ela era: quando se perdeu da mãe,
E a mãe perdeu a primavera."

Assim como gira uma suave bailarina,
Sem tirar totalmente os pés do chão
E mal colocando um pé na frente do outro,

Assim ela veio deslizando até mim,
Sobre um tapete de flores vermelhas e amarelas;
Tal qual uma doce virgem, ela baixou os olhos castos.

Ela atendeu de bom grado às minhas súplicas,
E chegou tão perto, que o som da doce canção
60 Ficou totalmente distinto para mim.

Assim que ela atingiu os limites da margem,
Onde as ondas do rio já molhavam a grama,
Ela me ofereceu o presente de levantar os olhos.

Não creio que já tenha cintilado no mundo
Luz tão brilhante; nem mesmo sob os cílios de Vênus,
Quando foi alvejada por seu filho inocente.[6]

E lá da outra margem, ela sorriu.
E entrelaçava nas mãos as flores mais coloridas
Que aquela terra alta engendra sem sementes.

70 O rio nos mantinha a apenas três passos de distância;
E nem o Helesponto, por onde passou Xerxes
(e seu exemplo ainda é um alerta sobre o orgulho),[7]

Teria sido mais odiado por Leandro[8]
Por causa das tempestades entre Sesto e Ábidos;
Pois eu odiei aquele rio, que não se abria para mim.

"Ó almas, que aqui são novas; este é o lugar escolhido
Para ser o berço da raça humana", ela começou.
"E, pelo fato de eu estar sorrindo,

Talvez estejam perplexos; mas a causa do meu riso
80 E a explicação que dissipará todas as névoas
Estão no *Salmo* que diz *"Delectasti"*.[9]

E você, que está à minha frente e me suplicou,
Diga-me se quer saber mais; pois eu vim preparada
Para bem responder a todas as suas perguntas."

Eu disse: "A água e o farfalhar da floresta
Contrariam, dentro de meus pensamentos,
A crença que antes eu tinha sobre sua existência."[10]

A isto ela disse: "Eu lhe direi qual é a causa
Daquilo que desperta seu grande espanto;
E dissiparei a nuvem que obscurece seu intelecto.

O Bem mais Elevado, que só agrada a Si mesmo,
Criou o homem para ser bom, e disposto ao bem,
E deu-lhe este lugar como penhor da paz eterna.

Por causa do seu pecado, a sua estada aqui foi breve;
E, por causa do seu pecado, a alegria se tornou tristeza
E o doce riso, trabalho árduo e lágrimas.

Para que não sentisse as perturbações da Terra,
Nem os vapores da água e do solo,
Nem o frio excessivo, nem o calor escaldante,

E para que não se ferisse, o homem foi aqui plantado:
Nesta montanha que se ergue até o Céu,
Livre de perturbações, desde o portão até aqui.[11]

Todo o ar se move dentro de um círculo perfeito,
Movido pelo Primeiro Céu; a menos que sua rotação
Seja interrompida, em algum momento.

E entra em colisão com o ar em movimento
O topo da montanha, que é totalmente livre;
E se criam as florestas, que farfalham com o vento.

E a planta tocada pelo vento adquire tamanha virtude
Que impregna o ar com suas sementes;
E o ar, girando, lança estas sementes em redor.

O outro hemisfério da Terra, povoado pelos homens,
Segundo a natureza de sua terra e de seu céu,
Produz plantas diversas, a partir de diferentes virtudes.

E, se ouve bem o que digo, não se surpreenda:
Quando voltar para a Terra, e um dia encontrar
Alguma planta que surgiu sem ter sido semeada.

E saiba também que este bosque sagrado,
Onde você está agora, é repleto de todas as sementes
120   E possui frutos que não podem ser colhidos no mundo.

As águas que você vê não fluem de uma fonte,
Tampouco são alimentadas por vapores ou geada,
Que se tornam chuva, e depois dão vazão aos rios;

Mas provêm de uma fonte pura e imutável,
Que flui caudalosa, direto da vontade de Deus,
E são tão abundantes, que Ele as divide em duas partes.

De um lado, elas descem com a virtude
De apagar as memórias do pecado; e, do outro,
Podem restaurar as lembranças de cada boa ação.

130   De um lado, o rio é chamado Letes; e do outro, Eunoé.[12]
E beber somente de um deles não fará efeito,
Se as águas do outro não forem provadas.

Seu sabor está acima de qualquer outra doçura.
E, embora sua sede já esteja bem satisfeita
Sem que eu precise revelar mais nada,

Por minha graça, eu darei mais um corolário;
Creio que minhas palavras serão bem-vindas,
Ainda que se estendam além da minha promessa.

Aqueles que, nos tempos antigos, fizeram versos
140   Sobre a Idade de Ouro,[13] o Parnaso e seu estado feliz,
Talvez tenham visto este lugar em seus sonhos.[14]

Aqui, a raiz da humanidade era inocente;
Aqui a primavera é eterna, e dá todo fruto;
E este rio é o néctar cantado por todos os poetas."

Então eu me virei totalmente para trás,
Em busca dos meus poetas; e pude perceber
Que eles sorriam, ao ouvir essas últimas palavras.

Depois, eu olhei novamente para a bela mulher.

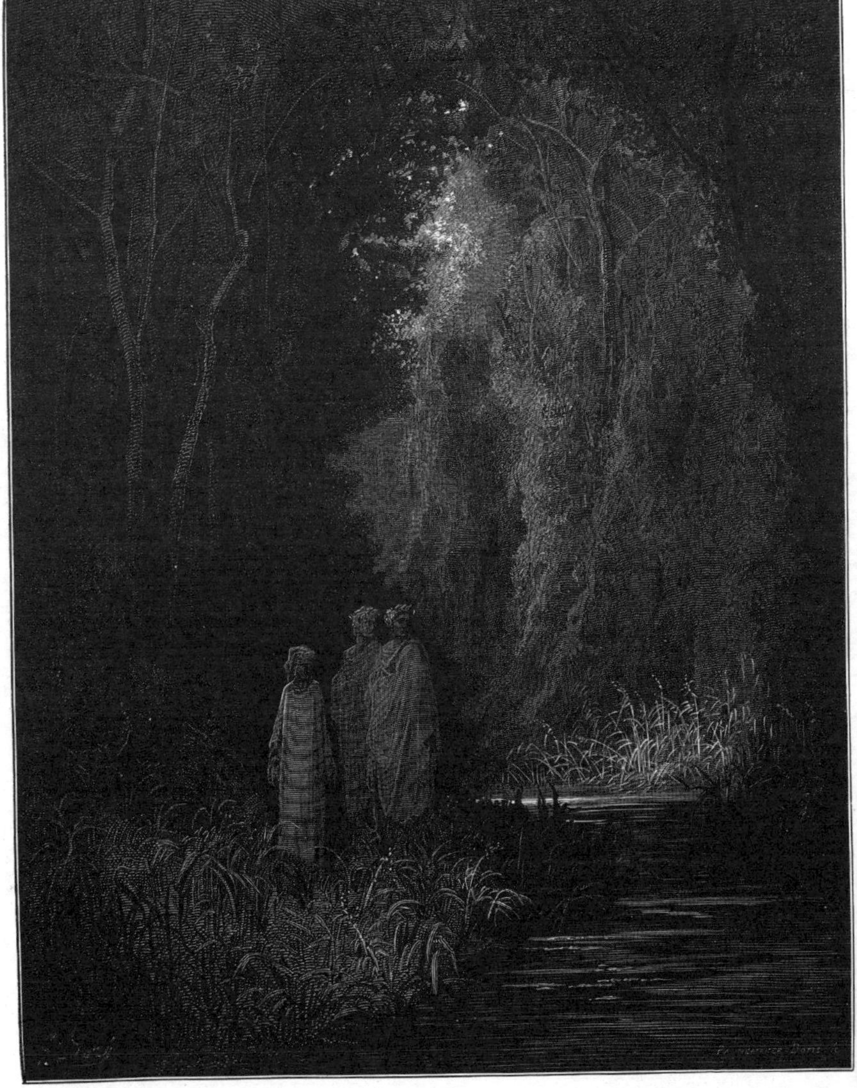

Notas

1. *Chiassi*: localidade (hoje destruída) perto de Ravena, onde ainda há um grande pinheiral.

2. *Éolo*: deus dos ventos.

3. Ver *Inferno* I. 10-12.

4. *A mulher*: esta mulher, que representa a vida ativa aos olhos encantados de Dante, como Leia havia feito em seu sonho, permanece sem nome até os últimos versos do *Purgatório* – quando ele revelará que seu nome é Matelda (*Purgatório* XXXIII. 119). Vários estudiosos e comentaristas da obra de Dante se debruçaram em pesquisas para descobrir sua verdadeira identidade, e a maioria deles a identificou como uma certa condessa Matelda, casada com um Guelfo Negro da casa real de Suábia (o que talvez fosse improvável, pois Dante a retrata como uma virgem, principalmente no verso 57). Quanto ao valor simbólico de Matelda no *Purgatório*, deixando de lado as hipóteses mais imaginativas sobre a sua identidade real/histórica, essa donzela é provavelmente uma alegoria do estado de felicidade e pureza primitiva em que o homem estava no Éden, antes do pecado original. Esse estado é recuperado pelas almas salvas após a passagem pelas dores da montanha: isso explica por que Dante arde de desejo de atravessar o Letes para alcançá-la. Mais tarde, veremos que o papel de Matelda é imergir as almas salvas na água dos dois rios, submetendo-as ao último rito de purificação antes da subida ao Céu.

5. *Prosérpina*: também chamada de Perséfone, a filha de Ceres que foi raptada por Pluto (Hades) quando colhia flores no vale do Etna. Segundo o mito, a primavera sobre a Terra era eterna; mas, quando Pluto raptou Prosérpina, a primavera se foi e as flores morreram. Prosérpina podia sair do Inferno três meses por ano, para visitar a sua mãe, e então as flores voltavam a desabrochar sobre a Terra.

6. Segundo a mitologia, Vênus se apaixonou pelo mortal Adônis (daí o lampejo dos olhos) quando seu filho Cupido acertou, acidentalmente, uma de suas flechas em seu coração (*Metamorfoses*, X).

7. Quando Xerxes invadiu a Grécia, ele cruzou o Helesponto (estreito entre a Grécia e a Turquia) com uma enorme frota de barcos e um exército de cinco milhões. Em seu retorno, ele cruzou apenas com um barco de pesca, e quase sozinho – um alerta sobre a arrogância do ser humano.

8. *Leandro*: de acordo com a mitologia, o jovem Leandro, apaixonado por Hero, atravessava o Helesponto a nado todas as noites, desde a sua cidade (Ábidos) até a cidade de sua amada (Sesto).

9. *Delectasti*: parte do versículo em latim: *"Quia delectasti me, Domine, in factura tua et in operibus manuum tuarum exultabo."* ("Pois tu, Senhor, me alegraste com os teus feitos; exultarei nas obras das tuas mãos." – *Salmos* XCII. 4).

10 Dante está confuso, pois Estácio havia dito: "Portanto, aqui não há chuva, nem granizo, nem neve, nem orvalho, nem geada; nada, acima da curta escadaria de três degraus." (*Purgatório* XXI. 46-48).

11 Acima do portão, descrito no Canto IX.

12 *Letes e Eunoé*: Matelda explica a Dante que a água dos rios do Éden não fluem de um veio natural alimentado pelas chuvas, mas é produzida diretamente pela vontade divina. O Letes tem a virtude de apagar a memória dos pecados cometidos, e o Eunoé fortalece a memória do bem realizado.

13 *Idade de Ouro*: Ver *Purgatório* XXII. 148.

14 Ver *Purgatório* XXII. 65.

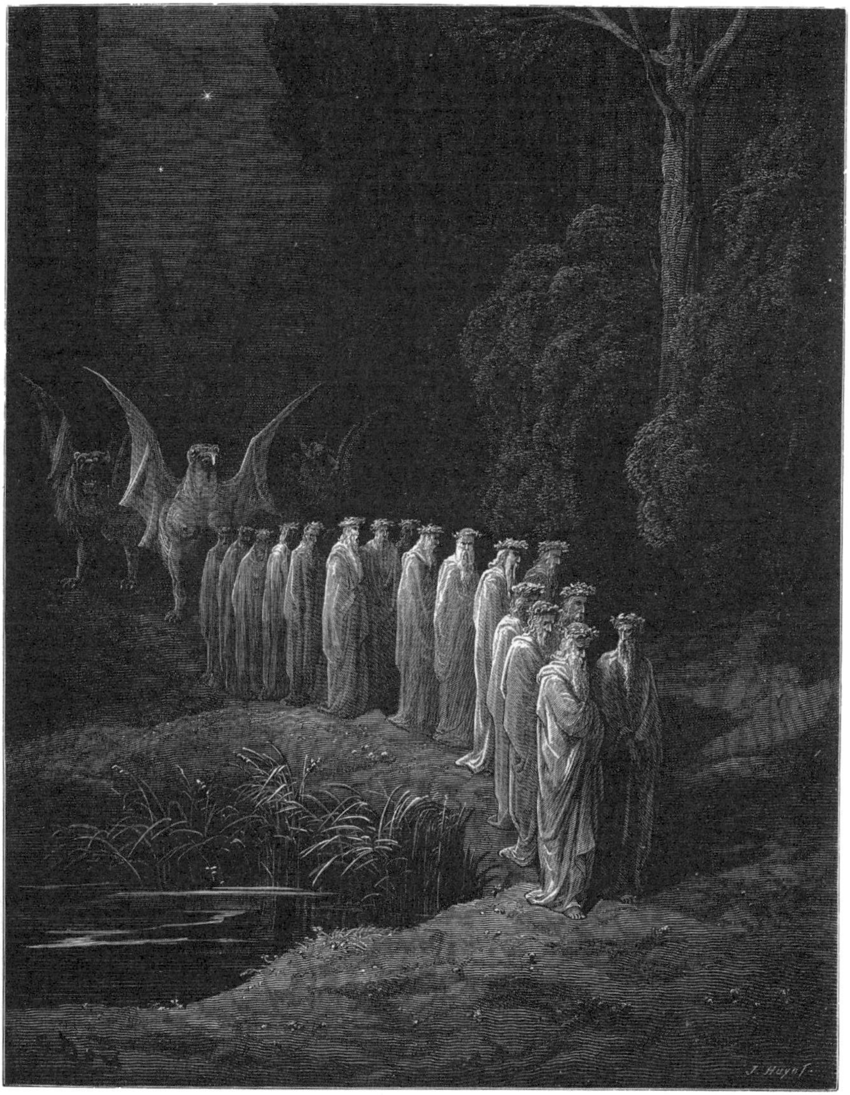
J. Huyot.

Canto XXIX

NOVA INVOCAÇÃO DAS MUSAS – A PROCISSÃO MÍSTICA

Aquela santa mulher cantava, movida por Amor,
E prosseguia em seus louvores, dizendo:
"*Beati quorum tecta sunt peccata!*"[1]

E como as ninfas, que costumavam andar
Livres e sozinhas, entre as sombras do bosque,
Algumas desejando o Sol, e outras a fugir dele,

Assim ela se moveu, contra a corrente do rio,
Subindo pela margem; eu, que era mais lento,
Tentava adaptar meus passos ao ritmo dela.

10 Juntos, ainda não tínhamos dado cem passos
Quando as margens do rio se dobraram bruscamente,
E então seguimos seu curso, rumo ao leste.

Mesmo nessa direção não andamos muito,
Quando a mulher se virou para mim e disse:
"Meu irmão, preste atenção e ouça."[2]

E aqui nos deparamos com um clarão repentino,
Que percorreu a floresta por todos os lados;
E eu me perguntava se não teria sido um raio.

Mas um raio desaparece da mesma forma que vem,
20 Enquanto aquela luz persistia, cada vez mais brilhante.
E eu dizia a mim mesmo: "O que pode ser?"

Então uma doce melodia se espalhou
Pelo ar incandescente; e uma justa indignação
Levou-me a censurar a arrogância de Eva,

Pois a Terra e o Céu lhe eram obedientes;
Única mulher da Criação recém-formada,
E sua beleza não era escondida por véus!

Se ela tivesse permanecido devota a Deus,
Eu mesmo teria provado aquelas inefáveis delícias,
30 Desde o meu primeiro suspiro, e por toda a eternidade.

Enquanto eu seguia em frente, com a alma absorta
Entre tantos primeiros frutos de eterno prazer,
E ávido por alegrias ainda maiores,

O ar tomou diante de nós uma cor vermelha,
Brilhante como o fogo, sob os galhos verdes;
E aquele doce som era nitidamente uma canção.

Ó Virgens sacrossantas![3]
Se por vós, alguma vez, eu sofri fome, frio ou vigília,
Agora eu vos imploro por misericórdia.

40 Que o Hélicon[4] derrame suas fontes por mim,
E Urânia[5] traga sua companhia em meu socorro;
Pois devo colocar em versos coisas difíceis de conceber.

Não muito longe dali, eu vi sete árvores douradas;
Eram imagens distorcidas, por causa da nuvem
Densa e vermelha, que pairava entre elas e eu.

Mas, quando me aproximei daquele ponto,
Aqueles objetos comuns, que haviam enganado meus sentidos,
Ficaram mais nítidos; e pude discernir sua real forma.

A virtude, que fornece os elementos do juízo à razão,
50 Mostrou-me realmente o que eram – candelabros;[6]
E o que suas vozes cantavam era *Hosana*.[7]

O belo conjunto de candelabros se acendeu,
Emitindo um brilho mais radiante do que a Lua,
À meia-noite, quando está cheia no céu.

Cheio de espanto, voltei-me para o meu bom Virgílio;
Mas ele não sabia o que responder,
Com olhos não menos espantados que os meus.

Então olhei novamente para aquelas coisas lindas
Que se moviam em nossa direção – tão lentamente,
60 Que até as noivas na igreja se moveriam mais rápido.

A mulher me repreendeu:
"Por que você olha tanto para as luzes vivas,
E não presta atenção ao que vem depois?"

Somente então eu vi as pessoas que os seguiam:
Elas vinham após eles, todas vestidas de branco,
De uma alvura que jamais se viu neste mundo.

A água do rio, à minha esquerda, refletia as chamas;
E refletia também o meu lado esquerdo,
Como se eu olhasse para um espelho.

70 Quando eu estava mais perto da margem,
De forma que somente o rio me separava deles,
Detive-me para observar melhor.

E eu pude ver as chamas das velas avançando;
E deixavam atrás de si um rastro luminoso no ar,
Como os traços de tinta feitos por um pincel.

De modo que, acima dessa comitiva,
O ar foi dividido em sete listras, em cada tonalidade
Das quais o arco-íris é feito, assim como o cinto de Délia.[8]

Esses estandartes se estendiam mais para trás,
80 Além do que a minha visão alcançava;
E entre um e outro, havia uns dez passos de distância.

Sob um céu tão bonito como o que descrevo,
Surgiram vinte e quatro anciãos,[9]
Que seguiam aos pares, coroados por grinaldas de lírios.

E todos seguiam cantando:
"Bendita sejas tu entre as filhas de Adão,
E benditas sejam as tuas belezas eternamente!"

Por um momento, eu vi as flores e as ervas frescas,
De frente para mim, na margem oposta
90 Após o desfile daqueles santos escolhidos.

Mas, assim como no céu uma constelação segue a outra,
Os mais velhos se foram, e quatro animais vieram;[10]
E cada um deles era coroado com folhas verdes.

Cada um tinha seis asas, de rica plumagem;
E cada uma das asas era cheia de olhos –
Os mesmos olhos de Argus,[11] se ainda vivesse.

Para descrever suas aparências, não gasto mais versos,
Pois outros argumentos me constrangem, ó leitor,
E aqui não posso ser pródigo em detalhes.

100 Mas leia Ezequiel, pois ele bem os descreveu;
E ele contará como eles vinham do Norte,
Com suas asas, trazendo vento e nuvens de fogo.

E assim como você os verá naquelas páginas,
Tais eles eram; exceto pelo detalhe de suas asas,
E nesse ponto o livro de João concorda comigo.

O espaço entre eles era ocupado
Por uma carruagem triunfal,[12] sobre duas rodas,
Que seguia puxada pelo pescoço de um grifo.[13]

Ele abria as asas em direção ao Céu, mas não as movia;
110 Pois ali ainda pairavam as sete listras de luz coloridas,
E ele cuidava para não danificar nenhuma delas.

Suas asas subiam tão alto, que eu as perdia de vista;
Seus membros de pássaro eram de ouro,
E o restante dele era branco e vermelho-sangue.

Nunca houve carruagem tão formosa
Que carregasse o Africano, e nem mesmo Augusto;[14]
Ó Sol, pobre de ti! Nem a tua se comparava a esta.[15]

(Aquela que foi transformada em cinzas,
Em resposta às orações da devota Terra,
120 Quando Jove foi justo e soberano.)

Três mulheres[16] avançavam, dançando em um círculo,
Ao lado da roda direita; a primeira delas era tão vermelha
Que, dentro de uma chama, não seria notada;

A segunda parecia ter carne e ossos tão verdes,
Como se fossem moldados em esmeralda;
E a terceira era como a neve recém-caída do céu.

E a dança parecia ser conduzida ora pela branca,
Ora pela vermelha; o que a líder fazia, as outras imitavam,
Dançando em ritmo ora mais lento, ora mais rápido.

130 À roda esquerda, dançavam outras quatro mulheres.[17]
Eram vestidas de púrpura, e também seguiam
Os passos de uma líder, que tinha três olhos na testa.

Seguindo a todos esses personagens que descrevi,
Eu vi dois anciãos,[18] adornados de maneiras diferentes,
Mas idênticos na atitude digna e solene.

O primeiro parecia ser um dos discípulos
Do supremo Hipócrates – um presente
Criado pela Natureza, para os seres que ela mais ama.

O outro mostrava um interesse oposto:
140 Segurava uma espada afiada e brilhante,
Tanto que tive medo, mesmo do outro lado do rio.

Depois vi quatro anciãos de aparência humilde;[19]
E, atrás de todos, vi um velho solitário,[20]
Com os olhos semicerrados, como quem sonha.

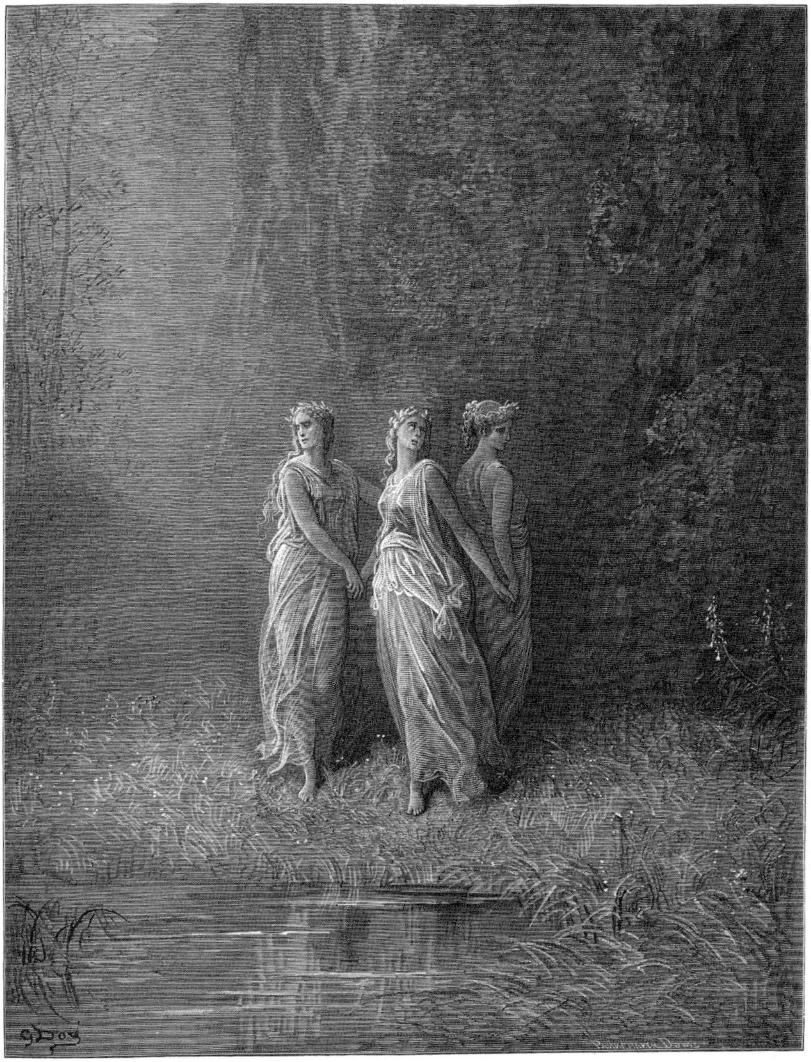

E as vestes destes sete anciãos eram brancas,
Como as dos primeiros que vieram;
Mas, ao redor da cabeça, não eram coroados com lírios.

Em vez disso, traziam rosas e outras flores vermelhas;
E alguém poderia jurar, vendo-os de longe,
150 Que todos traziam chamas acima de suas frontes.

E quando a carruagem estava de frente para mim,
Ouvi o estrondo de um trovão; e pareceu-me que algo
Impedia que aqueles santos prosseguissem.

E todos pararam, liderados pelos sete candelabros.[21]

Notas

1 *Beati quorum tecta sunt peccata*: "Bem-aventurado aquele cuja transgressão é perdoada, e cujo pecado é coberto." (*Salmos* XXXII. 1)

2 *Preste atenção e ouça*: O Canto XXIX é quase inteiramente dedicado à descrição da procissão mística, que representa o triunfo histórico da Igreja. Por um lado, constrói uma pausa que prepara a chegada de Beatriz no Canto seguinte; por outro, traz o advento da carruagem que estará no centro do Canto XXXII. Todo o episódio é permeado por um intenso fervor místico, sublinhado por um estilo pesado e uma linguagem altiva e solene, que em grande parte remetem às Sagradas Escrituras e se afastam decisivamente do tom doce e poético do Canto anterior.

3 As Musas (ver *Purgatório* I. 9).

4 *Hélicon*: montanha na região de Téspias, na Beócia (Grécia). Na mitologia grega, duas fontes consideradas sagradas para as Musas localizavam-se no monte (Aganipe e Hipocrene). A fonte do espelho de Narciso também se localizava no monte Hélicon.

5 *Urânia*: a musa da astronomia, ou das coisas celestiais.

6 Os sete candelabros, que também serão chamados por Dante como *Sete Estrelas* ou *Setentrião do Céu* (*Purgatório* XXX 1-6), são mencionados em *Apocalipse* I. 12, representando as sete igrejas da Ásia (Éfeso, Esmirna, Pérgamo, Tiatira, Sardes, Filadélfia e Laodiceia). A maioria dos teólogos os relaciona aos sete dons do Espírito Santo (*Isaías* XI. 1-2): sabedoria, entendimento, conselho, fortaleza, conhecimento, piedade e temor do Senhor. Em nossa interpretação particular (Freitas, 2022), na *Divina Comédia* poderiam também representar as sete virtudes opostas aos sete pecados capitais, que são expiados em cada um dos Degraus do *Purgatório*: humildade (*versus* soberba), caridade (*vs.* inveja), mansidão (*vs.* ira), diligência (*vs.* preguiça), generosidade (*vs.* avareza), moderação (*vs.* gula) e castidade (*vs.* luxúria).

7 *Hosana*: Ver *Purgatório* XI. 11.

8 *O cinto de Délia*: Délia é a deusa Diana, que também é chamada por esse nome por causa de seu nascimento na ilha de Delos (*Purgatório* XX. 132). O "cinto de Délia" é o halo lunar.

9 Os vinte e quatro anciãos são apresentados em *Apocalipse* IV. 4: "E ao redor do trono havia vinte e quatro tronos; e vi assentados sobre os tronos vinte e quatro anciãos vestidos de vestes brancas; e tinham sobre a cabeça coroas de ouro". Segundo o teólogo Victorinus de Pettau (que viveu entre os séculos 3 e 4 d.C.), os vinte e quatro anciãos representam os doze patriarcas do *Antigo Testamento* (as doze tribos de Israel) e os doze apóstolos do *Novo Testamento*. Nesta procissão mística no Paraíso Terrestre, os anciãos usam coroas de lírios, ao invés de coroas de ouro. A frase que declamam, dirigindo-se a

Beatriz ("Bendita sejas tu entre as filhas de Adão, e benditas sejam as tuas belezas eternamente!"), remete à saudação do anjo Gabriel a Maria ("bendita és tu entre as mulheres", *Lucas* I. 28).

10 Os quatro animais cheios de olhos foram retratados tanto no Antigo Testamento (*Ezequiel* I 5-10) quanto no Novo Testamento (*Apocalipse* IV. 6-8). Dante se exime de descrevê-los em detalhes, e diz que Ezequiel já o fizera na Bíblia; mas difere da descrição do profeta Ezequiel ao atribuir-lhes seis asas em vez de quatro, como o profeta visionário do *Apocalipse* (João). Desde muito tempo, a tradição cristã vê nesses animais a representação dos quatro evangelistas (Mateus, Marcos, Lucas e João), e seus inúmeros olhos são a sabedoria, a onipresença e a providência de Deus.

11 *Argus*: monstro mitológico que possuía cem olhos.

12 A carruagem representa, na visão da maioria dos estudiosos, a Igreja de Cristo (o que não deixa de ser plausível, visto que no Canto XXXII ela se corromperá).

13 O grifo é o representante da Igreja, o Papa, que deve ser uma pessoa de duas naturezas: em seu caráter de pontífice (águia), ele paira nos céus e sobe até o trono de Deus para receber seus comandos; como um rei (leão), ele deve caminhar sobre a terra com força e poder.

14 *O Africano*: cognome do general romano Cipião Africano. Atingiu grande popularidade devido aos seus numerosos feitos militares: tomou Nova Cartago, estabeleceu o domínio romano na Espanha e, em suas campanhas na África, conquistou Tunes. Foi uma das grandes figuras das Guerras Púnicas.

15 Sobre a carruagem do Sol e o mito de Faetonte, ver nota em *Purgatório* IV. 72.

16 As três mulheres coloridas representam as três virtudes teológicas: caridade (vermelha), esperança (verde) e fé (branca). Curiosamente, são as três cores que formam a bandeira da Itália.

17 As quatro mulheres vestidas de púrpura representam as quatro virtudes cardeais (a prudência, a justiça, a temperança e a fortaleza). A prudência é a que tem três olhos na testa (olhando para o presente, passado e futuro).

18 Os dois anciãos representam São Lucas (o médico) e São Paulo (o guerreiro e mártir).

19 Os quatro anciãos de aparência humilde representam os apóstolos Tiago, Pedro, João e Judas, escritores das Epístolas Canônicas.

20 O último ancião solitário é São João, escritor do *Apocalipse*; aqui representado como se estivesse sonhando.

21 Todos pararam, na expectativa da chegada de Beatriz.

Canto XXX

A PARTIDA DE VIRGÍLIO – BEATRIZ

E assim, o cortejo foi detido pelos sete candelabros.
Pois este é o Setentrião do Primeiro Céu,
Constelação que não conhece o amanhecer, nem o ocaso.

Nunca se obscurece, a não ser pelo véu do pecado;
E conduz a cada criatura em seu dever,
Assim como a Ursa ensina o caminho para os barcos.

O povo santo que veio primeiro,
Antes do grifo e após as Sete Estrelas,
Saudava a carruagem, fazendo sinais de paz.

10 E um dos anciãos, como um enviado do Céu,
Cantou em voz alta: "Vem do Líbano, esposa minha!"[1]
E repetiu três vezes, seguido por todos os outros.

Assim como os bem-aventurados,
Que hão de se levantar no Último Dia
E, vestindo seus novos corpos, cantarão: "Aleluia!"[2]

Assim desceram do Céu, *ad vocem tanti senis*,[3]
Centenas de ministros e mensageiros celestiais,
Voando em direção à carruagem divina.

Todos eles exclamavam: *"Benedictus qui venis!"*[4]
20 E, jogando flores para cima, e para todos os lados,
Acrescentavam: *"Manibus, oh, data lilia plenis!"*[5]

Enquanto amanhecia, olhei para o Oriente
Que já carregava suas faces rosadas;
E o restante do Céu ainda dormia, belo e sereno.

Então vi o Sol nascer atrás de um véu
De vapores perfumados, que o temperavam;
E consegui fitar seu brilho, por um longo tempo.

Da mesma forma, uma nuvem de flores
Continuava a se evolar das mãos daqueles anjos
30 E tornava a cair, dentro e fora da carruagem.

E da nuvem saiu uma mulher, em brancos véus,
E coroada de oliveiras. Sob o seu verde manto,
Seu vestido era vermelho como a chama.[6]

E o meu espírito, que havia muito não estremecia,
Ficou impressionado com aquela presença,
Antevendo a revelação de uma maravilha.

Mesmo sem reconhecê-la sob aqueles véus,
A sua virtude oculta chegou até mim, como um perfume
E senti o grande poder de um Amor antigo.

40 Assim que essa força profunda atingiu minha alma.
(uma força que, desde a primeira infância,[7]
com perfeito Amor já havia me trespassado),

Eu me voltei ansioso para o lado esquerdo,
Como uma criança pequena, quando se amedronta
E logo corre para o abraço de sua mãe.

Pois eu queria dizer a Virgílio: "Não me resta
Nem uma só gota de sangue, que não estremeça:
Pois eu reconheço os sinais daquela antiga chama."[8]

Mas Virgílio não estava lá: ele tinha me deixado.
50 Virgílio, o pai mais gentil que existe,
Virgílio, a quem confiei a minha redenção.

E nem a visão daquele Paraíso perdido por Eva
Pôde impedir que minhas faces, já limpas pelo orvalho,
Fossem novamente turvadas pelas lágrimas.

"Dante! Embora Virgílio tenha partido,
Não chore ainda; você precisará de suas lágrimas,
Pois logo sofrerá pelo golpe de outra espada."

E, como o almirante que caminha ao longo do navio
E observa do alto os seus marinheiros
60 Para bem exortá-los a cumprir suas tarefas,

Assim eu a vi, de pé sobre a carruagem.
– Eu me voltei, quando a ouvi chamar meu nome;
E, apenas por necessidade, eu o escrevi nestes versos.

Era a mulher que antes aparecera para mim,
Dentro daquela nuvem de angélicas flores;
E ela olhava para mim, do outro lado do rio.

O véu que descaía sobre sua cabeça
Graciosamente coroada pelas folhas de Minerva
Ainda não permitia que eu visse seu rosto.

70 E então, em atitude altiva e majestosa,
Ela continuou, como quem faz uma preleção
E reserva os argumentos mais ferozes para o final:

"Olhe com atenção! Sim, sou eu! Eu sou Beatriz!
Como você se atreveu a subir a montanha?
Você não sabia que esta é a Cidade Feliz?"

Baixei os olhos para as águas límpidas do rio;
Mas, ao ver meu reflexo, desviei os olhos para a grama,
Tamanha foi a vergonha que pesou em meu rosto.

E assim ela me pareceu como uma mãe
80 Quando precisa repreender, e ser dura com seu filho;
Pois o gosto da afeição severa é amargo.

269

Ela ficou em silêncio; e os anjos que a escoltavam
Começaram a cantar: "*In te, Domine, speravi*";[9]
Mas não foram além do verso que diz "*pedes meos*".

O frio congela a seiva dentro das árvores,
ao longo de todo o dorso da Itália,
Quando ela é afligida pelos ventos eslavos.

Mas, todo esse gelo se torna liquefeito
Quando sopram os ventos da terra sem sombras,
90 Como o calor do fogo faz derreter uma vela.

Assim estava eu: pois reprimia o meu choro,
Até o momento em que ouvi aquela canção
Em vozes que harmonizam com as esferas celestiais.

Mas quando percebi, em suas doces melodias,
Que eles se compadeciam de mim, como se dissessem:
"Senhora, por que envergonhá-lo tanto?",

Então o gelo contido em meu coração
Transformou-se em suspiros e lágrimas,
Exalando e desabafando a minha angústia.

100 Ainda de pé, ao lado esquerdo da carruagem,
Ela se voltou para as compassivas criaturas,
E começou com as seguintes palavras:

"Ó vós, que vigiais a luz eterna de Deus:
Nem a noite, e nem o sono, podem ocultar de vós
Um só passo que o mundo dê, em seus caminhos.

Que minha fala seja ouvida e compreendida
Por aquele que chora, do outro lado do rio;[10]
Para que a sua dor seja proporcional à sua culpa.

Não somente por influência dos Céus,
110 Que dão a cada semente o seu determinado fim,
Segundo a virtude da estrela de seu nascimento;

Mas também pela generosidade da Graça Divina,
Que chove sobre a Terra; em nuvens tão altas,
Que a visão nem mesmo pode sonhar.

Aquele homem nasceu com imensas virtudes;
E, se ele tivesse agido em direção ao Bem,
Elas cresceriam, e se provariam, de forma admirável.

O solo sempre nasce bom, e dotado de vigor natural;
Mas, quando é mal semeado, e mal cultivado,
120 Torna-se tanto pior e mais selvagem.

Minha presença o sustentou por um tempo;
Mostrei a ele Amor, através de meus olhos jovens,
E o trazia comigo, pelo caminho certo.

Mas, tão logo atingi o limiar da vida,
Eu mudei para este mundo;[11]
E ele se esqueceu de mim, e seguiu após outra.

Quando mudei de carne para espírito,
Crescendo assim em beleza e virtude,
Fui menos querida por ele, e menos bem-vinda;

130 E ele desviou seus passos para o mau caminho,
Seguindo enganosas imagens de bondade,
Que nunca cumprem suas falsas promessas.

Eu rezava por ele, para que recebesse inspiração;
Eu o chamei em sonhos, e de várias outras maneiras,
Mas ele nunca atendeu aos meus apelos!

Ele caiu a um ponto tão baixo,
Que todo meio de salvação seria ineficaz;
Exceto mostrar-lhe as pessoas perdidas.

Para isso, desci até o limiar dos mortos;
140 Para isso, ofereci entre lágrimas as minhas preces,
E pedi ao gentil espírito que o conduzisse.[12]

Escutai agora: o desígnio de Deus poderá ser quebrado,
Se ele atravessar o Letes, e provar de sua água
Sem antes pagar o devido preço:

O arrependimento, que faz derramar muitas lágrimas."

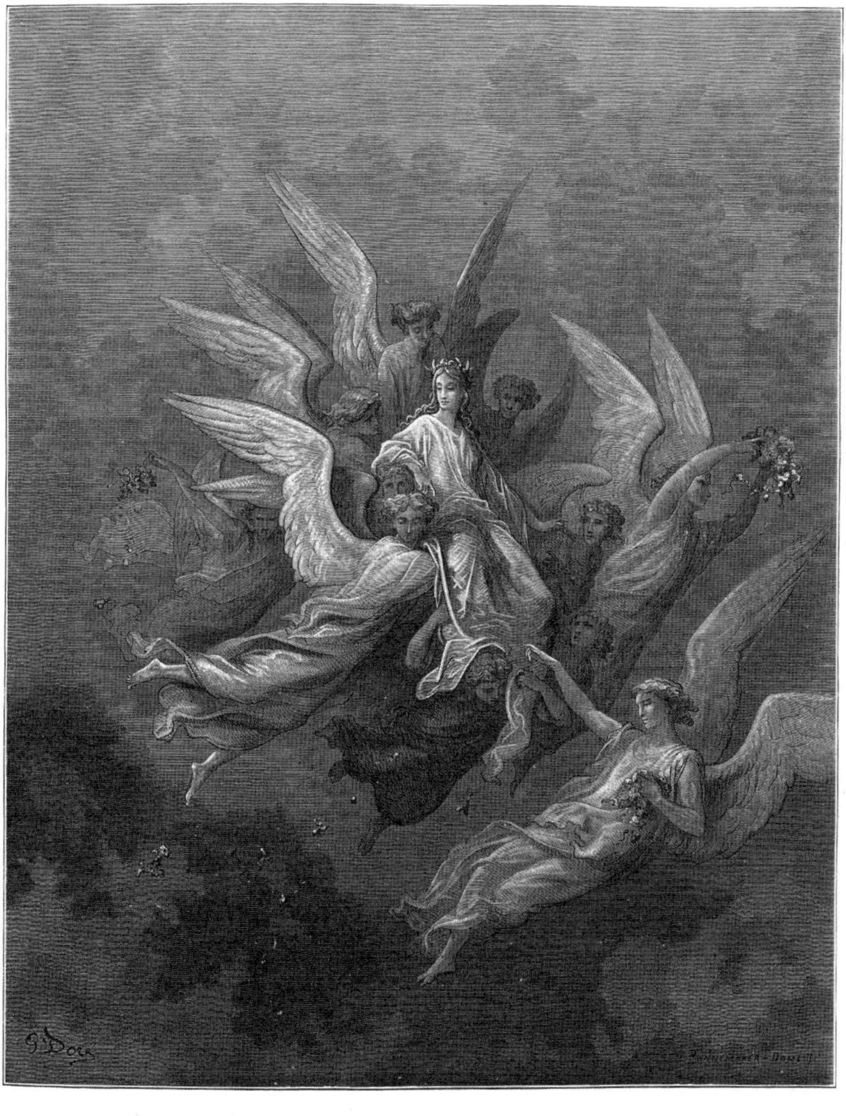

Notas

1   *Cânticos de Salomão* IV. 8.

2   O princípio da ressurreição da carne (ver também *Inferno* VI. 111 e *Inferno* XIII. 105).

3   *Ad vocem tanti senis*: "atendendo à voz de tal venerando" (atendendo ao pedido de Salomão, no verso 11).

4   *Benedictus qui venis*: "Bendito o que vem em nome do Senhor!" (*Mateus* XXI. 9).

5   *Manibus, oh, data lilia plenis*: "Espalhai lírios às mãos cheias" (*Eneida* VI. 833).

6   Beatriz aparece vestida com as cores das três virtudes teológicas (descritas em *Purgatório* XXIX. 121). A coroa de oliveira denota a sabedoria.

7   Dante se apaixonou por Beatriz quando tinha nove anos de idade.

8   Dante cita a *Eneida* de Virgílio pela última vez no *Purgatório*: "*Agnosco veteris vestigia flammae.*" (*Eneida* IV. 23).

9   *In te, Domine, speravi... pedes meos*: "Esperei com paciência no Senhor, e ele se inclinou para mim, e ouviu o meu clamor. Tirou-me de um lago horrível, de um charco de lodo; pôs os meus pés sobre uma rocha, firmou os meus passos." (*Salmos* XL. 1-2).

10   "E você, alma desditosa, como te chamam? Ele disse: Eu sou apenas aquele que chora." (*Inferno* VIII. 35-36).

11   Beatriz morreu em 1290, aos vinte e cinco anos.

12   Ver *Inferno* II. 52.

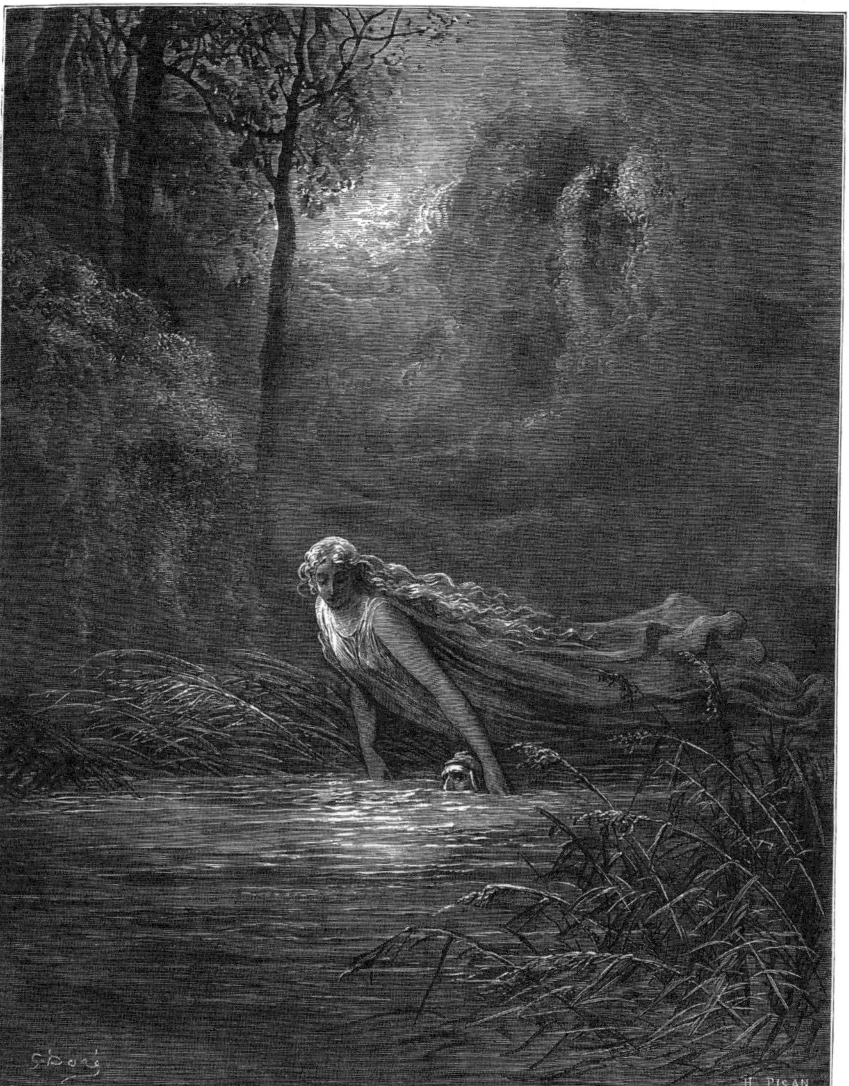
H. PISAN.

Canto XXXI

A CONFISSÃO DE DANTE – A PASSAGEM DO RIO LETES – AS SETE NINFAS

"Você, que está na outra margem do rio sagrado!"
Agora ela se dirigia diretamente a mim,
Mas suas indiretas já haviam me ferido como uma lâmina.

E começou a falar novamente, sem demora:
"Diga-me, diga-me se isso é verdade!
Pois tal acusação deve ser entrelaçada à sua confissão."

Minha virtude estava tão confusa,
Que a minha voz se movia dentro de mim,
Mas não conseguia sair pelos órgãos falantes.

10 Ela fez uma pausa por um tempo, e então disse:
"No que está pensando? Responda-me!
As águas não lavaram as suas tristes lembranças."

A confusão, misturada com o medo,
Obrigou a minha boca a dizer um "sim" – tão fraco,
Que era preciso ver, e não ouvir, para entendê-lo.

Quando se aplica muita tensão em uma balestra,
A corda e o arco arrebentam antes do tempo;
E a flecha atinge o alvo com pouca força.

Da mesma forma eu arrebentei, sob aquele fardo pesado.[1]
20 E, sob uma nova torrente de lágrimas e suspiros,
Eu confessei, com a voz entrecortada de soluços.

Então ela me disse: "Você perseguia um desejo,
Inspirado por mim, que o impelia a amar o Bem;
Pois, além deste Bem, não há mais nada a aspirar.

Mas, diga-me: que correntes o prenderam?
Quais foram as valas cavadas em seu caminho,
A ponto de ter perdido toda a esperança?

E quais benefícios, quais vantagens o atraíram
Na vã aparência dos bens terrenos,
30 Para que você devesse ansiar por eles?"

Depois de ter soltado um suspiro amargo,
Eu mal conseguia encontrar voz para uma resposta;
E os meus lábios penavam para dar forma às palavras.

Então eu respondi, chorando: "Os bens terrenos,
E sua agradável aparência, desviaram meus passos;
Assim que o seu rosto se escondeu de mim."

E ela: "Mesmo que você se calasse,
A sua culpa não seria menos evidente:
E isso eu aprendi com o Juiz infalível!

40 Mas, quando a acusação de pecado é pronunciada
Pela própria boca daquele que o cometeu,
A pedra de amolar se volta contra o tribunal.

No entanto, para que sinta mais vergonha
E para que, ao ouvir novamente o canto das Sereias,
Você aprenda a resistir, e ser mais forte,

Pare agora de semear suas lágrimas, e escute!
Agora você entenderá como a minha morte terrena
Deveria tê-lo conduzido a um outro caminho.

Jamais a Natureza ou Arte mostraram tanta beleza
50 Como o corpo mortal em que eu estava confinada,
E que agora jaz sepultado, junto ao pó da terra.

E, se aquela mais alta beleza lhe foi tirada,
Com a minha morte, nenhum outro bem terreno
Deveria despertar o seu desejo.

Após esta decepção com os bens que são fugazes,
Você deveria ter levantado voo, para alcançar a mim;
Pois eu não era mais terrena, nem passageira.

Nada deveria ter pesado sobre suas asas:
Nem novidades, nem uma jovem mulher,
60 Nenhuma vaidade, nenhum bem – tudo é vão e efêmero.[2]

Os passarinhos novos são apanhados
Em dois ou três lances; mas, diante dos pássaros adultos,
O caçador lança suas redes e flechas em vão."

Assim como as crianças se sentem envergonhadas,
Com os olhos no chão; e escutam em silêncio,
Arrependidas, e reconhecem sua culpa,

Assim eu também estava. E ela me ordenou:
"Ouvir minhas palavras causa dor a você?
Levante essa barba! Olhe para mim, e sofra mais ainda!"

70 Um carvalho robusto, sacudido por nossos ventos,
Ou pelas intempéries da longínqua terra de Jarbas,[3]
Seria menos resistente do que eu, naquele momento;

Pois eu não conseguia atender ao seu comando.
E, quando ela ordenou que eu levantasse a "barba",
Eu logo percebi a amarga ironia em suas palavras.[4]

Enfim, quando consegui levantar o meu rosto,
Olhei à minha volta; e percebi que os anjos
Haviam cessado de espalhar as flores.

E meus olhos, ainda inseguros de si mesmos,
80 Viram Beatriz; ela se voltava para o animal
Que possui duas naturezas, mas uma só pessoa.

Apesar de seus véus, e de estar além do rio,
Ela parecia ter se superado em beleza;
Pois, na Terra, ela já havia superado todas as outras.

A urtiga do remorso doeu em mim, naquele momento;
E todas as coisas que me distraíram do seu amor
Tornaram-se as coisas mais odiosas para mim.

Esse reconhecimento tocou tanto meu coração
Que eu caí sem sentidos como morto;
90   E aquela que me feriu, bem sabe qual foi a causa.

Quando meu coração se recuperou,
Vi a outra mulher, que antes eu havia visto sozinha;
E ela me apoiava, dizendo: "Segure-se em mim!"

Eu estava mergulhado no rio, até o pescoço;
E ela nadava, puxando-me suavemente atrás de si,
Deslizando tão leve quanto uma gôndola.

Quando eu estava próximo à outra margem,
Ouvi cantar: *"Asperges me"*,⁵ com tanta doçura,
Que não consigo recordar, muito menos descrever.

100   A adorável mulher me segurou suavemente,
Pressionando as mãos em minha testa, e me imergiu
Completamente, até que eu engolisse água.

Assim feito, ela me tirou da água
E me conduziu até a roda das quatro dançarinas;
E cada uma delas colocou a mão na minha cabeça.

"Aqui somos ninfas, e no Céu somos estrelas!
Antes que Beatriz descesse até o mundo,
Fomos designadas como suas servas.

Nós o guiaremos até os olhos dela; mas, antes,
110   Aquelas três mulheres corrigirão seus olhos,
Para que, nos olhos dela, você veja a perfeita luz."

Então todas começaram a cantar;
E depois me levaram para junto do grifo,
Onde Beatriz estava, de frente para nós.

Elas me disseram: "Não poupe o seu olhar!
Diante de você, estão aquelas esmeraldas
Que um dia lançaram dardos de Amor!"

Eu sentia mil desejos, ardentes como chamas!
Meus olhos buscavam os radiantes olhos de Beatriz,
120 Mas ela ainda olhava fixamente para o grifo.

Assim como o sol em um espelho,
Os dois reflexos da criatura de dupla natureza
Brilhavam alternadamente, dentro de seus olhos.

Pense, ó leitor, qual não foi a minha surpresa:
Pois a criatura estava imóvel, sempre fiel a si mesma,
Mas, no espelho dos olhos dela, não parava de mudar.

Enquanto minha alma, cheia de espanto e alegria,
Provava daquele alimento – que, ao saciar a fome,
Apenas a tornava cada vez maior –,

130 As outras três mulheres, cujos gestos denotavam
Uma ordenação e uma virtude superiores,
Avançaram até ela, em sua dança angelical.

A canção suplicava: "Volta, ó Beatriz!
Volta os teus olhos santos para o teu fiel;
Que, somente para ver-te, percorreu um longo caminho!

Por tua graça, concede-nos esse favor;
Revela a ele o teu sorriso,
Para que ele veja a segunda beleza que tu escondes."

Ó esplendor da luz viva e eterna!
140 O poeta mais pálido sob a sombra do Parnaso,
Mesmo tendo bebido de sua límpida fonte,[6]

Estaria agora com a mente confundida
Tentando descrever o encanto daquela aparição,
Harmonizada em cores com as esferas celestiais;

Quando tiraste os véus, e revelaste o teu rosto.

Notas

1 O fardo pesado que faz Dante chorar são as recordações de seus pecados.

2 "Vaidade de vaidades! – diz o pregador, vaidade de vaidades! É tudo vaidade." (*Eclesiastes* I. 2).

3 O vento meridional que sopra na África, terra onde reinou Jarbas.

4 Beatriz disse "barba", e não rosto, referindo-se à idade adulta de Dante (como se dissesse: "deixe de ser criança!")

5 *Asperges me*: "Purifica-me com hissopo, e ficarei puro; lava-me, e ficarei mais alvo do que a neve." (*Salmos* LI. 7).

6 Ver *Purgatório* XXII. 65.

Canto XXXII

A ÁRVORE DO CONHECIMENTO – A ALEGORIA DA CARRUAGEM

Meus olhos estavam tão fixos e concentrados
Em satisfazer aquele desejo de dez anos,[1]
Que todos os meus outros sentidos estavam inertes.

E, contra tudo o mais, meus olhos eram blindados
Pela indiferença (pois aquele sorriso santo
Os atraía, com o antigo chamado de Amor),

Quando fui forçado a olhar para a esquerda
Por aquelas três deusas, que diziam:
"Chega! Você já olhou demais!"

10 E uma mancha negra, como aquela que nos aflige
Quando olhamos diretamente para a luz do Sol,
Deixou-me sem visão por algum tempo.

Depois que minha visão se acostumou
A outras luzes menores (e digo menores, apenas
Em respeito àquela luz sublime, da qual fui afastado),

Eu vi que o glorioso exército virava à direita
E caminhava em direção ao Sol,
Com os sete candelabros à sua frente.

Assim como, protegido por seus escudos,
20 O pelotão manobra em torno de seu estandarte
E, para se salvar, todos os soldados recuam,

Era o que faziam as tropas do reino celestial:
Eles recuavam, passando novamente diante de nós,
Para aguardar que a carruagem virasse o leme.

E as sete mulheres voltaram a seus postos;
E o grifo novamente movia a carruagem abençoada,
Com o mesmo cuidado, sem mover as suas plumas.

Estácio e eu, acompanhados pela linda mulher
Que me ajudou a atravessar o rio,
30 Seguíamos ao lado da roda direita.

Ao cruzarmos a alta floresta, que era desabitada
(por causa daquela que acreditou na serpente),
Nossos passos foram ritmados por uma canção angelical.

O espaço que cobrimos talvez possa ser medido
Pela distância de uma flecha disparada três vezes;
Foi quando Beatriz desceu da carruagem.

"Adão" – todos eles murmuraram;
Então todos se aproximaram de uma árvore,
Cujos ramos eram despidos de flores e de folhas.

40 Sua copa, que aos poucos se alargava para cima,
Atingia uma altura além do alcance da vista –
Que surpreenderia os índios, mesmo em suas florestas.

"Abençoado sejas, ó grifo, por não rasgares com o bico
O fruto proibido desta planta; que tem sabor doce,
Mas no ventre é amargo como o fel!"[2]

Assim gritaram todos, ao redor da árvore robusta;
E a criatura de duas naturezas assim respondeu:
"Amém! E que a semente de toda justiça seja preservada."

E, voltando-se para o leme que puxava,
50 Ele arrastou a carruagem até o pé da árvore nua,
E amarrou-a ela, com um galho da própria árvore.

Assim como as nossas plantas, quando recebem
A grande luz do Sol – mesclada com aquela luz
Que brilha atrás da constelação de Peixes –,

E então elas ficam intumescidas,
E cada uma se renova em suas cores,
Antes que o Sol leve seus corcéis a outra constelação;

Assim se renovou aquela planta, com galhos outrora tão nus;
E as flores desabrocharam exuberantes,
60 Numa tonalidade entre o rosa e o violeta.

Não entendi o hino que cantaram naquele momento,
Porque não se canta aqui na Terra;
E, sentindo sono, não pude compreender todas as notas.

Se eu pudesse contar como os olhos impiedosos
Adormeceram, ouvindo a história de Sírinx[3]
(aqueles olhos, cuja longa vigília lhes custou tão caro),

Então, como o retrato feito por um pintor,
Essa história mostraria exatamente como eu adormeci;
Mas creio que outra pessoa poderá contá-la.

70 Então, passo logo para o momento em que acordei.
O véu do meu sono foi levantado por um esplendor,
E por uma doce voz: "Acorde! O que você está fazendo?"

Assim como quem vê a macieira florida,[4]
Da qual os anjos anseiam comer os frutos,
Durante as eternas bodas que acontecem no Céu;

Ou assim como Pedro, João e Tiago,
Esmagados pelo que viram; mas logo veio
A doce Voz, que os despertou do sono profundo;

E então viram que Moisés e Elias já haviam partido,
80 E os outros discípulos não estavam mais lá,
E seu Mestre não estava mais transfigurado –

Assim eu acordei, confuso; e vi, acima de mim,
Novamente, aquela mulher linda e dedicada,
Que guiou meus passos na travessia do rio.

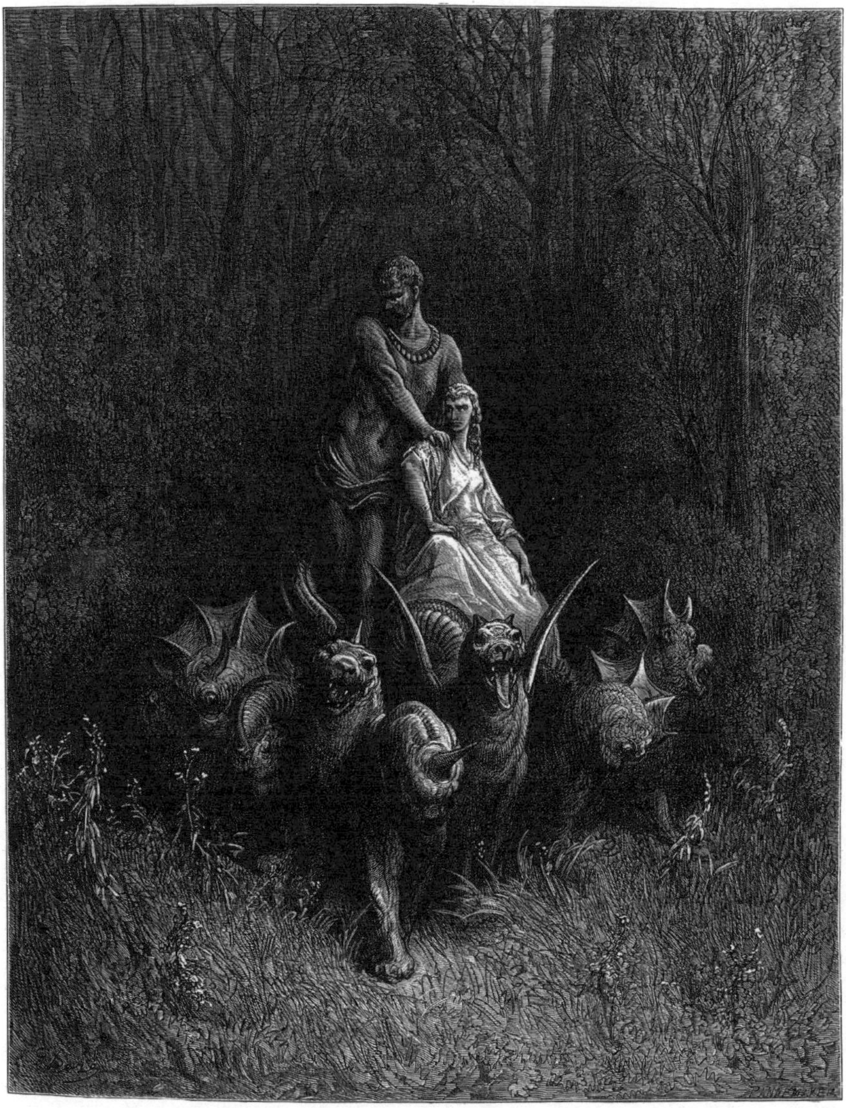

Um pouco perplexo, perguntei:
"Onde está Beatriz?" E ela: "Ela está ali, sentada
À sombra da árvore renovada, sobre suas raízes.

Veja a companhia que a cerca:
São aqueles que vão para o Céu, junto com o grifo,
90 Entoando uma canção mais doce e profunda."

Não sei se ela disse mais alguma coisa,
Porque, a essa altura, eu já olhava para aquela
Que absorvia a minha visão, e desligava todo o resto.

Ela estava sentada sozinha no chão,
Como se estivesse guardando a carruagem
Que o animal deixara ali, amarrada à árvore.

As Sete Ninfas a rodeavam como flores;
Segurando as lâmpadas que não podem ser apagadas,
Nem pelo vento norte, nem pelo vento sul.[5]

100 "Você aguardará neste bosque, após a sua morte;
E depois, para sempre, você estará comigo
Como cidadão daquela Roma, onde Cristo é o imperador.[6]

Portanto, para o bem do mundo que vive no pecado,
Mantenha o olhar fixo na carruagem;
E, quando voltar à Terra, escreva o que verá em breve."

Assim disse Beatriz; e eu, que obedeceria
A qualquer coisa que ela ordenasse,
Voltei os meus olhos para onde ela queria.

Nunca um relâmpago caiu com tanta rapidez
110 De uma nuvem carregada e espessa,
Quando vem da esfera mais distante do Céu,

Assim como vi descer o pássaro sagrado de Jove;
E rasgou os ramos da árvore, de cima a baixo,
E também as folhas e a nova floração.[7]

A águia atingiu a carruagem com toda a sua força;
E a carruagem balançava, como um navio
Atravessado e sacudido por uma tempestade.

Eu vi então quando saltou, para dentro
Daquela carruagem triunfante, uma raposa faminta[8]
120 Que parecia estar muitos dias sem uma refeição.

No entanto, acusando-a de seus graves pecados,
Minha Senhora a expulsou; e ela correu tão rápido
Quanto permitia sua extrema magreza.

Depois eu vi a águia disparar pela mesma direção
De onde viera; e ela pousou sobre a carruagem,
E deixou ali algumas de suas penas.[9]

E como se saísse de um coração amargurado,
Uma voz bradou do Céu, dizendo:
"Ó meu pequeno barco, como tua carga é perversa!"

130 Então a terra pareceu se abrir
Entre as duas rodas; e eu vi emergir dali um dragão,[10]
Que cravou a cauda dentro da carruagem.

E como uma vespa que retrai seu ferrão,
Puxou de volta sua cauda venenosa e maligna,
Levando um pedaço da carruagem; e saiu serpenteando.

O que restava da carruagem
Ficou coberto com as plumas da águia,
Que talvez tenham sido deixadas com boa intenção.

A grama cobriu novamente o solo; e o leme,
140 E as rodas, foram reconstruídos, em menos tempo
Do que se leva para suspirar de boca aberta.

Assim transformado, o carro sagrado
Foi dotado de sete cabeças:
Três sobre o leme, e mais uma em cada canto.

As três primeiras tinham dois chifres, como bois,
E as outras quatro, apenas um chifre na testa;
Nenhum monstro desse tipo jamais foi visto.

E eu vi ali sentada uma prostituta, libertina e nua,
Firme como uma rocha no alto da montanha,[11]
150 Com olhos sedutores que procuravam em redor.

E ao lado dela havia um gigante,[12]
Que estava ali para impedir que alguém a levasse;
E eles se abraçavam, e se beijavam várias vezes.

E como a prostituta lançou em minha direção
Um olhar cheio de concupiscência e desejo,
Aquele amante feroz a chicoteou da cabeça aos pés;[13]

Então, cheio de ciúmes e raiva cruel,
Desamarrou e soltou a besta da árvore;
E a arrastou pela floresta; e não pude mais ver

160 Nem a prostituta, nem a incrível besta-carruagem.

Notas

1 Beatriz estava morta havia dez anos.
2 A águia recusando-se a comer o fruto representa a renúncia da Igreja ao poder temporal.
3 Os cem olhos de Argus, que adormeceu enquanto Mercúrio contava a ele a história da casta ninfa Sírinx; e por isso Argus foi condenado à morte.
4 "Qual a macieira entre as árvores do bosque, tal é o meu amado entre os filhos." (*Cânticos de Salomão* II. 3).
5 As sete virtudes seguram os sete castiçais de ouro.
6 Dante também fala sobre o *Paraíso* como "o mosteiro onde Cristo é o abade" (*Purgatório* XXVI. 129). Ver também *Inferno* XXIX. 42.
7 A descida da águia sobre a árvore e a carruagem representa a perseguição aos cristãos pelos imperadores.
8 A raposa é a heresia.
9 As penas da águia representam a fabulosa Doação de Constantino à Igreja.
10 O dragão representa as várias cismas, seitas e ramificações da religião cristã.
11 A prostituta é uma alusão ao papa Bonifácio VIII.
12 O gigante é uma alusão a Filipe, o Belo.
13 A agressão alude aos maus-tratos ao papa Bonifácio VII, pelas tropas de Filipe em Anagni (*Purgatório*

XX. 85). E o ato de levar embora a besta-carruagem alude à transferência da Santa Sé para a cidade de Avignon, na França.

Canto XXXIII

REPREENSÕES FINAIS DE BEATRIZ – O RIO EUNOÉ – PURIFICAÇÃO DE DANTE E ESTÁCIO

As Ninfas começaram a cantar uma doce canção,
Chorando e alternando entre si – primeiro as Três,
E depois as Quatro: *"Deus venerunt gentes!"*[1]

Beatriz ouvia e suspirava, cheia de piedade.
Estava muito pálida e angustiada; um pouco menos
Do que Maria, quando chorou aos pés da cruz.

Quando as virgens terminaram o salmo,
E finalmente pôde falar, ela se levantou
Vermelha como fogo ardente, e disse:

10 " Minhas preciosas e amadas irmãs,
*Modicum, et non videbitis me et iterum,
Modicum, et vos videbitis me."*[2]

Então ela colocou as sete ninfas à sua frente,
E com um aceno chamou a mim,
A jovem mulher, e o sábio[3] que tinha permanecido.

E então a seguimos; e não creio que ela tivesse
Dado seu décimo passo sobre a terra,
Quando seus olhos procuraram os meus.

E com um olhar sereno ela me disse:
20 "Chegue mais perto! Para que, quando eu falar,
Você possa me ouvir melhor."

Assim que eu me aproximei, como era meu dever,
Ela perguntou: "Irmão, por que você não faz perguntas,
Agora que pode caminhar comigo?"

Como aqueles que são muito respeitosos
Ao falar com seus superiores, mas ficam engasgados
E não conseguem se expressar com clareza,

Assim aconteceu comigo; porque eu fiquei
Embaraçado, e apenas murmurei: "Minha senhora,
30   Você conhece meus desejos, e o que lhes convém."

E ela para mim: "Do medo e da vergonha,
Quero que agora se desembarace;
Para que não fale mais como alguém que sonha.

Saiba que o vaso que a serpente quebrou
Era e não é;[4] mas, quem quer que seja o culpado,
Creia que a vingança de Deus será inexorável.

A águia que deixou suas penas na carruagem
(que se tornou um monstro, e depois foi levada)
Não ficará sem herdeiros para sempre.[5]

40   Pois posso ver claramente, e assim eu digo:
Que uma constelação está próxima,
Livre de todo obstáculo e de toda barreira,

E chegará o tempo em que um enviado de Deus,
O Quinhentos, Dez e Cinco,[6]
Virá e matará a prostituta, e o gigante que peca com ela.

Talvez este meu conto sombrio,
Como o Têmis ou o da Esfinge, não o convença,
Pois tais dilemas cansam o intelecto;[7]

Mas esses eventos virão muito em breve,
50   E as próprias Náiades[8] resolverão esse difícil enigma;
Mas sem causar danos às ovelhas e à forragem.

Tome nota, enquanto eu digo estas palavras;
E depois as transmita, por sua vez,
Para aqueles que vivem e já caminham para a morte.

E lembre-se: quando escrevê-las,
Não omita o que você viu sobre a árvore,
Que hoje já foi despojada duas vezes.⁹

Qualquer um que a saqueia ou danifica
Está blasfemando contra Deus; pois ele a criou
60 Para ser sagrada, e apenas para Seus propósitos.

Por ter comido de seus frutos, o primeiro homem
Esperou com dor e desejo, por mais de cinco mil anos,¹⁰
Por Aquele que redimiu este pecado com Sua morte.

Seu intelecto está adormecido, se ainda não percebe
A causa extraordinária: o que faz aquela árvore
Ser tão alta, e a faz crescer com a copa invertida.

E se a loucura não tivesse endurecido sua mente,
Como as águas do Elsa;¹¹ e se não tivessem nublado
Seu intelecto, como Píramo fez com a amoreira,¹²

70 Então você reconheceria, na forma
E na altura dessa árvore, o seu significado:
A justiça de Deus, que nos proíbe a transgressão.

Mas, como eu vejo, o seu intelecto está feito pedra.
E, assim petrificado, está tão obscurecido,
Que a luz de minhas palavras o ofusca.

E se não guardar as minhas palavras, que leve
Pelo menos uma lembrança; assim como o peregrino
Enfeita o seu cajado com folhas de palma.

E eu: "O meu cérebro foi marcado por você,
80 Como a cera é impressa pelo selo,
De tal forma que nunca mudará.

Mas por que suas palavras, tão desejadas,
Voam tão alto acima do meu entendimento
E quanto mais eu tento, menos entendo?"

"É para que você reconheça", disse ela,
"Que a escola e a doutrina que você seguiu
São insuficientes para decifrar minhas palavras;

E saiba que o seu caminho está tão longe[13]
Da Sabedoria Divina, quanto a Terra
90 Está longe do Céu que se move mais alto."

E eu respondi a ela:
"Eu não me lembro de ter abandonado você;
E nem a consciência me incomoda por isso."

Ela respondeu com um sorriso:
"Se você não se lembra, é porque hoje
Você bebeu da água do rio Letes;

E assim como a fumaça é um sinal de fogo,
O seu esquecimento prova a sua culpa:
Pois o seu desejo estava em outro lugar.

100 Mas, de agora em diante, minhas palavras
Serão mais simples; pois é necessário
Que sua inteligência bruta as compreenda."

Mais incandescente agora, e com passos mais lentos,
O Sol estava a caminho do meridiano,
Que muda de posição, conforme muda o olhar.

Assim como o guia que conduz outras pessoas
Vai parar, ao se deparar com coisas novas
Ou mesmo vestígios pelo caminho,

As sete mulheres pararam na entrada de uma clareira,
110 Como aquelas nas montanhas, com folhas verdes
E ramos negros, escondendo os frios regatos.

Diante das mulheres, eu pensei ver
O Tigre e o Eufrates brotando de uma única fonte
E, como amigos, afastando-se lentamente.

"Ó luz, ó glória da humanidade!
Que rios são esses, que nascem da mesma fonte
E depois se separam um do outro?"

Ao que ela respondeu: "Pergunte a Matelda,
E ela explicará." E a adorável mulher,
120 Como quem pede desculpas por uma falha,

Respondeu: "Já expliquei isto a ele,
E também outras coisas; e estou certa de que
A água do Letes não apagou esta memória."

E Beatriz: "Talvez uma preocupação maior,
Que muitas vezes priva a memória,
Tenha nublado os olhos de sua mente.

Mas veja, é o Eunoé que nasce ali:
Leve-o até o rio e, como você costuma fazer,
Reavive sua memória enfraquecida."

130 Como uma alma nobre que não dá desculpas,
Mas faz da vontade alheia a sua própria,
Assim que se manifestam os sinais dessa vontade,

Depois de me pegar pela mão,
A linda mulher deslizou, e disse a Estácio,
Com muita cortesia: "Venha também!"

Se eu, ó leitor, tivesse mais espaço para escrever,
Descreveria, pelo menos em parte,
O doce sabor daquela água, que jamais me saciaria.

Mas, como todas as páginas preparadas
140 Para esta Segunda Canção já foram preenchidas,
O freio da Arte não me permite continuar.

Afastei-me daquela santíssima torrente
Completamente renovado, como as árvores jovens
Que florescem e se cobrem de folhas novas,

Purificadas e prontas para ascender às estrelas.[14]

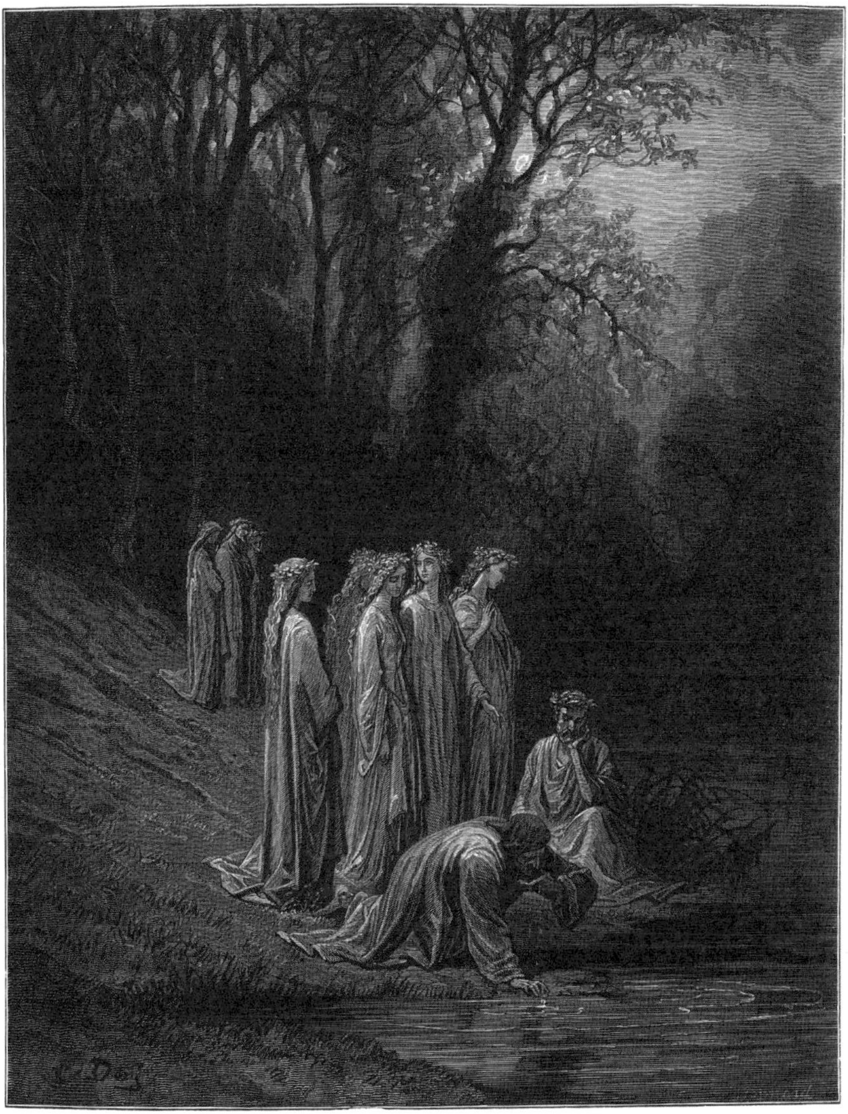

Notas

1. *Deus venerunt gentes*: "Ó Deus, as nações entraram na tua herança! Contaminaram o teu santo templo; reduziram Jerusalém a montões de pedras." (*Salmos* LXXIX.1)

2. *Modicum, et non videbitis me et iterum, modicum, et vos videbitis me*: "Um pouco, e não me vereis; e outra vez um pouco, e vereis." (João XVI. 16). Esta é uma alusão ao curto tempo que a Santa Sé ficaria na França, em Avignon.

3. Estácio.

4. "A besta que viste era e já não é, e há de subir do abismo, e irá à perdição." (*Apocalipse* XVII. 8).

5. Ou seja: o Sacro Império Romano não ficaria para sempre sem um imperador. Aos olhos de Dante, o atual imperador (Alberto I) não tinha autoridade, porque ele nunca tinha ido à Itália para ser coroado, e permitiu que "o jardim do Império fosse devastado" (*Purgatório* VI. 96).

6. *Quinhentos, Dez e Cinco*: em algarismos romanos, "quinhentos, dez e cinco" (515) é DXV, que no uso popular da época também se escrevia DVX (em algumas tumbas antigas, principalmente entre os povos colonizados por Roma, podemos ver alguns "disparates" numéricos, tais como XXXX para significar 40, ou CCCIIIII para indicar 305, entre outros exemplos citados por Bruno Bassetto, em seus *Elementos de Filologia Românica*). Bem, a palavra DVX, em latim (*dvx* ou *dux*), significa líder ou chefe. O líder aguardado por Dante é Henrique VIII de Luxemburgo, em quem Dante depositava suas esperanças para restaurar o poder imperial. Ele foi o sucessor do alemão Alberto, da nota anterior, após um interregno de um ano. Ver nota em *Purgatório* VI. 96.

7. *Esfinge*: aquela que propôs o enigma a Édipo. *Têmis*: filha do Céu e da Terra, que era um famoso oráculo.

8. *Náiades*: ninfas das fontes, que ajudavam os tebanos a resolver os enigmas do oráculo de Têmis. Furiosa, Têmis enviou uma fera para devastar os rebanhos e os campos dos tebanos.

9. A árvore foi danificada duas vezes: primeiro pela águia, que arranca a sua casca e folhas; em seguida, pelo gigante, que arrancou a carruagem que havia sido amarrada a ela.

10. Adão esperou cinco mil anos no Limbo (Primeiro Círculo do *Inferno*). Ele foi resgatado com os outros justos, quando Cristo desceu ao *Inferno* (ver *Inferno* IV. 51-63).

11. *Elsa*: um rio na Toscana, cujas águas têm o poder de incrustar ou petrificar qualquer coisa.

12. *Píramo*: ver nota em *Purgatório* XXVII. 37.

13. "Porque os meus pensamentos não são os vossos pensamentos, nem os vossos caminhos, os meus caminhos, diz o Senhor. Porque, assim

como os céus são mais altos do que a terra, assim são os meus caminhos mais altos do que os vossos caminhos, e os meus pensamentos, mais altos do que os vossos pensamentos." (*Isaías* 55:8,9).

14 *As estrelas*: Cada uma das três divisões da *Divina Comédia* termina com as palavras *le stelle* ("as estrelas"). Quando Dante bebe as águas do rio Eunoé, é meio-dia da quarta-feira após a Páscoa, e terminam os quatro dias de Dante no *Purgatório*.

Referências Bibliográficas

OBRAS CONSULTADAS PARA ELABORAÇÃO DAS NOTAS EXPLICATIVAS

a) Edições anteriores da Divina Comédia

ALIGHIERI, Dante. *La Divina Commedia*. In: Dante: Tutte le opere. Roma: Newton Compton, 2008.

ALIGHIERI, Dante. *A Divina Comédia: Inferno, Purgatório e Paraíso*. Tradução para o português e notas de Ítalo Eugênio Mauro. Edição bilíngue (português/italiano). São Paulo: Editora 34, 1998.

ALIGHIERI, Dante. *The Divine Comedy*. Tradução para o inglês e notas do Rev. Henry Francis Cary. Londres, 1814.

ALIGHIERI, Dante. *The Divine Comedy*. Tradução para o inglês e notas de Henry Wadsworth Longfellow. Cambridge (Massachussets), 1867.

ALIGHIERI, Dante. *A Divina Comédia*. Tradução para o português e notas de José Pedro Xavier Pinheiro. São Paulo: Atena, 1955.

ALIGHIERI, Dante. *A Divina Comédia*. Adaptação em prosa (português) e notas de Eugênio Vinci de Moraes. São Paulo: L&PM, 2016.

ALIGHIERI, Dante. *A Divina Comédia: Inferno*. Adaptação em prosa (português), ilustrações e notas de Helder L. S. da Rocha. Publicado gratuitamente em: stelle.com.br, 1999.

ALIGHIERI, Dante. *A Divina Comédia: Purgatório*. Adaptação em prosa (português), ilustrações e notas de Helder L. S. da Rocha. Publicado gratuitamente em: stelle.com.br, 2000.

b) Obras clássicas

ALIGHIERI, Dante. *Convívio*. Tradução para o português e notas de Emanuel França de Brito. São Paulo: Companhia das Letras, 2019.

ALIGHIERI, Dante. *Convivio, De Vulgari Eloquio, Epistola a Cangrande e Vita Nuova*. In: Dante: Tutte le opere. Roma: Newton Compton, 2008.

ALIGHIERI, Dante. *La Vita Nuova*. Tradução para o inglês e notas de Dante Gabriel Rossetti. Londres: Smith & Elder, 1861.

BÍBLIA SAGRADA. Edição Pastoral. Tradução para o português de Ivo Storniolo, Euclides Martins Balancin e José Luiz Gonzaga do Prado. São Paulo: Paulus, 1990.

BÍBLIA SAGRADA. Edição Revista e Corrigida. Tradução para o português de João Ferreira de Almeida. São Paulo: Sociedade Bíblica do Brasil, 1969.

BOCCACCIO, Giovanni. *Decameron*. Tradução para o português de Ivone C. Benedetti. São Paulo: L&PM, 2013.

CÍCERO, Marco Túlio. *Sobre a Amizade [De Amicitia]*. Tradução para o português de Alexandre Pires Vieira. São Paulo: Montecristo, 2020.

CÍCERO, Marco Túlio. *Dos Deveres [De Officiis]*. Tradução para o português e notas de João Mendes Neto. São Paulo: Edipro, 2019.

HOMERO (Ὅμηρος). *Ilíada*. Tradução para o português de Manuel Odorico Mendes. São Paulo/Campinas: Ateliê Editorial/Unicamp, 2008.

HOMERO (Ὅμηρος). *Odisseia*. Tradução para o português e notas de Jaime Bruna. São Paulo: Cultrix, 2006.

LUCANO, Marco Aneu. *Pharsalia*. Tradução para o inglês de Jane Wilson Joyce. New York: Cornell University, 1993.

LUCANO, Marco Aneu. *Farsália* (Cantos I a V). Tradução para o português de Brunno Vinicius Gonçalves Vieira. Campinas: Unicamp, 2011.

OVÍDIO (Públio Ovídio Naso). *Metamorfoses*. Tradução para o português de Domingos Lucas Dias. Edição bilíngue (português/latim). São Paulo: Editora 34, 2017.

VIRGÍLIO (Públio Virgílio Maro). *Eneida*. Tradução para o português de Manuel Odorico Mendes. Edição bilíngue (português/latim). São Paulo: Montecristo, 2017.

c) Outras obras consultadas

BASSETTO, Bruno Fregni. *Elementos de Filologia Românica*. São Paulo: Edusp, 2005.

BOSCO, Umberto (org.). *Enciclopedia Dantesca*. Roma: Istituto della Enciclopedia Italiana, 1973. Disponível em: treccani.it/enciclopedia/elenco-opere/Enciclopedia_Dantesca.

GLASSIER, John. *Guia para os clássicos: A Divina Comédia* (Guide to the Classics: Dante's Divine Comedy). Tradução para o português de Thiago Oyakawa. Organização de Frances di Lauro. Edição bilíngue (português/inglês). Disponível em: mojo.org.br, 2017.

GIUNTI, Carlo (org.). *Parola Chiave: Dizionario di Italiano per Brasiliani*. São Paulo: Martins Fontes, 2007.

GUERINI, Andréia e GASPARI, Silvana de (orgs.). *Dante Alighieri: língua, imagem e tradução*. São Paulo: Rafael Copetti, 2015.

HOUAISS. *Dicionário da Língua Portuguesa*. São Paulo: Objetiva, 2009.

WITTE, Karl. *Essays on Dante* [Dante-Forschungen]. Tradução para o inglês de C. Mabel Lawrence e Philip H. Wicksteed. Norderstedt: Hansebooks, 2016.

Compartilhando propósitos e conectando pessoas

Visite nosso site e fique por dentro dos nossos lançamentos:
www.gruponovoseculo.com.br

facebook/novoseculoeditora
@novoseculoeditora
@NovoSeculo
novo século editora

gruponovoseculo.com.br

Edição: 1ª
Fonte: Bressay Display

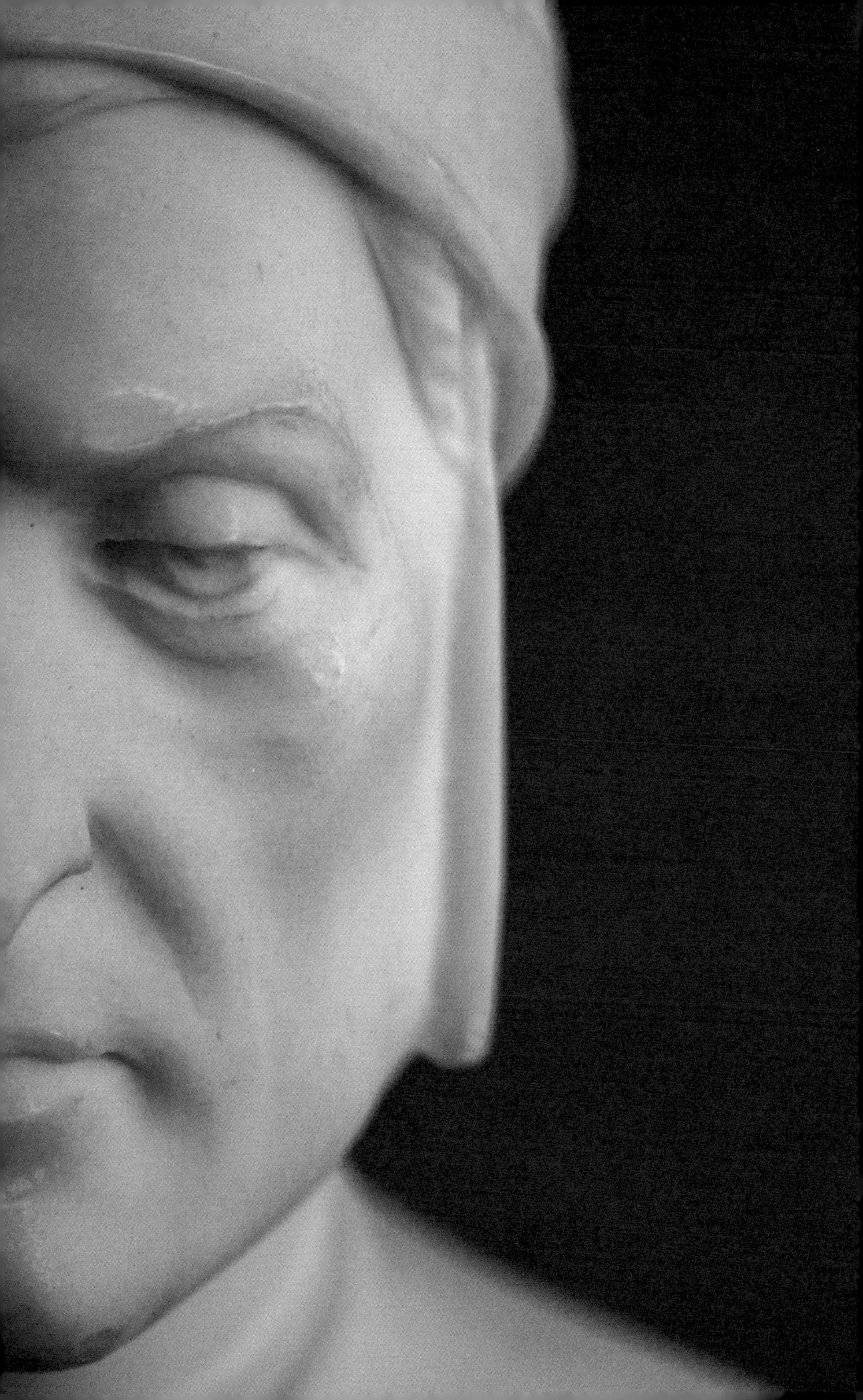

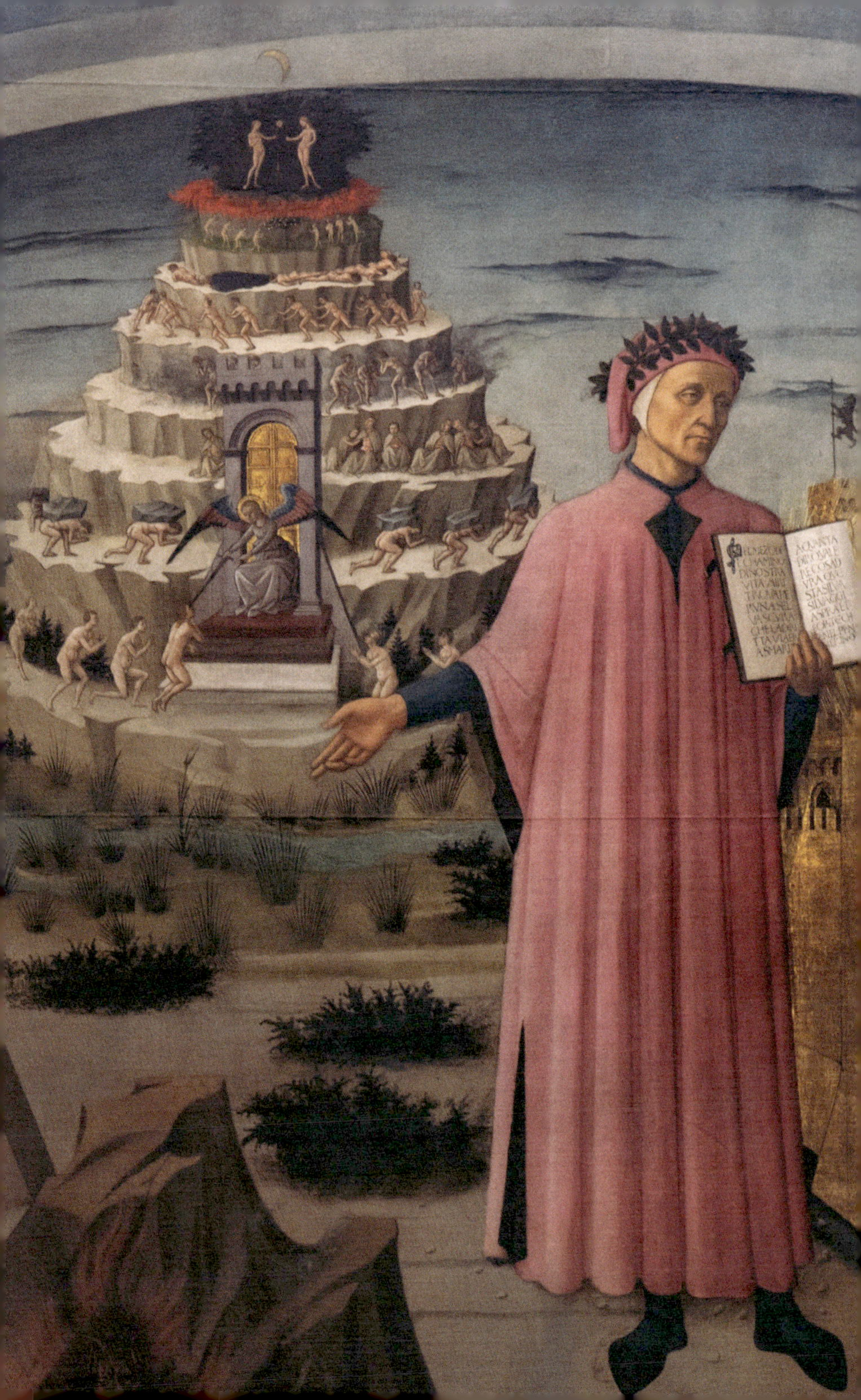

Luciene Ribeiro dos Santos
de Freitas

A DIVINA COMÉDIA DE DANTE ALIGHIERI:

UM GUIA AOS NAVEGANTES

ns

SÃO PAULO, 2022

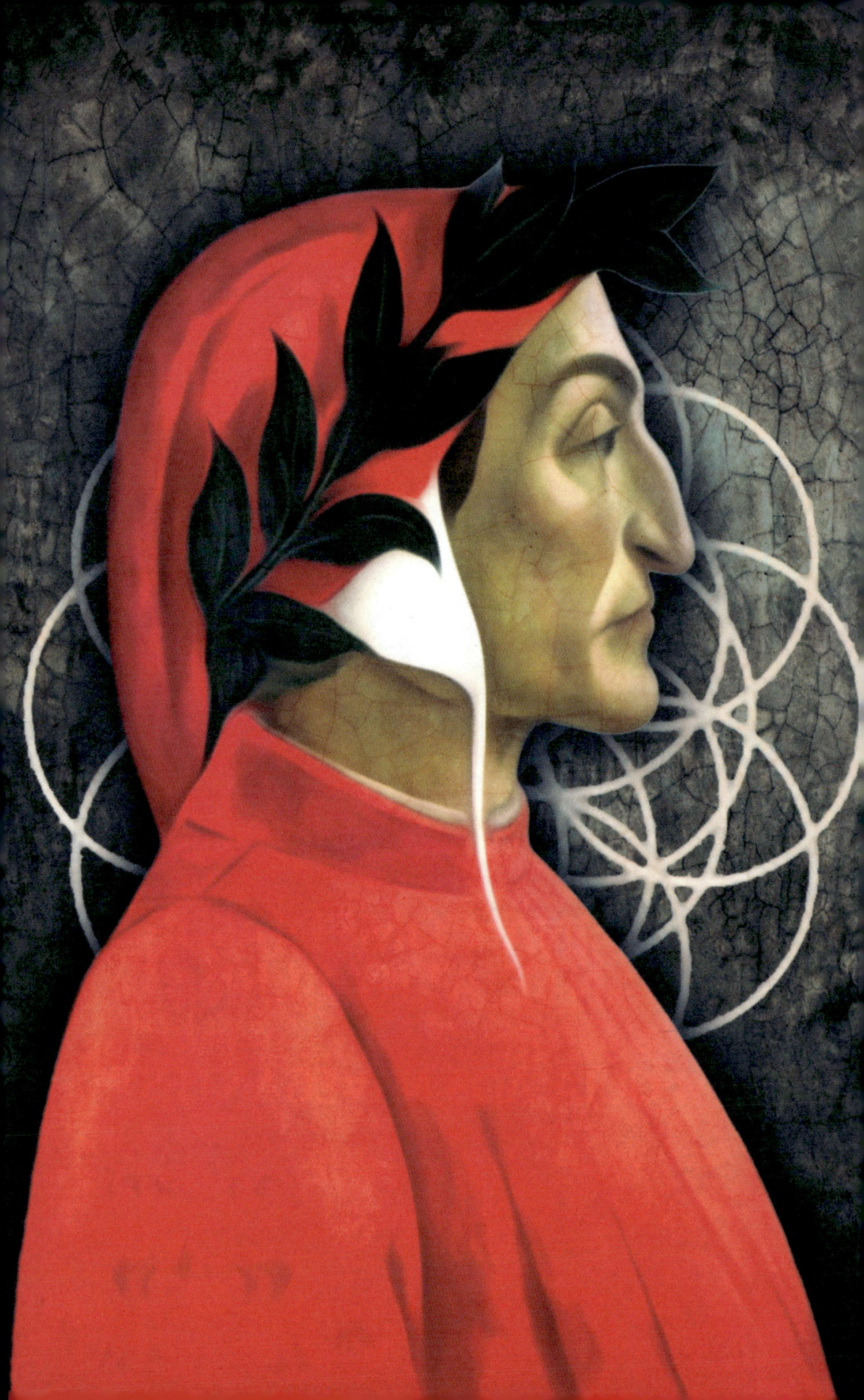

> O de li altri poeti onore e lume,
> vagliami 'l lungo studio e 'l grande amore
> che m'ha fatto cercar lo tuo volume.
>
> *Inferno* I. 82-84

Dante Alighieri (1265-1321) foi um poeta italiano, nascido em Florença. Sua principal obra, a *Commedia* (logo aclamada pelos críticos como *A Divina Comédia*), é considerada a maior obra literária da língua italiana, e obra-prima da literatura mundial.

Na Itália, ele é conhecido como "O Poeta Supremo" (*Il Sommo Poeta*). Dante, Petrarca e Boccaccio são conhecidos como "As Três Fontes" ou "As Três Coroas", pois suas obras difundiram o dialeto florentino por toda a Itália como língua literária; mas Dante, pelo conjunto de sua obra atemporal, é considerado o "pai da língua italiana".

Família

Dante Alighieri nasceu em 1265, entre 14 de maio e 13 de junho, sendo batizado com o nome de Durante Alighieri. Sua família era proeminente em Florença, no estado da Toscana. Dante se orgulhava em dizer que sua família descendia dos antigos romanos (como escreveu em *Inferno* XV. 76); e o seu ancestral mais antigo conhecido é Cacciaguida degli Elisei, que viveu no século XII (citado em *Paraíso* XV. 135).

Sendo leal à aliança política dos Guelfos, a família Alighieri estava envolvida na complexa oposição aos Gibelinos – aliados do Sacro Império Romano. O pai de Dante, Alighiero di Bellincione, era do partido dos Guelfos Brancos, que não sofreu muitas represálias depois que os Gibelinos venceram a Batalha de Montaperti (*Inferno* X. 85-87), em meados do século XIII. Isso sugere que Alighiero e sua família gozavam de prestígio e certo status de proteção.

A mãe do poeta se chamava Bella degli Abati. Ela faleceu quando Dante tinha 7 anos de idade, e Alighiero logo se casou novamente, com Lapa di Chiarissimo Cialuffi. Não se sabe, ao certo, se ele oficialmente se casou com ela, pois os viúvos enfrentavam limitações sociais nessas questões. Mas é certo que ela deu à luz dois filhos, irmãos de Dante: Francesco e Tana (Gaetana).

Aos 12 anos, Dante foi prometido em casamento a Gemma de Manetto Donati, filha do *Messer* Manetto Donati. Casamentos arranjados nessa idade eram bastante comuns, e envolviam uma cerimônia formal e contratos assinados em cartório. Mas Dante já era apaixonado desde os 9 anos de idade por outra garota, Beatrice Portinari (Beatriz). Anos depois do casamento de Dante com Gemma, ele encontrou Beatriz novamente. Embora tenha escrito vários sonetos para Beatriz, ele nunca mencionou sua esposa Gemma em nenhum de seus poemas.

Dante teve vários filhos com Gemma. Como costuma acontecer com figuras importantes, muitas pessoas posteriormente declararam ser descendentes de Dante; no entanto, é provável que Jacopo, Pietro, Giovanni, Gabrielle e Antonia Alighieri fossem realmente seus filhos. Antonia tornou-se freira, com o nome de Irmã Beatrice.

Educação

Não se sabe muito sobre a educação de Dante, e presume-se que na infância ele tenha sido educado em casa. Sabe-se que na juventude ele estudou poesia, e que naquela época a Escola Poética Siciliana, formada na corte do rei Frederico II da Sicília, era o principal centro literário da Itália, e começava a se tornar conhecida na região da Toscana. Os interesses de Dante também o levaram a descobrir a poesia latina da

Antiguidade Clássica (com uma devoção particular à *Eneida* de Virgílio), a poesia occitana e a língua provençal dos trovadores. Mais tarde, em seu tratado *De Vulgare Eloquentia*, Dante chega a afirmar que o provençal é a língua-mãe do italiano e do castelhano.

Durante a Idade das Trevas (*Secoli Bui*), a Itália era um mosaico de pequenos estados, sendo o maior deles a Sicília, tão distante da Toscana (culturalmente e politicamente) quanto era a Occitânia. As regiões italianas não compartilhavam o mesmo idioma ou cultura. No entanto, podemos constatar que Dante era um intelectual muito engajado nos interesses internacionais e interculturais.

Aos 18 anos, Dante conheceu Guido Cavalcanti, Lapo Gianni, Cino da Pistoia e, logo depois, *Messer* Brunetto Latino. Juntos, eles se tornaram os líderes do *Dolce Stil Novo* ("Doce Estilo Novo"). Esta nova escola preferia compor suas obras poéticas no dialeto florentino (base do idioma italiano atual), embora ainda continuassem a publicar muitos textos em latim, como era a norma na época. Mais tarde, Brunetto Latino recebeu uma menção especial na *Divina Comédia*, sendo homenageado em todo o Canto XV do *Inferno*, por tudo que havia ensinado a Dante.

Foi nessa época que Dante publicou as *Rimas* (*Rime*), algumas das quais foram incluídas posteriormente nas suas obras *Vita Nuova* e *Convívio*. Outros estudos desse período, relativos à pintura e à música, são relatados ou sugeridos na *Vita Nuova* e na *Comédia*.

Nessa época Dante via Beatriz com frequência, e muitas vezes eles trocavam cumprimentos na rua; mas eles nunca estreitaram um relacionamento – era efetivamente o exemplo do chamado "amor cortês". É difícil, em nossos dias, entender o que esse amor realmente significava; mas algo extremamente importante para a cultura italiana estava acontecendo. Foi em nome desse amor que Dante deu sua marca ao *Stil Novo*, que levaria poetas e escritores a abordar os temas do Amor (*Amore*) de uma forma totalmente nova. O amor de Dante por Beatriz (diferente do amor que Petrarca demonstrava pela sua Laura) era sua razão de fazer poesia e sua razão de viver, junto com as paixões políticas. Em muitos de seus poemas, ela é descrita como uma entidade meio divina, zelando constantemente por ele.

Beatriz casou-se em 1287 com o banqueiro Simone dei Bardi, e faleceu três anos depois. Desconsolado, Dante tentou encontrar refúgio na literatura clássica. O *Convívio* revela que ele leu o *De Consolatione Philosophiæ* de Boécio, e o *De Amicitia* de Cícero. Ele também se dedicou aos estudos filosóficos de escolas religiosas, como a doutrina dominicana de Santa Maria Novella. Participou de várias disputas, públicas ou veladas, entre as duas principais ordens mendicantes em Florença (Franciscanos e Dominicanos); em uma delas, expôs a doutrina mística de São Boaventura, e em outra apresentou as teorias de São Tomás de Aquino. Essa paixão obsessiva pela filosofia seria duramente criticada pela personagem Beatriz em *Purgatório* XXXI. 22.

Florença e vida política

Dante Alighieri, como a maioria dos florentinos de sua época, estava totalmente enredado no conflito entre Guelfos e Gibelinos. Aos 24 anos, ele lutou ao lado dos Guelfos florentinos contra os Gibelinos de Arezzo, na batalha de Campaldino (11 de junho de 1289). De acordo com a constituição florentina daquele período, ele era obrigado a servir como cavaleiro sem remuneração, e provendo seu próprio cavalo e armas. Em 1294, ele lutou entre as tropas do romano Carlos Martel d'Anjou, enquanto este esteve em Florença.

Para promover sua carreira política, Dante se tornou farmacêutico – tendo provavelmente estudado na Universidade de Bolonha. Ele nunca chegou a praticar a profissão, mas uma lei da época exigia que os nobres que aspirassem a cargos públicos deveriam estar matriculados em uma das *Corporazioni delle Arti* e *dei Mestieri*; e assim Dante obteve admissão na guilda dos boticários. Esta profissão não foi totalmente inoportuna, visto que naquela época os livros eram vendidos nas farmácias. Como político ele teve poucas realizações; mas ocupou vários cargos, em uma fase de grande agitação política. A partir de 1295, seu nome é encontrado com frequência nos registros dos vários órgãos da República, como orador ou parlamentar.

Após a derrota dos Gibelinos, os Guelfos se dividiram em duas facções: os Guelfos Brancos (*Guelfi Bianchi*) – o partido de Dante, liderado por Vieri dei Cerchi – e os Guelfos Negros (*Guelfi Neri*), liderados por Corso Donati (parente de Gemma Donati, esposa de Dante). Embora inicialmente a divisão tenha ocorrido ao longo de linhagens familiares, as diferenças ideológicas surgiram com base em visões opostas do papel da Igreja nos assuntos florentinos: os Negros apoiavam o Papa, e os Brancos queriam ser mais independentes de Roma. Inicialmente, os Guelfos Brancos assumiram o poder e expulsaram os Guelfos Negros (veja também *Inferno* VI. 64-66).

Em resposta, o papa Bonifácio VIII planejou uma ocupação militar em Florença. Em 1301, Carlos de Valois (irmão de Filipe, o Belo, rei da França) estava a caminho de Florença, nomeado pelo Papa como embaixador da paz na Toscana. Mas o governo dos Guelfos Brancos não permitiu sua entrada. Acreditava-se que Carlos de Valois teria recebido outras instruções não oficiais do Papa. Então, o Conselho dos Priores nomeou uma delegação para ir até Roma e averiguar pessoalmente as intenções de Bonifácio III. Dante foi um dos delegados, sendo nessa ocasião um dos *Priores* e candidato a *Podestà* de Florença (espécie de magistrado ou governador).

Exílio e Morte

O Papa Bonifácio VIII recusou os delegados e pediu que

Dante fosse sozinho até Roma. Ao mesmo tempo, em 1º de novembro de 1301, Carlos de Valois invadiu Florença junto com os Guelfos Negros; nos seis dias seguintes, eles destruíram grande parte da cidade e mataram muitos de seus inimigos. Um novo governo dos Guelfos Negros foi instaurado, e o *Messer* Cante dei Gabrielli di Gubbio foi nomeado como *Podestà* de Florença. Dante foi condenado ao exílio por dois anos, e também a pagar uma grande multa. O poeta ainda estava em Roma, onde o Papa havia "sugerido" que ele ficasse, e foi considerado um desertor. Ele não pagou a multa, em parte porque acreditava que não era culpado, e também porque todos os seus bens em Florença já haviam sido confiscados pelos Guelfos Negros. Assim, ele foi condenado ao exílio perpétuo e, caso voltasse a Florença sem pagar a multa, ele seria condenado à fogueira.

O poeta participou de várias tentativas dos Guelfos Brancos para reconquistar o poder, mas todas falharam. Tendo se tornado amargo com o tratamento que recebeu de seus inimigos, Dante também ficou desapontado com as brigas internas e a ineficácia de seus antigos aliados, e jurou nunca mais se filiar a nenhum partido.

Dante esteve em Verona como convidado de Bartolomeo I della Scala, e depois mudou-se para Sarzana, na Ligúria. Mais tarde, ele viveu em Lucca com Madame Gentucca, que lhe deu uma estadia confortável (e foi gratamente mencionada em *Purgatório* XXIV. 37). Algumas fontes especulativas dizem que ele também morou em Paris, entre 1308 e 1310. Outras fontes, ainda menos confiáveis, situam-no em Oxford.

Em 1310, soube-se que o Sacro Imperador Romano, Henrique VII de Luxemburgo, planejava marchar com 5.000 soldados para a Itália. Dante via nele um novo Carlos Magno, que restauraria o Sacro Império à sua antiga glória, e também retomaria Florença do domínio dos Guelfos Negros. Ele escreveu para Henrique e para vários príncipes italianos, pedindo a eles que destruíssem os Guelfos Negros. Mesclando religião e preocupações privadas, ele invocava nessas cartas o pior da ira de Deus contra sua cidade e sugeria alvos específicos – que coincidiam com seus inimigos pessoais e políticos.

Ao lado dessas ferinas cartas em sua época de exílio, Dante escrevia em dialeto florentino os dois primeiros livros da sua *Divina Comédia: o Inferno* (provavelmente entre 1304 e 1308) e o *Purgatório* (entre 1308 e 1313). Dante escreveu não apenas sobre sua época, colocando muitos de seus desafetos políticos (mortos ou ainda vivos) no *Inferno*, e muitas pessoas que amava no *Purgatório*; mas também problematizou temas que transcendiam o seu espaço geográfico e o seu momento – o que tornou a *Comédia*, quase instantaneamente, uma obra clássica e atemporal. A *Comédia* nos mostra que Dante foi um agudo examinador da condição humana, tornando-nos cientes do paradoxo e da tensão de nossos limites, assim como de nossas infinitas possibilidades.

Enquanto isso, em Florença, Baldo d'Aguglione perdoava a maioria dos Guelfos Brancos que estavam no exílio. Dante, no entanto, tinha ido longe demais com as provocações políticas que desabafou no *Inferno*, bem como nas cartas violentas a *Arrigo* (o rei Henrique VII), e não foi chamado de volta para Florença.

Em 1312, Henrique VIII invadiu a cidade de Florença e derrotou os Guelfos Negros, mas não há evidências de que Dante estivesse envolvido nesse confronto. Algumas fontes dizem que ele se recusou a participar da tomada de sua cidade por um estrangeiro; outras sugerem que ele também se tornara impopular entre os Guelfos Brancos, e que qualquer vestígio de sua passagem pelo partido fora cuidadosamente apagado. Em 1313, Henrique VII morreu – e, com ele, morreram as últimas esperanças de que Dante voltasse a ver Florença.

Assim ele voltou para Verona, onde Cangrande I della Scala

possibilitou que ele vivesse em segurança e, provavelmente, em uma certa prosperidade. Posteriormente, em agradecimento a essa hospitalidade, Cangrande foi admitido no *Paraíso* de Dante (*Paraíso* XVII. 76).

Em 1315, Florença foi dominada pelo oficial militar Uguccione della Faggiuola, que concedeu anistia a todos os exilados políticos. No entanto, a sentença de morte de Dante não foi totalmente banida, mas apenas convertida em prisão domiciliar, com a condição de que ele fizesse uma retratação pública. Dante recusou; e sua sentença de morte foi ratificada, e estendida a seus filhos.

Dante desejou até o final de sua vida ser convidado a voltar para Florença, em termos mais honrosos. Para ele, o exílio era quase uma forma de morte, que o privava de uma grande parte de sua identidade. Mas esse convite nunca aconteceu.

Em 1318, o príncipe Guido Novello da Polenta (sobrinho da malfadada Francesca, de *Inferno* V) convidou-o para morar em Ravenna. Ele terminou o *Paraíso* nessa época; e em 1321 ele veio a falecer, aos 56 anos – talvez de malária, contraída em Veneza, onde estivera em uma missão diplomática.

Dante foi sepultado com honras em Ravenna, na Igreja San Pier Maggiore (mais tarde chamada de San Francesco). Em 1483, seus restos mortais foram depositados em um mausoléu. Neste túmulo estão gravados os seguintes versos em latim, de Bernardo Canaccio, amigo de Dante Alighieri:

> *Iura monarchiæ superos Phlegetonta lacusque*
> *lustrando cecini volverunt fata quousque*
> *sed quia pars cessit melioribus hospita castris*
> *actoremque suum petiit felicior astris*
> *hic claudor Dantes patriis extorris ab oris*
> *quem genuit parvi Florentia mater amoris.*[1]

---

1 "Eu cantei os direitos da monarquia e viajei pelos céus e águas de Flegetonte, enquanto durou meu destino. Mas parte de mim foi convidada para um lugar mais deleitoso, mais bem-aventurado do que as estrelas, junto ao meu Autor. Aqui estou eu, o injustiçado Dante, exilado de suas praias nativas; pois nasci em Florença, pátria de pouco amor." (Tradução nossa).

Mais tarde, Florença se arrependeu por ter exilado seu maior poeta, fazendo repetidas petições pela devolução de seus restos mortais. Os guardiões do corpo em Ravenna se recusaram a entregá-lo, chegando ao ponto de esconder os seus ossos no mosteiro, em uma parede falsa. Em 1829 foi construído um túmulo para ele em Florença, na basílica de Santa Croce. Mas o corpo de Dante permaneceu em Ravenna, longe da terra que ele tanto amava.

O túmulo de Dante em Florença traz a inscrição: *Onorate l'altissimo poeta* ("prestem homenagem ao ilustre poeta"). A frase é uma citação do Canto IV do *Inferno*, quando Virgílio recebeu as boas-vindas dos grandes poetas antigos, que passavam com ele a eternidade no Limbo. A continuação da frase – *L'ombra sua torna, ch'era dipartita* ("a sua sombra, que por um tempo se foi, agora retornou") – ainda está dolorosamente ausente nesse túmulo vazio.

INFERNO

O *Inferno*, primeira parte da *Divina Comédia* de Dante Alighieri, relata uma viagem pelo submundo para onde se dirigem após a morte, de acordo com a crença cristã, aqueles que pecaram e não se arrependeram em vida. A extraordinária aventura, relatada em 34 Cantos e 4.720 versos, é vivida pelo próprio Dante, guiado pelo espírito de Virgílio – o ilustre vate romano, autor da *Eneida*.

Na visão de Dante Alighieri, o Inferno é um abismo que foi formado pelo impacto da queda de Lúcifer sobre a Terra, quando foi expulso do Céu. O imenso buraco tem formato de cone, e a descida de Dante e Virgílio por suas estações nos mostra um caminho em espiral, no qual o espaço vai se afunilando até chegarem ao fundo do Inferno e ao Centro da Terra.

Na concepção de Dante, a geografia do mundo dos vivos e do reino dos mortos reflete as crenças vigentes na Idade Média. A Terra, que já se sabia ser esférica, era considerada o centro do Universo – segundo a cosmologia de Ptolomeu. Apenas três continentes eram conhecidos: Ásia, África e Europa. Acreditava-se que os continentes ocupavam somente o hemisfério norte do planeta, e que o hemisfério sul era todo coberto por água. Nenhum homem vivo tinha permissão para cruzar a linha entre os dois hemisférios.

Quando a queda de Lúcifer criou o cone do Inferno, no hemisfério norte, a terra deslocada por esse acidente geológico se isolou em uma única porção no ponto central do hemisfério sul – uma ilha, em cujo centro desponta o monte do Purgatório.

Assim, acreditamos que a selva escura onde Dante estava perdido, no início do poema, esteja situada em Jerusalém, considerada pelos antigos como o ponto central do hemisfério norte; e que ele encontra o portal do Inferno após subir o monte Gólgota – o local da crucificação de Jesus.

O Inferno divide-se inicialmente em dez regiões principais (um Vestíbulo e nove Círculos). Nesses Círculos os pecadores são punidos em grau crescente, desde o pecado menor até o maior – desde os gentios e não batizados, até os traidores.

Os Círculos mais profundos do Inferno dividem-se ainda mais:

- O Sétimo Círculo se divide em três Giros.
- O Oitavo Círculo, chamado Malebolge (literalmente: Bolsas do Mal) se divide em dez regiões, chamadas Bolgias ou Valas.
- O Nono Círculo se divide em quatro regiões concêntricas: Caína, Antenora, Ptolomeia e Judeca.

Portanto, ao todo, o Inferno distribui os pecadores em 24 níveis. O esquema a seguir, à maneira de um pequeno guia, relaciona a viagem de Dante e Virgílio pelos vários níveis do Inferno, e os pecados pelos quais os seus habitantes são punidos.

a) Cantos Iniciais:

A selva escura. As três Feras. Encontro com Virgílio e início da viagem (Cantos I e II).

Portal do Inferno (Canto III).

Vestíbulo do Inferno: indecisos ou indolentes, que nunca tomaram partido pelo bem ou pelo mal. Eles não são dignos de entrar no Paraíso nem no Inferno, e são barrados pelo Rio Aqueronte. A travessia é feita pelo barqueiro Caronte (Canto III).

Primeiro Círculo – Limbo (melancolia eterna): pagãos virtuosos (gentios): sábios e iluminados da Antiguidade, crianças sem batismo, justos da Bíblia que nasceram antes de Cristo (Canto IV).

b) Círculos da Incontinência (Pecados do Leopardo):

Segundo Círculo – Tempestade de Ventos: pecado da luxúria. Aqui, Minos também julga os pecadores e determina em qual

Círculo deverão padecer (Canto V).

Terceiro Círculo – Cérbero e o Lago de Lama: pecado da gula (Canto VI).

Quarto Círculo – O Círculo de Pedra: pecados da avareza e da prodigalidade (gastança ostensiva). É guardado por Pluto, o deus das riquezas (Canto VII).

Quinto Círculo – Rio Estige: um rio de lodo, onde se afogam a ira e o rancor (Cantos VII e VIII).

c) A Cidade de Dite:

A cidade de Dite (um dos nomes de Lúcifer) serve como divisão entre os pecados cometidos sem dolo (incontinência) e os pecados premeditados (violência e fraude). Ela fica no meio de uma área pantanosa do rio Estige, e os viajantes são conduzidos pelo barqueiro Flégias. O portão da cidade é guardado pela legião dos Anjos Caídos e pelas Erínias (Canto VIII).

Sexto Círculo – Cemitério de Fogo: onde estão enterrados os hereges (Cantos IX e X).

Descrição da justiça do Inferno: nesta passagem, Virgílio explica para Dante a escala de culpas e a distribuição das punições no Inferno. Veremos que elas são estabelecidas de acordo a Ética de Aristóteles: "Deve ser observado que há três aspectos das coisas que devem ser evitados nos modos: a malícia, a incontinência e a bestialidade" (Canto XI).

d) Círculo da Bestialidade ou Violência (Pecados do Leão):

Sétimo Círculo – Vale do Flegetonte. Guardado pelo Minotauro e pelos Centauros.

- Primeiro Giro – Vala de sangue fervente: violência contra os outros (assassinato, latrocínio, tirania, opressão) – Canto XII).
- Segundo Giro – Floresta dos Suicidas: violência contra

si mesmo (suicídio e desperdício dos próprios bens). As Hárpias se alimentam das árvores-almas (Canto XIII).

- Terceiro Giro – Deserto incandescente e chuva de brasas: Violência contra Deus (blasfêmia) – (Canto XIV).
  Violência contra a Natureza (sodomia) – (Cantos XV e XVI).
  Violência contra a Arte (empréstimo de dinheiro com usura) – (Canto XVII).

e) Círculo da Malícia ou Fraude (Pecados da Loba):

Oitavo Círculo – Malebolge. Os viajantes entram com a ajuda de Gerião (personificação da fraude), sobrevoando as cachoeiras de sangue fervente do rio Flegetonte.

- Primeira Bolgia – Açoites eternos: sedutores e exploradores de mulheres (Canto XVIII).
- Segunda Bolgia – Fosso de excrementos: bajuladores e manipuladores (Canto XVIII).
- Terceira Bolgia – Enterrados de cabeça para baixo: simoníacos (Canto XIX).
- Quarta Bolgia – Cabeças torcidas para trás: adivinhação e previsão do futuro (Canto XX).
- Quinta Bolgia – Vala de piche fervente (Malebranche): corrupção e trapaça (Cantos XXI e XXII).
- Sexta Bolgia – Vestes douradas de chumbo: hipocrisia (Canto XXIII).
- Sétima Bolgia – Corpos roubados e metamorfose: roubo e furto (Cantos XXIV e XXV).
- Oitava Bolgia – Chamas eternas: conselheiros do mal (Cantos XXVI e XXVII).
- Nona Bolgia – Mutilação: semeadores de discórdias (Canto XXVIII).
- Décima Bolgia – Doenças e pestilência: falsificadores e caluniadores (Cantos XXIX e XXX).

f) Círculo da Traição:

Nono Círculo – Lago Cócito, uma geleira eterna, que é constantemente resfriada pelo vento das asas de Lúcifer (Dite).

- A Prisão dos Gigantes (que circunda toda a geleira do Lago Cócito) – (Canto XXXI).
- Caína: traição contra os parentes (Canto XXXII).
- Antenora: traição contra a pátria (Cantos XXXII e XXXIII).
- Ptolomeia: traição contra os amigos, hóspedes e semelhantes (Canto XXXIII).
- Judeca: traição contra os benfeitores (Canto XXXIV).

Desejamos a todos os leitores uma rica e proveitosa viagem pelo *Inferno* de Dante. "Vocês, que entram, deixem para trás toda esperança!" (Inferno III. 9).

PURGATÓRIO

O Purgatório é o segundo dos três Reinos do além-vida cristão visitado por Dante no decorrer de sua viagem, na companhia do poeta Virgílio. A viagem de quatro dias e três noites é relatada em 33 Cantos e 4.755 versos.

Dante descreve o Purgatório como uma montanha muito alta, que se eleva em uma ilha no centro do hemisfério sul (no polo oposto a Jerusalém, que fica no centro do hemisfério norte). De acordo com a explicação de Virgílio (*Inferno* XXXIV. 121-126), quando Lúcifer caiu do Céu após sua rebelião, ele caiu no Centro da Terra no lado do hemisfério sul, e todas as terras recuaram para o norte, por medo do contato com o Maligno. Assim o abismo infernal foi criado, e a pouca terra restante formou a montanha do Purgatório, que se eleva em posição oposta ao Inferno. A ilha está conectada ao Centro da Terra por uma passagem subterrânea que se estende por todo o hemisfério sul, e através da qual corre um afluente do rio Letes.

Na época de Dante, o Purgatório era uma criação recente da doutrina cristã, tendo sido definida oficialmente apenas em 1274. Segundo alguns historiadores da Igreja, esta inovação se devia ao objetivo de lucrar com o pagamento de orações pelos fiéis, destinadas a mitigar as punições a que os penitentes eram submetidos (e de fato Dante enfatiza, em várias passagens, que os fiéis podem encurtar a permanência das almas no Purgatório, mas isto é feito com orações, e independente do dinheiro pago ou não às instituições eclesiásticas).

Segundo Dante, as almas destinadas ao Purgatório se reúnem na foz do rio Tibre e esperam pelo anjo timoneiro, que as recolhe em uma pequena barca e as leva para a ilha, onde a montanha se eleva. Algumas almas ficam em uma espécie de sala de espera, o Antepurgatório, por terem se arrependido dos pecados apenas na hora da morte. A espera pode ser longa, mas não deve se estender além do Dia do Julgamento.

No final do período de espera, os penitentes passam pela porta do Purgatório, que é guardada por um anjo, e depois devem passar pelos sete Círculos em que a montanha está dividida. Em cada Círculo é punido um dos sete pecados mortais, em ordem decrescente de gravidade – portanto, com um critério oposto ao do Inferno: soberba, inveja, ira, preguiça, avareza, gula e luxúria. Na entrada de cada Círculo, as almas se deparam com exemplos da virtude oposta (o primeiro exemplo é sempre a Virgem Maria), enquanto na saída há exemplos do pecado que está sendo expurgado. Os exemplos podem ser retratados visualmente, mostrados por meio de visões, declarados por vozes ou recitados pelos próprios penitentes. A passagem de um Círculo para o outro é feita por escadas, às vezes íngremes e difíceis de subir.

As almas dos penitentes sofrem punição física, análoga em muitos aspectos à do Inferno, mas com a diferença de que os penitentes não ficam relegados por toda a eternidade a um Círculo, mas seguem para cima: quando uma alma se sente pronta para continuar, ela passa para o próximo Círculo. Em cada Círculo, Dante apresenta os pecadores mais representativos do pecado ali punido, embora fique claro que essas almas estão ali de passagem.

As almas permanecem nos diversos Círculos por um tempo que varia de acordo com o pecado cometido, e em alguns casos pode ser nulo (Estácio, por exemplo, não sofre as punições dos dois últimos Círculos) ou prolongado por anos ou séculos. Em qualquer caso, a punição não pode ir além do dia do Juízo Final. Obviamente, as almas de pessoas particularmente santas ou merecedoras vão diretamente para o Céu sem passar pelo Purgatório.

Quando a alma de um penitente cumpre sua sentença completa, a montanha é abalada por um tremendo terremoto e todas as almas cantam *Glória a Deus nas alturas*: nesse momento, a alma entra no Paraíso Terrestre, que está localizado no topo da montanha, após um muro de fogo. Aqui a alma é recebida por Matelda, que representa o estado de pureza do homem antes do pecado original. Matelda "batiza" a alma nos dois rios que correm no Éden. O Letes, que apaga a memória dos pecados cometidos, e o Eunoé, que fortalece a memória das boas ações. Neste ponto, a alma está apta para ascender ao Céu, purificada e pronta para ascender às estrelas, como diria Dante de si mesmo.

O Purgatório, de forma semelhante ao Inferno, divide-se inicialmente em dez regiões principais (a Praia, o Antepurgatório, sete Círculos e o Paraíso Terrestre). Nos Círculos, que correspondem aos sete pecados capitais, as almas recebem suas penitências em grau decrescente, do pecado maior até o menor (ao contrário do Inferno, onde os pecados eram punidos em ordem crescente).

Podemos ainda notar algumas subdivisões que diferenciam cada região, à medida que subimos o monte do Purgatório junto com Dante e Virgílio:

- O Antepurgatório, a região externa na base da montanha, onde as almas ficam vagando entre cavernas, desertos e vales, divide-se em dois Terraços.
- Os Sete Círculos do Purgatório ficam do lado de dentro da montanha, e se distribuem em três grandes regiões: Baixo, Médio e Alto Purgatório. Essas regiões correspondem às três formas distorcidas de Amor: Amor Corrompido (soberba, inveja e ira), Amor Insuficiente (preguiça) e Amor em Excesso (gula, avareza e luxúria).

O diagrama a seguir, à maneira de um pequeno guia, relaciona a ascensão de Dante e Virgílio pelos vários níveis do Purgatório, e os pecados que os seus habitantes devem purificar para alcançar a salvação e ir para o Paraíso.

a) Praia do Purgatório:

A Praia é o local da ilha do Purgatório onde desembarcam as almas, recolhidas pelo Anjo Timoneiro em uma barca na foz do Rio Tibre. O guardião que recebe as almas é Catão de Útica (Cantos I e II).

b) Antepurgatório:

Primeiro Terraço – os excomungados: devem esperar do lado de fora, por trinta vezes o tempo que ficaram em contumácia (sem comunhão com a Igreja) – (Canto III).

Segundo Terraço – os arrependidos tardios: são as almas que se arrependeram na hora da morte, no último instante. Devem aguardar do lado de fora, e contam com as orações dos vivos para encurtar seu tempo de espera.

- Negligentes: aqueles que não rezavam nem se confessavam. Ficam em estado de inércia, e devem esperar pelo mesmo tempo da duração de suas vidas. É o único grupo que não pode ser ajudado pelas orações dos vivos (Canto IV).
- Mortos pela força: aqueles que morreram de forma violenta, sem tempo para a extrema-unção. Ficam vagando em volta do monte, entoando hinos e orações, por tempo indeterminado (Cantos V e VI).
- Vale dos Príncipes Negligentes: reis, príncipes e nobres que não cuidaram de suas almas. Aguardam em um valezinho agradável, cheio de flores e grama, por um tempo indefinido (Cantos VII e VIII).

c) Porta do Purgatório:

Primeira pausa durante a noite. Dante tem o seu primeiro sonho (a Águia). Os dois viajantes chegam à Porta do Purgatório, onde o Anjo Guardião grava os sete Ps na testa de Dante (Canto IX).

d) Baixo Purgatório (Amor Corrompido):

Primeiro Círculo – Soberba: os penitentes carregam enormes rochas, o que os obriga a olhar para baixo, enquanto na vida eles olhavam para cima com vaidade (Cantos X a XII).

Segundo Círculo (Inveja): os olhos dos penitentes são costurados com arames de ferro, para não olharem para os bens terrenos com inveja (Cantos XIII a XV).

Terceiro Círculo (Ira): uma fumaça negra e densa que causa irritação nos olhos, simbolizando a cegueira da ira (Cantos XVI e XVII).

e) Médio Purgatório (Amor Insuficiente):

Quarto Círculo (Preguiça): os penitentes correm sem parar em volta do Círculo, em uma velocidade vertiginosa (Canto XVIII).

f) Alto Purgatório (Amor em Excesso):

Segunda pausa durante a noite. Dante tem o seu segundo sonho (a Sereia) – (Canto XIX).

Quinto Círculo (Avareza e Prodigalidade): os penitentes ficam deitados com o rosto virado para o chão, pois na vida eles só cuidavam de seus bens e não olhavam para o Céu (Cantos XIX a XXI).

A montanha sente um terremoto, e os dois viajantes encontram o poeta Estácio (Canto XX).

Sexto Círculo (Gula): as almas são consumidas pela fome e sede, ao lado de duas árvores que produzem frutos convidativos e de uma fonte de água cristalina (Cantos XXII a XXIV).

Estácio explica para Dante a metafísica da alma (segundo Aristóteles) – Canto XXV.

Sétimo Círculo (Luxúria): as almas caminham por uma parede de fogo que as separa do Paraíso Terrestre, e que simboliza o fogo da luxúria que tiveram em vida (Cantos XXV e XXVI).

g) Paraíso Terrestre:

Dante, Estácio e Virgílio atravessam o muro de fogo. Na terceira pausa durante a noite, Dante tem o seu terceiro sonho (Leia e Raquel). Chegada ao Paraíso Terrestre (Canto XXVII).

Os viajantes encontram o rio Letes e a jovem Matelda (Canto XXVIII).

A procissão mística, que conta a história da Igreja e os prepara para a chegada de Beatriz (Canto XXIX).

A chegada de Beatriz e a partida de Virgílio (Canto XXX).

Dante confessa seus pecados e é mergulhado no rio Letes (Canto XXXI).

A Árvore do Conhecimento e a alegoria da carruagem (Canto XXXII).

As últimas repreensões de Beatriz. Dante e Estácio se purificam no rio Eunoé (Canto XXXIII).

O poeta faz toda a viagem acompanhado por Virgílio – que não é um especialista naquele lugar, pois nunca estivera lá antes. Antes de passar pela porta do Purgatório, o anjo da guarda escreve os "Sete Ps" na testa de Dante com sua espada. Isso significa que Dante deverá expiar os sete pecados mortais; e cada P será apagado à medida que ele transpuser cada Círculo. A subida de Dante pela montanha, portanto, representa um caminho de purificação moral, sendo análoga em alguns aspectos à descida ao Inferno, se lembrarmos que a colina em Jerusalém representava a felicidade terrena (*Inferno* I. 77-78), e que o poeta era incapaz de alcançá-la por causa dos pecados das Três Feras (incontinência, violência e malícia).

A subida é muito mais cansativa e dura do que a descida ao Inferno, pois a lei do Purgatório proíbe que as almas subam durante a noite (como explica Sordello, no Canto VII. 43). Assim, Dante tem que fazer três paradas durante a noite (Cantos IX, XIX e XXVII), episódios em que o poeta dorme (pois ainda sente sono, em seu corpo mortal) e tem sonhos de significado alegórico e espiritual.

Quase no final da viagem, os dois poetas encontram a alma de Estácio, que cumpriu sua sentença no Quinto Círculo e pode terminar sua estadia no Purgatório. Estácio fornece a Dante algumas informações valiosas sobre a estrutura moral do Purgatório e a origem da alma, depois os acompanha ao Éden. Lá, Dante encontra Beatriz, no final de uma procissão mística representando a história da Igreja. Quando ela aparece, Virgílio desaparece, fazendo Dante se desesperar e chorar.

Beatriz repreende Dante severamente pelos pecados que o desviaram para a selva escura (*Inferno* I), fazendo-o confessar e chorar mais ainda. Então, Matelda mergulha Dante nas águas dos dois rios, o que permite sua subsequente ascensão ao Paraíso Celestial.

Linguagem e estilo no Purgatório

Em comparação ao Inferno, o Purgatório tem uma atmosfera decididamente menos sombria, mais relaxada e serena, o que é evidente desde o Canto I, na chegada de Dante e Virgílio à Praia, minutos antes do amanhecer do domingo de Páscoa. Enquanto o estilo do Inferno era áspero e duro, adequado à representação do reino da dor, o do Purgatório é mais leve e mais elegante no tom, mas sem chegar à elevação "trágica" que será característica do Paraíso. Isto já é evidente no encontro com Casella no Canto II, na Praia do Purgatório, quando o músico e amigo de Dante sai do barco do anjo timoneiro e inicia uma conversa com o poeta em um tom calmo e amigável – o que teria sido impensável no Inferno.

Esta leveza se reflete também, obviamente, no retrato dos penitentes e seu sofrimento, que, embora seja plástico e físico como o dos condenados, não apresenta a rudeza e a crueldade realista que eram características na descrição das almas do Inferno. Os penitentes do Purgatório são aqueles que estão "contentes no fogo", porque estão salvos e muito felizes em sofrer o justo castigo por seus pecados terrenos: não têm a animosidade e o rancor que caracterizaram muitos dos condenados no Inferno, que dirigiam invectivas ou previsões sinistras a Dante; e o poeta pode ter com eles conversas serenas que abrangem os mais variados temas (não apenas religiosos e políticos, mas também artísticos e literários).

É sobretudo a reflexão sobre o propósito da arte e da literatura que ganha destaque no *Purgatório*, especialmente no encontro com personagens como Oderisi da Gubbio, Buonagiunta de Lucca e Guido Guinizelli. Dante também se permite um virtuosismo linguístico no final do Canto XXVI, no encontro com o trovador provençal Arnaut Daniel (que pronuncia alguns versos em perfeito vernáculo provençal occitano). Ele também se esmera com inúmeras frases em latim ao longo do texto (e, neste contexto, também é muito significativo o encontro com o poeta latino Estácio – que, ao contrário da realidade, Dante apresenta como cristão, graças a uma ajuda involuntária de Virgílio).

No *Purgatório*, Dante também inova com a criação de acrônimos e enigmas com as letras, entre os quais podemos citar: a curiosa passagem em que ele compara os traços do rosto humano com a palavra *omo* (Canto XXIII); o mistério do DVX (Canto XXXIII); e a bela sequência em que os versos formam o acrônimo VOM (*uom*, homem em latim), no Canto XII – na qual, nesta tradução, tentamos a duras penas prestar um tributo à ideia original de Dante.

A preciosa escrita de Dante é como um "discurso visível" (como ele mesmo escreve, um *visibile parlare* – *Purgatório* X. 94): seu olhar o obriga ao dizer perfeito, à busca pela transcrição fidelíssima do que é visto na realidade. Ademais, o contexto político vivido por Dante influencia sua obra, tendo em vista que o fazer poético envolve todo o seu ser (obra, pessoa e vida): Dante busca pela justiça em todas as coisas, e é assim que o poeta procura a sua salvação ou sintonia cósmica. Poesia e política, portanto, mostram ambas um olhar crítico sobre a sua intricada realidade – repleta de famílias reais e dinastias europeias que se digladiam, partidos políticos em sangrentas batalhas, nobres da Itália que agem como senhores da verdade, cidades inteiras que detestam umas às outras, e uma Igreja que não se desvincula do poder temporal. Na *Divina Comédia*, Dante compartilha diversas viagens que formam esse longo poema em duas partes que se diluem: o poeta e a palavra, e estes realizam uma troca mútua para se transformarem em criação. A associação entre poética e política também significa que ambas se relacionam com o homem íntegro, e mostra sua preocupação com a ética.

Outro parêntesis está na própria representação do Jardim do Éden, que está ligada ao mito clássico da Idade de Ouro e do Parnaso, e permite a Dante introduzir o caráter da idolatrada Beatriz como o centro da procissão simbólica dos acontecimentos da Igreja. Este talvez seja o momento mais elevado e lírico de todo o *Purgatório*, que faz prelúdio à passagem do poeta para o *Paraíso*. É também o momento de despedida de Virgílio, que abandona o discípulo depois de tê-lo guiado por tantos obstáculos e dificuldades, e a quem Dante dirige uma última homenagem, apaixonada e triste, chamando-o de *dolcissimo patre* (*Purgatório* XXX. 50).

Esta é a passagem para a última fase da viagem alegórica: aquela que levará Dante às alturas sobre-humanas do *Paraíso*. A partir do Canto XXX o estilo se eleva subitamente, antecipando o início do *Paraíso*, no qual o poeta invocará a assistência de Apolo, bem como das Musas – como convém à representação de um lugar muito além da capacidade de compreensão do intelecto humano: este será o motivo dominante da poesia do *Paraíso*, cujo estilo será muito diferente do estilo do *Purgatório*, o reino onde o espírito humano se torna digno de ascender ao Céu.

Desejamos a todos os leitores uma rica e proveitosa viagem pelo *Purgatório* de Dante; uma leitura que nos absorve e transporta, quase em tempo real. Mais uma vez, Dante Alighieri nos leva a repensar os nossos próprios fantasmas, e refletir sobre o nosso próprio caminho para a elevação espiritual. *"Insano é quem espera que nossa razão humana consiga percorrer o caminho infinito que detém três Pessoas em uma só substância."* (*Purgatório* III. 34-36).

PARAÍSO

O Paraíso é o último dos três Reinos do além-vida cristão visitado por Dante Alighieri, encerrando assim o poema e a narrativa da *Divina Comédia*. A terceira parte da aventura é vivida na companhia de sua amada Beatriz – uma vez que o seu antigo mestre Virgílio não era cristão, e não tinha o conhecimento necessário para adentrar o Reino dos Bem-Aventurados. O voo de Dante pelas diversas Esferas e Céus do Paraíso é relatado em 33 Cantos e 4.758 versos.

Não há marcadores de tempo no decorrer da narrativa, mas sabemos que a ação tem início onde havia sido pausada em *Purgatório* XXXIII: era a quarta-feira, após o domingo da Páscoa do ano de 1300. O término do Paraíso ocorre à meia-noite da quinta-feira, fechando assim a fantástica viagem de uma semana iniciada no Inferno – quando Dante se viu perdido na selva escura, à meia-noite da quinta-feira anterior.

Dante dá ao Paraíso uma localização espacial bem precisa em relação à Terra, ao Inferno e ao Purgatório, mesmo que sua descrição esteja muito longe da ideia de um lugar físico, e torna-se mais abstrata à medida que a subida prossegue. O poeta imagina a Terra esférica e imóvel no centro do Universo, rodeada pelos corpos celestes e pelos Céus que compõem o Paraíso:

- No plano visível ao homem, entre a Terra e o Primeiro Céu, estão a Esfera do Ar (a nossa atmosfera) e a Esfera do Fogo (o nosso Sol material), que fazem a separação entre o mundo terrestre e o mundo celestial.
- Os primeiros oito Céus são esferas concêntricas que giram em torno da Terra, e levam o nome do corpo celeste que gira em sua órbita (Lua, Mercúrio, Vênus, Sol, Marte, Júpiter e Saturno e Estrelas Fixas). O movimento de cada um deles é impulsionado por sua respectiva Inteligência Angélica (cada uma das categorias da hierarquia dos anjos, de acordo com a classificação do teólogo primitivo Dionísio, o Areopagita). Os primeiros oito Céus são compostos de

uma substância chamada éter (algo semelhante ao ar). Eles brilham, emitem doces sons e também irradiam a influência de seus corpos celestes, a qual repercute na Terra e em todas as criaturas.

- A esfera do Nono Céu é o Primeiro Motor, assim chamado por ser a origem do movimento do Universo. É a esfera mais veloz, e impulsiona o movimento de todas as outras.
- O Décimo Céu, o Empíreo, é aparentemente imóvel e se estende até o Infinito. É a sede de Deus, dos anjos e da Rosa Branca dos bem-aventurados.

No Paraíso, as almas abençoadas não têm restrições e podem desfrutar de todos esses lugares: Deus não faz mais distinções, e os vários Céus estão todos conectados e acessíveis. Mas, para manter uma coerência interna em sua narração e poder explicar, mesmo que filosoficamente, o sentido do Paraíso, Dante lança mão de um expediente: os bem-aventurados são divididos em oito hostes, de acordo com o corpo celeste que os influenciou quando viveram na Terra. Embora, na prática, todas as almas e todos os anjos estejam no Empíreo, em eterna comunhão com Deus, os espíritos aparecem a Dante em seus respectivos Céus de influência. Por exemplo: os espíritos quebrantados no Céu da Lua, os espíritos amorosos no Céu de Vênus, e assim por diante.

No Céu das Estrelas Fixas, Dante e Beatriz testemunham o triunfo de Cristo e Maria. Ele também encontra São Pedro, São Tiago e São João – que "sabatinam" o poeta a respeito das três virtudes teológicas – a Fé, a Esperança e a Caridade. Depois de passar no exame, Dante é admitido no Primeiro Motor, onde testemunha o brilho e o movimento das nove Inteligências Angélicas, descritas como círculos flamejantes que giram em torno do Ponto, uma luz infinitamente brilhante.

No Empíreo, todos os bem-aventurados do Paraíso se mostram glorificados em suas aparências terrenas, e felizes (ainda que distribuídos em uma certa hierarquia) ao redor da Luz de Deus. O

Empíreo é uma espécie de anfiteatro, e a disposição dos lugares forma a imagem de uma imensa Rosa Branca. Há muitos assentos vazios, e um deles está reservado para o imperador do Sacro Império Romano-Germânico, Henrique VII de Luxemburgo. Nesse ponto, Beatriz termina a sua missão como guia de Dante, e retoma seu assento dentro da Rosa Branca, ao lado de Raquel. Assim, na etapa final de sua aventura, Dante é guiado por São Bernardo de Claraval.

São Bernardo convida Dante a contemplar a glória de Maria, que é aclamada por todos os anjos e pelo Arcanjo Gabriel. O Canto final (XXXIII) abre-se com a bela oração de São Bernardo, pedindo a intercessão da Virgem para que Dante possa ver a Deus; e assim, o *Paraíso* e a *Divina Comédia* se encerram com a descrição desta visão.

Como mencionado, cada um dos nove primeiros Céus é regido por uma das hierarquias da Inteligência Angélica; e os oito primeiros Céus estão associados à influência do corpo celeste e a uma determinada hoste de almas. Além disso, podemos identificar que as influências também afetam o maior ou menor grau das quatro virtudes cardeais (justiça, prudência, fortaleza e temperança).

O diagrama a seguir, à maneira de um pequeno guia, relaciona a ascensão de Dante e Beatriz pelos vários Céus do Paraíso, e as hostes e influências a eles relacionadas.

a) Cantos Iniciais:

Dante e Beatriz estão no Paraíso Terrestre (Purgatório). Dante passa pela transumanização. Ascendem ao Primeiro Céu, passando pela Esfera do Ar e pela Esfera do Fogo. (Cantos I e II).

b) Paraíso:

Primeiro Céu – Lua (Cantos III-V).

- Inteligência Angélica: Anjo.
- Hoste: os Espíritos Quebrantados, que aparecem como reflexos humanos.

- Influência da Lua: vontade fraca, tendo falhado com a virtude cardeal da Fortaleza. Não cumpriram o propósito que determinaram para suas vidas, destacando-se os votos religiosos. Dante encontra as almas de Piccarda Donati e da imperatriz Constança I.

Segundo Céu: Mercúrio (Cantos VI-VII).

- Inteligência Angélica: Arcanjos.
- Hoste: os Espíritos Ativos, que aparecem como silhuetas envoltas em um halo de luz.
- Influência de Mercúrio: desejo pela glória terrena, tendo falhado com a virtude cardeal da Prudência. Dante encontra o imperador Justiniano, que relata a história da Águia Imperial de Roma.

Terceiro Céu: Vênus (Cantos VIII-IX).

- Inteligência Angélica: Principados ou Príncipes Celestiais.
- Hoste: os Espíritos Amorosos, transformados em pura luz.
- Influência de Vênus: tiveram muito amor ao próximo, no entanto falharam na virtude cardeal da Temperança. Nesse Céu, Dante fala com o príncipe Carlos Martel d'Anjou.

Quarto Céu: Sol (Cantos X-XIV).

- Inteligência Angélica: Potestades.
- Hoste: os Espíritos Sábios, que aparecem na forma de duas coroas de luzes.
- Influência do Sol: o amor à sabedoria, constituindo exemplos da virtude da Prudência. São os teólogos, filósofos e estudiosos das diversas ciências. Dante encontra São Tomás de Aquino, São Boaventura e o rei Salomão.

Quinto Céu: Marte (Cantos XV-XVIII).

- Inteligência Angélica: Virtudes.
- Hoste: os Espíritos Combatentes, que aparecem na forma de uma cruz isósceles.
- Influência de Marte: combatividade, sendo exemplos de Fortaleza. São os mártires da fé e aqueles que lutaram nas guerras santas. Nesse Céu, Dante encontra o seu antepassado Cacciaguida degli Elisei, que fala sobre a antiga Florença e prevê acontecimentos futuros.

Sexto Céu: Júpiter (Cantos XVIII-XX).

- Inteligência Angélica: Dominações.
- Hoste: os Espíritos Justos, que compõem letras para formar uma mensagem, e depois se transformam na Águia Imperial romana.
- Influência de Júpiter: o amor à Justiça. São os soldados, príncipes e governantes justos (em contraposição ao Vale dos Príncipes Negligentes do Purgatório). Dante fala com a Águia, que responde pelo coletivo de todos os espíritos justos.

Sétimo Céu: Saturno (Cantos XXI-XXII).

- Inteligência Angélica: Tronos.
- Hoste: os Espíritos Contemplativos, que aparecem como luzes formando a escada de Jacó.
- Influência de Saturno: tendência à vida contemplativa. Dante fala com as almas de São Pedro Damião e São Bento.

Oitavo Céu: Estrelas Fixas (Cantos XXIII-XXVII).

- Inteligência Angélica: Querubins.
- Hoste: os Espíritos Triunfantes, que aparecem em uma parada triunfal de estrelas flamejantes.

- Influência das Estrelas: amor pelo Bem. Trata-se do próprio Cristo (feito homem), Maria, os Apóstolos (o que também pressupõe os pregadores do Evangelho) e os patriarcas e justos do Antigo e do Novo Testamento. Dante vê o triunfo de Cristo e Maria, que ascendem ao Empíreo. Em seguida, ele é arguido por São Pedro, São Tiago e São João Evangelista, e conversa com Adão.

Nono Céu: Primeiro Motor (Cantos XXVIII-XXIX).

- Inteligência Angélica: Serafins.
- Em uma imagem complementar à visão dos Céus anteriores, Dante vê todas as Inteligências Angélicas em movimento, girando em círculos concêntricos em torno de uma grande Luz (o Ponto), de acordo com sua hierarquia. Os Serafins, no primeiro círculo (ao centro), são os que dão o primeiro impulso e giram mais rápido. A velocidade dos círculos diminui à medida que se afastam do Ponto.

Décimo Céu: Empíreo. É a verdadeira morada de todos os bem-aventurados, que formam a Rosa Branca em torno da Luz de Deus (Cantos XXX-XXXII).

Beatriz se afasta de Dante, e ele passa a ser guiado por São Bernardo de Claraval. Este apresenta os habitantes da Rosa, e juntos eles contemplam a Virgem Maria (Canto XXXI).

Maria é glorificada pelos anjos e saudada pelo Arcanjo Gabriel (Canto XXXII).

São Bernardo pede a intercessão de Maria para que Dante possa contemplar a Deus (Canto XXXIII).

Linguagem e estilo no Paraíso

Na descrição poética do terceiro Reino, Dante diverge claramente da estética literária anterior e opta por um caminho completamente novo, que diferencia o *Paraíso* dos dois Cânticos anteriores. O Inferno e o Purgatório eram lugares físicos, localizados na Terra e representados com características plásticas e materiais. O Paraíso, por outro lado, apesar de também possuir uma localização espacial precisa, é representado por Dante de forma abstrata, imaterial, com uma descrição que se torna mais rarefeita à medida que ele se afasta da Terra e se aproxima de Deus.

Dante já havia inovado durante a escrita do *Purgatório*, uma criação recente da doutrina cristã, e se propôs a fazer a descrição de um imaginário inteiramente novo, No caso do *Paraíso*, Dante renuncia deliberadamente à tradicional iconografia já associada a ele: não há anjos com asas brancas, harpas e trombetas; não há uma farta ceia com todos os tipos de alimentos, não se vê a face de Jesus, nem o Deus Todo-Poderoso sentado em um trono (um simbolismo ainda presente, em certos aspectos, no *Purgatório*). Em vez disso, há muitos efeitos de luz e som, enigmas, figuras geométricas e complicadas imagens matemáticas e astronômicas, que estão bem longe de uma descrição material.

Um parêntesis sobre os anjos: eles são as personagens que menos aparecem no *Paraíso*. Como a sua única função (além de impulsionar o movimento dos Céus com seu voo) é contemplar a Deus, eles não interagem com Dante e não se mostram a ele nos sete primeiros Céus. Pois, quanto menor for a virtude do Céu, mais afastados de Deus e das almas eles estarão.

Os bem-aventurados mantêm um aspecto humano apenas no Primeiro Céu, onde aparecem a Dante como figuras evanescentes, semelhantes a imagens refletidas na água. No Segundo Céu, são silhuetas completamente indistinguíveis e envoltas em luz; depois os espíritos se apresentarão como pura luz, cujo brilho maior significará a alegria em poder falar com o peregrino.

A partir do Quarto Céu, os bem-aventurados formarão figuras geométricas com o simbolismo associado à hoste a que pertencem, como os espíritos sábios que formam duas coroas, e os combatentes que formam uma cruz. Os espíritos justos do céu de Júpiter desenharão uma inscrição em latim que exorta os governantes da Terra a amarem a justiça e, em seguida, formarão uma águia – o símbolo da autoridade imperial terrena. Os espíritos contemplativos formarão uma escada que se eleva até o infinito e representa a ascese espiritual. No Empíreo, então, todos os bem-aventurados formarão a Rosa Branca, cujos assentos são evocados por Beatriz, mas não descritos fisicamente. A descrição da mente de Deus, que Dante esboça no final do poema, também é extremamente estilizada e abstrata, com os Três Círculos que surgem um do outro (o mistério da Trindade) e a efígie humana (o mistério da Encarnação).

Dante enfatiza em várias ocasiões a extrema dificuldade de seus meios limitados para dar uma descrição completa do Reino Sagrado, que representa uma dimensão sobre-humana e transcende as leis naturais. Essa dificuldade surge, antes de tudo, da lembrança fugaz da visão que restou em sua memória, devido à desproporção entre as capacidades de seu intelecto e a grandeza das coisas vistas; e depois do problema de expressar em palavras o que, por sua natureza, é indescritível. Muitas vezes, Dante declara que, mesmo fazendo uso de toda a sua capacidade poética e de toda a sua inspiração, só pode representar um vestígio do espetáculo que presenciou; e várias vezes, para dar uma ideia das coisas descritas, utiliza semelhanças mitológicas para representar o impossível.

Essa poética do inexprimível deriva em parte do *Dolce Stil Novo* e, em particular, da poesia de seu amigo Guido Cavalcanti, que muitas vezes em seus versos declarava sua incapacidade de descrever plenamente a beleza da mulher-anjo. Dante já havia aderido a essa escolha estilística na *Vita Nuova*, na descrição de seu amor místico e trovadoresco por Beatriz – recuperado agora para dar corporeidade à visão do *Paraíso*, e purificado de qualquer elemento de ambiguidade erótica que ainda estivesse presente em seus versos juvenis.

Em última análise, o *Paraíso*, assim como toda a *Comédia*, apresenta-se como um poema inspirado pelo Divino, e Dante se apresenta como autor e mensageiro de uma obra excepcional, na qual cooperaram céus e terra (de maneira análoga aos livros da Bíblia, cujos autores agiram sob a inspiração de Deus). Dante está ciente da absoluta novidade temática e estilística da *Comédia*, e várias vezes afirma com orgulho e reivindica para si essa primazia poética: ele é o poeta que entra, com o barco do seu Gênio, por mares nunca *Dantes* navegados (*Purgatório* I. 1-3, *Paraíso* II. 1-18) – um trocadilho oportuno, pois de fato Dante prenuncia em vários aspectos o nosso Luís de Camões.

As particularidades na descrição narrativa do *Paraíso* e o alto compromisso doutrinário do autor determinaram, desde sempre, certa dificuldade de recepção e compreensão pelos leitores; pelo que vários críticos e leitores reservam sua predileção aos dois primeiros Cânticos (*Inferno* e *Purgatório*) e desvalorizam o terceiro. Muitos leitores preferem o *Inferno* e o *Purgatório* porque, além de uma representação plástica e mais aderente à realidade, há muitos diálogos com temática mais "terrena", mais seres mitológicos, personagens mais populares e menos "santificados" (como Francesca, Ulisses, o Conde Ugolino e o próprio Virgílio). Muitos também consideram o *Paraíso* um exemplo "chato" de poesia religiosa, didática e pedante; além da própria atitude de Beatriz, que chega a frustrar todas as expectativas românticas dos novos leitores.

De fato, Beatriz assume desde o *Purgatório* uma atitude séria e altiva, ou seja, de uma mestra que age com superioridade diante das perguntas ingênuas de seu aluno, dando explicações difíceis e enigmáticas. No entanto, há de se pontuar que ela representa a encarnação da própria Teologia – a sabedoria divina, que abrirá os olhos de Dante para os mistérios do Reino Celestial –, assim como Virgílio representava, nos outros dois Cânticos, a razão humana iluminada que trará a Dante a felicidade terrena. Portanto, aqui vai uma dica para o leitor: uma das chaves para a compreensão dos mistérios do *Paraíso* de Dante está na crescente beleza de Beatriz.

Ao lado de Beatriz, encontramos ao longo da *Comédia* de Dante uma imensa constelação de personagens históricos ou mitológicos, todos portadores de um valor simbólico útil para que o poeta construa sua narrativa. No *Paraíso*, um dos papéis mais importantes é desempenhado pelo seu antepassado, o trisavô Cacciaguida degli Elisei: ele não somente dá ao poeta a oportunidade de uma comparação entre a antiga Florença e o moderno antro de corrupção que ela se tornou (um assunto muito caro a Dante, que já havia se expressado no *Inferno* e no *Purgatório* com várias invectivas contra sua cidade natal); mas também é o personagem que incentivará o poeta a escrever a *Divina Comédia* quando retornar à Terra.

Graças a Cacciaguida, Dante expõe claramente as intenções por trás da elaboração de sua obra. Ele não somente espera instruir os leitores que terão acesso às grandes verdades escatológicas expressas no *Paraíso*, mas também espera obter a revogação do seu exílio que, como ele explica claramente, é um grande sofrimento – e um fardo muito pesado.

O *Paraíso*, se lido com cuidado e apreendido em sua essência, pode ser compreendido em seu sentido mais autêntico. Não é possível ignorar as alegorias e as explicações doutrinais, que fazem parte da poesia de Dante e são indispensáveis para a compreensão de sua mensagem, mas não devemos esquecer que elas também estiveram presentes no *Inferno* e no *Purgatório*. A poesia do *Paraíso* é de difícil compreensão para o leitor atual, pois está muito longe de nossa maneira contemporânea de pensar e conceber a realidade; no entanto, essa máxima também se aplica ao *Inferno* e ao *Purgatório* – embora estes pareçam mais superficiais e menos "espirituais".

Pois não se trata apenas de colocar as pessoas "más" no Inferno e as pessoas "boas" no Purgatório ou no Paraíso; mesmo os maus e condenados podem ter algum vislumbre do Bem, assim como as pessoas salvas e bem-aventuradas podem sentir raiva, suspirar de nostalgia e ter os seus próprios ressentimentos. Trata-se, enfim, de uma exposição da bela e imemorial condição humana, que é magistralmente analisada por Dante Alighieri: somos seres complexos, cheios de regras e limites, mas também somos dotados das infinitas possibilidades oferecidas pelo nosso livre-arbítrio.

A leitura da *Divina Comédia*, especialmente do *Paraíso*, nos faz compreender como é grande a distância que nos separa do mundo de Dante e da mentalidade do homem medieval – que só podemos compreender parcialmente, com muito esforço. Afinal, é válida a referência feita pelo próprio Dante no início do Canto II do *Paraíso*, quando ele adverte os leitores a não entrarem em mar aberto atrás de sua embarcação poética, pois podem perder o seu rastro, e correm o risco de se perder no oceano.

Esperamos acender uma pequena luz nesse oceano com nossa versão do *Paraíso*; um mar em que enfrentamos muitas ondas agitadas e algumas tempestades, e muitas vezes o cansaço quase nos fez naufragar. Mas somos contagiados pela perseverança, instigada pela busca espiritual de Dante – e isso foi o que nos deu forças para seguir com ele, até o final desta aventura.

Se existe ou não o Paraíso de Dante, nunca poderemos afirmar; mas, qualquer que seja a nossa crença, sempre que desejarmos inspiração para a vida, esta é a nossa única certeza: a humanidade nunca deixará de olhar para o Céu.

"Ó soldados do Céu, a quem contemplo: rogai por aqueles que estão na Terra, e se extraviam para o mau exemplo!"
(*Paraíso* XVIII. 124-126).

Estrutura da *Divina Comédia* de Dante Alighieri

A T...
Concepção da...

Hemisfe...
Todos os continentes con...

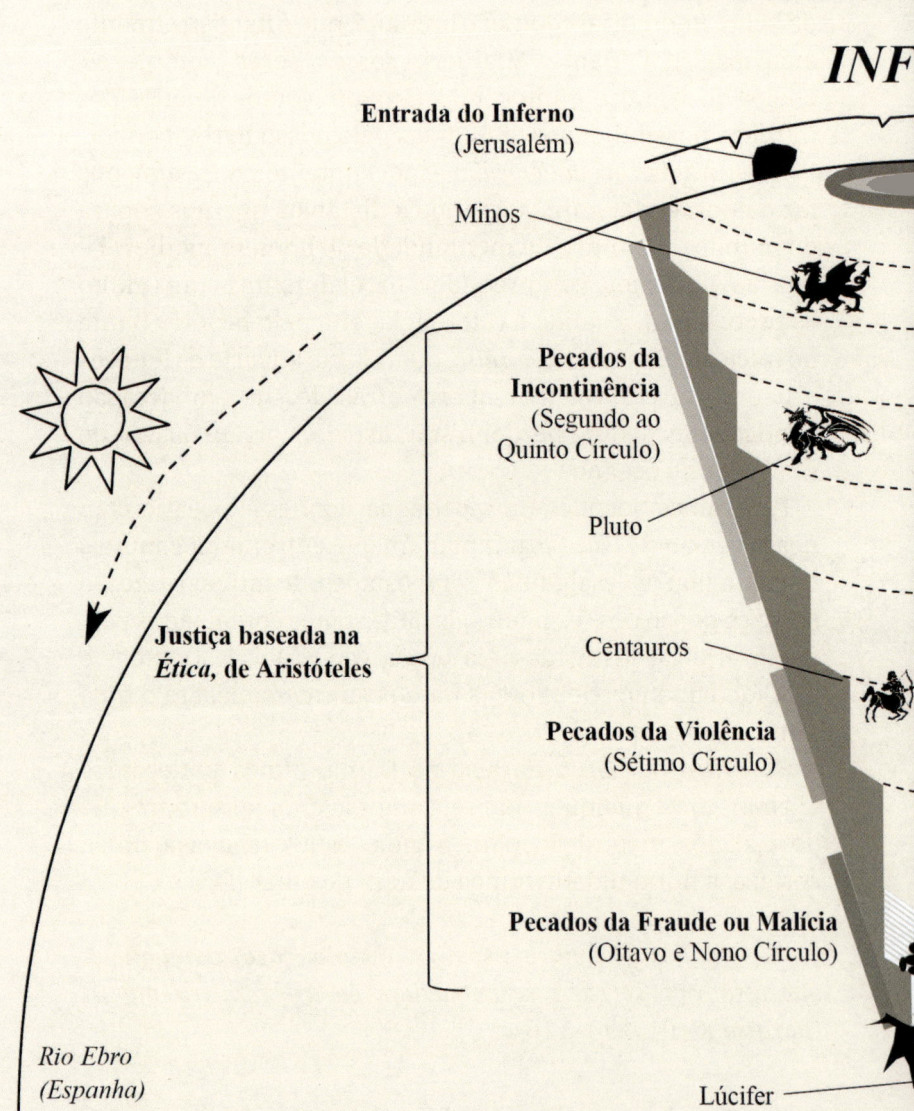

INF

Entrada do Inferno
(Jerusalém)

Minos

Pecados da Incontinência
(Segundo ao Quinto Círculo)

Pluto

Justiça baseada na *Ética*, de Aristóteles

Centauros

Pecados da Violência
(Sétimo Círculo)

Pecados da Fraude ou Malícia
(Oitavo e Nono Círculo)

Rio Ebro
(Espanha)

Lúcifer

Baseado no desenho original de Martín Cristal.
www.martincristal.com.ar

RA
(1300 d.C.)

Boreal
: Europa, Ásia e África.

NO

Rio Aqueronte e barca de Caronte

Vestíbulo dos Indecisos

Primeiro Círculo: o *Limbo*

Segundo Círculo: *Luxúria*

Terceiro Círculo: *Gula*

Cérbero

Quarto Círculo: *Avareza*

Quinto Círculo: *Ira e Rancor*

Portão que o mensageiro celestial abre

Sexto Círculo: *Heresia*
(Cidade de Dite)

Sétimo Círculo: *Violência*
(Vale do Flegetonte)

Gerião

Oitavo Círculo: *Fraude*
Malebolge ("Bolsas do Mal")

Gigantes

Nono Círculo: *Traição*
(Lago Cócito)

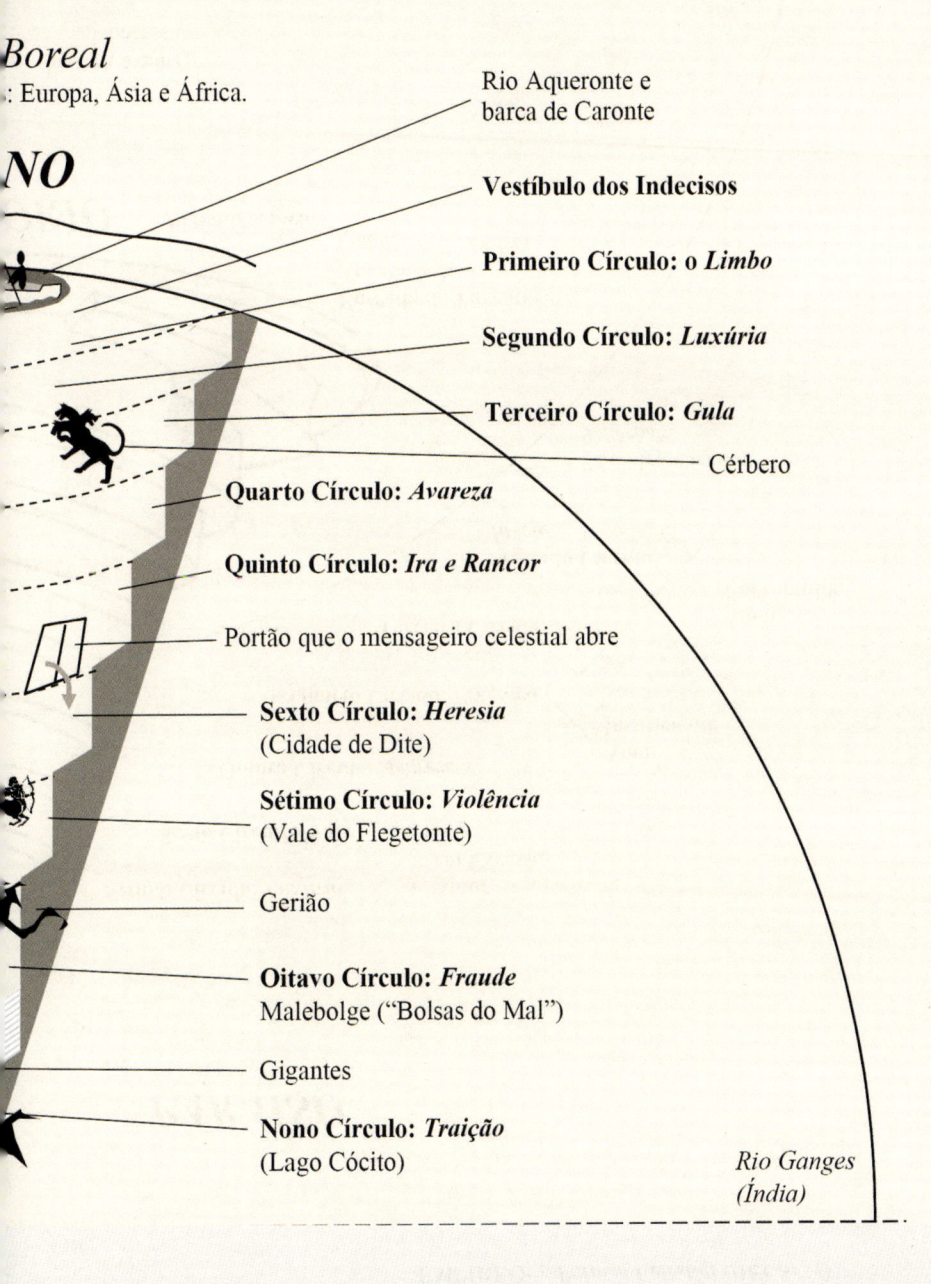

Rio Ganges
(Índia)

Afluente do Rio Letes

Passagem de Dante e Virgílio

PURGATÓRIO

Antepurgatório

Entrada do Purgatório
Anjo Guardião
(*vigário de S. Pedro*)

Primeiro Círculo: *Soberba*

Segundo Círculo: *Inveja*

Amor Corrompido

Terceiro Círculo: *Ira*

Quarto Círculo: *Preguiça*

Amor Insuficiente

Quinto Círculo: *Avareza*

Sexto Círculo: *Gula*

Sétimo Círculo: *Luxúria*

Amor em Excesso

PARAÍSO

EMPÍREO: *o Paraíso Celestial (DEUS)*

Centro da Terra

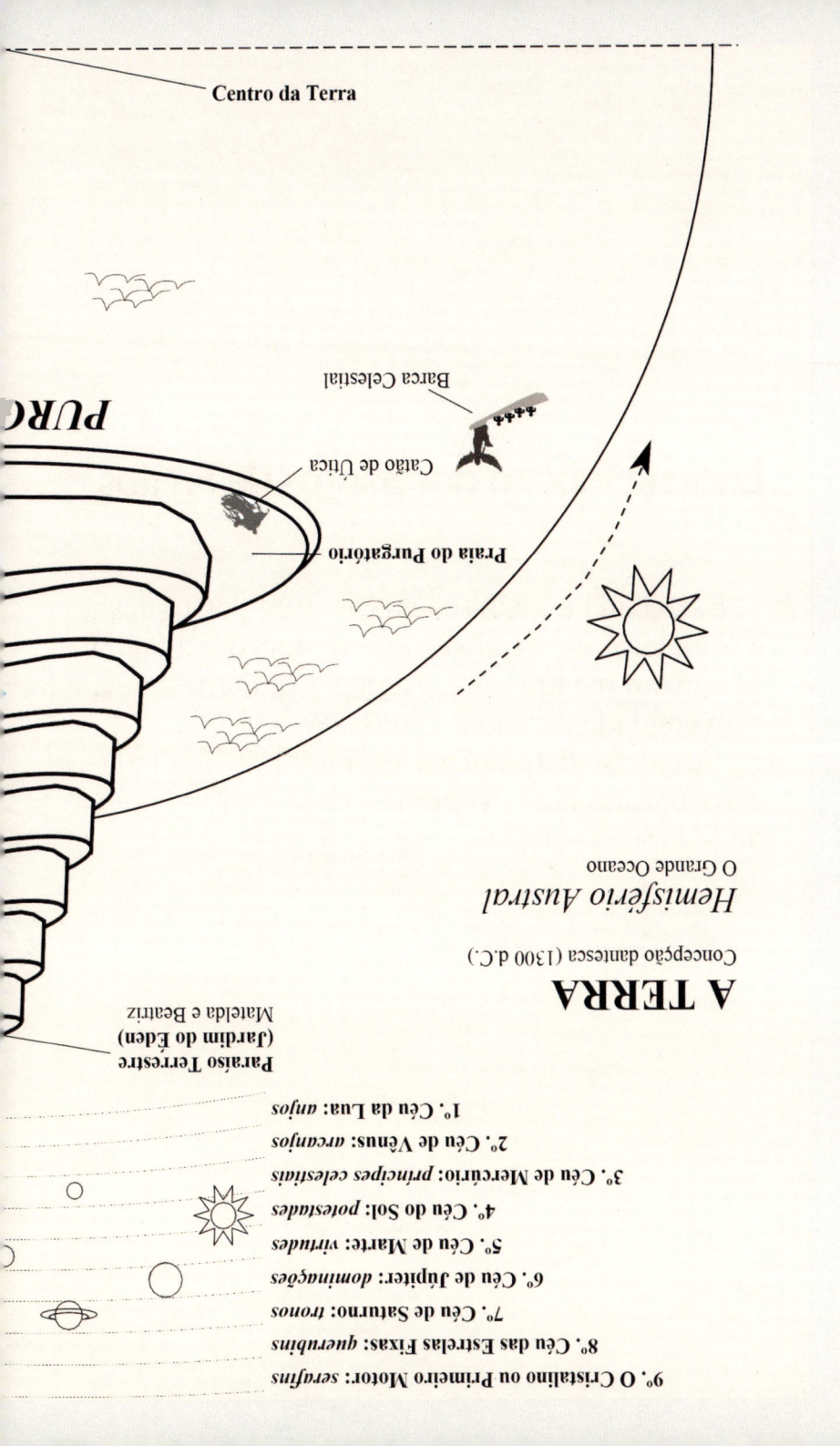

Barca Celestial

Catão de Útica

Praia do Purgatório

PUR...

A TERRA

Concepção dantesca (1300 d.C.)

Hemisfério Austral
O Grande Oceano

Paraíso Terrestre
(Jardim do Éden)
Matelda e Beatriz

1º. Céu da Lua: *anjos*
2º. Céu de Vênus: *arcanjos*
3º. Céu de Mercúrio: *príncipes celestiais*
4º. Céu do Sol: *potestades*
5º. Céu de Marte: *virtudes*
6º. Céu de Júpiter: *dominações*
7º. Céu de Saturno: *tronos*
8º. Céu das Estrelas Fixas: *querubins*
9º. O Cristalino ou Primeiro Motor: *serafins*

Luciene Ribeiro dos Santos de Freitas

É bacharel em Língua e Literatura Portuguesa e Francesa, especialista em Tradução e Língua Italiana, e mestra em Design e Arquitetura pela Universidade de São Paulo (USP).
Atua como tradutora desde 1999. Traduziu, entre outras obras, *As aventuras de Arsène Lupin*, de Maurice Leblanc.

nel mezzo camin di nostra v
i per una selva oscura, che
ra smarita. Ahi quanto a
osa dura - esta selva selvaggi
che nel pensier rinova la pa
mara che poco è più morte;
lel ben ch'i' vi trovai, dirò d
hi vho scorte. Io non so b
intrai, tant'era pien di sonno
la verace via abbandonai.
l piè d'un colle giunto, la do
lla valle che m'avea di paure
uardai in alto e vido le sui sp
le raggi del pianeta - che mena
gni calle. Alor fu la paura un
el lago del cor m'era dureta l
on tanta pieta. E come quei
annata, uscito fuor del pelag
e a l'aqua perigliosa e guita

Coordenação editorial e edição de arte: Stéfano Stella
Revisão: Flávia Cristina de Araújo
Imagens: Shutterstock (Dante Alighieri) | ilustrações de Raul Vilela

grupo novo século

Compartilhando propósitos e conectando pessoas
Visite nosso site e fique por dentro dos nossos lançamentos:
www.gruponovoseculo.com.br

facebook/novoseculoeditora
@novoseculoeditora
@NovoSeculo
novo século editora

gruponovoseculo.com.br

Edição: 1ª
Fonte: IBM Plex Serif

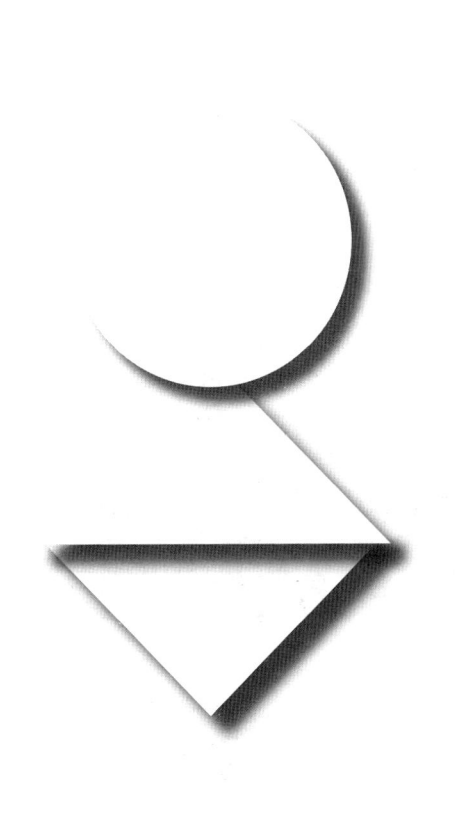

A Divina Comédia

Dante Alighieri

Paraíso

Ilustrações
Gustave Doré

ns
São Paulo, 2022

La divina commedia – Paradiso
A divina comédia – Paraíso
Copyright © 2022 by Novo Século Ltda.
Traduzido a partir do original disponível no Project Gutenberg.

EDITOR: Luiz Vasconcelos
COORDENAÇÃO EDITORIAL: Stéfano Stella
TRADUÇÃO: Willians Glauber
Luciene Ribeiro dos Santos de Freitas (italiano)
PREPARAÇÃO E NOTAS: Luciene Ribeiro dos Santos de Freitas
REVISÃO: Flávia Cristina de Araújo
DIAGRAMAÇÃO: Vitor Donofrio (Paladra)
ILUSTRAÇÕES: Gustave Doré
CAPA: Raul Vilela

Texto de acordo com as normas do Novo Acordo Ortográfico da Língua Portuguesa (1990), em vigor desde 1º de janeiro de 2009.

Dados Internacionais de Catalogação na Publicação (CIP)
Angélica Ilacqua CRB-8/7057

Alighieri, Dante, 1265-1321
Paraíso/Dante Alighieri
Tradução e adaptação de Willians Glauber, Luciene Ribeiro dos Santos de Freitas; notas, preparação e revisão de Luciene Ribeiro dos Santos de Freitas; ilustrações de Gustave Doré.
Barueri, SP: Novo Século Editora, 2022.
256 p: il. (Coleção A divina comédia; vol. 3)

Bibliografia

Título original: Paradiso

1. Poesia italiana I. Título II. Glauber, Willians III. Freitas, Luciene Ribeiro dos Santos IV. Doré, Gustave V. Série

22-1532   CDD 853.1

Índice para catálogo sistemático:
1. Poesia italiana

‹ns   Alameda Araguaia, 2190 – Bloco A – 11º andar – Conjunto 1111
      CEP 06455-000 – Alphaville Industrial, Barueri – SP – Brasil
      Tel.: (11) 3699-7107 | E-mail: atendimento@gruponovoseculo.com.br
      www.gruponovoseculo.com.br

A Divina Comédia

Sumário

Canto I	10
Canto II	17
Canto III	26
Canto IV	33
Canto V	40
Canto VI	47
Canto VII	55
Canto VIII	62
Canto IX	71
Canto X	79

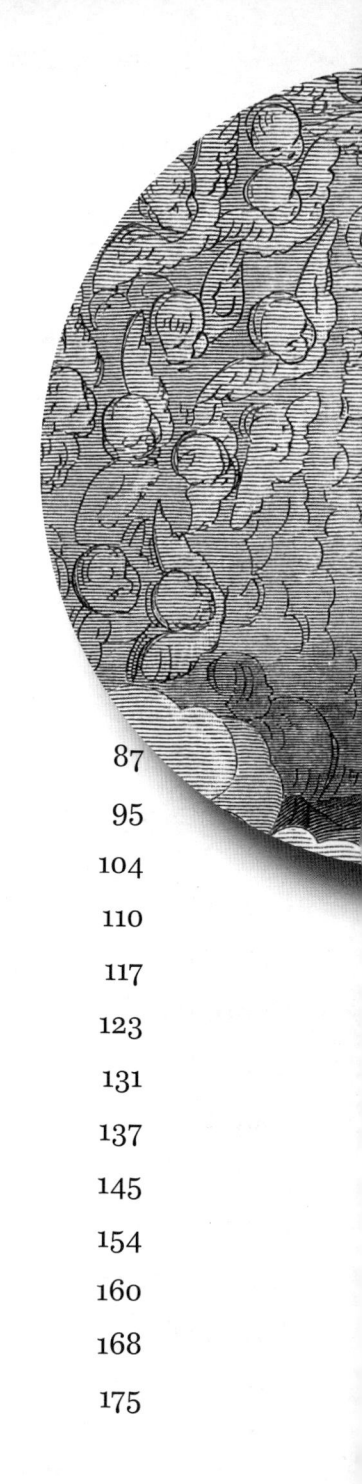

Canto XI	87
Canto XII	95
Canto XIII	104
Canto XIV	110
Canto XV	117
Canto XVI	123
Canto XVII	131
Canto XVIII	137
Canto XIX	145
Canto XX	154
Canto XXI	160
Canto XXII	168
Canto XXIII	175

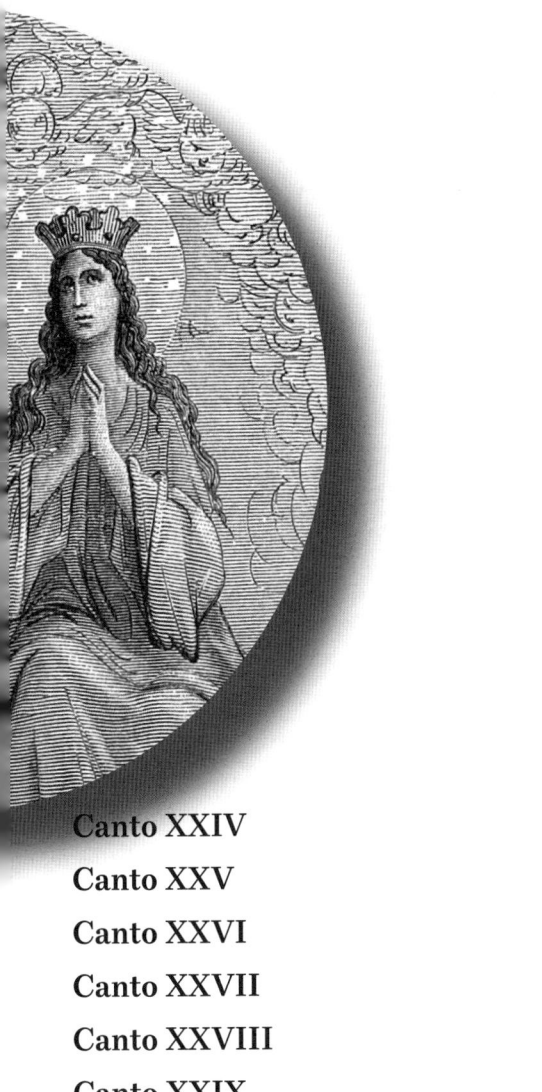

Canto XXIV	181
Canto XXV	188
Canto XXVI	195
Canto XXVII	203
Canto XXVIII	211
Canto XXIX	218
Canto XXX	225
Canto XXXI	233
Canto XXXII	240
Canto XXXIII	247
Referências Bibliográficas	253

Paraíso

> O milizia del Ciel cu' io contemplo,
> adora per color che sono in terra
> tutti sviati dietro al malo essemplo!
> *Paradiso* XVIII. 124-126

Canto I

**PROÊMIO DO PARAÍSO – INVOCAÇÃO A APOLO –
ASCENSÃO DE DANTE E BEATRIZ AO CÉU – A ORDEM DO UNIVERSO**

A Sua glória, cujo poder move todas as coisas,
Espalha-se pelo Universo; e, em justa medida,
Derrama sobre todos os lugares Seu resplendor.

Eu estive no Céu, aquele que recebe mais de Sua luz;
E ali pude testemunhar coisas tamanhas
Que ninguém, tendo de lá descido, poderia relatar.

Pois, aproximando-se de seu maior Desejo,[1]
Nosso intelecto é absorvido em tal profundidade
Que a própria memória não é capaz de segui-lo.

10 Verdadeiramente, tudo quanto do Reino Santo
Eu consegui preservar em minha mente,
Será agora o assunto da minha Canção.

Ó benigno Apolo! Concede-me esta última graça;
Faz de mim um vaso cheio de tua virtude,
O quanto exiges, para conceder teus amados louros.

Até agora, bastou-me uma das frontes do Parnaso;[2]
Doravante, terei a necessidade de ambas
Para adentrar o santo lugar que me espera.

Entra em meu peito, e que ali respire tua canção;
20 Com o mesmo poder com que Mársias, por tua mão,
Teve os seus membros desembainhados.[3]

Ó virtude divina! Se concederes a mim o esplendor,
Apenas o suficiente para traçar a forma
Do Reino abençoado, como foi gravado em minha mente,

Então me verás chegar ao pé de tua amada árvore;
E serei coroado com suas sagradas folhas,
Das quais tu, e minha elevada Canção, me farão digno.

É tão raro, ó Pai, que elas sejam colhidas
(Seja pelo triunfo de um César, seja de um poeta,
30 Por culpa e por vergonha dos vícios humanos);

Logo, a alegria é concebida e dada à luz
No peito alegre da divindade de Delfos,⁴
Pelos ramos de Peneus, quando alguém os deseja.⁵

Da pequena fagulha, pode surgir uma fogueira;
Talvez, depois de mim, outras vozes mais dignas
Poderão implorar, para que Cirra responda.⁶

A lanterna do mundo ergue-se aos mortais⁷
Por diferentes caminhos. Mas, naquele local,
Onde os quatro círculos formam três cruzes,⁸

40 Ela nasce na mais feliz conjunção de estrelas,⁹
De modo a temperar e moldar, à sua maneira,
A cera que forma toda a matéria do mundo.

Lá ele trazia o dia, enquanto aqui era noite;
E a brancura se espalhava naquele hemisfério,
Enquanto a escuridão se abatia sobre o outro.

Foi quando, à minha esquerda, eu vi Beatriz.
Ela estava de costas, e olhava diretamente para o Sol:
Nem mesmo uma águia olharia para ele assim!¹⁰

E assim como, vindo do primeiro raio,
50 Surge um segundo feixe de luz, e volta a ascender,
Como um peregrino empenhado em seu regresso,

Assim, diante de seu gesto, levado pelos meus olhos
Até a minha imaginação, eu repeti aquele olhar;
E fitei o Sol, por mais tempo do que o habitual.

Mais é permitido aos nossos poderes lá
Do que é permitido aqui; em virtude daquele lugar,
Feito para a humanidade como seu verdadeiro lar.

Não suportei por muito tempo aquela visão,
Mas não tão pouco que não pudesse ver a luz brilhar
60   Como o ferro quente que acaba de sair do fogo.

E de repente pareceu-me surgir uma outra luz,
Como se Aquele que detém todo o poder,
Com outro Sol tivesse enfeitado o Céu.[11]

Beatriz fitava os eternos círculos dos Céus;
E os meus próprios olhos se prenderam a ela,
Agora que tinham sido retirados do Sol.

Ao ver seu semblante, eu mesmo me transformei;
Assim como Glauco, quando provou daquela erva
Que o tornou companheiro dos outros deuses do mar.[12]

70   O significado desse transumanar[13] não poderia
Ser expresso em palavras; mas o meu exemplo basta
Para aqueles a quem a Graça reserva tal experiência.

Ó supremo Amor, por quem o Céu é regido!
Ainda que eu seja parte da Tua última criação,
Tu sabes o quanto me elevaste com a Tua luz.

Ó Eterno desejado! Quando a rotação celestial
Chamou a minha atenção, e me encantou
Com a harmonia que Tu atribuis a cada parte,[14]

Então o Céu me pareceu tão iluminado
80   Pela chama do Sol, que nem a chuva, nem os rios
Teriam formado um lago tão vasto.

A novidade daquele som e daquela intensa luz
Despertou em mim o desejo de saber sua causa,
Tão forte, como eu jamais havia sentido.

E ela, que me via de forma tão transparente,
Para acalmar a minha mente perturbada
Antes que eu falasse, abriu os lábios e começou:

"Você é enganado por sua falsa imaginação,
E, se deixasse de lado essas distrações,
90   Conseguiria ver o que agora não vê.

Você não está mais na Terra, como acredita estar;
Pois retornou ao seu devido lugar, mais rápido
Do que qualquer relâmpago que brilha nos Céus."

Ainda que tivesse me libertado da primeira dúvida
Por tais breves palavras, acompanhadas de sorrisos,
Eu estava emaranhado em um novo pensamento,

E disse: "Estou feliz e profundamente admirado;
Mas, neste momento, ainda mais me admiro
Por ter transcendido os corpos mais leves."[15]

100   E ela, depois de um suspiro de piedade,
Sorriu para mim, com os mesmos olhos
Que uma mãe lança sobre um filho delirante;[16]

E disse: "Todas as coisas, entre si mesmas,
São ordenadas; e este é o princípio que torna
O Universo semelhante ao seu Criador.

Em tudo, as criaturas superiores veem a mão
Da Virtude Eterna, que é o propósito final
Para o qual todas as coisas são ordenadas.

E, nesta ordem, todas as coisas criadas
110   São dispostas, de diferentes maneiras,
Mais ou menos parecidas com seu Criador.

E então elas se movem para seus diferentes fins
Através do vasto mar do Ser; e cada uma é
Movida pelo instinto que a conduz ao seu destino.

É a força que impulsiona o fogo em direção ao Céu;
É o que move os corações das almas mortais,
E é o que torna a Terra unida e compacta.

Não apenas as criaturas desprovidas de intelecto
São atingidas por este arco; mas também aquelas
120 Providas de inteligência e de sentimentos.

A Providência, que tudo tão bem organiza,
Com sua luz, para sempre acalma o Céu
No qual gira a mais rápida das Esferas.[17]

E é para lá, como seu termo e último objetivo,
Que esse instinto nos conduz; assim como um arco,
Que sempre aponta suas flechas para um alvo feliz.[18]

Mas é verdade que, algumas vezes, a forma
Não se harmoniza com a intenção do artista,
Como se a matéria fosse surda, e não respondesse;

130 Assim, por vezes, também o homem se afasta
Deste caminho – tão forte é o poder que possui,
Para se desviar dele, e ir para outro lugar.

E assim como se vê o raio cair de uma nuvem,
Assim o seu instinto natural o perverte
Em direção à Terra, atraído pelos falsos prazeres.

Você não deve se maravilhar pela sua ascensão,
Se eu estiver correta, assim como não se admira
Pela torrente que desce da montanha até o vale.

Haveria maior motivo para admiração se você,
140 Livre de obstáculos, tivesse ficado no chão –
Como uma chama acesa que permanecesse imóvel."

E ela voltou novamente os olhos para o Céu.

Notas

1 *O maior Desejo:* Deus.

2 O monte Parnaso tinha dois cumes. Em um deles moravam as Musas, e na outra parte morava o deus Apolo.

3 *Mársias:* o sátiro Mársias desafiou Apolo em um concurso musical e, tendo sido vencido, foi esfolado vivo pelo deus (*Metamorfoses* VI. 382).

4 *Divindade de Delfos:* Apolo. A cidade de Delfos era a sede do principal templo grego dedicado ao deus Apolo, e em seus subterrâneos estava localizado o famoso Oráculo.

5 *Peneus:* referência ao mito de Dafne, filha de Peneus, que se transformou em ramos de louro para escapar da perseguição amorosa de Apolo (*Metamorfoses* I. 452).

6 *Cirra:* cidade no Golfo de Corinto, próxima a Delfos, e indicada para designar o próprio Apolo.

7 Aqui reinicia o enredo do poema, retomando o momento de *Purgatório* XXIII (meio-dia da quarta-feira, após o domingo de Páscoa, no ano 1300). A longa perífrase astronômica dos versos 37 a 45 é para explicar que o Sol está a pino e que a data é o Equinócio da Primavera.

8 Os quatro círculos são o Equador, a elíptica da Terra, o Coluro (o meridiano que indica o Equinócio) e a linha do horizonte, que se interseccionam formando três cruzes.

9 *A mais feliz conjunção de estrelas:* o Sol está em conjunção com a constelação de Áries.

10 Quando Beatriz olha fixamente para o Sol a pino, notamos que nesse momento eles ainda estão "fisicamente" no Paraíso Terrestre do *Purgatório*. Ele imita sua guia no verso 54, e também olha para o Sol.

11 A duplicação da luz indica que Dante está se aproximando da Esfera de Fogo, que separa o Céu da atmosfera terrestre.

12 *Glauco:* pescador mitológico da Beócia. Ao perceber que os peixes capturados comiam uma erva que os fazia pular de volta na água, Glauco fez o mesmo e se transformou em uma divindade do mar (*Metamorfoses* XIII. 898).

13 *Transumanar:* Este é o ponto em que Dante sai do *Purgatório* e se eleva para o *Paraíso*. Dante experimenta uma transformação que o leva literalmente para além do humano (no original, *trasumanar*). Transcendendo além do humano, Dante poderá começar a descrever o indescritível.

14 Neste momento Dante ouve o som das Esferas celestiais, que giram em torno da Terra.

15 Dante pergunta a Beatriz como é possível que ele, dotado de um corpo mortal, esteja mais leve do que o ar e o fogo, ultrapassando a atmosfera (a Esfera do Ar) e o Sol material (a Esfera do Fogo).

16 Desde o *Purgatório*, Beatriz já havia assumido a atitude séria e altiva que sempre terá em relação a Dante no *Paraíso*, ou seja: de uma

15

mestra que age com superioridade diante das perguntas ingênuas do aluno, dando explicações difíceis e enigmáticas – uma vez que ela representa a Teologia, ou a Sabedoria Divina.

17 *A mais rápida das Esferas:* o Cristalino ou Primeiro Motor, que fica abaixo (ou circunscrito) ao Empíreo, e é o mais veloz de todos os Céus.

18 Beatriz explica a Dante como ele pôde vencer o seu próprio peso e ascender até o Céu: por meio da transumanização, ele foi atraído pela invencível força do Amor.

Canto II

AVISO DE DANTE AOS LEITORES – ASCENSÃO AO PRIMEIRO CÉU (LUA) – AS MARCAS DE CAIM

Ó você, que está em seu pequeno barco,
Ansioso por ouvir, e segue atrás do meu navio,
Que atravessa este profundo mar cantando:

Retorne para as costas de onde partiu.
Não saia para o mar aberto; pois, talvez,
Ao ficar para trás, você se perderia.

Eu entro por mares nunca dantes navegados;
Minerva sopra os ventos, Apolo sustenta o leme,
E as nove Musas me apontam a Ursa.

10 E vocês, ó poucos, que a tempo se alimentaram
Do pão dos anjos,[1] que aqui nos dá vida,
Mas do qual jamais estamos saciados,

Vocês sim, podem adentrar o mar profundo,
Seguindo o rastro deixado pelo meu navio;
Antes que as águas retornem ao que eram antes.

Aqueles homens de glória, que cruzaram a Cólquida,
Quando viram Jasão colocar a mão no arado[2]
Tiveram menos espanto do que vocês terão.

Aquela sede eterna e inata pelo Reino Divino[3]
20 Nos atraía em direção a Ele; e foi o que nos elevou,
Quase tão rápido quanto o movimento dos céus.

Beatriz olhou para cima, e eu para ela;
E, talvez no mesmo curto espaço de tempo
Em que uma flecha é disparada e atinge o alvo,

Eu me vi chegando, a um novo lugar
Onde algo maravilhoso atraía a minha visão;
E ela, de quem eu nada conseguia esconder,[4]

Voltou-se para mim, tão alegre quanto bela,
E disse: "Dirija sua mente a Deus em gratidão,
30 Pois Ele nos alçou à primeira Estrela."

A mim parecia que uma nuvem nos cobria,
Brilhante, sólida, densa e inoxidável,
Como um diamante atingido pelo Sol.

Dentro de si mesma, a pérola imortal[5]
Nos recebia, assim como a água aceita
Um raio de luz, e ainda permanece intacta.

Talvez eu fosse corpo; e na Terra não toleramos
Que as coisas materiais possam compartilhar
Um só espaço, e um corpo não entra no outro.

40 Mas quando o desejo vem nos inflamar
Para ver essa Essência, então finalmente discernimos
Como Deus e a natureza humana foram feitos um.

Ali veremos o que aqui é sustentado pela fé;
Não demonstrado, mas diretamente conhecido
Assim como a primeira verdade em que acreditamos.

Eu respondi: "Senhora! Com a maior devoção
Que posso convocar, eu rendo graças a Ele
Por me trazer para longe do mundo mortal.

Mas diga-me: de onde vêm as marcas sombrias
50 No corpo deste planeta, que lá embaixo, na terra,
Fazem os homens contar a história de Caim?"[6]

Ela sorriu levemente, e respondeu:
"Se a opinião dos mortais recai no erro
E a chave dos sentidos não desvenda a verdade,

Não se deixe atingir pelas flechas do assombro
Quando reconhecer que a razão,
Mesmo sustentada pelos sentidos, tem asas curtas.

Mas diga-me: qual é o seu pensamento?"
E eu: "O que nos parece diverso aqui em cima
60 É causado, creio eu, pela matéria densa ou rarefeita."[7]

E ela respondeu: "Você certamente verá
Que sua crença está profundamente errada,
Se você ouvir atentamente enquanto eu a refuto.

A Oitava Esfera oferece a você muitas luzes,
E você pode dizer que elas, em intensidade
E tamanho, são estrelas com rostos diferentes.

Se rarefação e densidade fossem as únicas causas,
Todas as estrelas compartilhariam um único poder
Distribuído em maior ou menor intensidade.

70 Mas as diferentes virtudes hão de ser frutos
De diversos princípios formais; e, reduzidos a apenas um,
Todos eles seriam destruídos pelo seu raciocínio.

Além disso, se a rarefação fosse a causa
Das manchas escuras que você questiona,
Então, em parte, este planeta careceria de matéria;

Ou então, assim como os corpos distribuem
Sua gordura e magreza, da mesma maneira
Este planeta alternaria as páginas de seu volume.[8]

Para que o primeiro caso fosse validado,
80 Durante o eclipse do Sol, a luz deveria aparecer,
Assim como quando atravessa uma matéria diáfana.

Mas não é assim; portanto, vamos considerar
O último caso – e se eu também refutá-lo,
Sua opinião certamente estará equivocada.

Se a Lua não é rarefeita em toda a sua extensão,
Então deve haver um limite, além do qual
A espessura não permita a passagem da luz;

Dali, os raios do Sol seriam lançados para trás,
Assim como, de um vidro com chumbo,[9]
90 Retorna um raio de luz refletido.[10]

Você então dirá que, naquele ponto mais rarefeito,
O raio é mais fraco e menos brilhante,
Por ter sido refletido mais profundamente.

No entanto, um experimento, se você tentasse,
Poderia libertá-lo de sua perplexidade;
Pois a fonte de suas artes brota do experimento.

Tome três espelhos, e coloque dois deles
À mesma distância de você; e ponha o terceiro
Entre os dois, mas um pouco mais distante.

100 Acenda às suas costas uma luz, e fique de frente
Para eles; e a mesma luz nos três há de brilhar,
E voltará para você, refletida por todos eles.

Embora a imagem no espelho mais distante
Esteja em um tamanho menor, você verá
Que ela brilhará com a mesma intensidade.

Então, assim como a matéria-prima da neve,
Sob os raios quentes do Sol, é despojada
De sua cor branca e de sua própria friagem,

Assim sua mente ficará limpa dos erros,
110 E eu darei a ela uma nova verdade: uma luz
Tão viva, que ela estremecerá como uma estrela.

Dentro do Céu[11] onde a divina Paz faz morada,
Gira outro corpo sagrado,[12] em cuja virtude reside
A essência de todas as coisas que ele contém.

A próxima Esfera,[13] que tem infinitas estrelas,
Divide entre todas elas essa mesma essência –
Dela são distintas, mas nela estão encerradas.

Os outros Céus dispõem, de diversas maneiras,
As distintas virtudes que possuem em si mesmos,
120 Para que possam frutificar, e atingir seus objetivos.

Como você pode ver, esses órgãos do Universo
Procedem de estágio em estágio; de tal forma que,
O que recebem de cima, reverberam para baixo.

Observe como eu sigo em direção à verdade,
A qual tanto deseja; e então você compreenderá,
E poderá atravessar este vau sozinho.

A virtude e o movimento das Esferas sagradas
Devem ser inspirados por motores abençoados,[14]
Assim como o ferreiro transmite a arte do martelo;

130 Assim, a Esfera adornada por muitos luminares
Recebe em si mesma, impressa como um selo,
A marca da mente profunda que a faz girar.

E assim como a alma, dentro de seu pó,
Conforma-se em vários e diferentes membros
E por meio de diversos poderes se resolve,

Assim aquela mente desdobra sua bondade
Que é multiplicada para as várias estrelas;
E elas permanecem em unidade, enquanto giram.

Cada virtude diversa tece um corpo diverso,
140 E se une ao precioso corpo que ela anima,
Exatamente como a vida é tecida em você.

De sua natureza original, repleta de alegria,
A virtude brilha, permeada através do corpo
Assim como a alegria brilha na pupila do olho.

É daí que vêm as diferenças de luz para luz,
E não por serem densas ou rarefeitas.
Este é o princípio formal,[15] pelo qual elas produzem,

Conforme sua virtude, a escuridão ou a claridade."[16]

Notas

1 *Pão dos anjos*: a Teologia, ou a palavra de Deus. "E Jesus respondeu, dizendo: Escrito está que nem só de pão viverá o homem, mas de toda palavra de Deus." (*Lucas* IV. 4).

2 Os Argonautas se espantaram ao ver Jasão arando os campos com dois touros selvagens, que expeliam chamas pelas narinas. Ele semeou os dentes da serpente que havia matado, e dessa plantação brotaram guerreiros (*Metamorfoses* VII).

3 A aspiração natural da alma pelas coisas divinas. Veja *Purgatório* XXI. 1.

4 Assim como fazia Virgílio (como em *Inferno* XVI. 123, em *Purgatório* XIII. 76 e em várias outras passagens da *Comédia*), Beatriz também pode ler os pensamentos de Dante. Mas, enquanto Virgílio representava a razão humana iluminada, Beatriz representa a Teologia, ou a Sabedoria Divina.

5 *Pérola imortal:* a Lua. Dante e Beatriz ascenderam ao Primeiro Céu (o Céu da Lua).

6 *Caim*: a crença de que as manchas na Lua eram causadas por Caim carregando um feixe de espinhos também é mencionada em *Inferno* XX. 124.

7 Dante pensava que as manchas na Lua eram causadas pela "raridade" (rarefação) ou densidade da substância do planeta. *"(...) l'ombra che è in essa, la quale non è altro che raritade del suo corpo, a la quale non possono terminare li raggi del sole e ripercuotersi cosí come ne*

l'altre parti" ("A sombra nela, nada mais é do que a raridade de seu corpo, na qual os raios do Sol não podem bater e ser refletidos, como nas outras partes" – *Convívio*, Tratado II, XIV. 9).

8 Explicação para a fala de Beatriz nos versos 73-78: se a razão do brilho diferente fosse a densidade mais baixa, então este planeta (a Lua) seria desprovido de massa de um lado; ou, assim como um corpo distribui desigualmente a gordura e a magreza, então a Lua também teria uma diferença de massa dentro dela.

9 Um espelho (que Dante também nomeia em *Inferno* XXIII. 25 como *impiombato vetro* – vidro com chumbo).

10 Explicação para a fala dos versos 79-90: "Se a Lua tivesse partes transparentes, não haveria possibilidade de verificar-se o eclipse do Sol. Se as partes rarefeitas não são transparentes, deveria haver ao oposto delas, como num espelho, partes densas que impediriam a transparência. Nesse último caso, porém, os raios externos, como no espelho, deveriam se refletir." (Xavier Pinheiro, 1955).

11 O Décimo Céu (o Empíreo).

12 O Nono Céu (o Cristalino ou Primeiro Motor, que influencia os outros Céus).

13 O Oitavo Céu (o Céu das Estrelas Fixas).

14 *Os motores abençoados*: as diferentes Inteligências Angélicas que

23

atuam em cada um dos Céus (ver *Paraíso* XXVIII. 130).

15 O princípio que dá existência a todas as coisas criadas. O ato da criação será descrito em *Paraíso* XXIX.

16 Todos os astros são iluminados pela virtude que vem do Nono Céu (o Primeiro Motor) e se difunde aos demais. Assim, Beatriz finalmente esclarece que a Lua tem partes escuras porque a sua virtude é menor que a dos outros Céus.

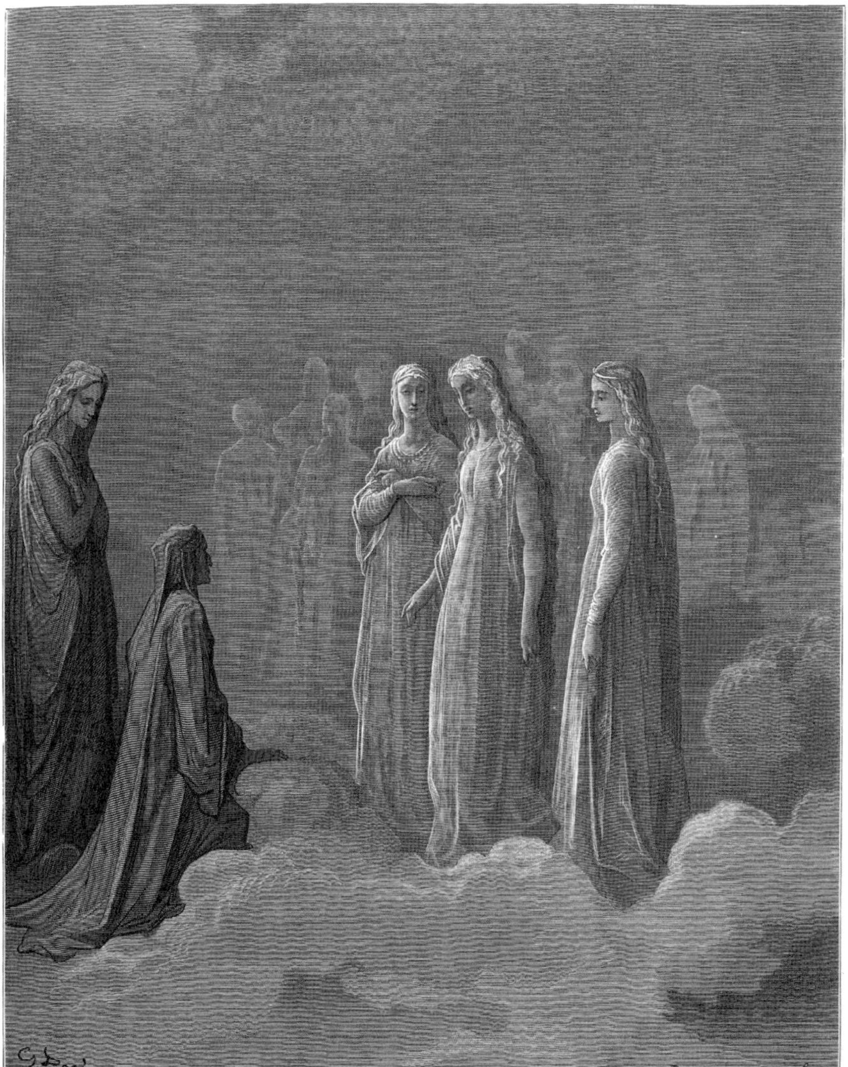
G. Doré
PANNEMAKER-DOMS. sc

Canto III

PRIMEIRO CÉU (LUA): PICCARDA DONATI – A IMPERATRIZ CONSTANÇA

Aquele Sol, que acendera Amor em meu peito,[1]
Revelou a mim o doce aspecto da verdade
Por meio de suas provas e de sua refutação.

E eu, a fim de reconhecer meus erros
E corrigi-los, o quanto fosse possível,
Já tencionava erguer a cabeça, para falar;

Quando, de repente, surgiu uma visão
Tão próxima e tão nítida, que me distraiu,
E já não pensei mais na minha confissão.

10 Assim como, através do vidro cristalino
Ou de águas límpidas e imperturbadas,
Mas não tão profundas, que não se veja o seu leito,

Voltam de novo os contornos de nosso rosto
Tão débeis, que uma pérola branca na testa
Ficaria imperceptível aos nossos olhos,

Assim vi muitos rostos, dispostos a falar;
De modo que incorri em um erro oposto
Ao que acendeu Amor entre o homem e a fonte.[2]

Assim que me dei conta de sua presença,
20 Estimei-os como semblantes espelhados
E volvi o rosto para trás, a fim de contemplá-los;

Mas nada vi. Então olhei novamente
Em direção à luz da minha doce Guia,
Que sorria, com um brilho em seus santos olhos.

"Não fique admirado com este meu sorriso",
Ela exclamou. "Vejo que o seu julgamento infantil
Ainda não repousa o pé sobre a verdade,

Mas, como é habitual, o faz recair no vazio.
Verdadeiras substâncias são essas que vê,
Aqui relegadas, pois seus votos foram quebrados.[3]

Portanto, fale com elas, ouça e acredite;
Pois a verdadeira luz, que lhes dá paz,
Não lhes permite desviar dela os seus pés."

Então eu me dirigi até uma das sombras
Que parecia mais desejosa de falar, e comecei,
Como alguém movido por uma grande ansiedade:

"Ó espírito bem-aventurado,
Que experimentas a doçura da vida eterna,
A qual, sem ser provada, nunca é compreendida;

Eu apreciaria se me concedesses a graça
De dizer o teu nome, e qual é o vosso destino."
Ao que ela disse prontamente, com olhos risonhos:

"A nossa caridade nunca fecha as portas
A um desejo justo, assim como Aquela
Que deseja que toda a sua corte seja como ela.

Eu era uma irmã devota na Terra;
E, se me observares bem, me reconhecerás,
Embora eu esteja em real e agraciada beleza.

Tu deves reconhecer que eu sou Piccarda;[4]
E, colocada aqui com outros bem-aventurados,
Tenho sido abençoada na Esfera mais tarde.[5]

Os nossos corações, que somente se inflamam
Com o prazer concebido pelo Espírito Santo,
Admitidos em sua Ordem, regozijam de alegria.

E tal condição, que parece tão baixa, nos foi dada
Por termos negligenciado nossos caminhos
E silenciado a canção de nossos votos."

Então respondi a ela: "Em teu aspecto milagroso
Resplandece um não sei quê de divino,
60 Que a transforma em algo diferente do que eras.

Por isso fui lento demais para me lembrar;
Mas o que disseste muito me ajudou,
E agora tornou mais fácil reconhecê-la.

Mas, diga-me: vós, que aqui sois felizes,
Não tendes anseio por um lugar mais elevado,
A fim de contemplar a beleza do maior Amigo?"[6]

Primeiro ela sorriu, junto com os outros espíritos;
Depois me respondeu tão cheia de alegria,
Que parecia arder no fogo do primeiro Amor:

70 "Irmão! A nossa vontade se aquieta
Pela virtude da caridade, que nos faz desejar
Somente aquilo que possuímos, e nada mais.

Se aspirássemos a ser mais exaltados,
Então discordantes seriam nossos desejos
Daquela Vontade que aqui nos deu morada.

Não existe aqui lugar para tal pensamento;
Pois é mister que estejamos em caridade,
Se compreenderes bem a sua natureza.

Antes, nesta existência abençoada
80 É essencial cumprir a Vontade divina;
E nela, nossos próprios desejos são feitos um.[7]

Dessa forma, cada morada que ocupamos
Em todo este Reino, a todos no Reino é agradável;
Assim como ao Rei, que faz de Sua vontade a nossa.

E em Sua vontade está a nossa paz;
Ela é o poderoso oceano, para onde flui
Tudo o que cria, e tudo o que a Natureza produz."

Então pude ver, com clareza, que cada ponto no Céu
É em si o Paraíso; e que, como o gracioso orvalho,
90 O Bem Supremo distribui a todos Sua graça.

Mas, assim como um alimento nos sacia
Enquanto o apetite por outro permanece,
E pedimos por um, enquanto rejeitamos o outro,

Eu assim fiz; e, com gestos e com palavras,
Curvei-me diante dela, indagando mais sobre a tela
Que sua lançadeira não bordara até o fim.

E ela me disse: "Grande valor e uma vida perfeita
Alçaram uma senhora[8] a posição elevada no Céu;
E, por seus preceitos, usa-se o véu e o hábito,

100 Para que estejamos até a morte, dormindo ou em vigília,
Ao lado do Esposo, que aceita os votos de bom grado;
E, sob seu gracioso prazer, Amor se conforma.

Afastei-me do mundo, em minha mocidade
Para segui-la; e em seu hábito eu me fechei,
E me comprometi no caminho de sua doutrina.

E então, homens mais aptos ao mal do que ao bem
Do meu doce claustro me arrancaram;
E só Deus sabe o que depois minha vida se tornou.

Vê este outro esplendor, que a ti se revela
110 A meu lado direito, e que resplandece forte
Com toda a luz que vem de nossa Esfera;

O que eu digo de mim, também se aplica a ela;
Ela era uma freira, e também de sua bela fronte
Foram arrancadas as dobras de seu véu sagrado.

E, mesmo sendo trazida de volta ao mundo
Contra sua própria vontade e contra o hábito,[9]
Ela nunca foi despojada dos véus em seu coração.

Este é o corpo luminoso da grande Constança:[10]
Aquela que, do segundo vento da Suábia
120 Gerou o terceiro, que foi seu último sopro."

E ela se calou, e começou a cantar *Ave Maria;*
E, cantando, desapareceu diante de meus olhos
Como uma substância densa em águas profundas.

Minha visão, que a seguiu por tanto tempo
Quanto foi possível, por fim a perdeu;
E logo foi atraída para a luz que mais desejava,

E voltou-se totalmente para Beatriz.
Mas ela lançava sobre mim tamanhos feixes de luz,
Que a princípio minha visão não suportou;

130 E isso fez calar os meus questionamentos.

Notas

1. Dante se apaixonou por Beatriz quando tinha nove anos de idade. Veja *Purgatório* XXX. 41-42.

2. Uma referência ao mito de Narciso, que viu sua própria imagem refletida na água e se apaixonou por ela, acreditando ser real (*Metamorfoses* III. 407). Dante comete o erro contrário, pois acredita que as almas reais são apenas reflexos.

3. No Primeiro Céu (o Céu da Lua), são vistos os espíritos quebrantados: aqueles que tiveram uma vontade fraca, e não seguiram o propósito determinado para suas vidas. Os exemplos apresentados por Dante destacam pessoas que fizeram votos monásticos ou religiosos, e foram forçadas a quebrá-los.

4. *Piccarda:* irmã de Forese e Corso Donati, já mencionada por Dante (*Purgatório* XXIV. 10). Piccarda Donati era uma freira da ordem de Santa Clara, e foi violentamente sequestrada do convento pelos homens de seu irmão Corso Donati. Sua história, portanto, não é uma história de simples violência, mas um exemplo da violência política florentina. Corso era o líder da facção política dos Guelfos Negros (o partido político que exilou Dante) e deu sua irmã em um casamento a Rossellino della Tosa, em busca de alianças e maior poder político.

5. *A Esfera mais tarda:* a Esfera mais lenta, o Céu da Lua.

6. Dante pergunta a Piccarda se ela não sente infelicidade por estar tão longe de Deus, no mais baixo dos Céus. Ela não desejava um lugar mais alto, onde poderia ver mais, e ser mais "amiga" de Deus? A simplicidade da pergunta traz à tona uma preocupação tácita com a continuidade da injustiça, no Reino da própria justiça.

7. *"E questa è la ragione per che li Santi non hanno tra loro invidia, però che ciascuno aggiugne lo fine del suo desiderio, lo quale desiderio è colla bontà della natura misurato."* ("Esta é a razão pela qual os santos não se invejam mutuamente, pois cada um chega ao fim de seu desejo, que é proporcional à natureza de sua caridade." – *Convívio*, Tratado III, XV. 10).

8. *Uma senhora:* Santa Clara de Assis, nascida com o nome Chiara d'Offreducci (1194-1253). Enfrentando a oposição da família, que pretendia arranjar-lhe um casamento vantajoso, abandonou o seu lar aos dezoito anos e foi ao encontro de São Francisco de Assis. Com ele fundou o ramo feminino da ordem franciscana, a chamada Ordem de Santa Clara (ou Ordem das Clarissas). Viveu na prática do amor e da mais estrita pobreza.

9. *Contra a sua vontade:* nas histórias de Piccarda e Constança, assim como na própria vida de Santa Clara, percebemos o destino típico das mulheres da classe alta naquela época: elas eram peões em casamentos por interesse. Para muitas mulheres, o claustro era uma alternativa mais desejável que

o casamento. Também há muito a ver com a história de Francesca Rimini (*Inferno* V), que se apaixonou pelo irmão de seu marido e acabou sendo assassinada, assim como Pia dei Tolomei (*Purgatório* V). Nesse tema recorrente, percebemos o interesse de Dante em denunciar a injustiça do casamento dinástico, e as muitas maneiras com que essa prática vitimizava as mulheres. Ele mesmo amava Beatriz desde os nove anos, mas por razões políticas e financeiras acabou se casando com Gemma, que também era da família Donati.

10 *Constança:* esta é a imperatriz Constança I da Sicília, mãe do imperador Frederico II e avó do rei Manfredo (*Purgatório* III. 113). Assim como Piccarda, Constança havia se juntado à ordem de Santa Clara, mas teve que abandoná-la por um chamado dinástico: casar-se com o imperador Henrique V. O primeiro "vento da Suábia" foi seu sogro Frederico I Barbarossa (*Purgatório* XVIII. 119), o segundo foi Henrique V e o terceiro foi seu filho Frederico II – o último imperador romano da linhagem de Suábia.

Canto IV

AINDA NO PRIMEIRO CÉU (LUA): A VERDADE ABSOLUTA E A VERDADE RELATIVA

Um homem dotado de livre escolha
Entre dois alimentos, equidistantes e tentadores,
Morreria de fome, antes de se decidir por um deles.

Assim ficaria um cordeiro entre dois lobos
Que querem devorá-lo, sentindo pavor de ambos;
E o mesmo faria um lobo entre dois gamos.[1]

Então, se eu me calei, não me culpo nem me louvo;
Isso seria inevitável, pois, da mesma forma,
Eu era pressionado por minhas dúvidas.[2]

10 Fiquei em silêncio, mas o desejo se estampava
Em meu rosto; e com ele minhas dúvidas,
Ainda mais evidentes do que se eu tivesse falado.

E Beatriz olhava para mim como Daniel[3]
Quando aplacou a ira de Nabucodonosor
(a ira que o impulsionava a cometer atos ferozes),

E disse: "Eu posso perceber a sua luta interna;
De modo que a sua ansiedade se reprime,
E seu pensamento contido não transparece.

Você raciocina assim: 'Se a boa vontade persiste,
20 Por que razão a violência dos outros
Poderia diminuir o meu merecimento?'

E ainda está em dúvida, ao que parece,
Por causa da conhecida doutrina de Platão.
Que conectava as almas às suas estrelas,

Essas são as perguntas que pressionam
A sua vontade, em igual medida; portanto,
Tratarei primeiro da que contém mais fel.[4]

Nem o Serafim mais próximo de Deus,
Nem Moisés, nem Samuel, nem João;
30 Nem mesmo Maria, ou qualquer um que apontar,

Não têm seus assentos em nenhum outro Céu
A não ser o mesmo onde estão estes espíritos,
Nem sua bem-aventurança durará mais.

Mas todos eles adornam o Céu mais alto,
E sentem um grau diferente de felicidade,
Conforme sentem mais ou menos o Amor Divino.[5]

Eles se mostraram a você nesta Esfera,
Não porque foi designada a eles como seu lar,
Mas para sinalizar seu menor grau de elevação.

40 E assim é necessário tratar com a sua mente,
Pois ela aprende apenas pelos sentidos
O que então se torna adequado para o intelecto.

Por isso a Escritura se adapta às suas faculdades,
E atribui a Deus traços físicos, como mãos e pés,
Para significar os Seus divinos atributos;[6]

E a Santa Igreja, com aspecto humano
Também apresenta a vocês Gabriel e Miguel,
Assim como aquele que curou Tobias.[7]

O raciocínio em *Timeu*[8] sobre as almas
50 Não descreve aquilo que você vê aqui,
Mas o autor parece pensar exatamente o que diz.[9]

Ele afirma que a alma retorna à sua estrela,
Pois acredita que ela se desprendeu dali
Quando a Natureza lhe atribuiu uma forma.

Mas, talvez, a sua verdadeira opinião
Tenha sido disfarçada nessas palavras;
E, se for o caso, ele não é digno de escárnio.

Se ele atribui a estas Esferas celestes
O crédito e a culpa pelos atos humanos,
60 Talvez ele não esteja longe da verdade.

Este princípio, que foi mal interpretado,
Levou os gentios ao erro; de forma que as estrelas
Receberam os nomes de Júpiter, Mercúrio e Marte.

Quanto à outra dúvida que o atormenta,
Ela é menos perigosa; ainda que tente corrompê-lo,
Sua malícia não poderia afastá-lo de mim.[10]

Aos olhos do homem, esta justiça parece injusta;
Que assim seja! Pois deve servir como evidência
Para a fé, e não para a iniquidade da heresia.

70 Mas, uma vez que o seu intelecto
Pode compreender claramente essa verdade,
Eu vou agradá-lo, e esclarecer a sua dúvida.

Se a violência significa que aquele que sofre
Não consentiu com a força, de forma alguma,
Não há justificativa que estas almas possam alegar.

Pois a vontade, quando resiste, nunca se esgota;[11]
Mas age como o fogo, que tende a subir por natureza,
Ainda que o vento tente apagá-lo mil vezes.

Quando a vontade se rende, seja muito ou pouco,
80 A violência vence; e assim fizeram essas almas,
Pois poderiam ter fugido para o abrigo sagrado.[12]

Se a vontade delas fosse tão íntegra,
Como aquela que prendeu Lourenço à fogueira
Ou aquela que fez Múcio punir a própria mão,[13]

Elas deveriam ter retornado ao seu caminho,
Logo que seus passos estivessem desimpedidos;
Mas tal vontade suprema é muito rara.

E, por estas palavras, se você as compreendeu bem,
Podemos considerar eliminado o argumento
90   Que o teria incomodado muitas vezes mais.

Mas uma nova questão surge diante de seus olhos,
De tal forma que você não pode resolvê-la sozinho:
Você poderia tentar, mas seria superado.

Coloquei em sua mente, como algo certo,
Que uma alma bem-aventurada não pode mentir,
Pois está em comunhão com a Verdade Primordial.

No entanto, você ouviu Piccarda dizer
Que Constança guardou os votos em seu coração;
De modo que parece até mesmo me contradizer.

100 Irmão, não foram raras as vezes em que o homem
Cometeu erros, para escapar do perigo;
Fazendo, assim, o que não desejava fazer.

Assim como Alcmeão, por causa de seu pai,[14]
Matou a própria mãe, de forma impiedosa
E, ao se mostrar devoto, tornou-se implacável.

Nesse ponto, eu gostaria que você pensasse:
A violência se mistura à vontade que cede,
E essa ofensa conjunta não pode ser justificada.

A vontade absoluta não consente com o erro,
110 Mas concorda com ele, ocasionalmente,
Pois teme sofrer um dano maior, se recuar.

Portanto, quando Piccarda se expressou,
Ela falou da vontade absoluta, e eu falo da outra;[15]
Portanto, ambas estamos dizendo a verdade."

Tal era o fluxo abundante daquele rio sagrado
Que jorrava da fonte da qual deriva toda a verdade.
Colocando em repouso ambos os meus anseios.

Então respondi: "Ó amada do Primeiro Amor,
Ó mulher divina, cujas palavras me inundam
120 Dando novo calor e vigor à minha alma!

Meu afeto não é intenso o suficiente
Para retribuir com igual abundância de gratidão:
Aquele que tudo vê, e tudo pode, o fará por mim.

Compreendo que o intelecto nunca estará satisfeito
Se não for iluminado por essa Verdade
Além da qual, nenhuma outra pode existir.

Assim como a fera repousa em seu covil,
Ele tem o poder para alcançá-la, e nela repousar;
Caso contrário, todo o nosso desejo seria em vão.

130 O desejo pelo conhecimento faz brotar a dúvida,
Da raiz da verdade; e esse impulso natural
Nos leva em direção ao cume, de altura em altura.

Senhora, isso me dá certeza; mas também me leva
A novamente perguntar, com deferência,
Sobre outra verdade ainda obscura para mim.

Quero saber se o homem pode compensar,
Com boas obras, os seus votos não cumpridos –
De modo que, em sua balança, não falte o peso."[16]

Então Beatriz me olhou; eram olhos tão divinos,
140 Olhos tão cheios de fagulhas de amor,[17]
Que minha própria virtude[18] falhou, e eu recuei.

E, com os olhos baixos, quase perdi os sentidos.

Notas

1. Os exemplos citados por Dante nos versos 1-6 remetem ao "dilema do burro" de Buridan (filósofo francês do século XIV), segundo o qual um burro, colocado entre dois alimentos igualmente distantes e saborosos, morreria de fome sem saber qual escolher. Dante substitui o burro pelo homem, ou seja, um ser dotado de intelecto e não movido apenas por apetites sensíveis.

2. Duas dúvidas agitam o espírito do poeta. A primeira é: se a violência tolhe a liberdade, como pode ser justo que as almas forçadas a romper os votos fiquem mais longe de Deus? A segunda é relativa à doutrina de Platão, segundo a qual todas as almas são criadas antes dos corpos, e depois da morte voltam para as estrelas de onde vieram.

3. Beatriz interpretou o pensamento de Dante, assim como o profeta Daniel fez com o sonho de Nabucodonosor, que queria matar os seus sábios por não poderem interpretá-lo (*Daniel* II).

4. *A que contém mais fel:* Beatriz responde primeiro à segunda dúvida, que é "mais amarga" e mais perigosa (e poderia impedir a salvação de Dante). A doutrina de Platão, se interpretada literalmente, pode levar à crença perigosa e herética do determinismo astral (ou seja: que as almas inconstantes são regidas pela Lua, as almas inclinadas ao amor são de Vênus, as almas guerreiras são de Marte, e assim por diante).

5. Para deixar clara a falta de ligação causal entre as almas e as estrelas, Beatriz explica que as almas não estão realmente nas Esferas "materiais". Elas aparecerão nos vários Céus somente para facilitar a percepção limitada de Dante. Na realidade, todas as almas do *Paraíso* – desde Piccarda até o Serafim mais alto – estão todas juntas com Deus, no Empíreo. Ou seja: a diferenciação física que Dante vê não é real; mas a diferenciação espiritual, que ele não pode ver, é real.

6. Da mesma forma que a representação dos diversos Céus é metafórica, a Bíblia também condescende com nossas faculdades limitadas, atribuindo características físicas a Deus e aos anjos, quando na verdade eles são puro espírito.

7. *Aquele que curou Tobias:* o anjo Rafael, que curou a cegueira de Tobit, o pai de Tobias (*Tobias* III. 25; VI. 16 – livro presente apenas nas edições católicas da *Bíblia*, como a *Edição Pastoral*. Veja as *Referências Bibliográficas*).

8. *Timeu:* diálogo de Platão, no qual ele discute sobre a imortalidade da alma.

9. Platão dá um significado literal à teoria do determinismo astral, enquanto as Escrituras têm sentido figurado. Assim, Beatriz responde à primeira dúvida de Dante restringindo o sentido da doutrina platônica. As estrelas não podem determinar nossas escolhas, porque então não teríamos

livre-arbítrio. A lição do livre-arbítrio já aprendemos com Marco Lombardo em *Purgatório* XVI.

10 *Afastá-lo de mim:* não significa afastar-se da própria Beatriz, e sim da Teologia (a Sabedoria Divina).

11 Beatriz diz que uma vontade que não deseja ser vencida nunca cederá. Esta é uma doutrina dura, e o espírito de Dante – embora não concorde com a violência – se recusa a aceitar a ideia da culpabilização da vítima.

12 Beatriz explica que aquelas almas não consentiram no mal, mas também não o repararam. Elas deveriam ter retornado ao convento, quando tiveram a possibilidade de fazê-lo.

13 *Lourenço:* São Lourenço, o mártir espanhol queimado vivo numa fogueira em 258 d.C. durante as perseguições do imperador Valeriano. *Múcio:* Caio Múcio Scevola, jovem romano que tentou matar o rei de Chiusi e, tendo falhado, colocou a própria mão no fogo para puni-la.

14 *Alcmeão:* matou a própria mãe, Erífile, para vingar a morte de seu pai, Anfiarau (*Metamorfoses* IX. 408). Veja também *Inferno* XX. 31-36; *Purgatório* XII. 50-51.

15 Beatriz distingue entre vontade absoluta e vontade relativa. A vontade absoluta nunca consente com a força coercitiva, enquanto a vontade relativa consente, e cede de acordo com as circunstâncias.

16 Esta é mais uma dúvida de Dante: as boas obras podem substituir os votos proferidos? O problema da dissolução dos votos era muito discutido na época de Dante, e trazia discussões não menos relevantes a respeito da salvação da alma.

17 *Fagulhas de amor:* não se deve esquecer que Beatriz representa a Sabedoria Divina. Os olhares e sorrisos que ela dirige a Dante correspondem ao prazer da bem-aventurança, e não mais à antiga paixão entre os dois.

18 A virtude visual de Dante, que foi esmagada pelo esplendor de Beatriz.

Canto V

AINDA NO PRIMEIRO CÉU (LUA) – O CUMPRIMENTO DOS VOTOS – ASCENSÃO AO SEGUNDO CÉU (MERCÚRIO)

"Se a chama do Amor arde em meus olhos
Muito mais do que brilhou um dia na Terra,
A ponto de superar o poder da sua visão,

Não se surpreenda; pois esta é a visão perfeita
Que, quanto mais percebe a luz divina,
Mais se aproxima do Bem que observa.

Vejo claramente brilhar em seu intelecto
A luz eterna de Deus que, por si mesma,
É capaz de despertar o Amor eterno.

10   E se alguma outra coisa atrai seu amor,
É apenas um vestígio dessa primeira luz,
Que por ela brilha, embora de forma imperfeita.

Bem; você deseja saber se, pelas boas obras,
Um voto não cumprido pode ser reparado,
Para que a alma se reconcilie com Deus."

Assim Beatriz começou esta canção;
E, tendo retomado o seu discurso,
Continuou assim o seu santo raciocínio:

"O maior dom que Deus, em Sua generosidade,
20   Deu ao ser criado à Sua imagem e semelhança,
E o sinal mais evidente de Sua bondade

É o livre-arbítrio; uma dádiva oferecida
A todas as criaturas dotadas de intelecto,
E concedida tão somente a essas criaturas.

Então, você entenderá o elevado valor do voto;
Pois, quando ele é pronunciado pelo homem,
Deus consente, e o aceita de bom grado.[1]

E quando o homem firma esse pacto com Deus,
Ele renuncia ao que chamo de seu maior tesouro;
E isso ele faz de maneira voluntária.

O que, então, poderia ser oferecido em troca?
Se você usar novamente o que já ofereceu,
É como fazer o bem com o produto de um roubo.

Você está certo sobre o ponto principal;
Mas como a Santa Igreja às vezes dispensa os votos,
O que parece contradizer o que acabei de dizer,

É bom que fique sentado à mesa um pouco mais;
Pois o alimento que ofereço é muito pesado,
E você precisará de mais tempo para digeri-lo.

Abra sua mente para o que vou revelar,
E guarde bem em sua memória; pois apenas ouvir
Não produz conhecimento, se ele não for retido.

Duas coisas formam a essência deste sacrifício:
Uma coisa é o objeto da promessa,
E a outra é o pacto entre o homem e Deus.

Este último jamais pode ser cancelado,
Até que seja totalmente cumprido:
É disso que eu falei a você, com tanta precisão.

Os hebreus tinham a obrigação de fazer oferendas,
Embora tivessem permissão, como deve saber,
Para mudar o conteúdo de suas ofertas.[2]

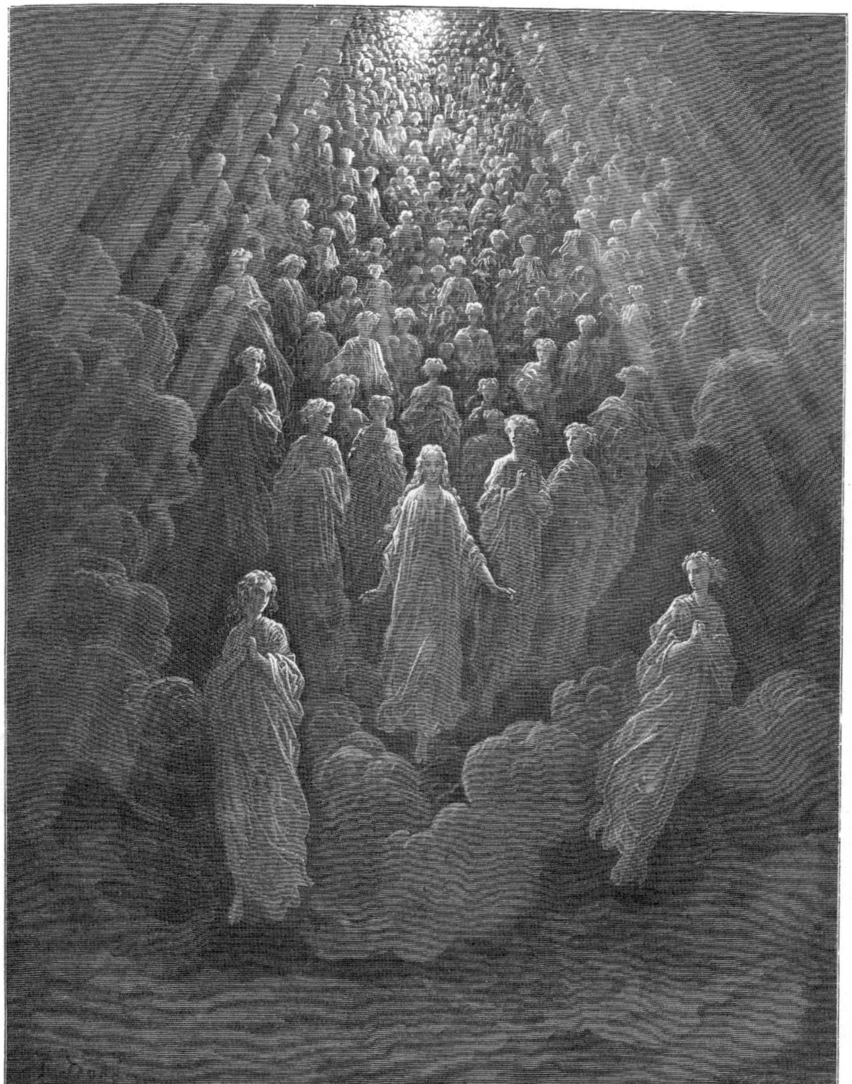

A outra questão, que antes mencionei,
É o objeto do voto, que pode ser permutado
Por outra coisa, sem que se cometa pecado.

Mas ninguém deve se atrever a mudar
Por sua própria vontade, a carga de seus ombros,
Sem a concordância do girar das duas chaves;[3]

E não se julga correta qualquer permuta
A menos que a nova oferta contenha o peso da antiga,
60 Assim como o quatro está contido no seis.[4]

Portanto, um bem que é tão precioso
A ponto de não haver nada que se compare a ele,
Não pode ser trocado por qualquer outra coisa.[5]

Portanto, não façam nenhum voto ao acaso:
Sejam fiéis, e não sejam imprudentes,
Assim como fez Jefté,[6] com sua primeira oferta:

Melhor teria sido exclamar: 'Eu errei',
Do que resgatar a promessa, fazendo algo pior.
Igualmente insensato foi o grande rei dos gregos,[7]

70 Que fez Ifigênia prantear sua virginal beleza;
Também fazendo chorar os sábios e os tolos,
E todos os que ouviram falar de tal rito.

Ó cristãos, sejam mais sóbrios e prudentes:
Não sejam como as penas, que se movem a cada vento
E não acreditem que toda água possa lavá-los.

Vocês têm ambos os Testamentos, o Velho e o Novo,
Assim como o pastor da Igreja para guiá-los;
E isso é suficiente para levá-los à salvação.

Se alguma tentação sugerir o contrário,
80 Lembrem-se de que são homens, e não ovelhas tolas,
Para que os judeus não riam de seu comportamento![8]

Não ajam como o cordeiro desgarrado,
Que deixa o leite da mãe e, lascivo e inquieto,
Tenta viver sozinho, para sua própria destruição!"

Estas são palavras de Beatriz, que aqui transcrevo.
E então ela se voltou, cheia de fervor,
Para a direção onde a luz era mais brilhante.

O seu silêncio e a transmutação de seu semblante
Impuseram um forte silêncio à minha mente ávida,
Que já estava repleta de novos questionamentos.

E tão rápido como uma flecha que atinge o alvo
Antes que a corda do arco pare de vibrar,
Assim subimos, rumo ao Segundo Céu.[9]

E eu vi minha Amada ficar tão feliz
Ao adentrar a luz daquele Céu,
Que o próprio planeta se tornou mais brilhante.

E se o planeta mudou e sorriu, o que dizer
De mim – que, por minha própria natureza,
Estou sujeito a todos os tipos de mudança?

E assim como em um lago calmo e límpido
Os peixes se aproximam da superfície
Crendo ter encontrado algo que os alimente,

Mais de mil esplendores vieram em nossa direção,
E, vindo de cada um deles, podíamos ouvir:
"Chegou alguém para multiplicar os nossos Amores!"

E à medida que cada alma se aproximava,
Podíamos testemunhar a sua grande alegria,
Por causa do resplendor que elas emanavam.

Ó leitor! Pense em como ficaria angustiado
Se perdesse a sequência da minha história,
E eu não continuasse a descrever o que comecei;

E assim você entenderá, por si mesmo,
Como eu desejava saber mais sobre eles,
Assim que apareceram diante de meus olhos.

"Ó espírito afortunado! A quem a Graça divina
Permite ver os tronos do triunfo eterno,
Antes que a guerra de sua vida termine;

A luz que nos ilumina é essa mesma luz
Que se espalha por todo o Céu; assim,
120   Se quer nos conhecer, pergunte sem hesitar."

Assim foi dito a mim, por um daqueles santos;
E Beatriz acrescentou: "Fale, fale sem medo!
E creia neles, como se falasse o próprio Deus."

"Vejo bem como te aninhas em tua própria luz;
E vejo que ela vem de teus olhos,
Pois ela brilha mais intensa, quando sorris!

Mas não sei quem és, ó digna alma,
Nem porque ocupas tua posição nesta Esfera
Velada aos homens pelos raios de outro planeta."[10]

130   Assim eu falei com aquele esplendor,
Que primeiro havia falado comigo;
E ele se tornou ainda mais brilhante.

Assim como o Sol, quando o calor dissipa
As espessas brumas que moderam seus raios,
E se esconde da vista pelo excesso de luz,

Assim aquela forma sagrada, por excesso de alegria,
Escondeu-se de mim, dentro de seus raios;
E então, envolto em esplendor, ela me respondeu

De acordo com a música do próximo Canto.

Notas

1. Continuando o discurso do canto anterior, Beatriz explica a Dante que o voto é um pacto entre o homem e Deus.

2. O Antigo Testamento trata dos votos oferecidos a Deus pelos hebreus, em *Levítico* XXVII. A chave para a estrutura desse capítulo do *Levítico* é encontrada pelas categorias de coisas que eram prometidas como ofertas a Deus: votos de pessoas (v. 1-8), animais (v. 9-13), casas (v. 14-15), terras herdadas da família (v. 16-21), terras adquiridas (v. 22-25) e votos proibidos (v. 26-33). Os israelitas são advertidos sobre a tolice de assumir compromissos precipitados, especificando que alguns votos não podem ser revertidos. Nesses casos, a redenção do que foi prometido custará caro.

3. *As duas chaves:* a permissão da Santa Igreja é simbolizada pelas duas chaves: a chave de prata (a Sabedoria) e a chave de ouro (a Autoridade), vistas em *Purgatório* IX. 119-120.

4. Para redimir um voto quebrado, a antiga oferta deve ser para a nova oferta assim como 4 está para 6. Ou seja, a nova oferta deve ser pelo menos 50% maior.

5. Entre todos os dons que Deus deu aos humanos, o maior deles é o nosso livre-arbítrio *(Purgatório* XVIII. 73). Quando se faz um voto de clausura, sacrifica-se voluntariamente o livre-arbítrio. Como resultado – dado que o livre-arbítrio é por definição o maior bem que existe – não há nada que possamos oferecer pelo resgate de nossa promessa.

6. *Jefté:* um dos juízes de Israel. Para obter a vitória contra os amonitas, Jefté prometeu a Deus que sacrificaria a primeira pessoa que saísse de sua casa e viesse ao seu encontro; essa pessoa foi sua própria filha (*Juízes* XI. 29-40).

7. O rei Agamenon prometeu sacrificar o que possuía de mais belo (a sua filha Ifigênia), para que a deusa Ártemis abençoasse a partida dos exércitos gregos contra Troia.

8. Segundo Dante/Beatriz, os cristãos têm uma responsabilidade ainda mais séria do que os judeus com relação aos votos, porque possuem maior orientação: eles têm o Antigo Testamento, o Novo Testamento e a Igreja para guiá-los. Beatriz diz que os judeus zombarão dos cristãos que, com toda a assistência especial de que dispõem, ainda não sabem fazer seus votos a Deus de maneira reta e santa.

9. Dante e Beatriz ascendem para o Segundo Céu (o Céu de Mercúrio).

10. Mercúrio é o planeta mais próximo do Sol, sendo portanto "velado" aos humanos. É visível a olho nu apenas por alguns minutos, no momento de sua maior elíptica.

Canto VI

SEGUNDO CÉU (MERCÚRIO) – O IMPERADOR JUSTINIANO – HISTÓRIA DO IMPÉRIO ROMANO – ROMEO DI VILLANOVA

"Depois que Constantino carregou a Águia[1]
Contra o curso do céu,[2] seguindo após
O nobre ancião que desposou Lavínia,[3]

Por cem anos, e outros cem mais,[4]
O pássaro divino esteve nos limites da Europa,
Perto das montanhas onde aprendeu a voar.

À sombra de suas penas sagradas,
O mundo foi governado, de mão em mão,
Até chegar às minhas, e se tornar minha tarefa.

10 Um César eu fui, e sou Justiniano;[5]
Aquele que eliminou das leis o supérfluo e o vão
E, pela vontade do Amor Primordial, aqui me assento.

Antes que me dedicasse ao meu trabalho,
Eu sustentava a natureza única de Cristo[6]
E, com esta fé, eu estava contente;

Mas então o bem-aventurado Agapito,[7]
Que era então o sumo sacerdote,
Dirigiu-me à verdadeira fé com suas palavras.

Eu acreditei nele; e agora vejo claramente,
20 Assim como você vê que, em uma contradição,
Há uma sentença verdadeira e outra falsa.

Assim que dirigi meus passos ao seio da Igreja,
Deus, por Sua graça, inspirou minha grande obra,[8]
E a Ele eu me dediquei, de corpo e alma.

Confiei minhas armas ao nobre Belisário;[9]
Logo a mão direita do Céu o favoreceu,
E isso foi um sinal, para descansar da guerra.

Aqui respondo à sua primeira pergunta;
E, ainda assim, a natureza de minhas palavras
30 Leva-me a adicionar uma continuação:

Para que veja, com clareza, como fazem injustiça
Ao símbolo sagrado: tanto os que agem em seu nome,
Quanto aqueles que a ele se opõem.[10]

Veja quanta virtude tornou esse sinal digno
De toda honra e reverência; e isso desde o momento
Em que Pallante[11] morreu, para garantir-lhe o reino.

Você sabe que por trezentos anos e mais,
Permaneceu em Alba;[12] até que, em dado momento,
Os Trigêmeos lutaram, disputando por ele.[13]

40 E você sabe o que ele fez; desde o malfeito às sabinas
Na época dos sete reis, vencendo os povos vizinhos,[14]
Até a dolorosa indignação contra Lucrécia.[15]

Você sabe o que ele fez, quando foi trazido
Pelos nobres romanos, contra Breno e Pirro,[16]
E contra outras cidades e principados.

Por ele, Torquato e Quinto Cincinato,[17]
Assim como os Décios e Fábios,[18]
Tiveram a fama, que honro de bom grado.

Esse estandarte derrubou o orgulho dos árabes
50 Quando eles seguiram na esteira de Aníbal[19]
Pelas rochas dos Alpes, das quais desce o rio Pó.

Sob ele triunfaram, ainda jovens, Cipião e Pompeu;
E para aquela colina sob a qual você nasceu,[20]
Aquele estandarte pareceu mais amargo.

Então, perto do momento em que o Céu desejou
Que todo o mundo se tornasse sereno, à sua imagem,[21]
César[22] empunhou esse sinal, com o apoio de Roma.

E o que ele fez, do Varo até o Reno,
Foi visto pelo Isère, pelo Loire e pelo Sena,
60   E por todo o vale banhado pelo Ródano.

E o que ele fez, depois de sair de Ravena
E cruzar o Rubicão, foi um voo tão rápido
Que a língua ou a escrita não podem descrever.

Esse estandarte levou as legiões até a Espanha,
E depois para Durazzo; e atingiu Farsália[23]
Com tanta força, que a dor chegou até o quente Nilo.

Viu novamente o porto de Antandro,[24]
E o seu berço em Simoenta, e o túmulo de Heitor;
E depois partiu, deixando Ptolomeu em desgraça.[25]

70   Do Egito, como um relâmpago, caiu sobre Juba;[26]
E então correu para o oeste do seu país,[27]
Onde pôde ouvir as trombetas de Pompeia.

Por causa do que ele fez ao segundo César,[28]
Brutus e Cássio ainda uivam no Inferno[29]
E a dor tomou conta de Modena e Perugia.[30]

Por causa dele, a triste Cleópatra ainda chora:
Pois, ao fugir diante daquele estandarte,
Encontrou na áspide uma morte súbita e atroz.

E, com esse César, chegou ao Mar Vermelho;
80   E o mundo foi reduzido a tamanha paz,
Que foi fechado o santuário de Janus.[31]

Mas o que este sinal, sobre o qual tenho falado
Fez no passado, e teria feito mais tarde
Para o reino mortal, que está sujeito a ele,

Se você tiver uma visão clara e sentimento puro,
Parecerá mesmo pouco e insignificante
O que ele fez na mão do terceiro César;[32]

De fato, a verdadeira Justiça que me inspira
Concedeu a ele – nas mãos do César seguinte –
90 A glória de vingar a Sua própria ira.[33]

Agora, fique admirado pelo que eu acrescento:
Mais tarde, com Tito, ele tomou nova vingança
Sobre a vingança pelo pecado antigo.[34]

E quando o dente lombardo[35] mordeu a Santa Igreja,
Então Carlos Magno veio em seu socorro,
Pelas vitórias que obteve, sob as asas da Águia.

Agora você pode compreender a má conduta
E os pecados daqueles que antes condenei,
Os quais são a origem de todos os seus males.

100 Alguns o opõem ao estandarte do Lírio Dourado[36]
E outros o reivindicam para o seu partido,
De modo que é difícil determinar quem seja o pior.

Que os Gibelinos prossigam com sua política
Sob outro signo; pois aqueles que dissociam
Este signo da Justiça, fazem dele mau uso.

E que este novo Carlos[37] não o ameace com seus Guelfos,
Mas antes tenha medo de suas garras,
Que já esfolaram outros leões mais ferozes.

Às vezes os filhos choram pelos pecados dos pais;
110 E que este filho não pense que Deus trocará
O emblema de Sua força pelo seu Lírio.

Adornam este pequeno planeta[38]
Espíritos que foram justos, mas sempre operaram
Em busca da honra e da fama que receberiam.

E quando os desejos tendem aos fins terrenos,
Assim desviados, os raios do verdadeiro Amor
Dirigem-se para a vida eterna com menor força.

Assim, ficamos satisfeitos em comparar
Nossas recompensas com nosso próprio mérito,
120 Pois não as vemos menores, nem maiores.

Assim, a Justiça viva torna tão doces
Os sentimentos em nós, que estamos livres
De qualquer inclinação para a iniquidade.

Diferentes vozes se unem para soar doces melodias;
Assim os vários graus de nossa bem-aventurança
Produzem uma doce harmonia nestas Esferas.

Nesta mesma pérola preciosa, também brilha
A luz de um certo Romeo; alguém cujas boas obras,
Apesar de nobres, foram pagas com ingratidão.[39]

130 Mas os provençais, que tramaram contra ele,
Não tiveram riso; pois aqueles que invejam o bem
Quando este favorece a outros, caem na perdição.

Raimundo Berengário teve quatro filhas,
E todas foram rainhas; esse é o fruto do trabalho
De Romeo, um homem humilde e estrangeiro.

Mas o rei, movido por línguas viciosas
Duvidou desse homem bom e justo,
Que recebia dez, e sempre devolvia cinco e sete.[40]

E então Romeo partiu: pobre, velho e esquecido.
140 E se o mundo conhecesse a dignidade de seu coração
Enquanto mendigava a vida, migalha por migalha,

Se hoje ele é louvado, o louvaria ainda mais.

Notas

1. A alma do imperador Justiniano fala com o poeta, narrando a história do Império Romano (desde Eneias, passando por vários reis e imperadores como Rômulo, Júlio César, Augusto, Tibério e Tito, até chegar a Carlos Magno), para demonstrar a santidade da autoridade imperial (representada por meio do estandarte da Águia).

2. No ano 333 d.C., após sua conversão e batismo, Constantino transferiu a sede do império de Roma para Bizâncio, que recebeu o nome de Constantinopla. A transferência do império foi de oeste para leste, ou seja, carregando a Águia Imperial "contra o curso do céu".

3. *O nobre ancião que desposou Lavínia:* Eneias, o fundador da cidade de Roma, que se casou com Lavínia, filha do Rei Latino (ver *Inferno* IV. 126, *Purgatório* XVII. 36).

4. *Cem anos, e outros cem mais:* a Águia Imperial permaneceu mais de duzentos anos na extremidade da Europa, perto das montanhas de Troia ("as montanhas onde aprendeu a voar"): desde 333 d.C., quando a sede do Império foi transferida para Constantinopla, até o ano 539 d.C., quando começou o reinado de Justiniano.

5. *Justiniano*: grande imperador romano do Oriente (482-565 d.C.) que formulou o *Corpus Iuris Civilis*, uma recompilação e reorganização das leis romanas. Neste Sexto Canto do *Paraíso* (assim como nos Cantos VI do *Inferno* e do *Purgatório*), Dante versará sobre assuntos políticos e históricos: no *Inferno* ele falou sobre Florença, no *Purgatório* sobre toda a Itália, e aqui o próprio Justiniano conta a história do Império Romano.

6. Justiniano se refere à heresia de Eutíquio (a doutrina do monofisismo), segundo a qual Cristo possuía apenas uma natureza, a humana.

7. *Agapito:* o papa Agapito I, que reinava quando Justiniano foi coroado imperador. Agapito foi a Constantinopla para negociar a paz com os godos, e nessa ocasião teria convencido Justiniano de seu erro quanto ao monofisismo.

8. *Grande obra:* o *Corpus Iuris Civilis* (ver nota da linha 10).

9. *Belisário:* famoso general, a quem Justiniano deu a liderança de seus exércitos na África e na Itália.

10. Aqueles que se apropriavam do símbolo sagrado da Águia (os Gibelinos) e aqueles que se opunham a ele (os Guelfos).

11. *Pallante:* filho de Evandro, enviado para ajudar Eneias e que foi morto por Turno (*Inferno* I. 108).

12. *Alba:* a cidade de Alba Longa, fundada por Ascânio, filho de Eneias.

13. *Os Trigêmeos:* durante o reinado de Túlio Hostílio (em torno de 670 a.C.), os romanos declararam guerra contra os seus coirmãos, os albanos. Cada um dos dois exércitos possuía um grupo de irmãos trigêmeos, e ficou decidido que

esses irmãos deveriam lutar como seus campeões. Os três irmãos Horácios lutaram pelo lado romano, e contra eles estavam os irmãos Curiácios. Os três Curiácios foram mortos, e Públio, o único Horácio restante, foi recebido com triunfo em Roma.

14 O rapto das mulheres sabinas, nos dias de Rômulo, o primeiro dos sete reis de Roma.

15 *Lucrécia:* a esposa de Colatino, que foi violentada pelo rei Tarquínio, o Soberbo. Esse fato causou a rebelião dos romanos contra a monarquia (ver *Inferno* IV. 128)

16 *Breno:* rei dos gauleses. *Pirro:* rei de Épiro, filho de Aquiles e Deidamia, conhecido por sua crueldade durante a guerra de Troia (ver *Inferno* XII. 135).

17 *Torquato:* Titus Manlius, apelidado de Torquato por causa da coleira (em latim: *torques*) que ele tirou de um inimigo caído. *Quinto Cincinato:* Quinctius Lucius, conhecido como Cincinato ("cabelos encaracolados").

18 *Décios:* pai, filho e neto que sacrificaram suas vidas pelo seu país em diferentes batalhas. *Fábios:* família que também prestou grandes serviços para o Império.

19 *Aníbal:* general de Cartago que invadiu a Itália.

20 Fiesola, a cidade-mãe de Florença, que foi destruída pelos romanos (ver *Inferno* XV. 62).

21 A época do nascimento de Cristo.

22 *César:* Caio Júlio César (100-44 a.c.), líder militar e político romano. Em 49 a.c., César assumiu o comando de Roma como um ditador absoluto, desempenhando papel decisivo na transformação da República no Império Romano. Foi colocado por Dante no Limbo (*Inferno* IV. 123).

23 *Durazzo:* cidade da Macedônia. *Farsália:* cidade da Tessália.

24 Antandro era uma cidade próxima a Troia, e Simoenta era o rio que banhava a região. Foi dali que saiu Eneias, levando a águia romana para a Itália.

25 Júlio César tirou o reino do Egito das mãos de Ptolomeu, e o deu a Cleópatra.

26 *Juba:* rei da Numídia, que protegeu Pompeu, Catão e Cipião após a batalha de Farsália. Sendo conquistado por César, seu reino tornou-se uma província romana (*Farsália* IX. 300-318. Ver também *Inferno* XIV. 15).

27 Em direção à Espanha (a oeste do país de Dante, a Itália), onde ainda havia alguns remanescentes do exército de Pompeu. Quando estes foram subjugados, a guerra civil terminou.

28 *O segundo César:* Otávio Augusto (63 a.C.-14 d.C.), sobrinho-neto e sucessor de Júlio César, que derrotou Brutus e Cássio, vingou a morte do tio e estabeleceu o Império Romano.

29 Ver *Inferno* XXXIV. 70.

30 O massacre feito por Augusto nas vizinhanças dessas cidades, nas batalhas com Marco Antônio e seu irmão Lúcio.

31 Augusto fechou os portões do templo de Janus em sinal de paz universal, no ano do nascimento de Cristo.

32 *O terceiro César:* Tibério César (42 a.C.-14 d.C.), enteado de Augusto, que o sucedeu como imperador.

33 A crucificação de Cristo, na qual os romanos tiveram participação na pessoa de Pôncio Pilatos.

34 A destruição de Jerusalém sob o reinado de Tito, que vingou a crucificação de Cristo (ver *Purgatório* XXI. 82).

35 *O dente lombardo:* Desidério, o último rei dos lombardos, que foi derrotado por Carlos Magno.

36 *O Lírio Dourado:* a Flor-de-Lis da França. Os Guelfos, aliados aos franceses, faziam oposição aos Gibelinos, que se apropriavam do estandarte imperial para seu próprio partido.

37 *O novo Carlos:* Carlos II, filho de Carlos d'Anjou e líder do partido dos Guelfos (ver *Purgatório* XX. 79).

38 *Pequeno Planeta:* Justiniano se refere ao planeta Mercúrio. As almas que residem no Céu de Mercúrio são aquelas que se esforçaram para conseguir a fama imortal, ou trabalharam para a glória de outras pessoas na Terra.

39 *Romeo:* Justiniano refere-se ao caráter íntegro de Romeo di Villanova, administrador da corte de Raimundo Berengário V, rei da Provença. Romeo cuidou das quatro princesas e conseguiu que todas elas se casassem com reis: Margarida, esposa de Luís IX da França (São Luís); Eleonora, esposa de Henrique III da Inglaterra; Sancha, esposa de Ricardo, Conde da Cornualha e rei de Roma; e Beatriz, esposa de Carlos d'Anjou, rei da Sicília (ver *Purgatório* VII. 128). Ele também cuidava do tesouro e conseguiu aumentar as riquezas do reino da Provença. Tendo sido caluniado, abandonou a corte e caiu no esquecimento, velho e pobre.

40 Uma referência à Parábola dos Talentos (*Mateus* XXV. 14-30).

Canto VII

**AINDA NO SEGUNDO CÉU (MERCÚRIO):
EXPLICAÇÕES DE BEATRIZ SOBRE A REDENÇÃO**

"*Hosanna Sanctus Deus Sabaoth
Superillustrans claritate tua
Felices ignes horum malacoth!*"[1]

Assim, girando ao ritmo dessa canção,
Parecia-me que cantava aquele espírito,
Acima do qual brilhavam luzes gêmeas.[2]

E todas as almas, movendo-se alegremente
No ritmo daquela dança, como chamas vivas,
Desapareceram rapidamente da minha vista.

10 Fiquei perplexo, e dizia para mim mesmo:
"Fala com ela! Fala com ela! Fala com a tua Amada,
Que pode saciar tua sede, com suas doces palavras!"

Mas tamanha reverência tomava conta de mim,
Que eu mal conseguia juntar o "Be" com o "triz",
E eu baixava a cabeça como um homem adormecido.

Mas Beatriz logo me tirou daquela letargia;
Pois ela me iluminou com um sorriso tão lindo
Que, mesmo na fogueira, faria um homem feliz:

"De acordo com meu julgamento infalível,
20 A questão que o deixa agora perplexo é:
'Como uma vingança justa pode merecer punição?'

Mas rapidamente libertarei sua mente da dúvida;
Ouça com atenção; as palavras que eu falo
Darão a você, como presente, uma grande verdade.

Por não ter suportado o freio de suas vontades,
Aquele homem que não nasceu,³
Condenando a si mesmo, amaldiçoou toda a sua prole.

Por isso a humanidade, por longos séculos,
Jazia enferma, no abismo de um grande erro,
30   Até que o Verbo de Deus quis descer,

Onde se uniu, em uma só pessoa,
À natureza humana, que se afastara do Criador:
Uma prova sem par de Seu eterno Amor.

Agora preste atenção no que vou dizer:
Essa natureza humana, unida ao seu Criador,
Era pura e livre de pecado, assim como na Criação.

Mas, por si mesma, essa natureza
Já havia sido banida do Paraíso,
por ter se desviado do caminho da Verdade.

40   Portanto, o castigo representado pela Cruz
Foi justo e absolutamente correto,
Se considerarmos a natureza humana em si;

Contudo, jamais fora cometido um erro tão grande,
Se considerarmos a Pessoa que sofreu:
Aquele que reuniu em Si essa natureza.

Assim, de uma mesma ação, houve efeitos diferentes.
Deus e os judeus se agradaram da mesma morte;
Por aquela morte a Terra tremeu, e o Céu se abriu.⁴

A esta altura, já não deve ser difícil entender
50   Quando se diz que uma vingança justa
Foi depois vingada por um tribunal justo.

Mas agora vejo que, de pensamento em pensamento,
Sua mente está apertada por outro nó,
Do qual tem um grande desejo de ser desatada.

Você diz: 'O que eu ouvi está bem claro para mim;
Mas não entendo por que Deus escolheu
Exatamente esse caminho, para nossa redenção.'⁵

Irmão, esta verdade está escondida
Nos olhos de todos aqueles cujo intelecto
60 Ainda não foi amadurecido pela chama do Amor.

No entanto, como há muitas tentativas
De encontrar esse ponto, mas pouca compreensão,
Direi por que esse caminho foi o mais adequado.

A Bondade divina, que despreza todo ódio,
Ardendo em Si mesma, brilha de tal maneira
Que Sua luz emana belezas eternas.

Tudo o que deriva diretamente dessa Bondade
É eterno; pois o selo que ela imprime
É uma marca que nunca pode mudar.

70 O que deriva dessa Bondade diretamente
É totalmente livre, pois não está sujeito
Por nenhuma influência das Nove Virtudes.⁶

Quanto mais se conforma a essa Bondade,
Mais Ela se agrada; pois o ardor sagrado,
Que brilha em todas as coisas, é mais vivo

Nas criaturas que mais se assemelham a Ela.
O homem tem todos esses dons; se apenas um falhar,
É inevitável que ele perca sua nobreza.

O pecado é a única coisa que o escraviza
80 E o torna diferente do Supremo Bem;
Pois o pecado ofusca o brilho de Sua luz.

E o homem não pode recuperar sua dignidade
Se não preencher o vazio deixado pela culpa
Com um justo castigo, oposto aos seus maus desejos.

Pois a natureza humana é totalmente pecadora
Desde o início, e mesmo em sua semente;
E foi privada dessa dignidade, assim como do Paraíso.

Essa dignidade não poderia ser recuperada,
Se você raciocinar sutilmente, de forma alguma,
90 Se não fosse por um destes caminhos:

Ou por nada, além de Sua misericórdia,
Deus perdoaria o homem; ou por si mesmo,
O homem teria que pagar por sua loucura.

Agora fixe seus olhos na profundidade
Da Justiça Divina; preste muita atenção,
E se agarre com firmeza às minhas palavras.

O homem, por causa de suas limitações,
Não poderia pagar o preço de si mesmo;
Nenhuma obediência poderia resgatá-lo

100 Das profundezas de seu orgulho e desobediência.[7]
E esta é a razão, pela qual o homem
Encontrou fechada a porta desse caminho.

Portanto, era necessário que Deus interferisse
E ajudasse o homem em sua redenção –
Quero dizer, por um caminho, ou por ambos.

Mas, uma vez que a obra se torna agradável
Para quem faz, quando ela manifesta
A generosidade do coração onde nasceu,

À Bondade divina, que formou o mundo,
110 Aprouve prosseguir por ambas as vias
Para redimir a humanidade do pecado.

E em toda a história da raça humana,
Nenhum ato tão magnífico jamais será visto,
Como o que Ele fez, ao seguir os dois caminhos;

Pois Deus mostrou maior amor em dar a Si mesmo
Para que o homem pudesse se redimir,
Do que se Ele simplesmente tivesse perdoado.

E todos os outros meios seriam insuficientes
Para a Justiça divina, a não ser essa maneira,
120 Quando o Filho de Deus se humilhou, e se fez carne.

E para satisfazer plenamente todos os seus desejos,
Eu preciso agora enfatizar um ponto
Para que você veja tão claramente quanto eu.

Você diz: 'Eu vejo que a água, o fogo
O ar e a terra, e tudo o que eles compõem
São corruptíveis, e não são eternos;

E, no entanto, eles também foram criados.
Se o que foi dito antes é verdade,
Essas coisas deveriam estar a salvo da corrupção.'

130 Irmão: os anjos, assim como o próprio Céu
Em que você está, foram criados como são,
Em toda a plenitude de seu ser;

Enquanto os elementos que você mencionou,
Assim como as coisas que deles são feitas,
Recebem sua forma de uma virtude dos Céus.

A matéria que eles contêm foi criada diretamente,
Mas a virtude que lhes dá forma
Veio das estrelas, que giram em torno deles.

Os raios e o movimento das luzes sagradas
140 Extraem da matéria a alma vegetativa e sensitiva
De cada animal e planta capaz de tomar forma;

Mas a alma do homem é soprada diretamente
Pelo Bem Supremo, que a enamora do seu próprio Ser,
E a faz desejar ardentemente o seu Criador.

A partir disso, você também poderá entender
O princípio da ressurreição da carne; lembre-se
Que o corpo humano foi criado diretamente por Deus

Quando os nossos primeiros pais foram criados."[8]

Notas

1 A canção dos bem-aventurados do Céu de Mercúrio, criada por Dante, mistura palavras latinas e hebraicas e quer dizer: "Hosana, ó santo Deus dos exércitos, que iluminas com a Tua luz os ardentes beatos deste reino!". *Hosana*, do hebraico הנעשוה – *hoshi'anná*, indica uma aclamação ou saudação (*Salmos* CXVIII. 25 – ver também *Purgatório* XI. 11). Também são hebraicas as palavras *sabaoth* (exércitos) e *malacoth* (reino).

2 É difícil interpretar o significado da luz dupla acima de Justiniano: pode ser a luz dos bem-aventurados unida à luz de Deus, ou a luz da bem-aventurança à dignidade imperial. Também pode ser a luz do rei guerreiro e do rei legislador.

3 *O homem que não nasceu:* Adão.

4 A morte de Jesus Cristo agradou a Deus, porque reparava a ofensa de Adão; e agradou aos judeus, pela raiva deles contra Jesus. A Terra foi abalada pelo horror da crucificação, e o Céu se alegrou por se abrir novamente à humanidade.

5 Beatriz explica a Dante por que Deus puniu a crucificação de Cristo, e por que ele escolheu esse caminho para redimir a humanidade.

6 *As Nove Virtudes:* a influência dos nove Céus, assim chamados para distingui-los de Deus, a virtude suprema que reside no Empíreo.

7 "Não há humilhação humana que possa reparar o pecado de Adão, que desobedeceu diretamente a Deus." (Eugênio Vinci, 2016).

8 Adão e Eva, os primeiros habitantes da Terra.

Canto VIII

ASCENSÃO AO TERCEIRO CÉU (VÊNUS) – CARLOS MARTEL D'ANJOU – AS DIFERENTES INCLINAÇÕES DO SER HUMANO

Os antigos acreditavam, para seu próprio perigo,
Que o amor delirante da bela Ciprina[1]
Sobre eles irradiava a partir do Terceiro Céu.

Por isso as nações antigas, em seu antigo erro,[2]
Não a honravam somente com sacrifícios
E com o clamor ardente de seus votos;

Mas também cultuavam e adoravam
Sua mãe *Dione*, assim como seu filho Cupido,
O qual diziam ter sentado no colo de Dido.[3]

10 E desta divindade, sobre a qual eu falo,
Tomaram o nome para indicar a estrela
Que é cortejada pelo Sol, e com ele faz ciranda.[4]

Não vislumbrei o momento da nossa ascensão;
Mas percebi que pousávamos naquela estrela
Ao ver que minha Amada se tornara mais bela.

E como se distingue uma faísca na chama,
Ou como se ouve uma voz modulante
Que se sobrepõe a uma outra voz firme,

Assim eu vi naquele céu luminoso outras luzes,
20 Que se moviam em círculo, e iam desacelerando,
Dando-nos a conhecer sua visão interior.

Os raios visíveis ou invisíveis do Céu
Nunca desceram tão rápido de uma nuvem fria,
Que não parecessem tardos e lentos,

Para quem tivesse visto aquelas luzes divinas
Vindo em nossa direção, deixando a dança
Iniciada no Céu dos mais altos Serafins.[5]

E, entre aqueles que pareciam mais próximos,
Ressoou um *Hosana* tão glorioso, que eu faria
Qualquer coisa para poder ouvi-lo novamente.

Então um espírito se aproximou de nós
E começou a falar: "Todos nós estamos prontos
Para a tua vontade, para que te alegres em nós.

Dançamos junto com os Principados Celestiais,[6]
Com o mesmo movimento e o mesmo desejo
Sobre os quais tu falaste ao mundo uma vez:

'Voi che 'ntendendo il Terzo Ciel movete!'[7]
E estamos tão cheios de Amor que, para agradá-lo,
Um pouco de silêncio não será menos doce."

Depois que esses meus olhos se ofereceram
Com muita reverência à minha Amada,
E tendo ela assentido e me tranquilizado,

Voltei-os à luz, que me fizera tantas promessas,
E perguntei, com a voz cheia de afeto
E carinho: "Ora, diga-me, quem és tu?"

Oh, como eu vi aquela luz ficar mais brilhante
Com a nova alegria que se sobrepôs
Às suas alegrias, assim que eu falei!

Assim transformada, ela me disse: "O mundo
Teve a mim por pouco tempo; e, se vivesse mais,
Muito do mal que virá não teria acontecido.[8]

Minha alegria brilha ao meu redor
E esconde a minha imagem de teus olhos,
Como uma criatura envolta em sua própria seda.

Você me amou muito, e teve boas razões;
Pois se eu ainda vivesse, eu teria mostrado a ti
Um pouco além da folhagem do meu amor.

A margem esquerda que é banhada pelo Ródano
Depois que suas águas se misturam ao Sorga,
60   Por muito tempo me esperou, como seu senhor;[9]

Assim como o belo chifre da Ausônia,[10]
Que tem Bari, Gaeta e Catona como suas cidades,
De onde os rios Tronto e Verde desaguam no mar.

Já brilhou na minha testa a coroa
Daquela terra que o Danúbio atravessa,[11]
Depois de ter abandonado as terras alemãs.

E aquela bela e sombria Trinácria,[12]
No golfo que é mais castigado pelos ventos,
Coberta de névoa entre o Pachino e o Peloro

70   (Não por Tifeu, mas pelo enxofre nascente),[13]
Ainda estaria à espera de seus monarcas
Nascidos de mim, e de Carlos e Rodolfo,[14]

Se o senhorio do mal não incitasse
As populações continuamente à rebelião,
Movendo Palermo, ao clamor de 'Morte! Morte!'[15]

E se meu irmão pudesse apenas prever
A mesquinhez gananciosa da Catalunha,[16]
Ele poderia evitá-la, para que não o molestasse.

Pois, em verdade, é preciso que ele e sua corte
80   Tomem providências; para que sua barca,
Já carregada, não seja agravada com mais peso.[17]

Sua natureza, embora de ascendência liberal,
É avarenta e cobiçosa;[18] e ele precisará de soldados
Que não se ocupem em apenas encher seus baús."[19]

"Como acredito que a grande alegria
Que a tua fala me infunde, meu senhor,
Vem de onde começa e termina todo o Bem,

Assim como eu a vejo, é ainda mais agradável;
E torna-se ainda mais cara para mim,
Pois o que falas é abençoado por Deus.

Alegre me fizeste; no entanto, esclareça a mim,
Pois tuas palavras instigaram a minha dúvida:
Como da doce semente pode brotar o amargo?"

Isso eu disse a ele; e então ele respondeu:
"Se eu revelar a verdade em relação à sua dúvida,
Você verá à sua frente o que ficou para trás.[20]

O Bem que faz girar, e enche de alegria
Todo o Reino que atravessas, faz da Providência
Uma virtude que opera nestas estrelas.

E na mente de Deus, que é perfeita em si mesma,
Não somente as várias naturezas são determinadas,
Mas, junto com elas, também a sua finalidade.

De fato, tudo o que é dirigido pelas artes celestes
Possui um fim muito preciso e determinado,
Exatamente como uma flecha dirigida ao seu alvo.

Se assim não fosse, o Céu por onde passas
Produziria seus efeitos de tal maneira
Que não seriam influências benéficas, e sim ruínas.

Isso não pode acontecer, pois as Inteligências
Que movem essas estrelas não são imperfeitas,
Assim como o Primeiro intelecto, que as criou.

Queres que esta verdade se torne mais clara?"
E eu: "Não, pois agora compreendo que é impossível
Que o necessário, na Natureza, deixe de sê-lo."

E ele continuou: "Agora, diga-me: seria pior
Se, na Terra, os homens não fossem cidadãos?"[21]
Respondi: "Sim, e sobre isso não peço explicações."

"E isso aconteceria, se na Terra não vivessem
Cada um desempenhando um diferente ofício?
120 Claro que não, segundo escreve o seu mestre.[22]

Então ele conseguiu raciocinar até este ponto,
E em seguida concluiu: 'Por isso é necessário
Que as raízes sejam diversas de seus efeitos.'

E por isso um nasce Sólon, outro nasce Xerxes,
Outro Melquisedeque, e outro como aquele
Que perdeu seu filho, voando pelos ares.[23]

A natureza dos Céus, que imprime o seu selo
Sobre a cera mortal, pratica bem a sua Arte;
Mas não distingue uma família da outra.

130 É por isso que Esaú difere de seu irmão Jacó;[24]
E Quirino[25] descende de um pai tão obscuro,
Que é mencionado como nascido de Marte.

Uma natureza criada à sua maneira
Seguiria sempre como seus progenitores,
Se a Providência divina não fosse mais forte.

O que estava atrás de ti, agora está à sua frente;
E, para que saibas que estou feliz em estar contigo,
Ainda oferecerei a ti outro corolário.

Sempre que a Natureza encontrar condições
140 Que com ela entrem em conflito, produzirá efeitos ruins,
Como uma semente que caiu em solo impróprio.

E se o mundo terreno prestasse mais atenção
Ao fundamento colocado pela Natureza,
Ao segui-lo, encontraria pessoas melhores.

No entanto, afastais para a vida religiosa
Aquele que nasceu para carregar a espada,
E dais a coroa ao que nasceu para os sermões;

Por isso, seus passos se desviam do caminho certo."

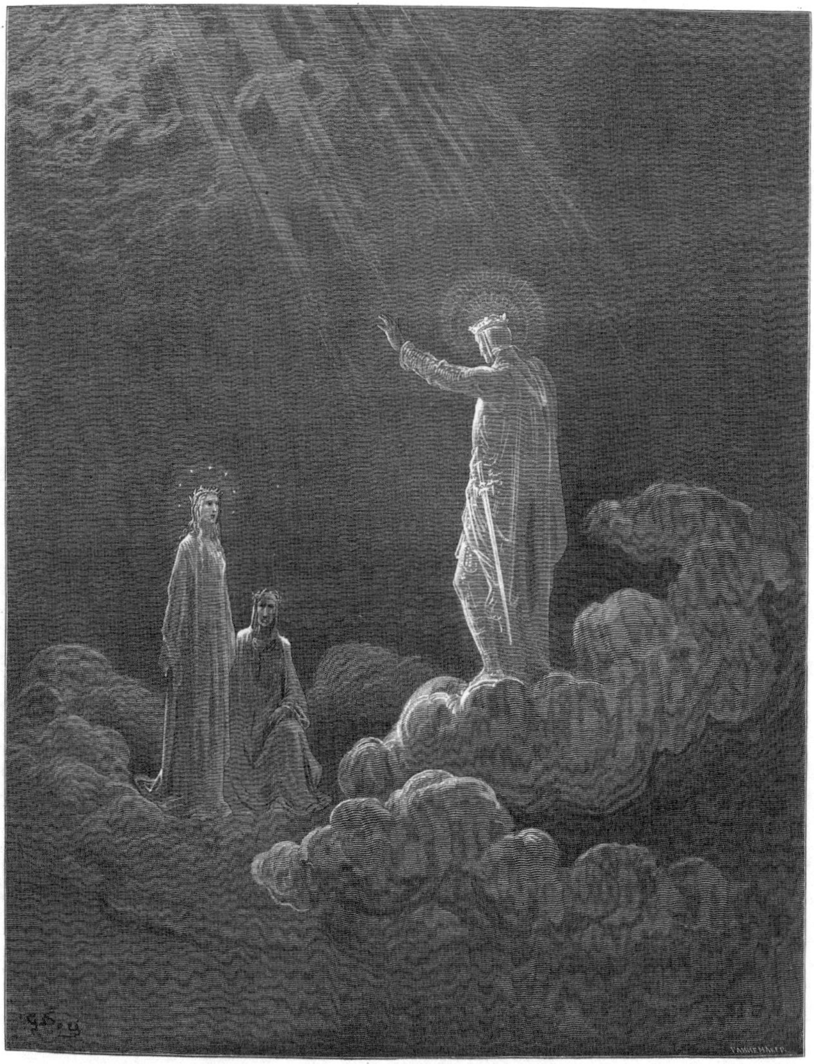

Notas

1. *Ciprina:* era um título de Vênus, devido ao seu local de seu nascimento, a ilha de Chipre.

2. *O antigo erro:* o paganismo. Na "era suprema dos deuses falsos e mentirosos" (*Inferno* I. 72), o mundo estava em perigo de condenação por causa da descrença no Deus único.

3. Dante se refere ao episódio em que Cupido assumiu a aparência de Ascânio (filho de Eneias), sentou-se no colo da rainha Dido e a atingiu com uma de suas flechas (*Eneida* I. 657). Como consequência, a rainha de Cartago se apaixonou loucamente por Eneias (*Inferno* V. 61).

4. No original, Dante expressa que Vênus brinca com o Sol, "ora atrás, ora na frente". Quando ela o segue, ela é a Estrela da Tarde; quando o precede, é a Estrela da Manhã.

5. O movimento das almas se origina no Primeiro Motor, cujos anjos regentes ou Inteligências são os Serafins.

6. Os anjos regentes ou Inteligências de Vênus são os Principados.

7. *"Voi che 'ntendendo il terzo ciel movete":* "Ó vós, que com o intelecto moveis o Terceiro Céu!". É o verso que inicia a Primeira *Canzone* (Tratado II) do *Convívio*, do próprio Dante Alighieri.

8. O espírito que fala é Carlos Martel d'Anjou (1271-1295), amigo e benfeitor de Dante. Ele era o filho mais velho de Carlos II de Nápoles (o Coxo) e neto de Carlos d'Anjou, e se casou com a bela Clemência, filha do imperador Rodolfo I de Habsburgo (*Purgatório* VII. 94). Carlos Martel morreu aos vinte e quatro anos de idade, e por isso menciona: "O mundo teve a mim por pouco tempo."

9. A região da Provença, abrangendo Avignon, Aix, Arles e Marselha, que ele teria herdado, se ainda vivesse. Este é "o grande dote da Provença" trazido pela filha de Raimundo Berengário em seu casamento com Carlos d'Anjou (*Purgatório* XX. 61), e que redimiu a vergonha do sangue dos Capetos.

10. *O chifre da Ausônia:* o reino da Apúlia, que ficava na extremidade da Ausônia (ou Baixa Itália).

11. O reino da Hungria.

12. *Trinácria:* nome antigo da Sicília, que era limitada pelos montes Peloro, Pachino e Lilibeo.

13. A região da Sicília era coberta de nevoeiro, devido às frequentes erupções do vulcão Etna. Segundo a mitologia, a fumaça era atribuída à respiração do gigante Tifeu, enterrado sob o vulcão.

14. Carlos Martel se refere aos seus filhos – os monarcas que descendem dele, assim como de seu avô (Carlos d'Anjou) e de seu sogro (o imperador Rodolfo I): o rei Carlos I da Hungria, a rainha Clemência (casada com Luís X da França) e a princesa Beatriz (casada com o príncipe João, Delfim de Viena).

15 *"Morte! Morte!"*: O grito alude à revolta dos moradores da Sicília e de Palermo em março de 1282 (também conhecida como a Revolta das Vésperas).

16 O irmão mais novo de Carlos Martel era Roberto, duque da Calábria e terceiro filho de Carlos II, o Coxo. Roberto se tornaria rei da Sicília em 1309 (portanto, Carlos Martel está falando sobre o futuro). Roberto traria seus ministros da região da Catalunha, e logo eles se revelariam como mercenários.

17 A Sicília já era fortemente carregada de impostos de todos os tipos.

18 Mesmo tendo nascido de ancestrais generosos, Roberto era avarento.

19 Ou seja, ministros e oficiais que não fossem gananciosos.

20 Uma referência avessa ao castigo da Bolgia dos Adivinhadores (*Inferno* XX), onde as almas daqueles que previam o futuro têm suas cabeças torcidas para trás.

21 Se os homens vivessem isolados uns dos outros, e não em comunidades.

22 *Mestre:* Aristóteles (384-322 a.C.), com frequência referido por Dante como o *Filósofo*, e reverenciado por ele no *Convívio* como o gênio maior, a quem todos os segredos da natureza são revelados. Em *Inferno* IV. 131, ele é "o mestre de todos aqueles que sabem".

23 Uns nascem para ser legisladores (como Sólon), outros para ser líderes (como Xerxes), outros para o sacerdócio (como Melquisedeque) e outros para ser engenheiros (como Dédalo).

24 Embora fossem gêmeos, Esaú e Jacó diferiam em caráter. Esaú era guerreiro, e Jacó era pacífico (*Gênesis* XXV).

25 *Quirino:* o rei Rômulo, também venerado como o deus Quirino, porque sempre carregava uma lança (*quiris*). Os irmãos gêmeos Rômulo e Remo eram descendentes de Eneias e filhos da vestal Reia Sílvia. Segundo a mitologia romana, ela foi seduzida por Marte (mas tudo indicava que ela fora violentada pelo próprio tio, o malvado rei Amúlio).

Canto IX

TERCEIRO CÉU (VÊNUS) – CUNIZZA DE ROMANO – FOLCHETTO DE MARSELHA

Ó, bela Clemência! Depois que o teu Carlos
Esclareceu minhas dúvidas, ele também contou a mim
As traições que vossa semente deveria sofrer;[1]

Mas disse-me: "Não diga nada, e deixe o tempo passar."
De modo que nada posso dizer; apenas digo
Que vossos infortúnios serão punidos com justiça.

E então a alma daquela santa luz
Retornou para o Sol, que a preenche
Com aquele supremo Bem, que é maior do que tudo.

10   Ai de vós, almas enganadas e criaturas ímpias,
Que desviam vossos corações de um Bem tão precioso,
Dirigindo vossas mentes para as coisas vãs!

E então, eis que outro desses esplendores
Aproximou-se de mim; e sua vontade de me agradar
Era manifesta por seu grande brilho exterior.

Os olhos de Beatriz, que estavam fixos em mim,
Como haviam feito antes, logo me deram
O consentimento para o meu desejo de falar.

Eu disse: "Ó espírito abençoado, depressa,
20   Dê uma compensação ao meu desejo, e mostre a mim
Como meus pensamentos se refletem em tua mente!"

Então aquela luz, que eu ainda não conhecia,
Das profundezas em que antes cantava,
Começou a falar, deleitando-se em fazer o bem:

"Naquela região da corrompida Itália,
Que fica entre as margens de Rialto
E as nascentes do Brenta do Piava,[2]

Ergue-se uma colina, e não muito alta,[3]
De onde desceu outrora uma tocha
30 Que exerceu sobre aquela terra grande tirania.

Ambos nascemos de uma mesma raiz:
Cunizza eu me chamava, e brilho neste Céu
Porque o esplendor desta estrela me dominou.[4]

Mas, com muita alegria, eu perdoo a causa
Deste meu destino, e não me arrependo;
E isso talvez pareça difícil para as pessoas comuns.

Desta joia tão lúcida e preciosa[5]
Que está mais perto de mim em nosso Céu,
Grande fama permaneceu na Terra; mas,

40 Antes que ela desapareça, cinco séculos não passarão.
Veja como o homem deve ter fama excelente,
Para que depois receba outra vida gloriosa!

E assim não pensa a multidão que vive agora
Encerrada entre o Adige e o Tagliamento,[6]
Pois, mesmo sendo açoitada, não é penitente.

Mas logo chegará o momento em que Pádua
Tornará em sangue o pântano que banha Vicenza,
Porque o povo reluta em cumprir seu dever.[7]

E onde o Sile e o Cagnano se unem,[8]
50 Há um tirano que domina com a cabeça altiva;
Mas a rede que o apanhará já está sendo tramada.[9]

Além disso, Feltro lamentará o crime[10]
De seu ímpio pastor, que será tão monstruoso
Que, por tal ato, ninguém jamais entrou em Malta.[11]

Demasiado grande deverá ser o recipiente
Para que contenha todo o sangue de Ferrara
E cansado ficaria quem o pesasse, onça por onça,

Do qual este padre cortês fará um presente
Para se mostrar um partidário; e tais presentes
60 Estarão de acordo com os costumes daquela terra.

Acima de nós há espelhos, e Tronos você os chama;[12]
Dos quais resplandece sobre nós o Deus Julgador,
Para Quem estes discursos parecem corretos."

Nesse momento ela ficou em silêncio;
E ela parecia ter se voltado para outra coisa,
Pois voltou a dançar em círculos como antes.

O outro espírito alegre, já conhecido por mim,
Tornou-se resplandecente aos meus olhos,
Como um refinado rubi atingido pela luz do Sol.

70 Ali se adquire esplendor quando se está feliz,
Assim como aqui sorrimos; mas nas profundezas,
As sombras escurecem, pois suas almas são tristes.

Eu disse: "Deus vê todas as coisas,
E n'Ele, bendito espírito, está a tua visão,
Para que nenhum desejo meu se esconda de ti.

E tua voz – que para sempre alegra os Céus
Junto com o canto daqueles lumes sagrados,[13]
Que de suas seis asas fazem um manto –

Por que ela não satisfaz meus anseios?
80 Certamente, eu não esperaria que falasses
Se eu estivesse em ti, como tu estás em mim."

Então suas palavras começaram assim:
"O maior dos vales onde a água se expande,
Aquele mar que circunda e enfeita a Terra[14]

Entre as margens discordantes, contra o Sol,[15]
Estende-se tão longe, que faz um meridiano
Onde antes costumava fazer o horizonte.

Eu nasci nas margens daquele vale,
Entre os rios Ebro e Magra, no curto trecho[16]
90 Que separa os genoveses e os toscanos.

A cidade de Buggia e aquela onde nasci
(e que uma vez aqueceu o porto com seu sangue)
Têm o mesmo pôr do sol, e o mesmo horizonte.[17]

Folco eu era chamado pelos que me conheciam;[18]
E agora este Céu brilha com a minha luz,
Como uma vez eu fui impresso por ele.

Pois mesmo o amor da filha de Belus,
Que ofendeu tanto Siqueu quanto Creusa,[19]
Não ardeu mais do que o meu, em minha mocidade.

100 Nem o daquela Rodopeia, que foi iludida[20]
Por Demofonte; nem o de Alcides,[21]
Quando Iole o trancou em seu coração.

Mas aqui não nos arrependemos, e sim sorrimos;
Não pela culpa, que foi apagada de nossas mentes,
Mas pela virtude que o previu e determinou.

Aqui se contempla a divina Arte
Que a tudo embeleza, com carinho; e descobrimos
O modo como os Céus dão forma ao mundo terreno.

Mas, para satisfazer plenamente todos os desejos
110 Que nascem dentro de ti, aqui nesta Esfera,
Ainda preciso me alongar um pouco mais.

Queres saber quem é esta luz que brilha
Aqui ao meu lado; de tal forma que cintila
Como um raio de sol em águas cristalinas.

Então saiba que lá dentro, em repouso,
Está Raabe;[22] e, estando unida à nossa ordem,
Ela recebe a marca do seu mais alto grau.

Ela foi arrebatada para este Céu,
Onde termina o cone sombrio lançado pela Terra,
120 Antes de qualquer outra alma, pelo triunfo de Cristo.

É perfeito e justo que ela esteja no Céu
Como uma palma da suprema vitória
Que Ele obteve, estendendo-se de palma a palma;[23]

E porque também foi ela que favoreceu
O primeiro ato glorioso de Josué na Terra Santa,
E do qual o Papa muito pouco se lembra.

Tua cidade, que é descendência daquele
Que primeiro ao seu Criador virou as costas,[24]
E cuja ambição é fonte de tanto sofrimento,

130 Produz e distribui ao mundo a maldita flor[25]
Que desviou tanto as ovelhas como os cordeiros,
Assim como transformou o pastor em lobo.

Por isso, o Evangelho e os grandes Doutores
São negligenciados; e apenas os Decretos são lidos,
Como transparece em suas bordas amarrotadas.[26]

Nisto está a intenção do Papa e dos Cardeais;
Seus pensamentos não estão em Nazaré,
O lugar onde o Arcanjo Gabriel abriu suas asas.

No entanto, a colina do Vaticano
140 E as outras partes eleitas de Roma,
Que foram o sepulcro da milícia de Pedro,

Logo estarão livres dessa profanação."[27]

Notas

1. O pai de Carlos Martel, Carlos II (o Coxo) deu o reino de Nápoles e Sicília ao seu terceiro filho, Roberto, usurpando assim o trono do legítimo herdeiro – Carlos Roberto, filho de Carlos Martel e Clemência. Algum tempo depois, Carlos Roberto foi exaltado ao receber o reino da Hungria.

2. A região aqui descrita é o Marco Trevisiano, situado entre Veneza (aqui indicada por um de seus bairros principais, o Rialto) e os Alpes, separando a Itália da Alemanha.

3. A colina onde fica o Castello di Romano, o local de nascimento do tirano Ezzelino (ou Azzolino) que, por suas crueldades, Dante puniu no rio de sangue fervente (*Inferno* XII. 110). Antes de seu nascimento, sua mãe teria sonhado com uma tocha acesa (como Hécuba fez antes do nascimento de Páris, e também Alteia antes do nascimento de Meleagro, e a mãe de São Domingos antes do seu nascimento). A oradora é Cunizza, irmã do terrível Ezzelino.

4. A influência do planeta Vênus, o amor ao próximo. Cunizza teve muitos amores em sua vida, tendo se casado várias vezes e desfrutado de muitas alegrias.

5. O espírito de Folchetto de Marselha, que falará em seguida com Dante. Era um famoso trovador na época, cuja fama não duraria por mais de cinco séculos, de acordo com Cunizza.

6. Uma nova alusão ao Marco Trevisiano, situado entre o rio Adige (que deságua no mar Adriático, ao sul de Veneza) e o rio Tagliamento (ao nordeste, em direção a Trieste). Essa região abrange as cidades de Pádua e Vicenza no sul, Treviso no centro, e Feltro no norte.

7. A derrota dos Paduanos perto de Vicenza, em mais uma das disputas políticas sem fim que perpassam a história italiana. Os Guelfos de Pádua seriam derrotados pelos Gibelinos três vezes (em 1311, em 1314 e em 1318), sob o comando de Cangrande della Scala. O rio manchado de sangue é o rio Bacchiglione.

8. O rio Sile e o rio Cagnano se unem na cidade de Treviso.

9. O tirano de Treviso é Riccardo da Camino, assassinado enquanto jogava xadrez. Ele era filho do "bom Gherardo" (citado por Marco Lombardo em *Purgatório* XVI. 40). Riccardo sucedeu a seu pai como senhor de Treviso; mas suas aventuras de amor o levaram a ser assassinado por um marido indignado.

10. O Bispo da cidade de Feltro, no Marco Trevisiano, que entregou à morte os senhores de Ferrara. Estes eram culpados de crimes políticos, e haviam buscado refúgio e proteção em sua diocese. Eles foram entregues e executados em Ferrara. Depois o próprio Bispo teve um fim violento, sendo espancado até a morte com sacos de areia.

11 Malta era uma prisão às margens do Lago Bolsena, onde os padres eram encarcerados por seus crimes.

12 A Inteligência Angélica dos *Tronos* rege o Céu de Saturno. Eles são os espelhos que refletem a justiça de Deus.

13 Os Serafins, que possuem seis asas, conforme a visão do profeta Isaías (*Isaías* VI. 2).

14 O Mar Mediterrâneo, o maior dos mares conhecidos na época.

15 *As margens discordantes:* Dante descreve o comprimento do Mar Mediterrâneo, que se estende do oeste para o leste entre a Europa e a África.

16 A cidade de Marselha, que fica equidistante dos rios Ebro (na Espanha) e Magra (o pequeno rio que divide os territórios genoveses e toscanos).

17 Buggia é uma cidade na África, quase no mesmo paralelo de longitude de Marselha. O sangue é uma alusão ao cerco de Marselha pelo exército de César.

18 Folchetto de Marselha (*Folquet de Marseilles*) foi um trovador notável, que floresceu no final do século XII. Ele era filho de um rico comerciante de Marselha, e após a morte de seu pai, desistindo dos negócios para se dedicar ao prazer e à poesia, tornou-se frequentador das cortes e favorito de senhores e príncipes. Entre seus patronos estavam o rei Ricardo da Inglaterra, o rei Alfonso de Aragão, o conde Raymond de Toulouse e o senhor Barral de Marselha.

19 A filha de Belus é Dido, rainha de Cartago, que tinha feito um voto perpétuo de castidade no túmulo de seu marido Siqueu. Folchetto refere-se ao louco amor de Dido por Eneias (*Inferno* V. 61), que era casado com Creusa.

20 *Rodopeia:* outro nome para Fílis, princesa da Trácia (chamada Rodopeia por causa do Monte Rodope), que foi abandonada por seu amante ateniense Demofonte.

21 *Alcides:* outro nome para Hércules, que se apaixonou loucamente por Iole.

22 *Raabe:* a prostituta da cidade de Jericó que escondeu os espias de Josué em seu telhado. A história de Raabe é narrada em *Josué* II. Segundo Dante, ela foi a primeira alma redimida quando Cristo desceu ao Limbo.

23 *De palma a palma:* os braços abertos de Jesus na Crucificação.

24 Os deuses pagãos eram vistos pelos cristãos como demônios. Em suas horas sombrias, Dante considerava Florença a cidade de Satanás, por causa de sua estátua de Marte; mas em seus melhores momentos, ele se lembrava da estátua de São João Batista e de sua igreja, a "bela San Giovanni" (*Inferno* XIX. 17).

25 *A maldita flor:* o lírio da moeda de florim, que era cunhada em Florença.

26 O estudo dos Evangelhos e dos grandes Doutores da Igreja foi abandonado; e os Decretos, ou livros da Lei Eclesiástica, eram tão procurados que suas páginas estavam gastas e sujas, com marcas de dedos. Os primeiros cinco livros dos Decretos foram compilados pelo papa Gregório IX, e o sexto por Bonifácio VII.

27 Uma profecia da morte de Bonifácio VIII, que ocorreria em 1303, e a remoção da Santa Sé para Avignon em 1305.

Canto X

ASCENSÃO AO QUARTO CÉU (SOL) – A PRIMEIRA COROA DE SÁBIOS – SÃO TOMÁS DE AQUINO

Olhando para o seu Filho com todo o Amor
Que sopra de cada um, entre Si, e eternamente,
O primeiro e inexprimível Poder

Criou o movimento harmonioso dos Céus;
De forma tão perfeita, que não há quem possa
Admirá-lo sem desfrutar da imagem divina.

Então, ó leitor, erga comigo o seu olhar
Para as esferas celestes; exatamente naquele ponto
Onde os dois movimentos opostos se cruzam;[1]

10 E então comece a contemplar com alegria
A arte do Mestre, que em Si mesmo tanto a ama
A ponto de nunca tirar os Seus olhos dela.

Veja como o Zodíaco dali diverge,
Trazendo consigo os planetas, para atender
Às necessidades da Terra, que os invoca.

E se seu caminho não fosse assim oblíquo,
Muitas virtudes nos Céus seriam em vão,
E toda a Natureza aqui estaria morta.

E se a divergência fosse maior ou menor,
20 A ordem do mundo seria muito deficiente,
Acima ou abaixo, em ambos os hemisférios.

Permaneça agora, leitor, em seu banco,
Pensando no que digo e no que prometo,
Se você quiser se alegrar em vez de se cansar.

Eu servi a comida; agora alimente-se,
Pois o tema que fui chamado a transcrever
Agora atrairá toda a minha atenção.

O maior dos ministros da Natureza,[2]
Que com o poder do Céu o mundo imprime
30 E mede por meio de sua luz o nosso tempo,

Unido àquele ponto que antes mencionei,
Girava, ao longo daquelas espirais
Nas quais ele nasce cada vez mais cedo.[3]

E eu estava com ele; mas não percebi minha ascensão,
Assim como só percebemos um pensamento
Depois que ele já surgiu em nossa consciência.

É Beatriz aquela que me guia do bom ao melhor;
E tão instantâneos são os seus passos,
Que nem com o tempo sua ação se exprime.

40 Como eram brilhantes em si mesmas
As luzes que vi, ao entrar no Sol! Pois não eram
Aparentes pela cor, e sim pelo esplendor!

Por mais que eu invoque meu gênio, arte e experiência,
Não posso afirmar que isso possa ser imaginado;
Mas pode-se acreditar e, mais ainda, deve-se desejar.

E se nossa imaginação não pode alcançar
Um assunto tão elevado, não é de se admirar;
Pois o olho jamais viu luz mais intensa que o Sol.

Assim se apresentou a Quarta Família
50 A quem o Pai continuamente satisfaz,
Mostrando-lhes como Ele engendra e respira.[4]

E Beatriz começou: "Rendei graças,
Rendei graças ao Sol dos Anjos, que nos elevou
A este Sol sensível e material, por Sua graça!"

Nunca o coração de um mortal
Esteve tão disposto a adorar, e tão pronto
A se entregar a Deus, com toda a sua gratidão,

Como eu me tornei com essas palavras;
E todo o meu amor estava tão absorvido n'Ele,
Que eu me esqueci totalmente de Beatriz.

Isso não a desagradou, mas ela sorriu;
E então o esplendor de seus olhos risonhos
Induziu minha mente a se dividir entre várias coisas.

Então vi muitas luzes vívidas e resplandecentes
Que nos rodeavam como uma coroa,
Mais suaves na voz, do que luminosas no aspecto.

Assim vemos cingida a filha de Latona[5]
Quando o ar, às vezes, está grávido de umidade
De modo que os raios de luz formam uma auréola.

Dentro da corte do Céu, de onde voltei,
Há muitas joias, tão belas e preciosas
Que não podem ser tiradas daquele reino;

E uma delas era o canto daquelas luzes.
Aquele que não toma asas para voar até lá,
Não espere que eu o descreva, pois ficarei mudo.

Depois que aqueles sóis ardentes, cantando assim,
Giraram ao redor de nós três vezes,
Como as estrelas perto dos polos celestes,

Pareciam damas, que ainda dançam,
Mas param de repente, em silêncio,
Até que tenham ouvido uma nova melodia.

E de dentro de uma luz ouvi alguém dizer:⁶
"Quando o brilho da Graça, pelo qual se acende
O verdadeiro Amor, e que ainda cresce amando,

Resplandecer multiplicado dentro de ti,
Ele te conduzirá até o alto, por aquela escada
Da qual ninguém desce sem tornar a subir.⁷

Se alguém negasse o vinho de seu frasco
Para saciar a tua sede, não agiria em liberdade,
90   Assim como a água que não desce para o mar.

Desejas saber com que flores é feita
Esta guirlanda, que contempla com Amor
A bela senhora que te ampara até o Céu.

Fui um dos cordeiros do rebanho sagrado
Que Domingos conduz por um caminho
Onde bem engorda quem não se extravia.

Aquele que está próximo de mim, à direita,
Foi meu irmão e mestre; ele é Alberto,
De Colônia,⁸ e eu sou Tomás de Aquino.

100 Se desejares conhecer a todos os outros,
Siga minhas palavras, deslizando teu olhar
Acima das luzes desta guirlanda abençoada.

Essa próxima refulgência brota do sorriso
De Graciano,⁹ que assistiu ambas as cortes
De tal maneira, que agradou ao Paraíso.

A próxima luz que embeleza nossas fileiras
É Pietro,¹⁰ aquele que, como a pobre viúva,
Ofereceu o seu tesouro à Santa Igreja.

A quinta luz, que entre nós é a mais bela,
110 Irradia tanto amor, que o mundo inteiro
Sempre esteve ávido por saber seu destino.

Dentro dela está a mente sobremaneira elevada
Que recebeu a sabedoria mais profunda,
E a Palavra nos diz: não existiu outro igual.[11]

Tu vês em seguida o brilho daquela chama,
Que, ainda na carne, discerniu profundamente
A natureza angelical e seu ministério.[12]

Dentro dessa outra pequena luz,
Está sorrindo o advogado dos séculos cristãos,[13]
De cuja retórica Agostinho se alimentou.

Agora, se tu treinaste o olho da tua mente
Para fluir de luz em luz, conforme o meu louvor,
Já deves estar sedento pela oitava luz.

Lá dentro exulta a santa alma que mostrou
A falácia do mundo, para quem soube ouvir;[14]
Pois agora ela vê manifesto o Bem Supremo.

O corpo do qual foi arrancada jaz em Ciel d'Oro;[15]
E, após o martírio e o desterro,
A sua alma finalmente alcançou esta paz.

Veja mais adiante os espíritos ardentes
De Isidoro, de Beda e de Ricardo,[16]
Cuja contemplação os tornou mais que homens.

E esta luz que para mim retorna seu olhar,
É um espírito tomado por graves meditações,
Tanto que a morte lhe pareceu tardia.

É o esplendor eterno de Sigieri,[17]
Que exerceu o ensinamento na Rua da Palha,
E ali demonstrou verdades impecáveis."

Então, como um relógio que nos desperta
Na hora em que a Esposa de Deus se levanta
E anela pelo Esposo, pedindo que Ele a ame,

E uma engrenagem vai, e a outra vem:
Ting! Ting!, tilintando tão docemente,
Que enche de amor o espírito bem disposto,

Assim eu vi aquela gloriosa coroa se mover,
E cantar em perfeita harmonia de vozes
Com uma doçura que não pode ser compreendida,

A não ser ali, onde as alegrias são eternas.

Notas

1. O local onde o Zodíaco (o caminho do Sol) cruza o Equador, e o movimento dos planetas entra em aparente colisão com o Céu das Estrelas Fixas.

2. O Sol.

3. O movimento aparente do Sol ao redor da Terra, levantando-se cada vez mais cedo na primavera.

4. Como o Filho é gerado do Pai, e como dos dois é exalado o Espírito Santo. O Quarto Céu (o Céu do Sol) é a "quarta família", composta pelos teólogos e estudiosos, aos quais é revelado o mistério da Trindade.

5. A Lua, quando tem um halo ao seu redor (veja também *Purgatório* XXIX. 78).

6. O orador é São Tomás de Aquino (1225-1274 d.C.), frade italiano da Ordem dos Pregadores, cujas obras tiveram enorme influência na teologia e na filosofia (por isso, tornou-se conhecido como "Doctor Angelicus"). Tomás era filho do conde de Aquino, rico senhor feudal do reino de Nápoles. Sua mãe, Teodora, era da linhagem dos antigos reis normandos; e sua família era ligada por casamento aos Hohenstaufens (família da imperatriz Constança); portanto, o grande doutor tinha sangue da Suábia em suas veias e era da família de Frederico II. A vida monástica atraiu Tomás aos dezesseis anos, quando se tornou um recluso do Monte Casino e foi tomado pelo entusiasmo ardente e vigoroso dos dominicanos.

7. A escada do sonho de Jacó, que será representada pelas almas no Sétimo Céu (o Céu de Júpiter, dos espíritos contemplativos). "E sonhou: e eis era posta na terra uma escada cujo topo tocava nos céus; e eis que os anjos de Deus subiam e desciam por ela." (*Gênesis* XXVIII. 12)

8. *Alberto de Colônia:* Albertus Magnus, monge dominicano nascido em uma família nobre da Suábia no século XIII. Foi nomeado Grão-Mestre do Palácio de Roma, e depois bispo de Ratisbona. Renunciou ao seu bispado em 1262 e voltou ao seu convento em Colônia, onde escreveu vinte e um volumes que despertaram grande admiração em sua época.

9. *Graciano:* frade franciscano e professor na escola do convento de São Félix, em Bolonha. Ele escreveu o *Decretum Gratiani* ou "Concórdia dos Cânones Discordantes", em que conciliou as leis dos tribunais seculares e eclesiásticos.

10. *Pietro:* Pietro Lombardo, chamado o "Mestre das Sentenças" por causa de seu trabalho, o *Libri Setentarium*.

11. O Rei Salomão, filho de Davi e Betsabá, autor dos *Provérbios*, do *Eclesiastes* e do *Cântico dos Cânticos*, que nada mais pediu a Deus, além da sabedoria. "E disse-lhe Deus: Porquanto pediste esta coisa e não pediste para ti riquezas, nem pediste a vida de teus inimigos, mas pediste para ti entendimento, para ouvir causas de juízo; eis que fiz segundo as tuas palavras, eis que te dei um coração tão sábio e

entendido, que antes de ti teu igual não houve, e depois de ti teu igual se não levantará." (*I Reis* III. 11-12).

12 Dionísio, o Areopagita, teólogo da Igreja primitiva que viveu no século I d.C. e foi convertido por São Paulo (*Atos dos Apóstolos* XVII. 34). Teve uma visão sobre a hierarquia dos anjos, que será utilizada por Dante para definir as Inteligências Angélicas do *Paraíso* (ver *Paraíso* XVIII. 130).

13 *O advogado:* Paulo Orósio, presbítero espanhol, nascido em Tarragona perto do fim do século IV d.C. Dante o chama de "o advogado dos séculos cristãos" por sua obra *Sete Livros de Histórias*, que refutava os descrentes de sua época que afirmaram que o Cristianismo tinha feito mais mal ao mundo do que bem.

14 Severino Boécio (Severinus Boethius), senador e filósofo romano nos dias de Teodorico, o Gótico, nascido em 475 d.C. e condenado à morte em 524 d.C.

15 Boécio foi sepultado na igreja de San Pietro di Ciel d'Oro, em Pavia.

16 *Isidoro:* Santo Isidoro de Sevilha, que foi infatigável na conversão dos visigodos e escreveu muitos trabalhos teológicos e científicos. *Beda:* monge anglo-saxão do mosteiro de Yarrow, onde foi educado e passou toda a sua vida. Foi o autor de mais de quarenta volumes, dentre os quais o mais conhecido e valorizado é a *História Eclesiástica da Inglaterra*. *Ricardo:* Ricardo de São Victor, monge francês que escreveu um livro sobre a Trindade e muitas outras importantes obras.

17 *Sigieri:* mestre que escreveu várias obras sobre a Lógica e dava palestras nas ruas de Paris. A *Rue du Fonarre*, ou Rua da Palha, é famosa entre as antigas ruas de Paris, por ter sido o berço de sua Universidade.

Canto XI

QUARTO CÉU (SOL) – A HISTÓRIA DE SÃO FRANCISCO DE ASSIS

Ó insensato desejo dos homens mortais!
Quão falaciosos são os argumentos
Que conduzem tuas asas ao voo descendente!

Uns seguem as leis, outros os aforismos;
Uns se dedicam ao sacerdócio,
E outros a reinar, pela força ou pelo engano;

Uns roubam, e outros se ocupam com o Estado;
Um se entregam aos prazeres da carne,
E outros, cansados, se entregam ao ócio,

10 Enquanto estou livre de todas essas tentações,
Sendo elevado aos Céus com Beatriz,
E recebido de maneira tão gloriosa!

Quando cada luz voltava ao seu lugar
Dentro da coroa, onde estava antes,
Ela parava, como a vela de um castiçal.

E de dentro do esplendor que falara comigo,
Eu ouvi dizer, enquanto ele sorria,
Tornando-se mais radiante e mais puro:

"Assim como o meu brilho dela vem,
20 Quando eu olho para a Luz Eterna
Apreendo a razão de tuas incertezas.

Tu duvidas, e queres uma explicação
Em um discurso que seja aberto e claro,
Para que sua mente possa compreendê-lo.

Onde antes eu disse: 'onde bem se engorda',[1]
E onde eu disse: 'não existiu outro igual';[2]
E aqui é necessário fazer uma distinção.

A Providência, que governa o mundo
Com a sabedoria que é incompreensível
30 À visão de todas as criaturas,

Para que a Noiva fosse ao encontro do Amado
(Aquele que, proferindo um alto clamor,
A desposou com Seu sangue bendito),[3]

Autoconfiante, e ainda mais fiel a Ele,
Enviou dois Príncipes em seu socorro,[4]
Que a guiariam por ambos os lados.

Um era todo cheio de ardor, como os Serafins;
O outro, por sua sabedoria na Terra,
Era um esplendor de luz como os Querubins.[5]

40 Falarei apenas sobre o primeiro;[6]
De fato, ao elogiar um, de ambos se fala,
Pois suas obras tiveram o mesmo propósito.

Entre o Tupino e o riacho que desce
Do monte escolhido pelo Beato Ubaldo,[7]
Desce a encosta fértil de uma alta montanha

De onde Perugia sente o frio, e o calor
Pela Porta Sole; e atrás dela choram
Gualdo e Nocera, em seu jugo doloroso.[8]

Desta encosta, no ponto em que se torna
50 Menos íngreme, ergueu-se sobre o mundo um sol,
Como este às vezes nasce sobre o Ganges.[9]

Portanto, quando quiseres falar sobre esse lugar,
Não diga "Assis", pois ainda dirias pouco;
Mas chame-o "Oriente", para referi-lo com honra.[10]

Ainda não estava longe de sua ascensão,
Quando começou a espalhar sobre a Terra
Algum conforto de sua poderosa virtude;

Pois, na juventude, incorreu na ira de seu pai
Por uma certa dama (a quem ninguém
60 De bom grado deseja, como a própria morte).[11]

E perante o tribunal episcopal, *et coram patre*,[12]
Ele se uniu a ela em casamento;
Então, dia após dia, ele a amou com mais fervor.

Ela, privada de seu primeiro marido,
Desprezada por todos, por mil e cem anos mais,
Esperou sem pretendentes, até que ele chegasse.[13]

De nada lhe adiantou permanecer segura
Com Amiclate, ao ouvir seu nome ser chamado
Pela voz que estremecia o mundo inteiro;

70 De nada lhe adiantou ser fiel e destemida,
Quando Maria permaneceu aos pés da cruz,
E ela subiu, e sofreu junto com Cristo.

Mas para que eu não fale muito obscuramente,
Entenda daqui por diante, em meu discurso difuso,
Que esses amantes eram Francisco e a Pobreza.

Sua harmonia e seus semblantes alegres,
Seu amor, e seu doce olhar de mútua admiração
Despertavam a santidade, por onde passavam;

A tal ponto que o venerável Bernardo[14]
80 Foi o primeiro a correr descalço,
Com muita pressa, perseguindo aquela paz.

Ó riqueza desconhecida! Ó verdadeiro bem!
Egídio e Silvestre também tiram os sapatos,[15]
E seguem o noivo, e assim se agrada a doce noiva!

Então aquele pai e mestre segue seu caminho;
Ele e sua esposa, junto com sua família
Que já estava cingida pelo humilde cordão.

E ele não baixou os olhos com vergonha
Por ser filho de Pietro Bernardone,[16]
90 Nem pelo desprezo e admiração que despertava;

Mas, majestosamente, sua regra severa
A Inocêncio ele revelou; e dele recebeu
O primeiro endosso de sua Ordem.[17]

Depois que aumentaram os pobres seguidores
Atrás deste homem, cuja vida admirável
Melhor seria cantada para a glória dos Céus,

O santo propósito deste Arquimandrita[18]
Foi honrado pelo Espírito Santo
Com uma segunda coroa, através de Honório.[19]

100 E depois disso, por desejo de martírio,
Ele pregou sobre Cristo e seus discípulos
Diante da soberba presença do Sultão;

E tendo julgado aqueles povos imaturos
Para a conversão, não quis ficar ali em vão,
E voltou para resgatar seus frutos na Itália;

Onde, na rocha rude entre o Tibre e o Arno,
Ele recebeu os estigmas de Cristo,
Que o seu corpo suportou por dois anos.[20]

Quando Ele, que o havia destinado para tanto bem,
110 Se agradou em atraí-lo para a recompensa
Que ele havia merecido, por ser humilde,

Ele recomendou aos seus frades e irmãos,
Como herdeiros legítimos, a sua querida esposa;
E pediu que a amassem, e a ela permanecessem fiéis.

E quando, retornando ao seu Reino,
Sua alma brilhante quis voar do seu peito,
Seu corpo não pediu outro caixão, além da terra.

Pense agora, em quem seria digno
Para ser o seu companheiro, em alto-mar,
120 E manter a barca de Pedro no rumo certo.

E este homem foi o nosso patriarca;[21]
Por isso, quem navega como ele ordena
Sempre vai carregado com boas mercadorias.

Mas agora seu rebanho tornou-se tão ávido
Por novos pastos, que foi inevitável
Que ele se espalhasse por inúmeros campos;[22]

E à medida que suas ovelhas se afastam,
Quanto mais para longe elas vagam,
Mais pobres em leite voltam para o aprisco.

130 Na verdade, há algumas que temem o mal,
E se mantêm perto do pastor; mas são tão poucas,
Que pouco pano se gasta para os seus capuzes.

Ora, se minhas palavras não foram obscuras,
E se tua audição foi cuidadosa,
E se o que foi dito ecoa em tua mente,

Em parte teus desejos serão satisfeitos;
Pois verás onde a planta foi corrompida,[23]
E a repreensão contida nestas palavras:

Bem engorda aquele que não se extravia."[24]

Notas

1 *Paraíso* X. 94.

2 *Paraíso* X. 112.

3 "E, clamando Jesus com grande voz, disse: Pai, nas tuas mãos entrego o meu espírito. E, havendo dito isso, expirou." (*Lucas* XXIII. 46).

4 *Dois príncipes:* São Francisco de Assis e São Domingos.

5 Os Serafins são os anjos que mais amam, e os Querubins são os que têm mais sabedoria.

6 São Tomás de Aquino, um dominicano, celebra aqui a vida e os feitos de São Francisco, deixando o louvor de seu próprio padroeiro (São Domingos) para São Boaventura, um franciscano, para mostrar que no Céu não há rivalidades nem ciúmes entre as duas ordens, como havia na Terra.

7 A cidade de Ascesi (ou Assis), onde São Francisco nasceu, é situada entre os rios Tupino e Chiasi, na encosta do Monte Subaso (onde São Ubaldo tinha seu eremitério).

8 O calor do verão é refletido pelo monte Subaso, e os ventos frios de inverno sopram na Porta Sole, em Perugia. As cidades de Nocera e Gualdo são cidades vizinhas, que sofreram com a opressão dos perugianos.

9 Ou seja, no inverno, quando o sol está bem ao sul, brilhando com esplendor incomum.

10 "E vi outro anjo subir da banda do sol nascente, e que tinha o selo do Deus vivo." (*Apocalipse* VII.

2). Tomás de Aquino se refere a São Francisco de Assis, cuja vida maravilhosa através dos detalhes de sua história e de sua lenda não caberiam nestas pequenas notas.

11 A Pobreza.

12 *Et coram patre:* "diante do pai". São Francisco aderiu ao seu voto de pobreza, em oposição aos desejos de seu pai, na presença dele e do Bispo diocesano.

13 Após a morte de Cristo, a Pobreza esperou mais de onze séculos até encontrar São Francisco.

14 Bernardo de Quintavalle, o primeiro seguidor de São Francisco.

15 *Egídio e Silvestre:* outros seguidores de São Francisco, sendo o primeiro um homem simples e modesto, e o segundo, um sacerdote de Assis (segundo uma lenda, teria seguido Francisco após um sonho em que o santo defendia Assis, ameaçada por um terrível dragão).

16 São Francisco era filho de Pietro Bernadone, um rico comerciante de lã de Assis.

17 A permissão para estabelecer sua ordem religiosa, concedida pelo Papa Inocêncio III, em 1214.

18 O título de Arquimandrita, ou Patriarca, era dado na Igreja Ortodoxa Grega para aquele que exercia a supervisão sobre muitos conventos.

19 A permissão para fundar a Ordem dos Frades Menores, ou Franciscanos, concedida pelo Papa Inocêncio

III em 1214, foi confirmada pelo Papa Honório III em 1223.

20 No Monte Alvernia, quando estava absorto em oração, São Francisco recebeu em suas mãos, pés e peito os estigmas de Cristo, isto é, as feridas dos pregos e da lança da crucificação.

21 São Domingos.

22 A degeneração da Ordem dos Dominicanos, que ocupará os versos restantes do canto.

23 A Ordem dos Dominicanos diminuiu em número, com seus membros indo em busca de cargos e outros privilégios eclesiásticos, como uma planta que se contamina.

24 Engordar com uma boa gordura, isto é, com a graça de Deus e o conhecimento das coisas divinas, e não se deixar extraviar pelas outras ciências, que tornam a alma vã e orgulhosa.

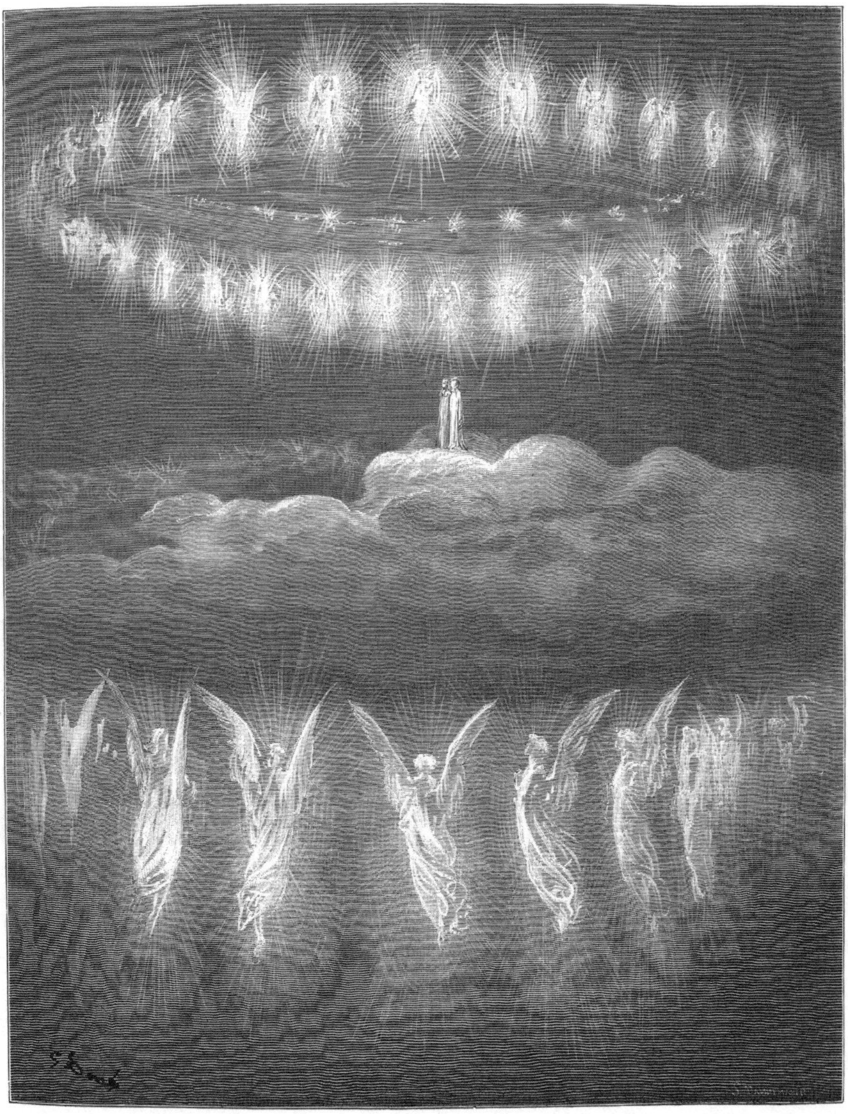

Canto XII

AINDA NO QUARTO CÉU (SOL) – SÃO BOAVENTURA E A SEGUNDA COROA DE SÁBIOS – A HISTÓRIA DE SÃO DOMINGOS

Assim que a chama abençoada pronunciou
Suas últimas palavras, a sagrada coroa
Começou a girar, como uma pedra de moinho;[1]

E não girou um círculo completo
Antes que uma segunda coroa a envolvesse,
Unindo movimento a movimento, e canção a canção.

É uma canção que supera nossas Musas e Sereias,
Quando sopram em nossos doces instrumentos;
Assim como o raio original brilha mais que o reflexo.

10 E como se estendem através de uma tenra nuvem
Dois arco-íris paralelos, e de cores semelhantes,[2]
No momento em que Juno dá ordens à sua serva[3]

(Uma vez que o externo é o reflexo do interno,
Assim como a voz da ninfa, que foi consumida
Pelo Amor, assim como o vapor pelo Sol);[4]

E assim como o arco-íris assegura aos homens
Que não haverá um segundo dilúvio,
Por causa da aliança feita entre Deus e Noé,[5]

Em tal sabedoria aquelas rosas sempiternas
20 Giravam em torno de nós, em duas coroas,
E ia a externa em perfeita harmonia com a interna.

Depois da alegria e da grande festa,
Do canto e da dança, aquelas chamas luminosas
Que festejavam entre si, grandiosas e ternas,

Todas juntas, pararam no mesmo instante;
Assim como os olhos, quando obedecem ao prazer,
Se abrem e se fecham, simultaneamente.

Do coração de uma das novas luzes,
Veio uma voz, que logo atraiu a minha atenção
30 Como uma agulha em direção à Estrela do Norte.

E ela começou: "O Amor que nos embeleza[6]
Me impele a falar sobre o outro líder,
Pois, por causa dele, se falou tão bem sobre o meu.

É justo que se fale de um, quando se fala do outro:
Para que, uma vez unidos em sua guerra,
Juntos, da mesma forma, resplandeça sua glória.

O exército de Cristo, rearmado a um preço tão alto,
Seguia lentamente atrás do seu estandarte,
Com poucos soldados, desanimados e hesitantes,

40 Quando o Imperador que reina para sempre
Veio em auxílio de sua milícia, que estava em perigo;
Não porque fosse digna, mas somente por sua Graça.

E, como foi dito, ele veio em socorro de sua Noiva
Com dois paladinos, cujas ações e palavras
Reuniram novamente as desgarradas ovelhas.

Naquelas terras, de onde o doce vento Zéfiro
Surge para dar à luz os novos ramos
Que vestem a Europa de verde novamente,[7]

Não muito longe do bater das ondas,
50 Atrás das quais, depois de uma longa jornada
O Sol às vezes se esconde de todos os homens,

Ergue-se a afortunada cidade de Caleruega,
Sob a proteção do poderoso brasão
Em que o leão é súdito e soberano.⁸

Ali nasceu o vassalo amoroso da fé cristã;
O atleta consagrado, benevolente com os seus
E implacável com os seus inimigos.

E assim que sua alma foi criada,
Sua mente se encheu de uma virtude viva,
60 O que trouxe à sua mãe uma profética visão.⁹

Assim que foram celebrados os esponsais
Entre ele e a Fé, na fonte sagrada,
Onde eles juraram proteger um ao outro,

A madrinha que o carregava no colo
Vislumbrou em um sonho o fruto admirável
Que seria produzido por ele e por seus herdeiros.¹⁰

70 E para que seu nome fizesse jus à sua natureza,
Deste lugar desceu a inspiração para nomeá-lo
Com o possessivo ao qual ele pertencia totalmente.¹¹

Foi batizado como Domingos; e dele eu falo
Como o agricultor a quem Cristo escolheu
Para ajudá-Lo a cuidar de Seu jardim.¹²

De fato ele parecia um enviado e servo de Cristo;
Pois o primeiro amor que nele se manifestou
Foi seguir o primeiro conselho dado por Ele.¹³

Muitas vezes, sua ama o encontrou
80 Silencioso e acordado, deitado no chão,
Como se dissesse: 'Eis-me aqui!'

Oh, como seu pai foi realmente Feliz!
Oh, como sua mãe foi realmente Joana,¹⁴
Pois o significado de seus nomes foi literal!

Não pelos bens terrenos, que são buscados
Pelos que seguem Hostiensis e Tadeu,[15]
Mas por seu amor ao verdadeiro maná,

Em pouco tempo tornou-se um grande mestre;
E logo começou a cuidar da vinha,
90 Que logo se desvanece, se o aparador for infiel.

E da Santa Sé, que não era mais benevolente
Para com os pobres justos (não por si mesma,
Mas por aquele que nela se assenta, e a degenera),[16]

Ele não pediu um terço ou metade dos bens,
Nem fortuna de primeira vaga,[17]
E *non decimas, quae sunt pauperum Dei;*[18]

Mas, antes, ele pediu permissão para lutar
Contra as heresias do mundo, em nome da semente
Dessas vinte e quatro plantas, que agora te cercam.

100 Então, munido da doutrina e da vontade,
Com o ofício apostólico ele se moveu,
Como a torrente que jorra de uma alta fonte.

E seu vigoroso ímpeto, com maior força,
Atingiu as moitas de espinhos dos hereges
Nos lugares onde ofereciam mais resistência.

E, dessa fonte, nasceram outros riachos,
Pelos quais o jardim da Igreja é regado,
Para que suas plantações sejam reavivadas.

Esta foi a admirável roda da Carruagem[19]
110 Com a qual a Santa Igreja se defendeu,
E pôde vencer sua própria batalha civil;

E agora, para ti, se torna evidente
A excelência daquele outro santo,
A quem Tomás foi tão cortês, antes de minha vinda.

No entanto, o caminho aberto por essa roda
Está agora abandonado; e agora há mofo,
Onde os rastros do vinho formavam crostas.[20]

Sua família, que outrora avançava para a frente
E seguia suas pegadas, agora volta para trás,
120 De modo que um pé busca o calcanhar do outro.

E logo se notará a colheita dessa má criação,
Quando o joio reclamará, e chorará
Por não ter sido colocado no celeiro.[21]

No entanto, eu digo: aquele que pesquisar
Nosso Volume, folha por folha, ainda encontrará
Páginas que dizem: "Eu sou o que devo ser."

Mas não em Casale, nem em Acquasparta,[22]
Que alteram de tal forma a nossa Escrita
Que um foge dela, e o outro a torna mais rígida.

130 Sou a alma de Boaventura da Bagnoregio;[23]
E, nos altos cargos que ocupei,
Sempre guardei a minha mão esquerda.

Aqui estão Illuminato e Agostino,[24]
Que andaram entre os primeiros pobres descalços
E, cingidos com a corda, foram amigos de Deus.

Hugo de São Victor está aqui entre eles,
Assim como Pietro Mangiadore e Pietro Spano,
Que brilha na Terra com os seus doze volumes;[25]

Natã, o profeta, e Crisóstomo,
140 O metropolitano; e Anselmo, e Donato,[26]
Que se dignou a pôr a mão na primeira arte;[27]

Ali está Rabano,[28] e aqui ao meu lado
Brilha o abade calabrês Gioacchino,[29]
Que tinha o dom do espírito de profecia.

Para celebrar tão grande paladino
Comoveram-me a cortesia apaixonada
E os discursos elegantes de Frei Tomás,[30]

Também comovendo as almas desta grei."

Notas

1 Com esta figura, Dante indica que a coroa de sábios estava girando horizontalmente, e não verticalmente.

2 "Como o aspecto do arco que aparece na nuvem no dia da chuva, assim era o aspecto do resplendor em redor. Este era o aspecto da semelhança da glória do Senhor." (*Ezequiel* I. 28)

3 Iris, uma das ninfas Oceânides, era a mensageira de Juno e foi transformada pela deusa no arco-íris.

4 A ninfa Eco.

5 "O meu arco tenho posto na nuvem; este será por sinal do concerto entre mim e a terra" (*Gênesis* IX. 13).

6 O orador é São Boaventura, um frade franciscano, que passará a elogiar São Domingos.

7 No extremo oeste da Europa, ou seja, na Espanha.

8 A cidade de Caleruega, local de nascimento de São Domingos, está situada na província de Castela. Em um dos brasões de armas da Espanha, o símbolo da província de Leão está acima de Castela, e em outro está na parte de baixo.

9 Antes do nascimento de São Domingos, sua mãe sonhou que tinha dado à luz um cão, manchado de preto e branco, com uma tocha acesa na boca; símbolos do hábito preto e branco da Ordem e do zelo ardente de seu fundador.

10 A madrinha de São Domingos sonhou que ele tinha uma estrela na testa e outra na nuca, as quais iluminavam o leste e o oeste.

11 *Domenicus*, de *Dominus* (o Senhor).

12 São Domingos, Fundador da Ordem dos Frades Pregadores.

13 "Disse-lhe Jesus: Se queres ser perfeito, vai, vende tudo o que tens e dá aos pobres, e terás um tesouro no Céu; e vem e segue-me." (*Mateus* XIX. 21).

14 Os significados dos nomes dos pais de São Domingos: *Félix* significa feliz, e *Joana* significa cheia de graça.

15 Henrique de Susa, cardeal e bispo de Ostia, e daí chamado Ostiense (mais conhecido pelo seu título em latim, *Hostiensis*). Ele viveu no século XIII, e escreveu um comentário sobre os Decretos ou Leis Eclesiásticas. Taddeo Alderotti foi um distinto médico e professor de Bolonha, também no século XIII, que traduziu a Ética de Aristóteles e era considerado o maior médico de toda a cristandade.

16 Mais uma amarga alusão de Dante ao Papa Bonifácio VIII.

17 São Domingos não pediu à Santa Sé os bens destinados às obras piedosas, nem o primeiro cargo eclesiástico vago, nem os dízimos que pertenciam aos pobres de Deus; mas apenas o direito de defender a fé.

18 *Non decimas, quae sunt pauperum Dei*: "nem os dízimos, que pertencem aos pobres de Deus".

19 São Domingos é uma das rodas da carruagem da procissão mística da Igreja (*Purgatório* XXIX. 107), e São Francisco é a outra roda.

20 A trilha feita por esta roda da carruagem, ou seja, a regra estrita de São Francisco, está agora abandonada por seus seguidores. O vinho carregado pela carruagem vazava dos barris, formando crostas no chão; mas agora há apenas mofo.

21 Quando eles se encontrarem no *Inferno*, e não no *Paraíso*. *Mateus* XIII. 30 diz: "Deixai crescer ambos juntos até à ceifa; e, por ocasião da ceifa, direi aos ceifeiros: colhei primeiro o joio e atai-o em molhos para o queimar; mas o trigo, ajuntai-o no meu celeiro."

22 Matteo d'Acquasparta, quando foi líder dos franciscanos, relaxou as severidades da ordem. Mais tarde, o frei Ubaldino de Casale tornou-se líder de uma dissidência entre os franciscanos e produziu uma espécie de cisma na Ordem, por interpretação mais estrita das Escrituras.

23 São Boaventura, nascido João de Fidanza, na cidade de Bagnoregio, perto de Orvieto. Em sua infância, tendo ficado extremamente doente, ele foi colocado por sua mãe aos pés de São Francisco e curado pelas orações do santo – que, ao vê-lo, exclamou: *"Oh buona ventura!"*; e com este nome a mãe dedicou seu filho a Deus. Ele viveu para se tornar um franciscano, para ser chamado de "Doutor Seráfico", e para escrever a vida de São Francisco.

24 Destes dois frades descalços nada resta, senão o nome e a boa notícia de sua salvação no Paraíso.

25 *Hugo de São Victor*: era um monge do mosteiro com esse nome, perto de Paris. *Pietro Mangiadore*: "Pietro Comedor", porque era um grande devorador de livros. Nasceu em Troyes, na França, e tornou-se chanceler da Universidade de Paris. *Pietro Spano*: "Pietro da Espanha", filho de um médico lisboeta e autor de um tratado sobre Lógica. Foi Bispo de Braga, depois Cardeal e Bispo de Tusculum, e em 1276 tornou-se Papa, sob o título de João XIX.

26 *Natã*: grande profeta da Bíblia, que dava conselhos ao rei Davi. *Crisóstomo*: chamava-se João, e seu apelido Crisóstomo vem de sua eloquência (Crisóstomo significa "boca de ouro"). Nasceu em Antioquia, por volta do ano 344 d.C. Ele foi primeiro advogado, depois monge, pregador e, finalmente, um bispo metropolitano em Constantinopla. *Anselmo*: monge educado na abadia de Bec, na Normandia, que foi arcebispo de Canterbury no século IX. *Donato*: Aelius Donatus, gramático romano, que floresceu em meados do século IV d.C. Ele teve São Jerônimo entre seus alunos, e foi imortalizado pela sua Gramática Latina, utilizada em todas as escolas na Idade Média.

27 A Gramática (a primeira arte).

28 *Rabano*: Rabanus Maurus, teólogo erudito que lecionou na abadia de Fulda. Deixou seis volumes, e um

deles é intitulado *O Universo, ou um livro sobre todas as coisas.*

29 *Gioacchino:* distinto místico e entusiasta do século XII, foi monge cisterciense no mosteiro de Corazzo, na Calábria.

30 São Tomás de Aquino.

Canto XIII

AINDA NO QUARTO CÉU (SOL) –
SÃO TOMÁS FALA SOBRE A SABEDORIA DE SALOMÃO

Quem quiser entender o que eu vi,
Deve agora imaginar; e enquanto eu falo,
Reter a imagem na mente, como uma rocha firme.

Imagine quinze estrelas, em diferentes pontos do Céu,
Que o iluminam com uma luz tão grande
Que transcende toda a nebulosidade do ar;

Imagine a Ursa Maior, para a qual
Nossa abóbada celeste é suficiente noite e dia,
De modo que a virada de seu leme nunca falha;

10 Imagine a parte inferior desse chifre,
Que tem seu vértice na ponta do eixo
Em torno do qual gira o Primeiro Motor,

Formando, a partir de si, dois sinais no Céu,
Semelhantes ao que foi feito pela filha de Minos,[1]
No momento em que ela sentiu a geada da morte;

E um tem seus raios dentro do outro,
E ambos giram juntos, de tal maneira
Que um vá para a frente, o outro para trás;

E então você terá quase uma sombra
20 Daquela constelação verdadeira, e da dupla dança
Que circundava o ponto em que eu estava.

De fato, esse espetáculo transcende a nossa razão,
Assim como o fluxo do Chiana é superado
Pelo Primeiro Motor, mais rápido de todos os Céus.

Ali não se louvava a Baco ou Apolo,
Mas na natureza divina das Três Pessoas,
E, em uma só Pessoa, o divino e o humano.

O canto e a dança dos bem-aventurados cessaram;
E aquelas luzes sagradas se voltaram para nós,
30   Alegres em passar de um cuidado para outro.

Então aquela luz que antes me contara
A admirável vida do santo mendicante de Deus,
Quebrou o silêncio daquelas harmoniosas almas

E disse: "Agora que as espigas foram debulhadas
E as sementes foram colocadas no celeiro,
O doce Amor me convida a trilhar o outro lado.

Tu acreditas que naquele seio, do qual
Uma costela foi retirada, para criar a bela face,
Cujo paladar custou caro à humanidade,

40   E naquele seio que, pela lança trespassado,
Redimiu todos os homens que viveram
Antes e depois, e pagou o preço do pecado,

Acreditas que Toda a sabedoria que exista, e seja lícita
À natureza humana possuir, tenha sido dada a eles
Pelo mesmo Poder que a ambos criou.

E, portanto, tu antes te maravilhaste,
Quando eu disse que não houve outro igual
Ao bem-aventurado que repousa na quinta luz.

Abra os teus olhos para o que vou explicar,
50   E verás que a tua convicção e as minhas palavras
Fazem parte da mesma verdade, como um só círculo.

O que pode morrer, e o que não morre,
Não são nada além de um reflexo daquela Ideia
Que, por seu Amor, nosso Senhor traz à existência;

Porque aquela Luz viva que emana do Pai
E que nunca está separada d'Ele,
Nem do Amor que entre eles se insere,

Por sua própria Bondade, recolhe seus raios
Em nove substâncias, como se espelhasse a Si mesmo,
E Ele mesmo permanece eternamente Um.

Daqui descem às criaturas materiais,
E de Céu em Céu, vão se reduzindo
A ponto de produzirem apenas coisas efêmeras;

E quero dizer que essas coisas efêmeras
São as coisas geradas, que os Céus produzem,
Por seu próprio movimento, com ou sem semente.

A cera dessas criaturas e a influência que as tempera
Não permanecem imutáveis; e, portanto,
Refletem cada vez menos a ideia divina que os inspira.

Por isso às vezes ocorre que a mesma árvore,
Segundo a sua espécie, dê frutos melhores ou piores;
E por isso os homens nascem com disposições diferentes.

Se a matéria da cera fosse temperada à perfeição,
E se o Céu exercesse ao máximo sua Virtude,
Então a Luz divina apareceria perfeitamente;

Mas a Natureza se torna cada vez mais imperfeita,
Da mesma maneira como trabalha um artista
Que é hábil em sua arte, mas já tem as mãos trêmulas.

No entanto, quando o Amor fervoroso
Prepara e estampa a visão clara do Poder Primordial,
Um ser então adquire a perfeição completa.

Assim a Terra foi outrora criada,
Digna de receber o ser vivo mais perfeito;
E assim a Virgem foi fecundada.

Assim, eu aprovo a tua própria opinião,
De que a natureza humana nunca foi tão perfeita
Nem jamais será, como foi nessas duas pessoas.

Mas, se eu não prosseguisse em meu discurso,
Tu logo objetarias: 'Então, como pode ser
90 Que como aquele não exista outro igual?'

Mas para que essa verdade fique bem clara,
Pense em quem ele era, e qual motivo o levou
A fazer o pedido, quando lhe foi dito: 'Peça'.

Eu não falei de tal maneira que não pudesses
Entender que ele era um rei, e que pediu sabedoria
Para exercer adequadamente seu ofício de soberano;

Não foi para saber quantos anjos existem,
Ou se uma *necesse* e uma contingência
Já produziram uma consequência necessária;

100 Nem *si est dare primum motum esse*,
Ou se um triângulo não retângulo
Pode ser inscrito em um semicírculo.[2]

Então, se pensares novamente no que eu disse antes,
Verás que aquela sabedoria inigualável
Não é outra, senão a sabedoria de um rei.

E se lembrares da expressão que antes utilizei,
Entenderás que eu me referi somente aos reis,
Que são muitos, embora os bons sejam raros.

Com esta distinção, tome tudo o que eu disse,
110 E assim estaremos em acordo com a tua crença
Sobre o primeiro pai, e sobre o nosso Amado.

Isso é para que aprendas a andar com pés de chumbo,
Com a cautela de quem caminha devagar e cansado,
Diante do *Sim* e do *Não*, quando não tiveres compreensão.

De fato, é decididamente o maior dos tolos
Quem afirma ou nega algo sem refletir,
Tanto em um caso, como no outro;

Porque, muitas vezes, a opinião corrente
Segue em direção a uma crença falsa,
120 E o amor pela própria ideia embota o raciocínio.

Muito mais do que inutilmente, o homem deixa a praia
Para pescar a verdade, sem ter a devida habilidade;
Já que ele não retorna o mesmo homem que foi.

E isso no mundo é demonstrado
Por Parmênides, Melisso e Brisso,
E muitos que seguiam, sem saber para onde;

Assim fizeram Sabélio, Ário e aqueles tolos
Que foram como espadas para as Escrituras
Quando deformaram a sua bela face.

130 Que as pessoas não se apressem em julgar,
Assim como aquele que já conta com a colheita
Quando os campos ainda não estão maduros.

Pois eu vi, durante todo o inverno,
Um espinheiro que se mostrava intratável e feroz,
Para, na primavera, deixar uma rosa desabrochar.

E eu vi um navio que se movia direto e veloz
Sobre as ondas do mar, em todo o seu curso,
Para finalmente perecer ao chegar no porto.

Não pensem, *Donna* Berta e *Ser* Martino,
140 Ao verem um homem que rouba e outro que faz votos,
Que ambos já estejam julgados por Deus; de fato,

Pois um pode ser salvo, e o outro condenado."

Notas

1. Ariadne, filha de Pasífae e Minos, que ajudou Teseu a enganar o Minotauro.

2. Os versos 97-102 listam quatro problemas insolúveis para a mente humana: qual é o número de anjos, uma questão de lógica aristotélica, a existência de um primeiro movimento não gerado por outro movimento e se um triângulo não retângulo pode ser inscrito em um semicírculo.

Canto XIV

AINDA NO QUARTO CÉU (SOL) – O REI SALOMÃO – O PRINCÍPIO DA RESSURREIÇÃO DA CARNE – ASCENSÃO AO QUINTO CÉU (MARTE)

Da borda para o centro, do centro para a borda,
Assim a água se move dentro de uma jarra,
Conforme é atingida por fora ou por dentro.

As palavras que estou dizendo agora
Vieram à minha mente de repente,
Assim que a alma gloriosa de Tomás se calou,

Por causa da semelhança que nasceu
Entre o seu discurso e o de Beatriz,
Que, depois dele, agradou-se em começar assim:

10 "Este homem ainda tem necessidade (e não o diz,
Nem com a voz, nem mesmo com o pensamento)
De chegar à raiz de mais uma verdade.

Diga a ele se a luz que embeleza tua alma
Permanecerá contigo, por toda a eternidade,
Com o mesmo esplendor que tem agora;

E, se permanecer, diga de que maneira,
Depois de te vestires com teu corpo,
Ela não será capaz de prejudicar sua visão."

Assim como aqueles que dançam em roda,
20 Quando incitados por uma alegria maior,
Levantam a voz, e tornam seus gestos mais alegres,

Diante daquela pronta e devota oração,
Aquelas coroas sagradas demonstraram
Uma renovada felicidade, em seu bailar maravilhoso.

Aqueles que se lamentam pelo fato
De morrermos na Terra para viver no Céu,
Nunca viram o refrigério da chuva eterna.

Aquele que é Um, e Dois, e Três,
Que vive e reina para sempre em Três, e Dois, e Um,
Não circunscrito, e que em Si a tudo circunscreve,

Três vezes foi louvado e glorificado
Por todos aqueles espíritos; com tal melodia
Que cada um deles mereceria uma justa recompensa.

E do brilho mais divino de todos, entre os santos
Da coroa interior, ouvi um falar modesto,
Talvez como a voz do Anjo tivesse soado para Maria,

Que respondeu: "Enquanto durar esta alegria
Aqui no Paraíso, nosso Amor ardente
Irradiará este esplendor ao nosso redor.

Nosso brilho é proporcional ao ardor da caridade,
E o ardor à visão divina; e ambos correspondem
À graça iluminadora que vem do Altíssimo.

Quando, gloriosa e santificada, nossa carne
For revestida, então nossas pessoas serão
Mais agradáveis, por serem novamente completas;

Por isso será maior o dom da graça
E a luz que nos concede o Bem Supremo,
Um dom que nos permite contemplá-Lo.

Por isso a visão de Deus será mais intensa,
E aumentará o ardor da caridade que ela acende,
E aumentará o esplendor que dela procede.

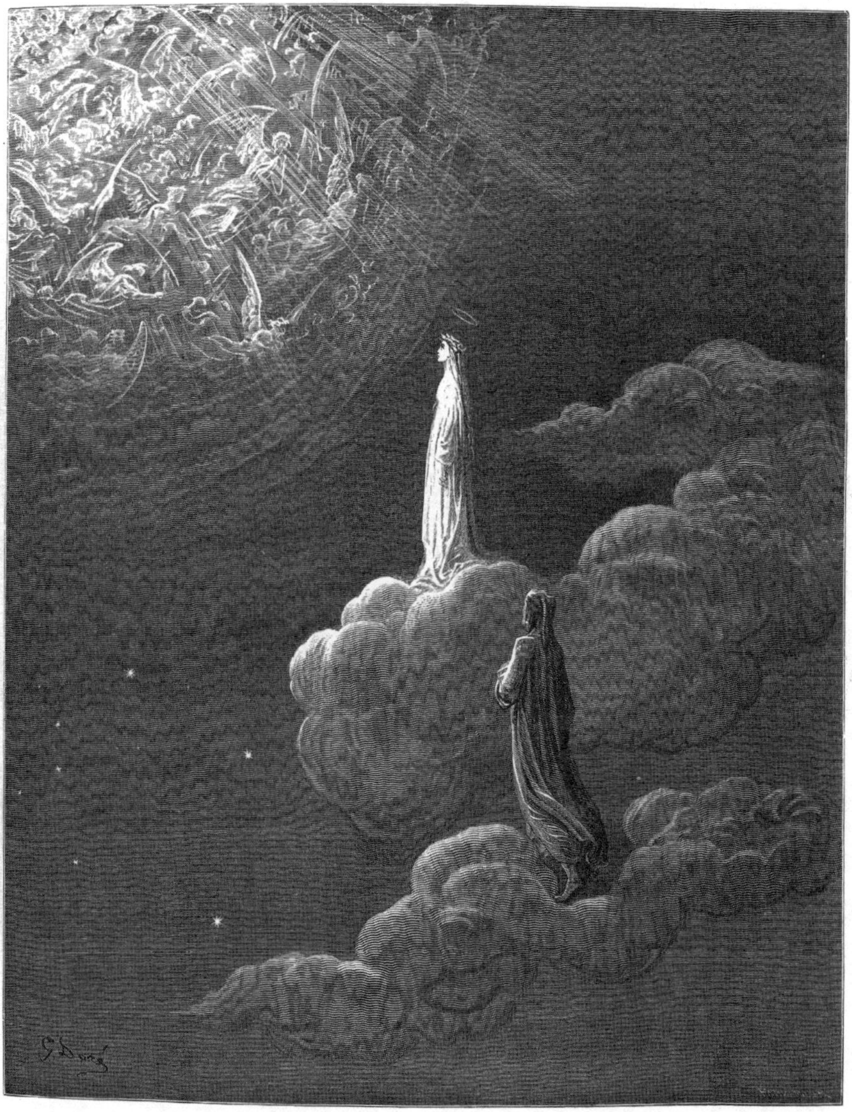
G. Doré

Mas, assim como o carvão envolto pela chama
A supera, por sua cor branca incandescente,
Para que sua própria aparência mantenha,

Assim, o esplendor que nos cerca agora
Será superado em aspecto pela carne,
Que hoje ainda está encoberta pela terra.

E tal esplendor não poderá nos deslumbrar,
Pois os órgãos do corpo serão fortalecidos
Para desfrutar de tudo o que nos der alegria."

As duas coroas de espíritos estavam prontas
E ansiosas para dizer "Amém!", pois manifestavam
Um grande desejo de recuperar seus corpos;

Talvez não apenas por si mesmos,
Mas por suas mães, pais e outros entes queridos
Que eles amaram, antes de serem chamas eternas.

E eis que surgiu ao redor, com igual brilho,
Uma luz além daquelas que ali estavam,
Semelhante a um horizonte que se ilumina.

E assim como, logo ao anoitecer,
Aparecem as primeiras estrelas no céu
De tal forma que a visão parece real e irreal,

Pareceu-me que novas luzes abençoadas
Começaram a surgir; e pareceu-me também
Que elas giravam em torno das outras duas coroas.

Ó verdadeiro brilho do Espírito Santo!
Quão súbito e incandescente se tornou, diante
De meus olhos vencidos, que não o suportaram!

E Beatriz mostrava-se tão linda e sorridente
Entre as belezas que não retive em minha memória,
Que devo desistir de descrevê-la;

Mas, graças a ela, meus olhos recuperaram a virtude
Para se erguerem novamente; e me vi sendo transladado
Para um grau mais alto da salvação, com minha Amada.

Eu percebi que tinha sido elevado,
Porque aquela estrela sorria, vermelha como fogo
E brilhava muito mais do que o normal.

Agradeci a Deus, com todo o meu coração,
E com aquela linguagem comum a todos,
90 Como convém naquela estação da Graça.

E ainda não havia se esgotado do meu seio
O ardor daquela oração, quando percebi
Que ela havia sido bem aceita e propícia.

De fato, com um esplendor muito grande,
Dois raios vermelhos cintilaram,
A ponto de eu dizer: "Ó Hélio, que assim os adornas!"

Assim como a Galáxia que confunde os sábios
Brilha entre os dois polos do mundo,
Pontuada por estrelas de maior e menor esplendor,

100 Assim aqueles dois raios, como uma constelação,
Formavam nas profundezas de Marte o venerável signo
Que une, como dois eixos, os quadrantes de um círculo.

Aqui minha memória fugaz supera meu gênio;
Pois Cristo brilhou naquela cruz, de tal maneira
Que não encontro um exemplo digno para descrever;

Mas aquele que toma sua cruz e segue a Cristo
Novamente me perdoará pelos detalhes que eu omito;
Pois vi a figura de Cristo brilhando naquela aurora.

Naquela cruz, de par em par, e de cima a baixo,
110 As luzes se moviam, brilhando intensamente,
Enquanto se encontravam, e passavam uma pela outra.

E nós as contemplávamos, muito minúsculas:
Eram retas e oblíquas, rápidas e lentas, longas
E curtas, renovando constantemente sua aparência,

Assim como as partículas de poeira se movem
Através de um raio de luz que ilumina a sombra,
Percebido pelas pessoas com engenho e com arte.

E assim como o alaúde e a harpa, fazendo vibrar
As cordas tensas, produzem um doce tilintar
120   Mesmo para quem não consegue distinguir as notas,

Assim das luzes que ali me apareceram,
Colhidas pela cruz, levantou-se uma melodia
Que me arrebatou, mesmo não distinguindo o hino.

No entanto, percebi que era um grande louvor,
Pois entendia as palavras "Levanta-te" e "Vence",
Como alguém que ouve e não entende.

E eu me apaixonava tanto por aquela música,
Que até aquele momento não houvera nada
Que me tivesse acorrentado com laços tão doces.

130   Talvez minhas palavras pareçam um tanto ousadas,
Pois coloquei tal deleite acima daqueles belos olhos,
O olhar no qual todos os meus desejos se aquietam;

Mas quem entender que aqueles selos vivos de beleza
Ficavam cada vez mais belos à medida que subíamos,
E que naquele Céu eu não me voltava para eles,

Poderá me desculpar, pois eu mesmo me acuso;
E compreenderá que eu falo com verdade,
Porque este santo prazer ali não é negado;

Mas, à medida que subimos, nos tornamos mais puros.

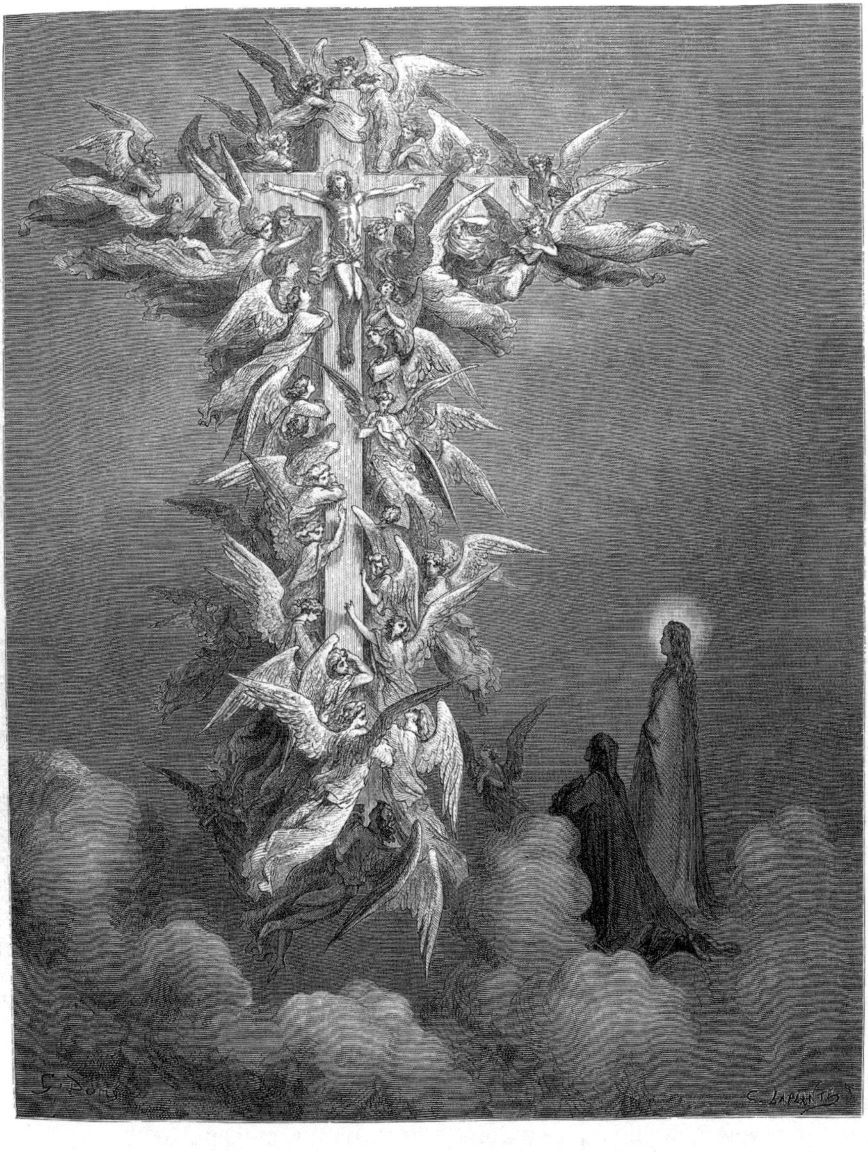
G. Doré
C. LAPLANTE

Canto XV

QUINTO CÉU (MARTE) - DANTE ENCONTRA O ANCESTRAL CACCIAGUIDA

A vontade de fazer o bem, na qual se manifesta,
Sempre, o amor que sopra para a justiça,
Assim como a ganância se manifesta na má vontade,

Impôs silêncio àquela suave lira,
E trouxe quietude aos acordes sagrados
Que a mão direita do Céu afrouxa e retesa.

Como essas almas poderiam ser surdas
Às justas orações, já que, para me ouvir,
Todas, de comum acordo, se calaram?

10 É certo que chore por toda a eternidade
Aquele que, por amor aos bens efêmeros,
Se priva para sempre desse imenso Amor.

Como através do ar puro e tranquilo da noite,
De vez em quando dispara um fogo repentino,
Movendo os olhos que antes estavam firmes,

E parece ser uma estrela que muda de lugar,
Pois, do rastro que deixou no céu,
Nada resta, e seu curso dura pouco,

Assim, do braço direito daquela cruz,
20 Até a sua parte inferior, moveu-se uma das luzes
Que cravejavam aquela constelação.

A gema não se desprendeu de seu nastro,
Mas correu pelo braço da cruz
Como o fogo atrás de uma parede de alabastro.

Tão devota a alma de Anquises se mostrou
Se alguma fé nossa maior Musa merece,
Quando no Elísio ele encontrou seu filho.

"*O sanguis meus, o superinfusa*
Gratia Dei, sicut tibi cui
30 *Bis unquam celi ianua reclusa?*"[1]

Assim disse aquela luz, chamando a minha atenção;
Então voltei meu olhar para minha Amada,
E fiquei maravilhado com uma e outra visão;

Pois em seus olhos ardia tamanho sorriso,
Que eu pensava ter chegado ao limite
Tanto da minha alegria, quanto do meu Paraíso!

Então, muito agradável ao ouvido e à vista,
O espírito ainda disse outras coisas,
Tão profundas, que não consegui entendê-las.

40 Não as escondeu de mim por escolha,
Mas por necessidade; pois o que expressava
Ia muito além dos limites do intelecto humano.

E depois que o arco de seu Amor ardente
Foi liberado, a sua fala pôde se adaptar
E descer até o limite de nossa razão.

A primeira coisa que eu entendi foi:
"Bendito sejas Tu, ó Deus Trino e Uno,
Que tens sido tão cortês com minha semente!"

E continuou: "Um desejo bem-vindo e distante,
50 Extraído da leitura do grande volume
Em que nunca se muda o branco nem o escuro,

Tu concedeste, meu filho, dentro desta luz
Em que falo contigo, graças a ela,
Que tem te dado asas para este alto voo.

Tu acreditas que teu pensamento vem até mim
Por meio d'Aquele que é o primeiro,
Assim como da unidade derivam o cinco e o seis;

E assim, tu não perguntas quem eu sou,
E por que eu pareço a ti mais feliz
60 Do que qualquer outro, nesta hoste abençoada.

Teu pensamento é justo; de fato, grandes e pequenos,
Nesta existência, observam o espelho
Onde, antes de pensares, teu pensamento se reflete.

Mas, para que melhor se cumpra o Amor sagrado,
Que sinto em contemplação perpétua
E que me inflama com doce desejo,

Agora, que tua voz segura e confiante
Proclame com alegria os seus desejos e vontades,
Pois a minha resposta já foi decretada!"

70 Virei-me para Beatriz, e ela me entendeu
Antes que eu falasse, e sorriu para mim um sinal,
Que fez aumentar as asas do meu desejo.

Então comecei: "O seu amor e seu conhecimento,
Quando a primeira Igualdade soprou a sua vida,
Foram dados por Ele com o mesmo peso e medida,

Pois o Sol que o iluminou e aqueceu
É igual em Seu conhecimento e em Seu amor,
E qualquer outra igualdade é imperfeita.

Mas, entre os mortais, o sentimento e o intelecto,
80 Por razões que já são conhecidas,
Se apresentam de formas muito diversas.

De onde eu, que sou mortal, sinto em mim
Esta desigualdade; por isso eu agradeço,
De todo meu coração, por esta paternal acolhida.

Agora eu imploro, ó topázio reluzente,
Colocado como uma gema nesta joia preciosa:
Eu peço que me revele o seu nome!"

"Ó folha minha, em que me agradei tanto,
Apenas esperando por ti; eu fui a tua raiz!"
90 Assim ele começou sua resposta.

Em seguida, continuou: "Aquele de quem deriva
Teu sobrenome, e que há mais de cem anos
Anda ao redor do Monte, no Primeiro Círculo,

Aquele era meu filho e teu bisavô;
Bem, cabe a ti ajudá-lo em sua longa fadiga,
Que podes abreviar com tuas orações.

Florença, dentro da antiga fronteira
De onde se ouviam a hora terça e a nona,
Vivia em paz, temperada e sóbria.

100 Não havia correntes de ouro, nem diademas,
Nem saias bordadas, nem vistosos cintos
Que chamassem mais a atenção do que a pessoa.

A filha, ao nascer, não infundia temor ao pai,
Pois a idade do casamento e o tamanho do dote
Ainda eram proporcionais à medida da razão.

Nenhuma casa era vazia de famílias;
E Sardanapalo ainda não mostrava nas ruas
O que pode ser feito apenas na alcova.

O Monte Mario ainda não havia sido superado
110 Pelo seu Uccellatoio; e este também há de ser superado,
Tanto em crescimento, quanto em rápido declínio.

Eu vi Bellincione Berti, que usava um cinto
De couro e osso; e a sua senhora,
Que se afastava do espelho sem pintar o rosto.

E eu conheci os Nerli e os Vecchietti,
Contentes em seus trajes de couro cru,
E suas senhoras trabalhando no tear.

Ó mulheres afortunadas! Cada uma tinha certeza
De morrer em casa; e nenhuma tinha a cama vazia
120 Porque o seu marido fora negociar na França.

Uma observava com amor o filho no berço
E sua canção de ninar tinha aquela linguagem
Que primeiro encanta os pais e as mães;

Outra, puxando as tranças de sua roca,
Recitava para a família as antigas lendas
Dos troianos, de Fiesola e de Roma.

Uma Cianghella, ou um Lapo Salterello,
Teriam despertado neles admiração,
Assim como hoje fariam Cincinato ou Cornélia.

130 Em tão bonita e pacífica convivência,
Em tão unida comunidade de cidadãos,
E em tão sublime e doce pousada,

Minha mãe me deu à luz, clamando por Maria;
E, em seu antigo Batistério, eu me tornei cristão
E ali recebi o nome de Cacciaguida.

Moronto era meu irmão, assim como Eliseo;
De Valdapana veio a minha senhora,
E do seu ventre recebes o teu sobrenome.

Depois eu segui o imperador Corrado,
140 E ele me sagrou como seu cavaleiro,
Tanto que eu o agradei com meus atos nobres.

E eu o segui, na guerra contra a iniquidade
Daquela lei, e daquele povo que usurpa
A nossa justa posse, por culpa do pastor.

Ali, por aquele povo execrável,
Eu fui liberto dos laços do mundo enganoso,
Onde o amor aos bens contamina muitas almas;

E do martírio, vim diretamente para esta paz."

Notas

1 "Ó sangue meu, ó abundante graça divina! Para quem, senão a ti, a porta do Céu seria aberta duas vezes?" Aqui entra em cena Cacciaguida degli Elisei, soldado cruzado italiano, nascido em Florença no ano 1090 d.C., que viria a ser o trisavô de Dante Alighieri. Foi investido cavaleiro pelo imperador Conrado III da Suábia e, segundo o relato de Dante, participou dos exércitos na Segunda Cruzada (1147-1149), durante a qual morreu em combate.

Canto XVI

AINDA NO QUINTO CÉU (MARTE) –
O ANCESTRAL CACCIAGUIDA FALA SOBRE A ANTIGA FLORENÇA

Ó humilde nobreza do nosso sangue!
Se tu induzes as pessoas a se gloriarem,
Aqui na Terra, onde nossa afeição definha,

Eu nunca poderia me surpreender;
Pois mesmo ali no Céu, onde nosso apetite
Não é corrompido, eu me gloriei em ti!

Certamente, és um manto que rápido se encurta,
A menos que façamos remendos, dia após dia:
O tempo gira em torno de ti, com suas tesouras.

10 Minhas palavras eram carregadas de "senhor",[1]
Tratamento oferecido outrora aos mais velhos;
Um costume que as famílias já não seguem mais.

Então Beatriz, que estava um pouco de lado,
Disfarçava seu riso – assim como a dama que tossiu
No primeiro encontro furtivo de Guinevere.

Eu comecei: "O senhor é meu antepassado;
O senhor me dá toda a coragem para falar,
Elevando-me sobremaneira, e sinto-me extasiado.

Rios de alegria enchem a minha alma!
20 E por tantas razões diferentes ela se alegra,
Pois consegue suportar, e não sucumbir.

Então diga-me, meu querido patriarca:
Quem foram os seus ancestrais,
E como foram os anos de sua infância?

Conte-me sobre o aprisco de San Giovanni,
Quão grande era, e quem eram suas pessoas
Mais dignas e notáveis, naquela época feliz."

Como, ao soprar dos ventos, um carvão
Acende-se em chamas, assim eu vi aquela luz
30 Tornar-se resplandecente com meus elogios.

E assim que aos meus olhos se tornou mais belo,
Com a voz mais doce e terna que existe, embora
Não falasse nossa língua moderna, ele respondeu:

"Desde a pronúncia do *Ave*, até aquele dia
Em que minha mãe, que agora é santa,
Deu-me à luz, e foi aliviada de seu fardo,

O fogo deste Planeta retornou a Leão
Quinhentas e cinquenta vezes, e mais trinta,
Para se inflamar novamente sob sua pata.[2]

40 Meus ancestrais e eu nascemos no local
Onde hoje se disputa anualmente o pálio,
No último trecho que os campeões alcançam.

Sobre os meus antepassados, isso basta;
Pois quem eram, e de onde vieram,
É mais apropriado calar do que dizer.

Todos os que naquela época eram aptos
A portar armas, entre Marte e o Batista,
Perfaziam um quinto dos que hoje vivem ali.

Mas aquela comunidade, que hoje se mistura
50 Com os de Campi, Certaldo e Figline,
Era pura, até o mais humilde dos artesãos.

Oh, como seria melhor ter como vizinhos
A gente de quem falo; e que em Galluzzo
E em Trespiano ainda estivesse seu limite,

Em vez de tê-los na cidade, e suportar o fedor
Do bastardo Aguglione, assim como o de Signa
Que têm olhos afiados para fazer trapaças.

Se o povo que mais no mundo degenera
Não tivesse sido uma madrasta para César,
E sim, uma mãe amorosa com seu filho,

Certos novos florentinos, que hoje se empenham
Em cambiar e barganhar, teriam permanecido
Em Semifonte, lá onde seus avós mendigavam.

Em Montemurlo ainda estariam os Conti;
Os Cerchi ainda viveriam na paróquia de Acone,
E talvez, em Val di Greve, os Buondelmonti.

A mistura dos povos sempre foi a fonte
E a razão de todo o mal nas cidades,
Assim como o alimento em excesso no corpo;

E um touro cego se precipita mais rápido
Do que um cordeiro cego; e, muitas vezes,
Uma única espada corta melhor do que cinco.

Filho, se observares como Luni e Urbisaglia
Caíram em ruínas, e como Chiusi e Senigallia
Seguem após elas, pelo mesmo caminho,

Não parecerá inédito, ou inverossímil
Ouvir como as casas estão se deteriorando,
Pois até as grandes cidades têm um fim.

Todas as coisas terrenas morrem, assim como tu;
Mas isso é menos visível em algumas coisas
Que duram muito tempo, pois a vida humana é curta.

E assim como a Lua, em suas fases,
Cobre e descobre continuamente as praias,
A Fortuna procede com o destino de Florença.

Portanto, não deve parecer estranho
O que direi agora sobre os grandes florentinos,
Cuja fama está escondida no passado.

Eu conheci os Ughi, e vi os Catellini,
Os Filippi, os Greci, os Ormanni e os Alberichi,
90   Ilustres cidadãos, mesmo em sua queda;

E vi famílias outrora poderosas,
Como os de la Sannella, os de l'Arca,
Os Soldanieri, os Ardinghi e os Bostichi.

Perto do portão que hoje está carregado
Por um crime tão grave, que em breve
Causará o desastre de todo o barco,

Moravam os Ravignani, de quem descendeu
O Conde Guido, e quem quer que seja
Que leve o nome do grande Bellincione.

100   A família della Pressa já sabia governar,
E os Galigai já traziam em seu brasão
Dourado, a empunhadura e a espada.

Poderoso já era o brasão dos Vaio, assim como
Os Sacchetti, Giuochi, Fifanti, Barucci e Galli,
Além daqueles que se envergonham por sua fraude.[3]

A linhagem da qual nasceram os Calfucci
Já era grande; e os Sizzi e Arrigucci
Já começavam a ocupar cargos políticos.

Oh, quão poderosos eram aqueles, que foram[4]
110   Destruídos por seu orgulho! E como as Esferas de Ouro[5]
Enalteciam Florença com os seus feitos poderosos!

Assim também fizeram os ancestrais daqueles
Que hoje, quando um bispado está vago,
Se reúnem no consistório apenas para engordar.[6]

Aquela família arrogante,[7] que é um dragão
Para os fugitivos, mas torna-se um cordeirinho
Para quem mostra os dentes ou a bolsa,

Já era poderosa, mas de origem humilde;
E Ubertino Donati nada se agradava
120 Em ser parente deles, por meio de seu sogro.[8]

Os Caponsacchi já tinham vindo de Fiesole,
E moravam no Mercato; e tanto Giuda
Como Infangato já eram exemplares burgueses.

Vou dizer uma coisa incrível, mas verdadeira;
Entrava-se nas antigas muralhas por um portão
Que recebia o nome dos Della Pera.[9]

Todos aqueles que ostentavam o belo escudo
Do grande barão, cujo renome e honra[10]
São festejados no dia de São Tomás,

130 Receberam o grau e o privilégio de cavaleiros;
Embora tenha se afastado de seu povo
Aquele que o adorna com um friso de ouro.[11]

Já existiam os Gualterotti e os Importuni;
E mais tranquilo seria o nosso burgo,
Se não tivesse adquirido novos vizinhos.

A casa de onde surgiram as suas desgraças,[12]
Pelo justo desdém que a arruinou
E colocou um ponto final em sua vida feliz,

Ainda era honrada, assim como seu círculo de amigos.
140 Ó Buondelmonte, quanto mal fizeste em fugir
Das tuas núpcias, seguindo os conselhos de outros!

Muito se alegrariam os que hoje estão tristes,
Se Deus o tivesse oferecido ao rio Ema
Na primeira vez em que perturbou a cidade.

Em vez disso, estava destinado que Florença
O imolasse como vítima, em sua última era de paz;
Aos pés da estátua mutilada, que guarda a Ponte.

Com todas essas famílias, e muitas outras ainda,
Florença me viu nascer; e era tão grande o repouso
Que não havia motivos para chorar ou lamentar.

Com todas essas famílias, eu vi formar-se um povo,
Tão justo e tão glorioso, que seus lírios
Nunca eram invertidos, espetados em uma lança,

Nem suas discórdias os tingiam de vermelho."

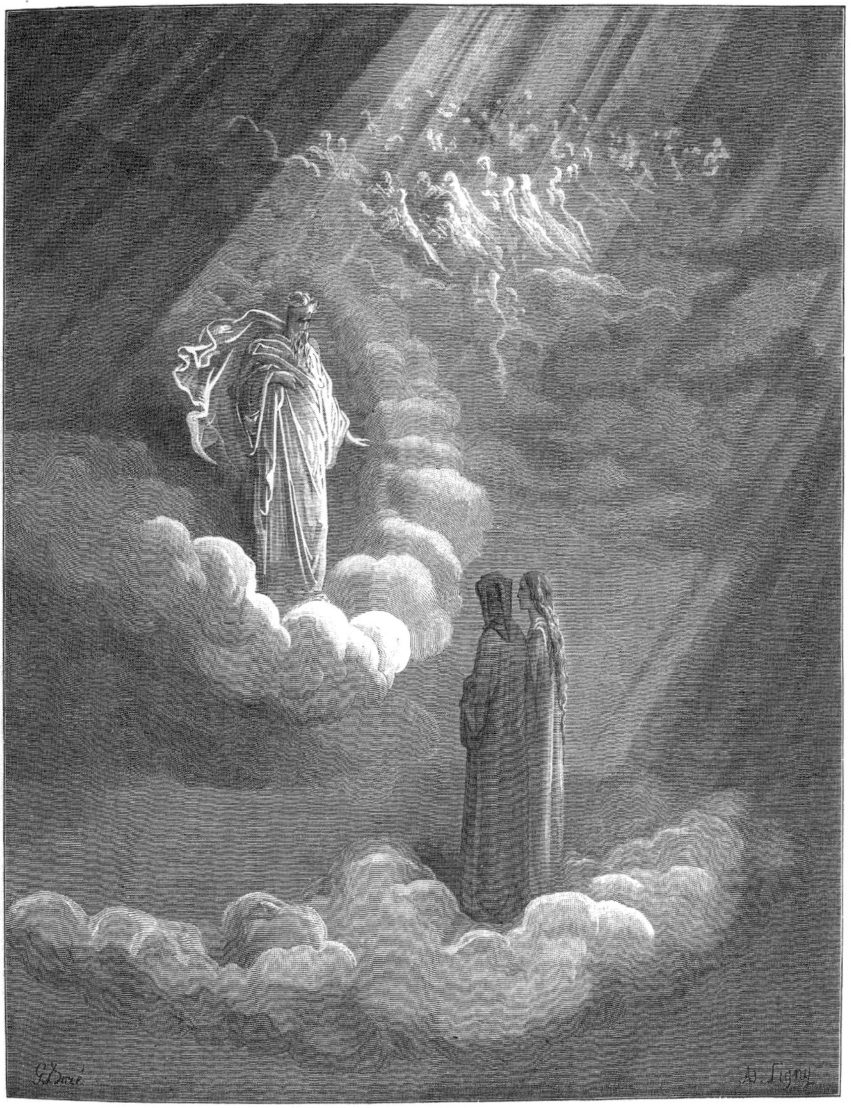

Notas

1 *Senhor:* O respeito de Dante por seu antepassado Cacciaguida é indicado pelo uso da forma plural de tratamento em italiano (*Voi*, que traduzimos como "o senhor", com suas respectivas formas possessivas – seu/sua). O mesmo tratamento é dado por Dante somente a Brunetto Latino (*Inferno* XV) e a Farinata (*Inferno* X).

2 Cacciaguida quer dizer que aquele planeta (Marte) voltou a se unir 580 vezes à constelação de Leão, desde o nascimento de Cristo até o dia do seu próprio nascimento. Assim, o ano do nascimento de Cacciaguida é unanimemente reconhecido pela crítica literária como o ano de 1091, determinado com base em cálculos científicos precisos.

3 Os Chiaramontesi, envolvidos em um escândalo imobiliário, mencionado superficialmente em *Purgatório* XII. 105.

4 Os Uberti, a família do líder dos Gibelinos, Farinata degli Uberti (*Inferno* X).

5 Os Lamberti.

6 Os Visdomini e os Tosinghi.

7 Os Adimari, a família do infame e arrogante Filippo Argenti (*Inferno* VIII. 61).

8 Bellincione Berti havia casado uma de suas filhas com um Adimari e a outra com Ubertino Donati, que se envergonhava de ter assumido esse parentesco com eles.

9 Os Peruzzi.

10 O grande barão mencionado é Ugo, o grande Marquês da Toscana, vigário imperial e cavaleiro, cujo brasão tinha sete listras vermelhas em um campo branco. Ele morreu em 21 de dezembro de 1001 (dia de São Tomás).

11 Giano della Bella.

12 A casa onde "surgiram as desgraças" de Florença é a família dos Amidei. O episódio é referido por Mosca, em *Inferno* XXVIII. 106. Em 1215, um jovem da família dos Buondelmonti desonrou uma filha dos Amidei, fugindo do casamento. Quando estes se reuniram com seus amigos para tramar uma vingança pelo insulto, Mosca (da família Uberti ou Lamberti) deu sua opinião, com o provérbio: *Cosa fatta ha capo* ("Uma vez feito, está feito"). A sugestão foi aprovada. Na manhã de Páscoa seguinte, quando o jovem Buondelmonte, montado em um corcel branco e vestido de branco, atravessava a Ponte Vecchio, ele foi arrastado ao chão e cruelmente morto. Todas as grandes famílias florentinas tomaram partido na disputa, que logo se transformou na guerra civil entre florentinos Guelfos e Gibelinos.

Canto XVII

QUINTO CÉU (MARTE) – O ANCESTRAL CACCIAGUIDA FALA SOBRE A VIDA FUTURA

Como aquele veio a Climene para se certificar
Das coisas que ouvira sobre si mesmo
(O que induz os pais a serem severos com os filhos),

Assim eu me sentia; e assim fui percebido
Tanto por Beatriz, quanto pela luz sagrada
Que antes por minha causa havia mudado de lugar.

Por isso minha Amada me disse:
"Manifeste a chama de seu desejo, para que seja
Expresso de acordo com seus pensamentos;

10 Não porque precisemos de suas palavras
Para conhecê-lo; mas para que se acostume
A mostrar a sua sede, para que seja saciado."

"Ó meu amado pai, que tão alto se eleva;
E assim como as mentes terrenas percebem
Que um triângulo não pode ter dois ângulos obtusos,

Assim o senhor contempla as coisas contingentes
Antes que elas aconteçam, fixando teus olhos
No ponto em que todos os tempos estão presentes.

Enquanto eu era guiado por Virgílio,
20 Subindo a Montanha que purifica as almas[1]
E descendo às profundezas do Mundo Defunto,[2]

Ouvi sobre a minha vida futura
Sérias palavras; embora eu esteja preparado
Para resistir a todos os golpes do infortúnio.

Por isso meu desejo se contentaria
Em ouvir o que o destino reserva para mim;
Porque uma flecha prevista chega mais devagar."

Assim eu disse para aquela mesma luz
Que havia falado comigo antes, e mesmo
30 E meu desejo foi expresso, como Beatriz queria.

Não com palavras tortuosas, nas quais os pagãos
Acreditavam, antes que o Cordeiro de Deus,
que tira os pecados do mundo, fosse crucificado,

Mas com palavras claras e linguagem inequívoca
Envolta e resplandecente pela luz de seu sorriso,
Assim respondeu aquele amor paterno:

"A contingência, que não se estende
Além do volume da tua materialidade,
Está toda retratada na Mente Eterna.

40 No entanto, isto não a torna necessária
Assim como um barco não desce a corrente
Apenas porque se espelha no olhar de alguém.

E assim como a doce harmonia de um órgão
Chega até o ouvido, assim chega até mim a visão
Sobre o que o tempo tem preparado para ti.

Assim como partiu Hipólito de Atenas
Por causa de sua implacável e perversa madrasta,
Assim será inevitável que tu deixes Florença.

Isso já é desejado, e isso já é procurado;
50 E em breve será feito por aqueles que têm tramado,
Onde todos os dias o Cristo é vendido e comprado.

A culpa recairá sobre o ofendido, em grande clamor,
Como de costume; mas a vingança tornará evidente
Toda a verdade, que a Justiça dispensa.

Deverás abandonar tudo o que mais ama,
Com mais ternura; e este é o primeiro alvo
Que o exílio atinge com suas flechas cruéis.

Tu vais experimentar o quanto é salgado
O pão dos outros, e como é difícil o caminho
60   De subir e descer pelas escadas de alguém.

E o que mais pesará sobre teus ombros
Será a companhia maldosa e insana
Com a qual peregrinarás neste vale;

Pois todos os ingratos, todos os loucos e ímpios
Se tornarão contra ti; mas logo depois serão eles,
E não tu, a trazer o escarlate em suas faces.

Os seus próprios atos testemunharão
As provas de sua bestialidade; então terá sido
Bom para ti, ter seguido tuas próprias opiniões.

70   Teu primeiro refúgio e tua primeira casa
Será a cortesia de um poderoso lombardo;[3]
A escada em seu brasão traz o pássaro sagrado.

E ele terá tal consideração benigna por ti
Que, entre vós, os favores precederão os pedidos,
Mais do que costuma ocorrer entre amigos.

Com ele, verás aquele que, em seu nascimento,[4]
Foi tão impressionado com a força desta Estrela
Que suas façanhas serão extraordinárias.

As pessoas ainda não notaram seu valor,
80   Pela sua tenra idade; porque esses Céus
Giram em torno dele há apenas nove anos.

Mas antes que o Guasco[5] engane o grande Arrigo,[6]
Alguns brilhos de sua virtude aparecerão
Em sua indiferença pelo dinheiro e pelos cuidados.

Tão reconhecida será no futuro a sua glória,
De tal maneira que mesmo seus inimigos,
Diante dela, não poderão ficar indiferentes.

Confie nele, e em seus benefícios.
Graças a ele, muitas pessoas serão impactadas;
90   Ricos e mendigos mudarão de condição.

E tudo isso guardarás escrito em tua memória,
E nada dirás." E então ele disse coisas que serão
Incríveis, mesmo para quem puder presenciá-las.

Depois acrescentou: "Filho, eis as explicações
Sobre o que foi dito; eis as armadilhas
Que se revelarão dentro de poucas revoluções.[7]

No entanto, não guarde rancor de teus patrícios;
Pois tua vida futura irá muito além
Do castigo que os espera, por sua perfídia."

100 Quando, pelo seu silêncio, aquela santa alma
Mostrou que tinha concluído a trama
Naquela tela da qual lhe dei a urdidura,

Eu comecei, como quem tem uma dúvida,
E deseja o conselho sábio e prudente
De uma pessoa que ama, e que se quer bem:

"Vejo bem, meu pai, como corre depressa
O tempo, para me desferir tal golpe
Que mais pesado é, quanto mais se cede.

Portanto, é bom que eu me arme com prudência;
110 Pois, se o lugar que mais amo será tirado de mim,
Eu perderia os outros, por causa dos meus versos.

Lá embaixo, na Vala da infinita amargura
E ao longo da Montanha, até chegar ao seu belo cume
De onde me ergueram os olhos de minha Amada,

E mais tarde no Céu, de lume em lume,
Tenho visto coisas que, se forem contadas,
Trarão a muitos um sabor de forte agrume.

E se da verdade eu for um tímido amigo,
Temo perder minha fama, entre as gerações
120 Que se referirão a este tempo como antigo."

A luz que sorria em meu próprio tesouro,
Que eu ali havia descoberto, brilhou a princípio
Como um espelho dourado reflete a luz do Sol.

Então ele respondeu: "Uma consciência nublada
Por sua própria culpa ou pela vergonha alheia,
Certamente provará a acidez de tuas palavras;

No entanto, pondo toda falsidade de lado,
Faça manifesta a tua visão completamente,
E deixe que se cocem, onde quer que esteja a sarna.

130 De fato, tua voz poderá ser desagradável
Ao primeiro gosto; mas, quando for digerida,
Resultará em um nutriente vital.

Este teu clamor será como um vento forte
Que ferirá os mais altos cumes,
E isso trará a ti uma grande honra.

Por isso são mostradas a ti, dentro dessas Esferas,
Assim como no Monte e no Vale Doloroso,
Somente almas que têm fama e são conhecidas;

Porque o espírito do ouvinte não descansa,
140 Nem a sua fé se confirma por um mero exemplo
Que tenha uma raiz oculta e desconhecida,

Ou algum outro argumento que não seja evidente."

Notas

1. O *Purgatório*.
2. O *Inferno*.
3. Bartolomeo della Scala, que acolheu Dante em Verona durante o exílio.
4. Cangrande della Scala, irmão mais novo de Bartolomeo, que tinha apenas nove anos de idade em 1300.
5. *O Guasco:* o Papa Clemente V.
6. *Arrigo:* o imperador Henrique VII de Luxemburgo.
7. Cacciaguida se refere às revoluções do Sol, ou seja, tudo isso ocorrerá dentro de poucos anos.

Canto XVIII

AINDA NO QUINTO CÉU (MARTE) – O CONFORTO DE BEATRIZ – OS ESPÍRITOS COMBATENTES – ASCENSÃO AO SEXTO CÉU (JÚPITER)

Agora aquela alma bem-aventurada
Regozijava-se em suas palavras; e eu degustava
O seu sabor amargo, temperado com doçura.

Então a minha Amada, que me conduzia até Deus,
Disse-me: "Não desanime! Pense que estou aqui,
Perto D'Aquele que repara todas as injustiças."

Virei-me em direção àquela voz amorosa
Que me confortava; e renuncio a descrever
O Amor que então vi brilhar em seus santos olhos;

10 Não apenas por não confiar em minha linguagem,
Mas porque minha memória não pode retornar
Para tão longe, se não for guiada por Deus.

Daquele momento, somente posso dizer
Que, olhando para ela, a minha afeição
Estava livre de qualquer outro desejo;

E aquela beleza eterna, que irradiava
Diretamente sobre Beatriz, se refletia
Sobre mim, através de seu lindo olhar.

Superando-me com a luz do seu sorriso,
20 Ela então me disse: "Vire-se agora, e ouça;
O Paraíso não está apenas nos meus olhos."

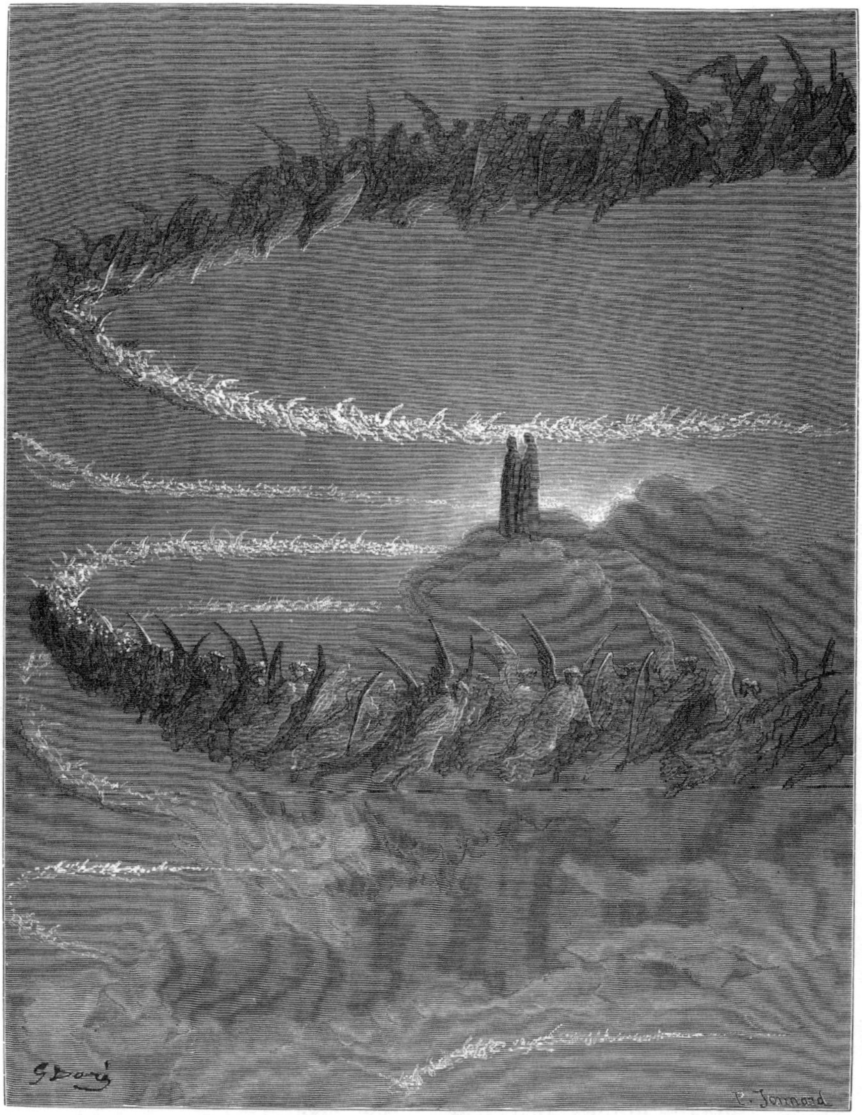

G. Doré
P. Jonnard

Como, às vezes, aqui em nosso mundo
Percebemos o afeto apenas pelo olhar,
Se é que toda a alma é envolvida por ele,

Assim, pelo crescente brilho do resplendor santo
Do meu avô, para o qual me voltei, eu reconheci
O seu desejo de falar comigo um pouco mais.

E ele começou: "Neste quinto degrau da Árvore
Que recebe o seu sopro de vida do Altíssimo,
30 Sempre dá frutos, e nunca perde suas folhas,

Há espíritos abençoados que, na Terra,
Antes de morrer, tiveram tão grande fama
Que fariam cantar em abundância todas as Musas.

Portanto, olhe para os braços da cruz;
Aqueles a quem eu nomear, ali brilharão
Assim como um relâmpago faz na nuvem."

Ao ser nomeado Josué, eu vi uma luz
Que atravessou a cruz instantaneamente,
E simultâneos foram, o som e o seu ato.

40 E ao nome do grande Macabeu,
Vi outra luz girando sobre si mesma,
Como um pião, em um rodopio de alegria.

Aos nomes de Carlos Magno e Orlando,
Meu olhar atento seguiu outros dois,
Como o olho segue o seu falcão caçador.

Depois surgiram Guilherme e Rinoardo,
O duque Godofredo, e Roberto Guiscardo,
Que atraíram meu olhar para aquela cruz.

Então, movendo-se e juntando-se às outras luzes,
50 A alma que havia falado comigo mostrou-se
Um artista digno entre aqueles cantores celestiais.

Para o meu lado direito eu me virei,
Esperando por alguma ordem de Beatriz,
expressa em suas palavras ou gestos;

E contemplei seus olhos tão translúcidos,
Tão cheios de prazer, que sua beleza
Parecia ainda maior, como eu jamais havia visto.

E assim como o homem que sente alegria
Em fazer o bem, e percebe que a cada dia
60   Está aumentando sua própria virtude,

Então percebi que o chão do planeta,
À minha volta, também havia aumentado,
Ao ver aquele sorriso milagroso ainda mais belo.

E assim como uma mulher pálida
Que logo recupera a sua tez costumeira
Quando o rosto perde a vermelhidão do pudor,

Assim foi aos meus olhos, quando me vi
Na Sexta Estrela, que era um mar de brancura,
E em sua tepidez havia me acolhido.

70   Naquele lume jovial,[1] eu contemplava
O brilho do Amor de seus residentes,
Delineando letras visíveis aos meus olhos.

E assim como os pássaros se levantam da praia,
Fazendo felicitações por sua comida,
Reúnem-se em esquadrões, em diferentes formas,

Assim, dentro daquelas luzes,
As almas sagradas cantavam e giravam,
E formavam as figuras de um *D*, um *I* e um *L*.

A princípio, moviam-se ao ritmo de sua própria canção;
80   E depois, transformando-se em um desses sinais,
Elas pararam e ficaram em silêncio por um tempo.

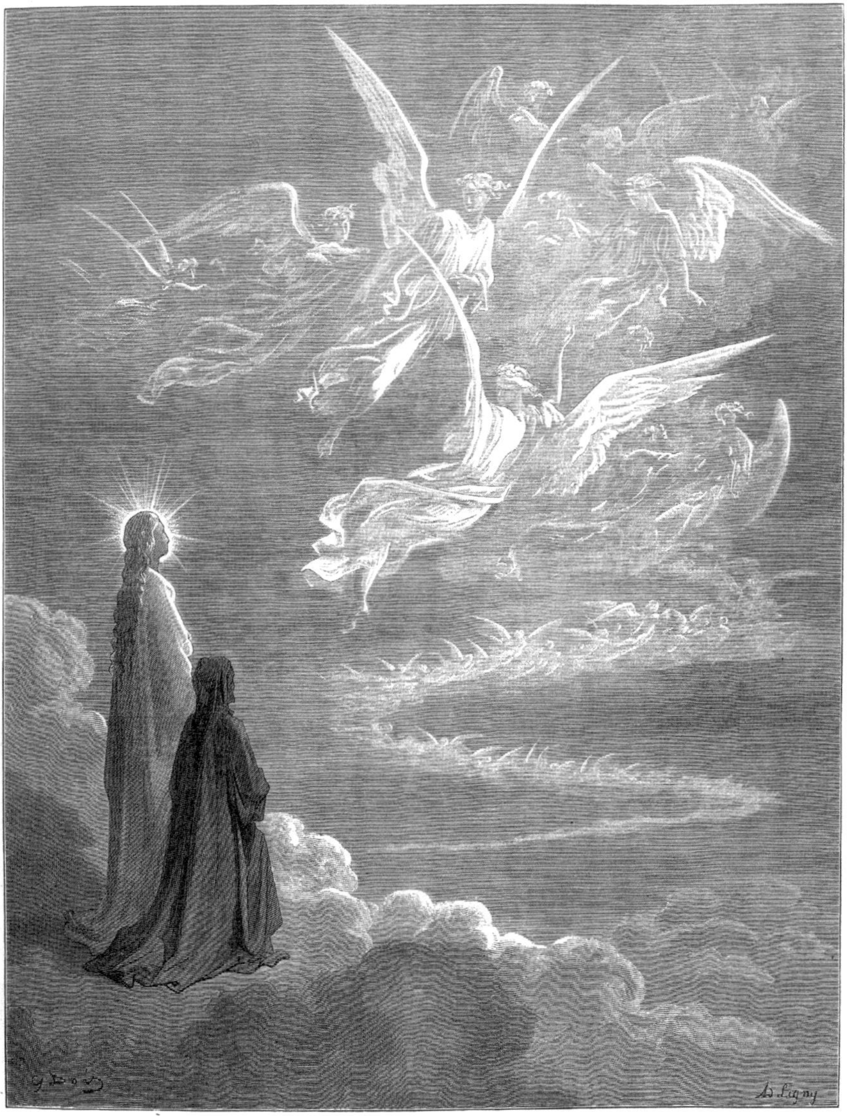

Ó Diva Pegásea, que tornas glorioso o Gênio
E fazes dele longevo; e, graças a ti,
Concede-se a mesma honra às cidades e reinos;

Dá-me tua inspiração, para que eu possa
Lembrar-me desses sinais, assim como eu os vi;
Que brilhe nestas poucas linhas todo o seu poder!

Assim, trinta e cinco letras ao todo foram formadas,
Entre vogais e consoantes; e anotei mentalmente
90 As mensagens, como me pareciam escritas.

"DILIGITE JUSTITIAM", eram o verbo e o substantivo[2]
Que apareciam primeiro, em toda a figura;
"QUI IUDICATIS TERRAM", foram os últimos.[3]

Depois pararam no *M* da quinta palavra,
De modo que Júpiter, de cor prateada,
Sobressaiu com seu esplendor dourado.

E vi outras luzes descerem no topo do *M*,
E pararem ali enquanto cantavam, creio eu,
Em honra do Bem que as atrai para Si.

100 Então, assim como muitas faíscas se levantam
Ao bater nos troncos em chamas,
Das quais os tolos costumam tirar auspícios,

Mais de mil luzes pareceram se acender dali,
Algumas mais, e outras menos,
Assim como designa o Sol que as ilumina.

E vi que cada uma, parada em seu lugar,
formava a cabeça e o pescoço de uma águia
Delineada por aquele esplendor embutido.

Aquele Pintor não tem modelos nem mestres,
110 Mas é ele próprio o Mestre; e é dele a virtude
Que gera a forma de todos os seres, em seus ninhos.

As outras luzes beatas, que antes pareciam felizes
Em florescer um lírio heráldico no *M*,
Com pequenos movimentos, integraram a nova forma.

Ó doce estrela! Quais e quantas gemas
Me mostraram, que toda a nossa justiça
É o produto do Céu que tu embelezas!

Por isso eu rogo à Mente, na qual inicie
Teu movimento e tua virtude, que considere
De onde vem a fumaça que obscurece teus raios;

Para que uma segunda vez ainda se indigne
Com o mercado que se tem feito no Templo,
Cujas paredes foram erguidas com sinais e martírios!

Ó soldados do Céu, a quem contemplo:
Rogai por aqueles que estão na Terra,
E se extraviam para o mau exemplo!

No passado, a guerra se fazia com espadas;
Mas agora se faz negando, aqui e ali,
O Pão, que o Pai Compassivo não nega a ninguém.

E tu, que escreves apenas para cancelar,[4]
Pensa que Pedro e Paulo, que morreram pela vinha
Que agora tu corrompes, ainda estão vivos!

Bem podes dizer: "Eu firmo meu desejo
Naquele que escolheu viver sozinho,[5]
E por uma dança foi levado ao martírio,

E não conheço o Pescador, nem Polo."[6]

Notas

1   *Jovial:* de *Jove* (Júpiter).

2   *Diligite justitiam:* "Buscai a Justiça".

3   *Qui iudicatis Terram:* "Vós, que julgais a Terra." As duas inscrições juntas formam: "Amai a justiça, vós que sois juízes da terra." (*Sabedoria de Salomão* I. 1).

4   O papa João XXII, que foi um recordista em sua época na assinatura de cartas de excomunhão – excluindo os fiéis da mesa do Senhor.

5   São João Batista, que viveu no deserto se alimentando de mel e gafanhotos. A sensual Salomé, após ter dançado diante de Herodes, pediu a cabeça de João Batista em uma bandeja (*Mateus* XIV.3-9).

6   O verso alude a São Pedro com o apelido de Pescador, sua humilde profissão; enquanto "Polo" é uma forma popular de Paulo. O papa João XXII, portanto, refere-se aos dois santos de maneira desdenhosa e irônica.

Canto XIX

SEXTO CÉU (JÚPITER): DANTE FALA COM A ÁGUIA

Apareceu diante de mim, com as asas abertas,
A bela imagem que, em doce fruição,
Fizera jubilar as almas entrelaçadas.

Cada uma das almas parecia um rubi
Atingido por um raio de sol, tão brilhante
Que cada uma delas refletia em meus olhos.

E o que agora cabe a mim retraçar
Nunca foi falado ou escrito a tinta,
Nem jamais penetrou no coração humano.

10 De fato, eu via e ouvia o bico da águia
Se abrindo, e dizendo com sua voz: "Eu" e "Meu",
Quando na verdade significava: "Nós" e "Nosso".

E começou: "Por ter sido justo e misericordioso,
Aqui sou exaltado para aquela glória
Que não é conquistada por nenhum desejo;

E na Terra deixei tamanha memória,
Que até mesmo os ímpios a elogiam,
Ainda que não sigam o meu exemplo."

Como emana um único calor de muitas brasas,
20 Assim o Amor daquelas muitas almas
Emitia um único som, através da imagem.

Então eu disse: "Ó flores perpétuas,
De alegria eterna; em todos os seus odores,
Percebo apenas um único perfume!

Exalando-o, quebrai em mim o grande jejum
Que uma longa estação me prendeu na fome,
Sem encontrar nenhum alimento na Terra.

Eu bem sei que a Justiça é a luz do Céu,
Que, mesmo refletida pelo espelho divino,
30   Não pode ser escondida por nenhum véu.

Sabeis como eu estou pronto e atento
Para vos ouvir; e sabeis qual é a dúvida
Que, por tanto jejum, me tem feito envelhecer."

Assim como um falcão, quando liberto do capuz
Meneia a cabeça e bate as asas galantes,
Manifestando o seu desejo de voar,

Assim vi fazer aquela águia, entrelaçada
Pelos louvores e canções feitos à Graça divina,
Que somente os bem-aventurados dali podem entender.

40   Então começou: "Aquele que girou a bússola
E traçou os limites do Universo, e nele
Distinguiu as coisas visíveis e invisíveis,

Não poderia imprimir seu poder em todos os lugares,
De modo que Sua palavra não permanecesse
Infinitamente superior às capacidades humanas.

E a prova disso é que o primeiro que pecou com soberba,
Aquele que era a mais perfeita de todas as criaturas,[1]
Foi precipitado do Céu, por ser imaturo demais.

E, portanto, entendemos que cada criatura menor
50   É um receptáculo insuficiente para aquele Bem
Que não tem fim, e é a única medida de si mesmo.

Assim, a tua visão, que não é outra coisa
Senão um dos raios dessa Inteligência,
A qual está presente em todas as coisas,

Não pode, por sua própria natureza,
Ser tão potente a ponto de discernir seu Princípio,
Que está muito além da capacidade de seus sentidos.

Assim, a visão sensível do homem
Percebe um vislumbre da Justiça divina,
60 Como o olhar penetra no oceano:

Pois, ainda que ele enxergue o seu fundo
Em águas rasas, não o percebe mais em mar aberto;
Mas ele ainda está lá, oculto pela profundidade.

Não há luz real, para a mente humana,
Que não proceda desse Oceano; tudo o mais
É escuridão, ou sombra da carne, ou veneno.

Agora se abriu para ti a caverna
Que ocultava de ti a Justiça divina,
E despertava em ti dúvidas tão frequentes;

70 Pois meditavas: 'Um homem nasce às margens do Indo,
E ali não há ninguém que possa falar de Cristo,
Nem ensinar sobre Ele, e tampouco escrever;

Mas todos os seus desejos e atitudes
São virtuosos, até onde alcança a razão humana,
Sem pecado em suas ações ou palavras.

Ele morre sem batismo e sem fé:
Que justiça é essa que o condena?
Onde está a sua culpa, se ele não crê?'

Agora, quem és tu, que te assentas na tribuna
80 Para julgar e sentenciar, a mil milhas de distância,
Com tua curta visão, que mal enxerga a um palmo?

Certamente, aqueles que fazem raciocínios sutis
Sobre Mim, poderiam perfeitamente duvidar,
Se a Escritura não estivesse acima de vós.

Ó criaturas terrenas! Ó mentes grosseiras!
A Vontade Primordial, que é boa em Si mesma.
Nunca se moveu de Si mesma, que é o Bem supremo.

Tudo o que se conforma a Ele é perfeito:
Nenhuma criatura O toma para si,
90 Mas é Ele, ao irradiar Sua graça, que o determina."

Como a cegonha, tendo alimentado seus filhotes,
Voa em círculos acima de seu ninho
E seus pequenos, já alimentados, a observam,

Assim fazia aquela imagem sagrada,
Com as asas movidas por tantos abençoados,
Enquanto eu erguia para ela o meu olhar.

Girando sobre si mesma, ela cantava e dizia:
"Assim como não compreendeis a minha canção,
O julgamento divino é inexplicável para vós, ó mortais!"

100 Depois que aquelas luzes cheias do Espírito Santo
Silenciaram, ainda representando o sinal
Que tornou os romanos reverenciados pelo mundo,

Elas recomeçaram: "A este reino, jamais ascendeu
Alguém que não tivesse fé em Cristo,
Antes ou depois que Ele fosse pregado no madeiro.

Mas vede: muitos clamam: 'Cristo, Cristo!'
Mas, no dia do julgamento, estarão muito menos
Perto d'Ele, do que muitos que nunca O conheceram.

A tais cristãos, a Etiópia condenará
110 Quando as duas fileiras forem divididas:
uma eternamente rica e a outra miserável.

O que dirão os persas dos vossos reis,
Quando virem aberto aquele Livro
Em que estão escritos todos os seus delitos?

Logo se verá, entre os feitos de Alberto,²
Aquele que em breve será ali anotado,
Pelo qual o reino de Praga será destruído.

Logo se verá a dor que ecoará o Sena
Quando for falsificada a sua moeda,
120 Por aquele que será morto por um javali.³

Logo se verá o orgulho que alimenta a sede
E enlouqueceu os reis da Escócia e da Inglaterra,⁴
Que não encontram repouso em suas fronteiras.

Vereis a luxúria e a vida viciosa
Do rei da Espanha⁵ e do rei da Boêmia,⁶
Que nunca conheceram ou desejaram qualquer valor.

Vereis aquele Coxo de Jerusalém;⁷
E suas boas ações serão marcadas com um *I*,
Enquanto o reverso receberá um *M*.

130 Vereis toda a avareza e covardia
Daquele que hoje governa a ilha de fogo,⁸
Onde Anquises terminou sua longa vida.

E todo olho verá como ele é desprezível:
Seus delitos virão em caracteres abreviados,
Para que caiba muito, em pouco espaço.

E todos se enojarão pelos atos imundos
De seu tio e de seu irmão,⁹ que tanto desonram
Essa nobre família, assim como suas duas coroas.

E aqueles de Portugal e da Noruega
140 Também ali estarão; assim como rei da Ráscia,¹⁰
Aquele que falsificou a moeda de Veneza.

Ó Hungria, como serias feliz se não te enganasses!
E como serias feliz, ó Navarra, se ao menos soubesses
Defender-te com as colinas que te cercam!¹¹

E todos já assistem, como um preâmbulo,
Como se queixam Nicósia e Famagosta
E se enfurecem por causa de sua própria besta,

Que o exemplo das outras bestas não contradiz."

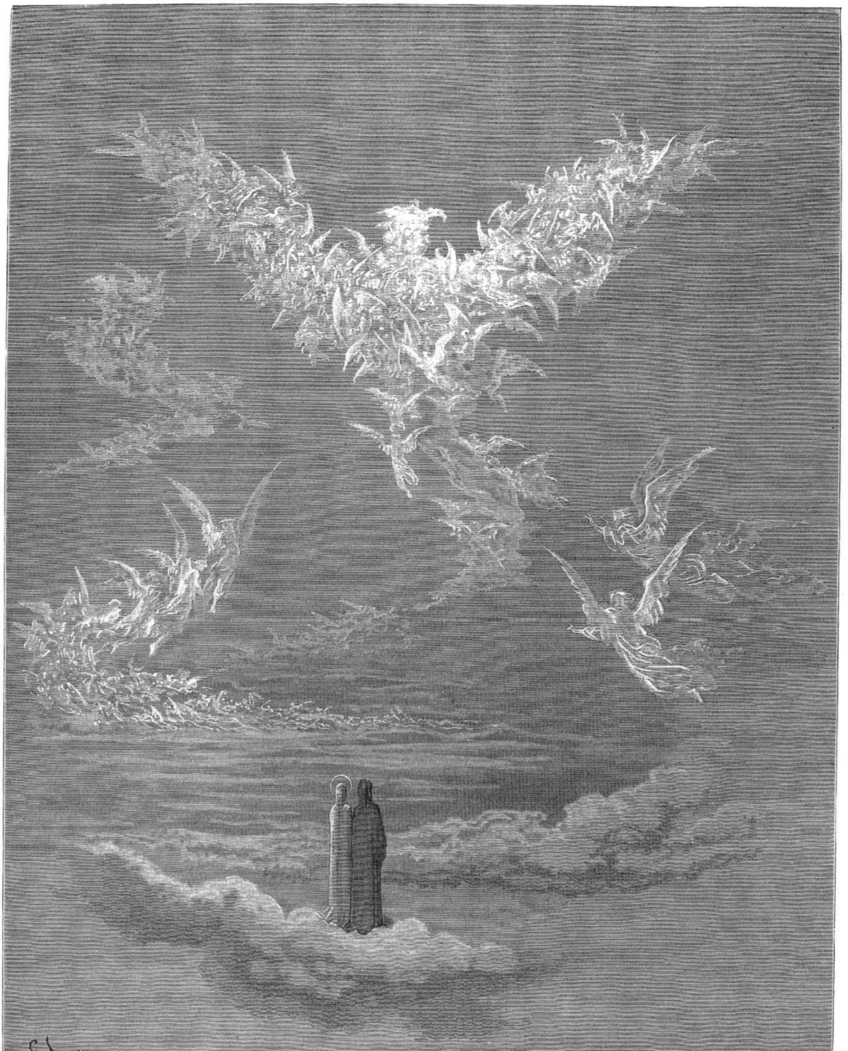
G. Doré

Notas

1. Lúcifer, culpado de traição contra o Altíssimo, também é descrito em *Purgatório* XII. 25, como "o mais nobre de todos os seres". Em *Inferno* XXXIV. 18, é "a criatura de semblante outrora tão doce".

2. Os nove tercetos iniciados no verso 115 estão dispostos em três grupos de três, e começam respectivamente com as letras L (versos 115, 118 e 121), V (versos 124, 127 e 130) e E (versos 133, 136 e 139), formando a palavra *LVE* (em latim, "praga" – *lve/lue*). A "praga" refere-se à corrupção de todos os príncipes e reis mencionados. O exemplo é semelhante ao acróstico VOM ("homem") de *Purgatório* XII. 25-63, ainda que neste caso o artifício seja menos elaborado (os exemplos continuam nos versos seguintes, e nem todos receberão as mesmas letras iniciais, como no exemplo do *Purgatório*).

3. Filipe IV, o Belo, o Mal da França (*Purgatório* IV. 109).

4. Os reis Roberto de Bruce (Escócia) e Eduardo I (Inglaterra).

5. Ferdinando IV.

6. Venceslau II (*Purgatório* VII. 102).

7. Carlos II d'Anjou, rei de Nápoles (*Purgatório* XX. 79), nomeado desdenhosamente como "Coxo de Jerusalém", por ter uma deficiência física e por ostentar o título puramente honorífico de rei de Jerusalém. A águia quer dizer que no Livro da Justiça suas boas ações serão marcadas com um "I" (1, em algarismos romanos, portanto muito poucas) e seus crimes com um "M" (mil, ou seja, muitos), que também são a primeira e a última letra da palavra *Ierusalem*.

8. Frederico II da Sicília (*Purgatório* III. 16), que era chamada a "ilha de fogo".

9. Jaime de Maiorca (tio de Frederico II) e Jaime II de Aragão (irmão de Frederico).

10. A Ráscia corresponde à atual Sérvia.

11. Alusão aos Pirineus, a cadeia de montanhas que separam a Espanha e a França.

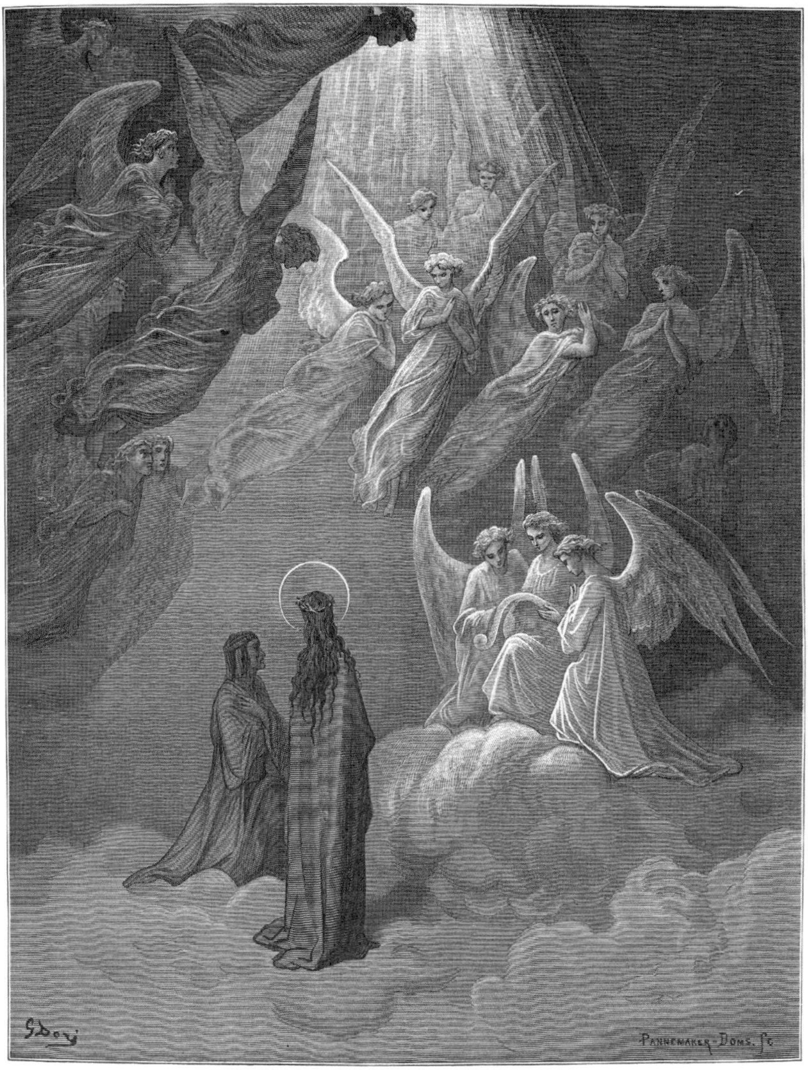
PANNEMAKER-DOMS. Sc

Canto XX

AINDA NO SEXTO CÉU (JÚPITER) – TRAJANO E RIFEU – A SALVAÇÃO DOS PAGÃOS E A PREDESTINAÇÃO

Quando aquele que todo o mundo ilumina
Se distancia de nosso hemisfério
E por todos os lados se consome a luz do dia,

O Céu, antes iluminado unicamente por sua luz,
De repente volta a brilhar com inúmeras luzes,
Que, filhas daquela primeira, resplandecem.

E veio à minha mente este ato do Céu,
Assim que o estandarte dos líderes do mundo
Silenciou o seu discurso abençoado;

10 Porque, em verdade, todos aqueles luminares vivos,
Ainda mais brilhantes, entoavam canções
Destinadas a desaparecer da minha memória.

Ó gentil Amor, que com um sorriso te velas!
Quão ardente tu apareceste naquelas chamas,
Que somente inspiravam pensamentos santos!

Depois que as pedras preciosas e cintilantes
Com as quais contemplei o sexto Céu cravejado
Cessaram as doces e angelicais badaladas,

Pareceu-me ouvir o murmúrio de um rio
20 Que descia claro por um vale, de pedra em pedra,
Mostrando a abundância de água em sua fonte.

E assim como o som toma sua forma
No braço da cítara, e assim como sopra o ar
Pelas cavidades de uma gaita de fole,

Assim, pondo fim a toda uma espera,
Aquele murmúrio da água subiu-lhe ao pescoço,
Como se este tivesse sido perfurado.

Ali se transformou em voz, e saiu pelo bico
Em forma de palavras distintas; e eu,
30 Que já as esperava em meu coração, escrevi.

E começou a dizer: "A parte em mim
Que nas águias mortais vê e carrega o Sol,
Deve agora ser atentamente observada;

Pois, entre todas as luzes que compõem
Minha figura, estas que brilham em meus olhos
São das ordens mais dignas.

Aquele que brilha no meio da minha pupila
Era outrora o cantor do Espírito Santo,
Que carregava a Arca de cidade em cidade;

40 Agora ele sabe o mérito de sua canção,
Pois é o efeito de sua própria vontade,
Graças à bem-aventurança que foi merecida.

Entre os cinco que formam a minha pálpebra,
Aquele que mais se aproxima do meu bico
Consolou a pobre viúva, e vingou seu filho;[1]

Agora ele sabe o quanto custa caro
Não seguir a Cristo, pois teve a experiência
Desta eterna e doce vida, e de seu oposto.

E o bem-aventurado que o sucede,
50 No arco superior desta circunferência,
Adiou a sua morte com sincera penitência;

Agora ele sabe que a Justiça eterna é imutável,
Mesmo que uma digna oração na Terra
Possa procrastinar os decretos do Céu.

Comigo e com as leis, o próximo que segue,
Com uma boa intenção que deu maus frutos,
Ao ceder ao pastor, tornou-se grego;

Agora ele sabe que o mal resultante
De sua boa ação não o prejudicou,
⁶⁰ Embora o mundo tenha sido destruído.

E aquele que você vê no arco descendente
Foi o rei Guilherme; e a terra que o lamenta,
Chora com Carlos e Frederico, ainda vivos;

Agora ele sabe como o Céu aprecia
Um rei justo; e isso ainda se revela
na aparência externa de seu esplendor.

Quem poderia acreditar, no mundo errante,
Que o troiano Rifeu, nesta roda abençoada
Poderia ser o quinto entre as luzes sagradas?

⁷⁰ Agora ele sabe muito sobre a Graça divina
Que ele, em vida, não conseguiu enxergar,
Ainda que sua visão não a compreenda totalmente."

E assim como a cotovia que voa cantando,
E depois se cala, cheia de contentamento
Com a doçura do canto que lhe dá satisfação,

Assim eu parecia ver aquela imagem
Da impressão do Prazer Eterno,
Cuja vontade faz tudo se tornar o que é.

E mesmo que minha dúvida fosse transparente
⁸⁰ Como é o vidro para a cor que o reveste,
Eu não suportaria esperar em silêncio,

O que fez sair da minha boca: "O que é tudo isso?",
Como se estivesse cedendo a um grande peso;
E eu vi grande alegria brilhar naquelas luzes.

Logo a seguir, com os olhos ainda mais brilhantes,
o estandarte abençoado me respondeu
para não me manter suspenso em meu espanto:

"Vejo que tu acreditas nessas coisas
Porque eu as digo, mas não compreendes a razão;
90   E, por mais que creias, elas permanecem obscuras.

Tu fazes como alguém que conhece uma coisa
Pelo nome que a indica, mas não a sua substância,
A menos que alguém possa explicar.

O regnum coelorum suporta a violência
Do amor fervoroso e daquela esperança viva
Que assim conquistam a Vontade Divina;

Não na forma como um homem vence o outro,
Mas a conquista porque quer ser conquistada,
E, uma vez conquistada, ele vence com sua benignidade.

100 A primeira e a quinta almas que formam a orla
Causam-te espanto, porque as viste brilhar
E adornar o Céu nesta Região dos anjos.

Eles não saíram de seus corpos, como tu acreditas,
Como gentios, e sim como cristãos de fé inabalável
N'Aquele que havia de sofrer, e n'Aquele que sofreu.[2]

De fato, o primeiro ressuscitou do Inferno,
De onde nunca se retorna à bem-aventurança;
e esta foi a recompensa de uma esperança viva.

Uma esperança viva que colocou sua eficácia
110 Em orações feitas a Deus para ressuscitá-lo,
Para que fosse possível mover Sua vontade.

Esta alma gloriosa, sobre a qual falo,
Voltou à carne, e em sua breve permanência,
Creu n'Aquele que tinha o poder de salvá-la;

E, acreditando, foi inflamado em tal ardor
De Amor genuíno, que em sua segunda morte,[3]
Foi digno de alcançar esta alegria.

O outro, em virtude da Graça, que jorra
De uma fonte tão profunda, que jamais
120 O olho de qualquer criatura penetrou,

Colocou todo o seu amor na Justiça:
Portanto, multiplicando a Graça,
Deus abriu seus olhos para a futura Redenção.

Por isso ele creu; e, a partir daquele momento,
Não suportou mais o fedor do paganismo,
E passou a reprovar seus perversos seguidores.

Aquelas três Donzelas,[4] que tu viste
À roda direita da carruagem, deram-lhe o batismo,
Mais de mil anos antes que fosse instituído.

130 Ó predestinação, quão distante está a tua origem
Daqueles olhares, que certamente não podem ver
A Causa Primeira em sua totalidade!

E vós, ó mortais, sede prudentes no julgamento;
Pois mesmo nós, que vemos a Deus,
Ainda não conhecemos todos os Seus eleitos.

E tal falta de conhecimento é doce para nós,
Pois nossa alegria se refina cada vez mais
E queremos apenas o que é querido por Deus."

E foi assim que aquela forma divina,
140 Para iluminar minha visão imperfeita,
Ofereceu-me um agradável remédio.

E assim como um bom alaúde acompanha
O bom cantor, com as vibrações de seus acordes,
O que traz a ele um maior prazer em cantar,

Enquanto a águia falava, eu me lembro bem
De ter contemplado essas duas luzes abençoadas:
Assim como dois olhos piscam em harmonia,

Moviam suas chamas, de acordo com aquelas palavras.

Notas

1 O imperador Trajano (ver nota em *Purgatório* X. 76).

2 Rifeu tinha fé no futuro martírio de Cristo, e Trajano no que já havia acontecido.

3 Aqui, a "segunda morte" indica o momento em que Trajano, depois de ser ressuscitado, morreu pela segunda vez (não tem o sentido de condenação ou aniquilação total, como em *Inferno* I. 110-111: "os antigos espíritos lamentam, todos desejando alcançar uma segunda morte".

4 As três virtudes teológicas: fé, esperança e caridade, que Dante viu na roda direita da carruagem triunfal durante a procissão mística (*Purgatório* XXIX. 121-129; *Purgatório* XXXI. 130). Significa que a fé, a esperança e a caridade foram infundidas em Rifeu diretamente por Deus, sem o ato litúrgico do batismo.

Canto XXI

ASCENSÃO AO SÉTIMO CÉU (SATURNO) – A ESCADA DOURADA – SÃO PEDRO DAMIÃO

Meus olhos estavam fixos novamente
No rosto de minha Amada; e com eles minha alma,
Que em seu olhar encontrava todo o contentamento.

E ela não estava sorrindo; mas começou a dizer:
"Se eu sorrisse, você se tornaria como Sêmele,
Quando ela foi transformada em cinzas.

Pois minha beleza, como você percebeu,
Aumenta à medida que subimos
Pelas escadas do Palácio Eterno;

10 E se não fosse temperada, brilharia a tal ponto
Que sua visão mortal seria fulminada,
Assim como um galho que é atingido por um raio.

Fomos elevados ao Sétimo esplendor,
Sob o peito do Leão ardente, que irradia
Sobre a Terra a sua mesclada influência.

Deixe a sua mente seguir os seus olhos,
E deixe os olhos serem espelhos para o milagre
que surgirá para você, dentro deste espelho."

Quem compreendesse a natureza do alimento
20 Que fartava a minha visão naquele santo rosto,
Desde que passei a ver as coisas de outra forma,

Reconheceria o quanto eu era grato em
obedecer à minha Guia celestial; pois a obediência
era compensada pela alegria de contemplá-la

Dentro do cristal que gira ao redor da Terra,
E leva o nome daquele querido rei
Cujo governo desfez todos os males do mundo,

Eu vi uma escada, subindo tão alto
Que não podia ser seguida pela minha visão;
30 Sua cor era como o ouro, atingido pela luz do sol.

Também vi tantas chamas descerem
Por aqueles degraus, que eu pensei ver
Todas as luzes do Céu reunidas naquele lugar.

E assim como as gralhas, ao raiar do dia,
Levantam-se juntas para aquecer suas penas
Geladas pela noite, de acordo com a sua natureza,

Então algumas voam, e nunca mais voltam,
E outras voltam ao ponto de onde partiram,
E outras ainda, voando em círculos, ficam em casa;

40 Assim se moviam aqueles esplendores,
Quando chegaram a um degrau da escada
Onde se aglomeraram como uma única luz,

E o que mais próximo de nós permaneceu
Tornou-se tão brilhante que pensei comigo mesmo:
'Vejo claramente o Amor que me mostras,

Mas ela, de quem espero o 'como' e o 'quando'
Da minha fala e do meu silêncio, nada faz;
Então, contra minha vontade, faço bem em não perguntar."

Então ela, que via as razões do meu silêncio
50 Com a mente d'Aquele que tudo vê, disse-me:
"Liberte-se do seu fervoroso desejo!"

E comecei: "Nenhum mérito meu
Faz-me digno de uma resposta tua;
Mas, por causa dela, que me concede,

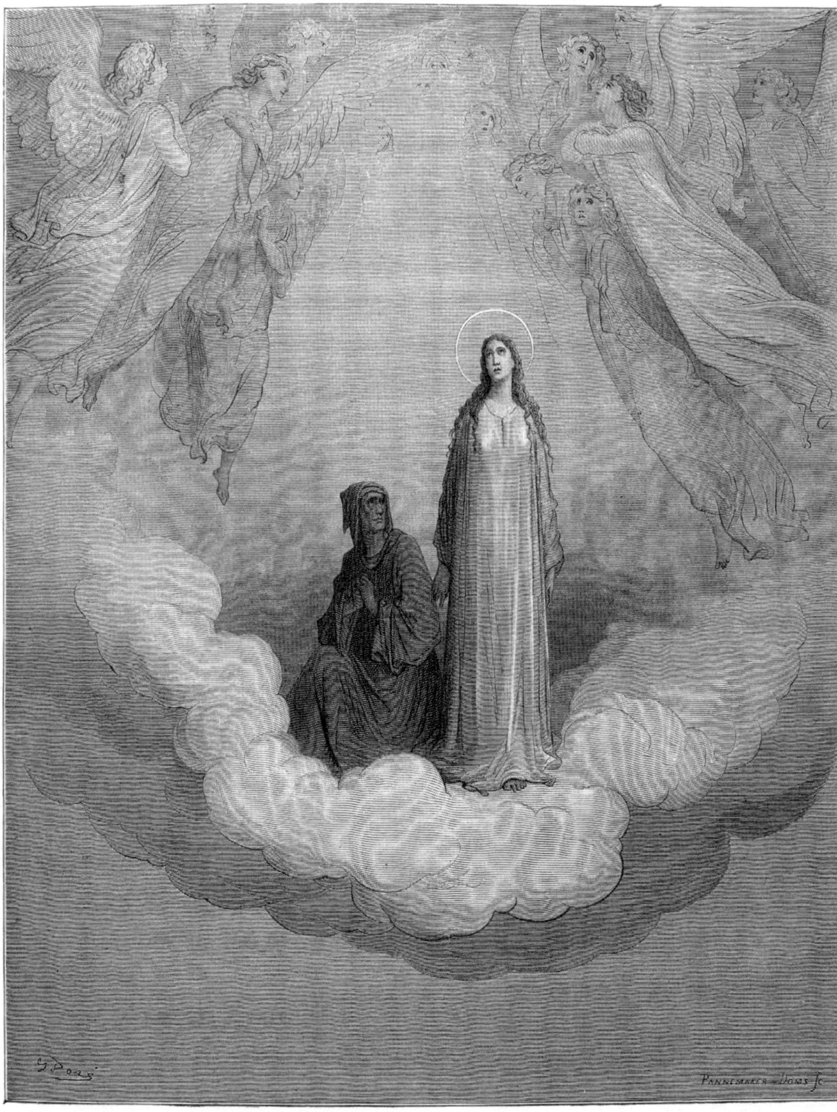
G. Doré
Pannemaker-Doms sc

Ó alma bendita, que permaneces
Escondida em tua própria alegria,
Faze-me saber por que me procuraste;

E diga-me por que neste Céu sublime
Não se ouve a doce sinfonia do Paraíso,
60 Que soa tão devotamente nos Céus abaixo."

E respondeu: "Tu tens a tua audição mortal,
Assim como a tua visão; por isso não cantamos,
Pela mesma razão que Beatriz não sorri.

Desci os degraus da escada sagrada
Para recebê-lo com boas-vindas,
Com minhas palavras e a luz que me envolve.

Não me aproximo por uma afeição particular;
O Amor das almas acima é equivalente
Ou superior ao meu, como vês em seu esplendor.

70 Mas a alta caridade, que nos torna dispostos
a obedecer ao juízo de Deus, que governa o mundo,
atribui-nos tarefas, assim como observas."

Eu disse: "Vejo muito bem, ó luz sagrada,
Como o Amor é livre neste Céu, e suficiente
Para realizar a vontade da Providência eterna;

E isto, sim, parece-me difícil compreender;
Pois, entre teus consortes, tu somente
Foste predestinada para este particular ofício."

Mal tinha pronunciado a minha última palavra,
80 Quando aquela luz começou a girar,
Sobre seu próprio eixo, como uma mó veloz,

Então o Amor que estava ali dentro respondeu:
"A Luz divina flui sobre mim como o Sol,
Através do esplendor em que estou envolvido;

E Sua virtude, combinada com minha própria visão,
Eleva-me a tal ponto que posso contemplar
A Essência Suprema, de onde ela provém.

Daí procede a alegria com que eu ardo;
E quanto mais minha visão se torna clara,
90 Mais ao esplendor daquela Luz eu me igualo.

Mas nem aquela alma que é a mais pura no Céu,
Nem o serafim que tem os olhos mais fixos em Deus,
Poderiam satisfazer esta tua exigência;

Pois o que perguntas está guardado
Tão profundo no abismo do Estatuto eterno,
Que está longe do alcance de qualquer criatura.

E quando retornares ao mundo mortal,
Leva esta mensagem, para que ninguém ouse
Mover os pés em direção a essa fantasia.

100 A mente que brilha aqui, na Terra se esfuma.
Então se trata de poder fazer lá embaixo
O que não pode, mesmo que o Céu assuma."

Tal limite foi imposto por suas palavras;
Abandonei aquela questão, e me limitei
a perguntar humildemente quem era.

"Entre os dois mares da Itália erguem-se montanhas,[1]
Não muito distantes de tua terra natal;
Tão altas que os trovões soam muito mais abaixo.

Elas formam um cume, e Catria ele é chamado;
110 Abaixo do qual é consagrado um eremitério,[2]
Que costuma ser dedicado à adoração."

Assim começou seu terceiro discurso;
E então continuou: "Ali eu me entreguei
Ao serviço de Deus, com tanta dedicação,

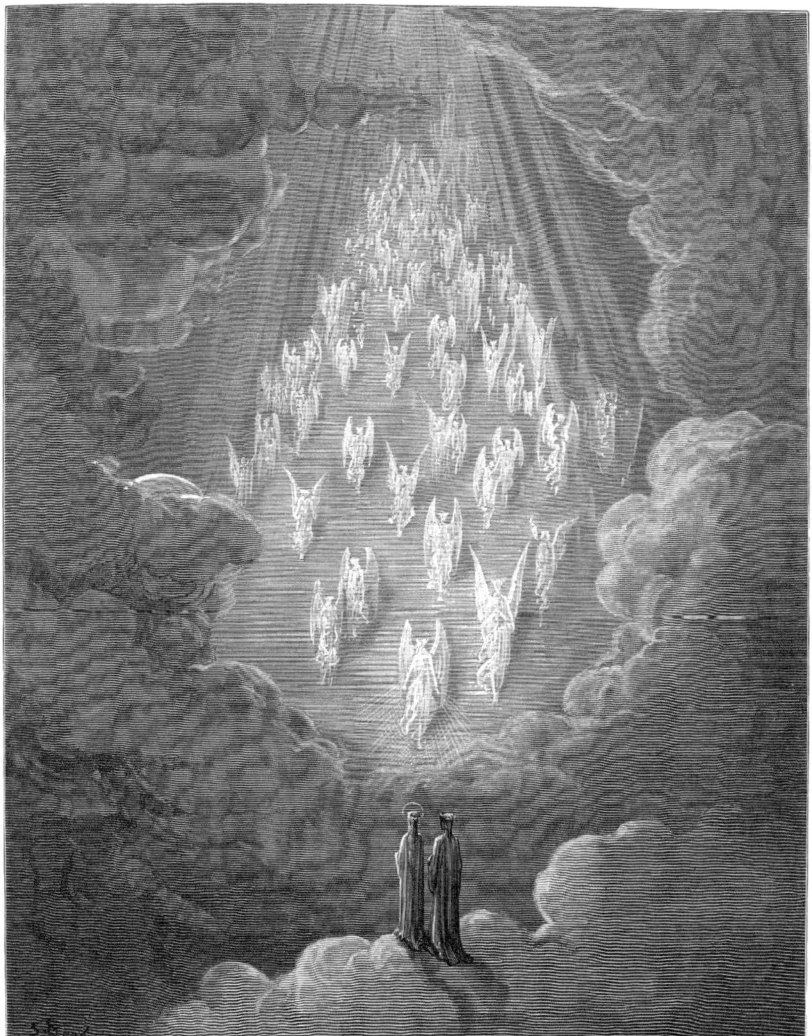

Que facilmente passava verões e geadas,
Alimentando-me apenas do sumo das azeitonas
E feliz em contemplar os mistérios divinos.

Outrora aquele convento costumava render
Abundante colheita de almas para estes Céus;
120 Agora está vazio, e em breve será revelado.

Naquele lugar, eu era Pedro Damião;
E Pedro, o Pecador, quando estava na casa
De Nossa Senhora, na costa do Adriático.

Pouco da vida mortal eu havia vivido,
Quando fui chamado e atraído pelo capelo
Que passa de um indigno, para outro cada vez pior.

Ora, tanto Cefas quanto o poderoso Vaso Escolhido
Do Espírito Santo, magros e descalços,
Foram pregar, pedindo comida a quem lhes dava.

130 Hoje, os pastores modernos precisam de servos
Que os apoiem em ambos os lados, e por trás,
E que os carreguem, de tão pesados que são.

Eles cobrem seus palafréns[3] com seus próprios mantos,
De modo que dois animais vão debaixo de uma só pele.
Ó Suprema Paciência, que a tudo isso toleras!"

A essas palavras, vi muitas luzes flamejantes
Que desciam pelos degraus da escada e giravam,
E a cada revolução se tornavam mais belas.

Elas se agruparam em torno daquela luz;
140 E então todas proferiram um clamor tão alto,
Que aqui não poderia encontrar paralelo.

Não compreendi, atordoado por aquele estrondo.

Notas

1 O Mar Tirreno e o Mar Adriático; e a cadeia dos Apeninos Toscano-Emilianos.

2 A Fonte Avellana.

3 Na Idade Média, o palafrém era o cavalo puro-sangue montado pelos soberanos e nobres, quando faziam a sua entrada triunfal nas cidades. O termo era comum entre os países de línguas românicas (do latim tardio *paraveredu*, "cavalo de monta"; em provençal *palafrè*, em castelhano *palafrén*, em italiano *palafreno*, e em português antigo *palafrém*).

Canto XXII

SÉTIMO CÉU (SATURNO) – SÃO BENTO E OS ESPÍRITOS CONTEMPLATIVOS – ASCENSÃO AO OITAVO CÉU (ESTRELAS FIXAS)

Dominado pelo espanto, busquei minha Guia
Como uma criancinha corre em desespero
Para refugiar-se naquela em quem mais confia.

E ela, como uma mãe que vem em socorro
E conforta o menino pálido e sem fôlego
Com a voz que costuma tranquilizá-lo,

Disse: "Você não sabe que está no céu,
E não sabe como tudo aqui é santo,
E quão justo é o zelo que move cada ação?

10   Imagine como o canto o teria abalado,
E como o meu sorriso o teria destruído,
Uma vez que esse clamor tanto o assustou.

E se tivesse compreendido a oração nele contida,
Você conheceria a vingança divina
Que ainda testemunhará, antes de morrer.

A espada da Justiça não fere nem cedo,
Nem tarde demais, exceto na opinião daqueles
Que, temendo ou desejando, esperam por ela.

Mas agora recupere-se, e retome sua atenção;
20   Pois você verá muitos espíritos ilustres
Se voltar para eles seu olhar, como eu digo."

Como parecia bom aos meus olhos, eu me voltei
E vi uma centena de pequenas esferas,
Embelezando umas às outras com raios luminosos.

Permaneci como alguém que reprime dentro de si
A nitidez do seu desejo; e, com medo de ser importuno,
Não ousa fazer nenhuma pergunta.

E a maior e mais brilhante daquelas gemas
Deu um passo à frente das demais,
30   Para satisfazer meu desejo de conhecê-la.

De dentro dela então eu ouvi: "Se tu pudesses ver
a caridade que arde entre nós, como eu vejo,
expressarias teus pensamentos livremente.

Mas para que não fiques esperando
E não chegues atrasado ao alto fim de tua jornada,
Responderei ao pensamento que não manifestas.

A montanha ao lado da cidade de Cassino
Foi povoada antigamente, em seu cume,
Por aquele povo iludido e mal-intencionado;

40   E eu fui o primeiro a levar até eles
O nome d'Aquele que trouxe à Terra
A verdade que tanto nos sublima.

E tão abundante graça brilhou sobre mim,
Que libertei todas as aldeias vizinhas
Da ímpia religião pagã que seduzia o mundo.

Esses outros espíritos, cada um deles, foram homens
Dedicados à contemplação; e todos eram acesos pelo ardor
Que faz nascer as flores e os frutos sagrados.[1]

Aqui está Macário, aqui está Romualdo,
50   E aqui estão os meus irmãos de claustro,
Que mantiveram firmes os seus corações.

E eu a ele: "A afeição que tu demonstras
Ao falar comigo, e o bom semblante que vejo,
E todo o esplendor que eu observo em ti,

Dilatam em mim minha confiança,
Assim como o Sol faz com a rosa,
E ela se desdobra em toda sua natureza.

Por isso eu imploro, meu Pai,
Se eu puder receber tanta graça,
Que me mostres a tua imagem desvelada."

Ele então respondeu: "Irmão, teu elevado desejo
Será satisfeito na Esfera mais remota,
Onde todos os desejos, inclusive o meu, são realizados.

Ali todos os desejos são perfeitos,
E tudo é bem desenvolvido e completo;
Naquele Céu cada parte está onde sempre esteve;

Pois não se estende no espaço, e não tem polos;
E nossa escada para lá se eleva,
E por isso, para longe de tua vista, ela se afasta.

O patriarca Jacó viu toda sua extensão,
Até o supremo final, quando ela lhe apareceu
Em um sonho povoado de anjos.

Mas agora ninguém move seus pés para subi-la;
E a minha Regra permanece hoje na Terra
Apenas como mero desperdício de papel.

As paredes que antigamente eram uma abadia
Transformaram-se em covis de ladrões,
E os capuzes são sacos cheios de farinha estragada.

Mas a usura mais pesada não ofende
tanto o prazer de Deus, quanto aquele fruto
que enlouquece os corações dos monges;

Pois tudo o que a Igreja guarda em seu tesouro
É para o povo que o pede, em nome de Deus;
Não para os parentes, ou para algo ainda mais vil.

A carne dos mortais cede tão facilmente:
Na Terra, os bons princípios não duram
Do nascimento do carvalho até surgirem as bolotas.

Pedro começou sem ouro nem prata;
Eu comecei com oração e abstinência,
90   E Francisco com humildade o seu convento.

E se olhares para o princípio de cada um,
E depois observares para onde caminharam,
Você verá o claro transformado em escuro.

No entanto, o Jordão foi invertido para trás,
E o mar se abriu, quando Deus quis;
E maravilhas maiores fará, em relação a essas coisas."

Assim me disse ele, e se reuniu aos outros espíritos.
Eles se abraçaram, e depois se levantaram
Como um redemoinho, e foram arrebatados.

100 Minha gentil Guia me impeliu a segui-los,
Subindo aquela escada, com um único sinal;
E sua virtude superou minha natureza.

E aqui na Terra, onde se sobe e desce pela lei natural,
Nunca houve um movimento tão rápido
Que se compare à minha ascensão.

Ó leitor, que eu possa mais uma vez retornar
Àquelas fileiras triunfantes; um destino pelo qual
Muitas vezes choro, e bato no peito pelos meus pecados.

E mais rápido do que aquele momento
110 Em que o dedo é enfiado e logo retirado da chama,
Eu já me encontrava na constelação que segue Touro.

Ó estrelas gloriosas! Ó constelação de grande virtude,
Da qual eu reconheço ter recebido
A força do meu Gênio, seja ele qual for.

Contigo se levantou, e contigo se escondeu
Aquele que é o pai de toda a vida mortal,
Quando, pela primeira vez, eu respirei o ar da Toscana.[2]

E então, quando me foi concedida a graça
De entrar na alta Esfera[3] que te faz girar,
120   Sua região celestial caiu em minha sorte.

A ti, minha alma agora se volta com suspiros,
Para adquirir a virtude de que preciso
E enfrentar a árdua passagem que me espera.[4]

Beatriz começou: "Você está perto da Salvação final,
Portanto, deve ter seus olhos claros
E desprovidos de qualquer véu mortal.

Assim, antes de penetrar mais profundamente,
Olhe para baixo; e contemple o vasto caminho
Que já foi percorrido pelos seus pés.

130   Isso é para que o seu coração se apresente alegre,
Na medida do possível, diante da multidão triunfante
Que se alegra neste Céu, redondo e diáfano."

Com meus olhos vislumbrei todas as sete Esferas;
E contemplei este nosso globo tão pequeno,
Que eu sorri pela sua aparência desprezível.

Aprovo a opinião de quem o considera pequeno;
Pois aquele que eleva seus pensamentos para o Céu,
Este sim, pode ser chamado de justo.

E eu vi a filha de Latona, toda brilhante
140   E sem aquelas sombras que eu, falsamente,
Atribuía à maior ou menor densidade.

Eu finalmente pude sustentar a visão
De seu filho Hipérion; e vi como Maia
E Dione se movem em círculos, ao seu lado.

Eu vi o aspecto temperado de Júpiter,
Entre seu pai e seu filho; e ficou clara para mim
A variação de seus paradeiros no Céu.

E todos os sete Planetas mostraram-se a mim,
Em seu tamanho e velocidade reais,
E em sua respectiva posição celeste.

O canteiro de flores que nos germina tão ferozes,
Enquanto eu girava com os eternos Gêmeos,
Mostrou-se inteiro, com suas colinas e fozes;

Então, meus olhos retornaram para aqueles lindos olhos.

Notas

1 *As flores e os frutos sagrados:* os pensamentos celestiais e as boas obras.

2 A referência mais provável para o nascimento de Dante é a data de 25 de maio de 1265, sob o signo de Gêmeos.

3 O Céu das Estrelas Fixas.

4 A descrição da última parte do *Paraíso*.

Canto XXIII

OITAVO CÉU (ESTRELAS FIXAS): O TRIUNFO DE CRISTO E MARIA

Quando a Noite oculta todas as coisas,
O pássaro, entre suas folhas amadas
Descansa, bem perto de sua doce ninhada;

Para que possa contemplar seus anseios,
E, mesmo na escuridão, encontrar o seu alimento;
O que, para ele, são gratos e sérios trabalhos.

O tempo passa em um galho suspenso,
Com ardente saudade, a esperar pelo Sol;
E ele olha para o Céu, até que rompe a aurora.

10 Assim permanecia a minha Amada,
Atenta e vigilante, voltada à parte do Céu
Sob a qual o Sol parece se mover mais lentamente;

De modo que, vendo-a tão cheia de expectativas,
Eu me tornei como aquele que por algo anseia,
Mas contenta-se apenas em esperar.

Mas pouco tempo se passou entre um e outro,
Quero dizer: entre a minha espera,
E ver que o Céu resplandecia cada vez mais.

Então Beatriz exclamou: "Eis as hostes
20 Da marcha triunfal de Cristo, e todos os frutos
Colhidos pelo girar dessas Esferas celestes!"

Pareceu-me que seu rosto ardia em chamas;
E seus olhos estavam tão cheios de êxtase,
Que eu serei forçado a passar sem descrevê-los.

Como nas noites serenas de lua cheia,
Quando a Trívia sorri entre as ninfas eternas
Que pintam todos os abismos do firmamento,

Eu vi, acima de miríades de luzes,
Um Sol que as fazia brilhar ainda mais,
30 Assim como o nosso Sol faz às visões celestiais.

E cintilou, através dessa luz vívida,
A luminosa Substância, tão clara e tão intensa,
Que a minha visão não sustentou o seu olhar.

Oh, Beatriz, minha doce e querida guia!
Ela disse para mim: "O que o supera
É uma virtude superior a qualquer outra.

Aqui há a sabedoria e a onipotência
Que abriram o caminho entre o Céu e a Terra,
Pelo qual outrora havia tanto anseio."

40 Assim como o relâmpago irrompe da nuvem
Por ter se expandido, a ponto de ficar sem espaço
E cai sobre a Terra, contra a sua natureza,

Assim estava minha mente, entre esses alimentos:
Tendo se tornado maior, ela saiu de si mesma,
E agora é incapaz de recordar aquele momento.

"Abra os seus olhos, e me veja como eu sou;
Você viu coisas tão grandes, que elas o tornaram forte
O suficiente para suportar a visão do meu sorriso."

Eu me tornei como alguém que se confunde
50 Depois de uma visão esquecida,
E tenta em vão trazê-la de volta à memória,

Ao ouvir este convite, de amor tão grato
Que nunca haverá de desvanecer
Do grande livro que narra o passado.[1]

Se neste momento soassem em meu auxílio
Todas as línguas com que Polímnia e suas irmãs[2]
Enriqueceram seu delicioso leite,

Eu não alcançaria um milésimo da verdade
Ao descrever aquele sorriso sagrado,
60 E o quanto ele iluminava o seu santo rosto.

Ao representar neste poema o sagrado Paraíso,
É inevitável saltar algumas coisas, assim como
O homem que vê seu caminho interrompido.

E quem ponderasse sobre a seriedade do tema,
Assim como os ombros mortais que o sustentam,
Não me culparia; mas tremeria, diante de tamanho peso.

Este trecho que a minha ousada proa navega
Não é passagem para um barco pequenino
Nem para um piloto que poupe as suas forças.

70 "Por que meu rosto o apaixona tanto,
A ponto de você não olhar para o belo jardim
Que aqui floresce, iluminado por Cristo?

Ali está a Rosa,[3] na qual se encarnou o Verbo Divino;
E ali estão os Lírios,[4] que espalharam o seu perfume
Para que o homem encontrasse o bom caminho."

Assim disse Beatriz; e eu, que estava pronto
A seguir seus conselhos, enfrentei novamente
A difícil batalha contra os meus frágeis olhos.

Assim como um prado, repleto de flores
80 E encoberto pela sombra das nuvens
De repente se ilumina com um raio de Sol,

Assim eu vi hostes e mais hostes de luzes
Iluminadas de cima pelos raios ardentes,
Sem que eu pudesse ver a fonte daquele esplendor.

Ó Poder benevolente, que assim os imprimiste!
Tu te elevaste tão alto, somente para permitir
Que meus olhos vissem o que jamais poderiam ver.

O nome da bela Flor que eu sempre invoco,
Noite e dia, impeliu totalmente a minha alma
90 A contemplar a luz mais intensa de todas.

E quando apareceu diante dos meus olhos
A glória e a grandeza daquela Estrela viva
Que sobrepuja as outras, assim como fez na Terra,

Uma pequena chama circular veio do alto,[5]
Atravessando os Céus como uma coroa,
E a circundou, e começou a rodeá-la.

Mesmo a melodia mais doce e suave da Terra,
Aquela que mais atraia para si a alma humana,
Pareceria uma nuvem rasgada por um trovão,

100 Se comparada ao som daquela lira
Com a qual foi coroada a maravilhosa safira,
A joia que realça o mais brilhante dos Céus.[6]

"Sou o Amor Angelical, e girando eu saúdo
A sublime alegria que exala do bendito ventre
Que acolheu o nosso alto Desejo;

E eu continuarei a girar, ó Senhora do Céu,
Enquanto segues teu Filho à suprema Esfera,
Pois é ali que tu mais resplandeces."

O doce Anjo Girador terminou sua melodia;
110 Então todas as luzes bem-aventuradas
Fizeram ressoar o nome de Maria.

O manto real que recobre todas as substâncias,
Aquele que mais arde de Amor, e que mais se anima
Pelo sopro do Espírito e pelas leis divinas,[7]

Estendeu acima de nós o seu ventre,
Tão distante de nós, e tão imenso,
Que sua aparição parecia não ter fim.

Portanto, meus olhos também não tiveram
O poder para seguir a chama coroada
120 Que se erguia, ao lado de sua Semente.

E assim como uma criança estende os braços
Para a mãe depois de ser amamentada,
Externando a ela todo o seu amor e afeição,

Cada um desses lumes de brancura
Dirigiu-se para o alto, revelando a mim
O profundo afeto que sentiam por Maria.

Então eles ficaram ali, à minha vista,
Cantando *Regina Coeli*, com tanta doçura
que aquele prazer nunca mais me abandonou.

130 Oh, quão grande é a riqueza contida
Naquelas riquíssimas arcas, que na Terra
Foram bons lavradores, semeando o Bem!

Ali eles desfrutam e vivem daquele tesouro
Que foi adquirido enquanto choravam
No exílio da Babilônia, onde deixaram o ouro.

Ali, sob o alto Filho de Deus e Maria,
Com as almas da Antiga e da Nova Aliança[8]
Vive aquele que triunfa em sua própria vitória,

A quem foram atribuídas as chaves da Glória.[9]

Notas

1 *O livro que narra o passado:* a memória.

2 *Polímnia e suas irmãs:* as Musas, filhas de Mnemósine (a Memória) e Zeus (Júpiter). Veja também *Inferno* II. 9 e *Purgatório* I. 9. Polímnia é a musa da poesia sagrada e tinha um ar pensativo. Também era considerada a musa da música, narrativa, geometria, meditação e agricultura.

3 *A Rosa:* Maria.

4 *Os Lírios:* os doze Apóstolos.

5 O Arcanjo Gabriel.

6 O Empíreo.

7 Os versos se referem ao Primeiro Motor. "Dos orbes o primeiro, régio manto, / Que sente mais fervor, que mais se anima, / do Supremo Senhor ao sopro, tanto." (Xavier Pinheiro, 1955).

8 O Velho e o Novo Testamento.

9 São Pedro.

Canto XXIV

AINDA NO OITAVO CÉU (ESTRELAS FIXAS) – BEATRIZ SE DIRIGE AOS APÓSTOLOS – SÃO PEDRO – O EXAME SOBRE A FÉ

"Ó companhia eleita para a grande ceia
Do Cordeiro bendito, que tanto vos alimenta,
E sempre por completo vos satisfaz;

Se pela graça de Deus, este homem,
Antes que a morte tenha findo os seus dias,
Antecipa as sobras que caem de vossa mesa,

Considerai o seu imenso desejo; e como o orvalho,
Saciai esta sede; bebendo estais, para sempre,
Da Fonte de todos os vossos pensamentos."

10 Assim disse Beatriz; e aquelas almas felizes
Organizaram-se em várias cirandas,
E rodopiaram, flamejantes como cometas.

E assim como as rodas dentadas dos relógios,
Giravam de tal maneira que o primeiro
Parecia imóvel, enquanto o último parecia voar.

As várias cirandas, em diversas velocidades,
Também me permitiam avaliar a medida
De sua maior ou menor preciosidade.

E do círculo que percebi como o mais precioso,
20 Eu vi emergir uma chama tão alegre
Que nenhuma das outras tinha maior brilho;

Três vezes ela girou em torno de Beatriz,
Cantando uma melodia tão celestial
Que a minha fantasia não permite descrevê-la.

Novamente a minha pena salta, e não escrevo.
Pois, para tais nuances, a cor da nossa fantasia
É muito berrante, assim como nossas palavras.

"Ó minha santa irmã, que a nós implora
Com tanta devoção! Por teu ardente Amor,
30 Fui destacado daquela bela coroa."

Assim, tendo parado, o fogo abençoado
Dirigira seu sopro à minha Amada,
Exalando sobre ela essas belas palavras.

E ela respondeu: "Ó luz eterna do grande varão[1]
A quem Nosso Senhor entregou, na Terra,
As chaves desta milagrosa bem-aventurança;

Examina este homem, como bem convier a ti,
Em pontos leves e graves sobre o tema da fé,
Por meio da qual tu andaste sobre o mar.

40 Se ele bem ama, e bem espera, e crê,[2]
Isso não é oculto de ti; pois diriges a tua visão
Para o Altíssimo, no qual tudo está representado.

Mas como este Reino admite seus cidadãos
Por meio da verdadeira fé, é justo que a ele
Seja dada uma oportunidade para glorificá-la."

Assim como o bacharel se prepara, e não fala
Até que o mestre tenha proposto a questão,
Para discuti-la, e não para respondê-la,

Assim eu me armei de todas as razões
50 Enquanto ela falava, para estar pronto
Para tal examinador, e tal profissão de fé.

"Diga-me, bom cristão, dá-te a conhecer:
O que é a fé?" E então eu levantei a cabeça
Em direção à luz, de onde essas palavras vieram.

Eu me virei para Beatriz, e logo
Ela fez sinais para que eu derramasse
A água da minha fonte interna.

Eu comecei: "Que a Graça, que me permite
Confessar diante do grande centurião,
Torne as minhas concepções todas explícitas!"

E continuei: "Padre, como escreveu sobre isso
A pena fiel de teu querido irmão
que contigo colocou Roma no bom caminho,

*'A fé é o firme fundamento das coisas que se esperam,
E a prova das coisas que não se veem';*[3]
E parece-me que esta é a sua essência."

Então eu ouvi: "Disseste muito bem; portanto,
Também deves saber: por que ele a definiu
Primeiro como substância, e depois como evidência?"

E eu respondi: "Os mistérios divinos,
Que aqui me oferecem o seu aspecto,
São tão ocultos a todos os olhos mortais,

Que somente é possível crer em sua existência,
Sobre a qual se funda a alta esperança;
E, portanto, toma a natureza de substância.

E cabe a nós, a partir desta crença,
Raciocinar e deduzir, sem possuir outra visão;
E, portanto, toma a natureza da evidência."

Então eu ouvi: "Se tudo o que se ensina na Terra,
Pela doutrina, fosse assim compreendido,
Não haveria lugar para sofismas e sutilezas."

Assim soprou aquela chama ardente de Amor;
Em seguida, acrescentou: "Por tuas mãos
Já passaram a liga e o peso desta moeda.

Mas diga-me: tu a carregas em sua bolsa?"
E eu: "Sim, tão brilhante e tão redonda
Que não tenho dúvidas sobre o seu valor."

Em seguida, emergiram estas palavras
Daquela luz profunda: "E esta joia preciosa,
90 Sobre a qual se funda toda virtude,

De onde a tiraste?" E eu respondi: "A chuva
do Espírito Santo, que abundante se espalha
Sobre os Antigos e os Novos pergaminhos,[4]

É o silogismo que me deu esta prova;
Com tal eficácia que, em comparação a esta,
Qualquer demonstração me parecerá fraca."

E ele: "Por que tomas por Palavra Divina
Os Antigos e os Novos postulados,
De modo que sejam tão definitivos?"

100 E eu: "As provas que a verdade me demonstra
São os milagres ali narrados; os quais a Natureza
Nunca extrairá de sua forja, nem baterá na bigorna."

E me respondeu: "Diga-me, quem garante a ti
Que tais prodígios existiram? Pois a fé, que está sendo
Colocada à prova, é a única coisa que os confirma."

"Se o mundo se convertesse ao cristianismo
Sem milagres, este seria um prodígio tão grandioso
Que os outros não valeriam sua centésima parte;

Pois tu, pobre e faminto, foste à seara
110 E espalhaste a boa semente; mas onde
Nasceu a videira, hoje só brotam espinhos."

Terminei estas palavras, e a alta e sagrada Corte
Ressoou pelas Esferas: "Ó Deus, te louvamos!",[5]
Com a própria melodia cantada no Paraíso.

E então aquele Barão, que na sua sabatina
Já havia me examinado de galho em galho,
Até alcançar as minhas folhas mais extremas,

Recomeçou: "A Graça, que move e governa
A tua mente, concedeu e permitiu
120   Que a tua boca fosse aberta até este ponto;

De tal forma que eu aprovo o que tu disseste.
Agora deves declarar em quê depositas
A tua fé, e de onde a recebeste."

"Ó santo padre, espírito que agora pode ver
O que acreditou em vida; e com tanto ardor,
Que disputaste o sepulcro com pés mais jovens.[6]

Tu desejas que eu manifeste claramente,
Aqui e agora, a essência da minha fé,
E também exiges que eu declare a sua origem.

130   E eu respondo: creio em um só Deus,
Único e eterno, que move todos os Céus
Com amor e com desejo, Ele mesmo impassível;

E, de tal fé, não somente tenho provas
Físicas e metafísicas; mas também
A Palavra da verdade, que deste lugar chove;

Por meio de Moisés, dos Profetas e dos Salmos,
Do Evangelho e de vós, Apóstolos, que escrevestes
Depois que o fogo do Espírito vos santificou;

Creio em três Pessoas eternas,
140   E creio que esse Deus seja Um e Três,
Tanto que se nomeia 'Eu Sou' e 'É'.

A Palavra do Evangelho me convence,
Várias vezes, desta profunda essência divina,
Da qual estou falando agora.

Este é o princípio da minha fé; esta é a centelha
Que depois se expande em chama viva
E, como uma estrela no Céu, brilha em mim."

Como um senhor, que ouve algo que o agrada
E abraça o seu servo assim que ele se cala,
150   Agradecendo a ele pelas boas-novas,

Assim, cantando e cobrindo-me de bênçãos,
Três vezes me abraçou, assim que eu me calei,
A luz apostólica sob cujo comando eu falara;

Sim, ele se agradou das minhas palavras!

Notas

1. *Varão:* homem valoroso (no original em italiano: *viro*, proveniente do latim *vir*).

2. Beatriz refere que Dante possui as três virtudes teológicas: ele *bem ama* (caridade), *bem espera* (esperança) e *crê* (fé).

3. Dante cita diretamente o versículo da *Epístola aos Hebreus* XI. 1.

4. O Antigo e o Novo Testamento.

5. *Te Deum laudamus*, o hino de São Ambrósio, conhecido como *Te Deum*.

6. "Correu, pois, e foi a Simão Pedro e ao outro discípulo a quem Jesus amava [João] e disse-lhes: Levaram o Senhor do sepulcro, e não sabemos onde o puseram. Então, Pedro saiu com o outro discípulo e foram ao sepulcro. E os dois corriam juntos, mas o outro discípulo correu mais apressadamente do que Pedro e chegou primeiro ao sepulcro." (*João* XX. 2-4).

Canto XXV

AINDA NO OITAVO CÉU (ESTRELAS FIXAS) – SÃO TIAGO – O EXAME SOBRE A ESPERANÇA – SÃO JOÃO

Se acontecer que este poema sagrado,
No qual o Céu e a Terra cooperaram,
E que me consumiu fisicamente por muitos anos,

Vença um dia a crueldade que me exclui
Do belo aprisco, onde dormi como um cordeiro,
Inimigo dos lobos que contra ele fazem guerra,

Com voz muito diferente, e com outros cabelos,
Como poeta eu voltarei; e na pia do meu batismo
Eu receberei a minha coroa de louros.

10 Pois naquele lugar eu encontrei a fé
Que aproxima as almas de Deus;
E, com ela, Pedro abençoou minhas frontes.

Então, em direção a nós, moveu-se uma luz
Daquela coroa de onde saíra a primazia dos frutos,[1]
O vigário que Cristo deixou na Terra.

E então minha Amada, cheia de êxtase,
Disse para mim: "Olha, olha! Eis o Varão,
Por quem na Terra os peregrinos vão à Galicia!"[2]

Assim como, quando uma pomba pousa
20 Perto de seu companheiro, e ambos fazem festa,
Circulando e arrulhando, manifestando sua afeição,

Assim eu vi aquela santa alma ser saudada
Pelo Grão-Príncipe,[3] que lhe deu as boas-vindas,
Louvando o alimento que lá em cima os sustenta.

Quando suas felicitações foram completas,
Cada um deles parou em silêncio ao meu lado,
Tão incandescentes, que ofuscavam minha visão.

Então Beatriz disse, sorrindo: "Ó alma ilustre,
Que transpuseste em teus escritos
30   A generosidade desta nossa Basílica;

Faz ressoar a esperança nesta altitude;
Tu bem a conheces, pois a personificaste
Quando Jesus deu aos Três[4] sua predileção."

"Levanta a tua cabeça e tranquiliza-te,
Pois o que vem aqui do mundo mortal
Deve ser aperfeiçoado em nossa luz."

Este conforto veio até mim, do segundo fogo;
Por isso, elevei meus olhos para aqueles montes,[5]
Que os dobravam, diante de seu peso tão grande.

40   "Como nosso Imperador, por sua Graça
Permite que tu adentres, antes de tua morte,
Na câmara mais secreta, com seus nobres,

E uma vez revelada a verdade sobre esta corte,
A esperança – que traz paixão pelo verdadeiro Bem –
Possa confortar a ti mesmo, e a outros mais;

Diga-me o que ela é, e como ela floresce
em tua mente, e de onde ela veio a ti",
Assim me falou o segundo bem-aventurado.

E aquela bela compassiva,[6] que guiava
50   As penas de minhas asas em tão alto voo,
Antecipou-me em minha resposta:

"A Igreja militante não tem outro filho
Com maior esperança do que este; assim como
Está escrito, no Sol que irradia sobre nossa multidão.

Portanto, ele pôde sair do Egito
Para contemplar a Jerusalém celestial,
Antes que a morte ponha um fim à sua guerra.[7]

Deixo a ele as outras duas perguntas,
Não por falta de saber; mas para que ele mesmo
60 Relate o quanto esta virtude para ti é agradável.

Na verdade, não lhe serão difíceis,
Nem lhe darão ocasião de se vangloriar;
Que ele responda, e que a Graça divina o ajude!"

Como um discípulo que responde ao mestre
Pronto e disposto, naquilo em que é especialista,[8]
Para que sua proficiência seja exibida, eu disse:

"A esperança é a expectativa certa
Da glória futura, que é o efeito
Da graça divina e do mérito precedente.

70 Esta luz vem até mim de muitas estrelas;
Mas quem a incutiu primeiro em meu coração
Foi o Cantor supremo[9] do grande Soberano.

'Em Ti confiarão os que conhecem o Teu nome',[10]
Ele cantou, em seu alto louvor a Deus;
E quem não o conhecesse, possuiria a minha fé?

Junto com ele, também a infundes em mim
Em tua Epístola,[11] para que eu me torne pleno
E, sobre outros, possa vertê-la como a chuva."

Enquanto eu falava, no seio vivo daquela luz
80 Estremeceu um clarão súbito e intenso,
Intermitente como um relâmpago.

Então ele exalou: "O Amor com que sou inflamado
Pela esperança acompanhou-me até ao martírio,
E até ao final da minha vida terrena;

Dizes que eu a inspiro em ti, e nela te deleitas;
E seria grato a mim, se tu explicares:
O que a esperança promete a ti?"

E eu: "O Antigo e o Novo Testamento
Indicam a meta e o termo
90   De todas as almas que são amigas de Deus.

Isaías nos diz que todas serão vestidas
Com vestes duplas,[12] em sua própria terra;
Ora, a sua própria terra é esta deleitosa vida.[13]

E teu irmão de forma nítida se expressa:
Onde ele nos fala sobre as vestes brancas,[14]
Esta revelação claramente se manifesta."

Imediatamente após o fim dessas palavras,
Acima de nós, ouvimos o cântico *"Sperent in Te"*,[15]
Ao qual todas as coroas abençoadas se juntaram.

100   Então uma luz brilhou entre eles, de tal maneira que,
Se Câncer possuísse um desses brilhantes cristais,
Um dia de inverno duraria um mês inteiro.[16]

E como uma menina feliz que se levanta
E entra na dança, apenas para honrar a noiva,
E não por uma intenção soberba,

Assim vi aquele esplendor resplandecente[17]
Chegar-se aos outros dois, que giravam e cantavam,
Como convinha ao seu Amor ardente.

Ele entrou na dança e juntou-se à sua canção;
110   E minha Amada manteve o olhar fixo neles,
Como uma noiva silenciosa e imóvel.

"Este é o discípulo que colocou a cabeça
No peito do nosso Pelicano;[18] e o escolhido
Para o grande ofício da cruz."[19]

Assim disse minha Amada; e enquanto falava,
Não afastou deles seu olhar atento
E tampouco depois dessas palavras.

E como um homem que, de todas as maneiras,
Se esforça para contemplar um eclipse do Sol
120 E, depois de fitá-lo, tem a sua visão ofuscada,

Assim eu fiquei diante daquela última chama,
Enquanto ela dizia: "Por que te deslumbras
Tentando encontrar algo que não está aqui?[20]

Meu corpo corruptível está na Terra – e ali permanecerá,
Com todos os outros santos, até que a nossa contagem
Corresponda à proposição eterna.

Apenas duas luzes neste Claustro abençoado[21]
Estão revestidas com as suas duas vestes;
E sobre isto testemunharás em teu mundo."

130 E com esta declaração, o círculo flamejante
Formado por aquelas três luzes, parou a sua dança,
Assim como a doce mistura de sua canção;

Tal como os remadores param os seus remos
E os levantam da água, ao sinal do timoneiro,
Para aliviar sua fadiga, ou evitar um perigo.

Ah, como fiquei perturbado em minha mente,
Quando me voltei para olhar Beatriz;
Pois eu não conseguia mais enxergá-la,

Embora eu estivesse perto dela, e no mundo feliz!

Notas

1 São Pedro.

2 Este é São Tiago (o Maior), um dos doze apóstolos de Jesus Cristo. Também era conhecido como Tiago, filho de Zebedeu. Foi chamado Maior (mais velho) para diferenciá-lo do outro discípulo de mesmo nome – Tiago, o Menor (mais jovem). São Tiago foi martirizado no ano 44 d.c. e, segundo uma tradição lendária, o seu corpo teria sido levado para a Galicia e sepultado na cidade de Compostela (depois chamada, em sua honra, Santiago de Compostela).

3 São Pedro.

4 *Os Três:* São Pedro, São Tiago (o Maior) e São João.

5 Uma referência ao *Salmo* CXXI: "Elevo os meus olhos para os montes: de onde me virá o socorro?"

6 "Ó bela compassiva, que em meu socorro se moveu!" (*Inferno* II. 134).

7 Veja também *Paraíso* V. 117.

8 "Tendo, pois, tal esperança, usamos de muita ousadia no falar." (*II Coríntios* III. 12).

9 *O Cantor:* O Rei Davi.

10 Dante cita diretamente o versículo de *Salmos* IX. 10.

11 A epístola atribuída a Tiago (o Maior) na verdade foi escrita pelo outro apóstolo Tiago (o Menor), na qual há referências à recompensa prometida por Deus aos que vencem as tentações.

12 *Vestes duplas:* a ressurreição da carne, que foi amplamente abordada em *Paraíso* XIV (ver também *Inferno* VI. 111, *Purgatório* XXX. 15 e *Inferno* XIII. 105).

13 "Por vossa dupla vergonha e afronta, exultarão pela sua parte; pelo que, na sua terra, possuirão o dobro e terão perpétua alegria." (*Isaías* LXI. 7).

14 "Depois destas coisas, olhei, e eis aqui uma multidão, a qual ninguém podia contar, de todas as nações, e tribos, e povos, e línguas, que estavam diante do trono e perante o Cordeiro, trajando vestes brancas e com palmas nas suas mãos." (*Apocalipse* VII. 9).

15 *Sperent in Te:* "em Ti confiarão" – o mesmo versículo do *Salmo* X, mencionado no verso 73.

16 Dante se refere à hipótese de que a constelação de Câncer fosse enriquecida com uma estrela brilhante como a luz de São João (a alma que acabava de surgir). Assim, durante o inverno (quando o Sol está em Capricórnio, e Câncer fica visível no horizonte apenas à noite), não haveria escuridão, pois Câncer estaria muito visível e brilhante.

17 Este é São João, o Evangelista, um dos doze apóstolos de Jesus. Era irmão de Tiago (o Maior), filho de Zebedeu. Além do seu Evangelho, também escreveu três Epístolas e o livro do Apocalipse. De todos os doze apóstolos, tornou-se o mais destacado teólogo, tendo morrido

de morte natural, em Éfeso, no ano 103 d.C., quando tinha 94 anos.

18 *Pelicano:* na Idade Média, Jesus era comparado ao pelicano porque se acreditava que este pássaro ressuscitava, e pelo seu hábito de alimentar os filhotes arrancando a carne do próprio peito. Beatriz se refere à passagem do Evangelho (*João* XIII. 23) em que se diz que João descansou a cabeça no peito de Cristo, durante a Última Ceia.

19 *O ofício da cruz:* a tarefa de substituir Jesus como filho de Maria. "Jesus, vendo ali sua mãe e o discípulo a quem ele amava, disse à sua mãe: Mulher, eis aí o teu filho. Depois, disse ao discípulo: Eis aí tua mãe." (*João* XIX. 26-27).

20 Há controvérsias, baseadas nos próprios textos bíblicos, que afirmam que o apóstolo João não passou pela morte. Com efeito, é possível ler: "Em verdade vos digo que alguns há, dos que aqui se encontram, que de maneira nenhuma passarão pela morte até que vejam vir o Filho do Homem no seu Reino." (*Mateus* XVI. 28). O apóstolo João, segundo a tradição, faleceu em Éfeso. Contudo, conta-se que a tumba estava vazia quando foi aberta por Constantino (no século IV d.C.), para edificar uma igreja em sua homenagem.

21 Apenas Cristo e Maria estão no Céu com os seus próprios corpos (referindo-se à Ascensão de Jesus e à Assunção de Maria).

Canto XXVI

AINDA NO OITAVO CÉU (ESTRELAS FIXAS) – O EXAME SOBRE A CARIDADE – ADÃO

Eu ainda estava incerto sobre minha visão,
Quando, da luz brilhante que a extinguiu,
Veio uma voz que me chamou a atenção,

Dizendo: "Enquanto tu recuperas a visão
Que ao olhar para mim tu consumiste,
Compensa esta falta, exercendo a razão,

E diga-me: para onde tua alma se destina?
E tenha em mente que a tua visão apenas
Está desnorteada, não totalmente perdida.

10 Porque esta senhora, que o conduz
Por estas regiões divinas, tem em seu olhar
O mesmo poder das mãos de Ananias."[1]

"Que ela cure meus olhos cedo ou tarde,
Como a ela agradar; pois eles foram os portais
Por onde entrou aquele fogo que ainda me queima.

O Bem que dá contentamento a esta Corte
É o Alfa e o Ômega de toda a caridade
Que Amor me ensina, de forma mais ou menos intensa."

Aquela mesma voz que me libertara do medo
20 Pelo meu súbito deslumbramento,
Desejou dar novo impulso ao meu pensamento

E disse: "Em verdade, com peneira mais fina
Tu deves ser refinado; a ti agora cabe dizer
Quem dirigiu o teu arco para tal alvo."

E eu: "Esse Amor se imprimiu em mim
Graças aos argumentos filosóficos
E à autoridade que daqui provém;

E quando o Bem é compreendido tal como Ele é
Inflama-se o Amor; e inflama-se ainda mais,
30 Quanto maior for a bondade que contém.

Então, sobretudo para aquela Essência
(a qual supera todas as coisas em bondade,
porque todo bem é apenas um reflexo de Sua luz),

Dirige-se a mente de todos aqueles
Que, amando, distinguem a verdade
Na qual esta evidência está fundamentada.

Esta verdade é revelada ao meu intelecto
Por aquele[2] que me demonstra o Amor Primordial
De todas as criaturas sempiternas.[3]

40 A voz do verdadeiro Autor também o revela,
Quando diz a Moisés, falando de Si mesmo:
'Farei passar toda a minha bondade diante de ti.'[4]

E foi revelado a mim no belo início de teu Evangelho,
Ao manifestar o mistério do Céu até a Terra,
Superando qualquer outra mensagem."[5]

E ouvi: "Através do intelecto humano
E da autoridade que está de acordo com ele,[6]
O mais alto de seus amores é reservado a Deus.

Mas diga-me ainda, há outros estímulos
50 Que o atraem para Deus; para que manifestes
Com quantos dentes és mordido por esse amor?"

O santo propósito da Águia de Cristo[7]
Não estava latente; mas nesse momento percebi
Para onde ele conduzia a minha profissão de caridade.

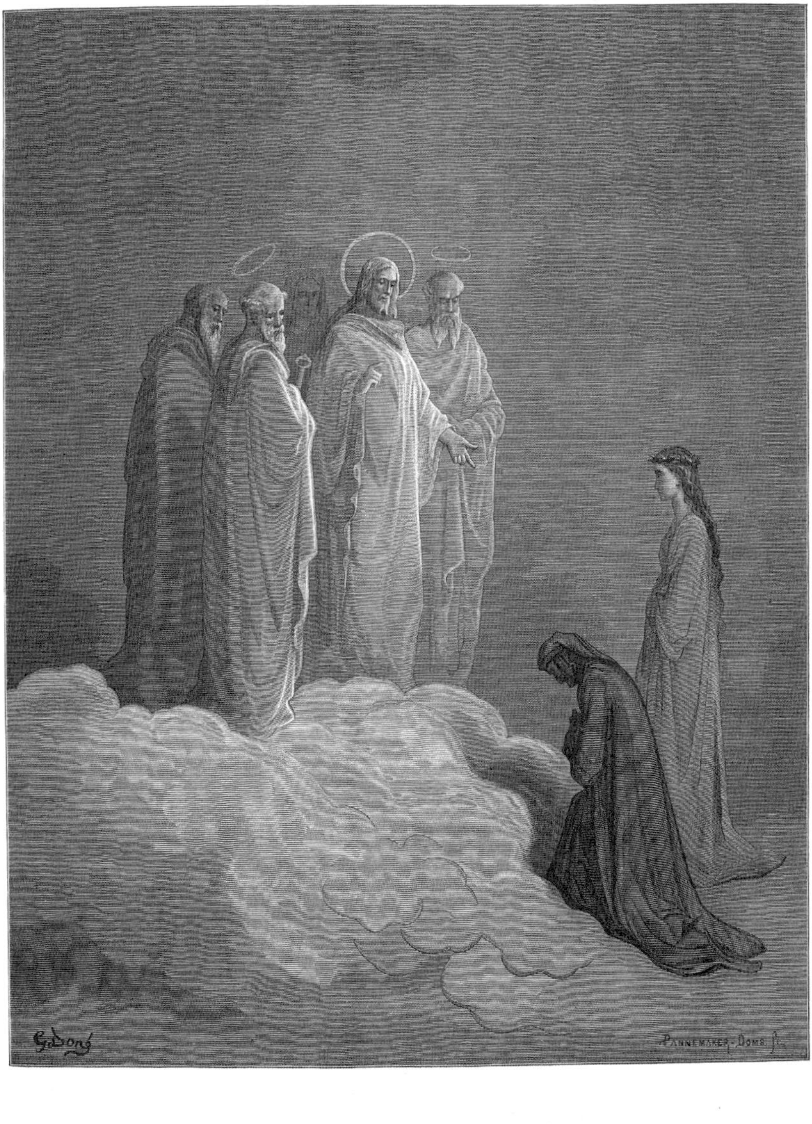
G. Doré
PANNEMAKER. DOMS. Sc.

Por isso recomecei: "Todas aquelas mordidas
Que têm o poder de voltar um coração a Deus
Operaram juntas, para acender a caridade em mim.

O ser do mundo e o meu próprio ser,
A morte que Ele suportou para que eu viva,
60 E o que todos os fiéis esperam, como eu espero,

Junto com a consciência vívida que mencionei,
Tiraram-me do mar do amor perverso,[8]
E fizeram-me pousar na praia do Amor perfeito.

Eu amo todas as folhas que adornam
O jardim do Eterno Jardineiro,
Assim como elas são amadas por Deus."

Assim que eu cessei, uma canção muito doce
Ressoou por todo o Céu, enquanto minha Amada
Exclamava com os outros: "Santo, Santo, Santo!"[9]

70 E assim como uma luz repentina nos desperta,
Devido à virtude visual, que busca o clarão
Que passa pelas pálpebras do olho;

E quem acorda não distingue bem o que vê
E seu despertar súbito é confuso,
Enquanto a razão não vem em seu auxílio,

Da mesma forma, Beatriz removeu totalmente
Aquelas escamas de meus olhos, com sua própria luz,
Que brilhava a mil milhas de distância.[10]

Então eu passei a enxergar melhor do que antes;
80 E, tomado por uma espécie de assombro,
Indaguei sobre uma quarta luz que estava conosco.

E minha Amada: "Dentro desse esplendor,[11]
A primeira alma criada pela Primeira Virtude,
Contempla amorosamente o seu Criador."

Assim como o galho que se inclina para baixo
Ao ser soprado pelo vento, e depois é levantado
Por sua própria virtude, que o inclina para cima,

Da mesma forma eu, enquanto ela falava,
Fiquei maravilhado; e logo me tornei ousado
90 Por um desejo de falar que me atormentava,

E comecei a dizer: "Ó bendito fruto,
Único que foste engendrado já maduro!
Ó primeiro pai, toda mulher é tua filha e nora!

Com toda a devoção que posso convocar,
Eu rogo que fales comigo: tu vês o meu desejo,
E eu, para logo ouvir-te, não o manifesto."

Quando a corça é capturada, ela se debate;
E o seu movimento de luta é manifesto
Através do tecido opaco que a apreendeu.

100 Da mesma maneira, a primitiva alma
De dentro de seu esplendor, deu-me a entender
Como estava jubilosa em responder-me.

Então disse: "Sem que tu tenhas expressado,
Eu compreendo teu desejo mais claramente
Do que qualquer coisa que seja exata para ti;

Pois eu o contemplo no Espelho verdadeiro,
Que em Si mesmo reflete todas as coisas,
Enquanto nada o reflete em si mesmo.

Tu desejas saber há quanto tempo
110 Deus me colocou no jardim,[12] onde encontraste
A tua senhora, e iniciaste a tua escalada;

E por quanto tempo ele deleitou os meus olhos,
E qual foi a verdadeira causa da ira divina,
E qual foi o idioma que lá usei e criei.

Saiba, filho meu, que o sabor da árvore
Não foi em si a causa do meu grande exílio,
Mas sim a quebra dos mandamentos divinos.

Ali, onde a tua Amada evocou Virgílio,
Eu desejei ardentemente subir para este Céu
120 Por quatro mil trezentos e dois giros do Sol.[13]

E eu vi o Sol passar por todas as luzes
De sua estrada[14] novecentas e trinta vezes,
Durante o tempo em que vivi sobre a Terra.[15]

A língua que eu falava já havia desaparecido,
Antes mesmo que o povo de Nimrode[16]
Iniciasse sua grande obra, que não foi concluída.

Nunca mais o produto do intelecto humano
Foi duradouro, devido à vontade do homem,
Que muda conforme as influências celestes.

130 Que o homem fale, é um ato da Natureza;
Mas como ele fala, nesta língua ou naquela,
Ela o deixa escolher, à sua preferência.

Antes que eu descesse à angústia infernal,
O Bem Maior, de onde vem toda a alegria
Que me envolve, era chamado *Eu*.[17]

Mais tarde foi chamado de *El*, como lhes convinha;[18]
Porque o caminho dos homens é breve e mutável,
Como as folhas em um galho: uma vai, e a outra vem.

E sobre o Monte que se eleva alto sobre as ondas,
140 Eu vivi desde a primeira hora – primeiro em inocência,
depois em culpa – até a hora que se segue à sexta,

À medida que o Sol muda de quadrante."[19]

Notas

1. *Atos dos Apóstolos* IX. 8-18.
2. O filósofo Aristóteles.
3. *As criaturas sempiternas:* as criaturas dotadas de uma alma eterna (anjos e homens).
4. *Êxodo* XXXIII. 19.
5. O mistério da Encarnação, narrado na belíssima abertura do Evangelho de João (*João* I. 1-18).
6. A autoridade das Sagradas Escrituras.
7. *A Águia de Cristo:* o apóstolo João. Entre os quatro animais da procissão mística, que representam os quatro Evangelhos (*Purgatório* XXIX. 92), o *Evangelho de João* é representado pela águia, devido ao seu voo alto e sua profundidade no olhar. Enquanto os outros Evangelistas começam a narração por meio de fatos históricos, João dá início ao seu Evangelho com uma teologia mais profunda: "No Princípio era o Verbo, e o Verbo estava com Deus, e o Verbo era Deus" (*João* I. 1).
8. *Amor perverso:* os sete pecados que pervertem o Amor, como Virgílio explica a Dante em *Purgatório* XVII: Amor Corrompido (soberba, inveja e ira), punido nos três primeiros Círculos do *Purgatório;* Amor Insuficiente (preguiça), punido no Quarto Círculo, e Amor em Excesso (avareza, gula e luxúria), que é punido nos três últimos Círculos.
9. "Santo, Santo, Santo é o Senhor dos Exércitos; toda a terra está cheia da sua glória." (*Isaías* VI. 3).
10. Beatriz operou em Dante a mesma cura que foi ministrada por Ananias ao apóstolo Paulo (como já referido no verso 12): "E logo lhe caíram dos olhos como que umas escamas, e recuperou a vista." (*Atos dos Apóstolos* IX. 18).
11. Esta é a alma de Adão, o primeiro homem.
12. O Jardim do Éden, no Paraíso Terrestre (situado por Dante no cume da montanha do *Purgatório*).
13. Adão passou 4.302 anos no Limbo (Primeiro Círculo do *Inferno*), até ser resgatado por Cristo (*Inferno* IV. 55).
14. A estrada do Sol é a sua órbita, que é percorrida em um ano; e as luzes são os corpos celestes (simbolizados pelos signos do Zodíaco).
15. "E foram todos os dias de Adão novecentos e trinta anos; e morreu." (*Gênesis* V. 5).
16. *Nimrode:* o gigante que incitou a construção da Torre de Babel (*Gênesis* XI; *Inferno* XXXI. 77).
17. "Então disse Moisés a Deus: Quando vier aos filhos de Israel e disser: O Deus de nossos pais me enviou a vós; e eles me disserem: 'Qual é o seu nome?', o que direi? E disse Deus a Moisés: Eu Sou o Que Sou." (*Êxodo* III. 13-14).
18. *El* era o nome utilizado por muitos povos da Antiguidade para se

referir a Deus. Na *Bíblia* e em outras escrituras sagradas, o componente *El* é associado aos anjos, como Rafael e Gabriel.

19 Nos versos 139-142, Adão quer dizer que permaneceu apenas por algumas horas no Jardim do Éden: das seis da manhã ("a primeira hora") até uma hora da tarde ("a hora que segue a hora sexta"). O Monte referido no verso 139 é o *Purgatório*, onde fica o Jardim do Éden (o Paraíso Terrestre).

Canto XXVII

AINDA NO OITAVO CÉU (ESTRELAS FIXAS) – REPREENSÕES DE SÃO PEDRO CONTRA A CORRUPÇÃO DA IGREJA – ASCENSÃO AO NONO CÉU (PRIMEIRO MOTOR) – DISCURSO DE BEATRIZ SOBRE A GANÂNCIA DOS HOMENS

"Glória ao Pai, ao Filho e ao Espírito Santo!"
Todo o Paraíso começou a cantar,
De tal forma que a doce canção me embriagou.

O que eu contemplava era como um sorriso
Do Universo; pelo qual a embriaguez
Penetrou em mim, pela audição e pela visão.

Que alegria! Que júbilo inexprimível!
Que vida completa, de amor e paz!
Que riqueza segura, sem mais anseios!

10 Diante dos meus olhos, aquelas quatro tochas
Estavam incendiadas; e a que primeiro viera[1]
Começou a se tornar mais luminosa;

E ela se tornou, em seu aspecto,
O que Júpiter se tornaria, se ele e Marte
Fossem pássaros, e trocassem suas penas.

A Providência, que ali reparte as tarefas
E os ofícios para cada um,
havia imposto silêncio ao coro abençoado,

Quando ouvi: "Se eu mudo a minha cor,
20 Não te surpreendas; pois, enquanto eu falar,
Tu verás todas essas almas fazerem o mesmo.

Aquele que usurpa na Terra o meu lugar
– O meu lugar! o meu lugar! –
Que está vago diante do Filho de Deus,[2]

Fez da minha sepultura um esgoto
De sangue e podridão; no qual o Perverso,
Que daqui foi despencado, agora se diverte!"

Então vi todo o Céu se inundar daquela cor
Que pinta as nuvens na alvorada e no anoitecer,
30 Por causa do Sol, que a elas está oposto.

E como uma mulher honesta e segura de si,
Que enrubesce apenas em ouvir
As palavras pecaminosas sobre os outros,

Assim Beatriz mudou sua aparência;
E creio que houve tal eclipse no Céu,
Quando sofreu a suprema Onipotência.[3]

Em seguida, ele prosseguiu em suas palavras
Com a voz tão transmutada de si mesma,
Que o seu próprio semblante não mudou mais.

40 "A esposa de Cristo não foi nutrida
Pelo meu sangue, o de Lino e o de Anacleto
Para que fossem usados na aquisição de ouro;

Mas sim para a conquista desta vida abençoada,
Pela qual Sisto, Pio, Calixto e Urbano,
Depois de muito pranto, derramaram seu sangue.

Nossa intenção não era que o povo cristão
Se assentasse parcialmente à direita,
E parcialmente à esquerda de nossos sucessores;

Nem que as chaves que me foram confiadas
50 Se tornassem o escudo de uma bandeira,
Para guerrear contra aqueles que são batizados;

204

Nem que minha efígie aparecesse no selo
De privilégios falsificados e vendidos,
Onde muitas vezes eu ruborizo e me inflamo com fogo.

Em trajes de pastores, os lobos vorazes
De todas as pastagens, se veem daqui de cima!
Ó ira de Deus, por que ainda dormes?

Os caorsinos e os gascões[4] já se preparam
Para beber nosso sangue. Ó nobre princípio,
A que fim miserável tu deves cair!

Mas a alta Providência, que com Cipião
Em Roma defendeu a glória do mundo,
Rapidamente trará ajuda, como eu prevejo;

E tu, meu filho, que com teu peso mortal
Cairás de novo na Terra, abre tua boca;
O que eu não escondo, também não escondas tu."

Assim como caem do nosso firmamento
Os vapores congelados, quando os chifres
Da cabra celestial tocam o Sol,[5]

Assim eu vi o Céu se adornar com os flocos
Da ascensão daqueles vapores triunfantes,
Que junto conosco haviam ali permanecido.

Meu olhar acompanhou aquelas luzes
Até que a distância, que era considerável,
Finalmente me impediu de segui-los ao longe.

Quando minha Amada percebeu que eu desviava
Os meus olhos do alto, disse: "Olhe para baixo,
E veja o quanto você girou com este Céu".

Quando eu havia olhado pela primeira vez,
Eu vi que havíamos percorrido todo o arco
Que vai do centro até o fim do primeiro clima.[6]

De modo que vi o rastro louco de Ulisses
Passando por Cádiz; chegando até o outro lado,
Onde Europa se tornara um doce fardo.⁷

E eu teria visto mais deste canteiro de flores,⁸
Mas o Sol avançou sob meus pés
Por mais um signo, e depois partiu.⁹

Minha mente apaixonada, que está sempre ansiando
por minha Amada, desejava ardentemente,
90 Mais do que nunca, olhar para ela novamente;

E se alguma vez a Natureza ou a Arte produzissem
Obras tão belas, para seduzir os olhos e a mente,
Em carne humana ou em retratos,

Todas pareceriam nada, se comparadas
Ao deleite divino que brilhou sobre mim
Quando contemplei seu rosto sorridente.

E a virtude que irradiava para mim de seu olhar
Levou-me para longe do belo ninho de Leda,¹⁰
E para o Céu mais rápido me arrebatou.¹¹

100 Suas partes eram tão uniformes, e igualmente
Tão vivas e excelentes, que não sei indicar ao certo
O local escolhido por Beatriz para minha inserção.

Mas ela, que conhecia os meus desejos,
Começou a dizer, enquanto sorria tão alegremente
Que Deus parecia sorrir em seu semblante:

"A natureza do Universo, que mantém
Imóvel o centro, e faz todo o resto girar,
Aqui começa, em seu próprio objetivo.

E este Céu não tem outro Onde, a não ser este:
110 A mente de Deus, na qual se acendem
O Amor que o faz girar, e a Virtude que o faz chover.

A Luz e o Amor divinos o circunscrevem,
Assim como este Céu abraça os demais;
E esse círculo é abraçado apenas por Deus.

Seu movimento não é medido pelos outros,
Mas todos os outros são proporcionais a este,
Assim como o dez compreende o cinco e o dois.[12]

E creio que para você já esteja claro
Que o tempo tem suas raízes neste vaso,
E que suas folhas estão nos outros Céus.

Ó cobiça, que mergulhas tão fundo os mortais
De modo que ninguém possui o poder
De desviar os olhos de tuas ondas!

A boa vontade desabrocha nos homens, em toda
A sua plenitude; mas a chuva constante transforma
As verdadeiras ameixas em frutos vazios e podres.

A fé e a inocência são encontradas
Apenas nas crianças; e depois levantam voo,
Antes que suas bochechas fiquem cobertas de penugem.

Uns, quando ainda não falam, observam os jejuns;
Depois, quando sua língua é solta, devoram com avidez
Qualquer comida, em qualquer época do ano.

Outros, enquanto ainda falam como bebês,
Amam e respeitam a sua mãe; e quando a fala é perfeita,
Logo desejam vê-la em seu túmulo.

Assim também, a pele branca escurece[13]
À primeira aparição da bela filha
Daquele que traz a manhã, e leva a noite.[14]

Você, ó leitor, para que não fique muito surpreso,
Pense que a Terra não tem quem a governe,
E por isso a humanidade está extraviada.

Mas, antes que janeiro fique sem inverno
Por causa da centésima negligenciada,[15]
Estas Esferas celestes hão de rugir tão alto

Que a tempestade, há muito aguardada,
Virará as popas para onde estão as proas,
Para que a frota volte ao seu curso correto,

E a flor volte a produzir verdadeiro fruto."

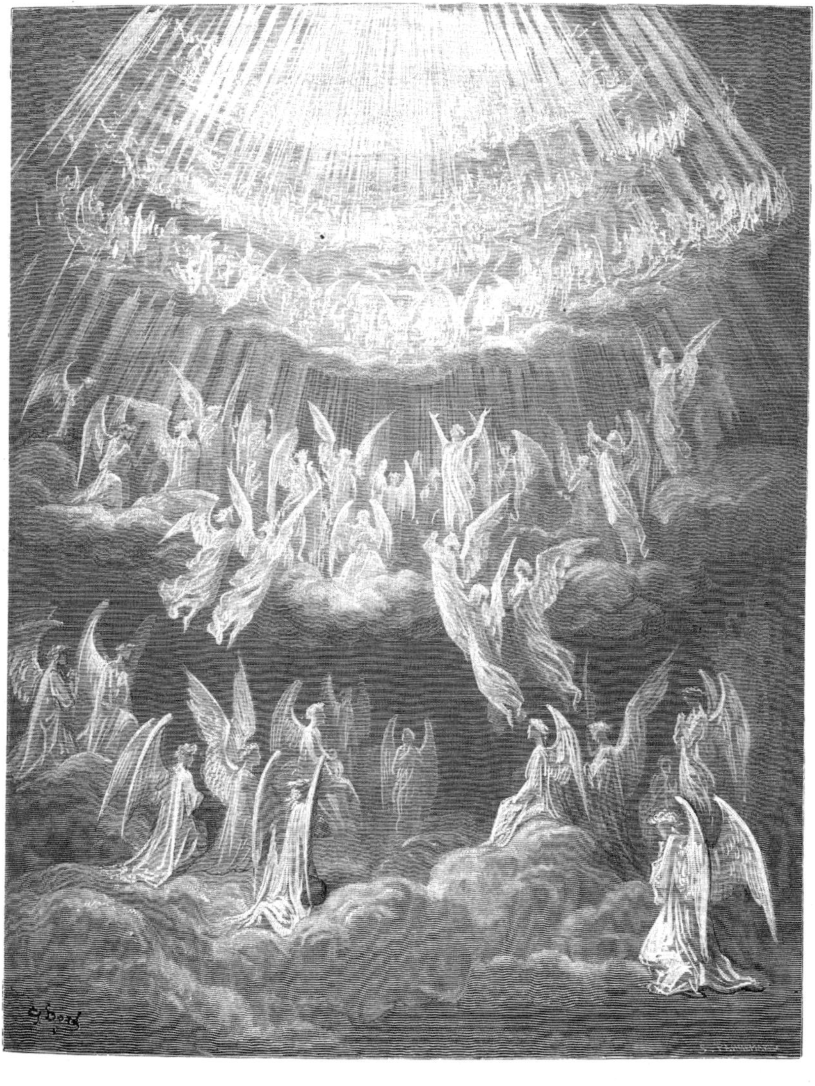

Notas

1. São Pedro.
2. O Papa Bonifácio VIII, que era conhecido como o "Papa Ateu". Era a maior mágoa de Dante, e foi mencionado de forma negativa por toda a *Divina Comédia*. Bonifácio VIII entrou para a História como um dos piores papas, tendo declarado seu poder como absoluto e se envolvido em diversos conflitos internacionais.
3. No dia em que Cristo morreu.
4. Os papas de Cahors (João XXII) e da Gasconha (Clemente V).
5. No inverno, quando o Sol está em Capricórnio.
6. "*Clima* era o nome dado pelos antigos às zonas do hemisfério, que eram sete. Da última vez, Dante estava sob a constelação de Gêmeos, de onde avistava Jerusalém, que está no centro do hemisfério boreal. Percorrera agora um quarto da circunferência estrelada, chegando à região correspondente a Cádiz." (Eugênio Vinci, 2016).
7. A costa da Fenícia, a leste, onde a princesa Europa passeava nas costas de Júpiter, transformado em touro.
8. *Canteiro de flores:* A Terra.
9. O Sol passou por mais um signo do zodíaco (se deslocou por mais de trinta graus), lançando sombra sobre a Terra.
10. *O ninho de Leda:* a constelação de Gêmeos. Leda foi a mãe de Castor e Pólux, os Gêmeos.
11. *O Céu mais rápido:* Dante e Beatriz ascendem ao Nono Céu (o Primeiro Motor).
12. Todos os movimentos físicos são compatíveis com o do Primeiro Motor, assim como o número dez é compatível com cinco e dois (seus submúltiplos).
13. "O homem nasce bom e a sociedade o corrompe." Jean-Jacques Rousseau (*O Contrato Social*, 1762).
14. A Aurora (a deusa do amanhecer – ver *Purgatório* IX. 1) é filha do titã Hipérion (o Sol).
15. *A centésima negligenciada:* Beatriz alude à necessidade de reformar o calendário adotado por Júlio César em 46 a.C., que previa um ano bissexto a cada quatro anos, mas deixava um excesso de doze minutos por ano (a centésima parte do dia); de modo que o ano civil estava atrasado em relação ao astronômico. A correção foi realizada somente em 1582, com o Calendário Gregoriano. Para que janeiro ficasse sem inverno, de acordo com a previsão de Beatriz, o Equinócio da Primavera deveria ser antecipado em 90 dias (o que teria acontecido, na verdade, nove mil anos depois de 1300).

Canto XXVIII

NONO CÉU (PRIMEIRO MOTOR): AS INTELIGÊNCIAS ANGÉLICAS

O véu que encobria a verdade da vida presente
E da corrupção dos míseros mortais,
Foi erguido por ela, que *emparaísa* a minha mente.[1]

Assim como alguém que é iluminado
Pela chama de uma vela, refletida no espelho,
Antes mesmo de tê-la em seu campo de visão,

E então se volta para verificar a verdade,
E vê que a imagem e a realidade estão de acordo,
Assim como a melodia e a canção;

10 Do mesmo modo, minha memória recorda
O que fiz, ao olhar para aqueles belos olhos,
Nos quais Amor teceu as cordas que me prenderam.

E quando me virei, e meus olhos foram tocados
Por aquilo que é aparente naquele Céu
A cada vez que se contempla atentamente,

Eu vi um Ponto que emitia uma luz tão forte,
Que qualquer um que enfrentasse a força
Do seu brilho, teria que fechar os olhos.

E a menor estrela que pode vista da Terra
20 Pareceria uma lua, se colocada ao lado do Ponto
Como as estrelas que se constelam no céu.

Talvez à mesma distância em que aparece
Um halo, circundando a luz que o ilumina
Quanto mais denso é o vapor que o sustenta,

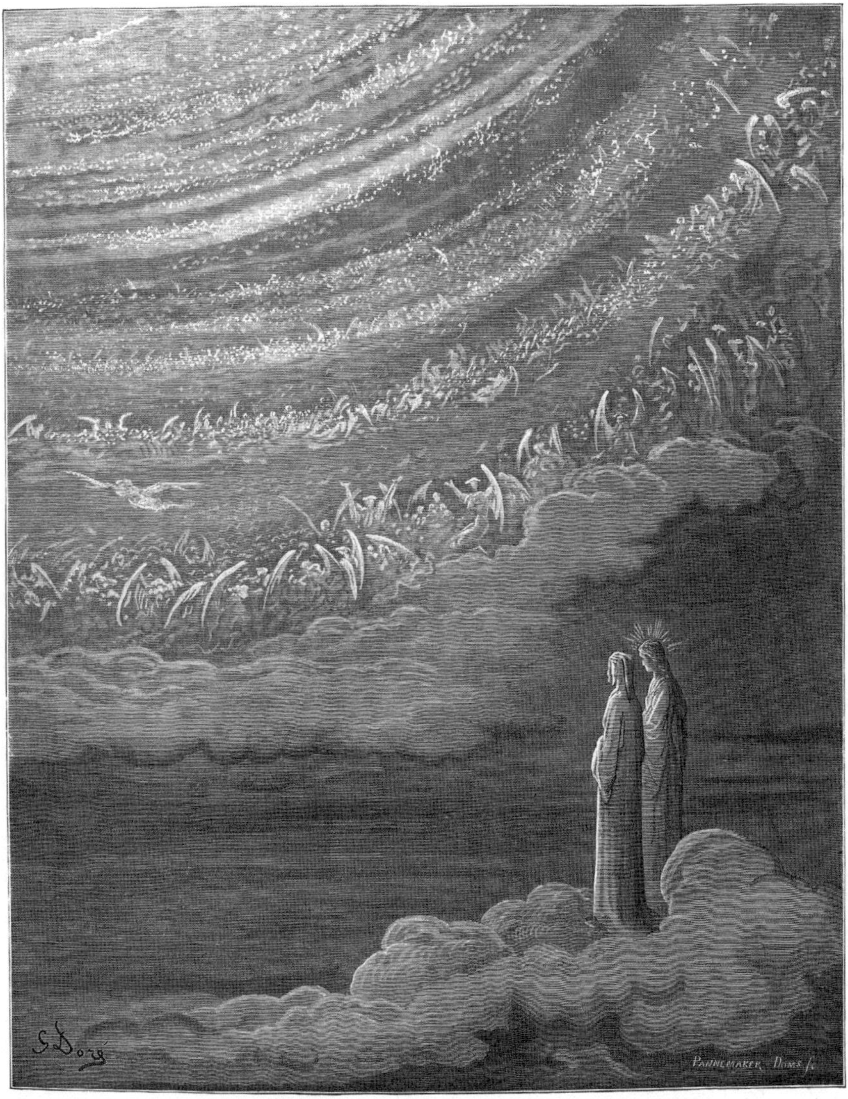
G. Doré
PANNEMAKER. DOMS f.

Ao redor do Ponto surgiu um círculo de fogo;
E ele girava tão rápido, que seu vento superaria
O movimento daquele Céu que cinge o mundo.²

E este círculo foi circunscrito por outro;
E aquele por um terceiro, e o terceiro por um quarto,
30 E o quarto por um quinto, e o quinto por um sexto.

Depois surgiu um sétimo, tão imenso,
Que a mensageira de Juno, ainda que inteira,
Seria pequena demais para contê-lo.³

Assim também eram o oitavo e o nono círculo;
E quanto mais se distanciavam do centro,
Cada um deles se tornava mais lento.

E o círculo que tinha a chama mais brilhante
Era o mais próximo do Ponto luminoso,
Pensava eu, por ser o mais imbuído de sua Verdade.

40 Minha Amada, que me pressentiu atormentado
Por aquela forte dúvida, disse a mim:
"Daquele Ponto depende o Céu e todo o Universo.

Veja aquele círculo mais unido a Ele;
E saiba que o seu movimento é tão rápido
Por causa do Amor ardente que o estimula."

E eu a ela: "Se o Universo fosse organizado
Na mesma ordem que vejo naqueles círculos,
O que está diante de mim teria me satisfeito;

Mas, no mundo dos sentidos, podemos perceber
50 As Esferas celestes são tanto mais perfeitas
Quanto mais distantes estão da Terra.

Portanto, se meu desejo puder ser satisfeito
Neste maravilhoso Templo dos Anjos,⁴
Que tem por limites apenas Amor e Luz,

É necessário que eu entenda por que
A cópia e o modelo são tão discordantes,
Pois tento em vão resolver a questão."

"Se os seus dedos não conseguem
Desatar este nó, não é de admirar;
60 Pois ninguém jamais tentou desfazê-lo!"

Assim disse minha Amada; depois acrescentou:
"Ouça o que vou dizer, se quiser ficar satisfeito,
e aguce a sua mente nas minhas palavras.

As esferas físicas são grandes ou pequenas,
Conforme a maior ou menor virtude
Que se distribui por todas as suas partes.

Quanto mais a Bondade opera, maior será o Bem,
E este estará contido em um corpo maior,
Se for perfeito em cada uma de suas partes.

70 Portanto, este Céu, que arrasta consigo
Todo o Universo sublime, corresponde
Ao círculo que possui mais amor e sabedoria.

Por isso, se você aplicar uma medida à virtude,
E não à amplitude, naquelas substâncias
Que agora aos seus olhos parecem redondas,

Você verá, como consequência admirável,
Que a maior virtude traz maior proximidade,
E vice-versa, entre cada Céu e sua Inteligência."[5]

Assim como o hemisfério do ar permanece
80 Esplêndido e sereno, quando Bóreas
Está soprando daquela face, onde ele é mais suave,

Graças ao qual todas as impurezas,
Que antes perturbavam o Céu, são varridas
E este sorri com encanto, em todas as suas regiões;

Assim fiquei eu, depois que a minha Amada
Me respondeu com seu discurso claro,
E a verdade ficou visível como uma estrela no Céu.

E logo após o fim de suas palavras,
Os círculos começaram a brilhar
90 Como um ferro incandescente lançando faíscas.

E todos os círculos se desdobravam em faíscas;
E eram tantas, que seu número multiplicava
As possibilidades do jogo de xadrez em milhões.

Ouvi entoarem *Hosana*, de coro em coro,
Em direção ao Ponto que orbitavam; o qual os fixava
Onde estavam, estiveram e sempre estarão.

E ela, que viu novos pensamentos duvidosos
em minha mente, disse: "Os primeiros círculos
Mostraram a você os Serafins e os Querubins.

100 Eles seguem tão rápido seu vínculo de Amor
Porque são tão parecidos com o Ponto quanto podem ser,
E a sua virtude é proporcional à sua visão d'Ele.

Os outros Amores, que circulam ao redor
Do semblante divino, são chamados Tronos,
E encerram a Primeira Hierarquia.

E você deve saber que cada um deles sente uma alegria
Proporcional à profundidade de sua visão de Deus,
Isto é, a Verdade na qual todo o intelecto se aquieta.

A partir disso, pode-se ver como a bem-aventurança
110 Está fundada na fruição da visão divina,
E não apenas no ato de amar, que é consequente.

E a profundidade desta visão é a recompensa
Que é produzida pela Graça e pela Boa Vontade:
E assim se passa de uma ordem angélica para a outra.

A Segunda Hierarquia, que germina
De tal maneira nesta eterna primavera,
Que o outono nunca poderá despi-la,

Canta *'Hosana'* por toda a eternidade,
Em tríplice melodia; a qual ressoa
120　Nas três alegres ordens que a constituem.

Três Inteligências estão nesta hierarquia:
Primeiro as Dominações, e depois as Virtudes;
E a terceira ordem é a das Potestades.

Depois, na antepenúltima e na penúltima ordem,
Bailam os Principados e os Arcanjos;
E a última ordem é a dos risonhos Anjos.

Todas essas ordens olham para cima,
E atraem para si o mundo inferior;
E todos eles são atraídos por Deus.

130　E Dionísio[6] se dedicou a contemplar
Essas ordens angélicas com tão grande desejo,
Que as listou e nomeou, assim como eu fiz.

Mas Gregório,[7] mais tarde, discordou dele;
De modo que, assim que abriu os olhos
Ao chegar a este Céu, ele sorriu para si mesmo.

Não se surpreenda, se tamanha verdade secreta
Foi proferida na Terra por um mortal;
Pois a ele foi revelada por alguém que a viu,[8]

Não somente esta, mas muitas outras verdades."

Notas

1. *Emparaísa:* um belíssimo neologismo de Dante (no original, *imparadisa*).
2. O vento da nossa atmosfera terrestre, a Esfera do Ar.
3. Íris, a mensageira de Juno (o arco-íris) – ver *Paraíso* XII. 12.
4. O Primeiro Motor.
5. Quanto maior for a virtude do Céu, mais perto das almas os anjos estarão, assim como de Deus.
6. De acordo com Dionísio, o Areopagita (teólogo da Igreja primitiva, que viveu no século I d.C.), os anjos seguem a seguinte hierarquia no Céu: *Serafins* (Primeiro Motor), *Querubins* (Céu das Estrelas Fixas), *Tronos* (Céu de Saturno), *Domínios* (Céu de Júpiter), *Virtudes* (Céu de Marte), *Potestades* (Céu do Sol), *Principados* ou *Príncipes Celestiais* (Céu de Vênus), *Arcanjos* (Céu de Mercúrio) e *Anjos* (Céu da Lua).
7. São Gregório (século VI d.C.), que definiu outra hierarquia para os anjos, excluindo as *Virtudes* (anjos do Céu de Marte), presentes na listagem de Dionísio.
8. São Paulo Apóstolo, que visitou o *Paraíso* até a região do Terceiro Céu (*II Coríntios* XII. 1-10) e foi mestre de Dionísio, o Areopagita (*Atos dos Apóstolos* XVII. 34).

Canto XXIX

AINDA NO NONO CÉU (PRIMEIRO MOTOR) – A CRIAÇÃO E A NATUREZA DOS ANJOS – CONDENAÇÃO AOS PREGADORES VÃOS

Quando ambos os filhos de Latona
São superados pelo Carneiro e pela Balança,
Eles se abraçam para contemplar o horizonte.

E desde o momento em que o zênite
Os equilibra, até o momento em que eles
Se afastam um do outro, e mudam de hemisfério,

Foi esse o tempo que Beatriz permaneceu
Calada e sorridente, enquanto olhava fixamente
Para o Ponto que superava a minha visão.

10 Então ela começou: "Eu digo e não pergunto
O que deseja ouvir, porque já busquei a resposta,
Lá no *Onde*, que contém cada um dos *Quando*.[1]

Não para aumentar o próprio Bem –
O que é impossível –, mas para que Seu esplendor
Refletisse em outros seres que dissessem: 'Eu existo',

O Amor eterno de Deus se multiplicou,
Além de nossa compreensão, em outros Amores –
Em Sua eternidade fora do tempo e do espaço.

Não significa que Ele estivesse adormecido;
20 Pois, antes que Ele tudo movesse,
Não existia o antes, nem o depois.

Então Forma e Matéria, unidas e puras,
Criaram três tipos de seres sem imperfeições,
Como três flechas lançadas de um arco.

E assim como no vidro, no âmbar ou no cristal
Incide um raio de sol, de tal maneira
Que o seu brilho é instantâneo,

Assim, o ato criador de Deus
Irradiou esses três seres de seu Ser,
30   Sem distinção, sem início nem fim.

A ordem e a substância de tudo o que existe
Foram criadas juntas; e os anjos,
Feitos de pura Forma, eram o ápice do Universo.

A Matéria pura ocupava a parte mais baixa;
E a meio caminho, Forma e Matéria criaram
Tal vínculo, que nunca será dissociado.

Você acredita no que escreveu Jerônimo:
Que os anjos foram criados
Muitos séculos antes de tudo o mais ser feito;

40   Mas a verdade está escrita em muitos lugares,
Por escritores inspirados pelo Espírito Santo;
E você a entenderá, se a examinar bem.

E mesmo a razão pode compreendê-lo,
Pois não seria possível que esses Motores ficassem
Por tanto tempo inativos, sem atingir a perfeição.

Agora você sabe onde, quando e como
Esses Amores foram criados:
De modo que três desejos seus foram satisfeitos.

Não conseguiríamos contar até vinte,
50   Tão rápido quanto uma parte desses anjos
Perturbou a ordem desses elementos.

Os outros permaneceram fiéis, e iniciaram
Esta arte que você vê com tanta alegria,
Que nunca deixam de girar em torno do Ponto.

A causa da queda foi o orgulho maldito
Daquele que você viu, infeliz e esmagado[2]
Por todos os pesos do mundo.

Estes, por outro lado, tiveram a modéstia
De reconhecer que foram criados
60   Pela Bondade divina, e dotados de tal inteligência.

Por isso, sua visão de Deus foi exaltada
Pela Graça iluminadora e por seu próprio mérito,
Para que tenham uma vontade plena e firme.

Não quero que duvide, mas tenha certeza:
Receber a Graça é um mérito,
Proporcional à vontade de recebê-la.

Por ora, se você entendeu minhas palavras,
Você não precisará mais de ajuda
Para contemplar os mistérios deste Consistório.

70   Mas como na Terra, em suas doutrinas,
Ensina-se que a natureza angélica é tal
Que possui intelecto, vontade e memória,

Falarei novamente, para que você veja
A verdade que se confunde lá embaixo,
E os equívocos de tais ensinamentos.

Essas inteligências, que se alegram
Em contemplar a Deus, não tiram os olhos
De Sua mente, da qual nada pode ser escondido;

Logo, sua visão não é interceptada
80   Por nada novo; e, portanto, não precisam
Se lembrar de nada, ou de momento algum.

Na Terra, alguns andam como quem sonha,
Enquanto outros professam a fé, sem acreditar:
E, nos últimos, há maior pecado e vergonha.

O homem, filosofando na Terra, não percorre
Um único caminho: assim é transportado
O amor e o desejo pela vã aparência.

E mesmo isso aqui em cima é suportado
Com menos desdém do que quando se deprecia
90 A Sagrada Escritura, ou quando ela é distorcida.

Apenas pensem e meditem quanto sangue custa
Para semeá-la no mundo; e como Deus se agrada
De quem humildemente se mantém perto dela!

Para ostentar sua sabedoria, engendram e criam
Suas próprias invenções; e estas são anunciadas
Pelos pregadores, e assim anula-se o Evangelho.

Alguns dizem que, na Paixão de Cristo,
A Lua recuou, e se interpôs com o Sol,
Provocando assim o seu escurecimento;

100 É mentira! Pois, por sua própria vontade
A luz se escondeu, e o dia se fez trevas,
Tanto na Espanha, como na Índia, e em Jerusalém.[3]

Há menos Lapos e Bindos em Florença[4]
Do que fábulas como estas, que todos os anos
São gritadas do púlpito, em todos os lugares;

De tal maneira que as ovelhas, que não sabem,
Em vez de pasto, se alimentam de vento
E não percebem o seu próprio dano.

Cristo não disse aos seus primeiros discípulos:
110 'Ide e pregai fábulas pelo mundo!',
Mas deu a eles um verdadeiro fundamento;

E isso soou tão alto de seus lábios,
Que, na guerra para divulgar a Fé,
Eles fizeram do Evangelho escudos e lanças.

Agora os pregadores se apresentam
Com motes e piadas, e as pessoas riem;
O seu capuz infla, e nada mais se questiona.[5]

Mas no capuz aninha-se tal pássaro
Que, se fosse visto pelos fiéis,
120 Logo saberiam em quais indulgências confiam.

Por isso cresceu tamanha loucura na Terra
Que, sem prova de nenhum testemunho,
Persegue-se toda e qualquer promessa.

Com isso, António Abade engorda o seu porco,
E muitos outros, que são piores que os porcos,
Pagando com moedas falsas e sem cunhagem.

Mas já divagamos o suficiente;
Voltemos os olhos para o caminho certo.
Pois o nosso tempo é curto.

130 A natureza dos Anjos em seu número
Se multiplica tanto de uma ordem para outra
Que nenhuma fala ou intelecto pode concebê-la;

E se você considerar o que é revelado
Por Daniel, verá que em seus milhares
O número determinado é mantido oculto.

A Luz Primordial, que a todos irradia,
É por eles recebida de tantas maneiras
Quantos são os esplendores aos quais ela se une.

Portanto, como o ato de amar segue o ato
140 De ver a Deus, a intensidade da doçura do Amor
Aparece ora mais ardente, ora mais morna.

Contemple agora a verdadeira altura
E profundidade do Poder Eterno, que se reflete
Em tantos espelhos, e no entanto permanece

Uno em Seu próprio ser, como Ele é."

Notas

1. *Onde e Quando:* dentro da mente de Deus.

2. Lúcifer (*Inferno* XXXIV).

3. *Mateus* XXVII. 45: "E, desde a hora sexta, houve trevas sobre toda a Terra, até à hora nona." Beatriz argumenta que, na hipótese de um eclipse, as trevas não recairiam sobre a Espanha (extremo oeste) ou sobre a Índia (extremo leste), mas apenas em Jerusalém. Segundo se acreditava na época, a Espanha (rio Ebro) e a Índia (rio Ganges) eram os pontos extremos do hemisfério norte, estando Jerusalém ao centro.

4. *Lapos e Bindos*: os nomes *Lapo* (alteração de *Jacopo* ou *Giacomo*) e *Bindo* (diminutivo para *Aldobrando* ou *Ildebrando*) são comuns na região da Toscana.

5. O capuz dos pregadores é inflado tanto pelo orgulho, quanto pelo dinheiro que embolsam dos fiéis.

Canto XXX

ASCENSÃO AO DÉCIMO CÉU (EMPÍREO) – A ROSA BRANCA – O TRONO DE HENRIQUE VII DE LUXEMBURGO

Talvez a seis mil milhas de distância de nós,
A sexta hora brilha, enquanto o nosso mundo
Inclina sua sombra para um leito quase plano;

Quando, no ar intermediário, acima de nós,
Opera-se tal mudança que, aqui e ali,
Uma estrela se perde de vista.

E, à medida que a serva do Sol avança,
O céu apaga as suas luzes, uma a uma,
Até que a mais bela e mais brilhante se vá.

10 Da mesma forma, aquele triunfo de anjos
Que gira para sempre em torno do Ponto,
Aquele que é cercado pelo que Ele mesmo encerra,

Pouco a pouco, desapareceu de minha vista.
O fato de mais nada ver, assim como o Amor,
Fizeram meus olhos se voltarem para Beatriz.

Se tudo o que foi dito até agora sobre ela
Tivesse de ser contido em um único elogio,
Nenhum seria suficiente para esta tarefa.

Não apenas a beleza que contemplei
20 Nos transcende, mas realmente acredito que
Somente o Criador pode desfrutá-la plenamente.

Confesso-me por vencido nesta passagem,
Muito mais do que qualquer poeta, cômico ou trágico
Poderia estar, diante de um tema tão delicado.

Pois, assim como o Sol enfraquece a visão,
Assim a lembrança daquele doce sorriso
Fica cada vez mais longe em minha mente.

Desde o primeiro dia que contemplei seu rosto
Nesta vida, até o momento daquele olhar,
30   A minha canção nunca foi interrompida;

Mas agora é inevitável que eu desista
De seguir sua beleza com meu verso,
Como o artista que chega ao seu limite extremo.

Bela como eu a deixei, para um poema
Mais adequado que meus versos – que agora
Encaminham seu árduo assunto para um fim,

Com a voz e o gesto de uma Guia perfeita,
Ela recomeçou: "Saímos do Céu maior,
Para aquele que é feito de pura Luz;

40   Uma Luz intelectual, repleta de Amor;
Um Amor ao verdadeiro Bem, repleto de êxtase,
Êxtase que transcende toda doçura.

Aqui você verá ambas as hostes
Do Paraíso, e uma delas traz o mesmo aspecto
Que você verá no dia do juízo final."

Mesmo como um relâmpago repentino que dispersa
As faculdades visuais, de modo que priva o olho
Da capacidade de ver outros objetos,

Assim fui envolvido por uma luz tão viva,
50   Um véu de tamanho esplendor,
Que eu não consegui ver mais coisa alguma.

"O Amor que aquieta este Céu
sempre recebe a alma com esta saudação,
para adaptar a vela à sua chama."

Assim que essas breves palavras
Chegaram até mim, eu percebi, admirado,
Que eu me elevava sobre meu próprio poder.

Eu adquiri uma nova capacidade visual;
E não havia luz tão intensa
60 Que meus olhos não pudessem mais retê-la.

E vi uma luz na forma de um rio,
De brilho avermelhado, entre duas margens
Ornadas com uma primavera admirável.

Deste rio saíam faíscas brilhantes,
Que por todos os lados caíam sobre as flores,
Como rubis engastados em ouro.

E então, como que inebriados pelo perfume,
Elas mergulhavam novamente na maravilhosa torrente;
E quando um entrava, outro saía imediatamente.

70 "O desejo intenso que agora o inflama e comove,
Ou seja, saber mais sobre o que você vê,
É algo que, quanto mais aumenta, mais agrada a mim.

Mas é necessário que beba mais desta água,
Antes que essa sede seja saciada",
Assim disse o sol dos meus olhos.

E acrescentou ainda: "O rio, assim como os topázios
Que entram e saem, e a beleza das flores
São antecipações da sua real essência.

Não que essas coisas sejam imperfeitas em si mesmas,
80 Mas a deficiência está em você mesmo,
Pois ainda não tem a visão tão exaltada."

Uma criança, quando é acordada mais tarde
Do que o seu habitual, não corre tão rápido
Em direção ao leite, como eu fiz.

Para tornar meus olhos espelhos ainda melhores,
Inclinei-me em direção àquele rio,
Que ali flui, para que nos tornemos mais santos.

E assim que a borda de minhas pálpebras
Bebeu dele, imediatamente me pareceu
90 Que o longo rio havia se tornado redondo.

Então, como pessoas que usam máscaras
E desnudam suas feições artificiais,
Parecendo diferentes do que eram antes,

Assim as flores e faíscas se transformaram
Diante de meus olhos, em imagens mais festivas,
E pude ver claramente ambas as cortes do Céu.

Ó esplendor de Deus! Por meio do qual eu vi
O sublime triunfo do verdadeiro reino; concede-me
A virtude necessária para relatar minha visão!

100 Lá em cima, no Empíreo, há uma luz
Que torna o Criador visível a toda criatura,
Que somente em contemplá-Lo encontra paz,

Ela se expande em forma circular,
De tal maneira, que sua circunferência
Seria um cinto muito largo para o Sol.

Toda a sua aparência é formada por um raio
Que se reflete na superfície côncava do Primeiro Motor,
Que dela recebe seu movimento e virtude.

E assim como uma colina se reflete na água,
110 Como se visse sua própria beleza
Quando está mais rica em vegetais e flores,

Assim eu vi, enfileirados ao redor daquela luz,
Espelhando-se em mais de mil camadas,
As almas abençoadas que subiram da Terra até ali.

E se o degrau mais baixo já reúne em si
Uma luz tão grande, quão larga deve ser essa Rosa
Em suas pétalas mais externas!

Minha visão não se perdeu na vastidão
E na altura da rosa, mas compreendia
120   Toda a quantidade e a qualidade daquela alegria.

Ali, a proximidade e a distância nada acrescentam
E nada subtraem; pois ali o próprio Deus governa,
E as leis naturais em nada são relevantes.

E no centro amarelo da Rosa Eterna,
que se espalha, e se multiplica, e exala seu perfume
Em louvor ao Sol que sempre faz primavera,

Eu estava calado, embora quisesse falar;
Mas Beatriz se adiantou, e disse:
"Veja como é vasta a multidão de vestes brancas!

130   Veja como é vasto o circuito da nossa cidade!
Veja como nossas fileiras sentadas estão cheias,
Embora tão poucas pessoas tenham esse desejo!

E naquele grande trono onde você mantém o olhar,
Por causa da coroa, já colocada sobre ele
Antes mesmo de cear nesta festa de casamento,

Há de sentar-se a alma daquele
Que será Augusto na terra:
O nobre Henrique, que virá reparar a Itália.

A cobiça cega, que os enfeitiça,
140   Faz com que sejam semelhantes à criancinha,
Que morre de fome enquanto expulsa a ama.

E o fórum sagrado será presidido por tal eleito,¹
Que, aberta ou secretamente,
Na mesma estrada, não andará com ele.

Mas Deus o tolerará por um curto tempo
No Santo Ofício; ele logo será precipitado
Ali onde Simão, o Mago, já paga por seus crimes;²

E assim empurrará para baixo aquele de Anagni."³

Notas

1. O papa Clemente V.
2. Uma referência ao castigo da Bolgia dos Simoníacos (*Inferno* XIX), onde as sombras dos pecadores são enterradas de cabeça para baixo em um buraco.
3. Mais uma referência ao papa Bonifácio VIII.

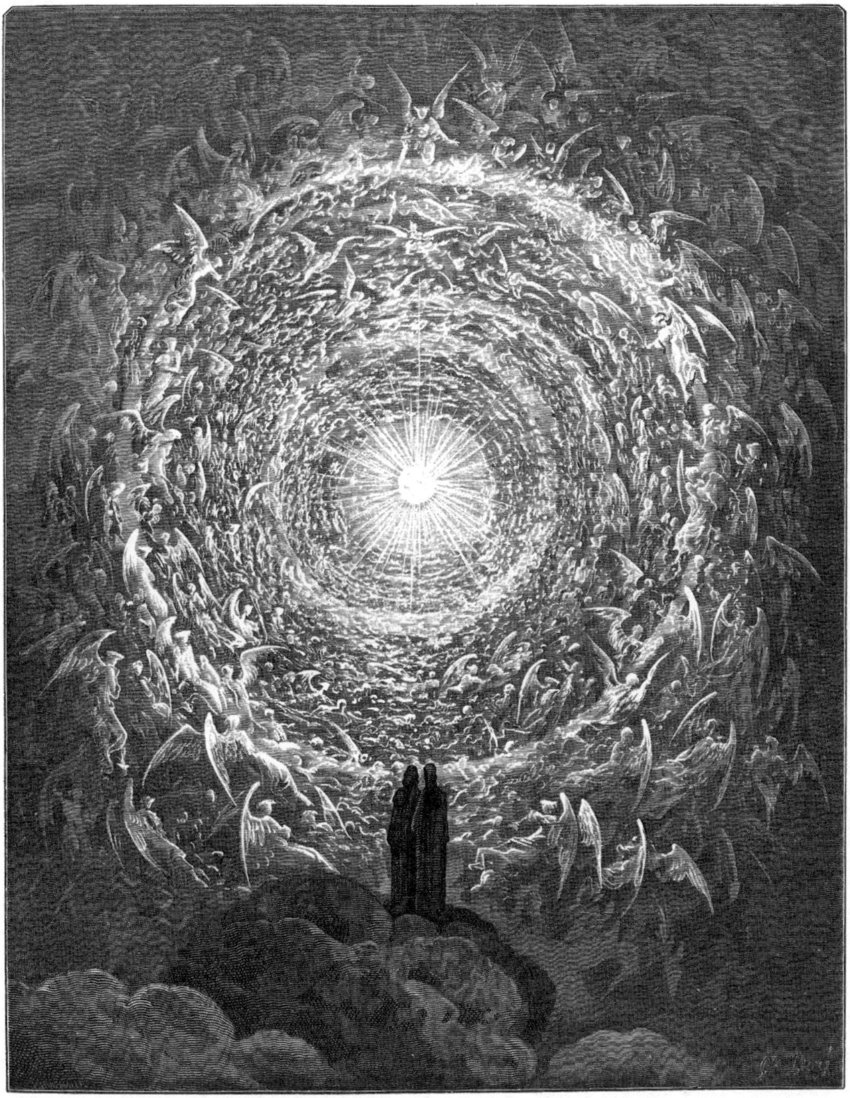

Canto XXXI

DÉCIMO CÉU (EMPÍREO) – A APARIÇÃO DE SÃO BERNARDO – O AGRADECIMENTO A BEATRIZ – CONTEMPLAÇÃO DA VIRGEM MARIA

Portanto, a santa hoste dos bem-aventurados
Que Cristo, com seu sangue, tomou por Sua noiva,
Foi mostrada a mim na forma de uma Rosa Branca.

Aquela outra hoste que, voando, canta e contempla
A glória d'Aquele que atrai seu Amor
E a Bondade que lhes concedeu tal glória,

Como um ledo enxame de abelhas
Que entra na flor, e depois retorna à colmeia,
Onde transforma sua obra em doce sabor,

10   Desceu até aquela vasta Flor, enfeitada
Com muitas pétalas, e depois subiu novamente
Para a morada eterna de seu Amor.

Seus rostos eram vermelhos como a chama viva;
Tinham asas douradas, e vestes tão brancas
Que nenhuma neve pode igualar aquela brancura.

Enquanto desciam pela Rosa, de fileira em fileira,
Eles desejavam a paz e o ardor da caridade,
Voando, batendo as asas, sacudindo suas vestes.

Aquela legião tão vasta, embora se interpusesse
20   Entre a cândida Rosa e a Luz acima de nós
Não obstruía a Sua visão ou esplendor;

Porque a Luz de Deus penetra
No Universo, conforme sua capacidade
De recebê-la, e nada pode impedi-la.

Este Reino pacífico e jubiloso, repleto
De abençoados dos tempos Novos e Antigos,[1]
Tinha toda a sua visão e afeto em um único Alvo.

Ó Luz da Trindade, que brilha em uma única estrela,
E resplandece em seus olhos, e tanto os satisfaz:
30 Olhai por nós, e para as tempestades do mundo terreno!

Se mesmo os bárbaros ficaram mudos,
Vendo Roma e seus elevados monumentos
(No tempo em que o Latrão era imponente,

E quando vieram das terras de Hélice,
Que gira ao lado de seu filho amado)
Então, considerem o meu espanto:

Eu, que fui do mundo terreno à dimensão divina,
Do tempo secular para a dimensão do eterno,
E de Florença até aquele povo justo e santo!

40 Certamente aquela maravilha e alegria
Me faziam não querer ouvir mais nada,
E era bem-vindo ficar em silêncio.

E como um peregrino que descansa
Depois de chegar ao desejado santuário,
E olha ao redor, para depois descrever como era,

Assim eu percorria a Rosa com meus olhos,
De fileira em fileira, ora para cima,
Ora para baixo, ora circulando.

Vi muitos rostos conformados pela caridade,
50 Iluminados pela Luz de Deus e pela própria alegria,
E movimentos agraciados pela mais alta dignidade.

A essa altura, meu olhar havia abarcado
Todo o Paraíso, mas sem olhar atentamente
Para nenhum ponto específico.

Então voltei-me, com renovado desejo
De falar com a minha Amada, sobre assuntos
Que traziam dúvidas à minha mente.

Onde eu a esperava, outra pessoa respondeu:
Achei que veria Beatriz, mas vi um ancião
60 Vestido como os que estão na Glória.

Seus olhos inspiravam uma alegria benevolente,
Com um comportamento devotado,
Como convém a um pai amoroso.

Imediatamente eu perguntei: "Onde ela está?"
E ele respondeu: "Para atender aos teus desejos,
Beatriz chamou-me a sair do meu lugar.

E se olhares para o terceiro degrau da Rosa,
A partir de cima, tu a verás, no assento
Que os seus méritos lhe concederam".

70 Então, sem responder, olhei para o alto
E vi que ela estava coroada com uma auréola,
Que brilhava com raios divinos.

Daquela região do céu onde troveja mais alto,
Um olho humano não estaria tão longe,
Mesmo no mais profundo abismo do mar,

Como estava a distância entre meus olhos e Beatriz;
No entanto, a distância não era obstáculo,
Pois sua imagem me alcançava por obra divina.

"Ó Amada, que fortalece a minha esperança,
80 E, lutando pela minha salvação,
Deixou as suas pegadas no Inferno!

Se eu pude ver tantas coisas, eu reconheço
Que esta graça e esta virtude
Derivam do seu Amor e da sua bondade.

Você me resgatou da escravidão
Para a liberdade; por todos os caminhos,
E por todos os meios ao seu alcance.

Proteja em mim o seu dom; e quando esta alma,
Que você curou, se separar do meu corpo,
90 Que ela seja digna de vir ao seu encontro."

Assim eu orei. E ela, por mais distante
Que parecesse, sorriu e acenou para mim;
E depois voltou-se para a Fonte Eterna.

E ele, o santo ancião, disse: "O santo Amor
Me enviou em teu auxílio, e para que possas
Realizar até o final a tua jornada.

Passe teu olhar por este jardim;
Pois, ao contemplá-lo, preparas teu olhar
Para ir mais além, e sustentar a visão do próprio Deus.

100 A Rainha do Céu, por quem sou inflamado de Amor,
Nos concederá todas as graças:
Pois eu sou o seu fiel Bernardo.[2]

Como um peregrino, por exemplo, da Croácia,
Tomado por uma fome não saciada
De visitar Roma e ver nossa Verônica,

E quando finalmente a vê, fala consigo mesmo:
'Ó meu Senhor Jesus Cristo, verdadeiro Deus!
Então eram estes os traços do Teu rosto?'

Assim eu fiquei, enquanto admirava
110 Aquele Amor vivo; aquele que, neste mundo,
Por meio da contemplação, experimentou a paz.

Ele começou: "Filho da graça,
Toda esta alegria não será conhecida por ti,
Se continuares a olhar aqui embaixo;

Mas percorra todos os círculos, até o mais alto,
Até que vejas entronizada a Rainha
A quem este Reino é sujeito e devotado."

Ergui os meus olhos; e assim como de manhã
A parte oriental do horizonte
120 Ultrapassa em luz aquela onde o Sol se põe,

E como se eu erguesse meus olhos de um vale
Até o alto da montanha, vi um ponto no alto da Rosa,
Que superava todos os outros em brilho.

E assim como, no ponto onde surge a carruagem
Mal guiada por Faetonte, o céu resplandece mais,
Enquanto ao seu redor a luz tende a diminuir,

Da mesma forma flamejava aquela pacífica luz:
Era mais forte em seu centro,
E desvanecia, por igual, em suas laterais.

130 E naquele centro, com suas asas estendidas,
Eu vi miríades de anjos jubilosos,
Diversos entre si, em movimento e esplendor.

Então, em meio ao seu júbilo e seu canto,
Vi resplandecer tamanha beleza, que a alegria
Fazia brilhar os olhos de todos os santos.

E mesmo que eu tivesse em meu falar
Tanta riqueza como tenho em imaginar,
Tampouco ousaria esboçar a sua beleza.

Bernardo, assim que viu meus olhos
140 Fixos e atentos naquele ardor fervoroso,
Dirigiu também os seus, com tanta afeição

Que me fez ainda mais desejoso de admirá-la.

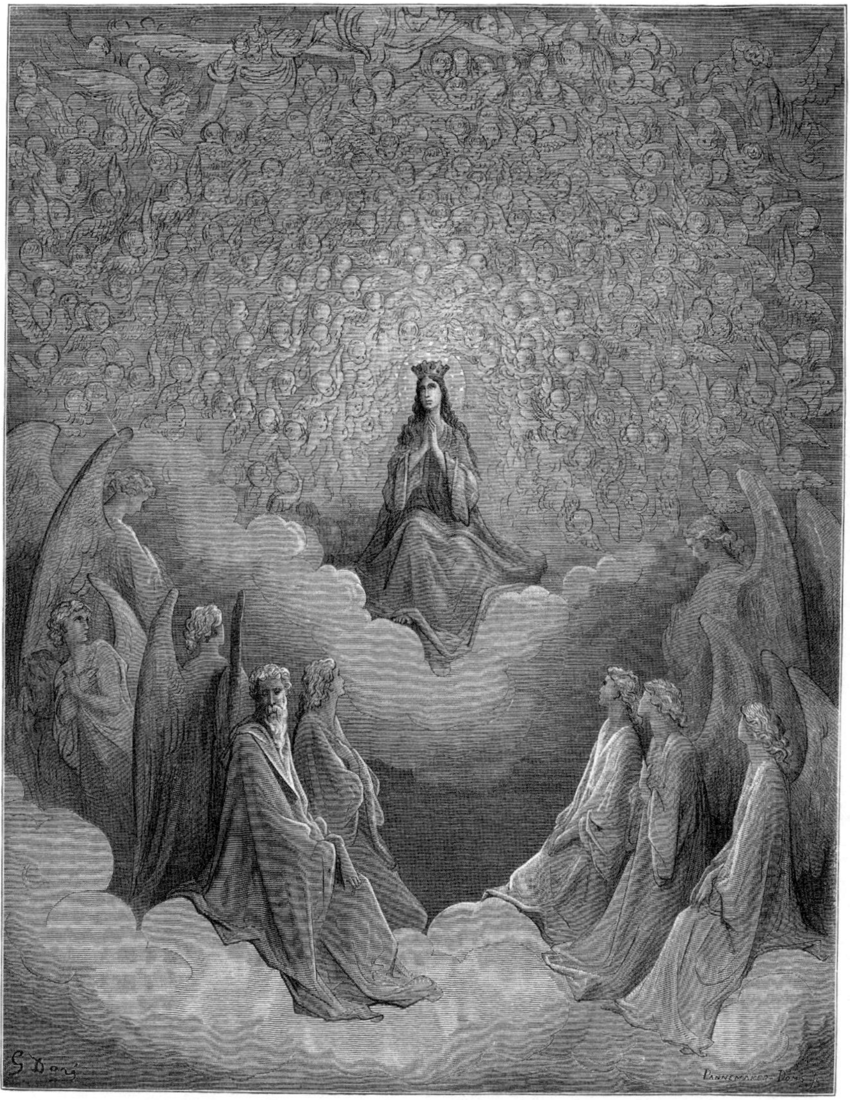

Notas

1. Os bem-aventurados do Antigo e do Novo Testamento.

2. Este é São Bernardo, também conhecido como Bernardo de Claraval (1090-1053 d.C.), abade francês, principal responsável por reformar a Ordem de Cister e ser o fundador da Abadia de Claraval (Clairvaux).

Canto XXXII

DÉCIMO CÉU (EMPÍREO) - O ARRANJO DOS BEM-AVENTURADOS NA ROSA - A SALVAÇÃO DAS CRIANCINHAS - GLORIFICAÇÃO DE MARIA

Absorvido em seu deleite, aquele contemplador
Assumiu o ofício voluntário de Guia
E começou a dizer estas palavras sagradas:

"A ferida que Maria fechou e ungiu,
Aquela mulher a seus pés, que é tão bela,[1]
Foi ela quem a abriu primeiro e a perfurou.

Naquele assento da terceira ordem,
Está assentada Raquel, abaixo de Eva,
E ao lado de Beatriz, como tu podes ver.

10 Sara, Rebeca, Judite, assim como Rute:
A bisavó do Cantor que, trespassado de dor
Pelo seu pecado, cantou: *"Miserere mei."*[2]

Podes olhar de assento em assento,
E percorrer os olhos de degrau em degrau,
E eu nomearei a todas, uma por uma.

Continuando a descer pela sétima fileira,
Encontrarás mais mulheres que dividem,
Como uma coluna, as pétalas da Rosa.

Porque, segundo o olhar da fé em Cristo,
20 Essas mulheres formam a linha divisória
Pelas quais as escadas sagradas são divididas.

Deste lado, onde a Flor está perfeita
Com cada uma de suas pétalas cheias,
Estão os que creram que Cristo havia de vir.

Do outro lado, onde as pétalas são semicheias,
Há muitos espaços vagos e assentos vazios:
São os que creram no Cristo que veio.

E assim como, deste lado, o glorioso assento
Da Senhora do Céu, e os outros abaixo dela
30 Estão dispostos por ordem e divisão,

Do lado oposto está o grande João Batista,
Sempre santo, que sofreu o deserto e o martírio,
E depois permaneceu no Inferno por dois anos.[3]

Abaixo dele, estão os bem-aventurados
Francisco, Bento e Agostinho,
E outros nas várias ordens, de degrau em degrau.

Vê agora a alta Providência de Deus
Para aqueles que estão unidos, neste jardim,
Em um e outro aspecto da Fé.[4]

40 E saiba que, de acordo com a ordem
Que separa horizontalmente as duas divisões,
Não se assentam ali por nenhum mérito próprio,

Mas pelo de outros, sob certas condições:
Pois todos esses espíritos foram dissolvidos,
Antes mesmo de exercitar o seu livre-arbítrio.

Bem podes reconhecê-lo em seus rostos,
Assim como em suas vozes infantis,
Se os observares bem, e os ouvires.

Agora tu duvidas, e duvidando ficas em silêncio;
50 Mas agora vou desatar este laço
Que ainda prende os teus sutis pensamentos.

241

Na vastidão deste Reino Santo, não existe
Nada ao acaso; assim como não há lugar
Para tristeza nem dor, nem para sede ou fome,

Pois tudo o que vês foi estabelecido
Pela Lei eterna; assim como um anel
Perfeitamente ajustado ao dedo.

Portanto, não é sem razão que as almas
Dessas criancinhas, que vieram cedo para a Glória,
60   São distribuídas em grandezas diferentes.[5]

O Rei, em quem este Reino repousa
Em tão grande Amor e tão grande deleite
Que ninguém se atreverá a pedir mais,

Dotou cada alma de um grau diferente da Graça,
Cada uma em seu próprio aspecto alegre;
E aqui há muito engenho e sabedoria.

Pois isso é clara e expressamente observado
Na Escritura, com o exemplo dos gêmeos,[6]
Que já lutavam entre si, ainda no ventre de sua mãe.

70   Assim, cada uma recebeu sua própria Graça;
Pois cada um de nós foi criado
Único e diverso, até na cor dos cabelos.

Portanto, sem qualquer mérito de suas ações,
São estacionadas em diferentes gradações,
Diferindo apenas em sua primeira criação.

É verdade que, nos primórdios da humanidade,
Para que as criancinhas fossem salvas,
Bastava a sua inocência, e a fé dos pais;

E após a conclusão das primeiras eras,
80   Era necessário que os meninos inocentes
Recebessem a virtude, por meio da circuncisão.

Mas, depois do Advento, no tempo da Graça,
Sem receber o batismo perfeito de Cristo,
Estes inocentes são confinados no Limbo.

Contempla agora a face de Maria, aquela que mais
Se assemelha a Cristo: o seu esplendor é o único
Que pode purificar teus olhos, a fim de vê-Lo."

E eu contemplei toda a alegria e esplendor
Que choviam sobre ela, daquelas sãs Inteligências[7]
90 Criadas com Amor, para voar naquelas alturas.

E tudo o que eu já tinha visto antes
Não me enchera de tanta admiração,
Nem me mostrara tamanha semelhança de Deus.

E o primeiro Anjo que sobre ela desceu
Abriu diante dela suas asas, cantando:
"Ave Maria, gratia plena!"

A esse canto divino, a corte do Paraíso
Correspondeu à saudação, por todos os lados,
E cada rosto santo se tornou mais brilhante.

100 "Ó santo padre que desceste em meu socorro,
Deixando a tua doce estação
Na qual assentas em plena e eterna Graça:

Quem é este Anjo que, com tanta alegria,
Olha assim nos olhos de nossa Rainha,
Tão apaixonado, que parece ser feito de fogo?"

Assim recorri novamente ao ensinamento
Daquele que se deleitou em Maria,
Tal como a Estrela da Manhã recebe a luz do Sol.

E ele: "Toda a cortesia e toda a nobreza
110 Que podem existir em um ser vivente,
Estão contidas nele; e agrada-nos que ele seja assim,

Pois ele é o Arcanjo que ofereceu
A palma a Maria, quando o Filho de Deus
Se fez carne, e habitou entre nós.

Agora siga-me com os olhos, enquanto eu falo,
E contemple os cidadãos mais nobres
Do mais justo e misericordioso dos impérios.

Aqueles dois que se sentam lá em cima,
Extasiados por estarem perto da augusta Maria,
120 São como as duas raízes desta Rosa.

Quem está à sua esquerda é o pai Adão
Que, por causa de seu paladar audacioso,
Legou à humanidade o sabor do amargo.

À direita está Pedro, o primeiro Padre
Da Santa Igreja; aquele a quem Cristo
Confiou as chaves desta linda Flor.

E ao lado dele está João – aquele que contemplou,
Antes da morte, os dias maus da bela Noiva
Que com lança e com pregos foi conquistada.[8]

130 À esquerda de Adão, tu verás Moisés,
O líder do povo ingrato, inconstante e obstinado,
Que se alimentou do maná do deserto.

Diante de Pedro, tu vês assentada Ana,
Tão contente por contemplar sua filha,
Que seus olhos brilham, e canta *Hosana*.

E em frente ao pai mais velho desta família,[9]
Está Lúcia, aquela que moveu tua Amada
Quando te perdestes na selva escura.[10]

Mas vê, já se esgota o tempo da tua visão;
140 E assim como o bom alfaiate, que faz a roupa
Conforme a quantidade de pano que tem,

Volta os teus olhos para o Primeiro Amor;
Pois assim, olhando em direção a Ele,
Irás o mais longe possível em Seu esplendor.

No entanto, para que porventura não retrocedas
Movendo-te com as próprias asas, crendo avançar,
Convém que pela oração a Graça seja obtida:

Graça daquela que tem o poder de ajudar-te.
E tu me seguirás, com todo o teu coração,
150 E que das minhas palavras ele não se desvie."

E assim ele começou esta sagrada oração:

Notas

1. Eva, a primeira mulher.

2. *Miserere:* trata-se do *Salmo* LI (*Miserere mei Domine* – "Tem misericórdia de mim, Senhor"). Até os nossos dias, ainda é um salmo muito popular entre os seguidores das religiões judaico-cristãs.

3. São João Batista, que viveu no deserto e foi martirizado por Herodes (*Mateus* XIV.3-9); morreu cerca de dois anos antes de Cristo, permanecendo até então no Limbo com todos os outros justos, até serem resgatados por Cristo.

4. A parte da Rosa onde se assentam todas as criancinhas, tanto as antigas (antes do nascimento de Cristo) quanto as que nasceram depois de Cristo, ou seja, os dois aspectos da fé.

5. "Dante não compreende por que as crianças ocupam graus diferentes na Rosa, se não haveria como julgá-las por mérito. Essa é a dúvida que Bernardo esclarece." (Eugênio Vinci, 2016). Além disso, Dante está em dúvida sobre as criancinhas inocentes que padecem no Limbo.

6. *Paraíso* VIII. 130; *Gênesis* XXV.

7. *Inteligências:* Os Anjos.

8. Bernardo se refere às visões do *Apocalipse* de São João Evangelista, reveladas a ele quando esteve na ilha de Patmos.

9. *O pai mais velho desta família:* Adão.

10. Santa Lúcia, a santa mártir de Siracusa. Era a padroeira de Dante, e enviou Beatriz em seu socorro (*Inferno* II. 97).

Canto XXXIII

DÉCIMO CÉU (EMPÍREO) – A ORAÇÃO DE SÃO BERNARDO – DANTE CONTEMPLA A LUZ DE DEUS

"Ó Virgem Mãe, filha do teu Filho:
Mais humilde e mais sublime criatura,
Termo fixo do maior desígnio eterno.

Tu és aquela que encheste de nobreza
A natureza humana, até seu Criador
Não desdenhar tornar-se Criatura.

Em teu ventre reacendeu-se o Amor;
Tal brilho e tal calor, na paz eterna
Foi sol que germinou tão bela Flor.

10 De caridade, és para nós meridiano;
E lá embaixo, na Terra, entre os mortais,
Tu és a fonte viva da esperança.

Senhora excelsa, tu tens tanto valor
Que, se alguém busca graça, e a ti não pede,
É como um voo falho, sem ter asas.

Tua mão presta socorro, e não só guarda
Aos que pedem, mas está sempre aberta
A conceder, mesmo antes que se peça.

Em ti misericórdia, em ti a piedade,
20 Em ti a compaixão, em ti a caridade;
Ó, soberana Mãe, em ti toda a bondade!

Nossa Senhora: do vazio mais profundo
Até esta altura, este homem viu a condição
De todas as almas, na vida após a morte;

E agora implora que conceda, por tua graça,
Tanta virtude, qual seja suficiente
Para que eleve seus olhos à Salvação final.

E eu, que nunca desejei tanto ver
Mais do que desejo ardentemente que ele veja,
30 Ofereço a ti minha prece, e rogo que seja suficiente.

Nossa Senhora, que possas com tuas orações
Dispersar todas as nuvens de sua mortalidade,
Para que a Suma Alegria lhe seja mostrada.

Ó Rainha, que podes conseguir o que quiseres,
Eu também te imploro: que, depois de tal visão,
O seu coração mantenha a pureza e a perseverança,

E que tua proteção refreie suas paixões humanas.
Veja Beatriz, e quantos santos com ela,
Que se dão as mãos, juntos em minha oração!"

40 Os olhos reverenciados e amados por Deus,
Então fixos em seu interlocutor, nos mostraram
Como tais devoções lhe são bem-vindas;

Depois eles se voltaram para a Luz Eterna,
Na qual não devemos crer que outra criatura
Possa penetrar o olhar com tanta clareza.

E eu, que agora me aproximava d'Aquele
Que é a conclusão de todos os desejos,
Esgotei todos os desejos que ardiam em mim.

Bernardo sorriu para mim, e fez sinal
50 Para que eu voltasse os olhos para o Altíssimo;
Mas eu já o fazia, antes de sua sugestão.

E minha visão, tornando-se mais pura,
Pôde penetrar cada vez mais o raio de Luz:
Aquela Luz sublime, que é verdadeira em Si mesma.

Daquele ponto em diante, o que pude ver
Foi maior do que a fala pode expressar;
Assim como a memória falha, diante de tal excesso.

Como quem vê alguma coisa em sonho,
E, quando acorda, a impressão fica na alma,
60   Mas nada substancial volta à lembrança,

Assim estou eu, pois quase toda a minha visão
Se desvaneceu da memória; mas o coração
Ainda destila a Doçura que nela nasceu.

Assim as pegadas na neve derretem ao Sol;
E assim o oráculo escrito pela Sibila,
Em folhas claras, foi dispersado pelo vento.

Ó Luz Suprema, que Te elevas tão acima
Do intelecto humano; santifica a minha memória,
E traz de volta algo de Tua epifania.

70   E torna minha linguagem tão eficaz
Que eu possa ecoar uma única centelha
Da Glória, que é Tua, para a posteridade.

Se minha fraca memória vingar, e esboçar
Apenas um vislumbre Teu, para estas linhas,
Serei um humilde vaso da Tua vitória.

O raio vivo que me atingiu foi tão brilhante,
Que eu acredito que teria me extraviado,
Se meus olhos se desviassem daquela Luz.

Lembro-me que, por isso, tive mais coragem
80   Em sustentar minha visão – a ponto de dirigir
Meu olhar, profundamente, para a Bondade Infinita.

249

Ó Graça abundante, através da qual eu ousei
Contemplar com meus próprios olhos a Luz Eterna,
Levando minha virtude ao seu limite extremo!

Em Sua profundidade eu vi encadernado,
Reunido pelo Amor, em um Único volume,
Tudo o que é contido pelo Universo:

Todas as substâncias, acidentes e disposições,
Todos os elementos unificados entre si,
90 E o que digo é apenas rudimentar.

Creio ter visto a Forma Primordial
Que o *Onde* assumiu no dia da Criação;
E apenas recordando, a alegria renasce em mim.

Aquele momento me traz maior oblívio
Do que os vinte e cinco séculos que nos separam
Da sombra do Argo, da qual se admirou Netuno.

Minha mente, completamente extasiada,
Atenta, firme e imóvel, olhava fixamente,
E crescia gradativamente o desejo de ver mais.

100 Diante dessa Luz, fica-se de tal forma
Que é impossível querer desviar dela o olhar,
Pois nada mais precioso atrai nossa visão.

Porque todo o Bem, que é o objeto da vontade,
Está totalmente reunido nessa Luz;
Tudo o mais que há de perfeito é defeituoso.

A partir de agora, o pouco que me lembro
Será dito em palavras muito fracas:
Sou como criança, ainda amamentada pela mãe.

E não porque na Luz viva que eu olhava
110 Houvesse mais de um simples aspecto,
Pois era sempre idêntico ao que era antes;

Mas, por minha própria visão, que era mais forte,
Eu mesmo havia mudado meu interior;
E aquele aspecto mudou diante de meus olhos.

Naquela Essência profunda
e brilhante, surgiram Três círculos,
De distintas cores, e de igual dimensão.

O Segundo círculo era reflexo do Primeiro,
De íris para íris; e o Terceiro era uma chama,
120 Soprada em uníssono do interior dos outros Dois.

Quão escassa é a fala, para exprimir o pensamento!
E meu pensamento, em comparação ao que vi,
É tão pequeno, e chamá-lo de "pouco" não bastaria.

Ó Luz Eterna, que habitas em Ti mesma:
Somente Tu conheces a Ti mesmo, e Te compreendes;
E, ao compreender, amas ainda mais, e sorris!

E naquele círculo, que parecera a mim
Ter sido gerado como um reflexo,
Eu vi algo novo, após longa contemplação.

130 Dentro d'Ele, e colorida como Ele mesmo,
Parecia-me pintada uma imagem humana;
De modo que fixei nela todo o meu olhar.

Como o geômetra, que aplica em vão
Todas as suas forças ao medir uma circunferência;
E pensa e repensa naquele elemento que falta,

Assim estava eu, diante da visão extraordinária:
Eu queria saber como a efígie fora inscrita
Dentro do círculo, e por que fora ali colocada.

Mas minhas asas eram fracas demais para tal voo;
140 E a minha mente foi atingida por um raio,
Graças ao qual pude satisfazer meu desejo.

Aqui a virtude falhou, em minha elevada fantasia;
Mas já movia o meu desejo e minha vontade
Como uma roda, girando em perfeita harmonia,

O Amor que move o Sol, e todas as estrelas.

Referências Bibliográficas

OBRAS CONSULTADAS PARA ELABORAÇÃO DAS NOTAS EXPLICATIVAS

a) Edições anteriores da Divina Comédia

ALIGHIERI, Dante. *La Divina Commedia*. In: Dante: Tutte le opere. Roma: Newton Compton, 2008.

ALIGHIERI, Dante. *A Divina Comédia: Inferno, Purgatório e Paraíso*. Tradução para o português e notas de Ítalo Eugênio Mauro. Edição bilíngue (português/italiano). São Paulo: Editora 34, 1998.

ALIGHIERI, Dante. *The Divine Comedy*. Tradução para o inglês e notas do Rev. Henry Francis Cary. Londres, 1814.

ALIGHIERI, Dante. *The Divine Comedy*. Tradução para o inglês e notas de Henry Wadsworth Longfellow. Cambridge (Massachussets), 1867.

ALIGHIERI, Dante. *A Divina Comédia*. Tradução para o português e notas de José Pedro Xavier Pinheiro. São Paulo: Atena, 1955.

ALIGHIERI, Dante. *A Divina Comédia*. Adaptação em prosa (português) e notas de Eugênio Vinci de Moraes. São Paulo: L&PM, 2016.

ALIGHIERI, Dante. *A Divina Comédia: Inferno*. Adaptação em prosa (português), ilustrações e notas de Helder L. S. da Rocha. Publicado gratuitamente em: stelle.com.br, 1999.

ALIGHIERI, Dante. *A Divina Comédia: Purgatório*. Adaptação em prosa (português), ilustrações e notas de Helder L. S. da Rocha. Publicado gratuitamente em: stelle.com.br, 2000.

b) Obras clássicas

ALIGHIERI, Dante. *Convívio*. Tradução para o português e notas de Emanuel França de Brito. São Paulo: Companhia das Letras, 2019.

ALIGHIERI, Dante. *Convivio, De Vulgari Eloquio, Epistola a Cangrande* e *Vita Nuova*. In: Dante: Tutte le opere. Roma: Newton Compton, 2008.

ALIGHIERI, Dante. *La Vita Nuova*. Tradução para o inglês e notas de Dante Gabriel Rossetti. Londres: Smith & Elder, 1861.

BÍBLIA SAGRADA. Edição Pastoral. Tradução para o português de Ivo Storniolo, Euclides Martins Balancin e José Luiz Gonzaga do Prado. São Paulo: Paulus, 1990.

BÍBLIA SAGRADA. Edição Revista e Corrigida. Tradução para o português de João Ferreira de Almeida. São Paulo: Sociedade Bíblica do Brasil, 1969.

BOCCACCIO, Giovanni. *Decameron*. Tradução para o português de Ivone C. Benedetti. São Paulo: L&PM, 2013.

CÍCERO, Marco Túlio. *Sobre a Amizade [De Amicitia]*. Tradução para o português de Alexandre Pires Vieira. São Paulo: Montecristo, 2020.

CÍCERO, Marco Túlio. *Dos Deveres [De Officiis]*. Tradução para o português e notas de João Mendes Neto. São Paulo: Edipro, 2019.

HOMERO (Ὅμηρος). *Ilíada*. Tradução para o português de Manuel Odorico Mendes. São Paulo/Campinas: Ateliê Editorial/Unicamp, 2008.

HOMERO (Ὅμηρος). *Odisseia*. Tradução para o português e notas de Jaime Bruna. São Paulo: Cultrix, 2006.

LUCANO, Marco Aneu. *Pharsalia*. Tradução para o inglês de Jane Wilson Joyce. New York: Cornell University, 1993.

LUCANO, Marco Aneu. *Farsália* (Cantos I a V). Tradução para o português de Brunno Vinicius Gonçalves Vieira. Campinas: Unicamp, 2011.

OVÍDIO (Públio Ovídio Naso). *Metamorfoses*. Tradução para o português de Domingos Lucas Dias. Edição bilíngue (português/latim). São Paulo: Editora 34, 2017.

VIRGÍLIO (Públio Virgílio Maro). *Eneida*. Tradução para o português de Manuel Odorico Mendes. Edição bilíngue (português/latim). São Paulo: Montecristo, 2017.

c) Outras obras consultadas

BASSETTO, Bruno Fregni. *Elementos de Filologia Românica*. São Paulo: Edusp, 2005.

BOSCO, Umberto (org.). *Enciclopedia Dantesca*. Roma: Istituto della Enciclopedia Italiana, 1973. Disponível em: treccani.it/enciclopedia/elenco-opere/Enciclopedia_Dantesca.

GLASSIER, John. *Guia para os clássicos: A Divina Comédia* (Guide to the Classics: Dante's Divine Comedy). Tradução para o português de Thiago Oyakawa. Organização de Frances di Lauro. Edição bilíngue (português/inglês). Disponível em: mojo.org.br, 2017.

GIUNTI, Carlo (org.). *Parola Chiave: Dizionario di Italiano per Brasiliani*. São Paulo: Martins Fontes, 2007.

GUERINI, Andréia e GASPARI, Silvana de (orgs.). *Dante Alighieri: língua, imagem e tradução*. São Paulo: Rafael Copetti, 2015.

HOUAISS. *Dicionário da Língua Portuguesa*. São Paulo: Objetiva, 2009.

WITTE, Karl. *Essays on Dante* [Dante-Forschungen]. Tradução para o inglês de C. Mabel Lawrence e Philip H. Wicksteed. Norderstedt: Hansebooks, 2016.

grupo novo século

Compartilhando propósitos e conectando pessoas
Visite nosso site e fique por dentro dos nossos lançamentos:
www.gruponovoseculo.com.br

‹ns

- facebook/novoseculoeditora
- @novoseculoeditora
- @NovoSeculo
- novo século editora

gruponovoseculo.com.br

Edição: 1ª
Fonte: Bressay Display

A Divina Comédia

Dante Alighieri

Inferno

Ilustrações
Gustave Doré

ns
São Paulo, 2022

La divina commedia – Inferno
A divina comédia – Inferno
Copyright © 2022 by Novo Século Ltda.
Traduzido a partir do original disponível no Project Gutenberg.

EDITOR: Luiz Vasconcelos
COORDENAÇÃO EDITORIAL: Stéfano Stella
TRADUÇÃO: Willians Glauber
　　　　　 Luciene Ribeiro dos Santos de Freitas (italiano)
PREPARAÇÃO E NOTAS: Luciene Ribeiro dos Santos de Freitas
REVISÃO: Cínthia Zagatto
DIAGRAMAÇÃO: Vitor Donofrio (Paladra)
ILUSTRAÇÕES: Gustave Doré
CAPA: Raul Vilela

Texto de acordo com as normas do Novo Acordo Ortográfico da Língua Portuguesa (1990), em vigor desde 1º de janeiro de 2009.

Dados Internacionais de Catalogação na Publicação (CIP)
Angélica Ilacqua CRB-8/7057

Alighieri, Dante, 1265-1321
Inferno/Dante Alighieri
Tradução e adaptação de Willians Glauber, Luciene Ribeiro dos Santos de Freitas; notas, preparação e revisão de Luciene Ribeiro dos Santos de Freitas; ilustrações de Gustave Doré.
Barueri, SP: Novo Século Editora, 2022.
336 p: il. (Coleção A divina comédia; vol. 1)

Bibliografia

Título original: Inferno

1. Poesia italiana I. Título II. Glauber, Willians III. Freitas, Luciene Ribeiro dos Santos IV. Doré, Gustave V. Série

22-1530　　　　　　　　　　　　　　　　　　　　　CDD 853.1

Índice para catálogo sistemático:
1. Poesia italiana

<ns　　Alameda Araguaia, 2190 – Bloco A – 11º andar – Conjunto 1111
　　　　　CEP 06455-000 – Alphaville Industrial, Barueri – SP – Brasil
　　　　　Tel.: (11) 3699-7107 | E-mail: atendimento@gruponovoseculo.com.b
　　　　　www.gruponovoseculo.com.br

A Divina Comédia

Sumário

Sobre as notas explicativas	9
Canto I	16
Canto II	28
Canto III	37
Canto IV	46
Canto V	57
Canto VI	69
Canto VII	78
Canto VIII	88
Canto IX	97
Canto X	106

Canto XI	114
Canto XII	122
Canto XIII	132
Canto XIV	143
Canto XV	151
Canto XVI	159
Canto XVII	166
Canto XVIII	175
Canto XIX	186
Canto XX	193
Canto XXI	201
Canto XXII	209
Canto XXIII	218

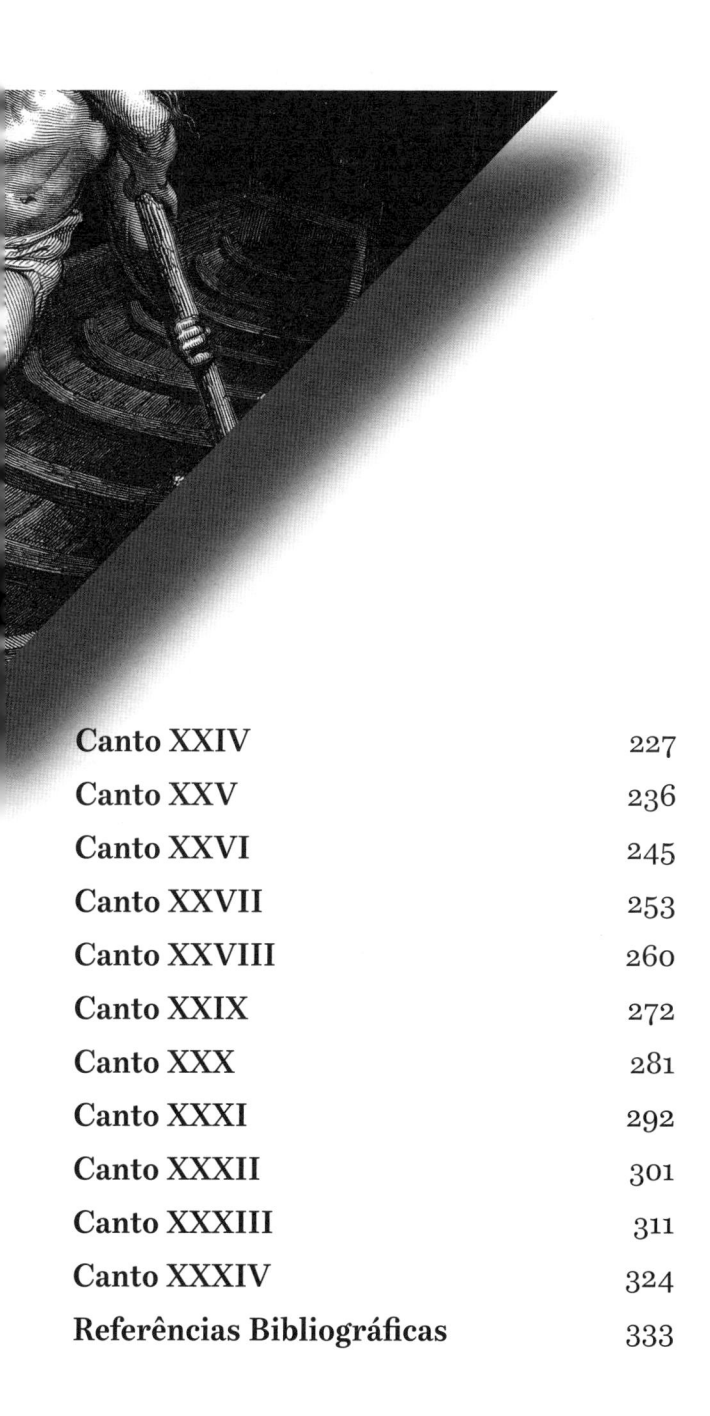

Canto XXIV	227
Canto XXV	236
Canto XXVI	245
Canto XXVII	253
Canto XXVIII	260
Canto XXIX	272
Canto XXX	281
Canto XXXI	292
Canto XXXII	301
Canto XXXIII	311
Canto XXXIV	324
Referências Bibliográficas	333

Sobre as notas explicativas

Ao final de cada Canto, nesta adaptação da *Divina Comédia* de Dante Alighieri (*Inferno, Purgatório* e *Paraíso*), adicionamos notas explicativas, elaboradas a partir de diversas fontes. Muitas notas explicativas referem-se ao contexto político da Itália no ano de 1300, ano em que Dante faz a fantástica viagem de sete dias aos três Reinos do além-vida, durante a Semana Santa. Naquela época, Dante era um político atuante, prestes a ser eleito como um dos *Podestà* da cidade de Florença. Porém, menos de um ano depois, Dante foi expulso da cidade. A *Divina Comédia*, escrita durante esse exílio, faz referência a vários fatos históricos que aconteceram antes e depois de 1300. Os fatos que ocorreram depois de 1300 são anunciados como "previsões" pelas almas.

Ao longo de seu texto, Dante menciona várias personagens pelo apelido ou pelo primeiro nome. A maior parte dessas pessoas era conhecida na Itália, na sua época. Mas hoje, mais de 700 anos depois, seria impossível sabermos quem foi *Buoso, Farinata* ou *Ciacco* sem consultarmos as fontes históricas e as notas dos primeiros estudiosos do universo dantesco; bem como as pistas encontradas nas próprias obras de Dante (como o *Convívio* e a *Vita Nuova*) e de seus compatriotas (como o *Decameron*, de Boccaccio).

Neste ponto, vale mencionar que seguimos as observações de Bruno Bassetto, em seus *Elementos de Filologia Românica* (2005):

> "O valor documental pode se tornar de difícil apreensão, na medida que desapareçam ou se modificam as circunstâncias sociais, locais etc., nas quais o documento nasceu. Assim, a *Comédia*, posteriormente chamada de *Divina Comédia*, de Dante Alighieri (1265-1321), escrita conforme o modelo antigo ático de Comédia, segundo o qual é indispensável a nomeação expressa das pessoas envolvidas, tem valor histórico; esse valor, porém, não é apreendido senão depois de alguns estudos. Como obra literária, é um dos monumentos da humanidade." (BASSETTO, 2005, p. 57)

Também veremos que o poema de Dante foi inspirado não apenas pelos elementos da religião judaico-cristã, como também por vários poemas épicos que o precederam; de modo que ele utiliza, lado a lado e com o mesmo peso, fontes cristãs e pagãs da cultura ocidental. Monstros, gigantes, deuses greco-romanos e outras personagens (reais ou mitológicas) das obras de Homero, Cícero, Virgílio e Ovídio ressurgem no universo de Dante, ora como almas ou sombras, ora como guardiões ou responsáveis por alguma punição. Desta forma, recorremos a várias fontes clássicas para buscar informações sobre os símbolos, personagens e fatos históricos mencionados em toda a *Divina Comédia*: a *Bíblia Sagrada*, naturalmente; e também a *Eneida* de Virgílio, a *Farsália* de Lucano e o *De Officiis* de Cícero, entre outras obras, que foram listadas como nossas *Referências Bibliográficas*.

Por fim, também somos devedores e agradecemos pelos esforços dos tradutores que nos abriram o caminho e se aventuraram antes de nós, navegando pelos mares – às vezes bravios, às vezes serenos – desta grandiosa obra, a *Divina Comédia*.

As interpretações presentes nas notas são muito interessantes e esclarecedoras, mas é preciso lembrar que não são soberanas ou incontestáveis. E, sobretudo, boa parte dessas notas também reflete o entendimento (e a imaginação) destes simples *traduttori, traditori*.

Willians Glauber[1]
Luciene Ribeiro dos Santos de Freitas[2]

---

[1] Willians Glauber Souza é bacharel em Jornalismo, com passagem pela agência francesa de notícias France-Presse. Atua como tradutor desde 2013. Entre os livros que já traduziu estão a biografia de Oscar Wilde, as *Meditações* de Marco Aurélio e *A Fazenda dos Animais*, de George Orwell.

[2] Luciene Ribeiro dos Santos de Freitas é bacharel em Língua e Literatura Portuguesa e Francesa, especialista em Tradução e Língua Italiana e mestra em Design e Arquitetura pela Universidade de São Paulo. Atua como tradutora desde 1999. Traduziu, entre outras obras, *As aventuras de Arsène Lupin*, de Maurice Leblanc.

Inferno

Lasciate ogne speranza, voi ch'intrate.
Inferno III. 9

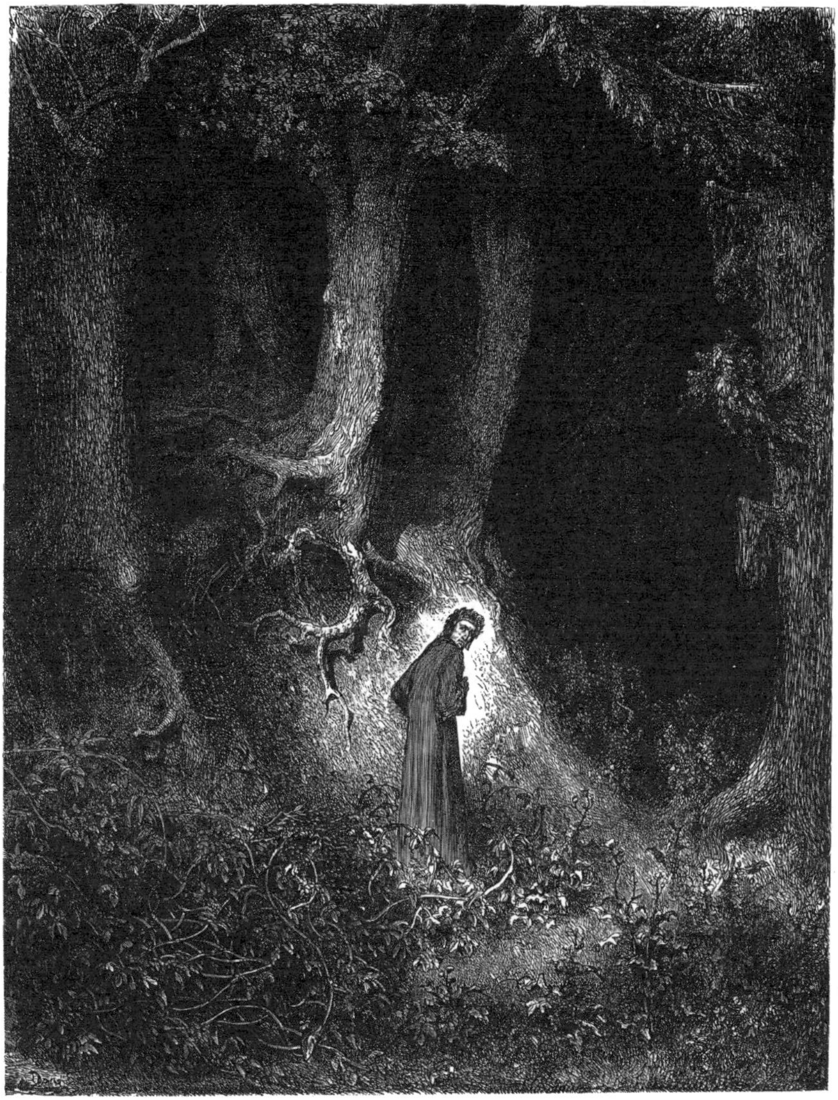

Canto I

A SELVA ESCURA – AS TRÊS FERAS – VIRGÍLIO

No meio do caminho da minha vida[1]
Por muito errar, entrei numa selva escura[2]
E o rumo certo ficou para trás, perdido.

Ah! Como é difícil descrever como era
Aquela floresta selvagem, densa e terrível.
Apenas pela lembrança, meu medo se renova!

Nem mesmo a morte poderia ser tão amarga.
Mas, antes de falar sobre o bem que encontrei,
Relatarei as demais coisas que meus olhos viram.

10 Não sei, ao certo, como adentrei aquela selva.
Talvez eu estivesse em transe, ou em sono profundo
No ponto em que me afastei do caminho certo.

Quando cheguei ao sopé de uma colina[3]
Localizada nos limites daquele vale,
Com enorme terror meu coração se atormentou.

Olhei para cima, e vi os seus ombros vestidos
Já radiantes sob a luz daquele planeta[4]
Que conduz os homens em todas as estradas.

E o medo que permanecera em meu coração
20 Durante toda a dolorosa experiência da noite
Acalmou-se, pouco a pouco, diante daquela visão.

E assim como o homem que respira com dificuldade,
Escapando do mar, luta para chegar até a costa
E volta-se a fim de contemplar o perigoso oceano,

Ainda que a minha alma ainda carregasse medo,
Virei-me para rever a passagem da qual eu viera,
E de onde nenhum ser vivo jamais escapara.

Meu corpo cansado teve um breve descanso,
E assim voltei a galgar a solitária colina
Com meus pés sempre firmes e cautelosos.

Havia dado ainda poucos passos,
E eis que um ágil leopardo,[5] com passos leves,
Que sob uma pele manchada se exibia,

Não titubeou para se deparar comigo,
Lançando em meu caminho tamanho obstáculo
Que por diversas vezes tentei recuar.

Chegara o amanhecer, e o Sol subia pelo Céu
Com um séquito de estrelas, assim como na criação,[6]
Quando o Amor Divino, pela primeira vez,

Colocou em movimento aquelas coisas tão lindas.
Então fiquei confiante e tive coragem
Para encarar aquela criatura de pele salpicada.

O Sol de primavera começava a brilhar forte,[7]
Mas novamente fiquei perturbado de medo
Com a visão de um leão, que se aproximava.

Poderoso, ele avançava em minha direção,
Enraivecido de fome, e de cabeça erguida:
Até mesmo o próprio ar tremia de medo.

Ao longe, eu via também uma loba.
Toda a luxúria transparecia em sua magreza,
E, graças a ela, muitos haviam conhecido a miséria.

Então eu senti minha alma tão oprimida
Diante daquela pavorosa aparição,
Que perdi todas as esperanças de subir a montanha.

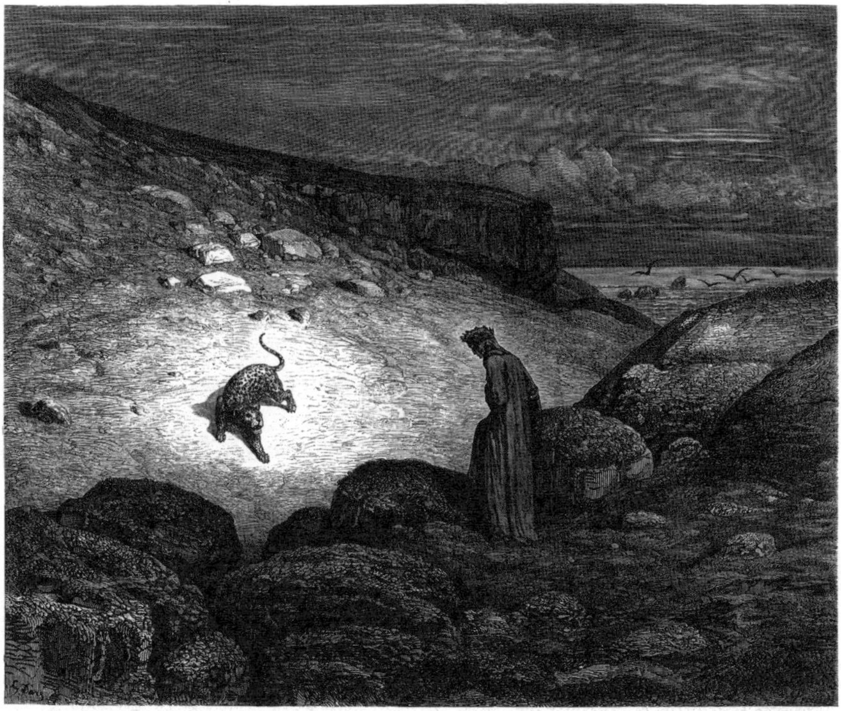

E, como o homem que se gloria quando vence,
Mas, quando chega o momento de perder,
Chora de forma inconsolável a cada pensamento,

Assim eu pranteava, diante daquela fera.
Ela se colocava em meu caminho, passo a passo,
Lançando-me de volta para onde o Sol silencia.

Eu já descia correndo, voltando para o vale,
Quando, diante dos meus olhos, surgiu um ser difuso
Como aqueles que ficam por muito tempo em silêncio.

Quando o vi naquele vasto deserto, clamei:
"O que quer que você seja, sombra ou homem,
Eu imploro, tenha piedade de mim!"

E ele respondeu: "Não sou um homem,
Mas um dia eu já fui; meus pais eram lombardos,
E ambos tiveram Mântua como cidade natal.[8]

Eu vim ao mundo sob Júlio, ainda que tarde;[9]
Vivi em Roma nos bons dias de Augusto,
Na era suprema dos deuses falsos e mentirosos.

Eu fui um poeta, e cantei sobre aquele justo,
O filho de Anquises,[10] que veio de Troia
Quando a orgulhosa Ílion ardeu em chamas.[11]

Mas por que retornar a tamanha miséria?
Por que ter medo de subir a deleitável colina,
Origem e causa de toda e qualquer alegria?"

"Então, é você mesmo, Virgílio?[12] Aquela fonte
Tão caudalosa, de onde flui a linguagem?"
Envergonhado, perguntei com humildade.

"Ó luz e honra de todos os outros poetas!
Valham-me agora o vasto estudo e o grande amor
Que me fizeram consultar o seu volume.

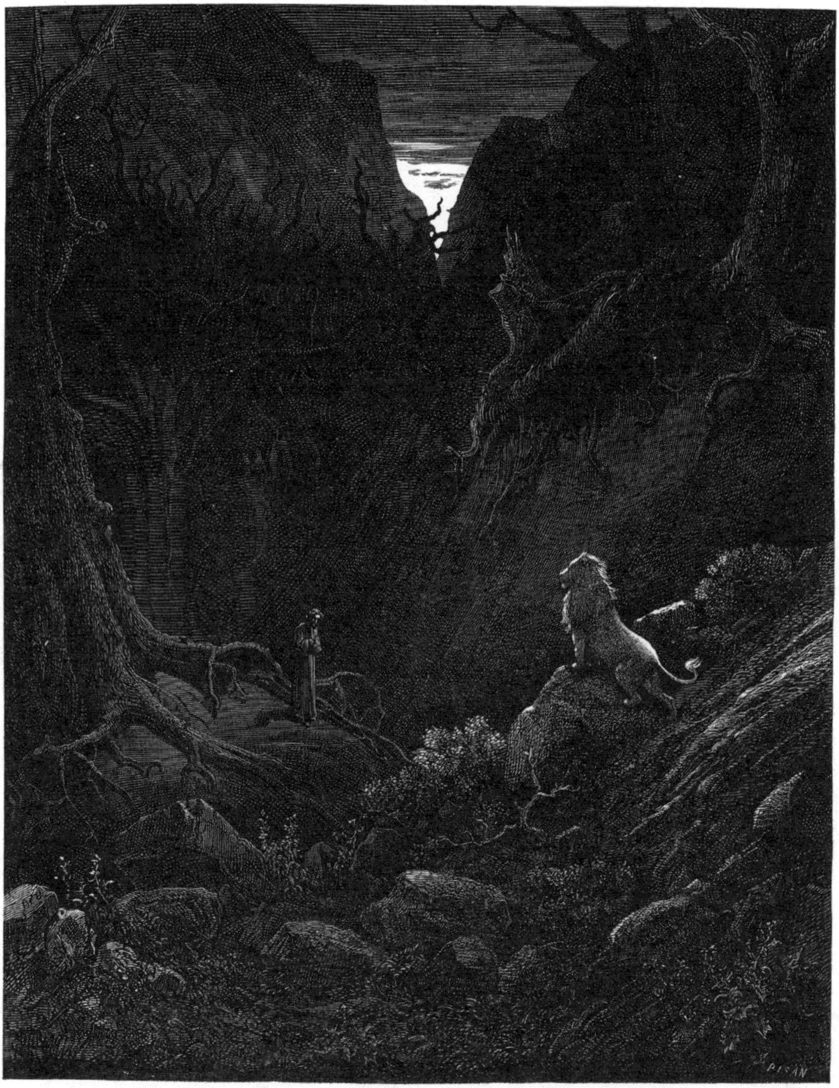
PISAN

Você, meu único Mestre e meu único Autor![13]
Somente inspirado em você eu alcançaria
O consumado estilo que me tornou conhecido.

Mas veja esta fera que me faz recuar:
Livre-me dela, ó ilustre Sábio;
90 Por causa dela eu tremo, e minhas veias saltam."

"Você deve tomar outro caminho",
Respondeu ele, ao perceber que eu chorava.
"Só assim você deixará este deserto selvagem.

Porque essa besta, que agora o aflige,
Não permite que outros passem em seu caminho,
Mas sim os atrapalha, atormentando-os até a morte.

Ela tem uma natureza tão vil e corrupta,
Que o seu furioso desejo chega a ser insaciável;
A comida a torna mais faminta do que estava antes.

100 Com muitas criaturas[14] ela já acasalou,
E muitas mais serão, até que venha o Galgo[15]
Para matá-la e afligi-la com enorme tormento.

Ele não se alimentará de riquezas ou de terras;
Mas sim de valentia, amor e sabedoria;
E entre feltros e feltros há de ser o seu nascimento.

Ele salvará e restaurará a humilde Itália,
Pela qual pereceram outrora a virgem Camila
E Turno, Euríalo e Niso, em dura luta.[16]

Por todas as cidades, ele a perseguirá,
110 Até que por fim ele a precipite no Inferno,
De onde a inveja primordial a libertou.

Portanto, para o teu bem, eu te aconselho:
Tenha a mim como guia, e assim eu te conduzirei
Pelo lugar eterno que lhe será mostrado.[17]

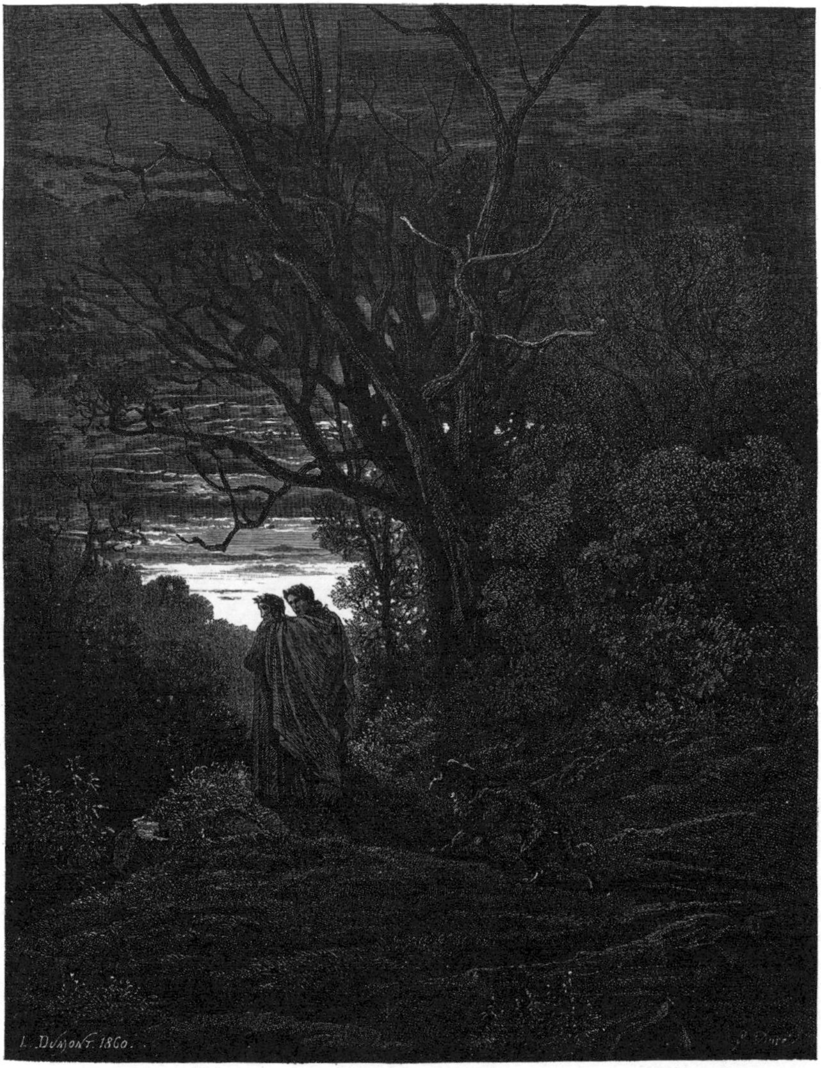
L. DUMONT. 1860.

Lá, você ouvirá os uivos desesperados
Por meio dos quais os antigos espíritos lamentam,
Todos desejando alcançar uma segunda morte.[18]

Também verá as almas que estão contentes,
Mesmo nas chamas, pois ainda têm esperança
De que logo hão de se juntar aos bem-aventurados.[19]

E, se você desejar ascender mais alto,
Uma outra alma[20] o guiará, muito mais digna do que eu;
E o deixarei sob os cuidados dela, quando eu partir.

Porque o Imperador que reina nas alturas
Não permitirá, pois fui rebelde às Suas leis,[21]
Que eu o conduza para dentro de Sua cidade.

Ele reina de lá, sobre todos os lugares;
Ali está Sua cidade e o Seu elevado assento:
Ó, felizes os escolhidos por Ele para ali morar!"

E eu respondi a ele: "Poeta, eu te suplico,
Por este Deus que você nunca conheceu,
Que eu possa fugir deste mal, e de outros piores;

Conduza-me até o lugar do qual me falou,
Para que eu finalmente veja a porta de São Pedro[22]
E aqueles que você descreve como tão tristes."

Então ele se afastou; e eu o segui.

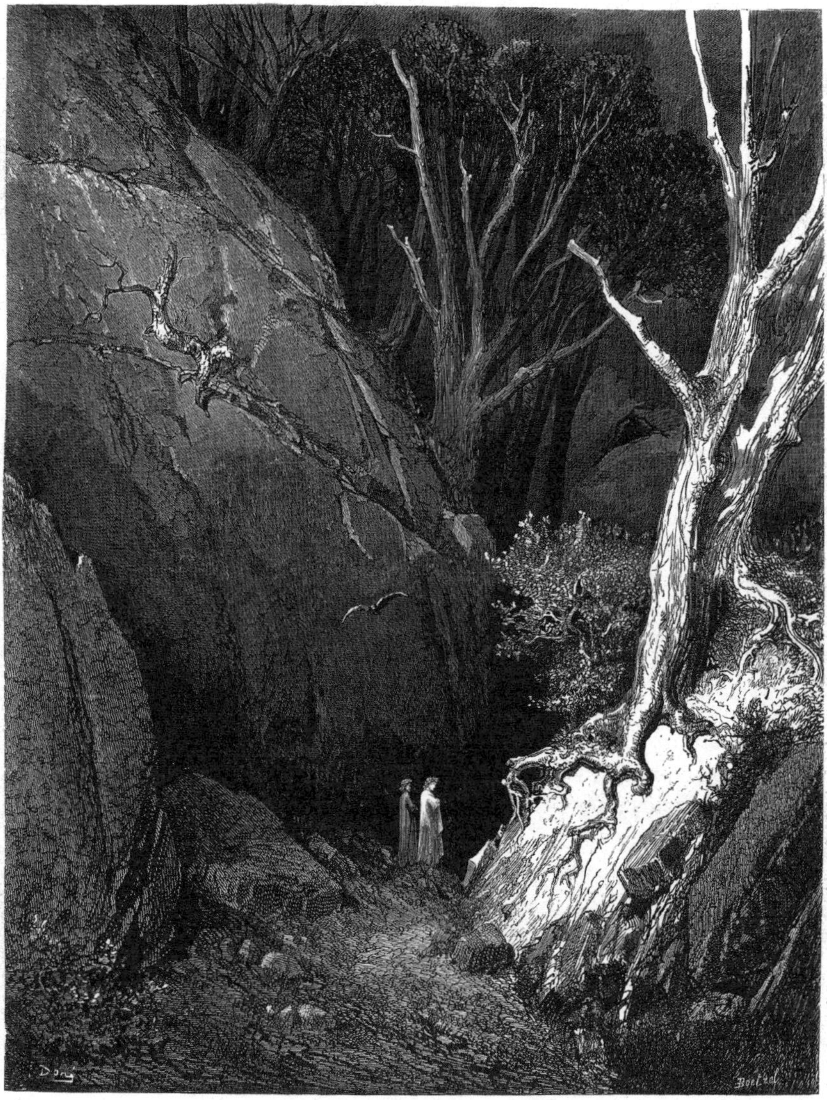
Doré

Notas

1. No *Convívio* (Tratado IV, Capítulo XXIII), comparando a vida humana a um arco, Dante diz que aos trinta e cinco anos de idade um homem atinge o ponto mais alto de sua vida e começa a declinar. Como ele nasceu em 1265, essa era sua idade em 1300, ano em que se desenrola a ação do poema.

2. *A selva escura*: representa um estado de escuridão espiritual ou desespero no qual Dante caiu gradativamente, por causa de seus erros.

3. Este é o Monte Gólgota, em Jerusalém. A subida desta colina será denominada por Virgílio na linha 78 como "origem e causa de toda e qualquer alegria". Subir o monte é um símbolo de liberdade espiritual, da paz e segurança que vêm da prática da virtude. Dessa forma, ele pode escapar da selva escura – o vale da sombra da morte – onde está perdido.

4. No sistema astronômico de Ptolomeu, o Sol é considerado um planeta; e todos os outros corpos celestes, incluindo a Terra e as estrelas, derivam sua luz dele. Aqui, a luz do Sol pode significar a ajuda divina concedida a todos os homens em seus esforços pela virtude.

5. O leopardo, o leão e a loba que desafiam Dante são mencionados em *Jeremias* V. 6: "Por isso um leão do bosque os ferirá, um lobo dos desertos os assolará; um leopardo vigia contra as suas cidades; qualquer que sair delas será despedaçado; porque as suas transgressões se avolumam, multiplicaram-se as suas apostasias". Esses animais simbolizam os pecados. O leão e a loba representam os pecados derivados da violência e da malícia (fraude), respectivamente. E veremos em Inferno XVI. 106 que Dante tentou levar vantagem sobre o leopardo, por meio de um cordão que ele usava ao redor de sua cintura. O cordão é um símbolo emblemático do autocontrole; e, portanto, o leopardo parece melhor corresponder à ideia dos pecados da incontinência.

6. O Sol estava em Áries, como se acreditava estar no início da criação.

7. É a manhã de sexta-feira, 25 de março do ano de 1300. A Sexta-feira Santa do ano de 1300 caiu quinze dias depois; mas o dia 25 de março era considerado em Florença como o verdadeiro dia da crucificação, bem como da encarnação e da criação do mundo. A data da ação é fixada pelo que Dante escreve em *Inferno* XXI. 112.

8. Aqui entra em cena Públio Virgílio Maro, ou simplesmente *Virgílio*, nascido em 70 a.C. e morto em 19 d.C. Poeta romano clássico, autor de três grandes obras da literatura latina: as *Éclogas*, as *Geórgicas* e a *Eneida*, o poema épico sobre as aventuras do herói Eneias e a fundação de Roma. A história de Mântua (*Mantova*), sua cidade natal, é narrada por ele em vários versos, a partir de *Inferno* XX. 55.

9. Virgílio tinha vinte e cinco anos de idade quando César foi morto; e

25

assim foi sob o império de Augusto que viveu sua idade mais madura.

10 *O filho justo de Anquises*: Eneias, fundador de Roma, cuja visita ao mundo das sombras é descrita no Canto VI da *Eneida*.

11 Ílion: nome grego para a cidade de Troia, de onde deriva o título do poema épico *Ilíada*. Troia foi a cidade mais suntuosa e magnífica da mitologia, e sua destruição ocorreu por causa de Helena, a mais bela mulher que já pisou a Terra (ver *Inferno* V. 64).

12 Nesta tradução, optamos por manter o tratamento informal entre Dante e Virgílio (*você*), em vez de utilizar *vós* ou *o senhor*. Foi preservado o tratamento informal dado a Virgílio no original em italiano (*tu*, equivalente ao *você*, em português brasileiro). Em poucas ocasiões da *Divina Comédia* veremos Dante se dirigindo a personagens como *vós/vossa* ou *senhor* (correspondente ao tratamento *voi* em italiano), como é o caso do líder político Farinata (*Inferno* X. 51) e do mestre Brunetto Latino (*Inferno* XV).

13 Dante define um *autor* como *"l'artefice o vero operatore di quella massimamente dee essere da tutti obedito e creduto"* ("alguém digno de ser acreditado e obedecido" – *Convívio*, Tratado IV, Capítulo VI). Como guia e companheiro de sua grande peregrinação, ele escolhe Virgílio, não apenas por ser seu ídolo e maior fonte de inspiração, mas também porque ele já descrevera o mundo das sombras na *Eneida* (ver nota da linha 75). Para o enredo da *Divina Comédia*, Dante formula que o próprio Virgílio já tinha feito uma viagem pelo *Inferno* (ver *Inferno* IX. 22).

14 Grandes homens e Estados, infectados com a avareza, em seu sentido amplo de usurpação dos direitos dos outros.

15 *Galgo*: Em italiano, *veltro*. O libertador do qual Virgílio profetizou a vinda talvez seja Henrique VII de Luxemburgo, eleito imperador em novembro de 1308 – um bom candidato ao posto de libertador, visto que Dante depositava nele as esperanças de ser o homem que salvaria a Itália. Ele era humilde de nascimento (nascido entre "feltros e feltros", como mencionado na linha 105, sendo o feltro um tecido considerado pobre). Na tradução de José Pedro Xavier (1955), os feltros significam as cidades de Feltro e Montefeltro.

16 *Camila, Turno, Euríalo e Niso*: Personagens da *Eneida*, mortos na guerra de Troia. A princesa Camila (filha do rei Metabus) e Turno eram etruscos, enquanto Euríalo e Niso eram troianos.

17 O lugar eterno que será mostrado a Dante são os três reinos do além-vida (o *Inferno*, o *Purgatório* e o *Paraíso*). Neste momento eles estão no sopé do Monte Gólgota, em Jerusalém, próximos à entrada do *Inferno*.

18 Estas são as almas atormentadas no *Inferno*.

19 Estas são as almas que expiam seus pecados no *Purgatório*.

20 *Uma outra alma*: Beatriz, a amada de Dante, que o conduzirá pelo *Paraíso*. Ela será mencionada novamente no Canto II, a partir da linha 54. Ver também maiores detalhes sobre Beatriz em nossa *Nota Biográfica* sobre Dante Alighieri.

21 Virgílio foi rebelde apenas no sentido de ser ignorante à doutrina cristã (*Inferno* IV. 37).

22 Virgílio não mencionou São Pedro. Dante o nomeia para proclamar que é como um cristão, embora sob orientação de um pagão, que ele fará a peregrinação.

Canto II

INVOCAÇÃO DAS MUSAS – A RAZÃO DA VIAGEM (BEATRIZ)

O crepúsculo marrom marcava o fim do dia[1]
E todos os seres vivos descansavam de suas fadigas;
Mas eu estava ali, sozinho,[2] e me preparava

Para encarar a batalha que me aguardava,
Assim como a jornada perigosa e penosa
Que está gravada em minha memória, que não erra.

Ó Musas, ó grandioso Gênio, ajudai-me agora!
Ó Memória, que anotaste tudo o que aconteceu,
Agora será mostrada a sua excelência.[3]

10 Assim comecei: "Poeta, e também meu Guia,
Antes de confiar-me esta grande aventura,
Julgue, por favor, se minha força é capaz.

Você nos conta que aquele que gerou Silvio,[4]
Ainda corruptível, adentrou o mundo dos imortais,
Permanecendo em seu corpo vivo e sensível.

E o inimigo de todo mal lhe foi cortês,
Revelando o grande efeito de tudo que ele faria,
E quem viria a ser, e qual seria sua posteridade.

Com razão, o homem pensador poderia duvidar;
20 Mas, de fato, ele fundou a nobre Roma e seu domínio,
E nos altos do céu empíreo foi eleito.

E, verdade seja dita, sua cidade e seu império
Estavam destinados a ser a cátedra sagrada
Onde se assenta hoje o sucessor de Pedro.[5]

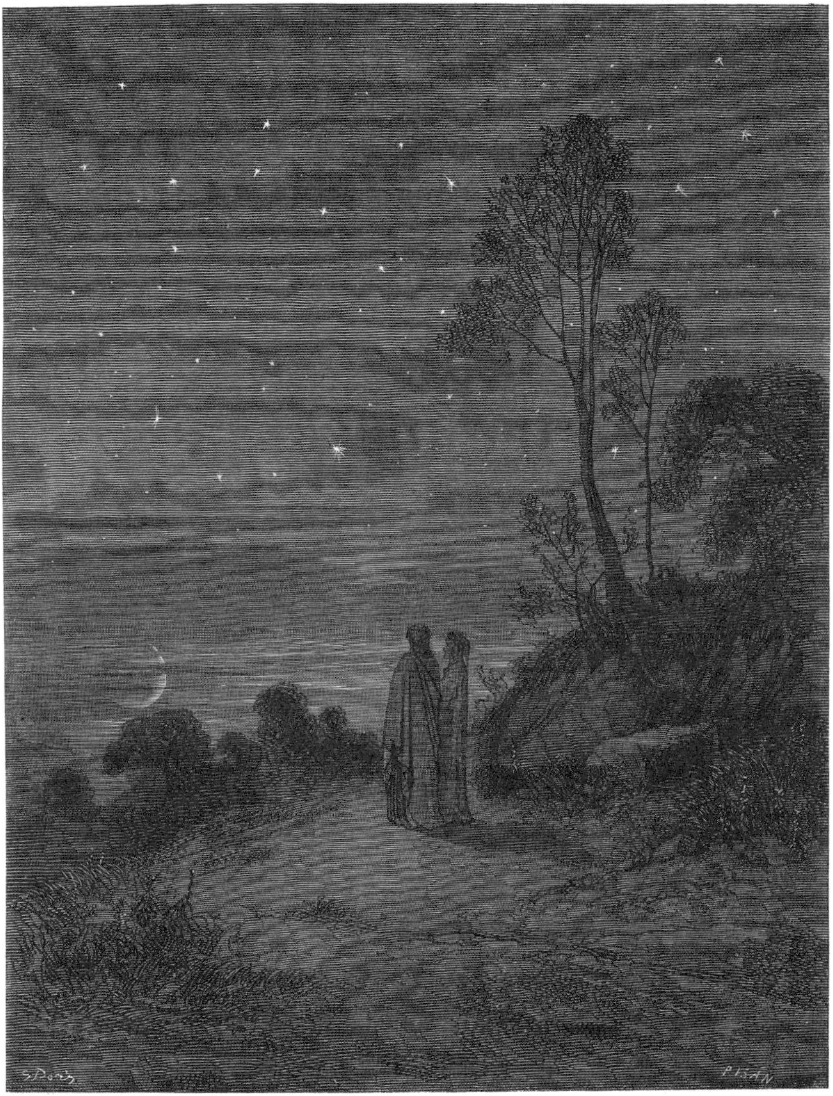

Através dessa jornada, narrada por ti,
Ouvimos coisas ditas a ele, às quais ele deveu
Seu triunfo, e a origem do manto papal.

Mais tarde, por ali caminhou o Vaso Escolhido[6]
Para então recebermos a unção da fé,
30   Que é o início do caminho para a salvação.

Mas, por que eu deveria ir? Quem me dará a sanção?
Pois eu não sou Eneias, nem sou Paulo;
Nem eu, nem ninguém, poderia ser digno.

Portanto, me aventurando ao seu chamado,
Temo que esta viagem seja precipitada.
Contudo, nada mais digo; ó Sábio, você sabe tudo."

Como alguém que desiste de algo que desejava,
E cujo propósito se modifica com seu pensamento
Para que seja desfeito tudo aquilo que começou,

40   Naquela encosta negra eu fiquei perturbado,
Porque dentro de mim, com todo o meu coração,
Eu recuava da missão que antes eu desejava.

"Se bem entendo estas tuas palavras,"
Respondeu aquela sombra magnânima,
"Sua alma foi assaltada pela covardia,

Que muitas vezes pesa tanto em um homem,
E que o faz hesitar diante de um objetivo nobre,
Como a besta assustada diante de uma sombra.

Mas, para que eu o livre deste terror,
50   O discurso que ouvi, eu vou narrar
Pois, antes de tudo, tive compaixão pela sua dor.

Quando eu estava entre aquelas almas suspensas,[7]
Uma dama[8] saudou-me. Ela era tão abençoada e bela,
Que logo implorei para servir ao seu comando.

Seus olhos brilhavam mais do que as estrelas;
E ela começou a falar com uma voz tão doce
Como apenas as vozes dos anjos são:

'Ó Sombra de Mântua, alma de completa cortesia,
Cuja fama sobrevive na Terra, e ainda mais crescerá
Através de todas as eras, enquanto o mundo durar;

Um amigo meu, que tem a sorte como sua inimiga,
Encontra obstáculos em seu caminho deserto,
E, ferido pelo terror, não consegue ir além.

E ele está tão perdido, que eu temo
Ter me levantado tarde demais para ajudar,
Por tudo o que ouvi dizerem sobre ele no Céu.

Vá, com seu discurso persuasivo, e o convença,
E com toda a ajuda necessária seja seu guardião;
E que, ao tocá-lo, eu possa ser consolada.

Saiba, é Beatriz que está te chamando agora.
Eu venho de onde mais desejo voltar;
Minha vinda e meu apelo são regidos pelo Amor.

Quando eu estiver novamente diante do meu Senhor,
Junto a Ele intercederei por ti, em teu louvor.'
E aqui ela se calou, e então eu respondi:

'Ó Senhora da Virtude, a única razão pela qual
A raça humana supera todas as misérias
Abaixo do Céu que gira no espaço mais estreito.[9]

Seguir teus comandos me agrada tão bem,
E é inútil contestar, porque já está consumado;
Seu maior desejo não é necessário repetir.

Mas, diga-me, como não temes cair assim,
Até estas profundezas, descendo da vasta região[10]
Para onde logo precisas voltar?'

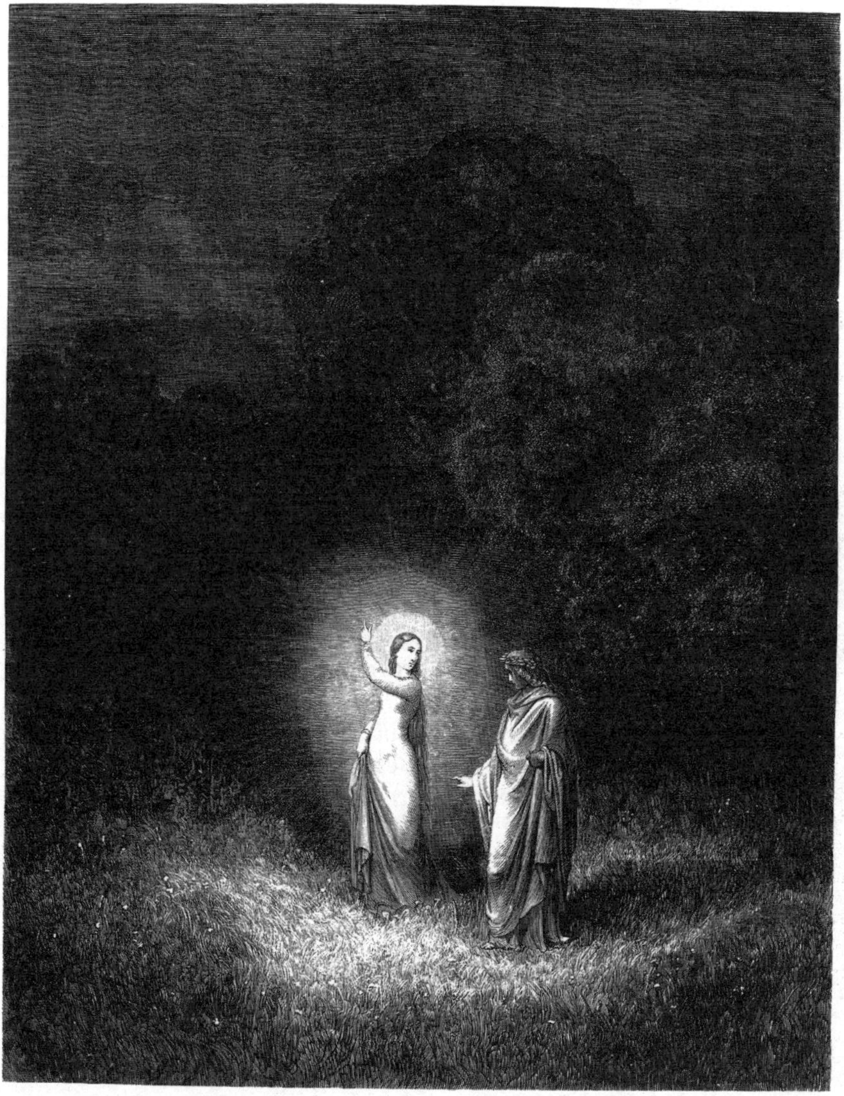

'Porque você sonda as coisas tão profundamente',
Ela respondeu, 'Prontamente responderei;
Pois, vindo até aqui, não passei por nenhum terror.

Não fico mais, decerto, amedrontada por tais coisas,
Pois este mal não tem poderes para me ferir;
90 Não tenho, neste lugar, nada a temer.

Deus, em Sua grande generosidade
Me tornou imune a todas essas misérias,
E nenhuma das chamas deste fogo me incomoda.

Há uma nobre Senhora[11] que no Céu suspira
Pelos obstáculos para os quais agora te envio,
E pode quebrar o rígido decreto dos céus.

Esta, chamando Lúcia,[12] assim lhe falou:
'Seu devoto precisa muito de sua ajuda;[13]
Então se apresse, e interceda por ele.'

100 E Lúcia, que odeia toda e qualquer crueldade,
Rapidamente levantou-se, e veio até mim,
Quando eu conversava com a venerável Raquel,[14]

E disse-me: 'Beatriz, verdadeiro louvor a Deus,
Por que não ajudas aquele que tem tanto amor por ti,
E, dentre a multidão vulgar, te elegeu como adorada?

Não o ouve chorando, e como se lamenta,
Nem vê a morte que agora o ameaça
Em uma inundação mais terrível do que o mar?'[15]

Nunca na Terra alguém correu tanto,
110 Seduzido pelo lucro ou impelido pelo medo,
Mais rápido do que eu, quando ela assim falou.

Sim, eu desci de minha bendita estação,
Por ter confiança em teu falar honesto,
Que honra a ti, e àqueles que o ouvem.'

Quando ela terminou de dizer essas palavras,
Ela desviou os olhos, brilhantes de lágrimas,[16]
E por isso fui instado a ter mais pressa.

E foi assim que vim até você, como ela desejava,
E o libertei daquelas bestas furiosas
120 Que impediam o caminho para subir a bela colina.

O que o aflige, então? Por que resiste?
Por que nutre em seu coração um medo covarde?
Onde está sua ousadia, onde está sua bravura,

Se três Senhoras abençoadas se preocupam
Com você na corte do Céu, e estas minhas palavras
Preparam-te para tal riqueza de bem-aventurança?"

Como pequenas flores, fechadas pelos calafrios da noite,
Quando tocadas pela luz branca da manhã
Sobre suas hastes desabrocham, belas por inteiro;

130 Assim minha coragem vacilante mudou de figura,
E uma alegria boa percorreu meu coração.
E eu declarei, como uma criatura que se liberta:

"Ó bela compassiva, que em meu socorro se moveu!
E você, tão gentil, que obedeceu prontamente
Ao doce apelo daquelas belas palavras!

A sua eloquência depositou em meu coração
O desejo mais ardente de prosseguir;
E a intenção que antes eu tive, agora não evito mais.

Sigamos; minha vontade com a sua se mescla.
140 Você é meu Guia, meu Senhor, meu Mestre!"[17]
Estas foram minhas palavras, enquanto eu o seguia,

E entrei pela estrada íngreme e acidentada.

Notas

1 Já é a noite de sexta-feira. Foi gasto um dia inteiro na tentativa de subir o monte e na conversa com Virgílio.

2 *Sozinho*: Longe das criaturas viventes, embora em companhia de Virgílio, que era uma sombra.

3 As Musas, na mitologia greco-romana, eram entidades a quem era atribuída a capacidade de inspirar a criação artística ou científica. Eram as nove filhas de Mnemósine (a Memória) e Zeus (Júpiter).

4 O pai de Silvio é Eneias (ver *Inferno* I, 74). Ele encontra no mundo das sombras o seu pai Anquises, que prediz a sorte de seus descendentes até a época de Augusto.

5 Dante usa uma linguagem ligeiramente apologética enquanto explica para Virgílio, o grande poeta imperialista e pagão, a causa final de Roma e do Império: como um entusiasta da religião católica e do ofício papal, ele faz de toda a história romana uma preparação para o estabelecimento da Igreja. Mesmo assim, ao longo de suas obras, Dante se permite culpar os papas como homens falhos que são – como será visto com frequência no curso da *Comédia*. Nesta menção enfática de Roma (sendo nomeada como a Cátedra de Pedro), pode estar implícita uma censura ao Papa pela transferência da Santa Sé para Avignon, em 1305.

6 São Paulo Apóstolo, que como Eneias também visitou o outro mundo, mas na região do Terceiro Céu (*II Coríntios* XII. 1-10). Ao longo dos poemas, vários exemplos tirados da história pagã, e mesmo da poesia e da mitologia, são citados por Dante com o mesmo peso das fontes cristãs.

7 O *Limbo*, Círculo dos pagãos virtuosos (Canto IV).

8 *Uma dama*: Beatriz, a heroína da obra *Vita Nuova*, a quem Dante prometeu um dia: *"che la mia vita duri per alquanti anni, io spero di dicer di lei quello che mai non fue detto d'alcuna"* ("não importa quantos anos dure minha vida, sempre direi sobre ela o que nunca foi dito antes sobre mulher alguma." *Vita Nuova*, XLIII – tradução nossa). Ela morreu em 1290, aos 24 anos. Na *Comédia*, ela preenche diferentes papéis: ela é a glorificada Beatriz Portinari, que o jovem Dante conheceu em Florença (ver maiores detalhes em nossa *Nota Biográfica* sobre Dante Alighieri); e também representa a verdade celestial ou o conhecimento dela, sendo chamada por Virgílio de "Senhora da Virtude" (linha 76).

9 O céu da Lua, o mais próximo dos planetas no sistema ptolomaico.

10 O empíreo, ou décimo e maior céu de todos. É um acréscimo feito pelos astrônomos cristãos aos céus do sistema ptolomaico. O empíreo é o céu do descanso divino.

11 A Virgem Maria, cuja benignidade não apenas socorre aqueles que pedem, mas frequentemente antecipa suas demandas (*Paraíso*

XXXIII. 16). Ela é o símbolo da graça divina em seu sentido mais amplo. Observe-se que nem Cristo nem Maria são mencionados pelo nome no *Inferno*.

12 Santa Lúcia, a santa mártir de Siracusa. Karl Witte (*Dante-Forschungen*, vol. II. 30) sugere que esta poderia ser a Beata Lúcia, da família Ubaldini de Florença – irmã da Beata Giovanna e do Cardeal Ottaviano (mencionado em *Inferno* X. 120). De qualquer modo, sabe-se que as graças de Santa Lúcia de Siracusa são especialmente úteis para aqueles com problemas de visão, como Dante teve em uma época de sua vida. Aqui ela é o símbolo da graça iluminadora, porque ele era alguém que buscava a luz.

13 A palavra *fedele*, utilizada por Dante no original, pode ser lida em seu sentido de "fiel" ou "devoto", como traduzimos; mas também significava "vassalo" no dialeto toscano, e podemos considerar essa referência (o dever do suserano em ajudar seus vassalos) para dar força ao apelo de Nossa Senhora a Santa Lúcia.

14 *Raquel*: esposa de Jacó (Israel). Símbolo da vida contemplativa levada no céu por Beatriz.

15 O mar de problemas, principalmente políticos, em que Dante está envolvido na vida terrena.

16 Beatriz chora pela miséria humana – especialmente a de Dante – embora não seja afetada pela visão dos sofrimentos da Terra e do *Inferno*.

17 Depois de ouvir como Virgílio foi motivado a vir em seu socorro, Dante o aceita não somente como seu guia, mas também como seu senhor e mestre.

Canto III

PORTAL DO INFERNO – VESTÍBULO (INDECISOS E COVARDES)

POR MIM SE CHEGA À CIDADE DOLENTE,
DE MIM PROCEDEM OS SOFRIMENTOS ETERNOS,
EM MIM SE ENCONTRAM AS ALMAS PERDIDAS.

JUSTIÇA MOVEU MEU GLORIOSO CRIADOR;
CONSTRUÍRAM-ME O PODER DIVINO,[1]
A MAIS ALTA SABEDORIA E O AMOR PRIMORDIAL.

ANTES DE MIM NINGUÉM FOI CONCEBIDO,
SENÃO OS SERES ETERNOS; E EU SOU, ETERNAMENTE.[2]
VOCÊS, QUE ENTRAM, DEIXEM PARA TRÁS TODA ESPERANÇA!

10 Contemplei estas palavras, em cor muito escura,
Escritas no alto de um portal, e disse:
"Mestre, muito duras são essas palavras."[3]

E, serenamente, ele me respondeu:
"Aqui é necessário deixar para trás todo medo;
Toda covardia deve morrer aqui.

Pois encontramos o lugar do qual te falei,
Onde você verá o povo miserável
Que renunciou ao verdadeiro bem da razão."[4]

Então, com um olhar de alegre tranquilidade,
20 Ele pegou minha mão na sua, e isso me encorajou;
E embrenhei-me no mundo das coisas ocultas.

Ali ouvi suspiros, e queixas, e gemidos
Ecoando pelo ar escuro e sem estrelas;
E então não pude conter minhas lágrimas.

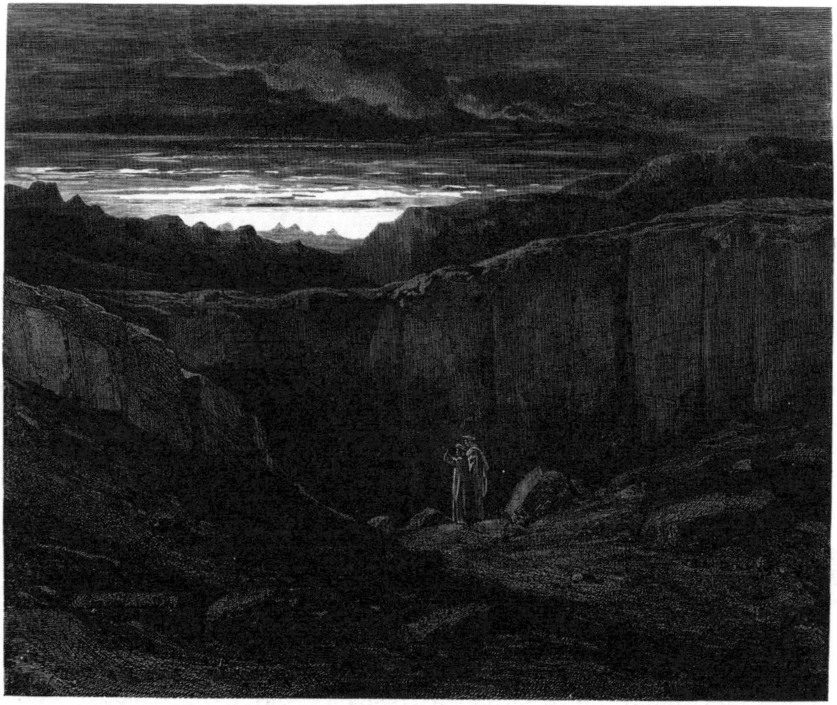

As várias línguas, as palavras desconhecidas,
Os lamentos, misturados com gritos de raiva
E estrépitos de palmas, e vozes altas e baixas,

Tudo compunha um tumulto sem fim,
Que se elevava em círculos pelo ar obscurecido,
Como a areia quando voa em redemoinhos.

Então, confuso e horrorizado, perguntei:
"Mestre, que som é este que eu ouço,
E quem é o povo que vive nessa miséria?"

E ele respondeu: "Nesta triste condição
Estão presas as almas da tripulação inglória
Que viveu sem honras, mas também sem culpa.

Entre elas estão os anjos covardes
Que se abstiveram da rebelião declarada,
Mas, egoístas, também não foram leais a Deus.

O Céu os lançou fora, para que não manchassem sua beleza;
Tampouco o Inferno profundo os receberá,
Como os outros que se gloriam,[5] pela culpa obtida."

E eu: "E o que suportam eles, meu Mestre,
Para que se lamentem em tom tão doloroso?"
Ele respondeu: "Em poucas palavras te direi.

Não há esperança de morte para esses desgraçados;
Tão obscura e miserável foi a vida que levaram,
Que eles agora invejam todos os outros sofrimentos.

Deles, o mundo não tem memória;
A misericórdia e a justiça também os desprezam.
Não falemos deles: apenas olhemos, e passemos."

Quando olhei novamente, eu vi um estandarte[6]
Que, sempre girando, avançava com pressa
E não se firmava, e nada parecia sinalizar.

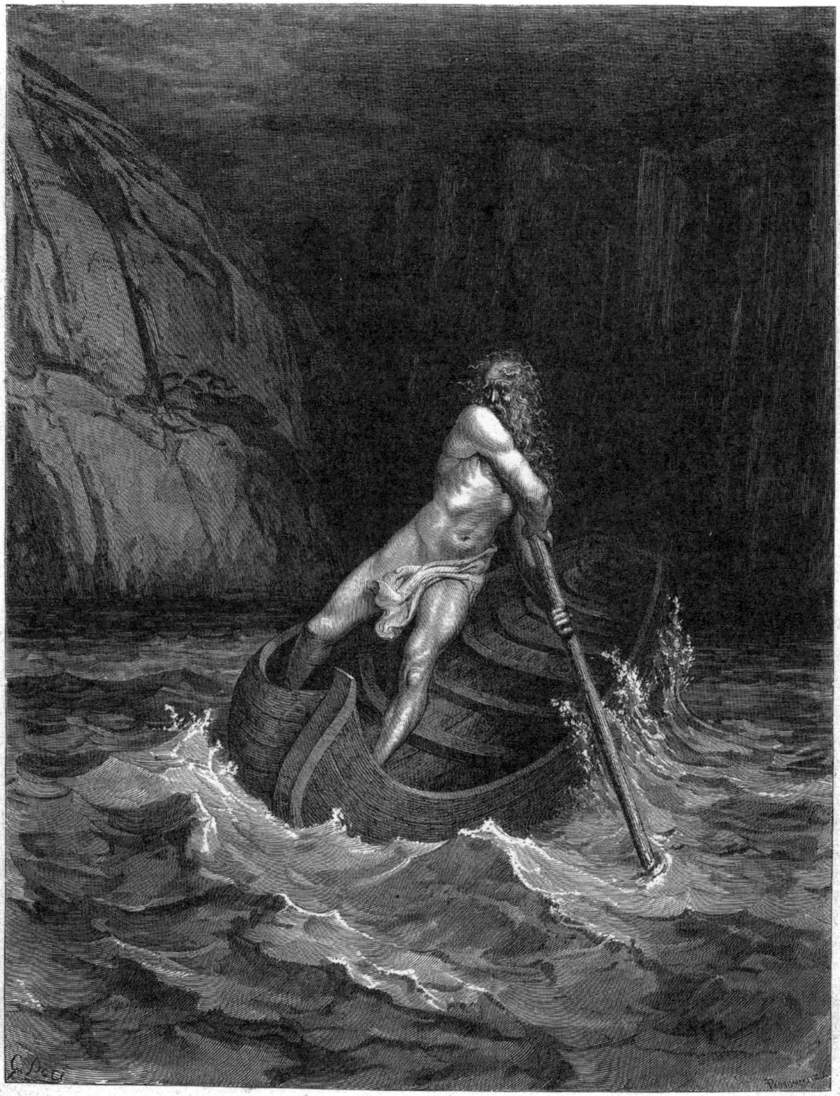

E após ele seguiam tantas pessoas
Em longa procissão; e eu não podia acreditar
Que essa morte já tivesse desfeito tantas almas.[7]

E eis que, entre essa multidão,
Eu vi uma sombra, que logo reconheci:
60 Era a alma do covarde que fizera a grande renúncia.[8]

De imediato, eu soube e tive a certeza
De que aqueles eram da tribo dos covardes,[9]
Raça desprezada por Deus e odiada por Seus inimigos.

Esses desgraçados, que deixaram a vida sem vestígios,
Estavam nus, e eram picados com ferocidade
Pelas moscas e vespas que fervilhavam naquele lugar.

O sangue extraído por elas manchava seus rostos
E, misturado com suas lágrimas, caía a seus pés,
Onde era sugado por vermes repugnantes.

70 Lançando meus olhos além daqueles flagelados,
Vi uma multidão, na margem de um grande rio.
Ao que eu disse: "Ó Mestre, eu imploro,

Diga-me quem são estes, e por que parecem estar
Tão impacientes por cruzar esse rio,
Como eu posso ver, apesar dessa luz fraca."

E ele disse: "Estas coisas ficarão claras para você
Quando nossos passos estiverem repousados
Sobre as aflitas margens do Aqueronte."

Então, com os olhos envergonhados no chão,
80 Temendo enfadar seus ouvidos com perguntas,
Até chegarmos ao rio, fiquei em silêncio.

E eis que em nossa direção, em um barco,
Aproximava-se um venerando, de barba e cabelos brancos,[10]
Que gritava: "Ó almas depravadas! Encham-se de medo.

Esqueçam a esperança de um dia ver o Céu;
Eu vim para levá-los para a outra margem,
Para a geada, e para o fogo, e para a noite eterna.

E você, ó alma vivente que se aproxima,
Retira-te de entre os mortos!" No entanto,
90   Eu não o obedeci, nem me movi ao seu comando.

"Por outros portos é que você deve passar;
Se você deseja alcançar a outra margem,
Um barco mais leve deverá te carregar."[11]

E então meu Guia disse: "Caronte, não nos atormente,
Pois assim foi desejado pelo Poder Superior,
Que faz tudo o que quer; portanto, não pergunte mais."

E então foram silenciadas as barbas peludas
Daquele velho, o piloto do rio nebuloso,
Que tinha rodas de chamas em volta de seus olhos.

100 Mas todas as sombras, nuas e exaustas,
Haviam perdido a cor, e rangiam os dentes
Ao ouvir suas palavras impiedosas.

Eles amaldiçoavam a Deus, e as suas famílias,
A humanidade, o lugar e a hora em que nasceram,
A semente de sua concepção e o ventre que os gerou.

Eles se aglomeravam, enquanto corriam,
Chorando, em direção à praia amaldiçoada,
Predestinada para todo homem que não teme a Deus.

O demônio Caronte, com os olhos sempre em brasas,
110 Fazia sinais para que todos embarcassem;
E quem ousasse escapar apanhava com seu remo.

E assim como caem as folhas desbotadas no outono,
Uma após a outra, até que por fim o galho
Vê todas as suas vestimentas espalhadas pelo chão;

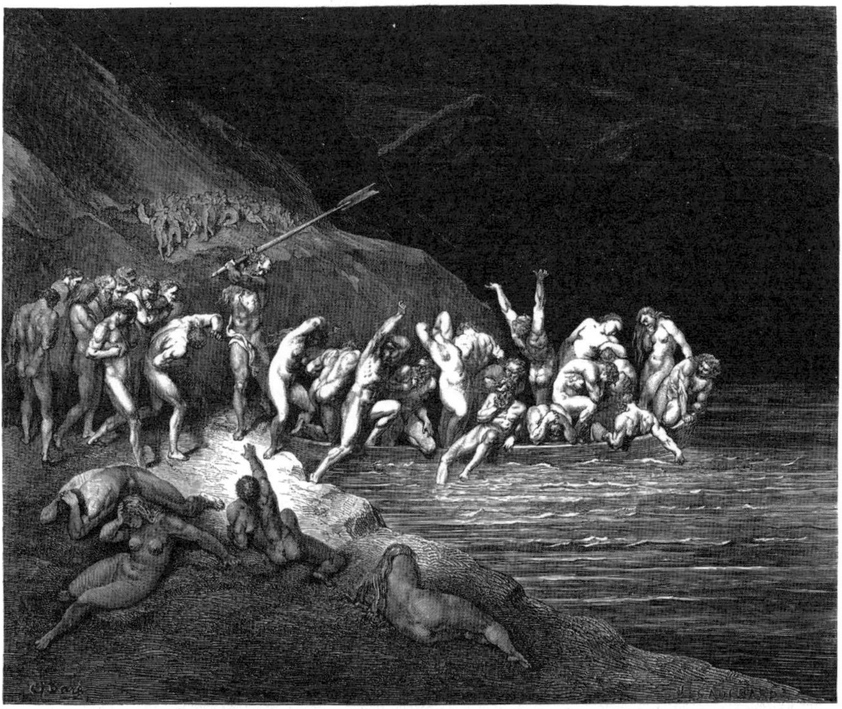

Assim caminhava agora a semente de Adão:
Um a um, caíam precipitados daquela margem,
Como os tordos esvoaçantes, direto para a emboscada.

Assim, as águas sombrias são por eles cruzadas,
E, antes que eles alcancem a outra margem,
120 Novamente se reúne na praia outra multidão.

"Filho", disse o cortês Mestre, "entenda,
Todos que perecem assim, sob a ira de Deus,
De todos os lugares, se reúnem nesta vertente.

Eles estão ansiosos para cruzar o rio;
Pois suas vontades são instigadas pela justiça celestial
Para que seu terror se transforme em desejo.

Assim, nenhuma alma viva nunca passou por aqui;
Portanto, se Caronte se queixou contra você,[12]
Agora sabes o que significam suas palavras."

130 Quando ele pronunciou isso, a planície sombria tremeu[13]
Tão violentamente, que o terror daquele instante,
Só de me lembrar agora, me banha em suor novamente.

Um redemoinho subiu da terra encharcada de lágrimas,
De onde crepitaram relâmpagos, vermelhos e terríveis,
Uma luz que superou todos os meus sentidos;

E, inerte, em súbito sono, eu caí no chão.

Notas

1   *Poder Divino, Alta Sabedoria e Amor Primordial*: as Pessoas da Trindade, descritas por seus atributos.

2   Apenas os anjos e as potestades celestiais foram criados antes do Inferno. A criação do homem veio depois.

3   A ordem de deixar toda a esperança para trás faz Dante hesitar em entrar. Virgílio antecipa a objeção, antes que seja totalmente expressa, e lembra-lhe que a passagem pelo Inferno deve ser apenas uma etapa de sua jornada. Não será neste portal que ele irá abandoná-lo.

4   A verdade em sua forma mais elevada – a contemplação de Deus.

5   Os anjos caídos, que se deleitam em saber que suportam punição pior do que aqueles que permaneceram neutros.

6   *O estandarte*: Emblema da instabilidade daqueles que nunca tomaram partido pelo bem ou pelo mal.

7   Dante fica surpreso ao descobrir que tal proporção da humanidade pode manter um meio-termo tão lamentável entre o bem e o mal, e passar suas vidas em uma espécie de "tanto faz".

8   Celestino V, que em 1294 foi eleito Papa contra sua vontade e renunciou à tiara depois de usá-la por alguns meses. Mesmo sendo virtuoso, ele desperdiçou de forma pusilânime a maior oportunidade de fazer o bem. Por sua renúncia, o simoníaco Bonifácio VIII tornou-se Papa. A renúncia de Celestino também é referida em *Inferno* XXVII. 104).

9   Para alguém que sofreu tanto como Dante, pelo papel franco que desempenhou na política e nas artes, a neutralidade era um pecado imperdoável.

10 *Um venerando*: Caronte. Toda essa descrição da passagem do rio pelas sombras, Dante toma emprestada livremente de Virgílio. Já foi comentado em *Inferno* II. 28 que ele utiliza ilustrações de fontes pagãs. Mais do que isso, começamos a descobrir que, de forma corajosa, ele introduz personagens lendários e mitológicos entre as personagens de seu drama.

11 As almas da Terra destinadas ao *Purgatório* se reúnem na foz do rio Tibre, de onde são levadas no esquife de um anjo para seu destino (*Purgatório* II. 100).

12 O descontentamento de Caronte prova que ele não tem poder sobre Dante.

13 O *Inferno* treme e se abre, para receber as almas condenadas. Por outro lado, quando qualquer alma purificada é liberada do *Purgatório*, a montanha da purificação estremece de alegria (*Purgatório* XXI. 58).

Canto IV

PRIMEIRO CÍRCULO: LIMBO (MELANCOLIA ETERNA)

Um trovão retumbante quebrou o sono profundo
Que tinha adormecido meus sentidos; e eu estremeci,
Como alguém que é despertado à força.

Então, levantando-me, lancei um olhar firme
A tudo o que estava ao meu redor,
Para descobrir onde eu me encontrava.

Na verdade, eu estava na beira do precipício,
Do doloroso abismo, onde infinitos gritos
Convergem desesperados, com som trovejante.[1]

10 Era nebuloso, profundo e escuro como a noite;
Tão escuro que, mesmo com o olhar mais atento,
Buscando nas profundezas, não pude discernir nada.

"Agora desceremos até o mundo cego,"
Começou o Poeta, com o rosto mortalmente pálido;
"Eu irei na frente, e você me seguirá."

Notando a fraqueza em seu semblante,
Eu perguntei: "Como posso ir, se o seu rosto reflete
O mesmo pavor que está estampado no meu?"

"A angústia do povo aqui embaixo", ele então disse,
20 "É o que agora empalidece meu rosto;
Sinto piedade,[2] e não medo, como você.

Venha! A jornada que nos espera é longa."
Então ele entrou, e me fez entrar também
Naquele Primeiro Círculo, que contorna o abismo.

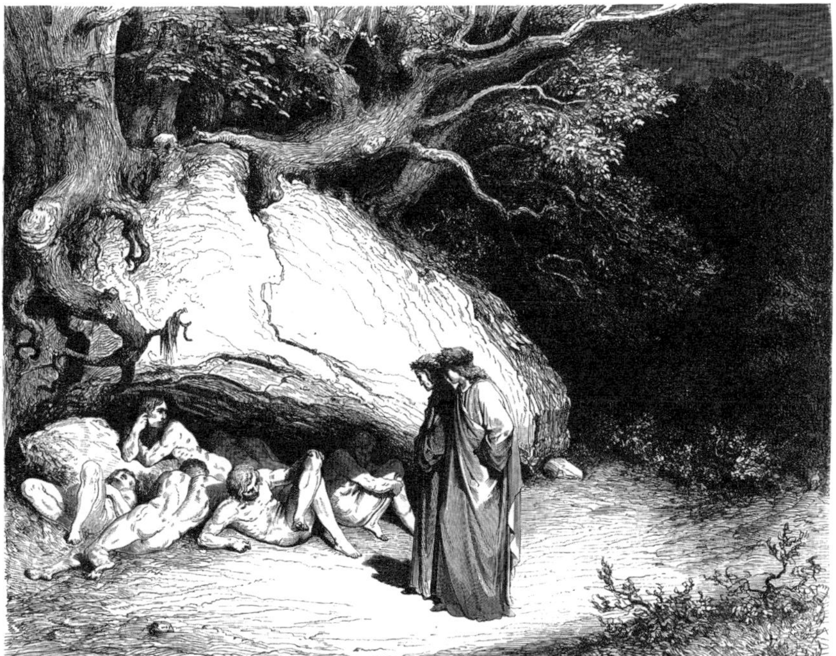

Naquele lugar, por mais que eu tentasse ouvir,
Não havia lamentação, apenas suspiros,
Que estremeciam por completo os ares eternos.

Provinham da tristeza sem sofrimento
De bebês e crianças, mulheres e homens,
30   Que vagavam em grandes e numerosas multidões.

E o bom Mestre: "Você não quer perguntar nada
Sobre os espíritos que vê diante de você?
Gostaria que soubesse, antes de prosseguirmos:

Na Terra eles não pecaram; mas, ainda que virtuosos,
Isso não foi suficiente, pois não foram batizados –
Um dos requisitos da fé que você abraça.

E, se o destino deles foi nascer antes de Cristo,
Eles nunca puderam adorar verdadeiramente a Deus;
E eu mesmo estou incluído nessa condição.

40   Por tais defeitos – nada mais que nos culpe –
Estamos condenados, e essa é nossa única pena;
E, sem esperança, desejamos eternamente a felicidade."

Fiquei muito triste quando ele me contou tudo isso,
Porque eu reconheci alguns homens distintos
Entre as almas suspensas naquele Limbo.

"Diga-me, meu Senhor! Diga, meu Mestre",
Eu supliquei, porque queria ter plena certeza
Daquele Credo, que vence todos os pecados.[3]

"Alguma vez, neste lugar, alguém já foi salvo?
50   Por seu próprio merecimento, ou ajudado por outros?"
E ele, de quem eu nada podia esconder, respondeu:

"Eu era recém-chegado a este lugar,[4]
Quando vi um ser Poderoso descer até aqui;
Alguém que usava uma coroa de vencedor.[5]

A sombra de nosso primeiro pai⁶ foi embora com ele,
E a de seu filho Abel, e a sombra de Noé,
E a de Moisés, o legislador obediente.

O patriarca Abraão, e o Rei Davi também;
E Israel, seu pai e seus filhos,
60 E Raquel, por quem ele tanto tempo trabalhou;

E muitos mais, abençoados por Ele.
E saiba que, antes de todos estes,
Nenhuma alma humana jamais foi salva."

Enquanto ele falava, não detivemos nossos passos,
Mas continuamos através daquela floresta –
Pois os espíritos se aglomeravam como árvores.

Nosso caminho não tinha ido muito além
Quando eu vi uma chama que brilhava,
Um hemisfério⁷ de luz contra a escuridão.

70 Ainda estávamos um pouco distantes desse local,
Mas em parte eu já conseguia vislumbrar
As pessoas honradas que ali habitavam.

"Ó meu Guia, que tanto honra a arte e a ciência,
Quem são estes homenageados em tão alto grau,
E assim mantidos, apartados do resto do povo?"

Ele disse: "Estes, por suas memórias gloriosas,
Foram pessoas de grande renome no mundo,
E receberam graça do Céu, por serem distintos."

E então ouvi uma voz que clamava:
80 "Prestem homenagem ao ilustre Poeta!
A sua sombra, que por um tempo se foi, agora retornou."

Depois que a voz se calou, e reinou um grave silêncio,
Quatro sombras poderosas se aproximaram;
Em aspecto, não estavam tristes nem felizes.

E meu bom Mestre começou a dizer:
"Veja aquele, armado com uma espada,
Aquele que vem à frente, como um comandante;

Pois ele é Homero, o poeta sem igual;
Horácio, o satírico, é o próximo que vem,
90 Ovídio é o terceiro, e Lucano vem na retaguarda.

E, como cada um deles tem os mesmos dons
Atribuídos a mim, pela voz solitária,
Eles agora me recebem, e isso muito me honra."

Assim eu vi reunida aquela esplêndida escola,
Liderada pelo senhor do canto incomparável
Que sobre todos os outros, como uma águia, voa alto.

Tendo conversado entre si por um tempo,
Eles se viraram para mim, e me saudaram;
E, tendo testemunhado isso, meu Mestre sorriu.

100 E uma honra ainda maior para mim foi concedida
Pois fui acolhido em sua comitiva;
Então eu era o sexto, entre tantos gênios.

Assim nós avançamos em direção àquele brilho,
Falando sobre coisas que é melhor esconder,
Tão cheio de beleza foi o nosso discurso.

Por fim, chegamos à base de um nobre castelo
Rodeado sete vezes por altos muros,
E também circundado por uma maré cintilante.[8]

Nós passamos por ela como se fosse em solo seco;
110 Por sete portões eu entrei, com aqueles sábios;
E então, chegamos a um verdejante campo.

As pessoas dali tinham olhares deliberados e graves.
Autoridade estava estampada em cada rosto;
E por raras vezes falavam, em voz baixa e melodiosa.

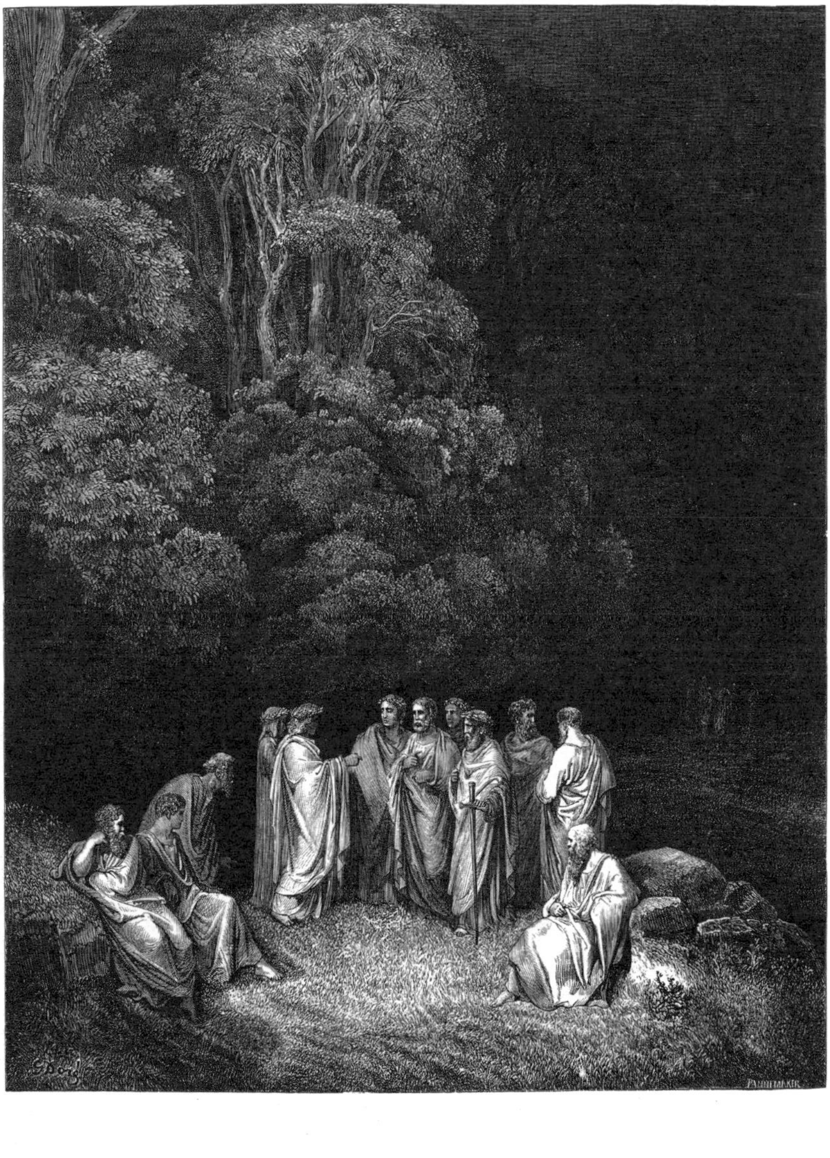

Nos separamos em um grande espaço aberto,
Em um lugar que, luminosamente sereno,
Abraçava a todos em uma perfeita visão.

Pude fitar, naquele campo verde-esmalte,
Os espíritos poderosos que me eram mostrados;
120 E ainda me sinto extasiado, apenas por tê-los visto.

Eu vi Electra[9] entre seus camaradas,
Entre os quais reconheci Heitor e Eneias;
E César de armadura, com seus olhos de falcão.

E avistei Camila, e também Pentesileia;[10]
E, um pouco mais afastado, o rei Latino
Sentado ao lado de sua filha Lavínia.[11]

Eu vi Bruto,[12] aquele que expulsou Tarquínio;
Lucrécia, Júlia, Márcia e Cornélia;[13]
E solitário, à parte, sentava-se Saladino.[14]

130 Quando levantei meus olhos um pouco mais além,
Eu vi o Mestre[15] de todos aqueles que sabem,
Assentado em uma roda de sábios e filósofos.

Todos o admiram, todos lhe prestam homenagem:
E também vi ali Sócrates e Platão,
Mais próximos dele do que todos os outros.[16]

E Demócrito,[17] que atribuiu o mundo ao acaso;
Diógenes, Anaxágoras e Tales,
Empédocles, Heráclito e Zenão;[18]

E vi o bom médico e mestre dos coletores,
140 Chamado Dioscórides;[19] e vi Orfeu,[20]
Túlio e Lino, ao lado do ético Sêneca.[21]

Euclides, o geômetra, e também Ptolomeu,[22]
Hipócrates, Avicena e Galeno[23]
E Averróis, que nos deu o grande Comentário.[24]

Não poderia relatar aqui todos os nomes;
O assunto é tão amplo, e o tema tão urgente
Que todo o tempo necessário me faltaria.

E, do grupo de seis, sobramos apenas nós dois;
Meu sábio Guia me levou por outro caminho
Para além daquela serenidade, rumo à ventania.

E chegamos a um lugar onde nada mais brilhava.

Notas

1. Em um estado de inconsciência, Dante, sem saber como, foi transportado através do rio Aqueronte, e é despertado pelo que parece ser o estrondo de um trovão. Ele agora está na beira do cone do *Inferno*, onde os sons peculiares de cada região convergem e são reverberados.

2. A pena sentida por Virgílio refere-se aos condenados do Círculo em que estão prestes a entrar, e onde ele mesmo está condenado. Ver também *Purgatório* III. 43

3. Dante queria saber em primeira mão, por assim dizer, se o *Credo* é verdadeiro no que se refere à descida ao Inferno; e para saber se, quando Cristo desceu, Ele resgatou os pagãos virtuosos.

4. Virgílio morreu cerca de meio século antes da Crucificação.

5. O nome de Cristo não é mencionado no *Inferno*.

6. *Nosso primeiro pai*: Adão.

7. Esta parte do Limbo estava claramente iluminada. A chama é um símbolo da luz do gênio ou da virtude; ambos, aos olhos de Dante, eram modos de valor.

8. Neste castelo, residem as sombras dos pagãos iluminados, distinguidos pela virtude e pelo gênio. As sete paredes significam as quatro virtudes cardeais (a prudência, a justiça, a fortaleza e a temperança) e as três virtudes teológicas (a fé, a esperança e o amor). Os sete portões representam as sete artes liberais (retórica, lógica, gramática, música, aritmética, geometria e astronomia). O fosso cintilante representa a eloquência, situada fora do castelo para significar que somente pelas palavras eloquentes e sábias o mundo exterior poderá alcançar a sabedoria.

9. *Electra*: filha de Atlas e fundadora de Troia.

10. *Camila*: ver *Inferno* I. 108. *Pentesileia*: rainha das amazonas, ajudou os troianos contra os gregos e foi morta por Aquiles.

11. *Rei Latino*: monarca que reinava sobre a península italiana, onde Eneias fundou Roma. *Lavínia*: princesa da Itália, filha do rei Latino.

12. *Bruto*: Lucius Junius Brutus, considerado o fundador da República e um dos primeiros cônsules de Roma. Segundo a tradição romana, ele articulou a queda do último rei etrusco – Tarquínio, o Soberbo, em 509 a.C. Não deve ser confundido com o outro Bruto, traidor de César, a quem é reservado o lugar mais baixo de todos no *Inferno*, em uma das bocas de Lúcifer (*Inferno* XXXIV, 65).

13. *Cornélia*: mãe dos tribunos Tibério e Caio. *Márcia*: Esposa de Catão; mencionada também em *Purgatório* I. *Julia*: filha de César e esposa de Pompeu. *Lucrécia*: esposa de Colatino, foi violentada e martirizada pelo rei Tarquínio, o Soberbo (ver nota 12).

14. *Saladino*: Sultão do Egito no século XII. Nos séculos XIII e XIV,

ele representava o ideal de um governante muçulmano justo. Ele fica à parte, por ser um dos poucos muçulmanos a habitar o castelo dos iluminados.

15 *O Mestre*: Aristóteles (384-322 a.c.), com frequência referido por Dante como o *Filósofo*, e reverenciado por ele como o gênio maior, a quem todos os segredos da natureza são revelados.

16 Sócrates (470-399 a.c.) e Platão (427/428-348/347 a.c.) ficam perto de Aristóteles, pois juntos eles formaram o primeiro trio de antigos filósofos gregos a estabelecer os fundamentos filosóficos da cultura ocidental. Aristóteles foi discípulo de Platão, e Platão foi discípulo de Sócrates.

17 *Demócrito*: filósofo grego que postulou que o mundo deve sua forma a um casual arranjo de átomos.

18 *Diógenes, Anaxágoras, Tales, Empédocles, Heráclito e Zenão*: filósofos gregos.

19 *Dioscórides*: cientista e médico grego do séc. I d.C.

20 *Orfeu*: músico, poeta e profeta lendário da cultura grega antiga. Aristóteles acreditava que Orfeu nunca existiu; mas para todos os outros escritores antigos ele era uma pessoa real, embora vivesse na antiguidade remota. A maioria deles acreditava que ele viveu várias gerações antes de Homero.

21 *Túlio*: Marcus Tulius Cícero, orador e filósofo romano (106-43 a.C.).

Lino: poeta e músico grego. *Sêneca*: Lucius Annaeus Seneca (4 a.C.-65 d.C.), filósofo romano.

22 *Ptolomeu*: Geógrafo grego do início do século II e autor do sistema astronômico utilizado por Dante em todo o poema. Não deve ser confundido com o Ptolomeu hebreu, que dá o nome à região de *Ptolomeia*, no Nono Círculo do *Inferno*.

23 *Hipócrates*: médico grego (460-377 a.C.); *Avicena*: filósofo e médico árabe (980-1037 d.C.). *Galeno*: médico conhecido mundialmente (130-200 d.C.).

24 *Averróis*: estudioso árabe (1126-1198 d.C.) conhecido como comentarista de Aristóteles, cujo trabalho serviu de base para o trabalho de Tomás de Aquino.

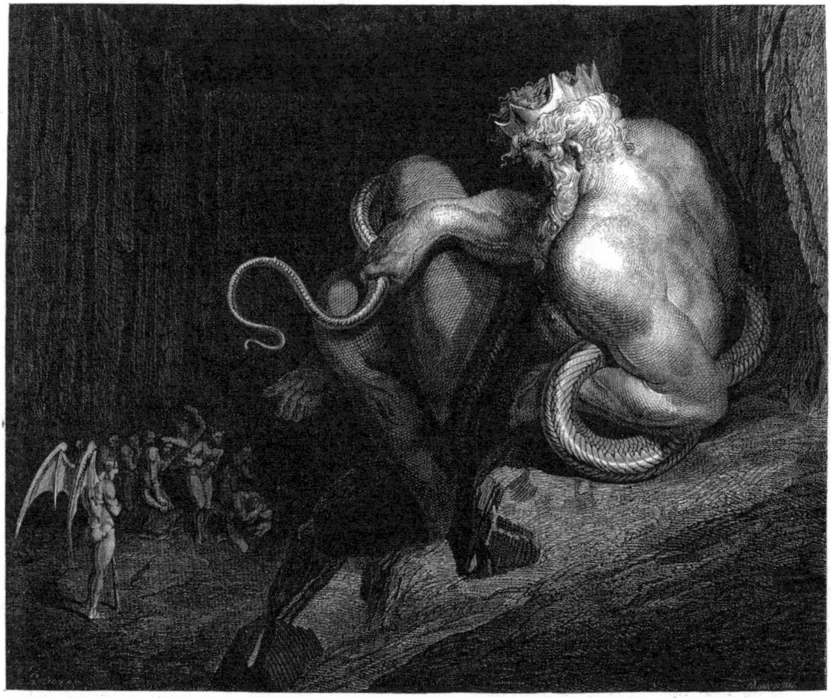

Canto V

SEGUNDO CÍRCULO: TEMPESTADE DE VENTOS (PECADO DA LUXÚRIA) – PAOLO E FRANCESCA

Do Primeiro Círculo, assim, desci
Para o Segundo, onde o espaço é mais estreito,
Onde há maior dor, e os lamentos se intensificam.

Lá espera, rosnando, o terrível Minos,[1]
Que examina os pecados de todos os que entram;
E, após julgá-los, condena-os a seus lugares.

Quero dizer que cada espírito condenado
Comparece diante dele, e confessa suas culpas;
E ele, que é bem ciente de cada pecado,

10 Determina o lugar que ela merece no Inferno.
Quantas voltas der sua cauda, em torno de si mesmo,
É o quão profundo devem ali descer os pecadores.

E diante dele sempre há uma multidão;
E cada um, por sua vez, vai a julgamento,
Confessa, e ouve, e então é lançado para baixo.[2]

"Ó tu, que visitas esta casa de sofrimento!"
Minos gritou para mim, quando me viu,
Abandonando por um instante sua terrível tarefa.

"Vê lá onde entras, e não confies em qualquer um;
20 A porta é larga, mas não te deixes enganar."
"Por que está gritando?" respondeu-lhe meu Guia;

"Não tente bloquear seu caminho predestinado;
Pois assim foi desejado pelo Poder Superior,
Que faz tudo o que quer; portanto, não pergunte mais."

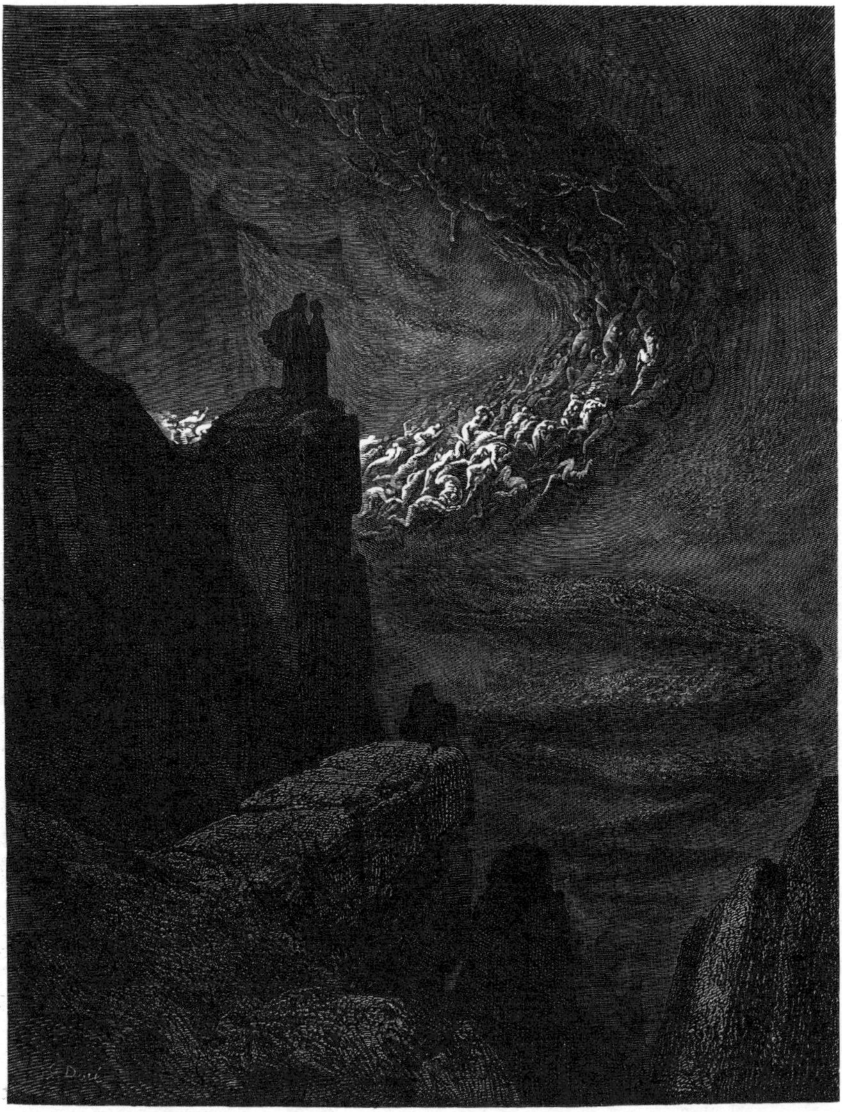

E então começam a soar notas dolentes
Que agora já posso ouvir; agora me encontro
Em um lugar onde as lamentações me dilaceram.

Eu havia chegado a um lugar sem luz,
Furioso como o mar sob uma tempestade,
30 Quando é golpeado por ventos opostos.

Um temporal infernal, que nunca cessa,
Carrega as sombras, em grande redemoinho.
Ele fere, fustiga, revolve, e isso as atormenta.

Quando chegam à beira daquela ruína,
Entre gritos e lamentações elas reclamam,
E até mesmo contra a Virtude Divina blasfemam.

Logo percebi que tamanha forma de sofrimento
Era a dos condenados que pecaram na carne,
Os que deixaram a luxúria subjugar a razão.[3]

40 Como estorninhos reunidos no inverno
Batem suas asas em um grande turbilhão,
Assim são os maus espíritos levados por esse vento,

Para cima e para baixo, de um lado para o outro;
Não há qualquer esperança que os conforte,
Não há descanso, e o seu sofrimento nunca terá fim.

E como as garças, em longa comitiva,
Perseguem seu voo enquanto entoam sua canção,
Assim eu via passar, entre gritos de lamento.

Mais sombras, enxotadas por aquele vento escuro.
50 "Mestre, quem são essas pessoas,"[4] eu perguntei,
"Que assim vão, sendo arrastadas pelo ar negro?"

"Bem, a primeira entre elas," ele respondeu,
"Cuja história você vai conhecer,
Foi imperatriz sobre muitas nações.

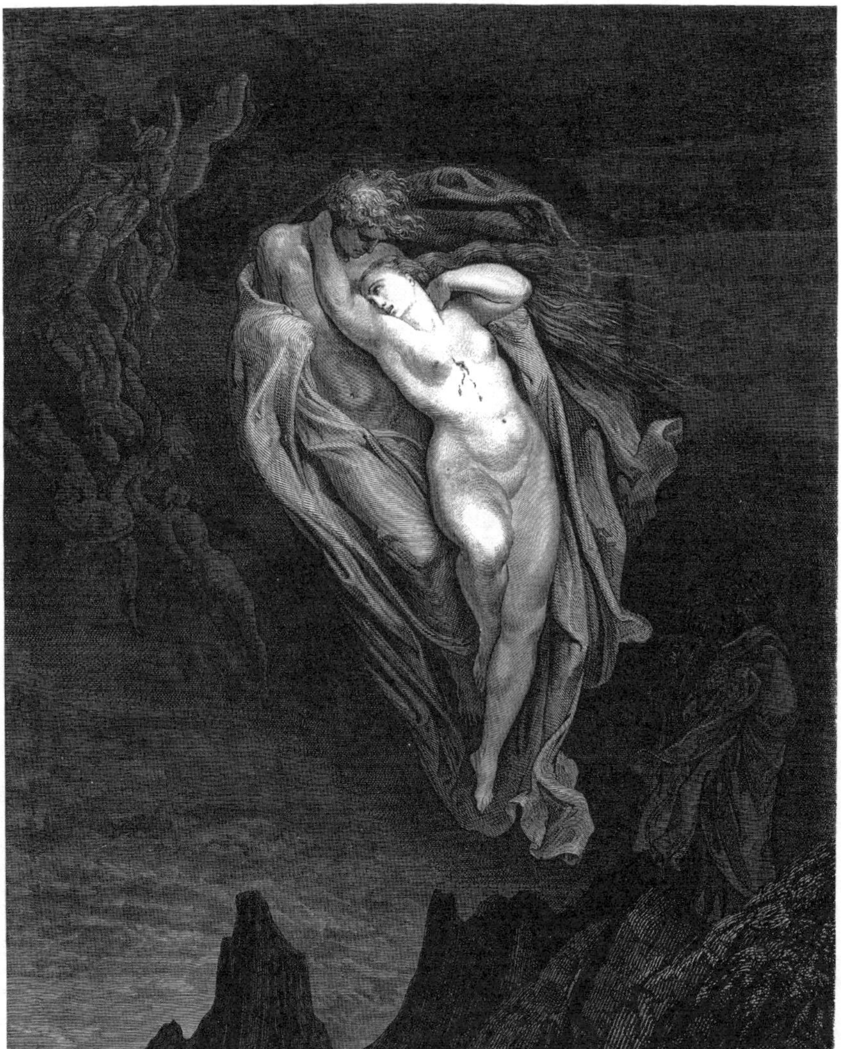
G. Doré

Ela ficou tão obcecada pela luxúria
A ponto de decretar a impunidade desse pecado,
Para aliviar a vergonha que ela mesma sentia.

Esta de quem falamos é Semíramis,[5]
Sucessora de Nino, e também sua esposa.
60 Os reinos que foram dela, são agora do sultão.

A próxima[6] é aquela que se matou por amor
E às cinzas de Siqueu se mostrou infiel.
A que vem a seguir é a devassa Cleópatra.

Helena,[7] por quem tantos sofreram,
Em uma guerra de tantos anos; e o grande Aquiles,[8]
Que morreu por amor, em sua última batalha.

Veja também Páris, e Tristão..."[9] E ele me apontava
Milhares de sombras; e ia nomeando, um por um,
Aqueles que tiveram suas vidas desfeitas pelo amor.

70 E depois de ouvir meu Mestre discorrer
Sobre tantas damas, e tantos cavalheiros,
Eu, perdido de compaixão, estava quase destruído.

Então eu disse: "Ó Poeta, eu gostaria
De falar com aqueles dois ali, tão unidos,
Que tão leves parecem ser carregados pelo vento!"

E ele me respondeu: "Você poderá falar com eles,
Quando se aproximarem de nós; e então peça a eles,
Pelo amor que os conduz, e eles obedecerão."

Mal o vento os inclina em nossa direção
80 E eu ergo minha voz: "Ó almas cansadas e sofridas!
Falem conosco, se nenhuma força se opuser."

Então, como pombas,[10] incitadas pelo desejo,
Retornam com as asas abertas e firmes ao doce ninho,
Como se fossem carregadas pela vontade do ar,

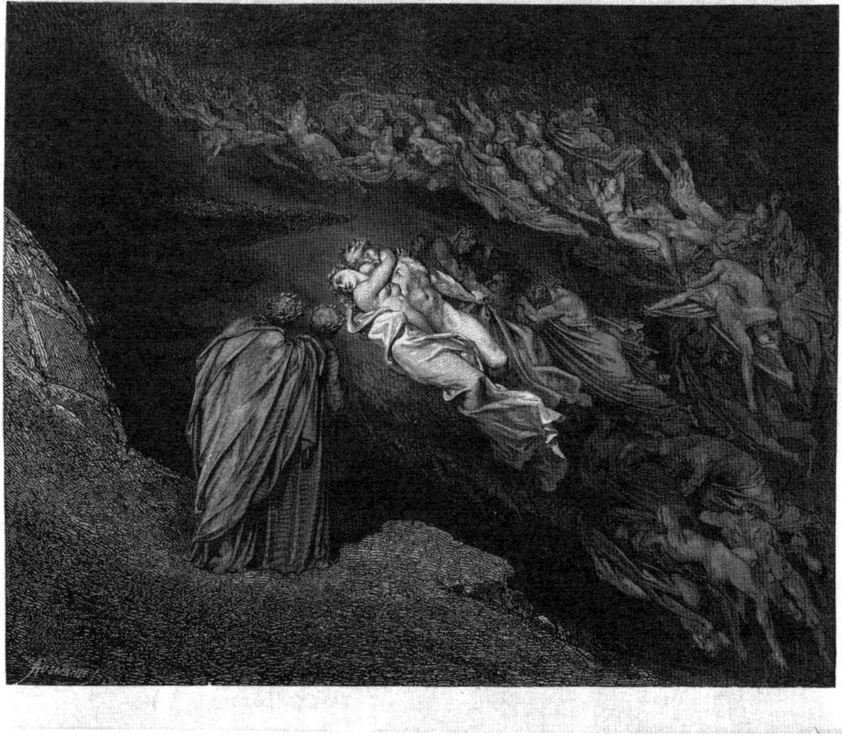

Aqueles espíritos deixaram as fileiras de Dido,[11]
Aproximando-se de nós, através do ar maligno;
Tão poderoso tinha sido meu apelo de amor.

"Ó criatura viva, graciosa e benigna,
Que vem visitar, neste ar obscuro,
90 Nossas almas que mancharam a terra com sangue.

Se estivéssemos na graça do Rei do Universo,
Rezaríamos a Ele pela tua paz,
Pois tiveste compaixão de nossos infortúnios.

Tudo o que agora te agradar ouvir, ou dizer,
Nós ouviremos, ou contaremos, a seu pedido;
Enquanto o vento, como agora, permanecer em silêncio.

Minha cidade natal repousa sobre a marina
Onde o rio Pó desce em direção ao mar,
Em paz, com toda a sua costa afluente.[12]

100 O amor, que a um coração generoso logo se prende,
Tomou este coração, pela beleza desta pessoa
Que foi tirada de mim, de modo que ainda me ofende.[13]

O amor, que não perdoa a ninguém por amar,[14]
Forjou em mim uma paixão tão forte
Que, como vês, eu ainda estou sob seu domínio.

O amor nos conduziu a uma só morte.
Por aquele que nos matou, agora aguarda Caína."[15]
Essas foram as palavras trazidas aos nossos ouvidos.

Quando eu ouvi essas almas perturbadas,
110 Eu baixei minha cabeça e por muito tempo meditei,
Até que o Poeta me perguntou: "O que foi?"

E então eu respondi a ele: "Que lástima!
Quantos doces pensamentos, e que forte desejo,
Os conduziram a esse triste desfecho!"

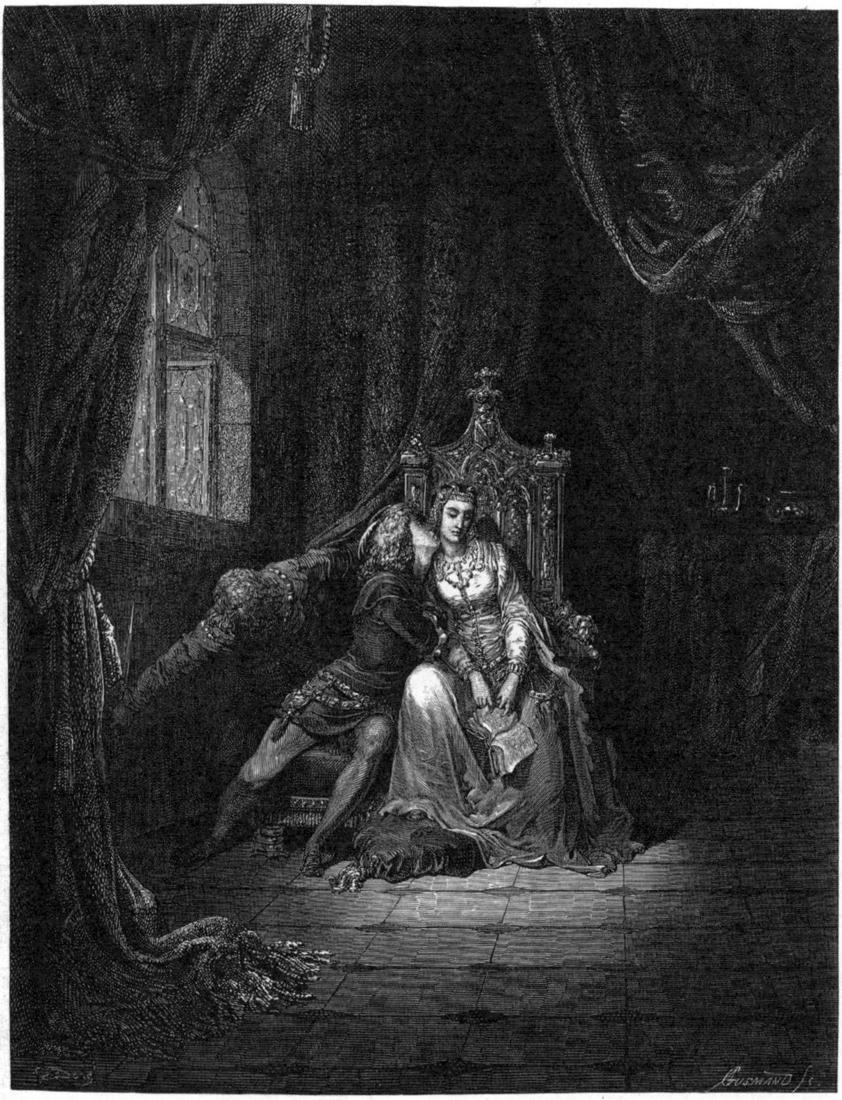
GUSMAND f.

Então, voltei-me mais uma vez para eles
E perguntei: "Francesca, as suas aflições
Me inspiram compaixão e me levam às lágrimas.

Mas, diga-me: na estação dos doces suspiros
Qual sinal fez o amor, e que meios ele escolheu
120 Para despir seus desejos secretos de todo disfarce?

E ela me disse: "A mais amarga das desgraças
É recordar-se, no meio da dor,
De um passado feliz; e isso tão bem seu mestre sabe.[16]

Mesmo assim, se você anseia tanto ouvir
Sobre a primeira raiz de onde floresceu nosso amor,
Eu falarei, como alguém que fala e chora.

Enquanto nós, por lazer, líamos um dia
Sobre Lancelot,[17] acorrentado pelo amor,
Sozinhos, e sem nenhuma maldade ou suspeita,

130 Por várias vezes, essa leitura nos comoveu
E nossos olhares se cruzavam, e ficávamos pálidos;
Mas um ponto da história, por fim, nos venceu.

Quando lemos que o sorriso, há muito desejado,
Fora beijado por ele, o amante perfeito,
Este, que nunca se separará de mim,

Tremendo, beijou-me na boca naquele instante.
O escritor do livro foi como o próprio Galaaz;[18]
E, desde aquele dia, não o lemos mais."

E enquanto esta sombra me dizia estas palavras,
140 A outra chorava de forma tão amarga,
Que eu fraquejei, atingido por piedade.

E, assim como um corpo morto cai, eu caí no chão.

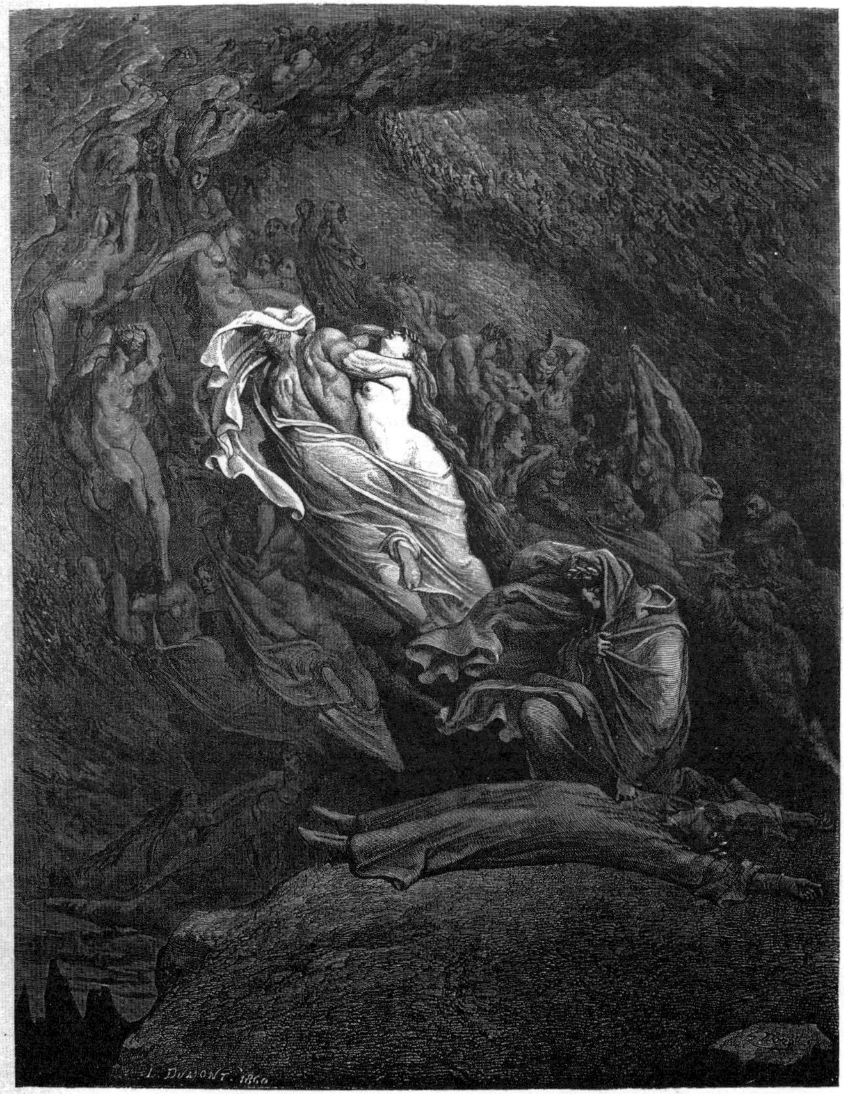
L. DUMONT. 1860

Notas

1. *Minos*: Rei de Creta, filho de Júpiter e da princesa fenícia Europa; foi punido de maneira tão severa após a morte, que tornou-se um dos juízes do mundo inferior. Ele é degradado por Dante em um demônio, assim como muitas outras personagens da antiga mitologia.

2. Cada pecador vai direto para o seu devido Círculo, sem se demorar no caminho. Minos condena cada pecador à sua punição apropriada, de acordo com o número de voltas de sua cauda. Em *Inferno* XXVII. 127 encontramos as palavras com que Minos profere seu julgamento. Em *Inferno* XXI. 29 um demônio conduz o pecador ao seu lugar de condenação.

3. Aqueles que na Terra falharam em exercer o autocontrole de seus desejos (domínio próprio) são jogados aqui e ali por todo vento que sopra; e, como antes foram cegados pela paixão, agora eles não veem nada com clareza naquele lugar sombrio. Aqui, deve-se observar, não há sedutores. Para eles, é reservada uma profundidade maior (*Inferno* XVIII. Ver também *Purgatório* XXVII. 15).

4. A multidão geral de pecadores culpados de amor ilícito é descrita como um bando de estorninhos. A outra tropa, que vai em fila indiana como garças, são os amantes com algo trágico ou patético em seu destino.

5. *Semíramis*: lendária rainha da Babilônia.

6. Esta é Dido, rainha de Cartago e esposa de Siqueu, aqui não nomeada por Virgílio. Por amor a Eneias, ela quebrou o voto de castidade perpétua feito no túmulo de seu marido.

7. *Helena*: a mais bela mulher que já pisou na Terra. Nascida em Esparta, filha de Júpiter e Leda, era a esposa do rei Menelau. Na mitologia, Helena cedeu às tentações de Afrodite (Vênus) e foi seduzida por Páris, que a levou para Troia.

8. Aquiles foi morto quando estava prestes a se casar com Polixena.

9. *Páris e Tristão*: Páris, príncipe de Troia; e o cavaleiro Tristão, da Távola do Rei Arthur.

10. Vemos que o movimento das sombras movidas pela tempestade é comparado ao voo dos pássaros – estorninhos, garças e pombos. Este último símile nos prepara para a ternura da história de Francesca.

11. *Dido*: Personagem que já havia sido indicada, e agora foi nomeada. A associação dos amantes Paolo e Francesca com a Dido é um toque delicado para atrair nossa simpatia; pois seu amor, embora ilícito, era fruto de dois corações nobres.

12. A cidade é Ravenna. Quem fala é Francesca, filha de Guido da Polenta, senhor de Ravenna. Por volta do ano 1275 ela se casou com Gianciotto (*João Manco*) Malatesta, filho do senhor de Rimini; o casamento, como a maior parte daquela época, era por conveniência política. Seu afeto se fixou em Paolo, o belo irmão de seu marido; Gianciotto

surpreendeu os amantes, e matou os dois na mesma hora.

13 Os direitos e deveres do marido eram muito bem definidos no código social vigente. Na verdade, Francesca se ressente de não ter tido tempo para arrependimento e despedidas.

14 O amor obriga quem é amado a retribuir o amor. Aqui está a chave para o julgamento de Dante sobre a culpa do pecado de Francesca. Consulte também a linha 39 e *Inferno* XI. 83. A Igreja não permitia distinções com respeito aos perdidos. Mas Dante inventa uma escala de culpa; e, ao estabelecer seus graus, ele é em grande parte influenciado pelo sentimento humano – e às vezes por gostos e aversões pessoais. O Vestíbulo dos indecisos e covardes (descrito em *Inferno* III), por exemplo, é uma invenção de Dante.

15 *Caína*: A Divisão do Nono e último Círculo, atribuída aos traidores de sua própria parentela (*Inferno* XXXII. 58). O marido de Francesca ainda estava vivo em 1300.

16 *Seu mestre*: Boécio, um dos autores latinos favoritos de Dante (*Convívio*, Tratado II, Capítulo XIII), diz: "A maior miséria na sorte adversa é ter sido feliz uma vez."

17 *Lancelot*: O famoso cavaleiro do Rei Arthur, que era tímido demais para demonstrar seu amor pela Rainha Guinevere. Galaaz, sabendo do segredo de ambos, arranjou o primeiro encontro entre eles. Os romances arturianos eram a leitura favorita dos nobres italianos na época de Dante.

18 *Galaaz*: A partir do papel desempenhado por Galaaz (em italiano, *Galeotto*) no conto de Lancelot, seu nome passou a significar "rufião" ou "sedutor" em italiano. As primeiras edições do *Decameron* trazem o título "O Príncipe Galeotto".

Canto VI

TERCEIRO CÍRCULO: CÉRBERO E O LAGO DE LAMA (PECADO DA GULA) – CIACCO

Quando recuperei meus sentidos, que eu havia perdido
Na minha compaixão pelos dois cunhados e amantes,
Cuja tristeza havia virado minha cabeça,[1]

Novos tormentos, e novos sofredores
Eu vi ao meu redor, por todos os lados,
Para onde quer que eu voltasse o meu olhar.

Estou no Terceiro Círculo, castigado pela chuva
Pesada, gélida, eterna e maldita,
Que cai sem parar, com a mesma medida e força.

10 Muito granizo, e água suja, misturada com neve,
São borrifados pelo tenebroso ar;
E essa tempestade encharca o solo, e a lama fede.

O selvagem Cérbero,[2] o monstro sombrio
De três gargantas, uivando como um cão,
Comanda as pessoas que estão ali presas.

Seus olhos são vermelhos, e sua barba é negra e sebosa;
Enorme é a barriga, e garras brotam de seus dedos,
Onde as sombras são esquartejadas de maneira cruel.[3]

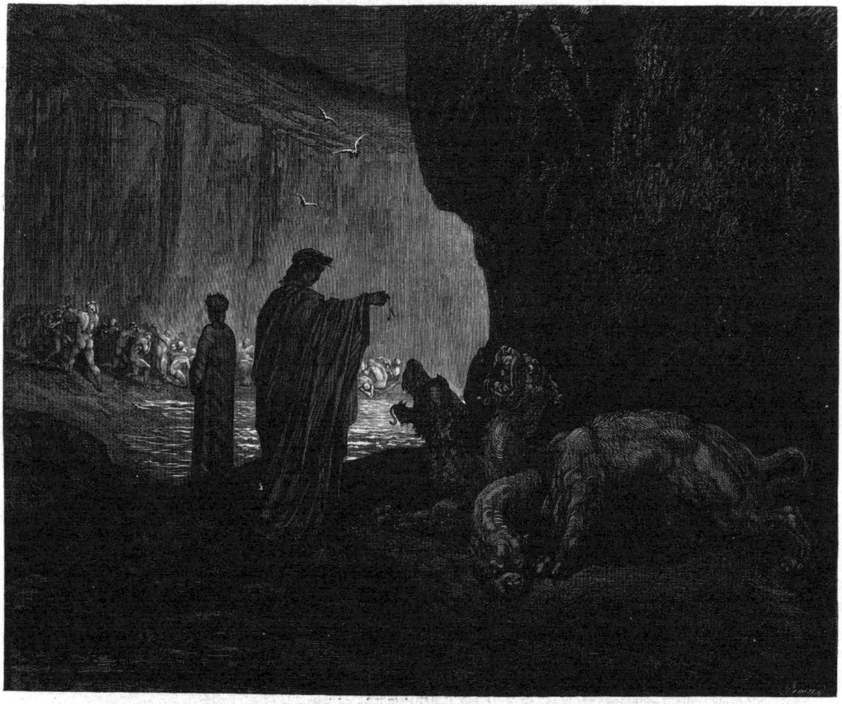

Chicoteadas pela chuva, como cães, elas uivam e gritam,
E tentam se proteger, em vão, de qualquer maneira;
E, numa fila interminável, os miseráveis vão e voltam.

Quando fomos vistos por Cérbero, o grande verme,
Ele abriu suas bocas e mostrou todas as suas presas,
Enquanto seu corpo todo estremecia.

Meu Guia, cauteloso, estendeu suas mãos,
Encheu seus dois punhos com terra
E atirou para dentro daquelas goelas vorazes.

Então, mordaz, faminto, a terra ele engoliu,
E se aquietou, como o cão quando mastiga a carne
E, ao se ocupar com seu osso, esquece tudo ao redor.

Assim deixamos, com seus três focinhos imundos,
O demônio Cérbero, gritando com a multidão de espíritos
Até eles desejarem que tivessem nascido surdos.

Nós caminhávamos, pisando nesses espectros
Que eram molestados pelas penosas chuvas.
Eram aparências de corpos, que um dia foram pessoas.

Todos deitados no chão, se confundiam com a lama,
Exceto um deles, que se sentou ereto, com rapidez,
Logo que nos avistou, ao passarmos perto dele.

"Ó tu, que és conduzido através deste Inferno,
Se puderes", ele me perguntou, "me reconheça;
Pois foste feito antes que eu fosse desfeito."

E eu respondi para ele: "A angústia que te atormenta
Talvez tenha turvado minha memória de teu rosto,
E não me lembro de nunca ter te visto.

Mas, diga-me: quem és, aqui neste lugar?
Em punição tão cruel, exposto a tanta dor,
E submetido a tamanha desgraça?"

E ele: "Em tua cidade, inchada com a desgraça
50 Da inveja, até o saco estar transbordando,
Eu um dia vivi, no tempo da vida serena.

Vocês, cidadãos, me chamavam de Ciacco;[4]
E pelo pecado danado da gula
Eu, como vê, sou fustigado por esta chuva.

E não sou a única alma atormentada
E nem a única a resistir à mesma pena
Pela mesma culpa." E aqui terminou sua resposta.

Eu respondi a ele: "Ciacco, com tal melancolia
Sua miséria me aflige tanto, que tenho vontade de chorar;
60 Mas, se você souber, diga-me o que vai acontecer

Aos cidadãos de nossa cidade dividida.
Haverá ainda algum homem justo? E diga-me
Por que ela tem sido agitada por tanta discórdia."[5]

Então ele disse para mim:[6] "Após a dissensão,
Sangue será derramado; e o lado selvagem[7]
Perseguirá os outros, com perdas dolorosas.

No entanto, convém que estes caiam novamente
E, dentro de três sóis, os outros voltem ao poder,
Salvos por aquele que agora está dos dois lados.[8]

70 Por muito tempo, de cabeça erguida permanecerão;
A outra parte sofrerá sob fardos terríveis,
Por mais que se desmanche em lágrimas de ódio.

Há dois homens justos, a quem ninguém dá ouvidos.
A inveja, o orgulho e a avareza
São as três faíscas que mantêm os corações acesos."

Com isso, ele terminou sua terrível profecia.
E eu perguntei: "Por favor, eu gostaria que falasse mais
E me concedesse apenas mais um discurso:

E quanto a Farinata e Tegghiaio,[9] homens tão dignos,
80 Jacopo Rusticucci, o Mosca e o Arrigo,[10]
E todos os outros, cujas mentes se voltavam para o bem?

Bem; onde eles estão? Ajude-me a descobrir,
Tenho agora uma grande fome de saber:
Deleitam-se no Céu, ou foram tascados no Inferno?"

Ele disse: "Eles estão entre as almas mais negras;
Diferentes pecados os arrastaram mais fundo.
Você deve descer mais, e aí poderá vê-los.

Mas, quando você reencontrar a luz do doce mundo,[11]
Rogo que me recorde à memória dos homens;
90 Nada mais digo, e nada mais te respondo."

Então o seu olhar direto ficou meio torto;
Ele me fitou por um momento, antes de baixar a cabeça,
E então afundou entre os outros cegos.

"Este não há de acordar mais", disse meu Guia,
Até que ele ouça o som da trombeta do anjo
Que virá conduzindo o hostil Juiz.

E cada sombra retornará ao seu sepulcro sombrio;
Sua carne e forma antiga elas devem reassumir,
E ouvir o que ecoará pelos círculos do Eterno."[12]

100 Então seguimos, com passos lentos, pela mistura imunda
Das sombras pisadas com a espuma chuvosa;
E falávamos um pouco sobre a vida futura.[13]

Ao que eu disse: "Mestre, os sofrimentos aumentarão
Depois que a terrível sentença for ouvida,
Ou serão atenuados por tormentos menos cruéis?"

"Lembre-se de sua Ciência", foi sua palavra;
"Que diz: conforme as coisas ficam mais perfeitas,[14]
Elas são estremecidas por maior prazer ou sofrimento.[15]

    Logo, embora esta gente amaldiçoada
110 Nunca deva alcançar a completa perfeição,¹⁶
    Eles podem, ao menos, ser mais perfeitos do que agora."

    E assim, percorremos aquele terrível Círculo
    Ainda prosseguindo o discurso, do qual nada mais digo,
    Até chegarmos ao ponto que marcava outra descida,

    Onde encontramos Pluto, o grande inimigo.

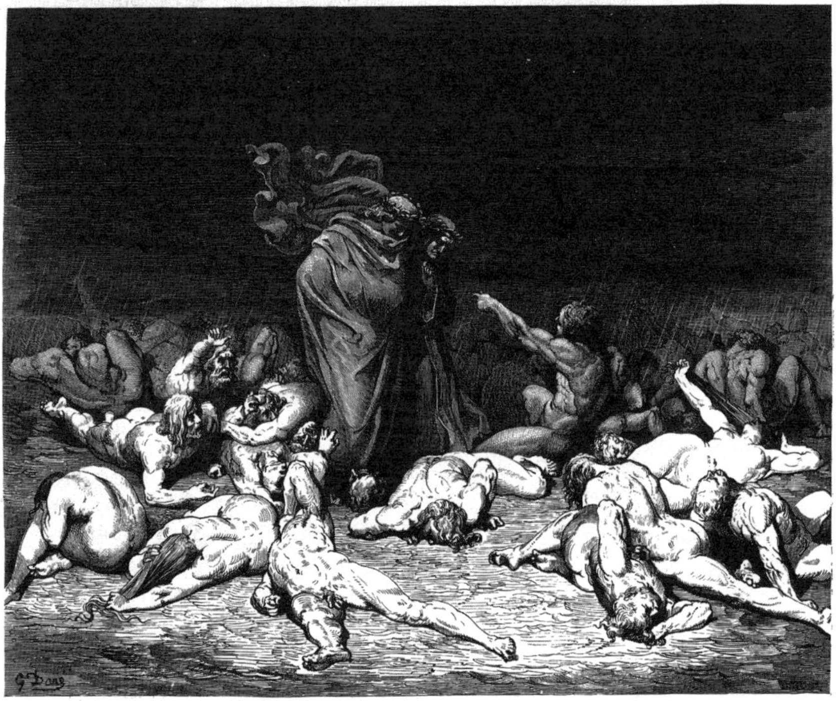

Notas

1. Em seu desmaio, Dante foi transportado do Segundo para o Terceiro Círculo.

2. *Cérbero*: Na mitologia grega, Cérbero é o cão de guarda do mundo subterrâneo. Dante o converte em um demônio, e com suas três gargantas e voracidade canina ele é colocado como guardião do Círculo dos glutões e beberrões.

3. Ao entrar no Círculo, os pecadores são agarrados e rasgados por Cérbero, e depois atirados no lago de lama; antes muito glutões na forma como se alimentavam, agora são tratados como se fossem comida de cachorro. Seus sentidos de audição, tato e olfato, que eles estavam acostumados a desfrutar em seus banquetes luxuosos, são totalmente anulados pela dor.

4. *Ciacco*: Ciacco também quer dizer "porco", e é um apelido para Giácomo. Foi uma grande inteligência florentina e, em sua época, um grande glutão.

5. Dante discursa de forma ávida sobre a política florentina, com o primeiro florentino que encontra no Inferno.

6. Nas nove linhas seguintes, é indicada a história do Partido dos Guelfos de Florença, aproximadamente dois anos após a época do poema (março de 1300). A cidade era dividida em duas facções – os *Bianchi*, ou Guelfos Brancos, liderados pelo grande comerciante Vieri dei Cerchi, e os *Neri*, ou Guelfos Negros, liderados por Corso Donati, um nobre falido e turbulento, parente da esposa de Dante Alighieri. No final de 1300, houve um encontro sangrento entre os membros mais violentos dos dois partidos. Em maio de 1301, os Negros foram banidos. No outono daquele ano, eles voltaram triunfantes à cidade, liderados por Carlos de Valois, e fizeram com que os Brancos fossem banidos em abril de 1302 – isto é, três anos depois da conversa do poeta com Ciacco. O próprio Dante era associado aos Brancos, mas não como um partidário apaixonado; pois, embora ele fosse um político forte, nenhum partido correspondia inteiramente às suas opiniões. No decorrer de 1301, ele foi a Roma para persuadir o Papa a parar de se intrometer nos assuntos florentinos. Ele nunca mais voltou a Florença, sendo condenado ao exílio em janeiro de 1302.

7. *O lado selvagem*: Os Brancos. Dante aqui destila mágoas pelo partido ao qual pertenceu um dia, e com o qual rompeu antes de escrever a *Comédia*. Em *Paraíso* XVII. 62 ele chama seus membros de "ímpios e estúpidos."

8. O Papa Bonifácio VIII, grande desafeto de Dante, que será mencionado muitas vezes no *Inferno*.

9. *Tegghiaio*: Ver *Inferno* XVI. 42. *Farinata*: *Inferno* X. 32

10. *Rusticucci*: *Inferno* XVI. 44. *Mosca*: *Inferno* XXVIII. 106. *Arrigo*: Não foi encontrado no *Inferno*. Podemos supor que todos esses distintos florentinos eram anfitriões de Ciacco.

11 No *Inferno*, muitos pedidos como esse serão dirigidos a Dante. As sombras no *Purgatório* pedem para que seus amigos na Terra ofereçam orações por sua rápida purificação e libertação; mas o único alívio possível para os espíritos condenados no *Inferno* é saber que ainda não foram esquecidos no "doce mundo".

12 A sentença final contra eles deve ecoar, em seus ouvidos, por toda a eternidade.

13 A vida depois do Juízo Final.

14 No *Convívio* (Tratado IV, Capítulo XVI), Dante cita Aristóteles: *"Ciascuna cosa è massimamente perfetta quando tocca e aggiugne la sua virtude propria, e allora è massimamente secondo sua natura; onde allora lo circulo si può dicere perfetto quando veramente è circulo."* ("Tudo fica mais perfeito quando atinge e cumpre por completo suas próprias funções, e então é mais perfeito de acordo com sua natureza; portanto, pode-se dizer que o círculo é perfeito quando é verdadeiramente um círculo." – tradução nossa.)

15 Santo Agostinho professava que, depois da ressurreição da carne, as alegrias dos bem-aventurados e os sofrimentos dos ímpios serão aumentados.

16 De acordo com Tomás de Aquino, a alma sem corpo carece da perfeição projetada pela Natureza.

Canto VII

**QUARTO CÍRCULO: CÍRCULO DE PEDRA (AVAREZA E PRODIGALIDADE).
QUINTO CÍRCULO: RIO ESTIGE (IRA E RANCOR)**

"Pape Satàn, pape Satàn aleppe!"[1]
Pluto[2] começou, com voz áspera e forte.
E aquele gentil Sábio, com segurança, disse

Para tranquilizar-me: "Não dê atenção a ele,
E não tenha medo; por mais poder que ele tenha,
Nossa passagem por este penhasco não será barrada."

Então, voltando-se para aquele rosto inflamado,
Ele ordenou: "Cala-te, lobo amaldiçoado,
Consome dentro de ti mesmo a tua raiva!

10 Não descemos em vão até estas profundezas:
Isso foi ordenado lá nas alturas, onde Miguel
Teve sua vingança sobre a orgulhosa rebelião."

E, assim como as velas infladas pelo vento
Desabam e a tudo arrastam, ao se quebrar o mastro,
Tal foi o modo que aquela besta feroz caiu no chão.

Para a Quarta Caverna, então, descemos,
Conquistando novos trechos da costa dolorosa
Onde toda a vilania do mundo é lançada.

Ah, Justiça de Deus! Será ela tão grande, para infligir
20 Tantas torturas e sofrimentos, como eu vi?
Por que pecamos, se seremos assim punidos?

Como em Caríbdis, multidões se moviam em ondas
E, uma quebrando sobre a outra, se encontravam;
E assim os espíritos dançavam uma tragicômica dança.

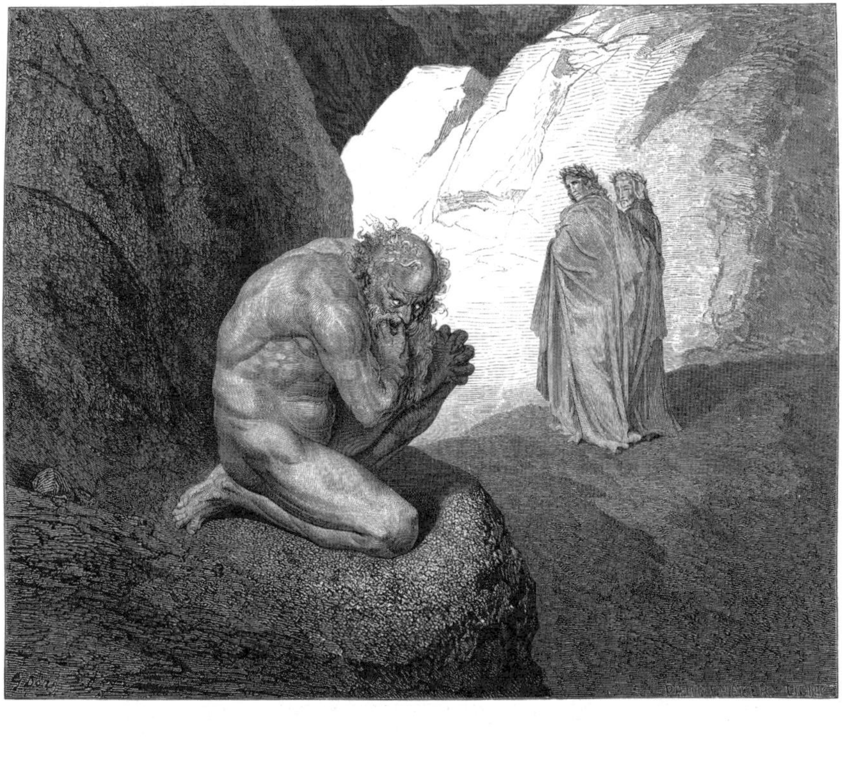

Era a multidão maior que eu já tinha visto,
Com gritos penetrantes, vindos de dois lados opostos,
Rolando grandes pesos, empurrando-os com o peito.

E os grupos se chocavam, e depois davam meia-volta.
Quando colidiam, gritavam um para o outro:
30 "Por que você acumula?" e "Por que você gasta?"

E pelo macabro Círculo eles assim giravam,
A partir de um lado, para o lado oposto,
E para sempre levantavam seu cântico de desprezo.

E enquanto cada grupo, girando, retornava
Ao semicírculo, para competir uma nova justa,[3]
Eu, que sentia meu coração sendo trespassado,

Perguntei: "Ó meu Mestre, você que tudo conhece,
Diga-me: quem é esse povo? Todos eles eram clérigos?[4]
Esses diante de nós, à esquerda, com a cabeça raspada?"

40 E ele respondeu: "Todos estes fecharam os olhos da razão,
E foram pobres de espírito na primeira vida,
Nenhum de seus gastos foi feito com medida.

E isto é o que suas vozes uivantes declaram
Quando avançam e atingem a metade do círculo,
E os pecadores opostos os dilaceram.

Esses aí, que não têm cabelo no cocuruto,
Já foram clérigos, papas e cardeais,
Nos quais abundam os mais maduros frutos da ganância."

E eu falei: "Ó Mestre, certamente, entre todos estes,
50 Eu seria capaz de reconhecer alguns
Que por tais pecados são mantidos neste cativeiro."

E ele me respondeu: "São vãos os teus pensamentos.
A vida sem conhecimento os tornou vis,
Esmaecendo seus rostos, e ficaram irreconhecíveis.

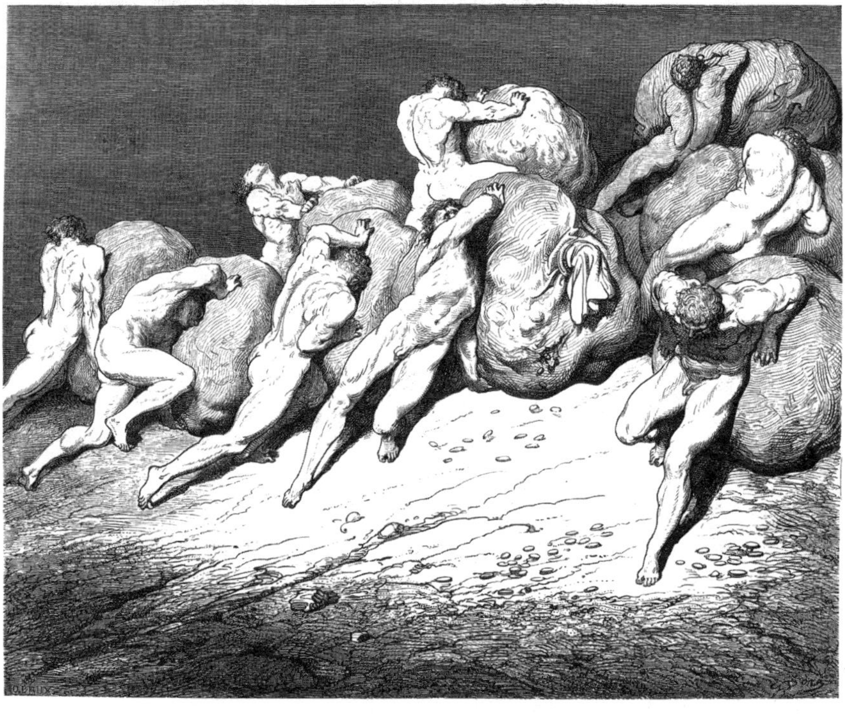

Por toda a eternidade, ostentarão dois estigmas:
Uns hão de se levantar do sepulcro com os punhos cerrados,
E os outros sem cabelos no alto da cabeça.

Esbanjando ou acumulando, foram banidos da terra feliz[5]
E agora estão condenados a esta batalha;
Que não demanda palavras bonitas para descrever.

Veja, portanto, meu Filho, quão fugaz é a armadilha
Dos bens que estão aos cuidados da Fortuna,
Pela qual a humanidade contende e luta.

Nem todo o ouro que está sob a Lua,
E nem todo ouro que já existiu, não comprará
Um minuto sequer de descanso para essas almas."

"Mestre", eu disse, "diga-me ainda,
Quem é esta Fortuna, de quem você acaba de falar,
Que mantém as riquezas do mundo em suas garras?"

"Ó criatura tola, perdida na ignorância!"
Ele respondeu. "Quão profunda é a sua estupidez!
Eu quero que preste atenção às minhas palavras.

Aquele cujo saber tudo transcende,
Construiu todos os Céus, e lhes delegou comandantes,[6]
Para que, então, cada astro pudesse brilhar para todos.

A luz reflete igualmente para todos os lados.
E, da mesma forma, Ele designou uma ministra,
E confiou a ela o controle das riquezas mundanas.

E ela, de tempos em tempos, repassa esses bens profanos
De um sangue para outro, de uma nação para outra;
O que o entendimento humano não consegue alcançar

Então, enquanto uma nação impera, outra enfraquece,[7]
Segundo seu decreto e arbítrio absoluto
Que escondido espreita, como uma serpente na grama.

Nosso saber não tem poder sobre sua lei.
Ela toma providências, julga, mantém seu reinado,
Assim como seu poder supremo sobre cada divindade.

As mudanças que ela opera não têm trégua;
A necessidade a obriga a ser rápida,
90 E tão veloz ela segue, que nunca para.

Esta é aquela, tantas vezes amaldiçoada,
Mesmo por aqueles que deveriam lhe render louvor
E a culpam injustamente com palavras de desprezo.

Mas ela é abençoada, e não ouve o que ninguém diz.
Ela gira sua Roda, junto aos outros seres primordiais,
Risonha e contente, alegrando-se em seus caminhos.

Agora vamos descer rumo a uma desgraça maior,
Pois as estrelas que surgiam quando começamos
Estão se pondo agora, e não podemos demorar."[8]

100 Cruzamos o Círculo para o outro lado,
Chegando a uma fonte de água turva e fervente
Que abastece um rio, com seu transbordar.

Essa inundação era mais escura do que a perse,[9]
E nós, com este fluxo sombrio a nos guiar,
Seguimos ao longo de um caminho terrível.

O palude conhecido pelo nome de Estige
É alimentado por esta corrente funesta,
Que deságua em penhascos cinzentos e ameaçadores.

E eu, apesar da escuridão daquele lugar,[10]
110 Distingui vultos enlameados dentro daquela vala,
Completamente nus, com o rosto nublado de raiva.

Estes se golpeavam ferozmente, não apenas com os punhos
Mas também com os pés, o tórax e a cabeça,
E com seus dentes despedaçavam uns aos outros.

"Filho, agora observe", disse o digno Mestre,
"Aqui estão as almas daqueles vencidos pela ira;
E vou dizer ainda, se você puder acreditar,

Que sob a água há pessoas que suspiram,
E fazem aquelas bolhas que chegam à superfície,
120 Como você pode ver, até onde a vista alcança.

Presos na lama, eles dizem: "Vivíamos na escuridão,
Apesar do ar doce e do Sol que alegrava o dia,
Nutrindo dentro de nós a fumaça da melancolia.

Agora, nesta lama negra, afogamos o nosso rancor."
Suas gargantas se esforçavam para gorgolejar este hino,
Pois o lodo engasgava a pronúncia de suas palavras.

E assim, circundamos aquela poça repugnante
Em uma grande volta, pela orla seca do pântano,
Com os olhos fixos sobre os engolidores de lodo.

130 Por fim, chegamos ao pé de uma alta torre.

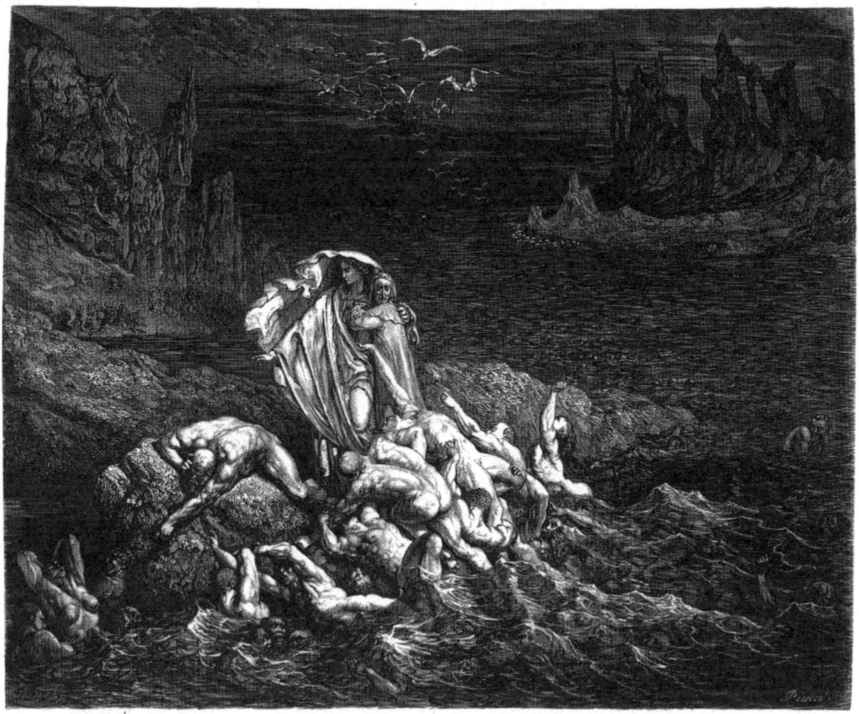

Notas

1. Estas palavras desafiaram a engenhosidade de muitos estudiosos, que em geral se inclinam para a opinião de que contêm um apelo a Satanás contra a invasão de seu domínio, mas constituem uma frase sem sentido. Mas Helder da Rocha, em nota à sua tradução adaptada em prosa do *Inferno*, traz uma explicação plausível, que transcrevemos a seguir. "Benvenuto Cellini, na sua descrição da Corte de Justiça de Paris, relata: 'as palavras que ouvi o juiz falar, ao ver que dois senhores queriam assistir ao julgamento a todo custo, e que o porteiro estava tendo dificuldades em mantê-los fora, foram estas: *Paix, paix, Satan, allez, paix!* (Silêncio! Silêncio, Satan! Vá, e nos deixe em paz!). Ao ouvir essas palavras, eu me lembrei do que Dante ouviu, quando ele entrou com seu mestre, Virgílio, nas portas do Inferno (Canto VII). Dante e Giotto, o pintor, estavam juntos na França e visitaram Paris com atenção, onde a corte de justiça poderia ser considerada o Inferno. Portanto é provável que Dante, que semelhantemente dominava a língua francesa, tenha utilizado essa expressão; e me surpreende que ela nunca tenha sido entendida nesse sentido.' (Benvenuto Cellini, *Roscoe's Memoirs*, Cap. XXII)."

2. *Pluto*: O deus das riquezas; aqui degradado como um demônio. Ele guarda o Quarto Círculo, que é o dos avarentos e gastadores.

3. Este quarto Círculo é dividido em dois semicírculos, entre os avarentos e os gastadores, e os dois bandos em períodos determinados se chocam continuamente. Sua condição é emblemática de seus pecados durante a vida. Eles eram unilaterais no uso da riqueza; então aqui eles nunca podem passar para o outro lado sem se chocarem. Eles são colocados no mesmo Círculo porque o pecado de ambos surgiu do desejo desordenado de riqueza: o avarento ansiando por acumular, e o perdulário por gastar. No *Purgatório* eles também são colocados juntos (ver *Purgatório* XXII. 40).

4. A tonsura é o sinal de que o homem está em condição eclesiástica.

5. A terra feliz: o *Paraíso*.

6. De acordo com a teoria escolástica do mundo, cada um dos nove Céus é dirigido por inteligências, chamadas de anjos pelos cristãos e de deuses pelos pagãos (*Convívio*, Tratado II, Capítulo V). Nessas esferas, as influências que exercem sobre os assuntos humanos estão sob a orientação de ministros designados por Deus. E assim, diz Virgílio, a distribuição das riquezas mundanas é governada pela Providência por meio da Fortuna.

7. Sir Thomas Browne diz: "Nem todos podem ser felizes ao mesmo tempo; pois porque a glória de um Estado depende da ruína de outro, há uma revolução e vicissitude de sua grandeza, e todos devem obedecer ao giro dessa roda, não movida por inteligências, mas pela mão de Deus, por meio da qual todos os Estados surgem em seus zênites e

pontos verticais de acordo com seus períodos predestinados." (Citação famosa extraída de *Religio Medici*, obra de Sir Thomas Browne publicada em 1642).

8   Já passa da meia-noite, e perto da manhã de sábado, 26 de março de 1300.

9   *Perse* é uma cor entre o roxo e o preto, mas o preto predomina (*Convívio*, Tratado IV, Capítulo XX). O matiz das águas do Estige combina com o temperamento sombrio dos pecadores que nelas mergulham.

10 Eles estão agora no Quinto Círculo, onde os coléricos são punidos.

87

Canto VIII

O PORTÃO DA CIDADE DE DITE

Eu devo explicar, continuando,[1] que muito antes
De chegarmos perto de seus alicerces
Nossos olhos já avistavam o cume da torre;

Pois, lá no alto, podíamos ver duas chamas.[2]
E, a distância, na escuridão do rio, outra luz respondia,
Tão distante que quase não conseguíamos ver.

E, voltando-me para o mar de todo conhecimento,[3]
Eu perguntei: "Mestre, o que significa isso?
E o que são esses lumes, e quem os acendeu?"

10 Ele respondeu: "Acima das águas impuras,
Você já saberá o que se aproxima,
E o que a névoa do pântano esconde."

E como a flecha que é lançada pelo arco,
Impelida pelo ar, em rápido voo,
Eu vi surgir um pequeno barquinho

Pela água lodosa, deslizando em nossa direção;
Sua única tripulação era um barqueiro solitário
Que gritava: "Então você chegou, espírito culpado!"

"Ó Flégias, Flégias,[4] está gritando à toa!
20 Desta vez," disse meu Senhor, "tal grito é inútil.
Deve apenas nos atravessar pela água lamacenta."

E, como alguém traído, que sofre internamente
Quando o engano forjado sobre si é descoberto,
Assim era a ira que Flégias mal podia conter.

Meu Guia entrou antes de mim no barco,
E me fez tomar meu lugar ao lado dele;
Quando eu entrei, o barco pareceu pesado.

Assim que meu Guia e eu embarcamos,
Aquela proa antiga começou a cortar a água,
30   Mais fundo do que habitualmente costumava.[5]

E enquanto deslizávamos pela vala morta,
Alguém surgiu na minha frente, coberto de lama,
E disse: "Quem é você, que chegou antes do tempo?"

E eu respondi: "Eu venho, mas logo vou embora;
Mas, e você, alma desditosa, como te chamam?"
Ele disse: "Eu sou apenas aquele que chora."

Respondi a ele: "Mesmo em lágrimas e miséria,
Alma maldita, espero que não se desvaneça;
Pois eu te reconheço, por mais imundo que esteja."

40   Então ele estendeu as mãos em direção ao barco;
Mas meu cauteloso Mestre o empurrou,
Dizendo: "Vá ficar com os outros cães!"

Depois, o Mestre me abraçou ternamente,
E beijou meu rosto, e disse: "Ó pobre alma,
Bendita seja aquela que te carregou no ventre!

No mundo ele exibia grande arrogância.
Sua memória não tem nenhum ato de valor;
E, portanto, sua sombra se enfurece aqui.

Quantos lá em cima se julgam grandes e reis,
50   Mas, aqui, chafurdam como porcos na lama,
Deixando para trás as memórias de seus crimes!"

E eu disse: "Ó Mestre, estou muito ansioso
Para vê-lo bem mergulhado nesta maré imunda,
Antes de atravessarmos, por fim, o lago."

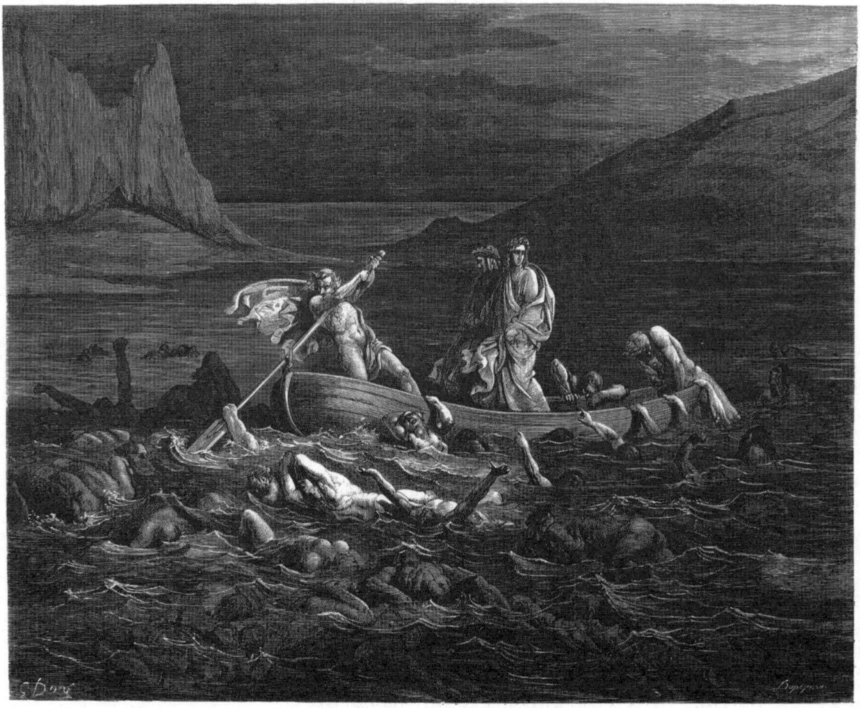

E ele respondeu: "Antes de chegarmos à outra margem,
O seu desejo será prontamente atendido;
Pois ele bem merece ser satisfeito."

Logo em seguida, de forma muito violenta,
O povo lamacento se abateu sobre ele,
60 E ainda louvo e bendigo a Deus por isso.

"Oba! Vamos pegar Filippo Argenti!"[6] – esse foi o grito;
E, então, aquele espírito florentino arrogante
Começou a se morder, e se rasgar de raiva.

Nós o deixamos, pois não merecia mais atenção.
Mas uma lamentação soou em meus ouvidos,
E então eu comecei a procurar o que era.

E o bom Mestre me disse: "Daqui a pouco, meu Filho,
Chegaremos à cidade que leva o nome de Dite,[7]
Com seus habitantes e cidadãos cruéis."[8]

70 E eu disse: "Mestre, eu já consigo ver claramente
As mesquitas que brilham dentro do vale,[9]
Tão carmesins, como se fossem recém-saídas do fogo."

E ele me disse: "A chama da danação eterna
Arde sobre elas, e por isso elas brilham forte,
Como você pode ver, nesta parte baixa do Inferno."

Nós finalmente chegamos ao fosso profundo,
Que envolve toda aquela cidade desconsolada;
As muralhas ao redor pareciam de ferro forjado.

Não sem antes percorrer um grande circuito,
80 Chegamos ao local onde o barqueiro estridente
Gritou para nós: "Saiam agora! Eis a entrada!"

Mais de mil almas, que do Céu foram lançadas,[10]
Eu vi acima dos portões; e, furiosas, elas exigiam:
"Quem é este que, sem ter provado a morte,

Tem passagem livre através da região dos mortos?"
E meu sábio Mestre fez-lhes um sinal
De que ele tinha algo a dizer secretamente.

Então, eles disfarçaram um pouco seu grande desdém,
E disseram: "Venha sozinho, e deixe-o para trás,
90 Pois ele foi imprudente ao entrar neste reino.

Deixe-o retornar sozinho em sua louca jornada,
Se ele conseguir; e você, que o guiou
Por essas terras danadas até aqui, vai ficar conosco."

Imagine, leitor, como eu fiquei cheio de medo,
Ouvindo as palavras desta maldita ameaça,
Já perdendo as esperanças, e temendo não voltar.

"Amado Guia, que por mais de sete vezes
Restaurou minha confiança, e me salvou
Dos terríveis perigos que encontrei em meu curso,

100 Não me abandone assim, sem esperança;
E se nos for negado ir mais além,
Sem demora, vamos juntos recuar daqui."

O Mestre que me conduziu até ali, então, respondeu:
"Não tema; ninguém pode impedir nossos passos,
Pois por Alguém muito grande isto foi concedido.

Espere-me aqui, e deixe seu espírito cansado
Ser confortado e alimentado com boa esperança;
Não deixarei você para trás neste mundo inferior."

Assim ele seguiu, e assim fiquei abandonado
110 Por meu doce Pai; e permaneci em dúvida,
Com Sim e Não[11] disputando dentro da minha cabeça.

Eu não conseguia ouvir o que conversavam;
Mas ele não tinha falado muito com eles,
Quando todos correram para dentro novamente.

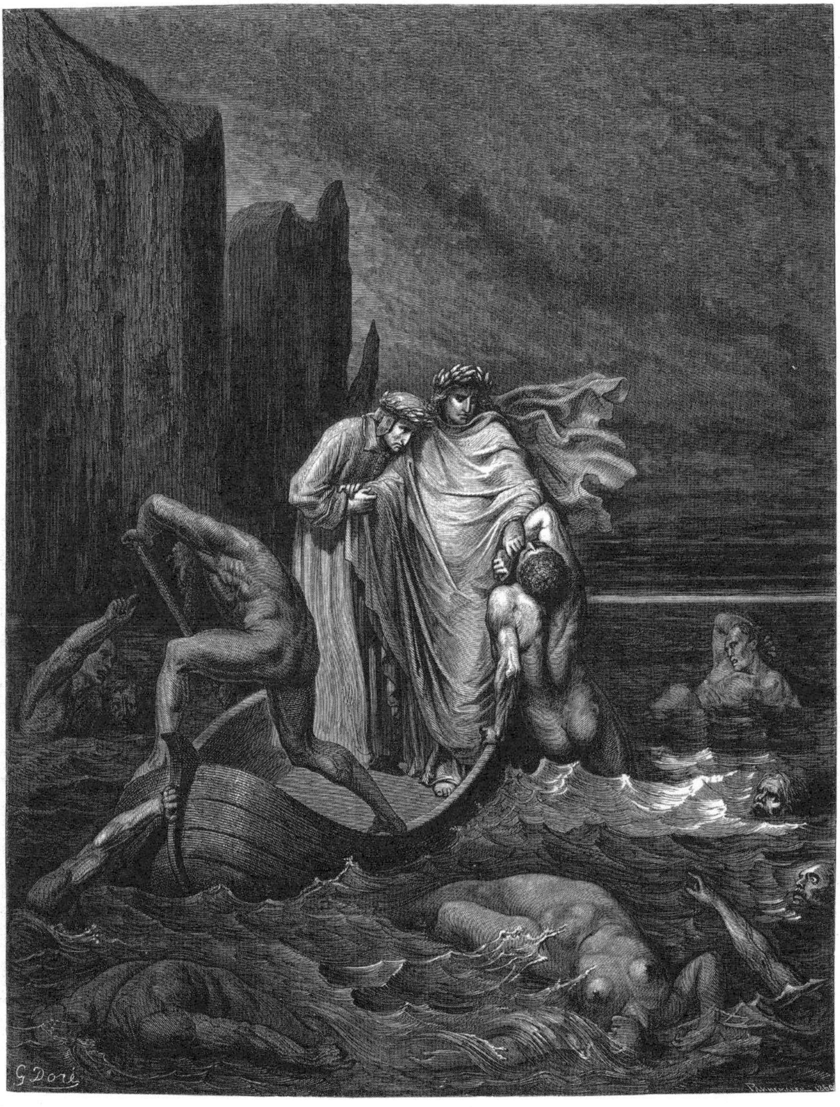
G.Doré

E, então, os nossos inimigos fecharam os portões
Na cara do meu Senhor; e ele ficou do lado de fora.
Então, ele voltou até mim, com passos lentos.

Seus olhos se voltavam para o chão,
E seu semblante caiu, enquanto exclamava com suspiros:
120 "Vejam só, quem se atreve a me negar a cidade da dor!"[12]

E então ele me disse: "Embora eu esteja muito irado,
Não tema, pois ainda vencerei esta prova,
E todo aquele que tentar bloquear nosso caminho.

Essa arrogância deles não é nada nova;
Eles já se portaram assim, diante da porta secreta[13]
– que permanece destrancada, desde então –,

O lugar onde você leu a escritura das trevas.
A esta hora, já deve estar descendo até nós
Sozinho, passando por todos os Círculos,

130 Alguém que nos dará permissão, e abrirá a entrada."

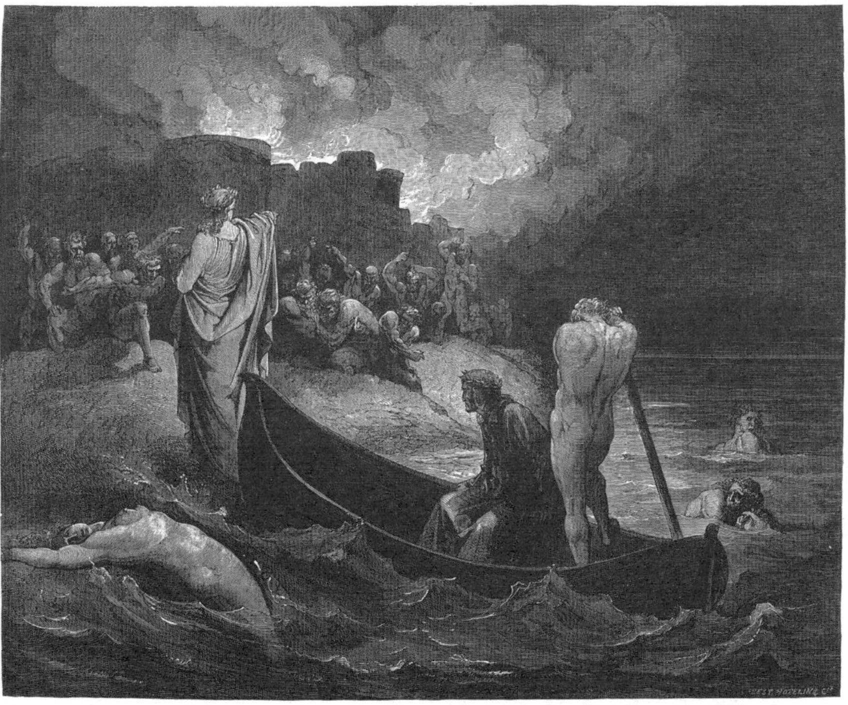

Notas

1. O relato do Quinto Círculo, iniciado no Canto anterior, é continuado neste.

2. As chamas indicam o número de passageiros que devem ser transportados através do Estige. É um sinal para o barqueiro, e é atendido por uma luz pendurada nas ameias da cidade de Dite.

3. *O mar de todo conhecimento*: Dante não se cansa de elogiar Virgílio.

4. *Flégias*: Aquele que queimou o templo de Apolo em Delfos, em vingança pela violação de sua filha pelo deus.

5. Porque costumava carregar apenas sombras.

6. *Filippo Argenti*: Filippo Cavillucci, cavalheiro florentino aparentado com a família dos Adimari e contemporâneo de Dante. Boccaccio, em seu comentário, o descreve como um homem muito rico, e tão ostentoso que certa vez ferrou seu cavalo com ferraduras de prata, daí seu apelido de *Argenti* (prateado). No *Decameron* (IX. 8), ele é apresentado como um agressor violento, dando uma bela surra em Biondello (amigo de Ciacco, o comilão do Canto VI). Supõe-se que Dante destina uma punição severa a Filippo Argenti no *Inferno* por ele ser um Guelfo Negro, e um dos maiores oponentes políticos do poeta.

7. *Dite* ou *Dis*, um dos nomes de Lúcifer, o deus das regiões infernais.

8. A cidade de Dite compõe o Sexto Círculo e, como imediatamente aparece, é povoada por demônios. Os pecadores punidos nela não são mencionados de forma alguma neste Canto, e parece mais razoável que Dante tenha chamado de "cidadãos" *(citadine)* os demônios, não as sombras. Embora a cidade seja habitada pelos súditos de Dite, ele é encontrado como Lúcifer bem no fundo do poço (Nono Círculo). Por alguns críticos, todo o *Inferno* inferior, tudo o que está além deste ponto, é considerado a cidade de Dite. Mas é apenas o Sexto Círculo, com seus túmulos, minaretes e mesquitas, que constitui a cidade; suas paredes, no entanto, servem como baluartes para todo o *Inferno* inferior.

9. As mesquitas simbolizam as crenças dos infiéis à doutrina cristã.

10. Os anjos caídos.

11. *Sim e Não*: Os demônios disseram que Virgílio ia ficar, mas ele prometeu a Dante que não o abandonaria.

12. O incidente mostra que os anjos caídos ainda são rebeldes e, ao mesmo tempo, foi concebido de maneira hábil para marcar uma pausa antes que Dante entre no *Inferno* inferior.

13. No portão do *Inferno*, por ocasião da descida de Cristo ao Limbo. Esta foi a noite em que, tendo rompido os laços da morte, Cristo ascendeu vitorioso do Inferno.

Canto IX

SEXTO CÍRCULO: CEMITÉRIO DE FOGO (HERESIA)

A tonalidade que a covardia pintou em meu rosto
Quando vi meu Guia retornar da discussão
Fez com que ele logo disfarçasse sua própria palidez.

Como quem ouve, ele permanecia atento;
Porque seu olhar perscrutava em vão
Através do ar escuro e da pesada névoa.

"Ah, certamente, vamos triunfar na luta!
A menos que... mas, ora! Com tal ajuda oferecida!
Oh, como me canso, até que ele apareça!"

10 Bem, eu percebi como ele dissimulava
Tentando encobrir suas palavras iniciais,
Tão diferentes do que ele havia dito antes.

Assim, sua fala encheu minha mente de terror,
Pois, às palavras que ele não havia pronunciado,
Eu atribuí um significado ainda pior.

"Mestre, até o fundo desta triste concha
Já desceu qualquer outro do Primeiro Grau,[1]
Cuja única punição é permanecer sem esperança?"

A esta minha pergunta, ele respondeu:
20 "Raramente alguém tem a ocasião de perseguir
A jornada que foi por mim iniciada.

Na verdade, já estive aqui uma vez,
Sob um feitiço convocado pela cruel Ericto,[2]
Aquela que podia ligar um corpo novamente com a alma.

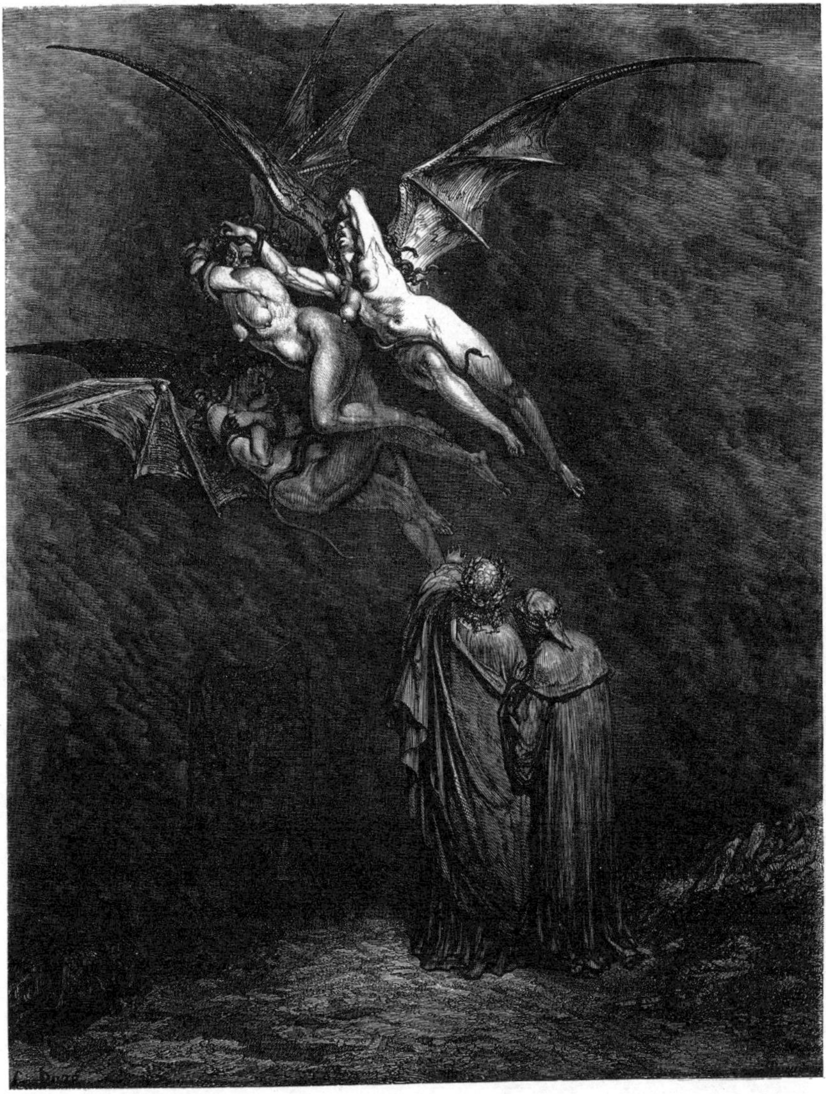

Minha carne ainda não tinha sido esvaziada de mim
Quando ela me fez ultrapassar aquela parede,
Para roubar uma sombra do Círculo de Judas.³

Esse é o lugar mais profundo e escuro de todos,
E o mais distante do Céu que move todos os céus;⁴
30   Eu sei o caminho; não tenha medo de nada.

Este pântano, de onde sobe esse vil fedor,
Circunda toda a cidade dos aflitos,
Que não alcançaremos, exceto com muita luta."

Ele ainda falou mais, mas não consigo me lembrar,
Porque cada olhar meu, cada pensamento
Estava fixo naquela torre de cume flamejante,

Onde surgiram, de repente, enfileiradas,
Três Fúrias infernais, todas tingidas de sangue,
Que pareciam mulheres, nos corpos e na aparência.

40   Hidras de um verde brilhante ornavam suas cinturas;
Cobras e serpentes cresciam em suas tranças,
E dançavam em volta de suas terríveis têmporas.

E ele sabia muito bem que eram as escravas
Daquela que é a Rainha das desgraças eternas,
E disse-me: "Veja as ferozes Erínias!⁵

Megera é aquela que está à esquerda;
E aquela chorando à direita é Alecto;
Tisífone é a horrorosa do meio." E ele se calou.

Cada uma, com suas unhas, rasgava o próprio seio;
50   E elas estapeavam a si mesmas. Depois gritaram
Tão alto, que eu corri para junto do Poeta, cheio de medo.

"Vem, Medusa,⁶ vamos transformá-los em pedra!"
Todas gritavam, enquanto olhavam para baixo.
"Que pena, Teseu⁷ ter escapado de nós!"

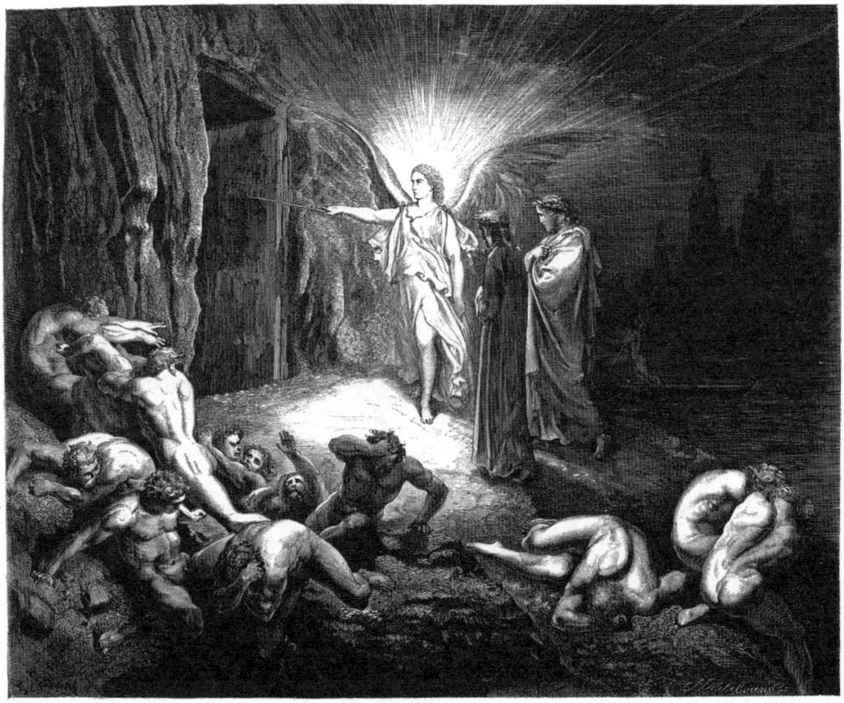

"Vire-se de costas e mantenha os olhos fechados
Pois, se por acaso a Górgona aparecer,
E você olhar em seus olhos, não haverá volta."

Assim falou o Mestre, e ele mesmo
Me virou de costas; e, não confiando nas minhas mãos,
Cobriu-as com as suas, e fechou meus olhos.

Ó vocês, possuidores de grande intelecto:
Observem e vejam o ensinamento escondido
Sob o véu dos meus versos tão obscuros.

Através das ondas turvas ouviu-se um rugido;
Um som estrondoso, assustador, horripilante,
Forte o suficiente para estremecer ambas as margens.

Era como o som de um vento selvagem
Uma explosão de calor, feita de fúria,
Que fere a floresta, sem dó nem piedade,

Quebrando galhos, varrendo como um furacão,
Em nuvens de poeira, orgulhosas e majestosas,
E põe em fuga as bestas selvagens e os pastores.

"Agora olhe", ordenou ele, libertando meus olhos.
"Para o lago imemorial, salpicado de espuma,
Naquele lugar onde a bruma é mais densa."

E como as rãs confrontadas pela cobra hostil
Deixam as águas claras, rumo à terra seca,
E ali se amontoam, em busca de abrigo,

Assim vi mais de mil almas apavoradas,
Fugindo de um ser que se aproximava
E caminhava sobre o Estige, sem molhar os pés.

O vapor acre que lufava sobre seu rosto
Ele espantava, abanando-se com a mão esquerda;
Essa era a única fadiga que o incomodava.

Bem, eu logo vi que ele era um enviado do Céu
E voltei-me para o meu Mestre. Seu gesto mostrou-me
Que eu deveria ficar calado, e me curvar em reverência.

Ai de mim – ele parecia tão cheio de desdém!
Ele chegou ao portão e, tocando-o com uma varinha,[8]
90 Abriu-o com facilidade, sem nenhuma resistência.

"Ó almas miseráveis e banidas para longe de Deus",
Foram suas primeiras palavras, no terrível limiar,
"Como ousam se portar dessa maneira insolente?

Por que vocês resistem em obedecer
E ir contra a Vontade que não pode ser impedida,
E que pode tornar suas dores mais ferozes?

O que esperam ganhar, indo contra o destino?
Seu Cérbero,[9] como vocês bem sabem,
Teve por isso uma garganta e um queixo arrancados."

100 Então, ele retornou pela estrada imunda.
Nem falou conosco, pois parecia ser alguém
Muito absorvido e ocupado por outros cuidados.

E os seres que nos afligiam não estavam mais ali.
E nós, confiando nas palavras sagradas,
Seguimos em direção à cidadela.

Entramos sem nenhum impedimento,
E eu já estava instigado pelo desejo
De conhecer as coisas protegidas por essa fortaleza.

Entrando, lancei meu olhar em redor
110 E vi, à direita e à esquerda, um vasto campo,
Um fervilhante lugar de tormentos e aflições.

E como em Arles,[10] onde o Ródano se espalha,
Ou como em Pola,[11] perto do Golfo de Quarnaro
Que fecha a Itália e banha as suas fronteiras,

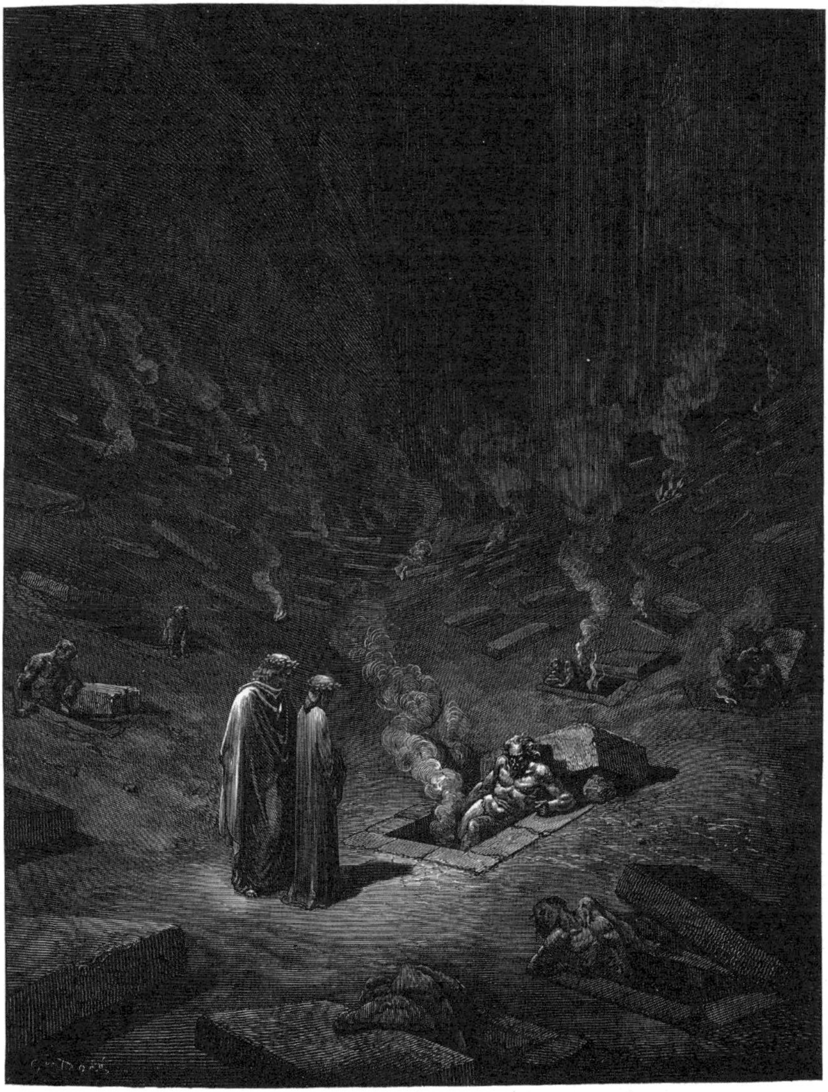

Onde os sepulcros brotam por todo lugar,
Aqui também os havia por todos os lados,
Mas de forma muito mais terrível e dolorosa.

Pois sobre as tumbas ardiam muitas chamas,
E cada uma delas queimava com tanto fervor
120 Que nenhum artesão poderia exigir ferro mais quente.

Todas as suas tampas estavam levantadas,
E lamentos agudos surgiam de cada uma,
Vindos dos tristes e sofredores ali alojados.

Eu perguntei: "Ó Mestre, diga-me quem são esses
Enterrados nas tumbas, cujos suspiros
Chegam aos nossos ouvidos, em tão dolente angústia?"

E ele me respondeu: "Esses são os mestres das heresias
E aqueles que os seguiram, de todas as seitas.
Aqui jaz uma multidão, maior do que você imagina.

130 Aqui, cada um é sepultado junto com seu semelhante;
Alguns sepulcros têm mais calor, outros menos."
Então nos voltamos para a direita,[12]

Entre a muralha e as sepulturas de tormento.

Notas

1. O *Limbo* (Primeiro Círculo), onde reside a sombra de Virgílio.

2. *Ericto*: Feiticeira da Tessália. Lucano (*Farsália* VI. 420-830) conta que ela evocou uma sombra para prever a Sexto (filho de Pompeu) o resultado da guerra entre seu pai e César. Isso aconteceu trinta anos antes da morte de Virgílio.

3. A *Judeca*, ou o ponto mais baixo do Inferno. A morte de Virgílio precedeu a de Judas em cinquenta anos. Ele não dá nenhuma pista de quem foi a sombra que ele desceu para buscar, mas é possível que Dante se referisse à história de Lucano (ver nota anterior).

4. O céu mais elevado. Ver *Inferno* II. 83.

5. *Erínias*: As Fúrias. A rainha de quem são servas é Prosérpina ou Perséfone, que se tornou esposa de Pluto (após ser raptada por ele) e rainha do mundo inferior.

6. *Medusa*: Uma das Górgonas. Todo aquele que fitava seus olhos era transformado em pedra.

7. *Teseu*: Aquele que desceu às regiões infernais para resgatar Prosérpina, e escapou com a ajuda de Hércules.

8. Uma peça da roupa angelical, derivada do *caduceus* de Mercúrio.

9. Quando Cérbero se opôs à sua entrada nas regiões infernais, Hércules prendeu uma corrente em volta do pescoço dele e arrastou-o para o portão. A fala do anjo responde às dúvidas de Dante quanto aos limites do poder diabólico.

10. *Arles*: o cemitério de Arles era enorme, e ainda existem ruínas dele. Ele tinha uma circunferência de dez quilômetros, e continha vários sarcófagos que datavam da época dos romanos.

11. *Pola*: Em Ístria, perto do Golfo de Quarnaro, onde diz-se que haviam muitos túmulos antigos.

12. Conforme eles se movem através dos Círculos e descem de um para o outro, o curso é geralmente para a esquerda. Aqui, por alguma razão, Virgílio vira para a direita, de modo que as tumbas ficam à esquerda enquanto ele avança. A única outra ocasião em que seu curso é levado para a direita é em *Inferno* XVII. 31.

Canto X

SEXTO CÍRCULO: CEMITÉRIO DE FOGO (HERESIA) – FARINATA E CAVALCANTI

E então avançamos por uma trilha estreita
Entre aqueles tormentos e as altas muralhas,
Meu Mestre primeiro, e eu a segui-lo.

"Ó suma Virtude,[1] você que me guia
Através desses Círculos ímpios", eu disse,
"Fale comigo, e satisfaça meus anseios.

As pessoas que estão sepultadas nas tumbas
Podem ser vistas? As tampas estão todas abertas
E não há nenhum guardião que as proteja."

10 E ele me respondeu: "Todos eles deverão ser fechados
Quando retornarem do vale de Josafá[2]
Novamente nos corpos que já foram seus.

Todos estão sepultados junto com Epicuro[3]
E aqueles que são seus seguidores, que dizem
Que a alma compartilha a condenação mortal do corpo.

E a outra pergunta que você me fez
Será em breve respondida, aqui mesmo,
Assim como o desejo que você oculta de mim."[4]

E eu disse: "Bom Guia, se eu escondo de você
20 Os desejos de meu coração, é porque pouco posso falar;
E você, não faz muito tempo, me preveniu sobre isso."[5]

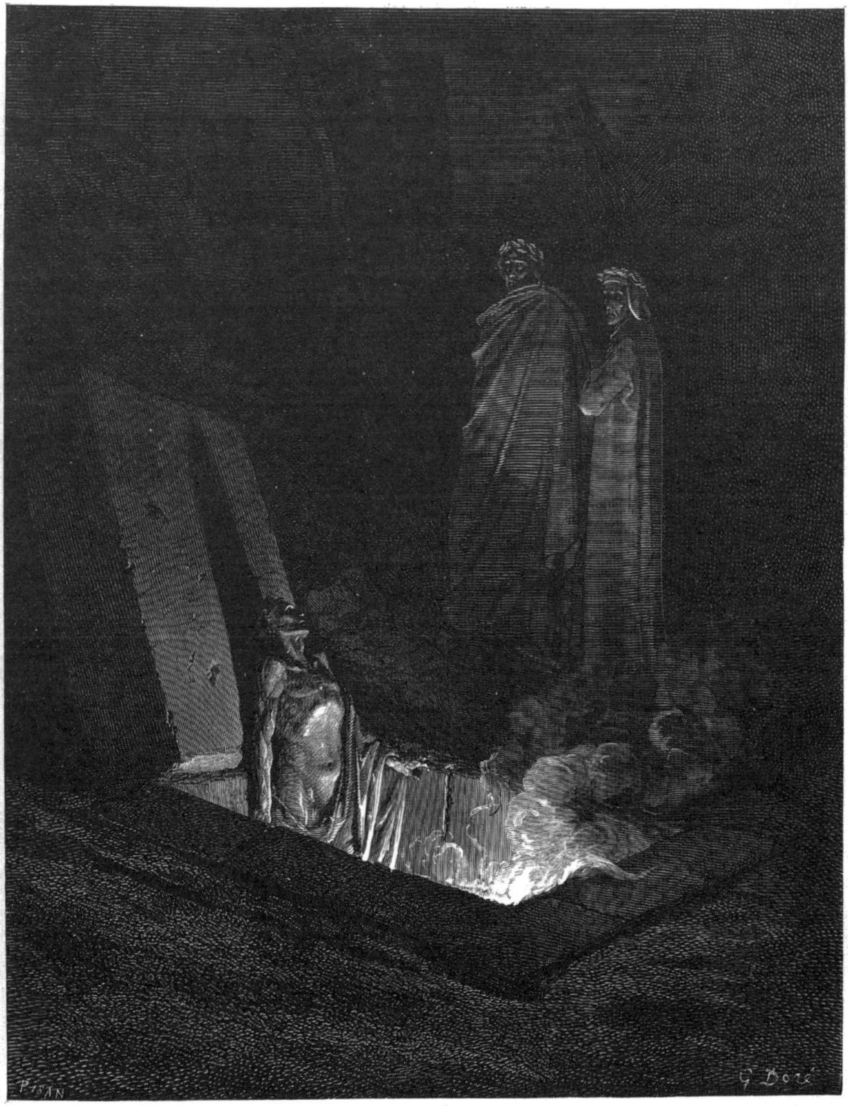
PISAN
G. Doré

"Ó toscano, que, ainda vivo, faz o seu caminho
Pela cidade de fogo, com palavras tão modestas,
Espero que aproveite bem esta jornada.

Pelo seu sotaque, eu posso reconhecer
Que você é nativo daquela cidade nobre
Que eu, talvez, tenha tratado de forma muito dura."

De repente, um som inesperado
Saiu de uma das tumbas; e eu, compelido pelo medo,
30 Aproximei-me um pouco mais do meu Guia.

E ele disse: "Volte! O que você está fazendo?
Esse é Farinata,[6] que começa a se levantar;
Você poderá vê-lo da cintura para cima."

Eu já tinha cruzado meu olhar com o dele;
Ele erguia a cabeça e o peito, imponente,
Demonstrando um tremendo desprezo pelo Inferno.

Pela mão ágil e corajosa do meu Guia,
Segui em direção a ele, entre as sepulturas,
Enquanto ele dizia: "Escolha bem suas palavras."

40 Quando eu me aproximei de seu sepulcro,
Ele olhou para mim com desdém, por um momento,
E me perguntou: "De que família você é?"

Para me mostrar dedicado e obediente,
Não escondi nada, e tudo contei a ele;
E, com isso, ele ergueu ainda mais as sobrancelhas.[7]

E disse: "Eles foram meus adversários ferozes,
E também dos meus parentes, e do meu partido;
Por causa disso, eu os dispersei duas vezes."[8]

Eu respondi: "Sim, foram expulsos, mas retornaram fortes
50 De todos os quadrantes, vencendo ambas as provas;
Uma arte ainda não dominada pelos vossos seguidores."[9]

E naquela mesma tumba, de repente, apareceu
Outra sombra, que pude ver apenas do queixo para cima.
Tenho a impressão de que estava de joelhos.

Ele olhava ansioso em volta, procurando,
Para saber se havia mais alguém comigo;
E, então, não encontrando quem ele esperava,

Disse, chorando: "Se pela força do Gênio
Você visita esta prisão de cegos, onde está meu filho?
60   Por que ele não veio em sua companhia?"[10]

E eu respondi: "Eu não estou aqui sozinho:
Aquele, que ali me espera, é quem me guia:
E o vosso Guido nutria um certo desprezo por ele."

As palavras que ele usara, e a forma de sua dor
Revelaram seu nome, além de qualquer suspeita;
Desta forma, pude responder-lhe claramente.

Então ele se levantou de imediato, e gritou:
"Como você disse? 'Nutria'? Então ele não vive mais?
A doce luz já não brilha mais em seus olhos?"

70   Quando ele percebeu a minha hesitação
E que eu demorava a formular minha resposta,
Ele subitamente afundou, para não mais reaparecer.

Mas o outro magnânimo, a outra sombra,
Permanecia ali com a mesma expressão:
Não se curvou, nem virou sua cabeça para o lado.

E, retomando suas palavras de onde parara:
"Se realmente eles forem lentos para aprender essa arte,
Ouvir isso me dói mais do que este tormento.

Mas, antes que brilhe cinquenta vezes a luz
80   Sobre o rosto da Senhora[11] que aqui reina,
Você também descobrirá o quanto essa arte pesa.[12]

E quanto ao doce mundo, ao qual retornará,
Diga-me: por que os membros do seu partido
Não têm piedade pela minha raça,[13] ao decretar as suas leis?"

E eu respondi: "O grande derramamento de sangue
Que fez a Arbia tingir-se de vermelho[14]
Também nos faz derramar essas orações em nosso templo."[15]

Em seguida, ele deu um suspiro e balançou a cabeça:
"Eu não agi sozinho; e eu não abraçaria essa causa,
E nem me juntaria aos outros sem um bom motivo.

Mas eu fiquei sozinho, quando eles decidiram,
Unânimes, que Florença fosse varrida e destruída,
E eu ousei defendê-la de peito aberto."[16]

"Então, que vossa semente possa encontrar a paz",
Eu respondi, "Mas ainda preciso desatar um nó
No qual meu julgamento está emaranhado.

Se eu entendi bem, vocês podem vislumbrar de antemão
O que virá no tempo futuro; mas vocês parecem
Sujeitos a outras leis, no que diz respeito ao hoje."

"Como quem vê melhor o que está ao longe", disse ele,
"Assim enxergamos as coisas que estão distantes;
Essa luz nos é concedida pelo Guia Supremo.

Mas não podemos alcançar os eventos presentes;
E, se ninguém chegar até nós trazendo notícias,
Nada podemos saber do mundo humano.

Portanto, você pode perceber que nossa consciência
E todo o nosso conhecimento serão findos
Quando a grande porta do futuro for fechada."

Então, arrependido da minha omissão,
Eu pedi a ele: "Diga àquele que desceu na tumba
Que seu filho ainda respira entre os vivos.

E se eu, confuso, lhe recusei uma resposta,
Que ele saiba que eu tinha em minha mente
A dúvida que o senhor me ajudou a esclarecer."

E meu Mestre já me chamava de volta,
De modo que, apressadamente, perguntei ao espírito
Quem eram os outros que estavam com ele.

Ele me respondeu: "Alguns milhares jazem aqui comigo;
Entre eles estão o Segundo Frederico[17]
E o Cardeal;[18] e dos outros, nada posso dizer."

Então ele se escondeu; e em direção ao antigo Poeta
Virei meus passos, revolvendo em meu cérebro
As palavras sinistras que eu acabara de ouvir.

O Mestre seguiu e, à medida que avançávamos,
Ele me perguntou: "Por que está assim consternado?"
E respondi claramente à sua pergunta.

"Que tua memória conserve tudo o que ouviu",
O Sábio exortou, "E tudo o que for falado contra você.
Agora, preste atenção." E ele ergueu o dedo:

"Quando você estiver diante do esplendor gentil
Daquela cujos olhos graciosos tudo veem,
Ela tornará conhecida a jornada de sua vida."[19]

Então, seus passos se voltaram para a esquerda;
Afastando-se do muro, e indo em direção ao meio,
Onde havia um caminho que descia até o fosso profundo.

Um grande fedor subia, e aumentava cada vez mais.

Notas

1 *Virtude*: Virgílio é aqui chamado por um novo título, que, com as palavras de profundo respeito que se seguem, marca a restauração total da confiança de Dante nele, como seu guia.

2 "Eu também reunirei todas as nações, e as farei descer ao vale de Josafá" (*Joel* III. 2).

3 *Epicuro*: A descrença em uma vida futura, ou melhor, a indiferença a tudo, exceto aos apelos da ambição e dos prazeres mundanos, comuns entre os nobres da época de Dante e a anterior, era conhecida pelo nome de Epicurismo, o que hoje chamamos comumente de Ateísmo. É a mais radical das heresias, porque é contrária aos primeiros princípios de todas as religiões.

4 A pergunta é se as almas poderiam ser vistas. O desejo oculto é falar com elas.

5 Virgílio em ocasiões anteriores impôs silêncio a Dante, como em *Inferno* III. 51

6 *Farinata*: Manente degli Uberti, conhecido como Farinata. Na geração anterior a Dante, ele foi o líder dos Gibelinos, o partido imperialista de Florença. Sua memória sobreviveu por muito tempo entre seus concidadãos como a do típico nobre, rude, inescrupuloso e arrogante; mas, ainda assim, por uma boa ação que ele fez (ver linha 93), ele foi aclamado no imaginário popular como um patriota e um herói. No *Inferno*, ele foi condenado à cidade da descrença pelos seus pensamentos mundanos e seu epicurismo. Dante já havia indagado a Ciacco sobre o destino de Farinata (*Inferno* vi. 79).

7 Quando Dante diz que é dos Alighieri, uma família Guelfa, Farinata mostra desagrado.

8 *Duas vezes*: Os Alighieri compartilharam o exílio dos Guelfos em 1248 e 1260.

9 O respeito de Dante por Farinata é indicado pelo uso da forma plural de tratamento em italiano (*Voi* = o senhor). O mesmo tratamento é dado a Brunetto Latino (*Inferno* XV).

10 O companheiro de Farinata no túmulo é Cavalcante dei Cavalcanti, pai de Guido Cavalcanti (que ele esperava ver ao lado de Dante). Embora fosse um Guelfo, o velho Cavalcante foi contaminado pelo costume especialmente gibelino do epicurismo. Para acalmar o rancor entre os partidos, algumas das famílias guelfas e gibelinas uniam-se em casamento, e assim seu filho Guido casou-se com uma filha de Farinata (assim como o próprio Dante, que se casou com Gemma, da família gibelina dos Donati). Guido era muito mais velho que Dante; no entanto, eles eram muito íntimos e, intelectualmente, tinham muito em comum, sendo ambos pertencentes ao grupo cultural do *Dolce Stil Novo*. Dante se refere a Guido mais de uma vez na *Vita Nuova* como seu melhor amigo. Ele é um herói em *Decameron*, VI. 9.

11 *A Senhora*: Prosérpina, ou seja, a Lua.

12 Cinquenta meses depois de março de 1300, Dante viveria o fracasso de mais uma tentativa feita pelos exilados para ganhar entrada em Florença. A última tentativa foi no início de 1304.

13 Quando o poder Gibelino foi por fim derrotado em Florença, os Uberti foram especialmente excluídos de qualquer anistia. Há menção à execução política de pelo menos um descendente de Farinata. Seu filho, ao ser conduzido ao cadafalso, disse: "Então, pagamos as dívidas de nossos pais!"

14 Em Montaperti, na Arbia, a poucos quilômetros de Siena, foi travada em 7 de setembro de 1260 uma grande batalha entre os Guelfos e os Gibelinos de Florença – estes últimos então exilados, sob o comando de Farinata. Também foram convocados os Gibelinos de Siena e da Toscana em geral, e mais algumas centenas de homens de armas emprestados pelo rei Manfredo da Sicília e de Nápoles, filho natural de Frederico II. A derrota dos Guelfos foi avassaladora, e não apenas a Arbia ficou vermelha de sangue florentino; a batalha de Montaperti também arruinou por um bom tempo a causa da liberdade popular e do progresso geral em Florença.

15 O Parlamento do povo costumava reunir-se em Santa Reparata, a catedral. O uso das palavras *orazion* e *tempio* é, em qualquer caso, explicado pela frequência das conferências políticas nas igrejas.

16 Pouco tempo depois da vitória obtida em Montaperti, houve uma grande reunião de Gibelinos de várias cidades em Empoli, quando foi proposta a destruição de Florença – como represália pelo obstinado guelfismo da população. A aprovação foi geral, mas Farinata declarou que, enquanto vivesse e tivesse uma espada, ele defenderia sua terra natal. Diante desse protesto, a resolução foi abandonada.

17 *O segundo Frederico*: Frederico II, imperador que reinou de 1220 a 1250 e travou uma longa guerra com os papas pela supremacia na Itália. Não é por sua inimizade com Roma que ele é colocado no Sexto Círculo, mas sim por seu epicurismo.

18 *O Cardeal*: Ottaviano, da poderosa família toscana dos Ubaldini, homem de grande atividade política e conhecido na Toscana como "O Cardeal."

19 É Cacciaguida, seu antepassado, que instrui Dante no *Paraíso* sobre sua vida futura, pobreza e exílio (*Paraíso* XVII). Isso, no entanto, é feito a pedido de Beatriz.

Canto XI

SEXTO CÍRCULO: CEMITÉRIO DE FOGO (HERESIA) – DESCRIÇÃO DA JUSTIÇA DO INFERNO

Chegamos à beira de um elevado íngreme,
Um anel de enormes pedras quebradas
Onde sobrevinham tormentos ainda piores.

E, por causa do fedor tão ultrajante
Que exalava daquele vasto abismo,[1]
Recuamos para buscar abrigo na cobertura

De uma grande tumba, onde vi escrito:
"Aqui jaz o Papa Anastácio,[2]
Seduzido por Fotino a deixar o bom caminho."

10 "Agora teremos que esperar um pouco",
Disse o Mestre; "Para que nosso sentido seja adaptado
Um pouco mais a esse bafejo imundo."

Então eu disse: "Sim, mas vamos procurar fazer algo,
Para que nosso tempo não seja desperdiçado."
E ele respondeu: "Sim, isso estava na minha mente.

Nas rochas diante de nós, meu Filho,
Jazem três Círculos menores",[3] ele começou a contar,
"Dispostos em degraus, como aqueles de onde viemos.

Todos estão cheios de espíritos miseráveis.
E para que a visão deles te baste, daqui para frente,
Ouça como, e por quê, nesses grupos eles habitam.

Tudo o que foi abominado como maldade no céu
Foi o que causou a sua danação; eles causaram o mal,
Usando de fraude, ou em atos de violência.[4]

Visto que a fraude pertence apenas ao homem,[5]
Deus a odeia mais; assim, a horda dos fraudulentos
É colocada mais abaixo, suportando dor mais cruel.

O próximo Círculo é ocupado pelos violentos;
E, uma vez que a violência tem três faces,
Estão divididos em três Giros, assim construídos.

Contra Deus, contra nós mesmos ou contra o próximo
Podemos ser violentos, e também contra os bens;
Você entenderá, com uma clara explicação.

Nossos semelhantes podem ser afligidos
Com ferimentos graves ou morte violenta;
Seus bens podem sofrer destruição, fogo e pilhagem.

Portanto, aqueles que ferem e matam,
Ladrões, assaltantes e tiranos, estão no Primeiro Giro,
De acordo com a gravidade de seus crimes.

O homem pode ser violento contra si mesmo,
E contra seus próprios bens; portanto, no Segundo Giro
Estão afogados em arrependimento

Aqueles que causaram o fim de suas próprias vidas,
Ou jogaram, perdendo loucamente sua herança,[6]
E que lamentam e gemem, quando deviam se alegrar.

E mesmo contra Deus a violência pode se estender
Por negação da fé no coração, por blasfêmia,
Ou por desprezar os generosos dons da Natureza.

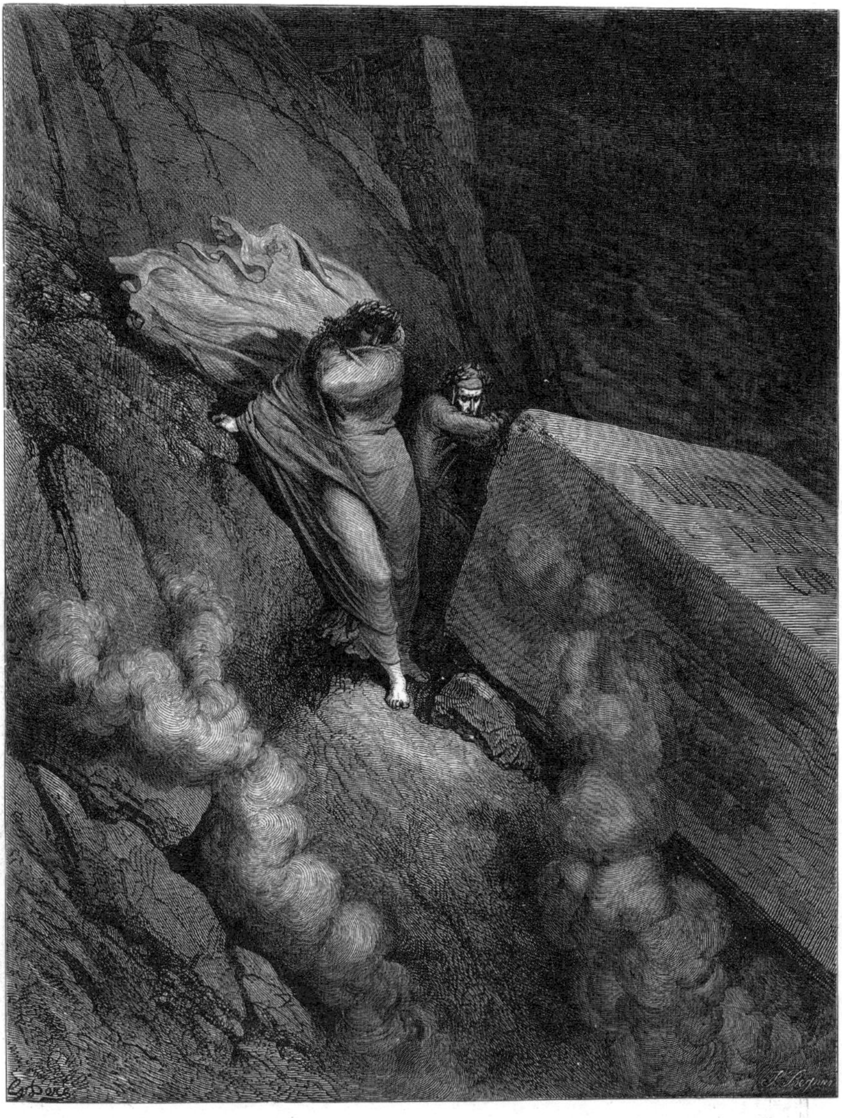

Dentro do Giro mais estreito, bem seladas
Estão as populações de Sodoma e Caorsa,[7]
E todos os que blasfemam a Deus em seus corações.

Já a fraude, que mina e corrói todas as consciências,
É praticada por um homem contra outro
Que confia nele, ou contra ele é prevenido.

Diante da fraude, é totalmente destruído
O vínculo de amor do homem com a Natureza;
Por isso, estão aninhados no Oitavo Círculo:

Os hipócritas e os bajuladores, os feiticeiros,
Os falsários, os desonestos, os simoníacos,
Os sedutores e os trapaceiros, e outros da mesma laia.

Essas formas de fraude tornam nulas
Não apenas as ligações naturais, mas também
A confiança e a amizade verdadeira entre os homens.

Por fim, no lugar que é o centro de todas as coisas,
No menor de todos os Círculos, a Capital de Dite,[8]
Todos os traidores estão em desgraça eterna."

Então eu disse: "Mestre, a sua explicação sobre isso
Está bem clara, e descreve perfeitamente
Todas as pessoas condenadas nesse abismo.

Mas diga-me: por que os condenados nos pântanos,
Os levados pela tempestade, os castigados pela chuva,
Ou aqueles que se chocam com pedras ásperas[9]

Não são punidos abaixo dessa cidade flamejante,
Como castigo, por serem odiados por Deus?
E, se Ele não os odeia, por que são condenados à dor?"

E ele me respondeu: "Por que sua inteligência
Está vagando tão longe de seu curso habitual?
Quão absorta está sua mente? No que está pensando?

Você não tem mais memória daquela passagem
Na qual a Ética[10] trata sobre esse assunto?
Das três coisas que o Céu mais abomina:

Incontinência, malícia e bestialidade?
E que, quando são comparadas, a incontinência
É a que menos ofende a Deus, e a que causa menos culpa?

Se desta doutrina você extrair o sentido
E lembrar-se das almas que estão lá em cima,
Suportando suas penitências fora desta cidade,

Entenderá por que aqueles foram separados destes,
E discernirá por que sobre eles repousam
Os golpes da justiça em uma raiva menos violenta."

"Ó Sol, que clareia toda visão confusa!
Sempre fico tão encantado quando me esclarece,
Que a dúvida me traz alegria, mais do que o saber.

Portanto, eu rogo, explique-me apenas mais um ponto",
Eu pedi, "Pois você disse que a usura é um pecado
Contra Deus; e não entendo este mistério."

Ele respondeu: "Quem dá ouvidos à Filosofia
É ensinado por ela, não apenas em uma só direção.
A Natureza é governada em seu curso

Pelo próprio Intelecto, pela Mente e pela Arte Divina;
E, se na *Física*[11] você pesquisar cuidadosamente,
Você encontrará, antes de folhear muitas páginas,

Que a Arte, sempre que pode, imita a Natureza,
Assim como o professor é imitado pelo aluno;
Pois a Arte é filha do homem, e neta de Deus.

E da Arte e da Natureza – lembre-se do *Gênesis* –[12]
Devem vir os meios para a sobrevivência
E as riquezas para o sustento do homem.

E, uma vez que o usurário segue outro caminho,
110 Ele despreza a Natureza e sua filha, a Arte,[13]
Porque suas esperanças estão em outro lugar.

Mas venha, pois está na hora de avançar:[14]
Os Peixes já brilham na linha do horizonte
E a Ursa Maior já repousa sobre Corus.[15]

Ali, mais adiante, vamos descer o penhasco."

Notas

1. Eles estão agora no lado interno do Sexto Círculo, e na beira do despenhadeiro rochoso que desce para o Sétimo. Todo o Inferno inferior jaz abaixo deles, e é a partir dele, e não do Sexto Círculo em particular, que vem o fedor, símbolo da impureza dos pecados que são ali punidos. Os cheiros repugnantes que fazem parte do horror do *Inferno* também são mencionados em *Inferno* XVIII. 106 e XXIX. 50.

2. *Papa Anastácio*: Anastácio II, eleito papa em 496. Fotino, bispo de Sirmio, foi infectado com a heresia sabeliana, mas foi deposto mais de um século antes da época de Anastácio. O ponto mais interessante é que o único herege citado na Cidade da Descrença, no sentido cristão geralmente atribuído ao termo, é um Papa.

3. O Sétimo, o Oitavo e o Nono Círculos. Os peregrinos estão se aproximando do fundo do cone.

4. Nos Círculos acima deles, são punidos os pecados que consistem no exagero ou na incontinência de um instinto natural saudável. Abaixo deles estão os Círculos que punem os pecados por maldade. Isso se manifesta de duas maneiras: pela violência ou pela fraude. Depois de mencionar pela primeira vez, de uma maneira geral, que os fraudulentos estão numa parte mais profunda no *Inferno*, Virgílio passa a definir a violência e a contar como os violentos ocupam o Círculo imediatamente abaixo deles – o Sétimo.

5. A fraude envolve o uso corrupto das faculdades mentais, que nos distinguem dos animais. Cícero diz: *"Cum autem duobus modis, id est aut vi aut fraude, fiat iniuria (...) utrumque homine alienissimum, sed fraus odio digna maiore."* ("O dano pode ser causado de duas maneiras: pela violência ou pela fraude (...) Ambas não são adequadas ao homem, mas a fraude é a mais odiosa." *De Officiis*, I. 41 – tradução nossa).

6. Um pecado diferente dos gastos excessivos, punidos no Quarto Círculo (*Inferno* VII). A diferença é que aqui os gastadores "torram" seus bens e propriedades, ficando privados dos meios de vida, e acabam perdendo a vontade de viver, conforme descrito na linha seguinte. Esses pródigos são punidos junto com os suicidas. Em sua escala de culpa, Dante classifica a violência contra si mesmo como um pecado mais hediondo do que a violência contra o próximo.

7. *Sodoma e Caorsa*: Cidades que pecaram contra a natureza e contra Deus. Caorsa, nome italianizado para a cidade francesa de Cahors, tinha na Idade Média a reputação de ser um ninho de agiotas.

8. *Capital de Dite*: O Nono e último Círculo.

9. Todos esses pecadores mencionados por Dante são os punidos no Segundo ao Quinto Círculo, que pecaram por incontinência (Pecados do Leopardo). O Sexto Círculo (Cidade de Dite), túmulo ardente dos hereges e também chamado

de Cidade da Incredulidade ou da Descrença, marca uma linha divisória no *Inferno*. No Sétimo Círculo é punida a violência ou bestialidade (Pecados do Leão). No Oitavo Círculo pune-se a fraude ou malícia (Pecados da Loba), enquanto no Nono Círculo é punida a traição. Ver também a nota 10.

10 A Ética de Aristóteles, em que se diz: "No que diz respeito aos costumes, estas três coisas devem ser evitadas: incontinência, vício e bestialidade." Aristóteles afirma que a incontinência consiste no controle imoderado das vontades que, sob a orientação correta, servem para nos promover o prazer legítimo. A dissertação de Virgílio é fundada nesta tripla classificação de Aristóteles, considerando a bestialidade com o significado de violência, e a malícia com o significado de fraude. Ver também a nota 10.

11 A *Física* de Aristóteles, na qual se diz: "A Arte imita a Natureza."

12 "E o Senhor Deus tomou o homem, e colocou-o no jardim para lavrá-lo e mantê-lo." (*Gênesis* II. 15). E: "Com o suor do seu rosto comerás o pão." (*Gênesis* III. 19).

13 O usurário busca obter riqueza independentemente do trabalho honesto ou da confiança nos processos da natureza. Este argumento rebuscado contra a usura fecha uma das passagens mais áridas da *Comédia*. A brevidade do Canto quase sugere que Dante se cansou dele.

14 Eles estiveram todo esse tempo descansando atrás da tampa do túmulo.

15 Como o Sol está em Áries, as estrelas de Peixes começam a surgir cerca de duas horas antes do nascer do Sol, e a Ursa Maior (*Carro*) fica acima de Corus (*Coro*), o quadrante do vento norte-noroeste. É perto do amanhecer na manhã de sábado. Virgílio fala das estrelas como se ele soubesse onde elas estão, mesmo sem vê-las.

Canto XII

SÉTIMO CÍRCULO: VALE DO FLEGETONTE. PRIMEIRO GIRO: SANGUE ESCALDANTE (VIOLÊNCIA CONTRA OS OUTROS)

O local que alcançamos para a nossa descida
Era muito íngreme, e o que estava ainda por vir
Era uma coisa repulsiva, ao olhar de qualquer pessoa.

Assim como a massa de rochas que desmoronou
Sobre Adige, deste lado de Trento,
Por causa dos terremotos e dos deslizamentos,

Deixando, desde o cume de onde partiu
Até a planície cheia de rochas quebradas,
Algum tipo de caminho para quem faz a descida;

10 Assim era a passagem para descer aquele precipício.
E, na própria borda do abismo rachado,
Lá estava estendida a infâmia de Creta,

Aquele que foi concebido na falsa vaca.[1]
Quando ele nos viu, começou a se morder de raiva
Como alguém cuja fúria o corrói por dentro.

"Talvez você pense", disse a ele o Sábio,
"Que este aqui seja o príncipe de Atenas,[2]
Aquele que guerreou com você até a morte.

Vá embora, fera! Pois este que está passando
20 Não é aquele que foi ensinado por tua irmã,
E só vem até aqui para espiar teu sofrimento."

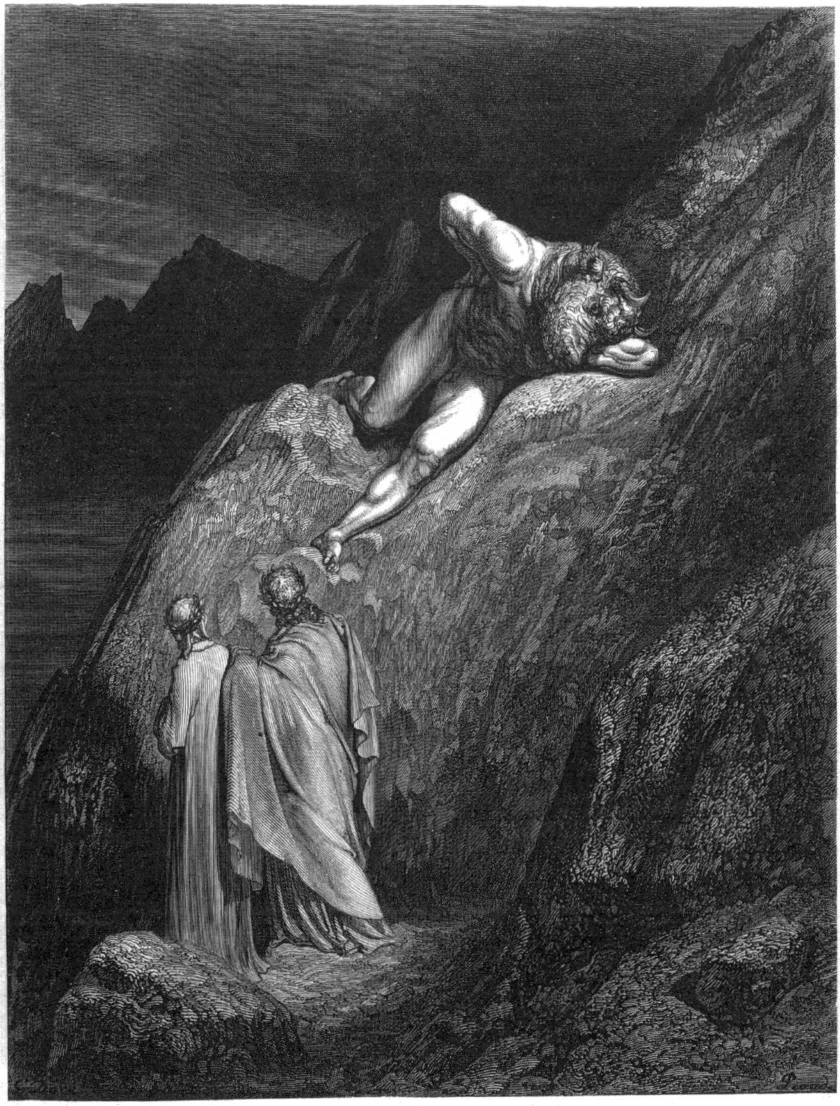

Assim como o touro, quando se solta de seu cabresto
No momento em que é atingido pelo golpe fatal,
Hesita em seu caminho e cambaleia para o chão,

Assim eu vi o Minotauro cambalear;
E meu Guia, alerta, clamou: "Corra até a passagem!
Vamos descer, enquanto ele se consome em fúria."

Assim, descemos pelas pedras escorregadias[3]
Trêmulas e soltas, que muitas vezes cederam
Porque o peso de meus pés lhes era um fardo.[4]

Eu seguia, mas estava pensativo; e ele me disse:
"Você está pensando sobre esta encosta arruinada,
Guardada por aquela fera que eu acalmei.

Mas eu quero que saiba: quando eu desci
Pela primeira vez a este Inferno inferior,[5]
A rocha ainda não tinha sofrido esta ruína.

Isso aconteceu, se bem me lembro,
Pouco antes da vinda d'Aquele que resgatou
As presas das garras de Dite, no Círculo superior.[6]

Por toda parte, este abismo nauseante tremeu
Com tamanha violência, que pensei que o Universo
Estremecia de amor; pois o Amor, como se sabe,

Com frequência conduz o Universo de volta ao Caos.[7]
E, naquele momento, esta antiga rocha forte
Foi despedaçada, assim como em outros lugares.[8]

Mas olhe em direção ao vale, e verá ali adiante
O rio de sangue fervente,[9] onde perecem
Todos os que, pela violência, fazem os outros sofrer."

Ó fúria insana! Ó cega ganância!
Que tanto nos incitam em nossa breve vida,
Antes de nos deixar imersos no mal eterno!

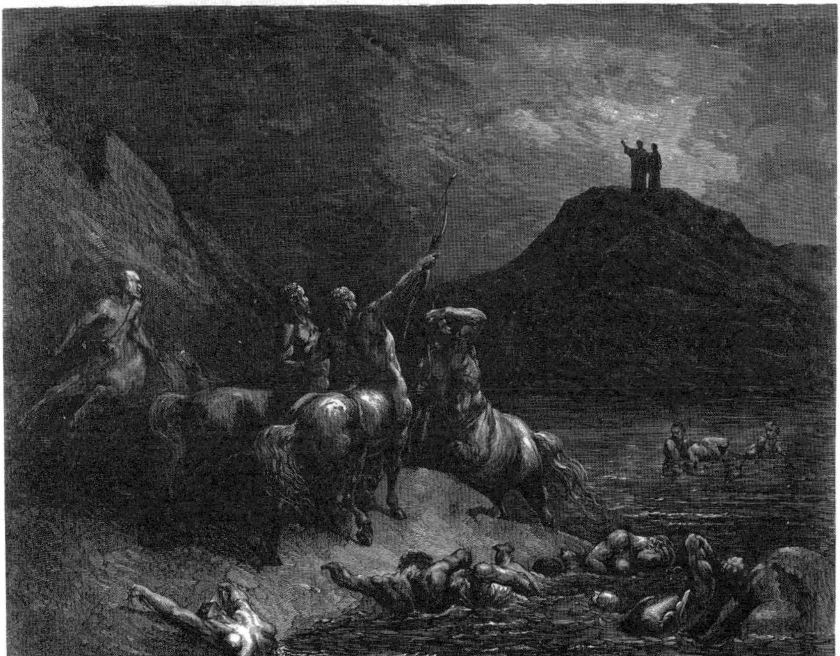

Então eu vi, lá do alto, uma ampla vala,
Curva como um arco, ao longo da planície,
Assim como o meu Guia descrevera.

Entre essa vala e a base da rocha, marchando,
Corria uma fileira de centauros,[10] armados com arcos,
Como se caçassem na Terra uma vez mais.

Observando-nos descer, todos eles pararam;
E três deles se separaram do bando,
60   Depois de escolherem seus arcos e flechas.

E um deles perguntou, de longe: "Que tormento
Vocês procuram, vocês que descem por esta colina?
Vou atirar, a menos que respondam de onde vêm.

Meu Mestre disse: "Não responderemos nada,
Até falarmos com Quíron,[11] que está ao teu lado;
Pois esse temperamento explosivo sempre te fez mal."

Então, ele me cutucou: "Ali está Nesso,[12]
Que morreu por amor à bela Dejanira,
E fez do seu próprio sangue a sua vingança.

70   Aquele no meio, olhando para o peito,
É o poderoso Quíron, que educou Aquiles;
E o terceiro é o colérico Fólus, que investiu contra nós.

E milhares deles giram em torno do fosso,
Atirando em todas as almas que tentam emergir
Acima do nível que merecem, pelos seus crimes."

Conforme nos aproximamos dessas criaturas velozes,
Quíron puxou uma flecha, e repartiu sua barba
Sobre suas mandíbulas, usando a ponta da aljava.

E quando sua boca enorme foi descoberta,
80   Ele disse aos companheiros: "Vocês perceberam
Que aquele ali pode mover tudo o que toca,

E que os pés das sombras não fazem isso?"
E meu bom Guia, já bem próximo ao peito do centauro,
Bem no local onde suas duas naturezas se encontram,[13]

Respondeu: "Ele realmente está vivo,
E cabe a mim mostrar a ele o vale escuro.
A necessidade, não o prazer, é o que o conduz.

Lá do alto, onde as aleluias são entoadas,
Veio aquela que me encarregou desta nova tarefa;
90 Ele não é um ladrão, e nem eu sou criminoso.

Mas, pelo poder que me permite caminhar
Nesta jornada tão selvagem que eu empreendo,
Conceda-nos um dos seus para nos acompanhar,

Para que ele nos mostre onde transpor a vala,
E deixe-o carregar este homem nas costas;
Pois ele não é um espírito que pode cortar o ar."

Quíron voltou-se para o lado direito,
E disse para Nesso: "Volte, e vá conduzi-los;
Eles não devem ser perturbados pelas nossas tropas."

100 Assim, com nossa fiel escolta, avançamos
Ao longo das margens do sangue borbulhante,
Onde aqueles que ferviam levantavam uma gritaria.

E vi ali pessoas submersas até os olhos.
"Esses são os tiranos", disse o grande centauro,
"Que obtiveram riqueza sujando as mãos de sangue.

Aqui derramam lágrimas por seus atos impiedosos
Tanto Alexandre quanto o feroz Dionísio,[14]
Que trouxe tantos anos de tristeza para a Sicília.

Aquela terrível cabeça com cabelos pretos
110 É Ezzelino;[15] aquele outro de cabelos louros
É Obizzo d'Este,[16] que, na verdade,

Foi morto por um filho largado no mundo."
Voltei-me para o Poeta, que me disse:
"Agora, ele é o guia. Vamos segui-lo."

Um pouco mais adiante, o centauro parou
Acima de um grupo, submerso até a garganta,
Como os banhistas que saem de uma *bulicamë*.[17]

Então, ele nos apontou uma sombra solitária,
Dizendo: "No seio de Deus,[18] ele varou um coração
Que ainda goteja sangue sobre o Tâmisa."

Depois eu vi alguns com a cabeça toda para fora,
E alguns que mantinham o tórax acima da maré;
E muitos deles, eu podia reconhecer.

E assim o sangue foi ficando cada vez mais raso,
Até que por fim cobria apenas os pés:
Então, passamos para a outra margem.[19]

"Como você pode ver, deste lado,
A maré fervente diminui em profundidade",
Disse o Centauro; "Mas, podem acreditar,

Ela volta a ficar mais funda, no lado oposto,
Até que chegue ao seu ponto mais profundo,
O lugar onde os tiranos devem se lamentar.

A justiça divina ali atormenta com dores
Aquele Átila, que foi um flagelo sobre a Terra,[20]
E Pirro, e Sexto;[21] e espreme, por toda a eternidade,

As lágrimas de Rinier Corneto e de Rinier Pazzo,[22]
Que vertem amargas naquele rio fervente;
Aqueles dois, que eram o terror das estradas."

Então ele se virou, e transpôs o vau novamente.

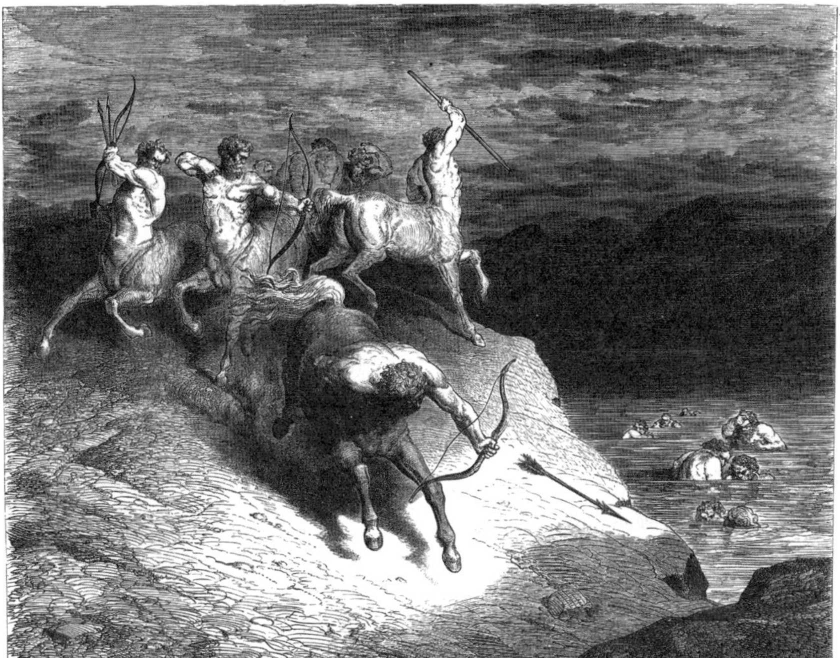

Notas

1. *A infâmia de Creta, concebida na falsa vaca*: o Minotauro. A mitologia conta que Vênus ficou furiosa, porque o Rei Minos recusou-se a oferecer um lindo touro branco em sacrifício a Netuno (Poseidon). Ela fez com que Pasífae, filha do Sol e esposa do Rei Minos, se apaixonasse pelo touro branco. Para concretizar sua paixão, Pasífae pediu ao inventor Dédalo (pai de Ícaro) que construísse uma vaca de madeira tão perfeita que pudesse enganar o touro, e assim ela pudesse seduzi-lo. Ela se escondeu dentro da vaca, e conseguiu seu intento. Dessa união bestial nasceu o Minotauro, um ser monstruoso, metade touro, metade homem. Ele foi encerrado por Minos no labirinto de Creta, e se alimentava de vítimas humanas que eram enviadas ao labirinto uma vez por ano. No Inferno, ele é guardião do Sétimo Círculo (*Inferno* XI. 23). O Rei Minos tornou-se guardião do Segundo Círculo e juiz dos pecadores (*Inferno* V. 4).

2. *Príncipe de Atenas*: Teseu, que foi instruído por Ariadne, filha de Pasífae e Minos, para enganar o Minotauro. Ele entrou no labirinto disfarçado de vítima, matou o monstro e conseguiu sair do labirinto, guiado por um fio que ele havia desenrolado ao entrar.

3. A palavra usada por Dante, *scarco*, significava na Toscana moderna um lugar onde a terra ou as pedras eram atiradas de maneira descuidada em uma pilha.

4. A encosta nunca tinha sido pisada pelos pés de uma pessoa vivente.

5. Quando Virgílio desceu para evocar uma sombra do Nono Círculo (*Inferno* IX. 22).

6. As sombras salvas do Limbo por Cristo (*Inferno* IV. 53).

7. Uma referência à teoria de Empédocles sobre a alternância entre períodos de unidade e caos na natureza, conforme prevalecesse o amor ou o ódio.

8. Ver *Inferno* XXI. 112. O terremoto da Crucificação também sacudiu todo o Inferno.

9. *O rio de sangue*: o Flegetonte (em grego, o "rio fervente"), que preenche o primeiro Giro do Sétimo Círculo.

10. *Os Centauros*: seres mitológicos, metade homem e metade cavalo. No *Inferno*, são os guardiões da morada dos culpados de violência contra seus semelhantes.

11. *Quíron*: Chamado o mais justo dos Centauros.

12. *Nesso*: Morto por Hércules com uma flecha envenenada. Ao morrer, Nesso deu a Dejanira sua camisa manchada de sangue, dizendo-lhe que isso garantiria a fidelidade de qualquer pessoa que ela amasse. Hércules a usou e morreu envenenado; e assim Nesso se vingou.

13. A parte do centauro onde o corpo equino se une ao pescoço e à cabeça humana.

14 *Alexandre*: tirano de Fária (368-359 a.c.), contemporâneo de Dionísio, cuja crueldade extrema fora relatada nas obras de Cícero. *Dionísio*: O cruel tirano de Siracusa.

15 *Ezzelino*: Azzolino de Romano, o maior lombardo Gibelino de sua época. Ele era genro de Frederico II e era o Vigário Imperial do Marco Trevisiano. Perto do fim da vida de Frederico, e por alguns anos depois, ele exerceu um poder quase independente em Vicenza, Pádua e Verona. A crueldade era seu principal instrumento de governo, e em suas masmorras os homens encontravam algo pior do que a morte.

16 *Obizzo d'Este*: O segundo marquês de Este com esse nome. Ele era o senhor de Ferrara. Sendo um poderoso guelfo, ele se posicionou ao lado de Carlos d'Anjou (também conhecido como Carlo d'Angiò, senador de Roma) contra o rei Manfredo da Sicília. Ele morreu em 1293, sufocado pelo seu próprio filho natural (que muitos diziam ser enteado).

17 *Bulicamë*: A corrente de sangue fervente é comparada com uma *bulicamë*, ou fonte termal (ver também *Inferno* XIV. 79).

18 *No seio de Deus*: Literalmente escrito por Dante: *in grembo a Dio* ("no colo de Deus"). A sombra é Guido Monforti, filho de Simão de Montfort e vigário da Toscana. Ele esfaqueou Henrique, filho de Ricardo da Cornualha e primo de Eduardo I da Inglaterra, dentro da Catedral de Viterbo. O motivo do assassinato foi vingar a morte de seu pai, Simão, em Evesham. O corpo do jovem príncipe foi transportado para a Inglaterra e o seu coração foi colocado em um relicário de ouro. A sombra de Guido é condenada a ficar de pé, mergulhada em sangue até o queixo; e sozinho, isolado dos piores dos tiranos, por causa da enormidade de seu crime.

19 Dante está montado nas costas de Nesso. Virgílio ficou para trás, para permitir que o Centauro atuasse como guia; e Dante não vê como ele cruza o riacho.

20 Átila: Rei dos hunos, que também invadiu parte da Itália no século V.

21 *Pirro*: filho de Aquiles e Deidamia, conhecido por sua crueldade durante a guerra de Troia. Foi ele quem matou Príamo, Eurípilo, Polixena, Polites e Astíanax, entre outros. *Sexto*: Filho de Pompeu; um grande capitão do mar que lutou contra os triúnviros, fazendo oposição a Augusto.

22 *Rinier Corneto*: Na época de Dante, perturbava a cidade de Roma com seus roubos e violência. *Rinier Pazzo*: filho da família dos Pazzi de Val d'Arno, foi excomungado em 1269 por roubar eclesiásticos.

Canto XIII

SÉTIMO CÍRCULO: VALE DO FLEGETONTE. SEGUNDO GIRO: FLORESTA DOS SUICIDAS (VIOLÊNCIA CONTRA SI MESMO)

Nesso ainda não havia alcançado a outra margem
Quando adentramos um bosque emaranhado[1]
Onde não havia vestígios de nenhum caminho.

A folhagem não é verde, mas de tonalidade escura;
Os ramos não são suaves, mas nodosos e retorcidos;
Espinhos venenosos crescem, em vez de frutos.

Não há no mundo matas ou emaranhados piores,
Nem naqueles lugares entre Corneto e Cecina,[2]
Aquele solo inculto, onde vagam os animais selvagens.

10 As repugnantes Hárpias[3] aqui se aninham;
As mesmas que expulsaram os troianos das Estrófades,
Com terríveis previsões de um infortúnio por vir.

Elas têm grandes asas, mas cabeças e rostos humanos,
Têm garras, em vez de unhas, e barriga emplumada;
E gritam o tempo todo, sobrevoando os tristes arbustos.

"Saiba que agora estamos entrando",
O digno Mestre então começou a dizer,
"No segundo Giro deste Círculo, e nele ficaremos

Enquanto nossos pés pisarem essa areia horrível.
20 Então preste atenção, e você reconhecerá coisas
Que provarão a verdade em minhas palavras."[4]

Ouvi surgir lamentos por todos os lados:
Não pude distinguir de onde vinha aquele choro,
E eu parei, atingido pela surpresa.

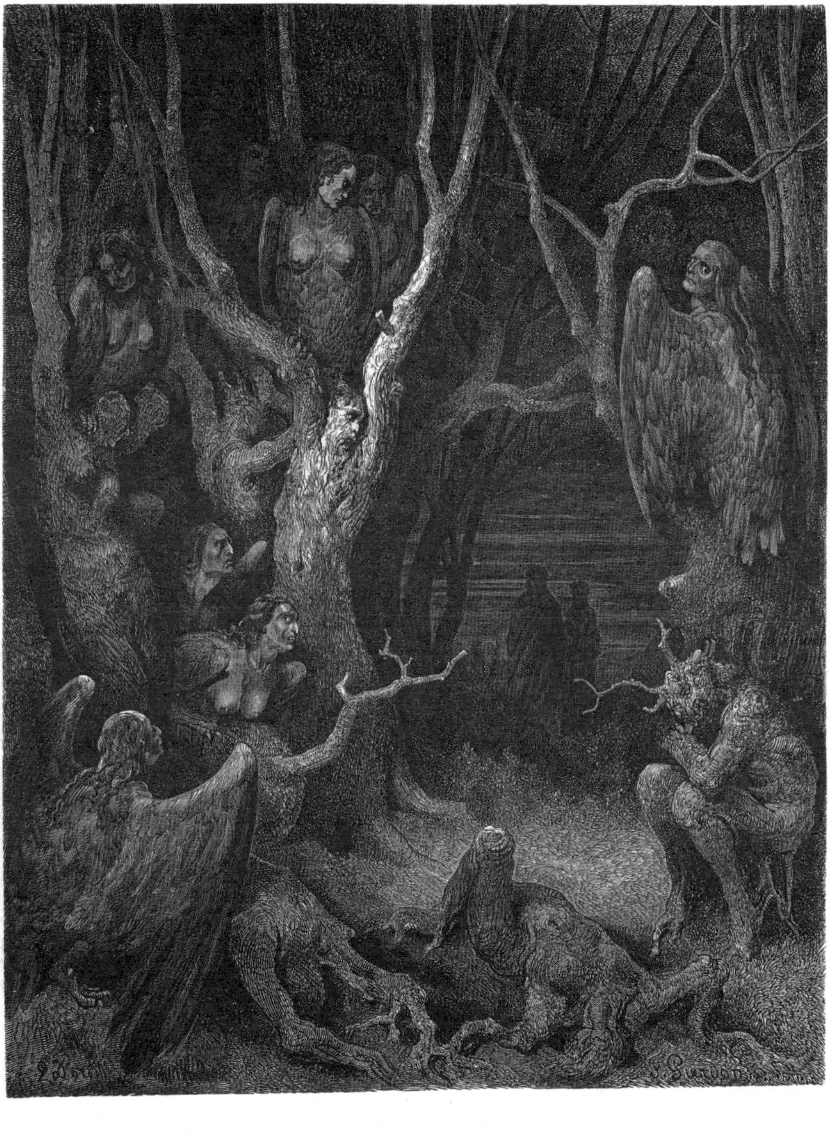

Eu creio que ele pôde ler o meu pensamento:
Eu pensava que as vozes eram de pessoas
Que procuravam se esconder de nós, entre as árvores.

Então, o Mestre disse: "Estenda a mão,
Quebre um destes galhinhos e você perceberá
30   Quão pouco seu pensamento concorda com os fatos."

Então eu estendi minha mão um pouco adiante
E arranquei um galhinho de um grande espinheiro.
"Por que você me machuca?", perguntou o tronco.

Quando ele ficou todo coberto de sangue,
Gritou uma segunda vez: "Por que me fere assim?
Não arde em você uma só centelha de piedade?

Hoje somos árvores, mas todos nós fomos homens;
Contudo, mesmo se tivéssemos almas de serpente,
Sua mão poderia ter mostrado mais misericórdia."

40   Como um feixe verde que é atingido pelo fogo
Em uma de suas pontas, enquanto a outra goteja,
E assobia, enquanto exala o vapor,

Assim era o que saía do galho quebrado,
Uma mistura de palavras e sangue. Eu o deixei cair
E permaneci parado, surpreendido pelo terror.

O Sábio respondeu: "Ó alma ferida,
Se ao menos este aqui fosse capaz de acreditar
No que apenas vislumbrou em minha poesia,[5]

Ele jamais teria estendido a mão contra ti.
50   Mas, por causa de sua incredulidade,
Eu o incitei a fazer o que agora me entristece.

Mas diga a ele quem você era; para que ele possa,
Como pedido de desculpas, resgatar tua fama
Lá no mundo, para onde ele retornará."

E o tronco disse: "Suas doces palavras me encantam,
E não posso ficar mudo; mas tenham paciência,
Se minha fala for demasiado penosa.

Eu sou aquele que guardava as duas chaves
Do coração de Frederico, e o conhecia por inteiro,
60 E o abria e fechava de maneira tão suave,[6]

Que ninguém, além de mim, tinha sua confiança.
Ao meu alto cargo, eu tive tamanha lealdade
Que isso custou-me o sono e a minha saúde.

A meretriz cobiçosa,[7] que nunca desvia
Seus olhos malignos da casa de César,
Que causa a morte de todos, e o vício das cortes,

Inflamou as mentes de todos contra mim;
E estes, por sua vez, inflamaram a Augusto,
Tornando minhas alegrias em amargas desgraças.

70 Minha alma, cheia de desditosa ira,
Acreditando que fugiria do desdém pela morte,
De forma injusta, conspirou contra mim mesmo.

Juro, pelas novas raízes desta árvore,
Que nunca fui desleal ao meu senhor,
Pois ele era digno de todas as honras.

E se um de vocês retornar ao mundo,
Por favor, restaure minha maculada memória,
Que ainda sofre por causa do golpe da inveja."

O poeta esperou um pouco, e então me disse:
80 "Agora ele se calou, mas não perca tempo,
Faça um pedido, se você quiser saber mais."

E eu respondi: "Pergunte você, mais uma vez,
Tudo o que acredita que eu deveria saber;[8]
Não consigo mais falar. A pena esmaga o meu coração."

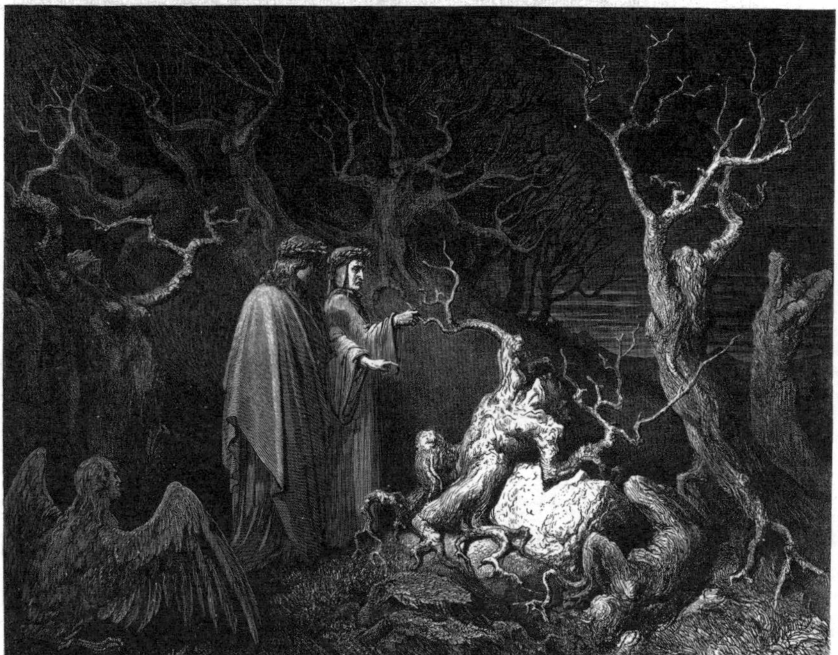

Então ele falou: "Este homem com certeza fará,
E está livre para fazer, aquilo que pediste,
Ó espírito aprisionado; então diga-nos algo mais:

Explique-nos como a alma pode ficar ligada
E incorporada a esses nós; e, se você puder, diga-nos
90 Se alguém, um dia, escapará destes galhos."

Então, do tronco, vieram fortes lufadas de ar;
Em seguida, o vento foi convertido nessas palavras:
"Minha resposta a você será curta e clara.

Quando a alma feroz deixa de estar confinada
Na carne, e dilacera o próprio corpo,
É enviada por Minos à Sétima Foz.

Não há escolha; será jogada fora como madeira.
Mas, onde quer que caia, por obra do acaso,
Ela germina, como uma semente enfeitiçada.

100 Uma árvore de espinheiro então cresce;
As Hárpias nos causam dor, pois devoram nossas folhas,
E abrem as brechas por onde suspiramos.

Como os outros, um dia teremos de volta nossos corpos,
Mas nunca, jamais poderemos vesti-los:[9]
Não é justo receber de volta aquilo que rejeitamos.

Nós os arrastaremos até aqui, para esta triste selva;
E nossos corpos serão pendurados no alto,
Cada um nos espinhos de sua respectiva sombra vil."

E nós permanecíamos diante do tronco,
110 Pensando que ele queria nos dizer mais alguma coisa,
Quando fomos surpreendidos por um rumor

Como o do caçador em perseguição,
Que pressente a aproximação do javali,
Pelos ramos que se partem, e pelo seu rugido brutal.

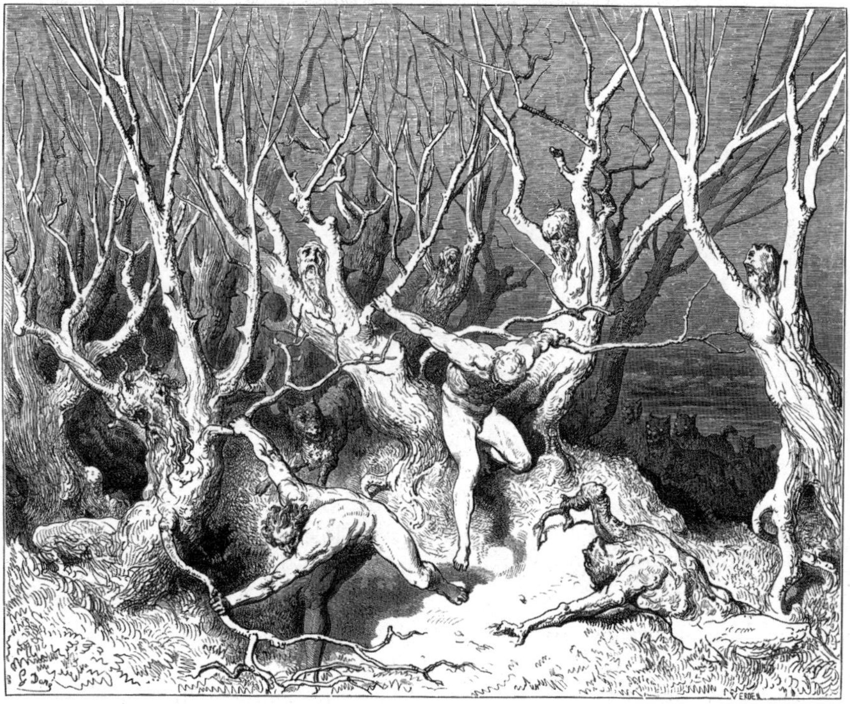

À nossa esquerda vimos dois vultos a correr,
Ambos nus[10] e dilacerados; eles corriam tão rápido
Que arrancavam todos os galhos, por onde passavam.

"Ó morte, venha logo me buscar!", o primeiro implorava.
O outro, que tentava correr mais depressa, gritava:
120 "Ó Lano,[11] suas pernas poderiam ter corrido assim

Quando você lutou na batalha de Toppo!"
Então, perdendo o fôlego, ele tombou para o lado,
Ficando emaranhado no meio de um arbusto.

Em perseguição a eles, enchendo a floresta,
Uma matilha de cadelas pretas, vorazes e velozes,
Como galgos soltos recentemente de suas coleiras.

Elas cravaram seus dentes naquele que se agachava,
E, pouco a pouco, seus membros foram arrancados
E levados embora por aqueles cães miseráveis.

130 Segurando minha mão, meu Guia avançou
E me levou até um arbusto que se lamentava
Através de suas fraturas ensanguentadas.

"Ó, Jacopo da Sant'Andrea",[12] ele chorava,
"De que adiantou fazer de mim o seu escudo?
Que culpa tenho eu pela sua vida perversa?"

Então meu Mestre disse ao caule ferido:
"Quem é você, que suspira por tantas feridas,
Golfando com sangue essas palavras tão tristes?"

"Ó almas que vêm até aqui", foi sua resposta,
140 "Para testemunhar a minha infame ruína,
Pois todas as minhas folhas foram arrancadas;

Podem juntá-las ao pé deste tronco sombrio?
Eu fui daquela cidade cujo antigo patrono
Deu lugar a João Batista[13]; por esta razão,

Ele a fará sofrer, e a castigará para sempre.
E, se ao longo do cruzamento do Arno
Nenhuma efígie dele tivesse permanecido,

Aqueles cidadãos que a reconstruíram
Sobre as cinzas deixadas por Átila
150 Teriam, com certeza, gasto seu trabalho em vão.

Eu sou aquele que fez em casa a sua própria forca."[14]

Notas

1. *A floresta*: o segundo Giro do Sétimo Círculo consiste em um cinturão de floresta emaranhada, cercada pelo rio de sangue e destinada aos suicidas e pródigos.

2. *Corneto e Cecina*: Corneto é uma localidade costeira; e Cecina, um riacho não muito ao sul de Livorno. Entre eles fica Maremma, um distrito de grande fertilidade natural, que hoje é preparado para o cultivo, mas que por muito tempo foi um deserto selvagem e venenoso.

3. *Hárpias*: Monstros com corpo de pássaro e cabeça de mulher, mencionadas também na *Eneida*, III. Aqui, as Hárpias simbolizam o desperdício vergonhoso e o desgosto com a vida.

4. As coisas vistas por Dante correspondem ao que Virgílio escreveu na *Eneida*, sobre o sangue e a voz comovente que saíam dos arbustos rasgados na tumba de Polidoro: "*Quid miserum, Aenea, laceras? iam parce sepulto, parce pias scelerare manus.*" ("Que desgraçado estás a rasgar, Eneias? Respeite os mortos, poupe as mãos piedosas do pecado." *Eneida* III. 41-42 – tradução nossa).

5. Ver nota 4. Dante, assim, indiretamente reconhece sua dívida para com Virgílio.

6. O orador é Pier delle Vigne, que de mendigo em Bolonha passou a ser o chanceler do imperador Frederico II, o principal conselheiro daquele monarca, e um dos ornamentos mais brilhantes de sua corte intelectual. Existem dois relatos sobre o que causou sua desgraça. De acordo com um deles, descobriu-se que ele traiu os interesses de Frederico em favor do Papa; e, de acordo com o outro, ele tentou envenená-lo. Não se sabe se ele cometeu suicídio; embora se diga que o fez depois de cair em desgraça, batendo a própria cabeça contra a parede de uma igreja em Pisa.

7. A inveja.

8. Virgílio nunca faz perguntas para sua própria satisfação. Ele sabe quem são os espíritos e o que os trouxe até lá, e nunca se dá a conhecer. Mas deve-se notar como, por uma sugestão, ele fez Pier saber quem ele era (linha 48); e como teve com ele uma atenção delicada, rendida a nenhuma outra sombra no Inferno, exceto Ulisses (*Inferno* XXVI. 79) e Brunetto Latino (*Inferno* XV. 99).

9. Aqui, Pier se refere ao princípio da ressurreição da carne (ver também *Inferno* VI. 111).

10. Estes são os pródigos; sua nudez representa o estado ao qual em vida eles se reduziram.

11. *Lano*: Ercolano Maconi, líder do clube de pródigos de Siena (*Inferno* XXIX. 130), que esgotou sua fortuna e procurou voluntariamente a morte durante a batalha de Pieve al Toppo, para não ter a vergonha de viver na pobreza. O companheiro dele é Jacopo da Sant'Andrea (ver nota 12).

12. *Jacopo da Sant'Andrea*: um paduano que herdou uma enorme

riqueza, que não durou muito. Ele desperdiçou dinheiro e literalmente incendiou sua casa. Sua morte foi registrada em 1239.

13   De acordo com a tradição, o patrono original de Florença era Marte. Na época de Dante, uma estátua antiga, supostamente daquele deus, ficava sobre a Ponte Velha de Florença. Isso é referido em *Paraíso* XVI. 47 e 145. Aqui, a sombra florentina representa Marte se vingando de Florença, por ter sido rejeitado como patrono.

14   Não se sabe quem é este que se enforcou em sua própria casa. O suicídio por enforcamento era comum em Florença.

Canto XIV

SÉTIMO CÍRCULO: VALE DO FLEGETONTE. TERCEIRO GIRO: DESERTO INCANDESCENTE (VIOLÊNCIA CONTRA DEUS)

Eu, por minha vez, com caro enternecimento[1]
Comecei a reunir as folhas espalhadas à sua volta,
Uma vez que ele agora permanecia calado.

Então, chegamos ao limite que divide
O segundo Giro do terceiro, e à visão
Da obra terrível que a justiça havia planejado.

Para esclarecer essas coisas estranhas, devo explicar
Que entramos em uma planície aberta
Que repele de seu leito todas as coisas verdes.

10 A triste floresta a cinge como uma guirlanda,
Assim como aquela é cercada por um triste canal;
Aqui, no limite, detivemos nossos passos.

Não havia nada dentro de toda essa fronteira
Além de areia, queimada e compacta,
Como a que outrora fora pisada pelos pés de Catão.[2]

Ah, que terror, ó vingança de Deus!
Como deverias ser temido, diante de tudo
Que se manifestou diante de meus olhos!

Pude distinguir grandes rebanhos de almas nuas.
20 O mais lamentável era o choro de cada uma;
E era visível que sofriam com castigos diferentes.

Alguns estavam deitados de bruços no chão;
Outros estavam agachados, amontoados e curvados,
Enquanto outros, inquietos, vagavam sem descanso.[3]

Mais numerosos eram os que vagavam
Do que aqueles que estavam deitados em seu tormento;
Mas estes tinham as línguas mais soltas para lamentar.

Sobre toda a areia, deliberada e lentamente,
Choviam brasas, grandes flocos de fogo,
30 Assim como nos Alpes cai a neve calma.

Assim como as chamas que Alexandre viu,
Nas zonas quentes da Índia, quando choviam brasas
Sobre o seu exército, e o chão se inflamava;[4]

E então ele ordenou que as suas tropas
Pisassem bem firme no chão, para extinguir o fogo
Antes que novas chamas reavivassem as antigas;

Assim o fogo eterno era aqui derramado;
Como a faísca no pavio, as chamas abrasavam a areia,
Redobrando a dor dos que ali sofriam.

40 E, em uma ritmada dança, as mãos miseráveis[5]
Moviam-se para lá e para cá, sem descanso;
Tentando em vão afastar as chamas que caíam.

E eu disse: "Ó Mestre, você, que venceu todas as coisas
Exceto aquelas obstinadas potestades do mal
Que impediram a nossa passagem pelo portão;[6]

Quem é aquele gigante, que nunca se encolhe
Deitado sob o fogo, com ar feroz de desdém
Como se não fosse torturado pelas chuvas?"

E esse mesmo vulto, que pôde perceber
50 Que eu perguntava sobre ele ao meu Guia, gritou:
"O que eu fui na vida, eu também sou na morte!

Júpiter pode cansar seu ferreiro,
De quem, um dia, arrebatou em grande ira
O raio pelo qual eu finalmente fui morto;[7]

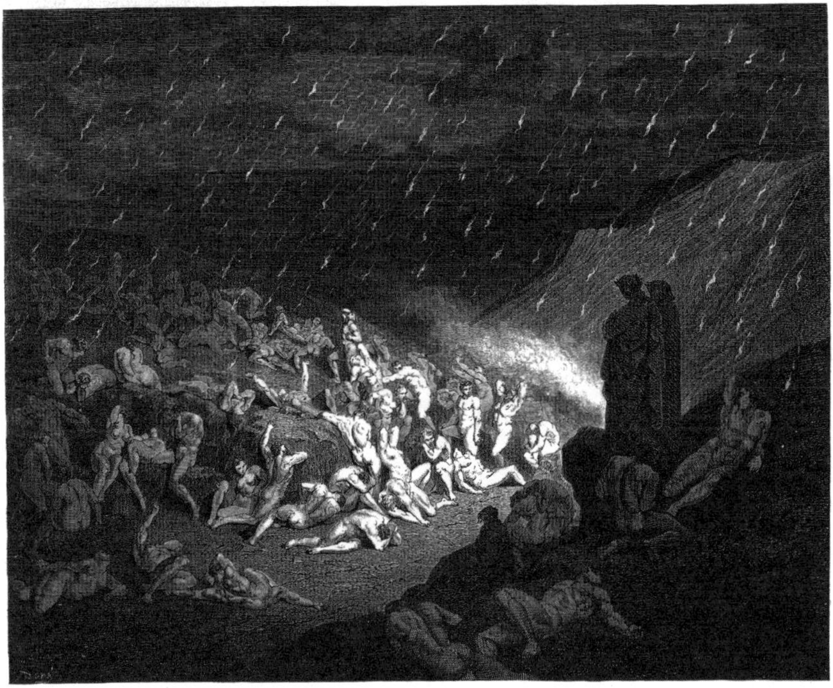

Ele pode, um por um, cansar todos os outros;
Até aqueles da forja negra, em Mongibello,[8]
Enquanto grita: 'Ei, bom Vulcano, me ajude!',

Assim como ele fez na batalha de Flegra.[9]
Ele pode vir contra mim, com toda a sua força,
60 Mas nunca terá o prazer da vingança."

Então, meu Guia falou em uma voz tão alta
Que eu nunca até então havia ouvido:
"Ó Capaneu, tua arrogância nunca diminui

E é por isso que as tuas dores só aumentam.
Nenhuma tortura, mais do que a tua própria ira,
Seria melhor punição para o teu orgulho."

Então, voltou-se para mim com expressão mais suave,
E disse: "Esse aí era um dos Sete Reis
Que sitiaram Tebas; e continua insultando a Deus.

70 Mas ele ainda recebe uma pequena reverência;
Pois, em seu peito, sua própria insolência
Transforma-se em medalhas incandescentes.[10]

Agora siga-me; mas tome muito cuidado
Para não colocar os pés sobre a areia escaldante;
Mantenha-os firmes, sempre à beira da floresta."

Sem dizer palavra, chegamos a um lugar
De onde sai da floresta um pequeno ribeiro;
E eu tremo, apenas em recordar a sua cor vermelha.

Como a fonte que brota de Bulicamë,[11]
80 Cujas águas são compartilhadas por pecadoras,
Assim as águas desse riacho rastejam pela areia.

Seu leito e ambas as margens eram feitos de pedra,
Assim como as encostas, o que nos indicava
Que a nossa passagem devia ser por ali.

"De tudo o que eu te mostrei, como seu guia,
Desde o momento em que entramos pelo portal[12]
Cujo limiar a ninguém é negado,

Nada ainda foi testemunhado por seus olhos
Tão notável à vista como este rio vermelho,
Que extingue todas as chamas que caem sobre ele."

Essas foram as palavras do meu Guia.
Eu queria mais, e roguei a ele que me alimentasse
E aplacasse a fome que fez crescer dentro de mim.

"No mar médio existe uma região deserta,
Conhecida pelo nome de Creta", ele me disse,
"Sob cujo rei foi outrora um mundo próspero.

Lá está uma montanha, que já foi o alegre domínio
De bosques e riachos; era conhecida como Ida.
Agora está deserta, como algo esquecido.

Foi construída por Reia como refúgio seguro
Para amamentar seu bebê;[13] e quando ele chorava,
Para que não fosse ouvido, ela se afogava em clamores.

Dentro da montanha, mora o grande Velho.
Seus ombros estão voltados para Damiata;
E ele olha para Roma, como se fosse um espelho.

Sua cabeça é feita do mais puro ouro;
Da mais pura prata são seus braços e o seu peito;
E seu ventre e as suas coxas são de bronze.[14]

O resto é todo feito do melhor ferro que existe,
Exceto o seu pé direito, que é de barro cozido;
E ele apoia a maior parte do peso sobre este pé.

Todas as suas partes, exceto a de ouro, exibem fissuras
E gotejam lágrimas. Estas, descendo até os seus pés,
Juntam-se e abrem caminho por uma gruta.

De pedra em pedra, aqui deságuam,
Formando o Aqueronte, o Estige e o Flegetonte;[15]
Em seguida, descem por este canal estreito,

Até chegar ao local onde não existe mais declive,
Formando o Cócito; mas sobre essa vala estagnada
120 Eu não falarei agora. Você verá mais adiante."[16]

"Se este riacho começa seu curso", perguntei,
"No nosso mundo, como não podemos ver
Nenhum vestígio dele, a não ser nesta fronteira?"

E ele respondeu: "Você sabe que este lugar é redondo;
E, embora já tenha andado um longo caminho,
Sempre à esquerda, e afundando para o centro,

Ainda falta muito para completar o circuito.
Portanto, ainda verá muitas coisas novas;
Não fique surpreso, ao encontrar algo diferente."

130 Eu então perguntei: "Mas, Mestre, onde estão
O Flegetonte e o Letes? Sobre um você não diz nada,
E diz que esta chuva de lágrimas formou o outro."

"Gosto de ouvir suas questões", ele disse,
"Mas, quando vimos a onda vermelha fervente,
Metade da sua pergunta já foi respondida.

O Letes[17] você verá, mas fora deste sepulcro,
Lá onde os espíritos vão para se purificar,
E a penitência os deixa com alma imaculada."

Depois disse: "Chegou a hora de sairmos deste bosque.
140 Vamos partir; siga-me bem de perto
Pelas margens de pedra, que não ardem,

E ao caírem sobre elas, todas as chamas se apagam."

Notas

1. A menção de Florença despertou Dante para a piedade, e ele de boa vontade atende ao pedido do suicida sem nome (*Inferno* XIII. 142).

2. *Catão*: Catão de Útica. Após a derrota de Pompeu, Catão liderou seu exército destruído através do deserto da Líbia para se juntar ao rei Juba (*Farsália* IX. 300-318).

3. No terceiro Giro do Sétimo Círculo, são punidos os culpados de pecados de violência contra Deus, contra a natureza e contra as artes, pelas quais o sustento deve ser ganho honestamente. Os blasfemadores contra Deus estão deitados como Capaneu (linha 46) e sujeitos à mais feroz dor. Os culpados de vícios não naturais, como a sodomia, são estimulados a um movimento incessante, conforme descrito nos Cantos XV e XVI. Os usurários, aqueles que desprezam a indústria honesta e as artes humanizadoras da vida, ficam agachados no chão (*Inferno* XVII. 43).

4. Em uma suposta carta de Alexandre a Aristóteles, ele fala dos vários obstáculos enfrentados por seu exército, como a neve, a chuva e a saraiva. A história da chuva de fogo pode ter sido sugerida pela menção de Plutarco ao óleo mineral na província da Babilônia, coisa estranha para os gregos; e como eles se espantavam ao ver o chão borrifado de óleo pegando fogo.

5. *A ritmada dança*: Dante cita uma dança (chamada no original de *tresca*) em que os dançarinos seguiam um líder e o imitavam em todos os seus gestos, acenando com as mãos.

6. O portão da cidade de Dite (*Inferno* VIII. 82).

7. Capaneu, um dos Sete Reis que, ao atacar os muros de Tebas, zombou de todos os deuses. Sua blasfêmia contra Júpiter foi respondida por um raio fatal.

8. *Mongibello*: Nome popular do Etna, sob a montanha a qual estava situada a forja de Vulcano e dos Ciclopes.

9. *Flegra*: Local da *Gigantomaquia*, a batalha onde os gigantes lutaram com os deuses. Ver também *Inferno* XXI. 119.

10. Mesmo intocado pela dor que ele finge desprezar, ele ainda é castigado pela ira de Deus, que queima como medalhas em seu peito. Observamos aqui que, pela necessidade de uma lei suficiente para punir o pagão, Dante é levado a alguma inconsistência. Depois de condenar o pagão virtuoso ao Limbo por sua ignorância do Deus verdadeiro, ele agora condena os ímpios pagãos a este Círculo, por desprezarem os deuses pagãos. Júpiter aqui representa, como quase não é preciso dizer, o Governante Supremo; e, nesse sentido, ele é chamado de Deus (linha 69). Mas ainda é notável que o único exemplo de blasfêmia contra Deus tenha sido tirado da mitologia clássica.

11. *Bulicamë*: Uma fonte de enxofre quente a alguns quilômetros de

Viterbo, muito frequentada para banhos medicinais na Idade Média; e, especialmente, por mulheres frívolas. A água ferve em um grande tanque, de onde flui por canais estreitos. Vapores sulfurosos sobem da água. Ver também *Inferno* XII. 117.

12 A entrada do *Inferno* (Canto III).

13 Júpiter, que foi escondido na montanha por sua mãe Cibele (Reia), para não ser devorado pelo seu pai Saturno.

14 Este velho é Saturno, o devorador de sua própria descendência, que governou o mundo na Idade de Ouro. Ele é o símbolo do Tempo (correspondente ao deus grego Cronos). A ideia desta imagem é tirada do sonho de Nabucodonosor, narrado na Bíblia (*Daniel* II). Mas aqui, em vez dos Quatro Impérios, os materiais da estátua representam as Quatro Eras do mundo; e o pé de barro representa a atualidade, a pior de todas as Eras. As lágrimas de Cronos, derramadas por cada Era, exceto a era de Ouro, alimentam os quatro rios e poças infernais: Aqueronte, Estige, Flegetonte e Cócito. Todos são alimentados pela mesma água; são, na verdade, nomes diferentes para a mesma torrente de lágrimas.

15 O rio Aqueronte fica na entrada do Primeiro Círculo (*Inferno* III. 71); o Estige forma o pântano entre o Quinto e o Sexto Círculos (*Inferno* VII. 103); e o rio Flegetonte preenche o primeiro giro do Sétimo Círculo (*Inferno* XII. 47).

16 O Cócito é o poço congelado que encerra o Nono e último Círculo (*Inferno* XXXII. 23).

17 O rio Letes é encontrado no Paraíso Terrestre (*Inferno* XXXIV. 130, *Purgatório* XXVIII. 130).

Canto XV

SÉTIMO CÍRCULO: VALE DO FLEGETONTE. TERCEIRO GIRO: DESERTO INCANDESCENTE (VIOLÊNCIA CONTRA NATUREZA) – BRUNETTO LATINO

Agora caminhávamos por uma das margens de pedra;
O vapor subia do riacho, formando uma nuvem
Que protege a água e as margens contra o fogo.

Assim como os flamencos, entre Wissant e Bruges,[1]
Temerosos da maré que flui em direção a eles,
Construíram diques para suportar a carga do oceano;

E como os paduanos, ao longo do rio Brenta,
Protegem a retaguarda de seus castelos
Antes que suba até Chiarentana a maré da primavera;

10 Da mesma forma eram construídos esses diques,
Embora não fossem tão altos nem tão vastos,
Quem quer que seja o construtor que os empilhou.

Agora estávamos tão distantes da floresta
Que eu não podia mais distinguir onde ela estava,
Embora eu tenha me voltado para procurar.

Encontramos um grupo de almas que caminhava
Lá em baixo, próximo à margem dos diques.
Cada um olhou para nós – como ao anoitecer,

Sob a lua nova, os homens olham uns para os outros.
20 Eles franziam as sobrancelhas e semicerravam os olhos,
Como um velho alfaiate que procura o fundo de sua agulha.

E enquanto aquele grupo olhava para mim,
Um deles me reconheceu, e puxou a barra do meu manto
Gritando em voz alta: "Oh, mas isso é maravilhoso!"

E prestei atenção naquele que me falava dessa maneira.
Fixei meus olhos em seu rosto queimado;
E, apesar de encarvoadas, reconheci suas feições.

Meu coração ficou em sobressalto, ao saber quem era;
E eu, com a mão estendida em direção ao seu rosto,
30   Perguntei: "*Ser* Brunetto![2] Oh, o senhor está aqui?"

"Ó, meu filho!", respondeu ele, "Se não for incômodo,
Permita que Brunetto Latino se afaste de seu grupo
E te faça companhia nesta breve caminhada."

Eu disse: "Rezo por isso, com todo meu coração!
E eu gostaria muito de me sentar ao vosso lado;
Se aquele que vem comigo me conceder essa demora."

"Filho!", disse ele, "Se qualquer um desta malta
Parar por um instante, deve ficar imóvel por cem anos
Sem poder abanar as chamas ao seu redor.[3]

40   Siga, portanto! E eu o seguirei de perto,
Depois me juntarei novamente ao meu bando,
Que segue chorando suas eternas penas."

Não ousei descer do meu caminho,
Para caminhar ao seu lado; mas baixei a cabeça,
Como alguém que demonstra reverência.

"Que fortuna ou que destino", perguntou ele,
"O trouxe até aqui, antes de encontrar a morte?
E quem é este, que te conduz pelo caminho?"

"Lá em cima", disse eu, "na vida serena,
50   Eu vagava totalmente desamparado em um vale[4]
Antes que meus anos fossem vividos por completo.

Eu deixei o caminho certo. Mas ontem de manhã[5]
Ele me encontrou, quando eu estava perdido;
E depois, guiado por ele, eu devo retornar para casa."[6]

E ele me disse: "Se você perseguir a sua estrela,[7]
Ainda há de alcançar um paraíso glorioso,
Se na vida feliz eu o eduquei da maneira correta.

E se meus anos tivessem sido mais abundantes,
Vendo como os céus te concederam tanta graça,
60   Eu o teria apoiado e confortado em seu trabalho.

Mas aquela raça ingrata e maligna
Que veio há muito tempo de Fiesola[8]
E sua origem rochosa ainda denuncia,

Será sua inimiga, por causa de suas boas ações;
E com uma boa razão, pois entre as frutas podres
Não convém ao figo maduro crescer.

Eles são conhecidos, desde longas eras,
Como um povo cego, voraz, invejoso e vaidoso:
Fique longe, e não se contamine com seus costumes.

70   A Fortuna reserva a você uma grande honra.
Ambos os lados irão disputá-lo, para seus interesses;[9]
Mas que a erva permaneça longe de seus bicos.

Deixe que as feras de Fiesola se rasguem,
Que caiam no esquecimento, como o esterco!
E que esse estrume nunca toque na planta

Onde floresce a santa semente dos romanos,[10]
Que ali já estava estabelecida, desde longas eras,
Quando foi tecido o ninho de tanta maldade."

"Se minhas orações pudessem ser ouvidas,
80   Ainda não teria chegado a hora", eu disse então,
"De vos retirardes da alegre e doce vida.

Pois, bem no fundo do meu coração e memória
Ainda está a vossa querida imagem paterna,
Ao meu lado, lá no mundo, em todas as horas,

Quando me ensinava como os homens se fazem eternos.
E sempre expressarei minha gratidão e respeito
Em todas as minhas palavras, enquanto eu viver.

Guardo o que me dissestes sobre meu futuro,
E levarei comigo, junto com outro texto,[11]
90   Para que uma Senhora os leia, se até ela eu chegar.

Há apenas algo que eu quero que o senhor saiba,
E que eu não seja repreendido pela minha consciência:
Estou pronto para a Fortuna, aconteça o que acontecer.

Não é novidade esta vossa profecia aos meus ouvidos.
Portanto, deixemos a roda da Fortuna girar:
Assim como ela gira, o camponês empunha sua enxada."[12]

O meu Mestre, que estava à minha frente,
Voltou seu olhar à direita, em minha direção, e disse:
"Aquele que tomar nota disso, é porque ouviu bem."[13]

100 No entanto, eu ainda continuei falando
Com *Messer* Brunetto; pedindo a ele para contar-me
Quem eram os outros ilustres de seu grupo.

E ele me respondeu: "Ouvir falar sobre alguns é bom,
Mas do resto é apropriado não saber,
E faltaria tempo para citar todos os nomes.

Em suma, você sabe: todos eram prelados, estudiosos,
Homens das letras, famosos e poderosos;
Cada um manchado por um único e mesmo pecado.[14]

Poderia apontar Prisciano[15] entre aquela corja,
110 E também Francesco d'Accorso;[16] e veja,
Se você se importa com essa espécie de lixo,

Aquele que foi enviado pelo Servo dos Servos[17]
Das margens do Arno até Bacchiglione,
Onde esgotou os nervos com o seu vício.

Eu contaria mais, porém não posso me demorar
E nem falar mais longamente; pois já vejo no areal
Novas nuvens de poeira, subindo pelo ar,[18]

E agora vêm pessoas com quem não devo estar.
Filho, cuide bem do meu *Tesouro*;[19]
Pois nele eu ainda vivo. E nada mais peço."

Então ele correu, como aqueles que se esforçam
Para alcançar o pálio verde na planície de Verona;[20]
E, entre todos esses atletas nus que corriam,

Ele parecia ser o vencedor, não o perdedor.[21]

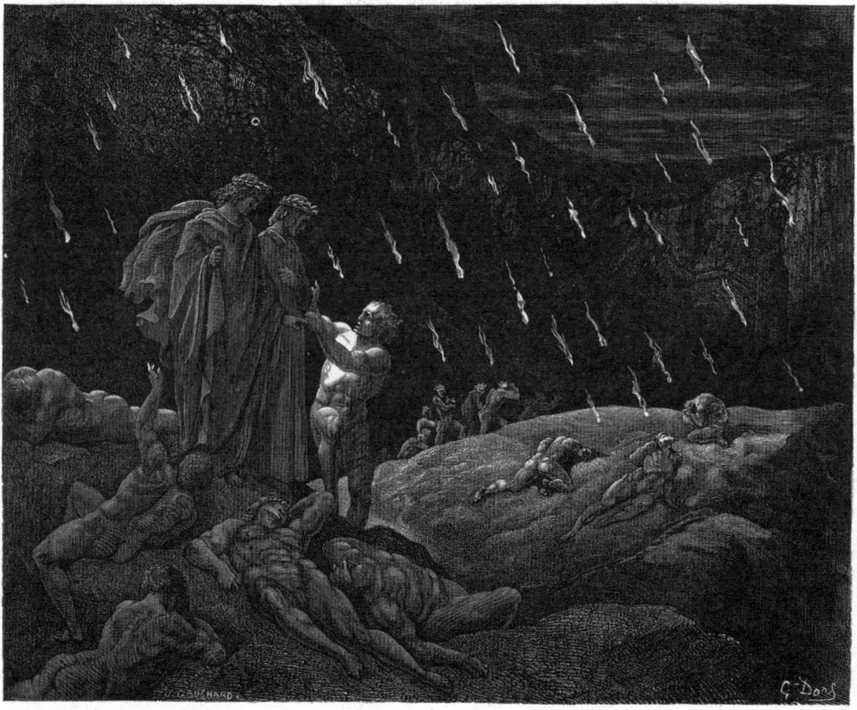
J. GAUCHARD
G. Doré

Notas

1 *Wissant e Bruges*: Dante compara o dique nas margens do rio Flegetonte aos diques construídos pelos flamencos ao longo da costa marítima entre Wissant e Bruges (estes dois pontos indicam, respectivamente, os limites oeste e leste da costa flamenca, que eram as fronteiras de Flandres naquela época). Hoje essa região corresponde à Bélgica.

2 *Ser Brunetto*: Brunetto Latino, grande intelectual florentino, nascido em 1220. Como notário, tinha o direito de ser chamado de *Ser*, ou *Messer*. O respeito que Dante lhe devia é indicado pelo uso da forma plural de tratamento *(Voi = o senhor)*. O mesmo tratamento é dado no *Inferno* somente a Farinata (*Inferno* X. 51). Brunetto teve altos cargos na República. Talvez com algum exagero, diz-se que foi o primeiro a educar e refinar os florentinos, ensinando-os a falar corretamente e a administrar os assuntos de Estado com base em princípios políticos. Guelfo na política, ele compartilhou o exílio de seu partido após a vitória dos Gibelinos em Montaperti (setembro de 1260), e por alguns anos morou em Paris. As principais obras literárias de Brunetto Latino são o *Tesoro* e o *Tesoretto*. Ele pede a Dante que cuide de seu *Tesoro*, na linha 119. Brunetto talvez tivesse alguma queda pelo amor homossexual, senão Dante não teria coragem para colocá-lo neste Círculo.

3 Os culpados de pecados contra a natureza, como a sodomia, são condenados a andar sem parar sobre a areia quente.

4 A selva escura do Canto I.

5 É sábado. Era sexta-feira quando Dante encontrou Virgílio.

6 Brunetto pergunta quem é o guia, e Dante não lhe diz. Uma razão para a recusa é encontrada de uma maneira engenhosa no fato de que, entre as numerosas citações do *Tesoro*, Brunetto raramente cita Virgílio. Guido Cavalcanti também é acusado de desprezar Virgílio (*Inferno* X. 63). Virgílio parece se revelar a Brunetto na linha 99.

7 Brunetto cita o horóscopo de Dante. Em outa passagem notável (*Paraíso* XXII. 112), Dante atribui qualquer talento que ele possa ter à influência de Gêmeos, cuja constelação estava em ascensão quando ele nasceu. Consulte também *Inferno* XXVI. 23.

8 *Fiesola*: A cidade-mãe de Florença, para a qual os fiesolanos migraram no início do século XI. Mas todos os florentinos faziam o possível para provar que tinham ascendência romana; e Dante entre eles. Ele considerava seus concidadãos em sua maior parte como a raça grosseira de Fiesola, rudes e de coração pedregoso, como a montanha de onde eles vieram.

9 Não fica claro se Brunetto se refere aos Guelfos Negros e Guelfos Brancos, ou aos Guelfos e Gibelinos.

10 Dante se orgulhava em dizer que sua família descendia dos antigos romanos. Ver também *Inferno* XXVI. 60.

11 Ciacco e Farinata já haviam previsto os problemas que o aguardavam (*Inferno* VI. 65 e X. 79).

12 "O honesto cumprimento do dever é a melhor defesa contra a fortuna adversa."

13 Virgílio reconhece na última fala de Dante (linha 96) uma frase de sua própria autoria: "*Quicquid erit, superanda omnis fortuna ferendo est*" ("Aconteça o que acontecer, todo destino será vencido pela resistência" – *Eneida* V. 710, tradução nossa). No gesto e nas palavras de Virgílio, vemos uma revelação sutil de si mesmo a Brunetto, na qual é transmitida uma resposta à pergunta da linha 48.

14 Delicadamente, Dante não fará Brunetto Latino confessar seu pecado.

15 *Prisciano*: O grande gramático do século VI.

16 *Francesco d'Accorso*: Filho de um grande advogado civil, foi professor de Direito Civil em Bolonha. Os seus serviços eram tão valorizados que os bolonheses o proibiram, sob pena de confisco de seus bens, de aceitar um convite de Edward I para ir lecionar em Oxford.

17 *O Servo dos Servos*: Um dos títulos do Papa é *Servus Servorum Domini*. O padre enviado pelo Papa e referido com tanto desprezo é Andrea, da família florentina dos Mozzi, muito engajado nos assuntos políticos de seu tempo, que se tornou bispo de Florença em 1286. O mais interessante é que ele foi o pastor-chefe de Dante durante sua juventude, e foi remetido ao mesmo Círculo vergonhoso do *Inferno* que seu amado mestre Brunetto Latino – uma terrível evidência da corrupção da vida entre os clérigos, bem como os estudiosos do século XIII.

18 Novas nuvens de poeira, levantadas por outro bando de errantes que está chegando.

19 O *Tesoro*, a principal obra de Brunetto. Nele, são tratadas as coisas em geral, em um estilo enciclopédico. A primeira metade consiste em um resumo da história civil e natural. A segunda é dedicada a considerações sobre ética, retórica e política – contendo, inclusive, uma tradução quase completa da Ética de Aristóteles. Dante o cita constantemente em suas obras.

20 *O pálio verde*: Para comemorar uma vitória conquistada pelos veroneneses, foi instituída uma corrida que era disputada no primeiro domingo da Quaresma. O prêmio era uma bandeira de pano verde, e os competidores corriam nus.

21 Brunetto Latino desaparece em meio ao deserto de areia escaldante, despedindo-se de seu antigo aluno. A frase final de Dante sobre seu amado mestre nos emociona, pois foi escrita da maneira mais bonita e suave possível. E nos perguntamos como Dante teve coragem de condená-lo a um castigo tão terrível.

Canto XVI

SÉTIMO CÍRCULO: VALE DO FLEGETONTE. TERCEIRO GIRO: DESERTO INCANDESCENTE (VIOLÊNCIA CONTRA A NATUREZA) – OS POLÍTICOS DE FLORENÇA

Agora eu já podia ouvir as águas que caíam
Para o Círculo seguinte,[1] com um som murmurante
Como o zumbido que se ouve de colmeias fervilhantes;

Quando vi três sombras, muito juntas,
Que se destacaram de outro grupo e vieram até nós
Sob a chuva daquele tormento agudo.

Um deles exclamou, quando nos aproximamos:
"Pare! Pois, pelas roupas que usa, você parece ser
Um cidadão de nossa cidade corrompida!"[2]

10 Ai! Quantas cicatrizes eu vi em seus membros,
Tanto antigas quanto recentes, feitas pelas chamas:
Ainda agora, a memória reaviva minha compaixão.

Ao ouvi-los, meu Mestre parou e disse:
"Espere um pouco." E, olhando para o meu rosto:
"Demonstre alguma cortesia para com eles.

E, por causa desse fogo, e pela natureza deste lugar,
Seria mais apropriado ir ao encontro deles
Em vez deles virem até você; acelere seu passo."

Quando paramos, eles novamente se combinaram
20 Em sua velha canção de lamento;
Em uma roda, todos os três ficaram entrelaçados.

E como os atletas bem oleados e nus costumam se encarar,
Cada um estudando o aperto que lhe serve melhor
Antes que os golpes e feridas comecem a cair,

Assim cada um deles olhava fixamente para mim,
Enquanto giravam, torcendo seus pescoços
Com os seus pés em constante movimento.[3]

"Ah, se a miséria deste lugar cheio de areia
E nossas queimaduras, bolhas e peles descascadas
Te causam repugnância", um então começou,

"Que pelo menos nossa fama e boa vontade
Permitam que nos diga quem é você, cujos pés vivos
Vagueiam sem medo, através deste Inferno.

Pois este que você vê, em cujas pegadas eu piso,
Embora agora esteja com o corpo esfolado e nu,
Mais do que você pensa, foi figura de alto grau em vida.

Era ele o bom neto de Gualdrada;
Ele é Guido Guerra,[4] aquele que, com sua espada
E com seu conselho astuto, fez coisas poderosas.

O outro, que pisa na areia as minhas pegadas,
É aquele cujo nome deveria ser querido na Terra;
Pois ele é Tegghiaio Aldobrandi.[5]

E eu, que junto com eles sou atormentado,
Era Jacopo Rusticucci;[6] certamente, mais do que tudo,
Minha feroz e pérfida esposa causou a minha ruína."

Se eu tivesse algum escudo ou abrigo contra o fogo
Eu poderia me proteger e ir ao encontro deles,
Porque meu Mestre com certeza teria permitido.

Mas, uma vez que eu ficaria todo assado e queimado,
O terror prevaleceu sobre a boa vontade; e eu me contive,
Porque eu estava louco para abraçá-los.

Então eu disse: "Não é repugnância, mas sim dor
Que sua condição em meu seio despertou,
E saibam que ela vai doer fundo, por muito tempo.

Quando meu Mestre falou comigo sobre vocês,
Tamanha foi a expectativa que me agitou,
Pois eu sabia que eram pessoas honradas.

Sim, eu sou da sua cidade, e dou minha palavra;
Eu sempre disse, e também muitos outros dizem
Sobre seus feitos, seu caráter e seu nome honrado.

Para as doces frutas eu vou, e deixo para trás o fel,
Como prometido a mim por meu Guia verdadeiro;
Mas primeiro eu devo descer até o centro do Inferno."

"Que sua alma possa conduzir seus membros
Por muitos e longos anos", o outro respondeu,
"E, ainda depois, possa tua fama continuar a brilhar.

Mas, diga-me: por acaso o mérito e a cortesia
Permanecem, ainda hoje, em nossa terra?
Ou estes já desapareceram por completo?

Pois Guglielmo Borsiere,[7] que chegou há pouco
E tornou-se nosso companheiro nesta desgraça,
Causou-nos com suas palavras uma imensa tristeza."

"Novos ricos e novas fortunas surgem de repente,
Gerando em ti tanto orgulho e extravagância,
Ó Florença! E, por isso, muito já tens chorado."[8]

Assim bradei, com o semblante elevado,
Mas protegendo-me do fogo que caía;
E os três se entreolharam, ouvindo essas verdades.

E disseram: "Se sempre respondes aos outros
Dessa mesma maneira, tão claramente,
Então feliz de ti, quando precisares clamar a verdade!

Portanto, se escapar dessas regiões perdidas,
E um dia voltar a ver a doce luz das estrelas,
Então deverá se orgulhar, e poderá dizer: 'Eu estive lá.'[9]

Não deixe de falar sobre nós, entre os que ainda vivem!"
Então a ciranda se desfez e, enquanto eles desapareciam,
Suas pernas ágeis como asas golpeavam o ar.

Mais breve do que um Amém! Foi o tempo que levou
Para que eles desaparecessem de nossa vista.
90 Assim, mais uma vez, meu Mestre liderou o caminho.

Eu o segui e, não muito depois, chegamos
A um ponto onde a água caía, e rugia tão forte,
Que mal podíamos ouvir as nossas próprias vozes.

Era como o rio que tem seu próprio caminho,
Primeiro a partir do Monte Viso, rumo ao leste,
A partir da costa esquerda dos Apeninos;

Como o Acquacheta,[10] conhecido nas terras altas
Por esse nome, antes de mergulhar em seu leito;
E cujas águas correm com outro nome, antes de Forlì,

100 Reverberando acima do mosteiro de São Bento
Onde haveria um amplo espaço para mil,[11]
Cai da montanha num salto em cascata.

Descemos pelo penhasco que a água tingira de vermelho,
E vislumbramos a queda d'água que ecoava forte,
Surpreendendo os ouvidos com seu tremendo estrondo.

Havia um cordão amarrado na minha cintura,
Com o qual eu pensei que poderia contar
Quando enfrentei o leopardo de pele pintada.

E, depois de soltá-lo por inteiro,
110 Assim como o meu Guia me mandara fazer,
Entreguei-o a ele, amarrado e enrolado.

E então, curvando-se um pouco para a direita,
O Mestre alcançou a beira do abismo
E lançou fora o cordão, que desapareceu de vista.[12]

"Alguma coisa estranha está para acontecer"
Pensei eu, "Depois deste estranho sinal,
Pois o meu Mestre busca alguma coisa com o olhar."

Ah, como precisamos ter cuidado com aqueles
Que veem não apenas os nossos atos,
Mas também têm o dom de ler nossos pensamentos!

Pois ele me disse: "Ele deverá emergir em breve,
Assim eu espero. O que tua mente espera, logo verás;
Aquilo com que sonhas será conhecido de forma clara."[13]

Diante da expressão da verdade que parece falsa,
Um homem, quando puder, deve guardar sua língua;
Para que ele não seja culpado – sem ter transgredido.

Contudo, ó leitor, agora devo falar
– E eu juro, pelas linhas desta minha Comédia,
E que meu verso encontre favor por longos anos –

Que eu vi uma forma que nadava pelo ar.
Indistinta pela total obscuridade, mas visível o suficiente
Para encher de medo o coração mais forte.

Era como alguém que emerge, depois de ter mergulhado
Para libertar uma âncora que estava presa,
Ou alguma outra coisa escondida no fundo do mar,

Com os pés recolhidos e os braços totalmente abertos.

Notas

1. O Oitavo Círculo.
2. Cada cidade da Itália, naquela época, tinha sua forma peculiar de vestir, distinta das cidades vizinhas.
3. As três sombras, às quais é proibido parar de andar, agarram-se umas às outras em uma dança, e continuam girando em círculos na areia.
4. *Guido Guerra*: Um descendente dos Condes Guidi de Modigliana. Gualdrada era filha de Berti de Ravignani, e foi elogiada por seus hábitos simples em *Paraíso* XV. 112. Guido Guerra era um líder guelfo e, após a derrota dos guelfos em Montaperti (ver *Inferno* X. 85), atuou como capitão de seu partido, prestando valiosa ajuda a Carlos d'Anjou na batalha de Benevento em 1266, quando o rei Manfredo da Sicília foi derrotado. Ele não tinha filhos, e deixou a comunidade de Florença como sua herdeira.
5. *Tegghiaio Aldobrandi*: Filho de Adimari Aldobrandi. Seu nome deveria ser querido em Florença, porque ele fez tudo o que pôde para dissuadir os cidadãos da campanha que terminou de maneira tão desastrosa em Montaperti.
6. *Jacopo Rusticucci*: Cavalheiro de origem humilde, criado dos amigos de Dante, os Cavalcanti. Pouco se sabe sobre ele, exceto que ele teve um casamento infeliz, o que é evidente pelo texto.
7. *Guglielmo Borsiere*: Um florentino, espirituoso e bem educado, de acordo com Boccaccio (*Decameron* I. 8). Ele é aqui apresentado como uma autoridade no estilo nobre de maneiras.
8. Em *Paraíso* XVI Dante discorrerá longamente sobre a degeneração dos florentinos.
9. *Forsan et hæc olim meminisse juvabit* ("Talvez algum dia nos seja agradável recordar estas coisas.") – *Eneida* I. 203
10. *Acquacheta*: A queda da água do riacho sobre o alto penhasco que desce do Sétimo ao Oitavo Círculo é comparada à queda d'água do rio Montone no mosteiro de São Bento, nas montanhas acima de Forlì.
11. No mosteiro de São Bento havia lugar para muitos mais monges. A interpretação do tradutor Longfellow é que a altura da queda é tão grande que equivaleria a mil quedas.
12. *O cordão*: Dante e Virgílio precisam de ajuda para chegar ao próximo fosso; e como nenhuma voz pode ser ouvida por causa do barulho da cachoeira, e nenhum sinal pode ser feito para chamar a atenção em meio à escuridão, Virgílio tenta chamar a atenção de Gerião (descrito no próximo Canto), lançando o cordão de Dante nas profundezas onde o monstro está escondido. Pode haver aqui uma referência ao cordão de São Francisco, que Dante usava quando era jovem, seguindo um costume bastante comum entre os devotos leigos. A imagem do cordão como representação da sobriedade e propósito virtuoso é

recorrente na obra de Dante. Em *Purgatório* VII. 114, por exemplo, ele descreve Pedro de Aragão cingido com o cordão de todas as virtudes. O cordão de Dante também pode ser considerado uma representação da vigilância ou autocontrole. Com isso, ele esperava levar a melhor sobre o leopardo (*Inferno* I. 32), e pode ter confiado nele como apoio contra os terrores do Inferno. Mas, embora Dante estivesse cingido com ele desde que entrara pelo portão, ele não o salvou de nenhum perigo; e agora é jogado fora como algo inútil. Agora, mais do que nunca, ele deve confiar por completo em Virgílio e não confiar mais em si mesmo. Ele não deverá ser cingido de novo até chegar à Praia do Purgatório, e então ser adornado com um junco, o emblema da humildade (*Purgatório* I. 94).

13 Dante atribui a Virgílio pleno conhecimento de tudo o que está em sua mente. Ele, assim, esclarece nossa concepção sobre a sua dependência de seu guia, cujos pensamentos sempre antecipam os seus. Em outras palavras, Virgílio representa a razão humana iluminada.

Canto XVII

SÉTIMO CÍRCULO: VALE DO FLEGETONTE. TERCEIRO GIRO: DESERTO INCANDESCENTE (VIOLÊNCIA CONTRA A ARTE) – GERIÃO (GUARDIÃO DO OITAVO CÍRCULO)

"Eis a serpente vil de cauda pontuda[1]
Que corta montanhas, e estilhaça fortalezas![2]
Aquele cujo fedor a tudo corrompe,

E faz o mundo inteiro adoecer!" Assim falou meu Guia,
E acenou para que ele pousasse bem perto,
Onde findavam as passagens construídas em pedra.

E aquela efígie nojenta de desonestidade
Aproximou-se de nós com a cabeça e o peito,
Mas não puxou o rabo para cima da margem.

10   Seu rosto expressava uma justiça humana,
E era mui benigno em seu semblante;
Mas era como uma serpente, em todo o resto.

Em ambos os braços, cresciam pelos nas axilas;
Nas costas e no peito, assim como nos flancos,
Havia muitas medalhas, decoradas em vários tons.

Nenhum tecelão, turco ou tártaro, jamais criou
Um tecido mais colorido, em fundo ou estampa;[3]
Nem por Aracne[4] semelhante bordado foi feito.

Como as barcaças ficam às vezes na costa,
20   Parcialmente na água, e em parte na terra seca;
E, assim como na distante e glutona Alemanha[5]

Os guerreiros acampados ficam em pé, alertas,
Assim estava a besta, com as duas patas dianteiras
Sobre a borda pedregosa que contorna a areia.

A sua cauda fazia tudo em volta tremer,
Enquanto erguia no ar seu tridente envenenado
Que, como um escorpião, era armado com um ferrão.

Meu Guia disse: "Agora é melhor passarmos de lado;
Devemos alcançar, assim, a uma pequena distância
A besta maligna que ali está agachada.

Então descemos do lado direito[6]
E demos dez passos até a borda externa,
Para evitar a areia, e a chuva de fogo.

E quando estávamos próximos à besta, eu notei
Um pouco mais adiante sobre a areia
Algumas pessoas sentadas perto do abismo.

"Faltam apenas estes, para que o fundo deste Círculo
Seja completamente conhecido", disse-me então o Mestre;
"Avance sozinho, vá até lá conhecê-los.

Faça suas indagações de maneira sucinta.
Enquanto você vai até lá, vou negociar com esta besta,
Para pedir que nos ajude, com seus ombros fortes."

E então, eis que sozinho eu avançava
Na borda externa daquele Sétimo Círculo,
Onde agachava-se uma turba angustiada.[7]

O desânimo transbordava de seus olhos;
Eles abanavam as mãos, buscando em vão algum alento
Diante do solo quente, sempre ardente em chamas.

De outra forma não fazem os cães no verão:
O cão avança seu focinho, e abana suas patas
Quando picado por mosquitos, ou infestado de pulgas.

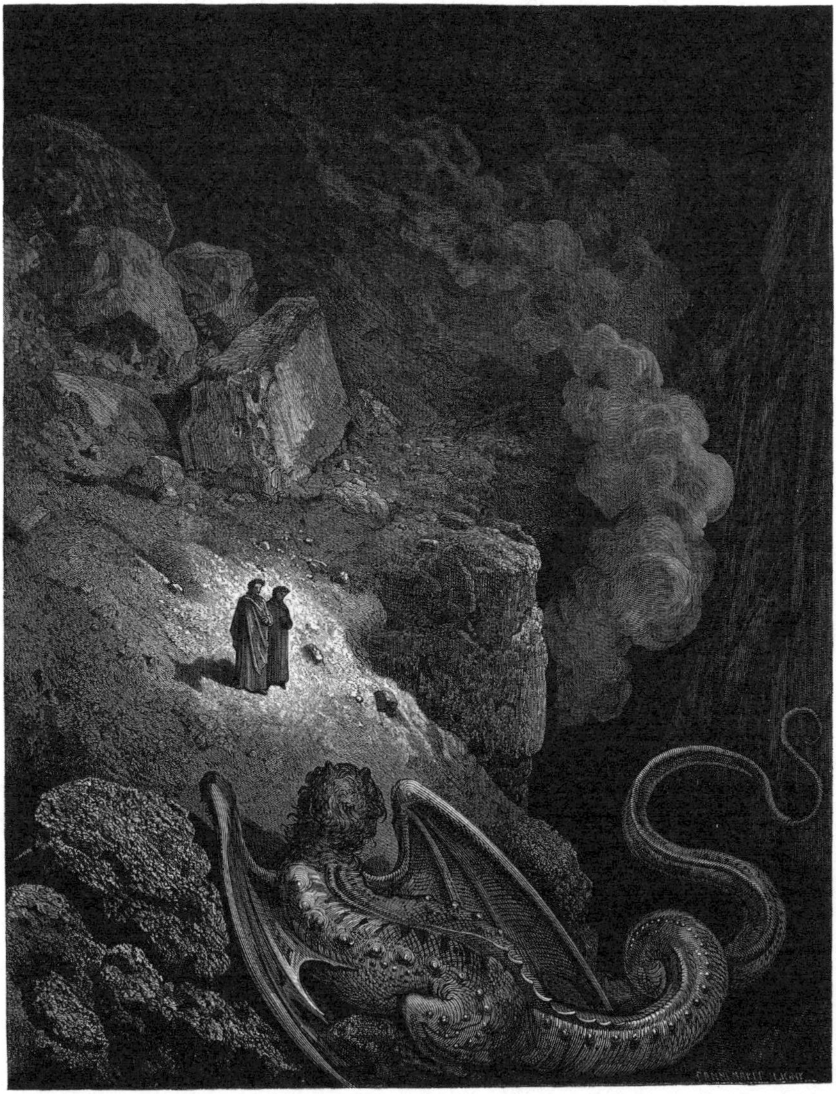

E eu, ao observar alguns que estavam agachados
Debaixo da chuva de chamas dolorosas,
Não pude reconhecer o rosto de ninguém.⁸

Mas vi uma bolsa pendurada no pescoço de cada um,
Cada uma com seu emblema e sua cor especial;
E cada um, preocupado, vigiava sua própria bolsa.

Olhando em volta, atraído para o meio deles,
Eu vi o que parecia um rosto e semblante de leão
60 Sobre uma bolsa amarela, desenhada em azul.

Então meus olhos seguiram adiante,
E vi outra bolsa que era vermelho-sangue,
E exibia um ganso mais claro do que a manteiga.

E então um deles, cuja bolsa era branca
E trazia em azul o brasão de uma porca prenha,⁹
Perguntou-me: "O que você faz neste poço?

Vá embora! E, como ainda não está morto,
Saiba que o meu antigo vizinho Vitalino¹⁰
Um dia ocupará seu lugar em meu flanco esquerdo.

70 Entre toda esta ralé florentina, eu sou paduano;
E eles me atordoam! Ficam gritando o tempo todo:
'Venha logo, Rosa da Cavalaria,¹¹ que tanto adoramos!

Venha logo para cá, com sua bolsa de três pontas!'"
Então ele fez uma careta e botou a língua para fora,
Como um boi que lambe o próprio nariz.

E eu, receoso de contrariar o meu Mestre,
Voltei para o lugar onde ele me aguardava.
E dei as costas àqueles espíritos detestáveis.

Eu encontrei meu Guia, que já estava montado
80 Nas costas daquele grande animal feroz,
E me disse: "Ora, vamos, tenha coragem!

Ainda desceremos por muitas escadas como esta.[12]
Monte aqui na minha frente, e eu sentarei atrás.
Assim, a cauda não poderá te ferir ou assustar."

Como quem sente a febre quartã se aproximando
E sente arrepios, com as unhas já azuladas,
E a visão de uma sombra faz estremecer,

Assim eu fiquei ao ouvir esta ordem;
Mas então eu senti a ameaça da vergonha,
90   Que, diante do gentil senhor, torna o servo corajoso.

Sobre os ombros largos, então, tomei meu lugar;
Eu queria falar, mas não conseguia mexer a língua.
E então pensei: "Por favor, abrace-me forte!"

E ele, que tantas vezes me ajudou em outros perigos,
Sustentou-me, assim que eu montei,
E lançou os braços fortes ao meu redor.

E disse: "Agora, Gerião, vá em frente!
Faça as curvas com cuidado, e aterrisse de forma suave;
Pense no novo fardo que foi colocado sobre você."

100 Como um barco, quando está de partida,
Move-se primeiro para trás, assim a besta decolou;
E quando ele sentiu que havia espaço livre,

Ele virou a cauda em direção ao peito;
E, esticando-se, moveu o rabo como uma enguia,
Juntou as patas contra si, e deu um impulso no ar.

Faetonte não deve ter sentido maior terror,
Nem mesmo quando deixou caírem as rédeas
Pelas quais o céu, como se conta, foi incendiado;[13]

Nem o infeliz Ícaro, quando percebeu
110 Que sua plumagem caía, conforme a cera esquentava,
Enquanto seu pai gritava: "Não vá por aí!"

Maior foi o terror que senti, ao ver que era levado
Por onde não havia nada, senão ar e vazio;
Pois eu nada conseguia distinguir – exceto a besta.

Ele pairava de forma lenta, em direção ao abismo;
E descíamos em espirais; o que só percebi
Pelo vento que senti sob os pés e contra o meu rosto.

À nossa direita, eu ouvi ressoar
Um rugido terrível, bem abaixo de nós,[14]
120 Então estiquei o pescoço e olhei para baixo.

O medo de cair me oprimia profundamente;
Comecei a ouvir lamentos e, vendo as chamas,
Apertei minhas pernas, tremendo mais e mais.

Inicialmente, eu não conseguia discernir nada;
Mas, conforme descíamos, as cenas de tormento
Pareciam estar se aproximando de nós.

E, como um falcão, que por muito tempo voa
Sem ter encontrado isca ou presa,
Enquanto o falcoeiro grita: "Eia! Pode descer!"

130 E volta exausto ao ponto de onde zarpara,
E desce, fazendo centenas de voltas,
Magoado e enfurecido, para longe de seu mestre;

Assim Gerião nos depositou nas profundezas,
Ao pé do grande penhasco escavado.
E, de repente, libertado de nossa carga,

Voou em disparada, como uma flecha lançada do arco.

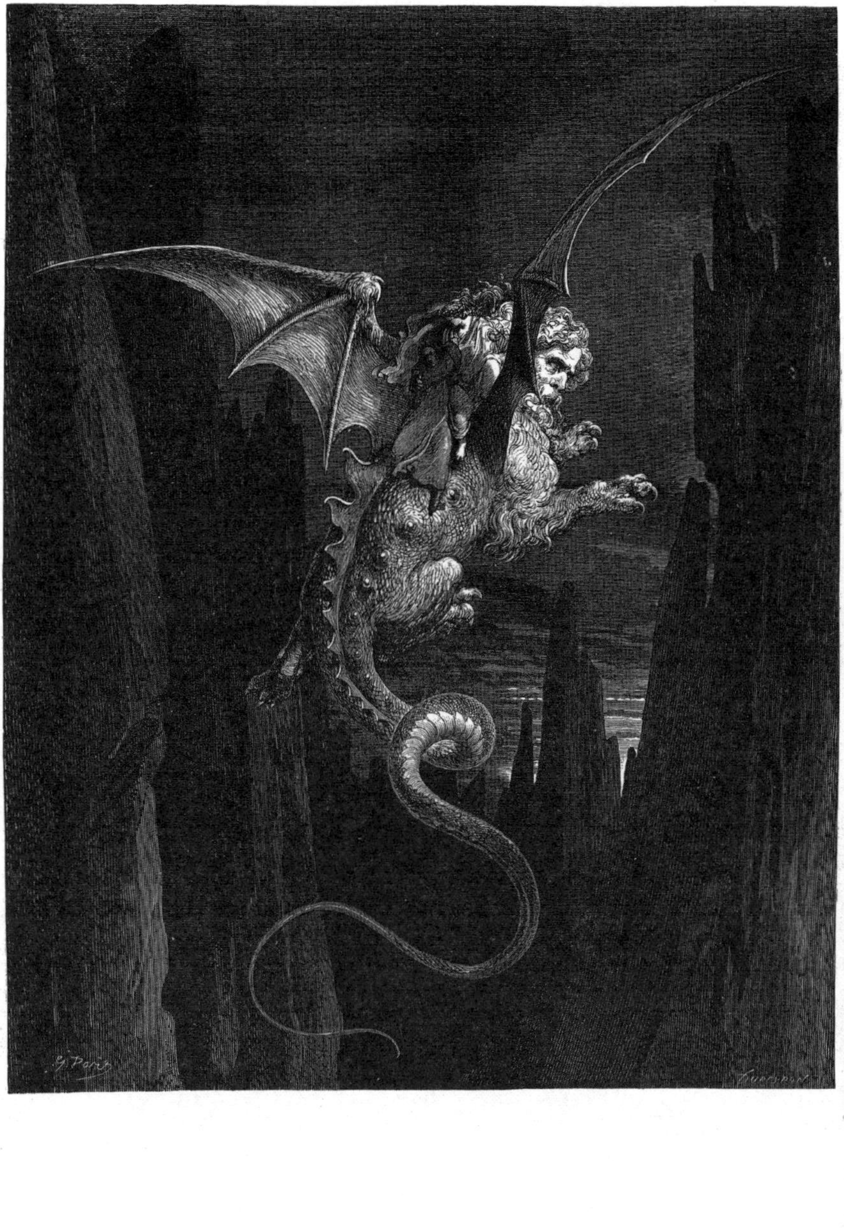

Notas

1. *O monstro*: Gerião, um rei mítico da Espanha, convertido aqui no símbolo da fraude, e demônio guardião do Oitavo Círculo, onde os fraudulentos são punidos. Ele costumava enganar os viajantes com seu semblante benigno, palavras carinhosas e todo tipo de isca amigável, e depois matá-los durante o sono.

2. Nem a Arte nem a Natureza oferecem qualquer defesa contra a fraude.

3. As medalhas coloridas de Gerião são emblemas para os dispositivos sutis e subterfúgios da fraude, denotando também as várias cores do engano.

4. *Aracne*: A tecelã Lídia, transformada em aranha pela deusa Minerva. Ver *Purgatório* XII. 43.

5. Os hábitos dos soldados alemães na Itália, odiosos para os italianos moderados, explica este sarcasmo.

6. À direita: Esta é a segunda e última vez que, em seu curso através do *Inferno*, eles viram à direita. Consulte *Inferno* IX. 132. A ação pode possivelmente ter um significado simbólico e referir-se à proteção contra a fraude, que é obtida mantendo-se no caminho correto.

7. Esses são os agiotas, os culpados de pecar contra a Natureza: desprezar os modos legítimos da indústria humana.

8. Embora a maioria do grupo seja de Florença, Dante não reconhece nenhum deles. Assim como, no Quarto Círculo, os incapazes de gastar de forma moderada ficam obscurecidos e irreconhecíveis (*Inferno* VII. 54).

9. O leão azul em um campo dourado era o brasão dos Gianfigliazzi, eminentes agiotas de Florença; o ganso branco sobre fundo vermelho era o brasão dos Ubriachi de Florença; a porca azul era o emblema dos Scrovegni de Pádua.

10. *Vitalino*: Vitaliano del Dente, homem rico e nobre de Pádua, ainda vivo em 1300, cujo palácio ficava próximo ao palácio dos Scrovegni. Pois o agiota com o brasão da porca azul, que fala com Dante (e depois põe a língua para fora, na linha 74), é Reginaldo degli Scrovegni, que acaba por ser o único paduano entre um bando de florentinos.

11. *Rosa da Cavalaria*: Giovanni Buiamonti, ainda vivo em 1300, e que os agiotas no *Inferno* já aguardam ansiosamente. O brasão dos Buiamonti era uma águia de três cabeças. A julgar pelo texto, ele era a rosa da cavalaria: o cavaleiro soberano dos agiotas e o maior usurário de todos.

12. A passagem de um Círculo para o outro torna-se mais difícil à medida que descem.

13. Dante refere o mito da criação da Via Láctea, a partir do incêndio da carruagem de Faetonte no céu. No *Convívio* (Tratado II, Capítulo XV), Dante discute várias explicações sobre o que causa o brilho da Via Láctea.

14 O rugido terrível das águas da cachoeira do Flegetonte. Elas fluem sob o Oitavo Círculo. Não há mais menção às águas no *Inferno*, até que sejam encontradas congeladas no Cócito (*Inferno* XXXII. 23).

Canto XVIII

OITAVO CÍRCULO: MALEBOLGE. PRIMEIRA BOLGIA (SEDUTORES E EXPLORADORES). SEGUNDA BOLGIA (BAJULADORES E MANIPULADORES)

Há no Inferno um lugar chamado Malebolge,[1]
Feito de pedra da cor do ferro bruto,
Assim como o penhasco que o cerca.

Nessa região maligna abre-se um fosso[2]
Bem no centro, amplo e profundo;
Cuja estrutura eu agora descreverei.

A área que se estende entre o fosso e a base
Desse penhasco duro e íngreme, é redonda;
E o seu fundo é dividido em dez vales.

10 Assim como a visão das torres de um castelo
Envolvidas por numerosos fossos
Para que as paredes sejam protegidas,

Aqui encontramos disposição semelhante.
E, igualmente, a partir de seus limiares,
Muitas pontes levadiças levam para o exterior.

Portanto, as cristas da base do penhasco
Cruzam-se através das valas e barreiras,
Até chegar ao fosso, que os corta e une a todos.[3]

Quando fomos sacudidos das costas de Gerião
20 Foi aqui que caímos; os pés do Poeta
Moveram-se para a esquerda, e eu o segui.

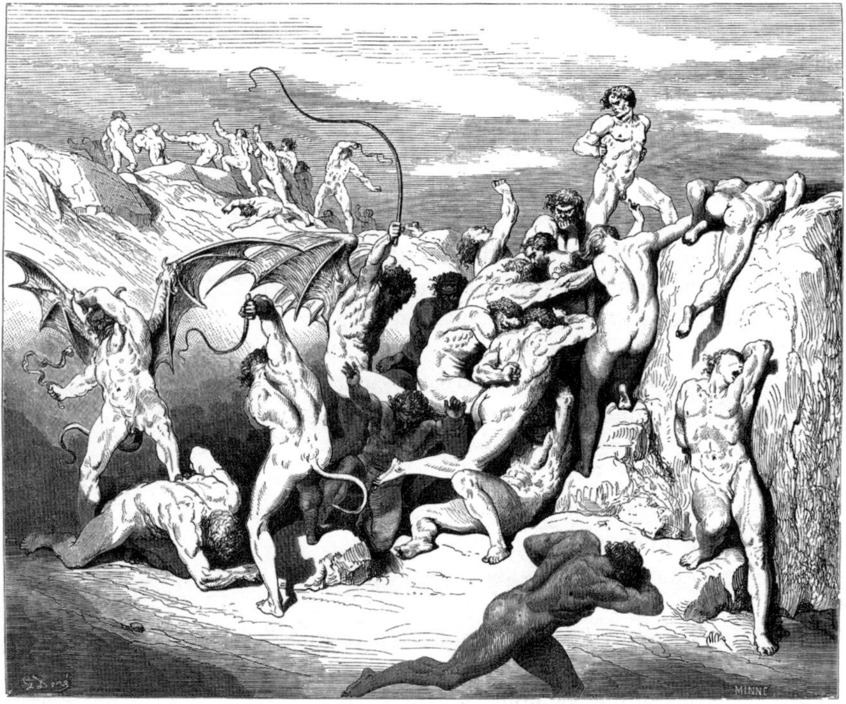
MINNE

Meus olhos avistaram novos tormentos à direita,
Com novos algozes, e novas torturas,
Das quais estava repleta a primeira Bolgia.

Ao longo dessa vala, pecadores nus se moviam,
Em nossa direção, de frente para nós;
Outros, em fila, caminhavam na direção oposta.[4]

Da mesma forma os romanos, no ano do Jubileu,
Confrontados pela poderosa multidão, criaram regras
30 Para a travessia segura para o outro lado da ponte.[5]

De um lado, de frente para o Castelo, deveria estar
A multidão que corria para a Basílica de São Pedro;
E do outro, aqueles que seguiam para o Monte.

No solo rochoso sombrio, em ambos os lados,
Vi demônios com chifres, armados com chicotes
Que eles dobravam nas costas dos pecadores.

Ah! Como aqueles miseráveis pulavam
Logo aos primeiros golpes! Bem, ninguém esperava
Para levar uma segunda ou terceira chicotada.

40 E enquanto eu prosseguia, meu olhar se encontrou
Com o olhar de um desses caminhantes, e pensei comigo:
"Este, eu tenho certeza que o conheço!"

Então, voltei para procurá-lo avidamente;
E meu gentil Guia esperou de bom grado,
Enquanto refiz um pouco meu percurso.

Então o açoitado, pensando em fugir de mim,
Tentou esconder o rosto, sem sucesso,
Pois eu disse: "Você que olha para o chão,

Se não estou enganado, pelos traços de seu rosto,
50 Você é Venedico Caccianemico![6]
Como veio parar aqui, neste molho ardido?"[7]

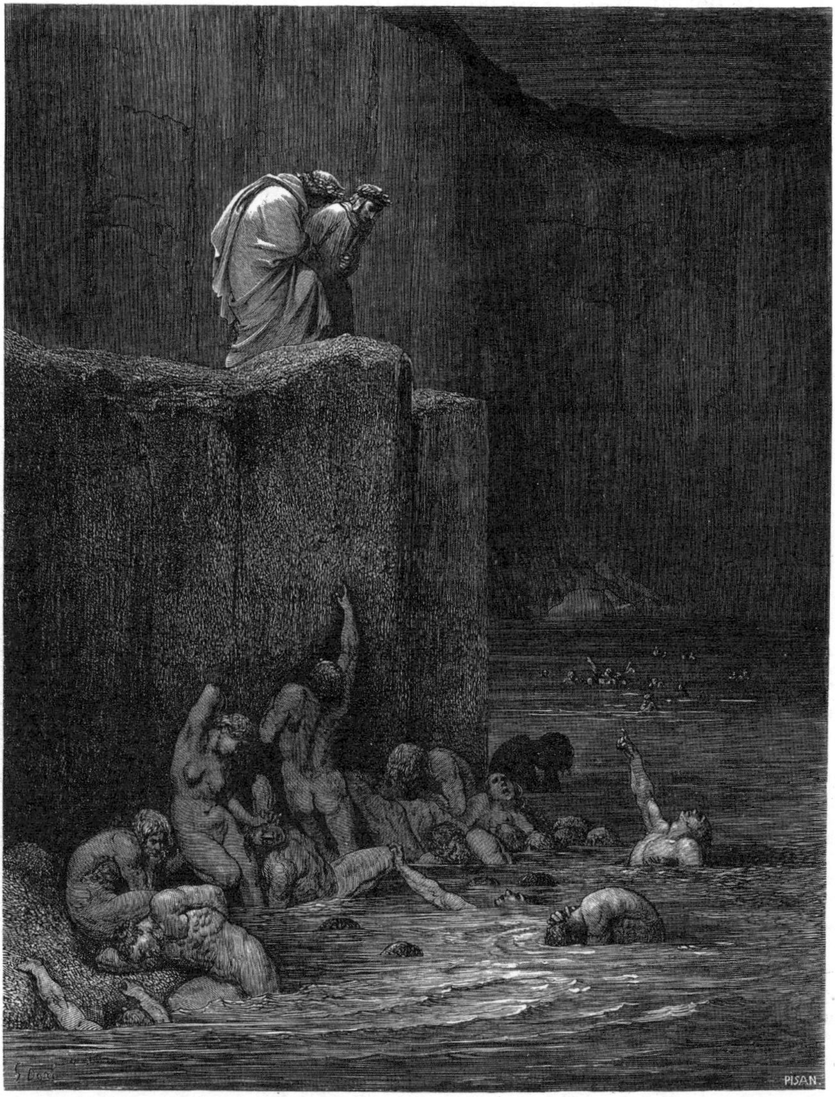
PISAN.

E ele respondeu: "Eu não queria responder,
Mas seu sotaque claro traz o mundo antigo
À minha memória, e me faz confessar.

Eu fui aquele que entregou Ghisolabella
Para servir aos desejos sórdidos do Marquês.
E ainda hoje, todos recontam essa história suja.

E não sou o único bolonhês, aqui chorando.
Este lugar está tão abarrotado de nós
60   Que nem ali entre o Reno e o Savena[8]

Haverá tantos que falem *"sipa"*, como aqui embaixo.
E se você puder dar testemunho de nós,
Apenas lembre-se de nossos corações avarentos."

E enquanto ele falava, um demônio o açoitou:
"Anda, rufião!", e o feriu com outra chicotada;
"Aqui não tem fêmeas para você explorar!"

Eu me juntei à minha escolta, e seguimos.
Demos poucos passos até chegarmos a um local,
De onde despontava uma crista rochosa da margem.

70   Escalamos com facilidade até o topo,
E viramos à direita, nas costas irregulares;[9]
Deixando para trás os caminhantes daquele círculo.

Chegamos até uma ponte de pedra, sob a qual
Um vão se abre, dando passagem aos flagelados.
Então o meu Guia ordenou: "Olhe com atenção;

Esses outros espíritos, nascidos em dias maus,
Têm os rostos agora escondidos,
Porque estamos caminhando na mesma direção."

Da ponte antiga, contemplamos as fileiras
80   Daqueles que passavam para o outro lado,
Também perseguida pelos chicotes afiados.

E o bom Mestre, antes que eu pedisse, me mostrou:
"Veja aquele nobre que vem, todo imponente;
Apesar da dor, ele não verte nenhuma lágrima.

Que aparência de majestade ele ainda mantém!
Aquele é Jasão, que por sua coragem e astúcia
Derrotou os Cólquidos, e ganhou o Velocino de Ouro.

Em sua passagem pela ilha de Lemnos,
Onde todas as mulheres, com mão ousada,
90   Cometeram vil assassinato contra seus maridos,

Com promessas de amor e discursos amenos
Ele seduziu a carinhosa Ísfile,
E planejou uma fraude contra os outros.

Ele a abandonou, então, desamparada e grávida.
Esse é o crime que o condena a essa dor;
E assim Medeia também está sendo vingada."[10]

Os sedutores, como ele, compõem essa multidão.
Agora você já conheceu este primeiro vale,
E as almas que ele prende em suas mandíbulas.

100   Já seguíamos pelo caminho estreito,
Que alcança e cruza a segunda margem,
E serve como contraforte para outra ponte.

Aqui ouvimos quem se lamenta na segunda Bolgia[11]
E suas respirações ofegantes; e ouvíamos o som de palmas,
Pois eles estapeavam a si mesmos.

As paredes estavam incrustadas com o mofo
Causado pelas exalações fétidas que se erguiam,
Travando guerra contra os olhos e o nariz.

A vala é tão negra e tão profunda
110   Que só foi possível enxergar o seu final
Quando chegamos à parte mais alta da ponte.

Este foi o lugar que alcançamos; e, naquela vala,
Eu vi pessoas atoladas em tanto excremento,
Como o esgoto despejado das privadas humanas.

E quando meus olhos varriam aquela visão abismal,
Eu vi um homem com a cabeça tão suja de merda,
Que eu não distinguia se ele era leigo ou clérigo.

Ele gritou para mim: "Por que você olha mais para mim
Do que para os outros, nesta tripulação imunda?"
120 E eu respondi: "Porque, se eu não me engano,

Eu já o vi antes, com os cabelos limpos.
Você é Alessio Interminei, de Luca;[12]
É por isto que o olho mais do que os outros."

Então ele respondeu, batendo-se na cabeça:
"Estou aqui porque fui um bajulador,
E enganei pessoas com minha língua perversa."

Depois disso, meu Guia me chamou: "Chegue até aqui,
E incline a cabeça um pouco para a frente.
Avance lentamente, até que veja claramente um rosto.

130 Reconhece aquela mulher suja e descabelada
Que se arranha, com as unhas pretas de sujeira?
Ela não sabe se fica agachada, ou se fica em pé.

Essa é Taís, a prostituta,[13] que respondeu
Ao seu amante, quando ele perguntou:
'Tens gratidão por mim?', dizendo: 'Sim, tenho demais!'

Vamos embora, pois já vimos o suficiente deste lugar."

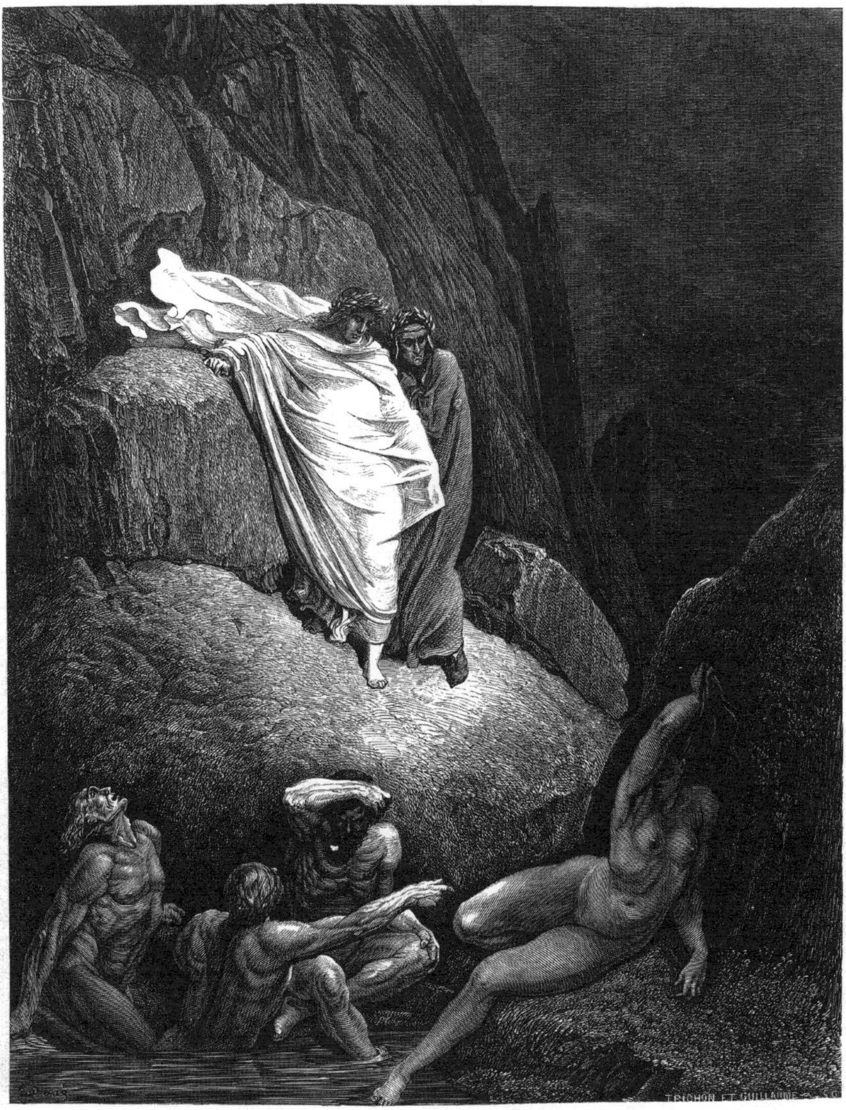
TRICHON ET GUILLAUME SC

Notas

1. *Malebolge*: as Valas do Mal; literalmente, "bolsas do mal".

2. O Oitavo Círculo, no qual os fraudulentos de todas as espécies são punidos.

3. O Malebolge consiste em dez fossos ou poços circulares, um dentro do outro. O mais externo encontra-se sob o precipício que cai do Sétimo Círculo; o mais interno, e, é claro, o menor, corre de imediato para o Nono Círculo. As Bolgias, ou Valas, são separadas umas das outras por beirais rochosos; e, como cada Bolgia está em um nível inferior ao que a encerra, o interior de cada beiral é mais profundo do que o exterior. Nervuras ou cristas de rocha – como raios de uma roda – correm do sopé do precipício até a borda externa do Círculo, saltando os fossos em ângulos retos com o curso deles. Assim, cada nível assume a forma de uma ponte de dez arcos. Por cada um desses, Virgílio e Dante agora viajarão em direção ao centro e à base do *Inferno*; seu curso geral é para baixo, embora às vezes tenham que subir pelas pontes arqueadas sobre os fossos.

4. Os pecadores da Primeira Bolgia estão divididos em duas gangues, movendo-se em direções opostas. As sombras que beiram a parede externa são os exploradores e alcoviteiros; aqueles no curso interno são os sedutores. Abaixo, pode ser dada uma lista das várias classes de pecadores contidos nas Bolgias do Oitavo Círculo:

1ª Bolgia: Sedutores e exploradores – Canto XVIII.
2ª Bolgia: Bajuladores e manipuladores – Cantos XVIII, XIX.
3ª Bolgia: Simoníacos – Canto XIX.
4ª Bolgia: Adivinhadores – Canto XX.
5ª Bolgia: Corruptos e trapaceiros – Cantos XXI, XXII.
6ª Bolgia: Hipócritas – Canto XXIII.
7ª Bolgia: Ladrões – Cantos XXIV, XXV.
8ª Bolgia: Conselheiros do mal – Cantos XXVI, XXVII.
9ª Bolgia: Semeadores de discórdia – Cantos XXVIII, XXIX.
10ª Bolgia: Falsificadores – Cantos XXIX, XXX.

5. No ano de 1300, foi celebrado um Jubileu em Roma, com entrada livre para todos os peregrinos. O número de forasteiros em Roma foi superior a duzentos mil. A ponte e o castelo de que fala o texto são os de Santo Ângelo. O Monte é provavelmente o Janículo.

6. *Venedico Caccianemico*: nobre bolonhês, que vendeu Ghisolabella, sua própria irmã, para o violento marquês Obizzo de Este, senhor de Ferrara (*Inferno* XII. 111).

7. A palavra usada por Dante é *salse*, que significa "molho". Também pode ser uma analogia à ravina selvagem chamada de Salse, fora dos muros de Bolonha, onde os corpos de criminosos eram jogados.

8. O Reno e Savena são os rios que passam por Bolonha. *Sipa* é a palavra no dialeto bolonhês para "sim" ou "que seja". Em outra passagem, Dante descreve a Toscana como o país onde se fala *sì* (*Inferno*

XXXIII. 80). Sobre os vícios dos bolonheses, sabe-se que Dante estudou em Bolonha, viu e observou todas essas coisas.

9   Este é apenas um aparente desvio de seu curso para a esquerda. Movendo-se como estavam para a esquerda ao longo da borda da Bolgia, eles precisaram virar à direita para cruzar a ponte.

10 Quando os Argonautas desembarcaram em Lemnos, encontraram a cidade sem nenhum homem; pois as mulheres, incitadas por Vênus, mataram a todos – com exceção de Thoas, que foi salvo por sua filha Ísfile. Quando Jasão a abandonou grávida, ele navegou para a Cólquida e, com a ajuda de Medeia, ganhou o Velocino de Ouro. Medeia, que o acompanhou até a Cólquida, também foi abandonada por ele.

11 *Segunda Bolgia*: Os bajuladores e manipuladores.

12 *Alessio*: membro da família Interminelli. Ele era tão liberal em suas lisonjas, que as gastava até com os servos.

13 *Taís*: personagem da peça cômica de Terêncio, *O Eunuco*. Esta passagem da peça é citada por Cícero em *De Amicitia* XXVI. 98. Thraso, o amante de Taís, pergunta a seu criado Gnaton se ela agradeceu o presente que ele tinha enviado: *"Magnas vero agere gratias Thais mihi? Satis erat respondere: 'magnas'; 'ingentes' inquit. Semper auget assentator id, quod is cuius ad voluntatem dicitur vult esse magnum."* ("Taís mandou me dizer 'muito obrigada'? Bastava responder 'Sim, muito obrigada'; mas ele responde: 'Muitíssimo!' Os bajuladores sempre exageram, quando querem agradar a vontade e o grande ego de uma pessoa." – tradução nossa). Assim, vemos que Dante atribuiu um papel equivocado a Taís, pois na verdade o bajulador era Gnaton.

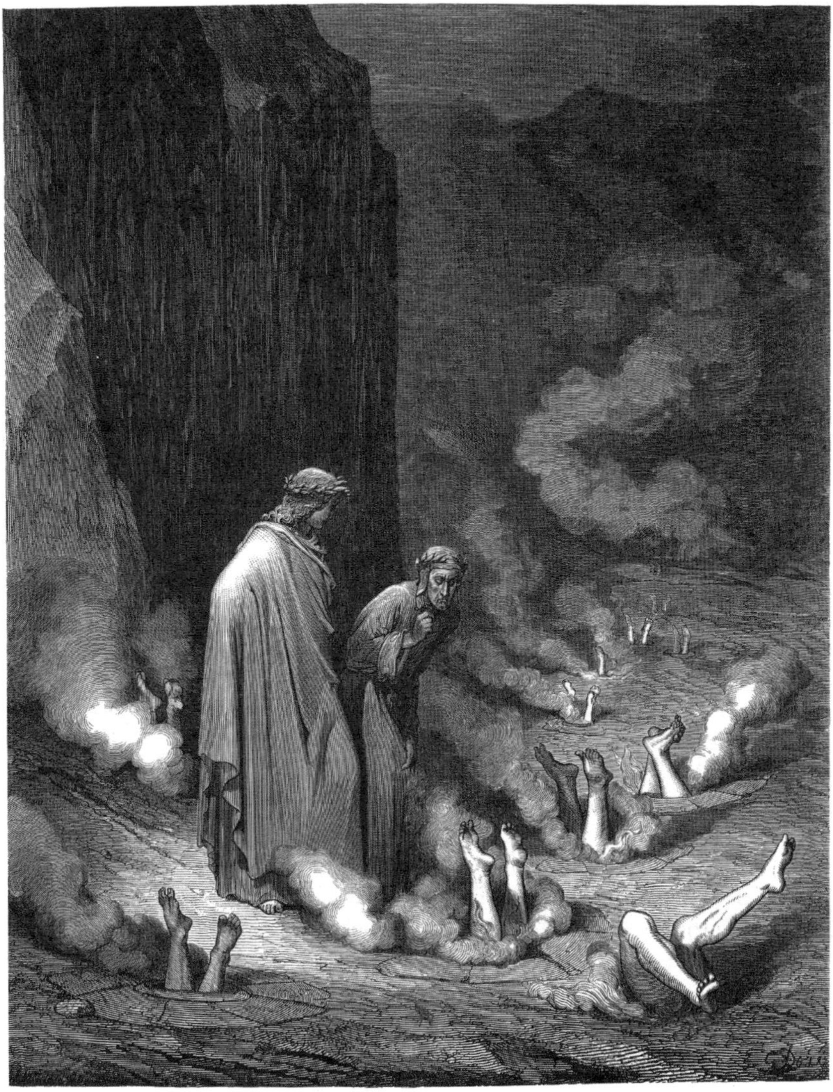

Canto XIX

OITAVO CÍRCULO: MALEBOLGE. TERCEIRA BOLGIA (SIMONÍACOS)

Ó Simão Mago, e seus seguidores miseráveis![1]
Profanando e vendendo as coisas de Deus
Que deveriam ser as noivas da Justiça,

Fazendo-as fornicar por ouro e prata!
Em vossa homenagem soam as trombetas,
Pois seu lugar é aqui, nesta Terceira Bolgia.

Já havíamos alcançado a próxima tumba,[2]
E estávamos no meio da ponte, em nossa ascensão,
Acima dos horrores da terceira vala.

10 Ó Pai Onisciente, que arte perfeita nos mostras,
No Céu, na Terra, e mesmo neste mundo triste!
Justo é o Seu poder, ao lançar Suas condenações!

A rocha gelada, tanto nas margens quanto no solo,
Estava cheia de buracos por todos os lados,
Todos do mesmo tamanho; e cada um deles era redondo.

Nem maiores me pareceram, nem menos largos
Do que aqueles da minha bela San Giovanni[3]
Feitos para servir como batistérios.

E um destes, não muitos anos atrás,
20 Eu tive que quebrar, para salvar uma criança
(E que isto sele todos os mal-entendidos).

E, da boca de cada orifício, eram projetados
Os pés e as pernas de um pecador, atados como bezerros;
O resto estava enterrado, de cabeça para baixo.

E as plantas dos pés de todos eles eram incendiadas,
O que fazia se contorcerem em atroz agonia
Tentando arrebentar os sarrafos e cordas.

Era como se tivessem óleo espalhado na pele,
Alimentando as chamas, que lambiam
30 Desde os calcanhares até os dedos dos pés.

"Mestre", eu perguntei, "quem é aquela sombra
Que sofre mais do que todos os seus semelhantes,
E é lambida por chamas de um vermelho mais vivo?"

E ele me respondeu: "Se você desejar,
Posso te levar mais abaixo, até aquele beiral,
E, por si mesmo, saberá sobre ele e seus pecados."

E eu respondi: "Seus desejos são os meus desejos.
Você é meu Senhor; e sabe que obedeço sua vontade;
E até meus pensamentos ocultos surpreende."

40 Assim, fomos em direção aos muros da quarta vala;
E, virando para a esquerda, descemos
Em direção à estreita rocha perfurada.

Meu bom Mestre não me deixou sair do seu lado
Enquanto não chegássemos perto do buraco
Onde aquele pecador, esperneando, fazia tanto barulho.

"Ó alma abatida, plantada como uma estaca,
Virada assim de cabeça para baixo,
Se puder, responda-me!", eu disse a ele.

E me abaixei, assim como um frade
50 Que dá a última confissão para o assassino vil,
Esperançoso de ganhar tempo e retardar a morte.[4]

E então ele clamou: "É você? Já chegou?
Já está plantado aí, Bonifácio?
A profecia errou por alguns anos! Chegou cedo![5]

Enfim, já ficou cansado das riquezas,
Aquelas que você não teve medo de roubar
E assim arruinar a bela Senhora?"⁶

E me vi em uma tal situação, como aqueles que hesitam,
Quando não podem compreender o que foi dito,
60 E, envergonhados, também não sabem como responder.

Mas Virgílio ordenou: "Rápido, fale em voz alta e firme,
E diga que você não é quem ele pensa!"
E respondi, como se por ele estivesse sendo controlado.

Os pés do espectro então chutaram de maneira violenta,
E, suspirando em uma voz de profunda angústia,
Ele perguntou: "O que, então, você quer de mim?

Você tem tanta ânsia por saber quem sou,
Que se aventurou a descer até o precipício?
Sim, o Grande Manto um dia foi a minha veste.

70 Na verdade, eu fui um digno filho da Ursa:
E, assim como os outros antes de mim,
Com filhos para alimentar, eu roubei e enchi a bolsa.

Agora eu também estou aqui embolsado, para sempre,
Acima de todos os simoníacos que vieram antes de mim,
Empilhados e espremidos sob a fissura da rocha.

Eu, por minha vez, também descerei,
Assim que chegar aquele que eu pensava ser você.
Eu me enganei, pois fui muito rápido em questionar.

Já fritei os meus pés por tempo demais;⁷
80 E enquanto estou aqui, ocupo a vaga mais alta;
Os pés dele serão os próximos a arder em chamas,

Até que depois dele venha um ainda mais desprezível;
Um pastor do Ocidente, um ministro sem lei,⁸
Que cobrirá a nós dois em sua merecida condenação.

Ele será um segundo Jasão, como aquele de quem lemos
Em Macabeus;[9] e, assim como o rei daquele nada negou,
Este também será protegido pelo rei da França."

Não resisti, e me aventurei mais longe do que deveria,
E retruquei com palavras à altura dele:
90 "Ah, responda-me agora, quanto ouro

Nosso Senhor exigiu de Pedro como pagamento,
Quando confiou as chaves sob seus cuidados?
A única coisa que ele disse foi: 'Siga-me!'

E Nem Pedro, nem os outros pediram ouro ou prata
Quando escolheram o justo Matias
Para ocupar o lugar do traidor de almas.

Fique aí, pois bem merece ser punido,
E guarde bem tudo o que ganhou desonestamente,
E o que embolsou com tanto orgulho, na traição a Carlos.[10]

100 E, se eu não estivesse ainda impedido
Pela reverência a essas tremendas chaves[11]
Que um dia foram carregadas por você na vida feliz,

Eu usaria palavras ainda mais pesadas;
Porque sua maldade só trouxe tristeza ao mundo,
Esmagando os justos, e premiando os maus.

Foi sobre vós, pastores, que o Evangelista profetizou
Quando viu aquela assentada sobre as águas,
A prostituta que fornica com os reis;

Aquela que nasceu com sete cabeças
110 E tinha o poder e o suporte dos dez chifres,
E cujo vício dava prazer ao seu marido.[12]

Agora, o ouro e a prata são o seu único deus:
Qual é diferença entre vocês e os idólatras,
Exceto que adoram um único deus, e vocês, centenas?

Ah, Constantino, quantos males você causou![13]
Não por ter mudado a tua fé, mas pelos dons que cedeste
Tornando o Sumo Pontífice um homem rico!"

Enquanto eu vociferava essas palavras,
Aqueles pés imundos escoiceavam o ar,
120 Talvez de raiva, ou por senti-las pesar na consciência.

Eu creio ter agradado ao meu Guia;
Ele ouvira atento, com o semblante contente
O som dessas palavras verdadeiras.

Em seguida, ele me pegou em seus braços,
E, tendo-me estreitado contra seu peito,
Escalou o caminho pelo qual tínhamos descido.

Ele não se cansou de me carregar,
Até chegarmos ao topo da ponte
Que atravessa da quarta para a quinta fossa.

130 E ali, suavemente, ele colocou seu fardo no chão.
Aquele precipício era tão áspero e íngreme,
Que seria difícil até para as cabras-monteses.

Então, um novo vale apareceu diante de meus olhos.

Notas

1 *Simão Mago*: O pecado da simonia consiste em fixar um preço para uma graça espiritual ou a execução de um ofício. Dante destaca que ele era muito praticado pelos Papas; e no caso deles, entre outras formas, por meio do nepotismo eclesiástico.

2 A Terceira Bolgia, denominada de forma apropriada como tumba, porque sua forma de punição é a de um enterro, como se verá.

3 A igreja de São João, na época de Dante, era o batistério de Florença. Para proteger-se contra a multidão, os sacerdotes oficiantes ficavam em pé, dentro de cavidades circulares dispostas ao redor da grande fonte. Dante compara os buracos desta Bolgia com as cavidades do batistério, com o propósito de apresentar uma defesa de si mesmo contra uma acusação de sacrilégio. Certa vez, quando alguns meninos brincavam pela igreja, um deles ficou preso em um desses buracos e não pôde ser resgatado, até que Dante com suas próprias mãos martelou o mármore, e assim salvou a criança do afogamento. A presença de água na cavidade pode ser explicada porque os batismos eram muito raros, e os buracos podem ter sido parcialmente inundados pela fonte. É fácil entender que Dante se ressentia de forma amarga dessa acusação de desrespeito à sua *bella San Giovanni*, "aquele belo rebanho de ovelhas" (*Paraíso*. XXV. 5).

4 Naquela época, a punição de um assassino era ser enfiado de cabeça para baixo em uma cova, e depois ser lentamente coberto por terra até que fosse sufocado. Dante se abaixa, para ouvir melhor o que o pecador tem a dizer, como um frade chamado pelo criminoso com o pretexto de acrescentar algo à sua confissão.

5 O orador é Nicolau III, da família romana dos Orsini (a *Ursa*), e Papa de 1277 a 1280; um homem de notável beleza corporal e bons modos, bem como uma personalidade forte. Como muitos outros Santos Padres, ou ele foi um grande hipócrita, ou degenerou muito depois de se acomodar na cadeira papal. Diz-se que ele foi o primeiro Papa a praticar a simonia sem nenhuma tentativa de dissimulação. Bonifácio VIII, a quem espera para substituí-lo, tornou-se Papa em 1294 e morreu em 1303.

6 *A bela Senhora*: A Igreja. A astúcia de Bonifácio foi obter a renúncia de seu antecessor, Celestino V (*Inferno* III. 60).

7 Nicolau está ocupando o primeiro lugar no buraco dos simoníacos há 23 anos.

8 *Um pastor do Ocidente*: Bonifácio VIII morreu em 1303, e foi sucedido por Bento XI, que por sua vez foi sucedido por Clemente V, o pastor do Ocidente. Bento XI não estava manchado pela simonia e, portanto, é Clemente que substituirá Bonifácio; e ele deve vir do Ocidente, isto é, de Avignon, para onde a Santa Sé foi deslocada por ele. É desnecessário apontar como

9 *Jasão*: Em 175 a.C., o rei Antíoco IV Epifânio subiu ao trono do Império Selêucida e iniciou uma campanha de assimilação contra os habitantes da Judeia. Num esforço de unificar os elementos gregos do seu império, Antíoco determinou a destruição da fé judaica e a helenização dos judeus. Um édito foi publicado, impondo os rituais religiosos aos judeus em Jerusalém, sob pena de morte. Foi nessa época que o hebreu Jasão subornou o rei Antíoco e comprou o cargo de sumo sacerdote com 13 toneladas de prata. *"Com o consentimento do rei e após tomar posse do cargo, Jasão passou imediatamente a fazer os seus irmãos de raça adotarem o estilo de vida dos gregos."* (*II Macabeus* IV. 7 – livro presente apenas nas edições católicas da *Bíblia*, como a *Edição Pastoral*. Ver em *Referências Bibliográficas*).

a punição de Clemente ganha força, pois foi publicada antes de sua morte.

10 *Carlos*: Nicolau III foi acusado de aceitar suborno para ajudar Pedro de Aragão a expulsar Carlos d'Anjou da Sicília.

11 Dante respeita o ofício do Papa, mas considera indigno o titular dele. No *Purgatório*, veremos que ele se prostra diante de um Papa (*Purgatório* XIX. 131).

12 A visão da primeira besta do Apocalipse (*Apocalipse* XIII. 1-10), que Dante personifica em uma mulher. Esta alegoria é aplicada à corrupção da Igreja, representada sob a figura da Roma de sete colinas, assentada em honra entre as nações e recebendo a reverência dos reis da terra; até que seu esposo, o Papa, começou a prostituí-la, vendendo seus dons espirituais.

13 No tempo de Dante, e por alguns séculos depois, acreditava-se que Constantino, ao transferir a sede do Império para Bizâncio, havia oferecido ao Papa direitos e privilégios quase iguais aos seus como imperador. Roma seria do Papa; e de sua corte em Laterano ele deveria exercer supremacia sobre todo o Ocidente. A *Doação de Constantino*, ou seja, o instrumento de transmissão desses direitos, é relatada em um documento apócrifo da Idade Média.

Canto XX

OITAVO CÍRCULO: MALEBOLGE. QUARTA BOLGIA (ADIVINHADORES)

Agora meus versos cantarão novos tormentos,
E darão matéria ao Vigésimo Canto
Desta Primeira Canção, sobre as almas submersas.

Eu já estava ansioso para perscrutar
Essas profundezas que se faziam visíveis,[1]
E em lágrimas de agonia estavam banhadas.

E vi muita gente, enchendo todo o vale circular.
Todos choravam em silêncio, muito calados,[2]
E caminhavam como os penitentes em nosso mundo.

10 Quando eu pude contemplá-los com um olhar mais detido,
Vislumbrei, estarrecido, uma anomalia extraordinária:
Todos eles tinham a cabeça torcida para trás.

Seus rostos estavam virados em direção às costas
E os miseráveis eram forçados a andar de ré,[3]
Pois não conseguiam mais olhar para a frente.

Embora existam muitos tipos de paralisia,
Eu nunca tinha vislumbrado tal forma de distorção,
E, pensando bem, não acredito que isso possa ser.

Deus permita, leitor, que colhas os frutos
20 Desta leitura, para que possas compreender:
Vendo aquilo, como eu poderia manter meus olhos secos?[4]

Chorei ainda mais, quando se aproximaram
Essas formas humanas, tão cruelmente deformadas.
As suas lágrimas caíam e escorriam entre as nádegas.

E como eu chorava! Apoiava-me em uma das rochas
Do penhasco rígido, até que minha escolta
Perguntou-me: "Por acaso está com pena deles?

Aqui a piedade só vive quando está morta;
E quem pode ser mais leviano do que aquele
30 Que se lamenta perante os julgamentos de Deus?

Levante-se, erga a cabeça! Veja quem se aproxima:
Aquele que foi engolido pela Terra, diante dos tebanos,
E ao qual todos gritavam: 'Ei, cadê você?[5]

Anfiarau, por que está fugindo da batalha?'
Mas ele não encontrou descanso, pois logo afundou
Aqui neste vale, onde Minos a todos enlaça.

Veja como seus ombros estão no lugar do peito!
Porque em vida desejou demais olhar adiante,
E agora só pode ver o curso que já foi seguido.

40 Eis Tirésias,[6] o homem que mudou de semblante,
Transmutando-se de homem para mulher
Sem nada revelar de sua aparência anterior;

E depois tornou à sua verdadeira forma
Ao golpear duas serpentes retorcidas com seu cajado,
Voltando a cobrir-se com suas barbas masculinas.

Vindo atrás dele, o próximo é Aronta,[7]
Que se refugiava entre as colinas de Luna,
Onde lidam os camponeses, perto de Carrara.

Ele ergueu entre os brancos mármores sua espelunca,
50 Dentro de uma caverna, de onde podia avistar
O mar e as estrelas, livres de todas as obstruções.

E aquela, cujos seios estão escondidos –
Os quais você não consegue ver, pois estão cobertos
Pelo imenso véu de seus cabelos desgrenhados –,

Aquela foi Mantó,[8] a virgem que muito peregrinou,
Até criar raízes na terra onde eu nasci.
Sobre isso, eu gostaria de dizer algumas palavras.

Tendo seu pai partido do doce mundo
E a cidade de Baco[9] caída em cativeiro,
60 Por muito tempo ela caminhou, errante.

No alto das montanhas da bela Itália,
Ao pé dos Alpes que a separam da Germânia,
Sobre o Tirol, jaz um lago, chamado Benaco.[10]

Ele se alimenta do fluxo de mil nascentes
Entre Garda, Val Carmonica e os Apeninos,
E nesse lago todas essas águas se represam.

É o ponto exato, no meio do caminho
De onde os bispos de Verona, Trento e Brescia
Poderiam estender suas mãos e conceder bênçãos.[11]

70 A bela e forte cidadela de Pescara,[12]
Que desafia os brescianos e os bergamenses,
Também está cravada no declive dessas águas.

Ali, a torrente que não pode ser contida
No seio de Benaco transborda e forma um rio
Que espalha seu curso pelos prados verdejantes.

Este rio que flui é chamado de Mincio,
E não mais Benaco; em seu caminho descendente,
Vai até Govérnolo, onde deságua no rio Pó.

Não flui muito antes de encontrar uma planície,
80 E lá se estende, formando um pântano.
Por isso, no verão, a pestilência cresce.

E quando passou por ali a virgem selvagem,
Encontrou a terra cercada pelo mangue,
Sem cultivo, e desabitada pelos homens,

E ali, para fugir de todas as relações humanas,
Ela permaneceu com seus servos, e operou suas artes;
Até o dia em que seu corpo morto foi ali sepultado.

E, com o tempo, os camponeses vieram
De todos os entornos, para povoar aquele lugar
90 Que o lodaçal protegia, como uma fortaleza.

E construíram uma cidade sobre seus ossos mortos.
O nome dela foi escolhido para aquele local:
Passou a ser Mântua – não foi preciso lançar sortes.[13]

Um grande povo habitava o interior de seus muros,
Antes que o estúpido Casalodi[14] fosse enganado
E vitimado pela trapaça de Pinamonte.

Portanto, sempre que você ouvir (e isso é um alerta!)
Qualquer outra história sobre minha cidade,
Saiba que todas são falsas, e esta é a verdadeira."

100 E eu respondi: "Seus raciocínios, Mestre,
São tão convincentes, e inspiram tanta confiança,
Que outras palavras não me serviriam nem como carvão.

Mas, diga-me: entre essas almas que aqui passam
Há mais alguma que seja digna de nossa atenção?
Isso é o que retém todos os meus pensamentos."[15]

E, então, ele me respondeu: "Sim; veja aquele,
Cuja barba cai de sua face e cobre os ombros morenos.
Quando a Grécia foi esvaziada de seus homens[16]

E foi apenas nos berços que sobraram meninos,
110 Ele era um vidente; e ele, junto com Calcas,
Previu, em Áulis, a hora de cortar as amarras.[17]

Seu nome era Eurípiles, e, em certa passagem
Da minha grande Tragédia, sobre ele cantei.[18]
Você sabe, pois a conhece como a palma de sua mão.

Aquele outro ali, que tem cintura fina, era conhecido
Como Michael Scot;[19] um homem que certamente
Conhecia muito bem as artes da magia fraudulenta.

Veja Guido Bonatti,[20] e veja Asdente,
Que abandonou a arte dos cadarços e do couro,
E agora se arrepende, mas já é tarde demais.

Veja as mulheres infelizes que deixaram o tear,
A agulha e o fuso para se tornarem adivinhas,
E arruinaram a muitos, com suas ervas e imagens.[21]

Mas, por ora, vamos; Caim, com seus espinhos,[22]
Já se aproxima do limiar dos hemisférios
E já se agitam as marés lá em Sevilha.

A Lua, na noite passada, estava cheia;
Disso você deve muito bem se lembrar,
Pois, na selva escura, foi ela quem te acalentou."

Assim ele me falava, enquanto seguíamos em frente.

Notas

1. A quarta Bolgia, onde adivinhos de toda espécie são punidos. Seu pecado é procurar descobrir o que Deus fez em segredo. Dante considera o exercício desse poder como uma fraude à Providência, e também credita aos adeptos da magia negra a destruição de outros com seus feitiços (linha 123).

2. Aqueles que na Terra falavam demais estão agora condenados a ser mudos para sempre.

3. Uma vez que eles olharam para o futuro; agora eles não podem olhar para a frente.

4. Dante lembra ao leitor quantas vezes, desde o início da jornada, ele teve o seu futuro revelado.

5. *Anfiarau*: Um dos Sete Reis que sitiaram Tebas. Ele previu sua própria morte e procurou se esconder para evitá-la; mas sua esposa revelou seu esconderijo e ele foi forçado a participar do cerco. Enquanto ele lutava, um raio abriu um abismo na terra, no qual ele caiu.

6. *Tirésias*: Um adivinho e mago tebano, cuja mudança de sexo é descrita por Ovídio (*Metamorfoses* III.).

7. Aronta, um adivinho toscano, é apresentado por Lucano, profetizando grandes eventos que aconteceriam em Roma – a Guerra Civil e as vitórias de César. Seu refúgio era a cidade deserta de Luna, situada no Golfo de Spezia e sob as montanhas de Carrara (*Farsália* I. 586).

8. *Mantó*: Uma profetisa nativa de Tebas, a cidade de Baco, e filha de Tirésias. Aqui começa uma digressão sobre os primórdios da história de Mântua (atual cidade de Mantova, na Lombardia), a cidade natal de Virgílio (*Eneida* X. 199).

9. *Cidade de Baco*: Tebas.

10. *Benaco*: O antigo Lago Benaco, agora conhecido como Lago de Garda.

11. Uma das margens do rio fica na diocese de Trento, e a outra na diocese de Brescia, enquanto as águas do lago estão nos territórios de Verona. Os três Bispos, unidos nesse local, podem dar bênçãos às suas respectivas dioceses.

12. *Pescara*: Cidade onde o lago deságua no rio Mincio. Ainda hoje é uma grande fortaleza.

13. Não foi preciso consultar os presságios, como sempre acontecia quando se batizava uma cidade.

14. Na segunda metade do século XIII, Alberto Casalodi perdeu o senhorio de Mântua para Pinamonte Buonacolsi.

15. A paciência do leitor é certamente abusada por esta divagação de Virgílio, e o próprio Dante parece consciente de que é um tanto inoportuna.

16. Todos os gregos aptos a portar armas foram engajados na expedição troiana.

17. *Um áugure*: Eurípiles, mencionado na *Eneida* (II. 114-119), contratado pelos gregos para consultar o oráculo de Apolo a respeito de seu retorno à Grécia. Pelos auspícios, Calcas descobrira a que horas

deveriam zarpar para Troia (o momento de cortar as amarras das embarcações).

18 *Tragédia*: A *Eneida*. Dante define a comédia como sendo escrita em um estilo inferior ao da tragédia, tendo um início triste e um final feliz (*Epístola a Cangrande*, X). Ao chamar seu próprio poema épico de *Comédia*, ele, por assim dizer, desarma as críticas de sua época e considera-se inferior a Virgílio.

19 *Michael Scot*: cientista natural de Balwearie, na Escócia, familiar aos leitores ingleses através do *Lay of the Last Minstrel*. Ele floresceu no decorrer do século XIII e fez contribuições para a astrologia, alquimia e fisionomia. Ele atuou por algum tempo como astrólogo do imperador Frederico II, e a tradição de suas realizações afetou de forma poderosa a imaginação italiana por um século após sua morte. Foi lembrado que o terrível Frederico, depois de ser advertido por ele para tomar cuidado com Florença, morrera em um lugar chamado Firenzuola; e mais de uma cidade italiana o temia, por seus ditados sombrios a respeito dos seus destinos. A largura de sua cintura (*fianchi cosí poco*, "flancos magros") pode se referir a uma crença de que ele poderia se tornar invisível quando quisesse.

20 *Guido Bonatti*: Era florentino, ladrilhador de profissão. Expulso da sua cidade, refugiou-se em Forlì e tornou-se astrólogo de Guido de Montefeltro (*Inferno* XXVII).

Asdente: Um sapateiro de Parma, cujas profecias eram muito conhecidas (*Convívio*, Tratado IV, Capítulo XVI).

21 *Ervas e imagens*: Ferramentas das bruxas. Tudo o que era feito à imagem de cera era sofrido pela vítima da bruxa.

22 *Caim*: A Lua. A crença de que as manchas na Lua são causadas por Caim com um feixe de espinhos é mencionada em *Paraíso* II. 51. A Lua está agora se pondo na linha que divide o hemisfério norte (no qual eles se encontram) do hemisfério sul. De acordo com o esquema do mundo de Dante, os polos opostos dos dois hemisférios são, respectivamente, Jerusalém e o Monte do Purgatório; e Sevilha está a noventa graus de Jerusalém.

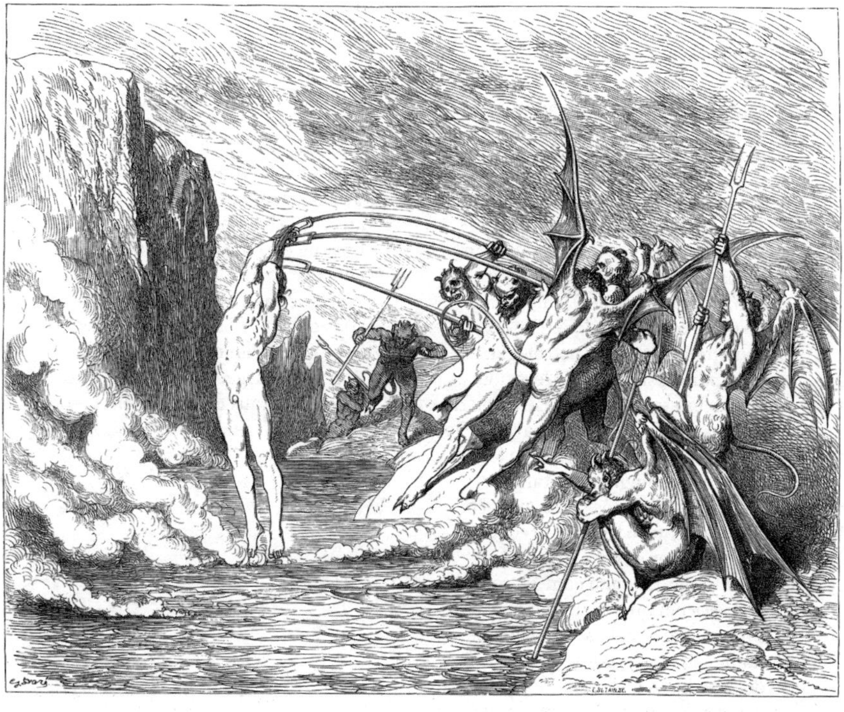

Canto XXI

OITAVO CÍRCULO: MALEBOLGE. QUINTA BOLGIA, OU MALEBRANCHE (CORRUPTOS)

Assim continuamos, de ponte em ponte,[1]
Conversando sobre alguns assuntos banais,
Que não convêm serem cantados em minha Comédia.

Quando atingimos o topo, nos detivemos para espiar
A próxima vala do Malebolge, fonte de lamentos sem fim.
Era mais escura que as outras, incrivelmente sombria,

Como o viscoso piche fervido no inverno
Pelos venezianos, em seu *Arsenale*,[2]
Para untar os seus navios enfermos.

10 Impedidos de navegar pelo frio rigoroso,
Alguns constroem novas quilhas para as suas naus;
Outros calafetam os cascos, já gastos por muitas viagens;

Alguns reparam a popa, outros a proa;
Alguns talham remos, outros trançam redes e cordas;
Um faz remendos na vela, e outro conserta a bujarrona.

Assim fervia naquela vala um breu espesso,
Não pelo fogo, mas por uma Arte Divina,
E todos os barrancos eram impregnados com esse sebo.

Eu vi o breu, mas não distinguia mais nada
20 Além das terríveis bolhas ferventes
Que constantemente surgiam, inchavam e estouravam.

Enquanto eu olhava fixamente para essa cena,
Meu Guia sobressaltou-se: "Cuidado, cuidado!"
E me arrancou bruscamente de onde eu estava.

E eu me voltei para ele, confuso,
Como aquele que tarda a perceber o perigo
E, em vez de se afastar, cheio de curiosidade,

Mesmo aterrorizado, continua a olhar.
De repente, atrás de nós, eu vi um demônio negro
30 Que avançava rapidamente sobre o penhasco.

Ah, quão feroz era o seu semblante!
Quanta crueldade transparecia em seus gestos.
Em suas asas abertas, e seus rápidos pés!

Sobre seus ombros, proeminentes e agudos,
Ele carregava um pecador, pendurado pelos quadris;
E, com suas mãos, ele o agarrava pelos tornozelos.[3]

Então, de nossa ponte, ele chamou: "Ei, Malebranche![4]
Trago um patife da cidade de Santa Zita![5]
Podem jogar para baixo; e logo voltarei com mais,

40 Pois aquela cidade está cheia de tais provisões.
Todos lá são corruptos, salvo o Bonturo,
E, por dinheiro, essa gente transforma um *não* em *sim*."[6]

Ele atirou o pecador na vala e, em seguida,
Disparou pelo penhasco; nunca vi um mastim correr
Com tal agilidade para perseguir um ladrão.

O pecador afundou, e logo emergiu coberto de piche;
Mas, debaixo da ponte, os tinhosos gritavam:
"Aqui não adianta imitar a Sagrada Face![7]

Aqui não se nada como na maré do Serchio![8]
50 Então, se não quiser sentir os nossos tridentes,
Não tente erguer a cabeça acima dessa vala."

Em seguida, ele foi espetado centenas de vezes.
"Sim, vá dançar lá embaixo", eles disseram,
"Onde se pode tramar e roubar às escondidas!"

Eram exatamente como os ajudantes de cozinha
Que são colocados para vigiar os caldeirões
E, com garfos, impedem que as carnes flutuem no caldo.

E o bom Mestre me disse: "Esconda-se,
Não deixe que eles vejam que você está aqui;
60   Abaixe-se, e fique atrás de uma rocha;

E, não importa o quanto eles me ofendam,
Não tenha medo, pois estou bem preparado,
E já tive que enfrentar antes esses fracassados."

Em seguida, ele foi além da coroa da ponte
E caminhou até a margem da sexta vala,
E ali postou-se, cheio de coragem.

Com o mesmo delírio enraivecido e louco
Dos cães que saltam sobre o mendigo,
Que para de repente, para pedir esmola ou comida,

70   Eles saíram de baixo da ponte e correram,
Armando todos os seus forcados contra o meu Guia;
Mas ele exclamou: "Para trás! Fiquem longe!

Antes que eu seja tocado pelos seus tridentes,
Que venha um de vocês, e ouça as minhas palavras;
E então decidam se eu devo ser agarrado."

Todos gritaram: "Então, que vá Malacoda!"
Um deles avançou, enquanto os outros ficaram.
E, aproximando-se, ele disse: "E no que isso vai adiantar?"

"Ó Malacoda, você pensa que eu vim até aqui",
80   Meu Mestre então respondeu,
"Desarmado contra seus obstáculos,

Sem um propósito, e sem a vontade de Deus ao meu lado?
Deixe-me avançar, por ordem do Céu,
Pois eu guio outro viajante nesta dura estrada."

Aquele espírito arrogante foi então derrotado.
E então, deixando o garfo cair a seus pés,
Ele ordenou a todo o resto: "Não toquem nele!"

Então meu Guia me falou: "Você, que está aí agachado,
Curvado entre as rochas estilhaçadas da ponte,
90   Pode se juntar a mim agora, em total segurança."

Não demorei para juntar-me a ele;
Então os demônios avançaram, chegando bem perto,
E eu temi que eles descumprissem a sua palavra.

Assim eu vi o medo dos soldados, em Caprona,[9]
Quando uma multidão de inimigos os recebeu,
Cercando-os pela frente e por trás, apesar de rendidos.

Eu estava todo aconchegado ao meu Guia.
E eu não perdia os capetas de vista;
Pois os seus olhares estavam longe de ser gentis.

100   Brandindo seus garfos, uns gritavam:
"Vamos espetar o traseiro dele?"
"Sim, vamos acertá-lo!", respondiam outros.

E então aquele demônio que se aproximara
E negociara com o meu Guia voltou-se para eles:
"Ei, Scarmiglione, pare! Largue a sua arma!"

E então disse para nós: "Não vale a pena
Seguir adiante neste penhasco,
Porque toda a sexta ponte está arruinada.

Mas, se ainda querem seguir em frente,
110   Sigam esta crista rochosa, ao longo da encosta
Até a próxima ponte, onde verão a passagem.[10]

Na noite anterior, cinco horas depois desta,
Completaram-se mil e duzentos e sessenta e seis anos
Desde que esse caminho se fez em ruínas.[11]

Envio com vocês alguns dos meus soldados,
Para ver se algum pecador espreita para respirar;
Continuem com eles; não lhes farão mal algum.

Avancem, Alichino[12] e Calcabrina",
Ele ordenou; "Cagnazzo, você também,
120 E Barbariccia, que vai liderar os dez;

Libicocco atrás, com Draghignazzo;
Ciriatto, o de grandes presas, e Graffiacane,
Farfarello e Rubicante, o louco.

Fiquem de olho nas almas do piche fervente.
E deixe estes irem a salvo, até que estejam na ponte
Que continua intacta sobre as cavernas."

"Ai, ai, meu Mestre! O que é isso que eu vejo?",
Disse eu. "Vamos em frente sem esta escolta.
Se você souber o caminho, não desejo outra companhia.

130 Se você ainda estiver atento como antes,
Não reparou como cada um range os dentes
E como erguem suas sobrancelhas, cheias de ameaças?"

E ele disse: "Não tenha medo em seu coração;
Deixe-os arreganhar os dentes e rosnar o quanto puderem;
Pois assim tratam os confinados nesses campos miseráveis."

Eles viraram à esquerda, e seguiram pela margem;
Então cada um deles mordeu a língua entre os dentes,
Como sinal para aquele que os conduzia à frente.

E ele respondeu, fazendo do seu ânus uma trombeta.

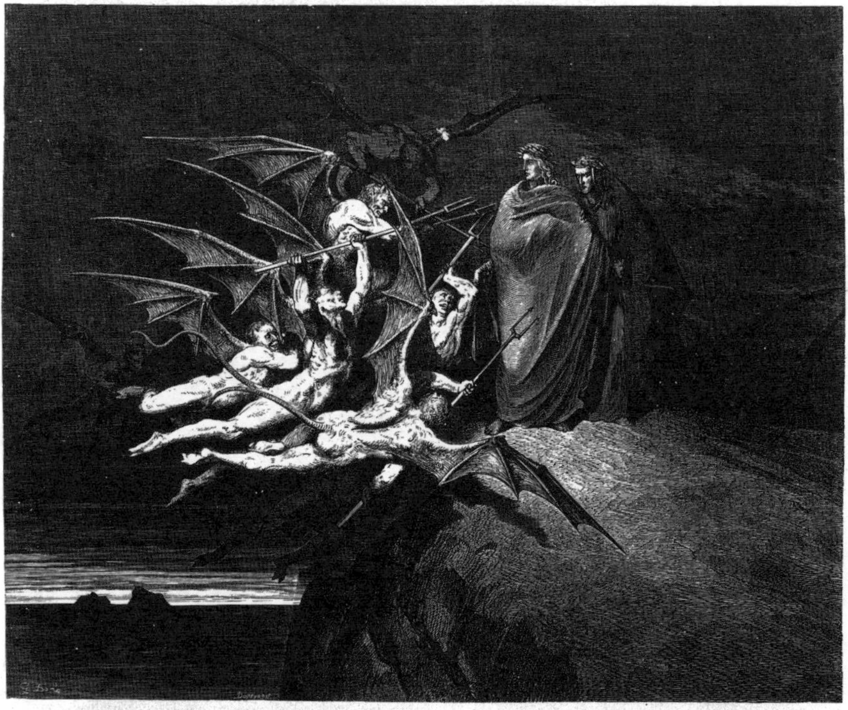

Notas

1. Eles cruzam a barreira que separa a Quarta da Quinta Bolgia, e seguem a ponte que atravessa a Quinta até chegarem ao topo dela. Podemos inferir que a conversa de Virgílio e Dante girou em torno da presciência do futuro.

2. Segue-se uma descrição pitoresca do antigo estaleiro *Arsenale*, em Veneza. Ao contrário da estátua do Tempo (*Inferno* XIV.), a Rainha do Adriático tinha o rosto voltado para o leste. Ela estava de costas e com os ouvidos fechados, como em uma orgulhosa indiferença ao barulho dos conflitos partidários que enchiam o resto da Itália.

3. Este é o único exemplo no *Inferno* da chegada de um pecador em seu lugar especial de punição. Ver *Inferno* V. 15.

4. *Malebranche*: significa Garras do Mal (nome da legião de demônios que comandam esta Bolgia).

5. *Cidade de Santa Zita*: Santa Zita era natural da cidade de Lucca e faleceu entre 1270 e 1280. Seu corpo milagroso ainda se conserva na igreja de São Frediano.

6. Os juízes venais, os que traficavam em escritórios e vendiam justiça, também são punidos nesta Bolgia. O maior de todos em Lucca era este Bonturo (a exceção no texto é irônica), que ainda vivia em 1300.

7. *O Rosto Sagrado*: Imagem em madeira de cedro, de obra bizantina, ainda preservada e venerada na catedral de Lucca.

8. *O Serchio*: O riacho que passa por Lucca.

9. *Em Caprona*: Dante fez parte da milícia montada enviada por Florença em 1289 para ajudar Luca contra os pisanos, e esteve presente na rendição da guarnição pisana do castelo de Caprona.

10. Malacoda informa que o arco de rocha que leva à Sexta Bolgia está em ruínas, mas que eles encontrarão uma ponte inteira se continuarem do lado esquerdo, ao longo do beiral rochoso do fosso de piche. Mas, como se verá adiante, ele está mentindo.

11. Esta é a passagem principal da *Comédia* para fixar a data da viagem. Já se passaram, de acordo com o texto, 1266 anos e um dia desde a crucificação. Em uma passagem do *Convívio* (Tratado IV, Capítulo XXIII), encontramos Dante dando suas razões para crer que Jesus, na data de Sua morte, tinha acabado de completar 34 anos. Isso nos leva à data de 1300 d.C. A hora presente é de cinco horas antes daquela em que ocorreu o terremoto, causado pela morte de Jesus. Dante sustenta (*Convívio*, op. cit.), segundo o relato de São Lucas, que a morte de Jesus ocorreu na hora sexta, isto é, ao meio-dia; portanto, agora no *Malebolge* são sete horas da manhã.

12. Os nomes dos demônios são todos descritivos, pelo seu significado literal em italiano:
Malacoda: cauda pequena, rabicho;
Scarmiglione: descabelado;

Calcabrina: pisador de neve;
Alichino: asas de arlequim;
Cagnazzo: focinho de cachorro;
Barbariccia: barba crespa;
Libicocco: união dos nomes dos ventos *libeccio* e *siroco*;
Draghignazzo: dragão;
Graffiacane: esfolador de cães;
Ciriatto: porcalhão, porco selvagem (javali);
Farfarello: orelhudo, duende;
Rubicante: vermelhão.

Canto XXII

OITAVO CÍRCULO: MALEBOLGE. QUINTA BOLGIA, OU MALEBRANCHE (CORRUPTOS): A ESCOLTA DOS DEZ DEMÔNIOS

Já vi cavaleiros em marcha pelo campo,
Preparando o ataque, organizando-se em fileiras
E, às vezes, em fuga, cedendo seu terreno;

Eu vi saqueadores em sua terra, ó Aretinos![1]
E batedores, e cães de guerra enviados em incursão,
Com trombetas e sinos para soar o comando;[2]

Já vi justas disputadas e torneios acirrados,
Com tambores, e bandeiras no alto dos castelos,
Em terras estrangeiras, e também em nossas terras.

10 Mas nunca pelo toque de tamanha trombeta
Eu tinha visto cavaleiros ou infantes marcharem,
Nem navio assim guiado, seja por sinal ou estrela.

E assim andávamos com aqueles dez demônios.
Ah, que companhia cruel! Mas, como se costuma dizer:
"Com os bons na igreja, com os bêbados na taverna."

Minha atenção ainda estava totalmente voltada
Para ver aqueles que estavam na Bolgia,
E quem estava mergulhado naquele piche ardente.

Assim como golfinhos fazem sinal aos marinheiros
20 Saltando com as suas costas arqueadas,
Avisando que a tempestade está a caminho;

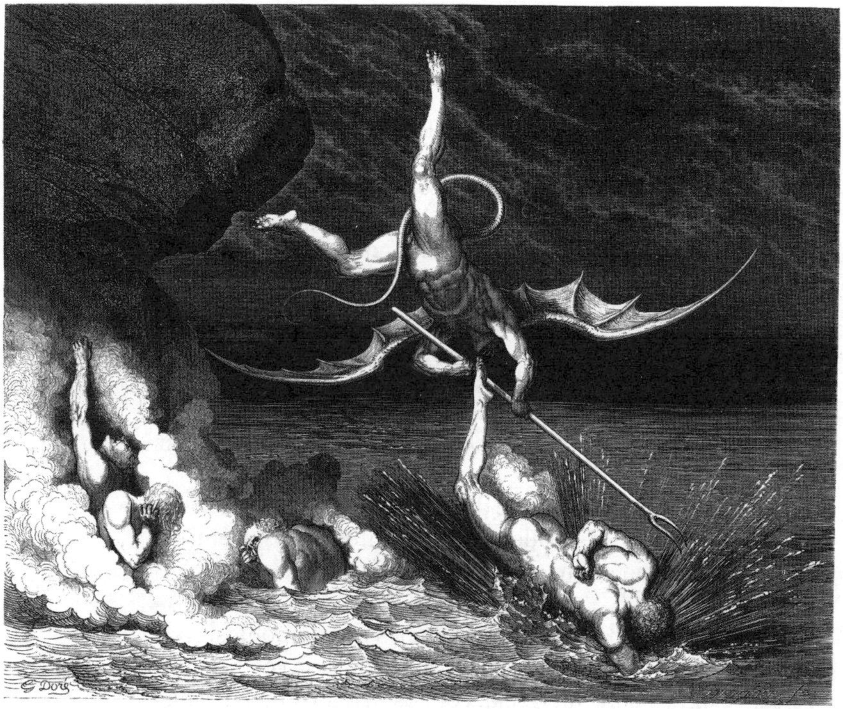

Aqui, de tempos em tempos, para aliviar seu tormento,
Algum desgraçado emergia acima da superfície
E mergulhava, mais rápido do que os relâmpagos no ar.

E como as rãs ficam à beira do pântano
Com os focinhos projetados para fora da água,
Enquanto as patas e o resto do corpo se escondem;

Assim padeciam os pecadores, por toda parte.
Mas, ao verem que Barbariccia se aproximava,
30 Os infelizes desapareciam sob as bolhas.

Então eu vi – e meu coração ainda estremece –
Um dos miseráveis se atrasar, como às vezes acontece
Quando uma rã fica para trás, e as outras mergulham;

E Graffiacane, que estava mais perto dele,
Fisgou com o tridente seu cabelo cheio de piche
E puxou-o para cima, como quem pesca uma lontra.

E eu agora sabia os nomes de todos aqueles nojentos,
Pois eu prestava atenção em suas conversas,
E como eles chamavam e apelidavam um ao outro.

40 "Vai, Rubicante, finca nele as unhas!
Vai para cima dele, esfola a carne dele!"
Gritavam todos juntos aqueles malditos.

Eu disse: "Ó Mestre, se para você for possível,
Descubra quem é a criatura miserável
Que está assim, à mercê de nossos inimigos."

Então, meu Guia se aproximou daquele pecador,
Perguntando de onde ele viera. E ele respondeu:
"Eu vi a luz pela primeira vez no reino de Navarra.[3]

Minha mãe me colocou a serviço de um nobre;
50 Ela, que me gerou um pai canalha,
Destruidor de si mesmo e de seus bens.

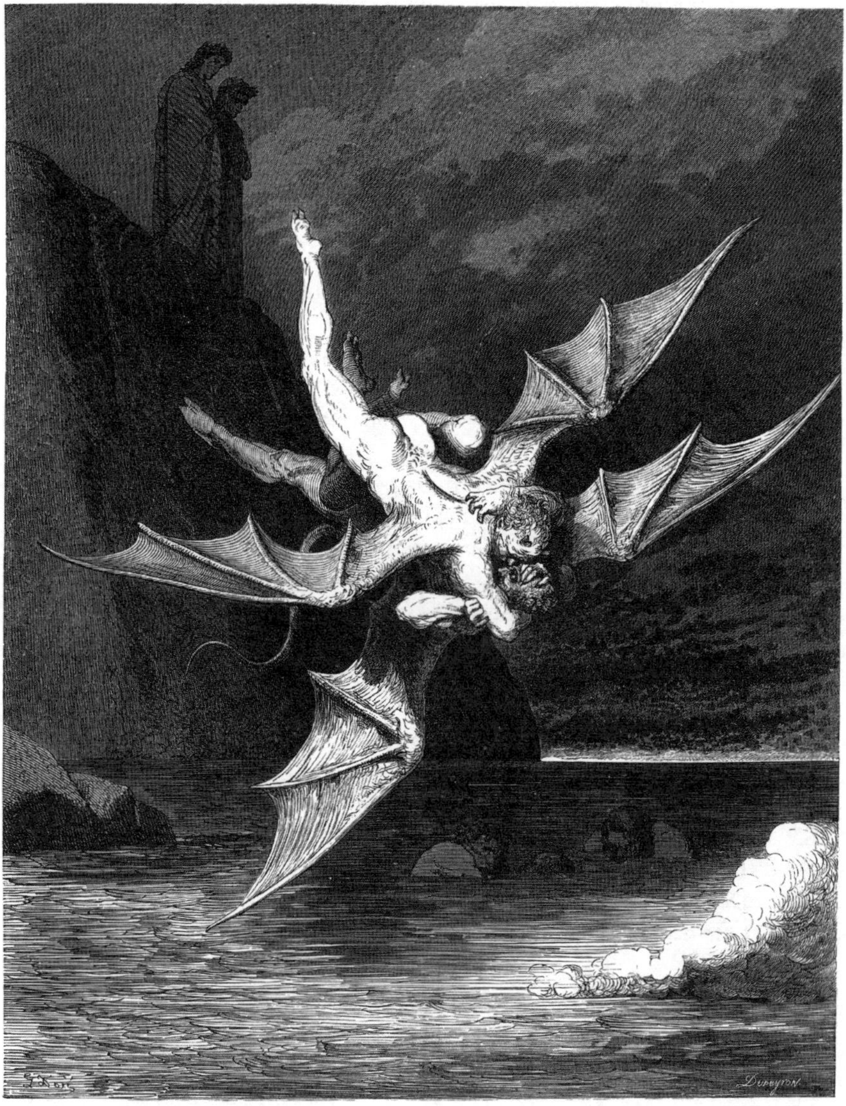

Pois bem, eu servia na casa do justo rei Teobaldo,
Quando comecei a exercer a trapaça;
E, neste caldeirão, agora acerto as minhas contas."

Então Ciriatto, de cuja boca saíam
Duas presas, semelhantes às de um javali,
Rasgou com uma delas a pele do pobre infeliz.

Entre maus gatos tinha caído o rato;
Mas Barbariccia o agarrou para si,
E disse: "Fiquem longe, enquanto eu o enforco!"

E, voltando-se para o meu Mestre, ele disse:
"Pergunte algo mais a ele, se quiser saber mais,
Antes que um dos outros o despedace."

Meu Guia perguntou: "Diga-me: entre os outros réus
Que jazem submersos nesse breu,
Há alguém que seja italiano?" Ele respondeu:

"Agora há pouco, eu estava com um que vivia por lá.[4]
E, se eu ainda pudesse usá-lo como escudo,
Eu não temeria os forcados, e nem as garras."

E disse Libicocco: "Já fomos pacientes demais!"
E cravou seu tridente no braço do pecador,
E dele tirou um bom pedaço de carne.

Mas Draghignazzo também queria agarrá-lo
E mirava nas pernas dele; mas o capitão dos Dez
Virou-se rapidamente para ele, com um olhar furioso.

Nisso eles se aquietaram um pouco; então,
Enquanto o pecador olhava para suas feridas,
Meu Guia, sem demora, perguntou novamente:

"Quem era aquele que estava ao seu lado
E que você fez mal em deixar para trás, e vir à tona?"
"Era o Frei Gomita",[5] ele respondeu,

"Lá de Gallura, um navio cheio de fraudes de todo tipo;
Ele tinha nas mãos os inimigos de seu mestre,
Mas os tratava como aliados, e agradava a todos;

Ele aceitava subornos, e libertava a todos da prisão,
Como ele mesmo diz; e, em outros assuntos,
Ele era um soberano, era o rei dos vigaristas.

Também está com ele Dom Michel Zanche,[6]
De Logodoro; e, em um falatório interminável,
90 Eles tagarelam sobre personagens da Sardenha.

Ah, veja como esse diabo aqui range os dentes!
Se eu não tivesse medo, eu falaria mais!
Mas ele está prestes a me arrancar a pele."

E o capitão virou a cabeça para Farfarello,
Que, louco para atacar, revirava os olhos:
"Falcão amaldiçoado, fique longe!", ele disse.

"Se você quiser ouvir, ou ver mais de perto",
O pecador apavorado voltou a dizer,
"Toscanos ou lombardos, posso trazer mais alguns.

100 Mas mantenha o Malebranche longe de mim,
Onde eu não sinta mais medo de sua vingança.
E, neste mesmo lugar, onde agora estou

E onde sou apenas um, trarei outros sete.
Basta assobiar, como costumamos fazer
Sempre que aparecemos na superfície."

Nisso, Cagnazzo ergueu seu focinho,
Balançou a cabeça e disse: "Ouçam só a trapaça
Que ele planeja, para mergulhar de volta!"

Então aquele pecador, que era rico em artifícios,
110 Respondeu: "Com certeza, muito malicioso eu sou;
Pois planejo um destino pior para os meus amigos."

Nessa hora, Alichino não resistiu
E fez um desafio,[7] dizendo: "Se você mergulhar,
Então eu não vou correr atrás de você,

Mas sobre o breu baterei as minhas asas.
Nós o deixaremos ir, e a margem será nosso escudo;
E veremos se você consegue superar a todos nós."

Ó leitor, aprenda agora sobre um novo esporte.
Todos caminharam para o outro lado,
120 Sendo o primeiro o mais hesitante.[8]

O navarro, na hora certa, fez uma escolha sábia:
Tomando uma posição firme, em um piscar de olhos,
Ele saltou, libertando-se do comandante.

Então, cada um deles ficou picado de remorsos;
Mas aquele ficou mais,[9] pois seu descuido os fez falhar;
Desnorteado, ele começou a gritar: "Eu te pego!"

Mas nada conseguiu, nem pôde prevalecer,
Pois suas asas não puderam alcançar o prisioneiro.
O pecador afundou, e ele alçou voo, inflando o peito,

130 Como um falcão, quando, em sua descida,
Perde de vista, de repente, o pato selvagem
E retorna aos ares, frustrado e descontente.

Ter sido enganado enchia Calcabrina de rancor.
Ele também seguia pairando, com o desejo secreto
De que o desgraçado escapasse, para poder agarrá-lo.

Quando o trapaceiro desapareceu, finalmente,
Ele avançou sobre Alichino e cravou-lhe as unhas,
E os dois pairaram sobre o fosso, entrelaçados.

O outro, por sua vez, como um terrível falcão
140 Também feriu-o com suas garras; juntos, então,
Os dois se precipitaram na lagoa fervente.

O calor do poço separou seus abraços ferozes;
Mesmo assim, eles não tinham forças para sair,
Pois suas asas estavam engessadas de piche.

Em seguida, Barbariccia, lamentando com os outros,
Fez com que quatro deles voassem para o outro lado,
Com todos os seus tridentes. O voo deles foi rápido.

E de um lado e de outro tomaram seus postos,
Alcançando com seus garfos aqueles dois, já empanados,
De tanto que tinham sido cozidos sob a escória.

E nós os deixamos assim, ocupados com aquela bagunça.

Notas

1. *Aretinos*: os habitantes de Arezzo. Dante participou na campanha de 1289 contra Arezzo, durante a qual se travou a batalha de Campaldino. Dante tinha então vinte e três anos de idade.

2. O uso do sino para música marcial era comum na Itália no século XIII. O grande sino de guerra dos florentinos era carregado com eles para o campo.

3. Este pecador é Ciampolo (João Paulo) de Navarra. Nada se sabe sobre este personagem, exceto o que Dante nos diz no texto: ele prestava serviço na corte do Rei Teobaldo II de Navarra, de quem ele desviou dinheiro. O próprio nome Ciampolo também não aparece no texto, mas é atribuído ao personagem por antigos comentaristas.

4. O pecador prolonga a sua resposta para "enrolar" seus algozes.

5. *Gomita de Gallura*: Frei Gomita era muito favorável a Nino Visconti (*Purgatório* VIII. 53), o senhor de Gallura, uma das províncias em que a Sardenha foi dividida pelos pisanos. Por fim, depois de suportá-lo por muito tempo, Nino enforcou Gomita por libertar prisioneiros em troca de suborno.

6. *Dom Michel Zanche*: senescal de Enzo, rei da Sardenha. Durante a longa prisão do rei Enzo, Michel Zanche usurpou o governo da província de Logodoro (uma das quatro províncias da Sardenha, que era governada pela família de Adelasia, esposa do rei). Zanche era sogro de Branca d'Oria, que o assassinou de forma traiçoeira em 1275 (*Inferno* XXXIII. 137).

7. Alichino, confiante nas suas próprias forças, está disposto a arriscar uma aposta com o pecador. Os outros demônios não concordam, pois mais vale um pássaro na mão do que dois voando.

8. *O primeiro*: Cagnazzo. Ver a linha 106.

9. *Aquele*: Alichino, que confiava demais em sua agilidade e achava que era o mais esperto do bando.

Canto XXIII

OITAVO CÍRCULO: MALEBOLGE. SEXTA BOLGIA (HIPÓCRITAS)

Silenciosos, sozinhos, agora sem companhia
Seguimos andando, um na frente e outro atrás,
Como os Frades menores fazem o seu caminho.[1]

E veio à minha mente uma fábula de Esopo[2]
Enquanto eu pensava na recente luta:
A fábula onde ele contava sobre a rã e o rato.

Porque *Mo* e *Issa*[3] não se parecem tanto
Como se parecem a fábula e esse incidente,
Se considerarmos com a devida atenção.

10 E, como a partir de um pensamento surge o próximo,
Do meu primeiro surgiu outro pensamento,
O que, dentro de mim, fez o meu medo redobrar.

Pois eu julgava: "Por nossa causa, foram humilhados
E isso lhes infligiu tanto desprezo, e tantas feridas,
Que, tenho certeza, foi um vexame profundo.

Se a ira se unir à sua maleficência,
Então eles nos perseguirão cruelmente
Mais do que o cão, quando crava os dentes na lebre."

Meu cabelo estava todo arrepiado de medo,
20 E eu olhava para trás, muito atento,
Quando disse: "Ó Mestre, que tal nos escondermos,

Eu e você, e rápido? Eles me aterrorizam,
Esses Malebranche. Eles nos seguem;
Não só imagino, eu já posso senti-los por perto."

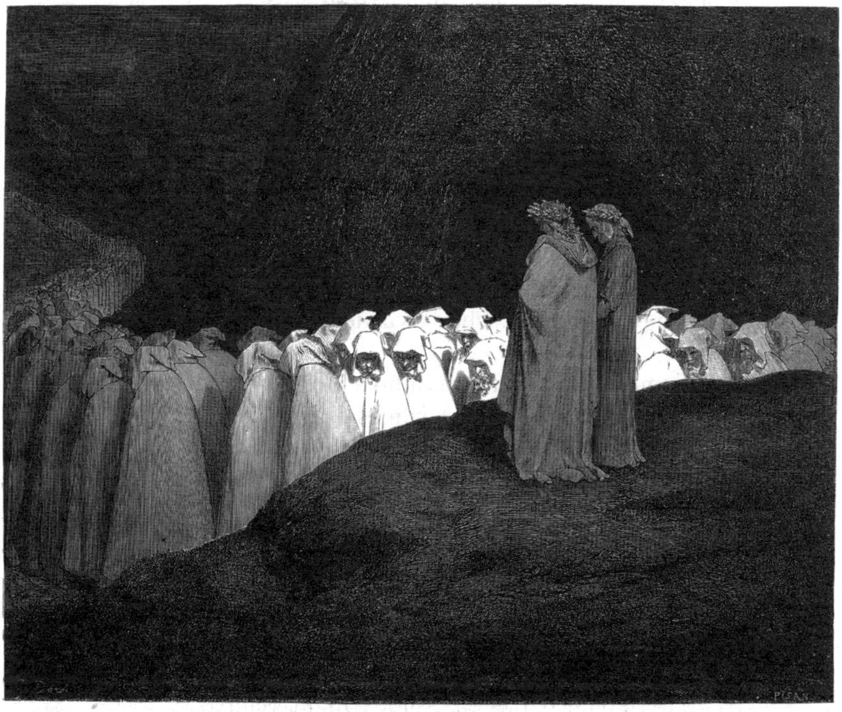
PISAN.

E ele disse: "Se eu fosse um espelho de chumbo
Eu não teria imagem mais verdadeira do que essa
Que seu pensamento reflete sobre o meu.

Pois os seus pensamentos são como os meus,
Iguais em aspecto, e com a mesma face,
30   E agora se unem para sugerir um conselho.

Se a margem direita se inclinar para baixo,
Em direção à próxima Bolgia,[4] abrindo um caminho,
Evitaremos assim a imaginada perseguição."

Ele mal tinha acabado de me relatar seu plano,
Quando os vi, com suas asas bem estendidas,
Em cima de nós, para nos apanhar como presa.

Então, rapidamente fui agarrado pelo meu Guia:
Assim como uma mãe que é acordada por um rumor
E avista o crepitar das chamas ardentes.

40   Sem demora, ela agarra seu filho e foge;
Ela o protege mais do que a si mesma,
E com ele se ocupa, mal lembrando de se vestir.

Ele deslizava de costas sobre as rochas pedregosas,
E assim seguíamos, em direção ao precipício
Que contorna pelos dois lados a sexta Bolgia.

Nenhum curso de riacho já correu tão rápido
Para mover as rodas de um moinho,
Nem mesmo perto das pás, onde é maior o fluxo,

Assim como o meu Mestre, na face daquela rocha,
50   Enquanto me apertava em seu peito
Como se fosse um filho, e não um companheiro.

E, mal ele bateu os pés na superfície da fossa,
Vimos os demônios em pé, sobre a crista;
Mas não havia mais nada a temer,

Pois a Divina Providência, que assim planejou,
Os nomeou como monstros da Quinta Bolgia,
E eles eram totalmente proibidos de sair de lá.

Abaixo de nós, encontramos um povo mais colorido,
Que se movia com passos lentos, em círculos,
60 Chorando, esmagados de cansaço e desespero.

Vestiam capas, com os capuzes puxados para baixo
Cobrindo seus olhos, com aquele mesmo corte
Das roupas feitas para os monges de Colônia.⁵

A face externa era dourada, de modo que brilhava;
Mas por dentro eram de chumbo, com tamanho peso
Que o suplício de Frederico⁶ seria mais leve.

Ó pesadas vestes, carregadas por toda a eternidade!
E, junto com eles, viramos à esquerda, mais uma vez,
Consternados e desconsolados com suas lágrimas.

70 E essas pessoas, pesadas com suas cargas,
Se esgueiravam pelo vale de forma tão lenta
Que tínhamos nova companhia, a cada passo.

Então eu disse ao meu Guia: "Vamos tentar encontrar
Alguém cujo nome ou ação eu reconheça;
Enquanto avançamos, vamos procurar com os olhos."

E um deles, reconhecendo o sotaque toscano,
Disse atrás de nós: "Parem, eu imploro,
Vocês que tanto se apressam neste ar obscuro!

Com sorte, você encontrará em mim o que procura."
80 E então o meu Guia se voltou e disse a mim:
"Espere, e mantenha seu ritmo com os passos dele."

Eu parei, e vi dois que manifestavam grande desejo
De se juntar a mim, pelo que vi em seu semblante;
Mas suas cargas os atrapalhavam, e a passagem era estreita.

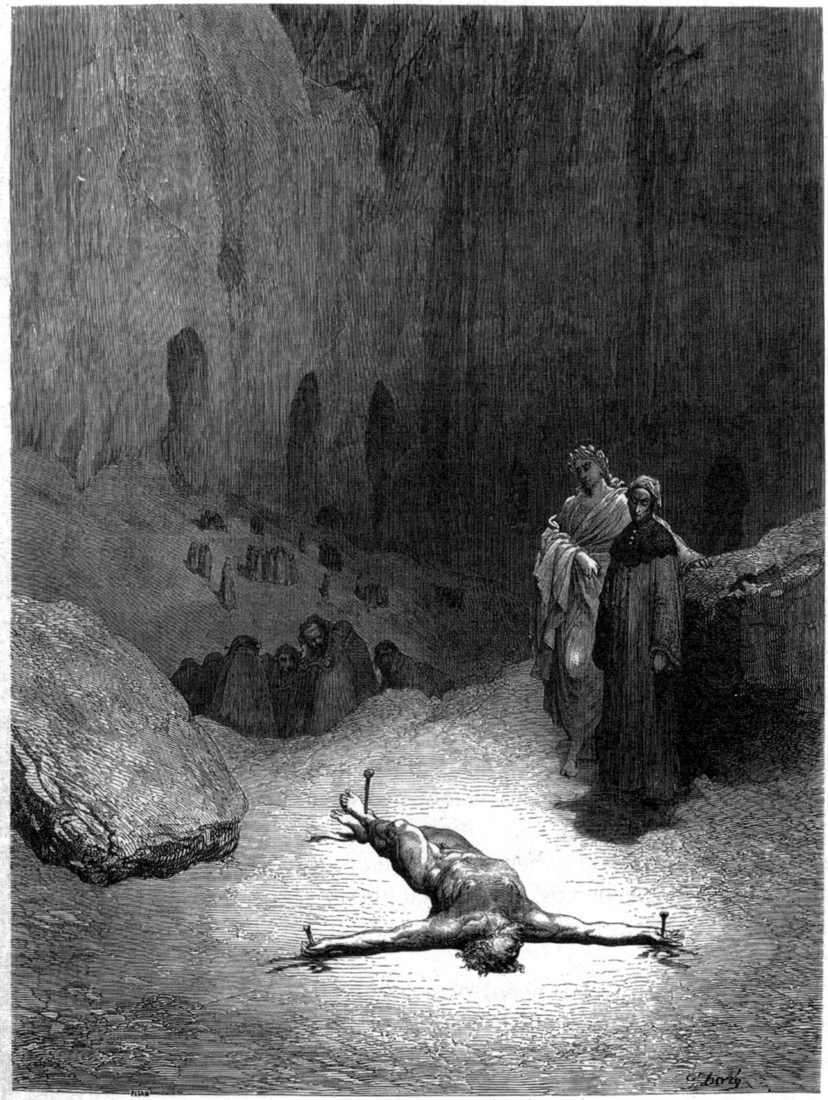
G. Doré

E, quando se aproximaram, com um olhar de soslaio,[7]
Olharam-me por longo tempo, mas não proferiram palavra;
Até que eles se voltaram um para o outro, dizendo:

"Sua garganta ofegante[8] exala o alento dos vivos.
Mas, se estivessem entre os mortos, como poderiam
90 Estar descobertos, sem este manto pesado?"

Então disseram para mim: "Toscano, que agora alcança
O colégio dos desamparados hipócritas,
Não demonstre desdém, e diga-nos quem você é."

E eu disse para eles: "Eu fui criado e nasci
Na grande cidade perto do riacho de Arno,
E aqui uso o mesmo corpo que sempre tive.

Mas quem são vocês, cujo sofrimento supremo
Faz tantas lágrimas, como eu vejo, inundarem a face?
E qual é a sua forma de tortura, que tanto brilha?"

100 "Ah, os mantos dourados!", um começou a falar,
"São todos de chumbo tão grosso, que seu peso
Faz-nos gemer, como a balança que range.

Nós éramos Frades Gaudentes, de Bolonha.[9]
Eu era Catalano, e ele Loderingo,
E fomos designados junto à sua cidade,

Juntos, como sempre costumávamos andar,
Para manter a paz naquele reino;
E em Gardingo[10] ainda somos lembrados."

E eu comecei: "Ó frades, os seus erros...",
110 Mas não disse mais nada, ao ver de repente
Um homem crucificado sobre três estacas no chão.

Quando me viu, ele se contorceu em desespero,
Exalando através de sua barba um pesado suspiro.
E, ciente disso, Frei Catalano me disse:

"Este que está aí pregado, em quem você põe os olhos,
Aconselhou aos fariseus que convinha à turba
Que um Homem deveria morrer como vítima.[11]

Nu ele jaz, como vês, ao longo do caminho,
E é mister que ele sinta todo o peso
120 De cada um que passe por cima dele.

E o seu sogro compartilha igual destino
Nesta vala, junto com outros do Conselho
Que, entre os judeus, semeou tão má semente."

Então eu vi Virgílio mostrar espanto[12]
Sobre aquele que estava estendido na cruz,
Tão vil era o seu castigo e danação eterna.

E, então, ele fez esta pergunta aos frades:
"Se isso não os desagradar, e se puderem, digam-me:
Por acaso há alguma passagem do lado direito

130 Pela qual nós dois possamos partir daqui,
Sem precisarmos da companhia dos anjos negros
Para virem nos ajudar neste vale tão fundo?"

"Mais perto do que você pensa", ele respondeu,
"Há uma ponte rochosa que sai da parede circundante,
Onde, por sua vez, todos os vales cruéis se unem em arco;

Mas, salvo por uma fenda, está tudo arruinado.
Vocês podem escalar o monte de ruínas
Por onde caem os fragmentos empilhados."

Meu Guia manteve sua cabeça baixa por um tempo,
140 E então disse: "Aquele que pesca com seu tridente
Nos indicou a ir pelo caminho errado."[13]

O frade respondeu: "Em Bolonha, certa vez eu ouvi
Sobre os muitos vícios atribuídos ao Diabo;
Entre eles o de ser falso, e de ser o pai das mentiras."

Então meu Guia começou a dar passos longos,
Um tanto perturbado, com ira em seu semblante.
E com ele me separei daquela multidão sobrecarregada,

Seguindo o rastro que deixavam aqueles queridos pés.

Notas

1. *Frades menores*: Nos primeiros anos da sua ordem, os franciscanos andavam aos pares – não lado a lado, mas um atrás do outro.

2. *Fábula de Esopo*: Esta fábula, atribuída a Esopo, conta como um sapo atraiu um rato para um lago e como ambos foram devorados por um peixe.

3. *Mo e Issa*: Duas palavras para *agora*.

4. A Sexta Bolgia. Eles estão agora no topo do cume circular que a separa da Quinta.

5. *Colônia*: também conhecido como Clugny, um grande mosteiro beneditino.

6. O imperador Frederico II, que se dizia na época ter enviado pessoas à fogueira envoltas em lençóis de chumbo.

7. Eles não podem virar a cabeça.

8. No Purgatório, Dante é conhecido como mortal por lançar uma sombra. Aqui ele é conhecido por ser de carne e osso pelo seu peso e pelo ato da respiração.

9. *Frades Gaudentes*: Cavaleiros da Ordem de Santa Maria, instituída por Urbano IV em 1261. Homens casados podem, sob certas condições, entrar nesta Ordem. Os membros deviam manter-se distantes dos cargos públicos, devotando-se à defesa dos fracos e à promoção da justiça e da religião. Os dois cavaleiros monacais do texto foram trazidos em 1266 para Florença como *Podestà* (magistrados-chefes) indicados pelo próprio Papa. Não há certeza quanto ao papel que desempenharam em Florença, mas com certeza eles enriqueceram.

10. *Gardingo*: bairro de Florença, no qual muitos palácios foram destruídos na época do podestado dos dois Frades.

11. Segundo *João* XI. 50, Caifás e Anás, junto com os escribas e fariseus que perseguiram Jesus até a morte, são os hipócritas mais vis que já existiram. Eles jazem nus no caminho, sem o peso do manto de chumbo, e devem sentir com intensidade o peso do castigo de todos os hipócritas do mundo.

12. Na jornada anterior de Virgílio pelo *Inferno*, antes da crucificação de Cristo, Caifás e os outros fariseus ainda não estavam lá.

13. Malacoda indicou a eles o caminho errado (*Inferno* XXI. 109). A ponte que ele indicou foi estilhaçada pelo terremoto da Crucificação, no local onde cruzava este golfo dos hipócritas. O terremoto tem muito a ver com esta Bolgia, porque a morte de Cristo foi causada pela hipocrisia de Caifás e dos demais.

Canto XXIV

OITAVO CÍRCULO: MALEBOLGE. SÉTIMA BOLGIA (LADRÕES)

Na época do ano novo, quando o Sol dourado
Aquece seus cabelos uma vez mais sob Aquário[1]
E as noites ficam mais curtas, igualando os dias;

E quando no chão a geada é clara
Imitando a imagem de sua irmã branca,
Mas logo sua forte nuance esmaece;

O pastor, cuja forragem havia se esgotado,
Se levanta, olha para os campos, e vê a planície
Toda brilhante de brancura, e se desespera.

10 De volta para casa, em vão o pobre coitado
Não sabe o que fazer, e inquieto continua a lamentar;
Porém, renasce a esperança quando, mais tarde,

Ele vê que a terra mudou de aspecto.
Então, ele apanha logo o seu cajado
E apressa seu rebanho de ovelhas para pastar.

Assim, fiquei apavorado por meu Mestre,
Quando vi seu semblante tão preocupado;
Mas logo a ferida sarou, ali onde eu adoecera.[2]

Pois, quando chegamos à ponte quebrada,[3]
20 Meu Guia se voltou com a mesma expressão doce
Que eu tinha visto antes, ao pé da montanha.

Após ter pensado consigo mesmo
E examinado cuidadosamente as ruínas,
Ele abriu seus braços, e me ergueu;

E então me mostrou outro fragmento,
Dizendo: "Agora você deve subir nisso aqui;
30 Mas experimente primeiro, para ver se suporta seu peso."

Os pesados encapuzados nunca iriam por ali,
E mesmo nós – ele, leve, e eu tão pesado –
Escalávamos com dificuldade, de pedra em pedra.

E se, na altura da margem interna,
As paredes não fossem tão altas, não digo o Mestre,
Mas eu mesmo, com certeza, teria ali perecido.

Pois Malebolge foi projetada para descer
Até a cavidade do poço central mais profundo.
Portanto, cada Bolgia, por sua vez,

40 É mais alta no exterior, e mais baixa no interior.[4]
Então, por fim alcançamos o ponto mais alto,
De onde rompe a pedra mais alta de todas.

Meus pulmões estavam tão exaustos e sem ar,
Que, chegando ao cume, não consegui ir mais longe;
E, mal eu tinha chegado, sentei-me no chão.

"Convém que você deixe de lado toda preguiça",
Disse o Mestre; "Pois, sentado sobre as plumas
Ou sob os toldos, ninguém pode conhecer a glória.

E quem passa a vida sem glória
50 Não deixa no mundo nenhum vestígio duradouro,
Como a fumaça no ar, ou a espuma na água.

Portanto, levante-se; e supere a falta de ar
Pela força de vontade com que se vencem todas as lutas,
E não se deixe vencer pela fadiga do corpo.

Você ainda subirá um monte maior do que este;[5]
Não basta ter chegado até aqui.
Se pode me ouvir bem, então siga o meu conselho."

Levantando-me, eu inflei meus pulmões
E disse: "Vamos em frente, nessa via penosa,
60 Pois com coragem minha força agora se renova."

Acima da encosta rochosa, seguimos nosso caminho
Que era muito duro, difícil e estreito,
E muito mais íngreme do que o anterior.

Eu falava, para esconder meu estado de cansaço,
Quando ouvimos vozes na vala próxima,
Em palavras articuladas com dificuldade.

Eu não entendia uma palavra do que era dito,
Embora eu estivesse no arco mais elevado do fosso;
Pois aqueles que falavam pareciam estar com raiva.

70 Eu me inclinei para baixo, com os olhos vivos,
Mas foi em vão, tão obscura era a profundidade.
Eu então disse: "Ó Mestre, vamos para o outro lado?

Vamos descer a ponte, para ver mais de perto?
Porque eu ouço sons que não entendo,
E, olhando para baixo, não consigo distinguir nada."

"Minha única resposta a você", ele respondeu,
"É seguirmos em frente, em silêncio,
Pois convém responder à tua demanda."

Em seguida, descemos da cabeça da ponte,[6]
80 Onde é feita sua junção com a oitava margem;
E, abaixo de mim, abria-se a amplitude da Bolgia.

Eu logo percebi o quanto era horrível;
Era um mar de serpentes e formas monstruosas,
E meu sangue ainda gela, diante dessa lembrança.

Que a Líbia não se vanglorie mais de suas areias!
Embora ela procrie a hidra, os jáculos,
As cobras que voam, as víboras de duas cabeças,

Ela não tem pragas nem perto de tão cruéis,
Mesmo unida a todas as terras da Etiópia
E às que ficam perto das águas do Mar Vermelho.

No meio desse pântano triste e deprimente,
Um multidão de almas nuas corria, aterrorizada
Sem esperança, nem refúgio, nem heliotrópio.[7]

Suas mãos eram atadas às costas por serpentes[8]
Que desciam por seus rins, como caudas;
E, em suas cabeças, outras tantas se enroscavam.

E eis que, sobre uma alma que estava ao nosso lado,
Uma serpente disparou, e atravessou sua cabeça
Até o lugar onde o pescoço se une aos ombros.

Nunca um *O* ou um *I* foram escritos mais rápido
Do que o incêndio que consumiu aquele condenado;
Ele explodiu em chamas, e foi todo desfeito em cinzas.

Ele se tornou uma pilha de restos sobre a terra,
Mas as cinzas se reuniram novamente,
Retomando de forma repentina a sua antiga forma.

Assim como nos contam os poderosos sábios,
A Fênix[9] morre e nasce de novo,
Quando completa cinco séculos de idade.

Em toda a sua vida não come erva nem grão,
Apenas lágrimas que brotam do incenso;
E sua mortalha é feita do mais doce nardo e mirra.

E como o homem que, sem saber como,
Cai estendido no chão, por forças demoníacas
Ou por convulsões que lhe tolhem a vida,

Quando se levanta, exausto e assustado,
Perplexo por causa da angústia que sofreu,
E olha em torno com suspiros profundos:

Assim estava o pecador, quando ressurgiu.
Ó, quão severa é a Justiça de Deus!
120 Quantos golpes desfere, ao se banhar em vingança!

Meu Guia então perguntou quem ele era.
E ele respondeu: "Da Toscana eu fui precipitado,
Não muito tempo atrás, para esta garganta cruel.

Mas, nesta vida bestial, consigo encontrar alegria,
A mesma besta que eu fui em vida, aqui também sou:
Vanni Fucci,[10] a fera! E o covil que me criou foi Pistoia."

Eu pedi ao meu Guia: "Diga a ele que não se mova,
E pergunte a ele quais crimes o lançaram aqui embaixo,
Pois eu o conheci como um homem de sangue e ira."

130 O pecador ouviu, e nem tentou disfarçar,
Mas voltou seu rosto em minha direção, e me encarou;
Suas feições brilharam com uma vergonha rancorosa,

Então disse: "Dói-me mais que você me encontre
Mergulhado em toda essa miséria que você vê,
Do que quando eu deixei para trás a outra vida.

Não posso negar aquilo que você exige:
Estou neste poço fundo porque banquei o ladrão[11]
E roubei os belos ornamentos da sacristia,

E outro foi falsamente acusado.
140 Mas, para que tal visão não te dê alegria,[12]
Se você conseguir sair dessas regiões sombrias,

Abra seus ouvidos às minhas palavras e ouça:
Os Negros serão expulsos de Pistoia,
E Florença renovará seus homens e suas leis.

Marte envolverá em vapor o vale de Magra,
Com muitas nuvens negras e ameaçadoras;
Explodirá, em seguida, em uma tempestade terrível.

A guerra se intensificará no campo de Piceno;
Até que, de repente, se dissipe a névoa branca,
150 E todos os Brancos serão aniquilados.¹³

E eu digo tudo isso para que possas sofrer!"

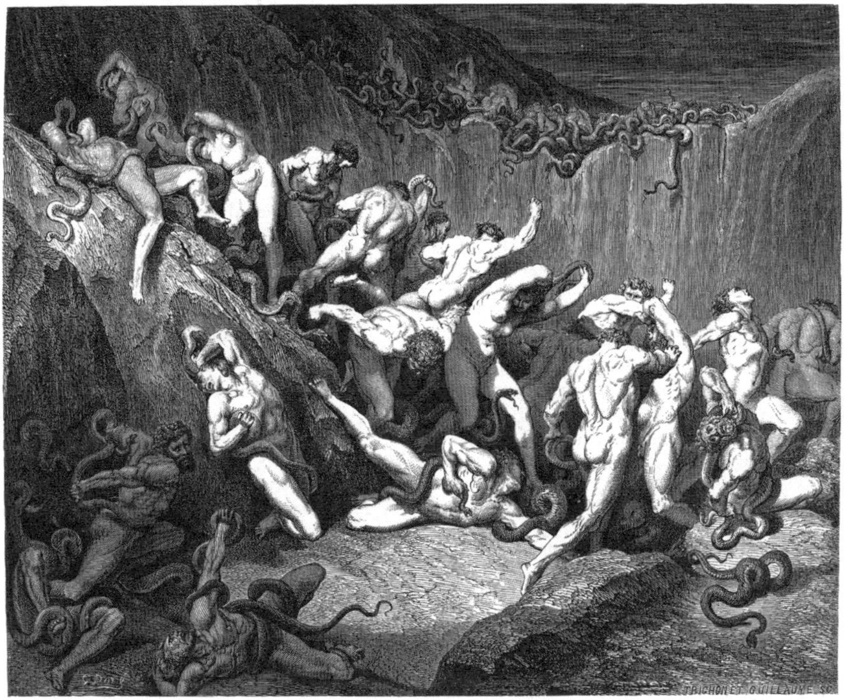
TRICHON ET GUILLAUME SC

Notas

1 *Aquário*: O sol está na constelação de Aquário desde o final de janeiro até o final de fevereiro; e, em meados de fevereiro, o dia é quase tão longo quanto a noite.

2 O sorriso do mestre é reconfortante para Dante, assim como o espetáculo da terra verde para o pastor desesperado.

3 Eles estão a ponto de escapar do fundo da Sexta Bolgia, escalando o muro que os separa da Sétima, no ponto que Frei Catalano lhes designou (*Inferno* XXIII. 133).

4 Nas linhas 37 a 40, Dante esclarece que o espaço das Bolgias vai se afunilando, à medida que ele e Virgílio vão descendo em direção ao fundo. Também é assim na passagem de um Círculo para outro, visto que o *Inferno* é uma enorme cratera no formato de um cone invertido.

5 Quando ele subir o Monte do Purgatório.

6 Mais à frente eles subirão novamente (*Inferno* XXVI. 13) pelas pedras salientes por onde descem agora.

7 *Heliotrópio*: Uma pedra lendária que tornava o seu portador invisível.

8 Os pecadores nesta Bolgia são os ladrões: não os ladrões violentos e salteadores, mas aqueles cujos crimes envolvem uma traição de confiança. Por todos os seus roubos astutos, agora eles estão nus; e, embora não tenham mais nada para roubar, suas mãos estão firmemente amarradas para trás.

9 *A Fênix*: citação direta de Ovídio (*Metamorfoses* XV.).

10 *Vanni Fucci*: Filho natural de um nobre pistoiense e poeta de algum mérito, que desempenhou um papel importante nas rixas implacáveis entre Negros e Brancos que agitaram Pistoia no final do século XIII.

11 Fucci foi acusado do roubo de um tesouro da Catedral de São Zeno em Pistoia.

12 Na ferocidade de sua réplica a Dante, temos evidências de seu antigo conhecimento e velha inimizade. Vanni, um *Nero* ou Negro, ressente-se por ser encontrado aqui por Dante, que era, como ele sabia, associado aos *Bianchi* ou Brancos, profetizando para ele um futuro cheio de desastres.

13 Os Guelfos Negros foram expulsos de Pistoia em maio de 1301. Refugiaram-se em Florença, onde seu partido, sob a proteção de Carlos de Valois, por fim ganhou a vantagem e começou a perseguir e expulsar os Brancos, entre eles Dante. Marte, o deus da guerra, faz subir um vapor do vale do Magra, um pequeno riacho que deságua no Mediterrâneo no limite norte da Toscana. Este vapor é Moroello Malaspina, um nobre daquele distrito e um líder ativo dos Negros, que aqui aparece como nuvens turvas. O Campo Piceno é um local a oeste de Pistoia, onde Moroello explode sobre seus inimigos como um relâmpago saindo da nuvem. Isso parece se referir a

uma batalha campal, que deve ter ocorrido logo depois que os Negros recuperaram suas forças.

Canto XXV

OITAVO CÍRCULO: MALEBOLGE. SÉTIMA BOLGIA (LADRÕES) – METAMORFOSES

Quando o ladrão terminou suas palavras,
Ele ergueu os punhos e fez duas figas,
Gritando: "Aqui, Deus! Toma, olha! Isto aqui é para você!"[1]

Nessa hora, as serpentes se tornaram minhas amigas;
Pois veio uma, que se enrolou na garganta do pecador,
Como se dissesse: "Não quero que você fale mais!"

Outra agarrou seus braços e deu um nó,
Firmando-se sobre eles de tal maneira
Que ele não conseguia movê-los nem um centímetro.

10 Ah, Pistoia, Pistoia![2] Por que não decretas
Incendiar logo a ti mesma, para que não dures,
Pois já ultrapassas os teus antepassados em maldade?

As profundezas mais negras do Inferno, por onde passei,
Não guardavam alma mais cheia de rancor contra Deus;
Não! Nem mesmo aquele que foi engolido por Tebas.[3]

Ele não disse mais nada e saiu correndo, todo amarrado.
Então eu vi chegar um centauro, cheio de raiva,
Gritando: "Onde está? Onde está o blasfemador?"

Não creio que em Maremma[4] existam cobras
20 De tantos tipos, como as que compunham a carga
Que ele levava, por todo o seu dorso.

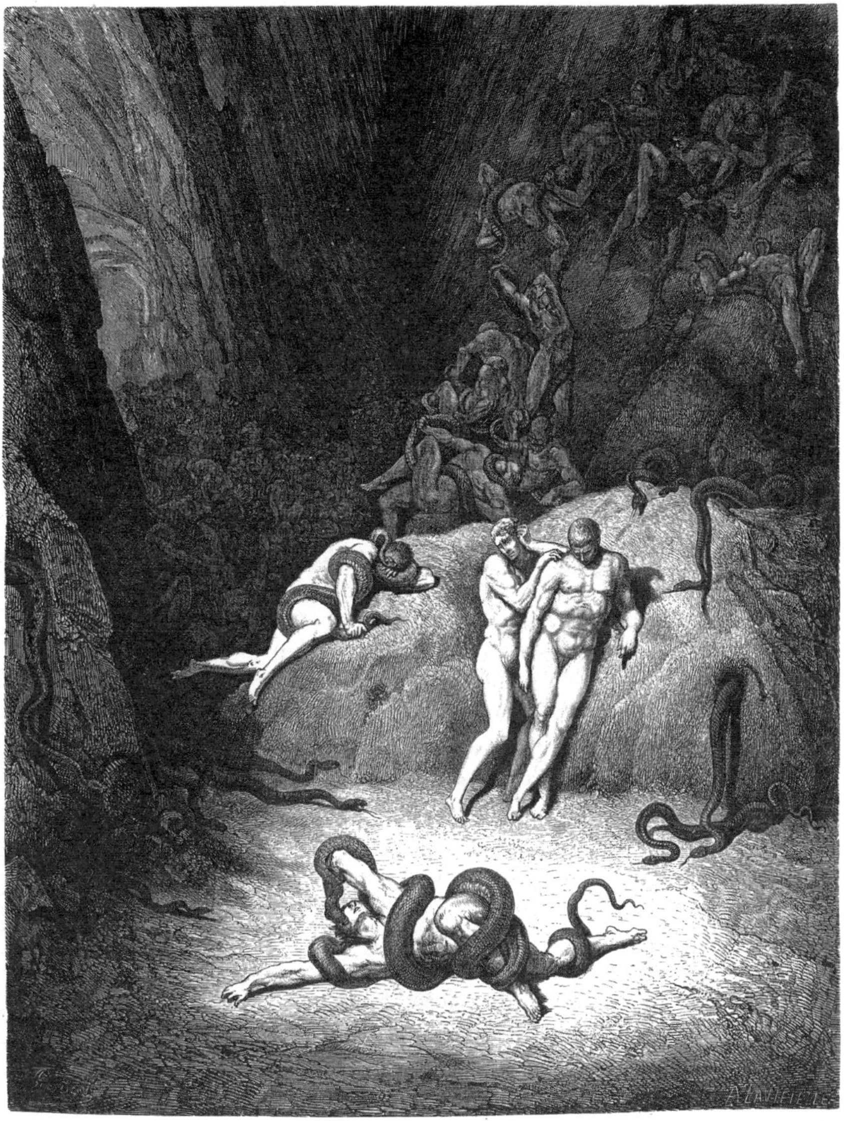

Atrás de sua nuca, com as asas totalmente abertas,
Um dragão estava deitado sobre seus ombros
Pronto para incendiar quem atrapalhasse seu caminho.

"Esse aí é Caco",[5] meu Mestre disse,
"Que, debaixo da rocha do Aventino,
Criou, dia após dia, um lago de sangue.

Ele não corre na mesma estrada que seus irmãos,[6]
Por causa do roubo traiçoeiro que cometeu
30   Contra o rico rebanho de seu vizinho.

Sua vida torta chegou ao fim sob a clava de Hércules,
Que sobre ele desferiu cem golpes;
No décimo golpe, ele já não estava mais vivo."

Enquanto ele falava, o outro já havia ido embora;
E três espíritos chamaram, bem perto de nós,
Os quais nem eu nem meu Guia tínhamos notado.

"Quem são vocês?", eles perguntaram em voz alta.
Assim, nossa conversa não pôde prosseguir;[7]
E voltamos nossa atenção totalmente para eles.

40   Não os reconheci, mas prestei atenção neles;
Até porque, como costuma acontecer em tais casos,
Seria necessário que um chamasse o outro pelo nome.

Um deles disse: "E agora, onde foi parar o Cianfa?"[8]
Então, para que meu Guia também ficasse atento,
Coloquei o dedo nos lábios, pedindo silêncio.

Se você, leitor, não puder acreditar
Naquilo que direi agora, não me admiro;
Pois eu mesmo, que vi tudo, ainda não posso crer.

Enquanto eu mantinha meu olhar sobre eles,
50   Uma serpente de seis pés surgiu, de repente,
E voou sobre um deles, envolvendo-o.

Com as patas do meio, ela apertou sua barriga,
E com as patas dianteiras agarrou seus dois braços,
E afundou os dentes em suas duas faces.

Ela esticou as patas traseiras ao longo de suas coxas,
E passou sua cauda por entre as duas pernas dele,
Esticando-a novamente sobre seus lombos.

Nunca uma hera pôde se ligar a uma árvore
Com tanta firmeza quanto esta besta terrível,
Entrelaçando seus membros com os do outro.

E então se amalgamaram, como cera aquecida,
E as cores que outrora possuíam se misturaram,
A ponto de nenhum dos dois já parecer o que era.

Assim como o papel, quando começa a queimar,
Antes que a chama espalhe uma cor parda,
Ainda não é preto, embora o branco esteja morrendo.

Os outros dois, entretanto, apenas olhavam,
Clamando: "Nossa, Agnello, como você mudou!
Você não é dois, mas também não é mais um."

As duas cabeças se tornaram apenas uma;
E um único rosto surgiu à nossa vista,
Surgido de ambos os semblantes perdidos.

Foram criados quatro pernas e dois braços;
As coxas e pernas, a barriga e o peito
Tornaram-se membros como nunca antes se viu.

Toda forma anterior havia desaparecido;
Não existe nada parecido com aquela imagem perversa.
E assim o monstro partiu, andando vagarosamente.

E assim como a lagarta, sob a cerca viva,
Em dias de calor procura outra sebe
E cruza o caminho, veloz como o brilho do relâmpago,

Assim pulou para a barriga de um dos outros dois
Uma pequena cobra em chamas, tremendo de raiva,
Vívida e preta como um grão de pimenta,

E ali onde somos alimentados pela primeira vez
Ela o perfurou; e, depois, ela caiu no chão
Diante dele, e permaneceu estendida.[9]

O ferido olhava para ela, mas não falava nada.
Ele ficou paralisado e bocejava, quase dormindo,
90 Acometido por febre ou sono profundo.[10]

Ela o observava de perto, e ele a observava,
Enquanto a boca da cobra e o ferimento do homem
Expeliam volumes de fumaça, formando uma só nuvem.

Cale-se Lucano, de agora em diante, e não fale mais
Sobre os atormentados Sabello e Nassídio,[11]
Mas preste atenção ao que se segue.

Silencie também Ovídio, que um dia nos contou
Como Cadmo se transformou em serpente
E Aretusa em fonte.[12] Pois não os invejo;

100 Pois nunca duas naturezas, frente a frente,
Passaram por tal metamorfose, mutuamente
Permutando entre si as suas formas e matéria.

E foi assim que um ao outro respondeu:
A cauda da víbora se partia como uma forquilha,
Enquanto os pés do ferido uniam-se um ao outro.

E, então, foram sendo costuradas, em uma coisa só,
Suas pernas e coxas; tão presas uma à outra,
Que não havia sinal de onde era sua junção.

E assim perdia sua antiga forma, que era assumida,
110 Pouco a pouco, pela serpente de cauda fendida:
A pele de um ficou lisa, e a do outro ficou áspera e dura.

Nas axilas do homem, eu vi os braços se encolherem;
Enquanto cresciam cada vez mais os pés do monstro.
O que um perdia em comprimento, o outro ganhava.

As patas traseiras da serpente se torceram,
Formando aquele membro que o homem esconde;
Enquanto o membro do coitado se fendia em duas patas.

E enquanto a fumaça os cobria com novas cores,
Criavam-se cabelos na pele de um,
120 Assim como morriam os cabelos do outro.

Um caiu de bruços, e o outro se levantou ereto,
E com os olhos cruéis continuavam a fitar-se,
Ao mesmo tempo em que suas caras se transformavam.

O focinho do que estava ereto recuou,
As têmporas foram puxadas para cima,
E se formaram as orelhas e as bochechas.

A pele que sobrou na frente não foi desperdiçada;
No meio do rosto formou-se um nariz,
E os lábios absorveram o que ainda sobrava.

130 Mas aquele que estava deitado, esticando o focinho,
Teve as orelhas enfiadas em sua cabeça,
Como um caracol, quando recolhe seus chifres.

A língua, que era pronta para a fala, agora se dividia,
Enquanto a língua bifurcada da serpente se unia;
E finalmente toda a fumaça se dissipava.

A alma que assim assumiu uma forma bruta
Fugiu rapidamente ao longo do vale, sibilando,
E a outra, bem atrás dela, falava e cuspia.

Então, virando seus novos ombros,
140 Disse ao terceiro: "Que Buoso rasteje e coma poeira,
Assim como eu me arrastei antes nessa estrada."

Tudo isso, leitores, eu vi nesse Sétimo antro;
Todo esse mudar e transmudar. E peço desculpas
Por me demorar aqui, e pelos borrões da minha pena.[13]

E, embora minha visão estivesse confusa,
Meus olhos cansados e minha alma perdida,
Não passaram despercebidos aqueles dois, que fugiam.

Vi bem que um deles era Puccio Sciancatto;
Foi o único, entre os três companheiros,
150   Que chegou primeiro, e não foi modificado;[14]

E o outro era aquele que causou as lágrimas de Gaville.[15]

Notas

1. De certo modo Vanni Fucci vingou-se de Dante, por ter sido encontrado entre os ladrões trapaceiros, em vez de estar entre os pecadores mais "nobres", culpados de sangue e violência. Na fúria de seu orgulho ferido, ele deve insultar até mesmo o Céu, e faz isso usando o gesto mais desdenhoso do repertório de um italiano – a figa.

2. *Pistoia*: os pistoienses tinham fama de serem muito duros e impiedosos.

3. Capaneu (*Inferno* XIV. 63).

4. *Maremma*: Ver *Inferno* XIII. 8.

5. *Caco*: Dante faz dele um Centauro, mas Virgílio (*Eneida* VIII) o descreve como um gigante semi-humano que vomitava fumaça ardente. O lago de Aventino era alimentado com o sangue de suas vítimas. O rebanho mencionado pertencia a Gerião (*Inferno* XVII), e tinha sido roubado por Hércules como um de seus Doze Trabalhos.

6. *Seus irmãos*: os centauros que guardam o rio de sangue (*Inferno* XIII. 56). Como ladrão, Caco sofre sua punição longe dos outros centauros, sendo confinado na Sétima Bolgia.

7. Eles são interrompidos pela chegada de três pecadores, que Dante não reconhece a princípio. Eles são três cidadãos nobres de Florença: Agnello Brunelleschi, Buoso degli Abati e Puccio Sciancatto dei Galigai.

8. *Cianfa*: Outro cavaleiro florentino, da família dos Donati (parente de Corso Donati, e também da esposa de Dante). Depois que seus companheiros o perderam de vista, ele se transformou em uma serpente de seis patas. Aparecendo de imediato, ele se atira em Agnello.

9. Como transparece na última linha do Canto, este é Francesco. Ele fere Buoso no umbigo, e então, em vez de crescer em um novo monstro (como foi o caso de Cianfa e Agnello), eles trocam de formas. Buoso se torna a serpente, e Francesco volta à sua forma humana.

10. A descrição concorda com os sintomas de picada de cobra, um dos quais é sonolência extrema.

11. *Sabello e Nassídio*: Eram soldados do exército de Catão, cuja morte por picada de cobra no deserto da Líbia é descrita por Lucano (*Farsália* IX. 734-838). Sabbello foi queimado pelo veneno, com ossos e tudo; Nassídio inchou e explodiu.

12. *Cadmo*: foi transformado pelos deuses em serpente, juntamente com sua esposa (como descrito por Ovídio em *Metamorfoses* IV). *Aretusa*: ninfa que foi transformada em uma fonte por Ártemis (*Metamorfoses* V).

13. Dante demorou-se mais do que de costume nesta Bolgia, e pede desculpas, seja por sua prolixidade, seja pelos detalhes excessivos de sua descrição.

14. Como esse vai e volta das metamorfoses pode ser confuso, o seguinte guia pode ser útil para os leitores: 1). Entraram em cena Agnello, Buoso e Puccio. 2) Cianfa, na forma de

uma serpente de seis patas, vem e se lança sobre Agnello; e então, incorporados em um novo monstro, eles desaparecem. 3) Buoso é ferido por Francesco (ver linha seguinte); eles trocam de corpos, e Buoso sai rastejando. 4) Apenas Puccio permanece inalterado e, ao final, ele e Francesco saem correndo.

15 *O outro*: Este é Francesco Cavalcanti, que veio inicialmente na forma de uma pequena cobra negra, e que agora assume a forma de Buoso. Ele era da família florentina dos Cavalcanti (à qual também pertencia Guido, amigo de Dante mencionado em *Inferno* X. 60). Ele foi morto pelo povo de Gaville, no alto Valdarno. Como vingança, os habitantes da cidade foram massacrados pelos parentes de Cavalcanti e seus aliados.

Canto XXVI

OITAVO CÍRCULO: MALEBOLGE. OITAVA BOLGIA
(CONSELHEIROS DO MAL) – ULISSES

Alegre-se, ó Florença, em sua fama cada vez maior!
Você abre suas asas sobre a terra e o mar,
E nas profundezas do Inferno o seu nome se espalha!

Cinco cidadãos seus foram encontrados por mim
Entre os ladrões; e cresceu a minha vergonha!
Por causa deles, você não alcançará nenhuma glória.

Mas, se é pela manhã que os sonhos são verdadeiros,[1]
Então pouco tempo passará, antes que você sofra
A condenação que tramam contra você em Prato.[2]

10 E, se ela já vem, não seria sem tempo.
E que aconteça logo, já que deve ser!
Quanto mais velho eu estiver, mais pesado será para mim.

Partindo de lá, meu Guia começou a escalar
As mesmas rochas pelas quais tínhamos descido,[3]
Algum tempo atrás, e me puxou atrás dele.

Seguimos em nosso caminho solitário
Entre as rochas irregulares do penhasco.[4]
Sem as mãos para ajudar, não seria possível subir.

Eu entristeci, e agora entristeço novamente,
20 Relembrando o que passou diante dos meus olhos.
Mais do que tudo, ali contive meu gênio,

E seja minha razão sempre liderada pela virtude;
Pois a minha boa estrela, ou coisa mais sagrada,
Presenteou-me com o Bem, do qual não posso me desviar.[5]

Assim como o camponês que descansa na colina
(Na época do ano em que aquele que dá luz à Terra
Deixa seu rosto a todos mais visível,

E quando chegam os mosquitos, ao cair da noite)
Vê os vaga-lumes piscando lá embaixo no vale
30 Onde ele, porventura, tem um campo e um vinhedo;[6]

Assim eu vi muitas chamas resplandecentes
Ao longo de toda a planície da Oitava Bolgia
Quando finalmente consegui vê-la por inteiro.

E como aquele a quem os ursos vingaram[7]
Viu subir da Terra a carruagem de Elias
E seus cavalos empinando, em direção ao céu,

E não pôde mais segui-lo com seus olhos
Pois tudo se tornou uma única chama,
Que, como uma nuvem, varreu os céus;

40 No fundo da garganta do vale, do mesmo modo,
As chamas esvoaçavam, carregando algo que não se via.
Sim, um pecador era arrebatado em cada chama.

Para vê-la bem, da ponte, eu olhei para baixo;
E, se eu não tivesse me apoiado em um rochedo,
Eu teria caído, atraído por alguma força invisível.

Meu Guia, me vendo tão perdido em pensamentos,
Disse-me: "Em cada chama há um espírito,
E cada um é vestido pela chama que lhe cabe."

"Ó Mestre!" eu respondi, "Ao ouvi-lo agora,
50 Eu tive certeza; mas antes eu já sabia
O que realmente eram, e já ia fazer uma pergunta.

Diga-me quem está naquela chama que lá se eleva,
Dividida, como se ascendesse da pira
Que Etéocles compartilhou com seu irmão?[8]

Ele me respondeu: "Dentro daquela chama,
Ulisses e Diomedes[9] compartilham sua punição;
Eles que em vida foram como um só, em sua ira.

E, envoltos em suas chamas, agora se arrependem
Da emboscada do cavalo, que abriu a porta
60 Que deu passagem à nobre semente dos romanos.[10]

Eles também lamentam a astúcia de morte
Que fez Deidamia[11] chorar por Aquiles,
E ainda sofrem a ferida de vingança pelo Paládio."[12]

"Mestre, eu peço fervorosamente", eu disse,
"Se a partir dessas chamas eles ainda puderem falar,
Dê-me ouvidos, eu imploro mil vezes!

Não recuse o meu pedido, eu imploro:
Faça com que o fogo partido venha até aqui,
Pois desejo ansiosamente falar com eles."

70 E ele: "Suas preces são dignas de louvor,
Por isso concederei o que você deseja;
Mas tenha cuidado, e contenha sua língua.

Eu sei o que você quer saber; deixe-me falar,
Pois eles, talvez, ouviriam com desprezo
Se você falasse com eles, visto que eram gregos."[13]

Assim que a chama chegou bem perto de nós,
Onde meu Guia julgou ser um bom lugar
Para se fazer ouvir, e conjurá-los a responder:

"Ó, vocês dois que estão juntos no mesmo fogo,
80 Se o que eu fiz merecer sua garantia,
E se muito ou pouco estiverem em dívida comigo

Pelos grandes versos que escrevi em vida;
Não se afastem, mas que um de vocês diga a ele
Onde se perdeu, e finalmente encontrou a morte."

A crista maior daquela chama antiga,
Murmurando, começou a oscilar e tremer
Como uma chama que bruxuleia, angustiada pelo vento.

E então ela começou a oscilar para cima e para baixo,
Como uma língua que se move; e, através da chama,
90 Ouviu-se uma voz, que respondeu em nossa direção:

"Quando me afastei para longe de Circe,[14]
Que me manteve dominado por um longo ano
Próximo a Gaeta, que recebeu este nome de Eneias;[15]

Nem a doçura do amor do meu filho,
Nem a triste reverência pelo meu velho pai,
E nem o amor que eu devia a Penélope, para fazê-la feliz,

Poderiam extinguir aquele ardor dentro de mim:
Uma vontade imensa de conhecer o mundo,
E todos os vícios e virtudes humanas.

100 Então lancei-me àquele mar revolto e aberto[16]
Com apenas um navio, e uma pequena tripulação,
Aqueles que nunca me abandonaram.[17]

E eu vi toda a orla marítima, em ambas as mãos;
Cheguei até a Espanha, e vi Marrocos, e a ilha da Sardenha,
E todas as praias banhadas por essas águas.

Eu e meus camaradas envelhecemos com o tempo,
Lentamente, antes de chegarmos ao estreito
Onde se erguiam os antigos pilares de Hércules[18]

Para sinalizar aos homens que não deveriam avançar.
110 E Sevilha já havia ficado para trás, à direita,
E à esquerda já havia passado por Ceuta.

Então eu disse a eles: 'Ó irmãos, vocês que cruzaram
Cem mil perigos, até vencermos o Oeste,
Neste curto tempo de vigília que nos resta,

Antes que nos falhem sentidos, e findem nossos dias,
Não se neguem a ter novas experiências
E conhecer novos mundos despovoados, além do sol.

Considerem de onde receberam a semente da vida;
Vocês não nasceram para viver como selvagens,
120 Mas para perseguir a justiça e o conhecimento.'

Meus camaradas foram agitados com tanta ansiedade
Por este breve discurso, que, no curso a seguir,
Nenhuma palavra de restrição poderia detê-los.

Viramos nossa popa para o lado onde a manhã raiava
E fizemos dos remos asas, para nosso voo louco,
Sempre tendendo à esquerda, enquanto a nau avançava.

Já víamos, à noite, todas as estrelas do outro polo;
E sobre a planície daquele novo oceano
Nossos céus familiares foram perdidos de vista.

130 Cinco vezes a face da Lua se acendeu,
E novamente cinco vezes se apagou,
Desde que iniciamos a navegar no poderoso mar;[19]

Quando diante de nós ergueu-se uma montanha[20]
Muito escura, a distância; e ela me parecia
Mais alta do que qualquer outra que eu já tinha visto.

Nós nos alegramos; mas logo entramos em desespero
Pois veio uma grande onda, no mundo recém-descoberto,
E martelou em nosso navio, contra sua proa.

Três vezes aquelas águas nos fizeram girar;
140 Na quarta vez, a nossa popa se ergueu,
E, conforme agradou a Outro, a proa mergulhou fundo.

E então, acima de nós, o oceano novamente se fechou.

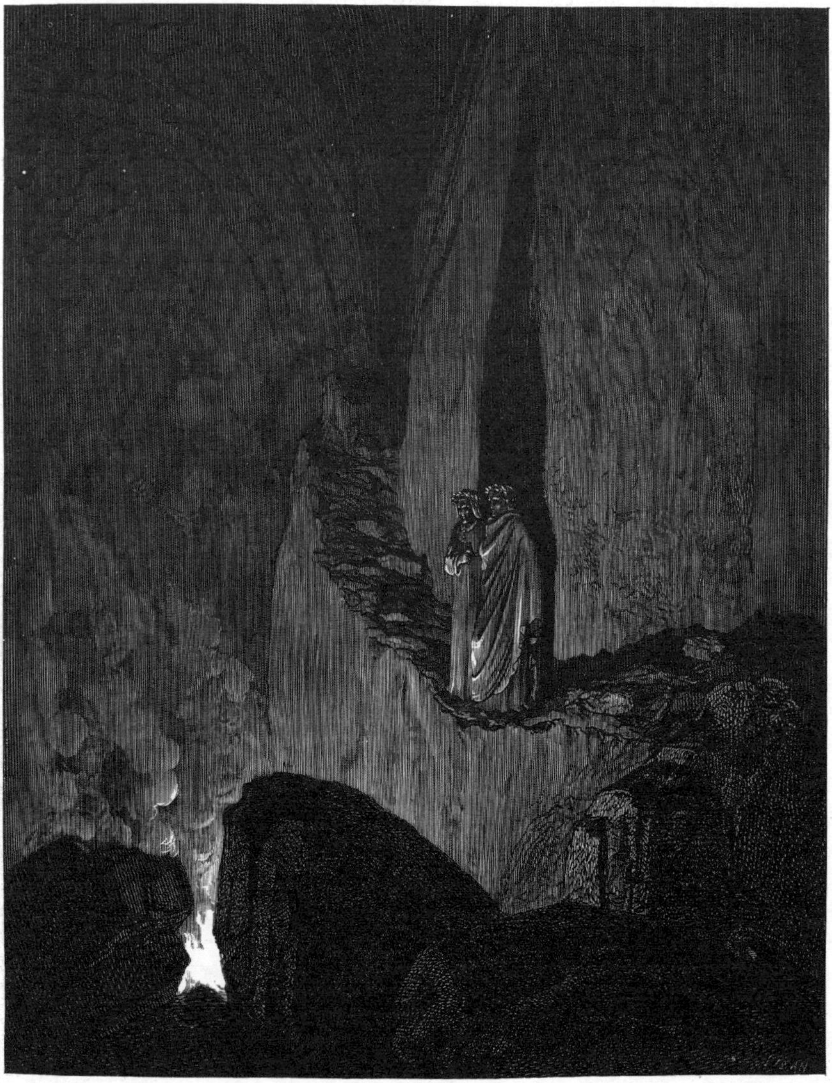

Notas

1 Havia uma crença generalizada de que os sonhos mais verdadeiros eram os que vinham na parte da manhã, pouco antes de despertar. Ver *Purgatório* IX.13. O sonho é o pressentimento de Dante sobre o que vai acontecer com Florença.

2 *Prato*: Uma pequena cidade vizinha, sob grande influência de Florença, e um tanto oprimida por ela.

3 Ver *Inferno* XXIV. 79.

4 Eles atravessam a barreira entre a Sétima e a Oitava Bolgia.

5 Ver *Inferno* XV. 55. Às vezes Dante parece dar crédito às afirmações da astrologia. Mas, em uma passagem do *Purgatório* (XVI. 67), ele tenta estabelecer que, quaisquer que sejam as influências que as estrelas possam exercer sobre nós, nunca podemos, exceto com nosso próprio consentimento, ser influenciados por elas para o mal.

6 Estas linhas, impregnadas do doce crepúsculo toscano de verão, dão-nos uma lufada de ar fresco entre os horrores de Malebolge.

7 O profeta Eliseu, que viu Elias ser arrebatado aos céus em uma carruagem de fogo. No caminho para Betel, Eliseu amaldiçoou 42 jovens por terem zombado de sua calvície; e os ursos da floresta os despedaçaram (*II Reis*, II.).

8 *Etéocles*: Filho de Édipo e Jocasta, irmão gêmeo de Polinices. Os dois irmãos mataram um ao outro, em uma disputa pelo trono de Tebas. Eles foram colocados na mesma pilha funerária, cuja chama se dividiu em duas – uma imagem da discórdia que existira entre eles.

9 *Ulisses e Diomedes*: os dois gregos foram parceiros nos atos de sangue e astúcia durante o cerco de Troia.

10 *A semente dos romanos*: O truque do cavalo de madeira levou à tomada de Troia, e isso levou Eneias a vagar em muitas aventuras, que terminaram com a colonização dos troianos na Itália.

11 *Deidamia*: Para impedir Aquiles de se juntar à expedição grega a Troia, sua mãe o enviou à corte de Licomedes, rei de Esquiro. Aquiles teve um romance com a princesa Deidamia, e eles tiveram um filho, Pirro (*Inferno* XII. 135). Mas Ulisses o atraiu para longe de seu refúgio de paz, e dos braços de Deidamia, para lutar na guerra.

12 *Palladium*: A imagem troiana sagrada de Palas Atena, que foi roubada por Ulisses e Diomedes (*Eneida* II).

13 *Eram gregos*: Alguns encontram aqui uma alusão à ignorância de Dante da língua e da literatura grega. No entanto, Virgílio se dirige a eles no dialeto lombardo do italiano (*Inferno* XXVII. 21).

14 Aqui começa a fala de Ulisses.

15 A cidade foi fundada por Eneias, que lhe deu o nome de sua ama Gaeta.

16 *Mar alto e aberto*: O Mar Mediterrâneo, que é muito diferente do Mar Egeu.

17 Ulisses é aqui representado em sua última viagem, mas partindo da ilha de Circe, e não de Ítaca. Dante o apresenta em uma nova abordagem, rompendo com todos os laços do lar. Na *Odisseia*, Ulisses havia perdido todos os seus companheiros antes de retornar a Ítaca; e Tirésias profetiza a ele que suas últimas andanças seriam para o interior.

18 *Os pilares de Hércules*: o rochedo de Gibraltar, na Espanha, e o rochedo de Ceuta (Abila) em Marrocos, que separam o Mar Mediterrâneo e o Oceano Atlântico. No mundo antigo acreditava-se que os pilares de Hércules sinalizavam o ponto onde acabava o mundo habitado (na época, só se conheciam três continentes: Europa, África e Ásia). De acordo com a mitologia clássica, os montes antigamente formavam um só rochedo; e este foi partido em dois por Hércules.

19 *O poderoso mar*: O Oceano Atlântico. Cruzando o Equador, eles se encontram sob os céus estranhos do hemisfério sul. Por cinco meses eles não viram nenhuma terra.

20 *Uma alta montanha*: a Montanha do Purgatório (de acordo com a geografia de Dante, a única terra no hemisfério sul).

Canto XXVII

**OITAVO CÍRCULO: MALEBOLGE. OITAVA BOLGIA
(CONSELHEIROS DO MAL) – GUIDO DE MONTEFELTRO**

Agora, tendo ficado ereta e silenciosa,
A chama não tinha mais nada a dizer, e nos deixava.
O gentil Poeta consentiu,[1] e seguimos em frente.

E, então, nossos olhos se voltaram para outra chama[2]
Que apareceu atrás de nós no caminho,
Emitindo sons confusos, que crepitavam de seu topo.

Como o touro siciliano,[3] que mugiu pela primeira vez
Com os lamentos – e isso foi justo –
Do próprio homem que o havia construído,

10   A chama rugia com os uivos da criatura torturada,
E, assim como aquele touro de latão,
Ela parecia ser trespassada por uma grande dor.

Então, desejando uma abertura pela qual passar
Através da chama, se revolvia a própria fala –
A linguagem lamentável, que em dor se convertia.

Mas, quando as palavras finalmente conseguiram
Alcançar o topo, enquanto a chama balançava,
A voz abriu passagem, e então pôde se articular.

E ouvimos: "Ó alma, que dirigiu àquelas duas sombras
20   Estas palavras proferidas no dialeto lombardo:
'Afastem-se; de vocês nada mais peço.'

Embora eu tenha chegado um pouco tarde,
Peço que não se aborreça, e fale comigo
Ainda que, como você vê, eu esteja queimando!

Se você caiu neste mundo sem luz
Vindo daquela doce terra latina
De onde trago toda a minha culpa,

Diga-me: a Romagna está em paz?
Foi lá que eu nasci, na terra da montanha
30   Entre Urbino e as nascentes do rio Tibre."[4]

Eu ainda me empenhava em ouvi-lo,
Quando o meu Guia me tocou, na lateral,
E ordenou: "Fale você, porque ele é italiano."

No que, sem demora, eu respondi,
Pois meu discurso já estava preparado:
"Ó alma, que aqui embaixo permanece oculta,

As guerras nunca pouparam a sua Romagna[5]
E sempre houve raiva em seus corações tiranos;
Mas, quando eu a deixei, não havia nenhum conflito.

40   Ravenna permanece como estava há muitos anos;[6]
A Águia de Polenta ainda protege sua herança
E a Cervia também é recoberta por suas asas.

E aquela triste cidade,[7] que sofreu tanto
E um dia amontoou pilhas sangrentas de franceses,
Agora se encontra novamente sob as garras verdes.[8]

Os Mastins de Verrucchio,[9] o jovem e o velho,
Que trouxeram para Montagna[10] um grande mal,
Ainda têm subjugado o povo com suas presas.

As cidades banhadas pelo Lamone e o Santerno[11]
50   São governadas pelos leões vestidos de branco,
Que mudam de partido como o verão muda para inverno.

E aquela que é banhada pelas águas do Sávio,[12]
Estabelecida entre a montanha e a planície,
Vive ora em liberdade, ora sob tirania.

Agora, diga-me quem você é, de bom grado;
Não seja mais orgulhoso do que os outros,
Se deseja que seu nome permaneça ilustre na Terra."

O fogo gemeu à sua própria maneira;
Então o topo da chama pontiaguda balançou,
Para lá e para cá, e soprou como uma brisa:

"Se a minha resposta fosse dada
A alguém que deve retornar à Terra,[13]
Esta chama deveria se calar imediatamente.

Mas, como nunca escapou alguém vivo deste lugar,
Se tudo o que eu ouço for verdade,
Eu darei uma resposta, sem temer a desonra.

Eu fui um guerreiro, e depois um franciscano;[14]
Pensei que isso me ajudaria a limpar minha manchas.
E, com certeza, eu ainda teria essa esperança

Se o Grande Sacerdote[15] – maldito seja! –
Não tivesse me induzido a recair em meu pecado;
E quero deixar claro por que e como.

Enquanto eu ainda era feito dos ossos e da carne
Dados por minha mãe, todas as minhas ações
Não eram as de um leão, mas de uma raposa.

Eu conhecia cada artimanha e, de cada caminho oculto,
Eu sabia o segredo; e operava com tanta habilidade
Que até nos confins da terra eu era conhecido.

Quando percebi que já havia alcançado
O tempo da vida que cabe a cada um
Para dobrar suas velas e recolher suas cordas,

Passei a lamentar os atos que fiz com prazer;
Contrito e retraído, me tornei religioso.
E então – ai, pobre de mim! – tranquilo eu viveria.

Mas o novo príncipe dos fariseus,[16]
Tendo declarado uma grande guerra –
– não contra os sarracenos, nem contra os judeus;

Pois todos os seus inimigos eram cristãos,[17]
E nenhum deles estivera no cerco de Acre
90 Nem traficara nos domínios do sultão –

Não demonstrou zelo pelo seu alto cargo,
Nem pelas suas ordens sagradas,
E tampouco pelo cordão que me cingia.[18]

Assim como Constantino mandou vir Silvestre
Do monte Soratte para curar sua lepra,[19]
Eu fui assim chamado por este homem

Para curá-lo de sua soberba febre;
Ele pediu meu conselho, mas fiquei mudo,
Pois suas palavras pareciam delírios de um bêbado.

100 Ele então disse: 'Não tenha medo em seu coração,
Pois de antemão eu te absolvo; mas, por favor, ensine-me
Como derribar por terra o castelo de Palestrina.

Eu abro o Céu, como você bem sabe,
E o fecho à vontade; porque são gêmeas as chaves
Que meu predecessor[20] não foi digno de suportar.'

Então seu grande raciocínio me venceu,
Mas ficar em silêncio parecia ser o pior;
Então respondi: 'Pai, uma vez que me absolves

Deste grande pecado em que eu caio,
110 Uma grande promessa e uma pequena ação
Te farão triunfar, do alto elevado de teu trono.'

Francisco[21] veio me buscar, assim que eu morri;
Mas um dos querubins negros estava lá
E gritou: 'Não o leve, nem tentes me enganar,

Pois entre meus escravos eu o carrego por direito,
Porque ele ofereceu conselho fraudulento;
E por isso eu o levarei preso pelos cabelos.

Ninguém é absolvido, a menos que se arrependa;
E não pode se arrepender aquele que deseja o mal,
Porque a lei da contradição o impede.'[22]

Ai, pobre de mim! Como eu me contorcia
Quando ele me agarrou, zombando:
'Você não sabia que eu também sei pensar com a lógica?'

Ele me carregou para Minos, e este enrolou
Sua cauda oito vezes, em torno de suas costas duras;[23]
E, irado, mordendo ferozmente, disse diante de mim:

'Este deve cair na vala do fogo envolvente!'
Portanto estou aqui onde você vê, perdido;
E sigo assim vestido, com o coração cheio de mágoa."

Quando ele terminou de proferir estas palavras,
A chama dolorosa partiu para os ares,
Torcendo-se e debatendo-se, com seu chifre pontudo.

Mas nós continuamos adiante, eu e meu Guia,
Ao longo da falésia, em direção ao arco
Que cobre a próxima vala, onde padecem

Os semeadores de discórdias, que ali são castigados.

Notas

1. Ver linhas 19-21.

2. Esta sombra envolta em fogo é Guido de Montefeltro, e o colóquio com ele ocupa todo o Canto.

3. *O touro siciliano*: Perilo, um ateniense, presenteou Faláris, o tirano de Agrigento, com um touro de bronze construído de forma que, quando era aquecido por baixo, os gritos da vítima que continha se convertiam no berro de um touro. A primeira prova da invenção foi feita com o próprio artista.

4. Montefeltro fica entre Urbino e a montanha onde nasce o Tibre.

5. *Romagna*: distrito da Itália situado no Adriático, ao sul do rio Pó e a leste da Toscana, sendo Bolonha sua principal cidade, além das outras citadas no texto (Ravenna, Cervia, Forlì, Rimini, Ímola, Faenza e Cesena). Durante o último quarto do século XIII foi palco de constantes guerras promovidas pela Igreja, que reivindicava a Romagna como um presente do Imperador Rodolfo, e pelos grandes nobres do distrito, que se aproveitavam dos gritos de guerra entre Guelfos e Gibelinos para estender seu senhorio sobre as várias cidades. O mais importante entre esses nobres era Guido de Montefeltro, que fala com Dante.

6. *Ravenna*: Ravenna e a cidade vizinha de Cervia estavam em 1300 sob o senhorio de membros da família Polenta – o pai e os irmãos de Francesca (*Inferno* V). Seus brasões eram uma insígnia metade branca com azul-celeste e metade vermelha em um fundo dourado. Seria junto ao generoso Guido Novello, filho de um desses irmãos de Francesca, que Dante encontraria seu último refúgio e morreria.

7. *Aquela cidade*: Forlì. A referência é um dos mais brilhantes feitos de guerra realizados por Guido de Montefeltro. Os franceses formavam grande parte de um exército enviado em 1282 contra Forlì pelo Papa Martinho IV, ele próprio um francês. Guido, então senhor da cidade, os conduziu a uma armadilha e os derrotou em um grande massacre. Como a maioria dos homens de seu tempo, Guido acreditava na astrologia e, nesta ocasião, diz-se que agiu sob o conselho de Guido Bonatti, condenado entre os adivinhos na Quarta Bolgia (*Inferno* XX. 118).

8. *As patas verdes*: Em 1300, os Ordelaffi eram senhores de Forlì. Seu brasão era um leão verde sobre um fundo dourado.

9. *Os Mastins de Verrucchio*: Verrucchio era o castelo dos Malatestas, senhores de Rimini; eram chamados de Mastins, por causa de sua tenacidade cruel. O "mastim velho" era pai de Gianciotto e de Paolo Malatesta – o marido e o amante de Francesca (*Inferno* V); e o "mastim jovem" era irmão destes dois.

10. *Montagna*: Montagna de Parcitati, membro de uma família gibelina que lutava com os guelfos Malatestas pela superioridade em Rimini, foi feito prisioneiro pelo Mastim velho e torturado pelo Mastim jovem.

11 Ímola e Faenza, banhadas pelos rios citados no texto. Mainardo Pagani, senhor dessas cidades, tinha como brasão um leão azul em um fundo branco. Por sua astúcia e ousadia, ele era chamado de Demônio (*Purgatório* XIV. 118). Ele mudava de partido quando era conveniente. Ele era Guelfo em Florença e Gibelino na Romagna.

12 Cesena, banhada pelo rio Sávio, se distinguia entre as cidades da Romagna por ter mais liberdade do que as outras para administrar seus próprios negócios. Os Malatestas e os Montefeltros, no entanto, ainda eram seus tiranos.

13 As sombras, envoltas no fogo, não podem ver aqueles com quem falam; e assim Guido não detecta em Dante os sinais de um homem vivo, mas o toma como um habitante do Inferno. Ele não deseja que a verdade a respeito de seu destino seja conhecida no mundo, pois supõe que tenha partido da vida com boa reputação.

14 Em 1296, Guido entrou na Ordem Franciscana. Ele realizou muitas boas ações, e nutria esperanças de ser salvo.

15 *O Grande Sacerdote*: Bonifácio VIII.

16 *Fariseus*: os membros da Corte de Roma. São Jerônimo chama o clero romano de sua época de "Senado dos Fariseus."

17 Os inimigos de Bonifácio VIII, aqui mencionados, eram os cardeais Pedro e Giacomo Colonna. Ele destruiu o palácio deles em Roma (1297) e levou a guerra contra eles para sua casa de campo em Palestrina, a antiga *Prœneste*, então uma grande fortaleza. Dante acusa de forma amarga Bonifácio por instituir uma cruzada contra os cristãos, numa época em que, com a recente perda da cidade de Acre, o portão da Terra Santa estava perdido para a cristandade.

18 O cordão usado pelos franciscanos. Dante acusa duramente os franciscanos em *Paraíso*, XI. 124.

19 Referindo-se à lenda da cura de Constantino. A taxa paga pela cura foi a fabulosa *Doação*. Consulte *Inferno* XIX. 115

20 Celestino V. Ver *Inferno* III. 60

21 São Francisco de Assis.

22 A respeito da ineficácia da absolvição papal: os papas têm o poder de ligar e desligar; mas apenas se seguirem os passos de São Pedro e trilharem o caminho do bem. De qualquer forma, no esquema de Dante sobre o destino da alma, a absolvição pouco importa para salvar, e nem as maldições sacerdotais têm o poder de condenar. Somente o arrependimento sincero pode salvar um pecador, mesmo no fim de sua vida. Consulte *Purgatório* III. 133.

23 Aqui temos Minos representando o ato de pronunciar o julgamento, bem como o movimento figurativo de sua cauda em torno de seu corpo (*Inferno* V. 11).

Canto XXVIII

OITAVO CÍRCULO: MALEBOLGE. NONA BOLGIA
(SEMEADORES DE DISCÓRDIAS) – MAOMÉ E BERTRAN DE BORN

Poderia alguém, em prosa ou em versos rimados,
Descrever as feridas e o sangue que então eu vi,[1]
Mesmo que tentasse, vez após vezes?

Nenhuma língua falada no mundo seria suficiente,
Porque nem a nossa fala, nem os poderes da mente
Teriam a capacidade para exprimir tanto.

Se fossem reunidas todas as pessoas
Que na Apúlia, antiga terra afortunada,[2]
Derramaram seu sangue pela mão dos troianos;[3]

10 E os que morreram na longa e procrastinada guerra[4]
Quando foi feita a grande pilhagem de anéis,
Como escreve Tito Lívio, que não erra;

E aqueles que sofreram tantos atos terríveis
Quando Roberto Guiscardo[5] os atacou como inimigos;
E aqueles de quem ainda se encontram muitos ossos

Em Ceprano,[6] onde cada apuliano traiu seu sangue;
E aqueles que foram desbaratados em Tagliacozzo,[7]
Onde o velho Alardo, sem armas, prevaleceu;

Todos estes, com todos os seus ferimentos e mutilações,
20 Não igualariam em número os desgraçados
Que tinham a hedionda Nona Bolgia como residência.

Nem mesmo um barril que tivesse perdido seu arco
Ficaria partido como um miserável que vi,
Estripado ao meio, desde o queixo, até lá onde peidamos.

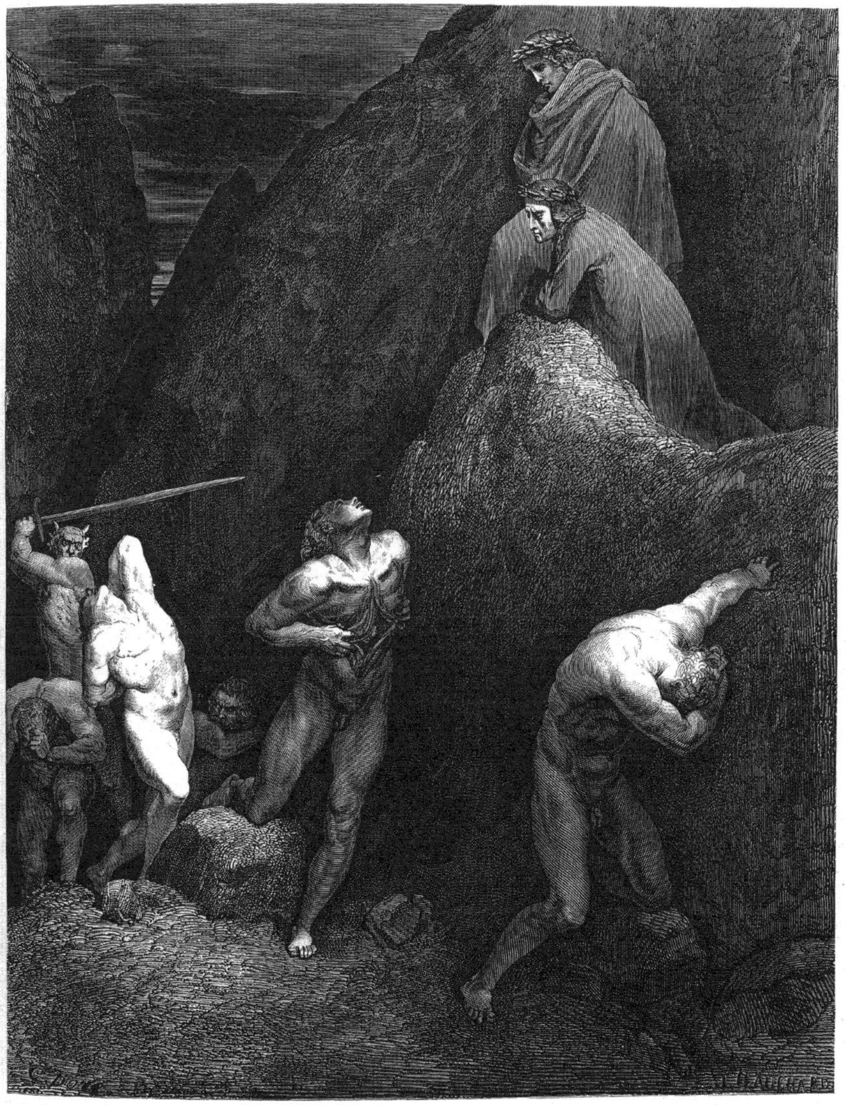

E entre as pernas pendiam suas entranhas,
O coração, as vísceras e o triste saco
Que transforma em merda aquilo que comemos.

E, enquanto eu olhava para ele escandalizado,
Abrindo o peito, ele fixou seus olhos em mim,
30 Dizendo: "Ora, veja como eu me abro sozinho!

Veja agora como Maomé é desmembrado![8]
E veja Ali,[9] que também começa a chorar,
Com o rosto dividido do queixo até o topete.

Todos os outros que você vê aqui
Criaram escândalo e cisma enquanto respiravam;
E, por causa disso, agora somos divididos.

Um demônio nos segue pelo caminho,
Com sua espada, para cruelmente nos cortar:
E colocar cada um de nós na fileira novamente,

40 A fim de refazermos o circuito sombrio;
Porque as feridas de cada um logo se curam,
E novamente caímos diante de sua espada.

Mas quem é você que, aí no alto do muro,
Pensa que consegue protelar a sua pena?
Quais são os crimes que você confessa?"

"A morte ainda não o levou", disse meu Mestre,
"E ele ainda não é torturado por seus pecados;
Mas, para que ele tenha uma plena experiência,

Eu, um dos mortos, devo conduzi-lo
50 Até o fundo do Inferno, Círculo após Círculo;
E o que eu digo agora é a verdade."

Cem sombras e outras mais, quando o ouviram,
Pararam no fosso, para me olhar bem,
Maravilhadas, esquecendo-se de suas dores.

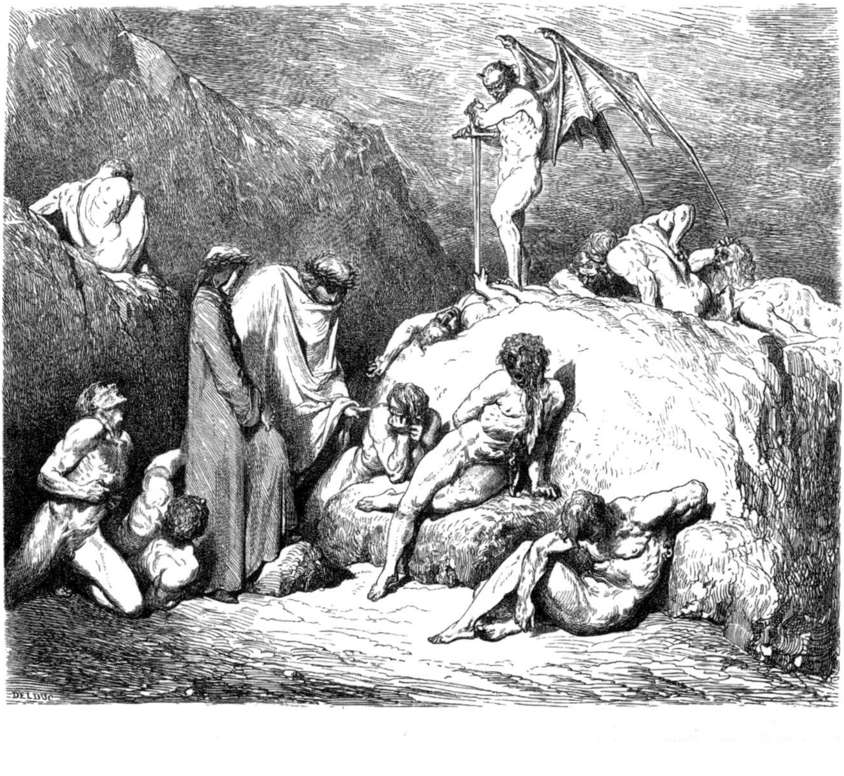
DELDUC

"Diga a Frei Dolcino[10] que se prepare,
Você, que em breve verá a luz do sol;
A menos que ele queira se juntar a mim,

Que ele guarde provisões, antes que venha a neve
Para que ele não dê a vitória ao novarês;[11]
60 Caso contrário, a peleja não será leve."

E Maomé, enquanto dizia essas palavras,
Erguera o pé, fazendo menção de ir embora;
Agora, terminando, prosseguiu em seu caminho.

E vi outro, com a garganta toda aberta,
E com o nariz cortado até as sobrancelhas;
Em sua cabeça, apenas uma orelha restava.

Olhava para mim maravilhado, assim como os outros;
E este, diante de todos, rasgou sua traqueia,
Virando para fora o seu avesso, todo vermelho.

70 "Ó, você que não está aqui por sua culpa", disse ele;
"E que eu conheci em terras italianas,
A menos que forte semelhança me engane;

Lembre-se de Pier da Medicina,[12]
Se um dia você revisitar a doce planície
Que vai das encostas de Vercelli até Marcabó.[13]

E diga aos dois mais dignos de Fano,
Messer Guido e *Messer* Angiolello,
Que, se as visões daqui não forem em vão,

Eles serão jogados ao mar em grilhões e algemas
80 E se afogarão ali perto de Cattolica,
Condenados pela traição de um tirano feroz.

Entre Maiorca e a costa de Chipre,[14]
Netuno jamais presenciou crime mais sombrio
Forjado por piratas, ou mesmo pelas mãos dos argólicos.

O traidor, que é cego de um olho,[15]
E senhor da cidade que este aqui, ao meu lado,
Preferiria nunca ter visto ou conhecido,

Atrairá os dois para conversar, e depois traí-los,
E nem mesmo os ventos do monte Focara[16]
90 Não atenderão aos seus pedidos ou orações."

E eu disse: "Se você realmente deseja que eu leve
Notícias suas para o mundo, diga-me:
Quem é este, que detesta o que seus olhos viram?"

Então ele pegou na mandíbula do companheiro
E gritou, enquanto lhe escancarava a boca:
"É este aqui, que não consegue falar.

Este banido, este pária, aconselhou César
Insistindo para que ele seguisse em frente,
Pois haveria maiores danos se ele hesitasse."

100 Oh, quão abatido e atormentado eu via agora
Com a língua arrancada, desde a garganta,
Esse Cúrio,[17] antes tão ousado em seus conselhos!

Outro, com ambas as mãos cortadas,
Ergueu seus cotos bem alto, pelo ar escuro,
De modo que manchou todo seu rosto de sangue,

E disse: "Lembre-se também do Mosca,[18]
Aquele que disse (ai de mim!): 'Uma vez feito, está feito!'
E que foi a semente do mal para todos na Toscana."

E acrescentei: "Sim, e morte para sua descendência!"
110 E ele, acumulando tristeza sobre tristeza,
Seguiu seu caminho, como se tivesse enlouquecido.

Mas eu fiquei mais tempo para olhar a multidão
E vi algo que eu deveria temer,
E nem mesmo dizer, sem ter mais provas,

Exceto pelo que minha consciência me garante
– ela, que é a minha companheira leal
E me protege sob a sua armadura de pureza.

Eu vi claramente, e ainda aparece aos meus olhos,
Um tronco sem cabeça, que avançava
120 Junto aos outros daquele triste rebanho.

A cabeça pendia livre, agarrada pelo cabelo.
Sim, pendia do punho como uma lanterna;
E, olhando para nós, murmurava: "Ai de mim!"

Ele segurava, como uma lâmpada, a cabeça que já fora sua;
E ele era dois em um, e um em dois;
Como isso pode ser, só sabe Aquele que assim ordena.

Quando chegou bem abaixo da ponte,
Ele estendeu o braço e ergueu sua cabeça bem alto,
Para que suas palavras chegassem até nós.

130 E foram estas: "Considere bem minha punição dolorosa,
Você que, embora ainda vivo, visita os mortos:
Diga-me, alguma dor é tão grande quanto esta?

E, para que você possa levar notícias minhas,
Saiba que sou Bertrand de Born,[19] veja bem,
Aquele que deu ao Rei Jovem maus conselhos.

Eu fiz pai e filho se tornarem inimigos;
Mesmo Davi e Absalão não foram enganados
Com tanta perfídia, pelos falsos conselhos de Aquitofel.

Uma vez que separei parentes tão unidos,
140 Eu carrego agora meu cérebro – infelizmente! –
Que se separou de mim, e agora só resta o tronco.

E assim eu provo a lei do retorno, e a dor pela dor."

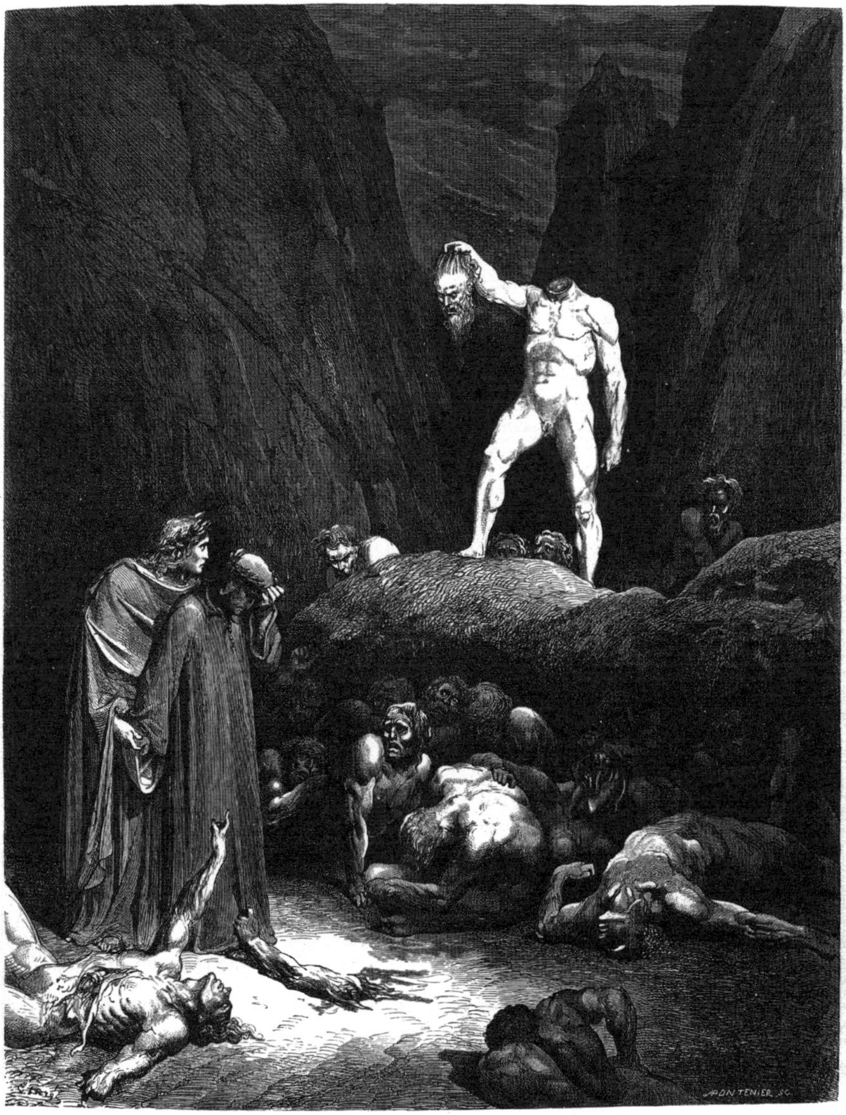

Notas

1. A Nona Bolgia, para a qual ele olha, e na qual são punidos os semeadores de discórdia.

2. *Apúlia*: Puglia, cidade no sudeste da Itália. Devido à sua localização, era um campo de batalha frequente nos tempos antigos e modernos.

3. Os romanos são descritos como descendentes de Troia (ver também *Inferno* XXVI. 60). A referência pode ser à derrota dos puglienses (ou *apulianos*, como traduzido na linha 16) quando foram massacrados por Públio Décio Mus, ou às suas perdas em geral no decorrer das três Guerras Samnitas (quando os povos primitivos da Itália foram subjugados pelos romanos, no século III a.C.).

4. A segunda Guerra Púnica (218-201 a.C.), entre os romanos e a cidade de Cartago, durou dezessete anos. Na batalha de Canna, vencida pelo cartaginense Aníbal, caíram tantos cavaleiros romanos que a pilhagem de anéis e joias equivaleu a um saco. No entanto, apesar das vitórias de Aníbal, a segunda Guerra Púnica aniquilou o poderio marítimo, econômico e militar de Cartago depois da batalha de Zama, vencida por Cipião, o Africano. "Desde então, os romanos passaram a chamar o Mediterrâneo de mare nostrum." (*Elementos de Filologia Românica*, p. 88).

5. *Roberto Guiscardo*: um dos conquistadores normandos das regiões que constituíam o reino de Nápoles. Ele lutou muito contra lombardos, sarracenos e gregos. Ele é encontrado por Dante no Paraíso entre aqueles que lutaram pela fé (*Paraíso* XVIII. 48).

6. *Ceprano*: Na campanha definitiva empreendida por Carlos d'Anjou contra Manfredo, rei da Sicília e de Nápoles, a primeira vitória foi obtida em Ceprano; mas foi conquistada devido à traição de um tenente de Manfredo, e não pela espada. A verdadeira batalha foi travada em Benevento (*Purgatório* III. 128).

7. *Tagliacozzo*: A coroa que Carlos d'Anjou ganhou do rei Manfredo teve que ser defendida contra o próprio sobrinho de Manfredo, Conradino (neto e último representante de Frederico II, e herdeiro legítimo do reino da Sicília). Conradino foi derrotado em 1268, perto de Tagliacozzo, em Abruzzi. Carlos tornou sua vitória ainda mais completa, agindo sob o conselho de Alardo (ou Érard) de Valery, um velho cruzado, para manter boa parte de sua força em reserva. A carnificina foi tão grande que ultrapassou a de Benevento. Os pés de todos os prisioneiros de origem humilde foram cortados, enquanto os cavalheiros foram decapitados ou enforcados.

8. *Maomé*: Dante trata Maomé, o fundador de uma nova religião, como um mero cismático e semeador de discórdias. Ele se apoia no fato de que Maomé e seus seguidores arrebanharam grande parte da cristandade; e por isso o profeta é mutilado em

um grau mais doloroso do que os outros pecadores.

9 *Ali*: Genro de Maomé.

10 *Frei Dolcino*: No final do século XIII, sob o domínio do papa Bonifácio VIII, o descontentamento geral com a corrupção do alto clero encontrou expressão no norte da Itália com a fundação de uma nova seita, cujo líder era Frei Dolcino.

11 *O novarês*: o bispo de Novara, que finalmente levou o frei Dolcino à fogueira.

12 *Pier da Medicina*: Medicina fica no território de Bolonha. Pier teria causado dissensões entre os Polentas de Ravenna e os Malatestas de Rimini.

13 A planície é a Lombardia, que fica entre o distrito de Vercelli e onde se erguia o castelo de Marcabò, na foz do Pó.

14 Em todo o Mediterrâneo, desde o Chipre (no Leste) até Maiorca (no Oeste).

15 O traidor caolho é Malatesta, senhor de Rimini, o jovem Mastim do Canto anterior. Ele convidou para uma conferência os dois senhores de Fano, *Messer* Guido del Cassero e *Messer* Angiolello di Carignano, e providenciou que, no caminho, fossem lançados ao mar em frente ao castelo de Cattolica, que ficava entre Fano e Rimini.

16 *Focara*: O nome de um monte perto de Cattolica, sujeito a grandes rajadas de ventos e tempestades.

17 *Cúrio*: o tribuno romano que, de acordo com Lucano, encontrou César hesitando se deveria cruzar o rio Rubicão, e o aconselhou: *Tolle moras: semper nocuit differre paratis*. ("Sem demora! Quando os homens estão prontos, eles sempre sofrem adiando.") A passagem do Rubicão marcou o início da Guerra Civil.

18 *Mosca*: Em 1215, um jovem da família florentina dos Buondelmonti desonrou uma filha dos Amidei. Quando estes se reuniram com seus amigos para tramar uma vingança pelo insulto, Mosca (da família Uberti ou Lamberti) deu sua opinião, com o provérbio: *Cosa fatta ha capo* ("Uma vez feito, está feito.") A sugestão foi aprovada. Na manhã de Páscoa seguinte, quando o jovem Buondelmonte, montado em um corcel branco e vestido de branco, atravessava a Ponte Vecchio, ele foi arrastado ao chão e cruelmente morto. Todas as grandes famílias florentinas tomaram partido na disputa, que logo se transformou na guerra civil entre florentinos Guelfos e Gibelinos.

19 *Bertrand de Born*: mencionado por Dante em seu Tratado *De Vulgari Eloquio*, II. 2, como o poeta dos feitos bélicos. Ele era um nobre gascão que utilizava seu dom poético para provocar conflitos. Ele tinha como patrono o Príncipe Henrique, filho de Henrique II da Inglaterra. Henrique nunca subiu ao trono, pois foi coroado com seu pai ainda em vida, e ficou conhecido como o Rei Jovem. Após

a morte do príncipe, Bertrand foi feito prisioneiro pelo rei e, segundo a lenda, foi carregado de favores por ter sido um amigo fiel de seu jovem mestre. Mostra-se que ele tinha uma tendência para fomentar a discórdia por também ter liderado uma revolta na Aquitânia contra Ricardo I.

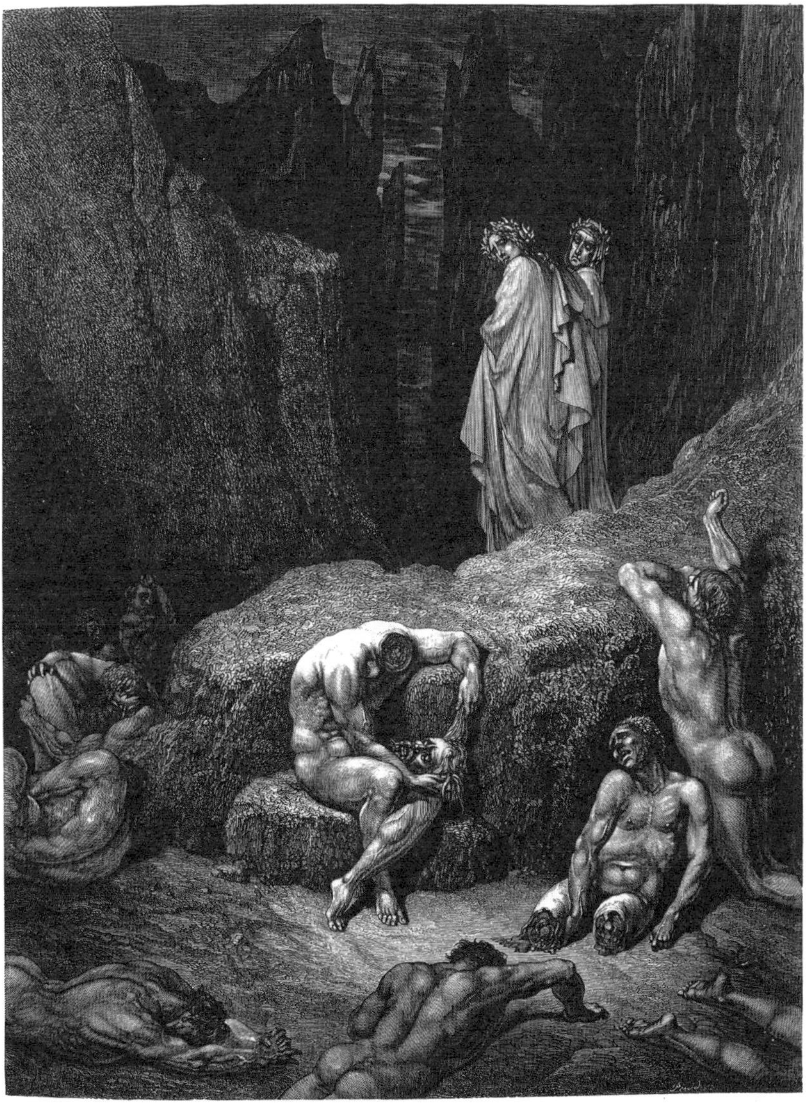

Canto XXIX

OITAVO CÍRCULO: MALEBOLGE. NONA BOLGIA (SEMEADORES DE DISCÓRDIAS). DÉCIMA BOLGIA (FALSIFICADORES E CALUNIADORES)

As muitas almas e as pragas de diversos tipos
Deixaram meus olhos tão embargados,
Que eu tinha a visão turva, de tanto chorar.

Mas Virgílio me disse: "Por que olha tanto assim?
Por que sua visão ainda se demora lá embaixo
Nessa multidão de sombras tristes e mutiladas?

Você não se portou assim nas outras Bolgias;
Pense bem: se espera contar todos que estão aqui,
Saiba que o vale circunda vinte e duas milhas.[1]

10 A Lua já se encontra sob nossos pés,
E o tempo que nos foi decretado já é pouco;[2]
Outras coisas ainda devem se mostrar aos seus olhos."

Eu logo respondi: "Mestre, se tivesses prestado atenção
Ao que eu observava tão entristecido,
Teria concordado em ficarmos aqui um pouco mais."

E meu Guia caminhava à frente, sem parecer me ouvir;
Mas adiantei-me a ele, continuando a falar,
E acrescentei: "Dentro daquela terrível vala,

Onde eu me demorava há pouco, com olhos tão ávidos,
20 Eu creio que um espírito de meu sangue chora
As culpas de algum crime, que aqui tão caro custa."

Então disse o Mestre: "Não se deixe levar,
E doravante não se preocupe mais com ele;
Novas coisas pedem atenção; deixe-o com seu pecado.

Eu já o tinha visto antes, no final da ponte,
Erguendo contra você um dedo ameaçador:
Ele é Geri del Bello[3] – ouvi seu nome.

Mas, naquele momento, você estava ocupado
Envolvido com aquele senhor de Altaforte,[4]
30 Não olhou para ele; então ele passou adiante."

"Ó meu Guia! Ele teve uma morte violenta e vil",
Eu respondi; "E esse crime ainda não foi vingado
Por nenhum parente, e por isso temos vergonha.

Ele está magoado, e passou reto por nós,
E não quis falar comigo, se eu entendi bem;
O que só faz minha dor aumentar ainda mais."

E seguimos conversando até o penhasco,
De onde poderíamos avistar a próxima vala
Até o fundo, se ali houvesse luz.[5]

40 Quando estávamos acima do claustro mais secreto
De Malebolge, e começamos a discernir
Os membros daquela irmandade de convertidos,[6]

Milhares de lamentações me perfuraram,
Como flechas de dor, vindas de toda parte,
E eu tive que tapar os ouvidos com as mãos.

Assim como padecem os enfermos acamados
Nos hospitais de Valdichiana,[7] durante o verão,
Assim como em Maremma e Sardenha,[8]

No mês de novembro, os mortos se empilham,
50 Tal era o fedor que subia daquele lugar,
Como o que exala dos membros que apodrecem.

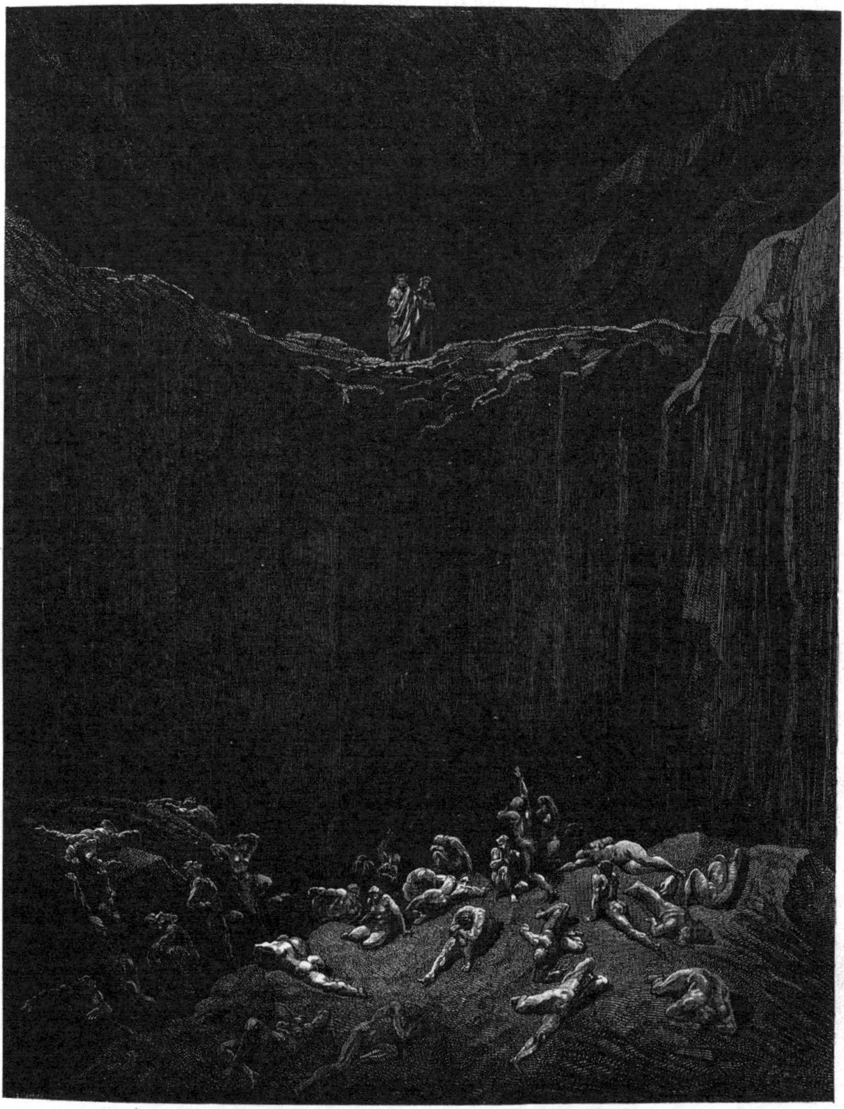

Então nós descemos pela última margem
Da longa rocha, mais uma vez caindo à esquerda,
Até que minha visão, agora nítida, vislumbrasse

O poço mais profundo, onde a Justiça infalível,
A ministra do Senhor Todo-Poderoso,
Pune todos os falsários, que aqui são condenados.

Eu creio que não exista uma tristeza maior
Mesmo em Egina,[9] quando todos adoeceram
60 E todo o ar ficou assim, carregado de pestilência;

Onde todos os animais, até o menor verme,
Tudo pereceu; e aquele povo tão antigo,
Conforme foi descrito pelos poetas,

Teve sua descendência transformada em formigas.
Maior tristeza oferecia aquele vale negro,
Com tantos espíritos definhando, amontoados.

Alguns jaziam de bruços, outros de barriga para cima,
Inertes, caídos uns sobre os outros; outros rastejavam
Como lagartos, ao longo da triste trilha.

70 Sem palavras, nos movemos com passo deliberado,
Com os olhos e ouvidos esmagados por essas almas
Que nem tinham força suficiente para se levantar.

Eu vi dois sentados, apoiados um no outro,
Como duas panelas que se aquecem no fogão,
Cobertos de crostas da cabeça aos pés.

Nunca vi uma escova ser batida com tal força
Pelo valete, nos pelos do cavalo de seu mestre,
Ou por alguém que esteja com má vontade,

Como eu via cada uma dessas almas se arranhando,
80 Enfiando as unhas em si mesmas, com grande raiva
Contra a coceira que as assolava de maneira furiosa.

Eles rasgavam as crostas e puxavam com as unhas,
Assim como uma faca descama um peixe-carpa
Ou qualquer outro peixe com escamas maiores.

"Ó você, que arranca a própria pele com os dedos",
Meu Guia começou a dizer para um deles:
"E faz de seus dedos grandes pinças tenazes,

Há alguém da Itália entre vocês, pecadores?
E espero que as suas unhas lhes bastem
90 Para este trabalho, por toda a eternidade."

"Somos italianos, estes desfigurados diante de você,
Nós dois", disse um daqueles, chorando;
"Mas quem é você, que nos pergunta?"

Meu Guia respondeu: "Eu sou aquele que desce
Com este homem vivo, de Círculo em Círculo,
Para que eu possa mostrar a ele o Inferno."

Então os dois se afastaram um do outro;
E, tremendo, cada um se voltou para mim
Junto com outros, que ouviram aquelas palavras.

100 O bom Mestre voltou-se para mim, dizendo:
"Pergunte a eles o que você quiser."
E, enquanto ele se afastava, perguntei:

"Para que a memória de vocês não desapareça
No mundo superior, na mente dos homens,
E para que ela permaneça ainda sob muitos sóis,

Digam-me quem são, e de quais famílias;
Não deixe seu castigo vil e nojento
Impedi-los de se revelarem a mim."

"Eu era de Arezzo,[10] e Albero de Siena
110 Me enviou para a fogueira", um começou a confessar;
"Mas não foi por essa morte que cheguei até aqui.

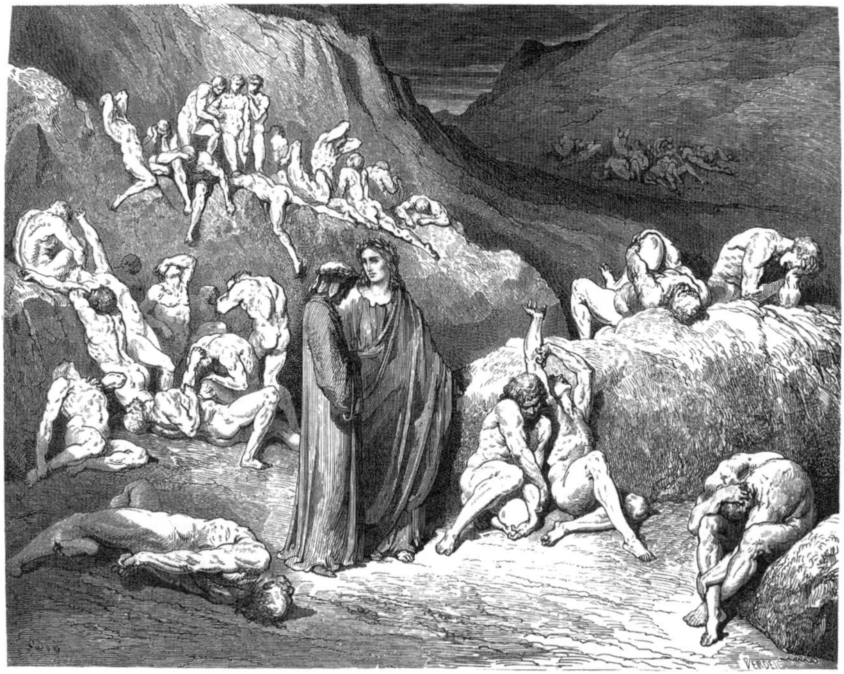

Eu disse para ele, em tom de brincadeira,
Que eu poderia voar, e sair flutuando pelo ar;
E ele, que era tão curioso e insensato,

Exigiu que eu demonstrasse para ele essa arte:
E, como eu não quis bancar o Dédalo,[11]
Seu pai adotivo me mandou para o fogo.

Mas, se vim para a mais profunda das dez Bolgias,
Foi por causa da alquimia que fiz no mundo,
120 Condenado pelo maldito Minos, que não erra."

E eu perguntei para o Poeta: "Já houve neste mundo
Pessoas tão cheias de vaidade como os sienenses?
Nem os franceses a eles se comparam!"[12]

Então o outro leproso, ao me ouvir,
Me disse estas palavras: "Exceto os Stricca,[13]
Que conduziam suas despesas com temperança;

E Nicolau, que tornou essa família rica
Sendo os primeiros na exploração do cravo
E dos jardins onde essa semente fica.[14]

130 E nem falemos da sociedade amaldiçoada
De Caccia d'Ascian, que esbanjou vinhas e bosques,
E de Abbagliato, que foi seu mestre em inteligência.[15]

E, para que você saiba quem sou, já que partilhamos
O ódio contra os sienenses, abra bem os seus olhos
Para que meu rosto você possa conhecer.

Sim, você verá que sou a sombra de Capocchio,[16]
Que forjou metais falsos por meio da alquimia;
E você deve se lembrar, se eu bem supor,

Como eu fui um bom macaco, imitador da natureza."

Notas

1 *Vinte e duas milhas*: A Nona Bolgia tem uma circunferência de 22 milhas (35 quilômetros). Como a procissão das sombras é lenta, demandaria de fato uma parada prolongada para esperar até que todos tivessem passado sob a ponte. Virgílio pergunta ironicamente se Dante deseja contar a todos. Este detalhe preciso, junto com outro detalhe do mesmo tipo no Canto seguinte (linha 86), sugeriu a tentativa de construir o Inferno em uma escala, pois daí em diante Dante lida com medidas exatas.

2 Já é algum tempo depois do meio-dia de sábado. Antes do anoitecer, devem terminar a exploração do Inferno, e nele terão passado vinte e quatro horas.

3 *Geri del Bello*: um dos Alighieri, primo em primeiro grau do pai de Dante.

4 *Altaforte*: Castelo de Bertrand de Born, na Gasconha.

5 Eles cruzaram a muralha que separa a Nona Bolgia da Décima, da qual eles agora teriam uma visão, se não estivesse tão escuro.

6 A palavra *conversi* (convertidos), usada por Dante, descreve os pecadores como irmãos leigos de um mosteiro. A comparação não envolve desprezo pela vida monástica, mas é naturalmente usada com referência àqueles que vivem isolados e sob uma regra fixa. Ele também fala do colégio dos hipócritas (*Inferno* XXIII. 91) e fala do Paraíso como o claustro onde Cristo é o Abade (*Purgatório* XXVI. 129).

7 *Valdichiana*: O distrito situado entre Arezzo e Chiusi; no tempo de Dante era um foco de malária, mas hoje, devido às obras de drenagem promovidas pelo ilustrado ministro toscano Fossombroni (1823), é uma das regiões mais férteis e saudáveis da Itália.

8 *Sardenha*: tinha na Idade Média má reputação por seu ar pestilento. Maremma já foi mencionada (*Inferno* XXV. 19).

9 *Egina*: A descrição é tirada de Ovídio (*Metamorfoses* VII.).

10 Este aretino é Griffolino, queimado em Florença ou Siena sob a acusação de heresia. Alberto de Siena era um parente ou filho natural do bispo de Siena.

11 *Dédalo*: grande inventor da Grécia. Seu filho Ícaro escapou do labirinto de Creta, com as asas que construiu, e depois se perdeu.

12 Uma comparação dos sieneses com os franceses, já que Siena se gabava de ter sido fundada pelos gauleses. "Esse povo vaidoso", diz Dante dos sieneses no *Purgatório* (XIII. 151).

13 *Os Stricca*: a exceção em seu favor é irônica, como todas as outras mencionadas.

14 Nicolau Stricca e sua família enriqueceram com o extravagante costume dos sieneses de rechear faisões com cravo-da-índia, que na época era muito caro.

15 *Caccia d'Ascian e Abblagliato*: os dois jovens nobres de Siena mencionados eram membros de uma sociedade formada com o propósito de viverem juntos no luxo. Doze deles contribuíram com um fundo de mais de duzentos mil florins de ouro; eles construíram um grande palácio, mobiliado de forma magnífica, e lançaram-se em todo tipo de extravagância, com tal ferocidade que em poucos meses todo seu capital se foi.

16 *Capocchio*: um alquimista famoso na época de Dante. Ele foi queimado em Siena, em 1293.

Canto XXX

OITAVO CÍRCULO: MALEBOLGE. DÉCIMA BOLGIA (FALSIFICADORES E CALUNIADORES) – MESTRE ADAMO

Quando Juno ficou enfurecida de ciúme
Por causa de Sêmele,[1] contra todo o sangue de Tebas,
Como nos foi contado por muitas fadas;

E quando Atamante ficou tão enlouquecido,[2]
Que, vendo sua esposa com os dois filhos,
Segurando um deles em cada mão,

Ele gritou: "Estendam as redes, para que eu possa laçar
A leoa junto com os filhotes na armadilha!"
E então estendeu suas garras impiedosas

10 E pegou aquele que se chamava Learco,
E girou-o, e espatifou-o sobre uma pedra,
E depois afogou a esposa, com o outro fardo;

E quando a sorte tinha por fim se voltado
Contra o orgulho dos troianos, agora humilhados,
Com seu monarca e reino igualmente desfeitos;

E quando a triste Hécuba,[3] miserável e cativa,
Lamentava sobre o corpo de Polixena
E viu na praia jazer seu querido Polidoro,

E toda a costa do mar pôde ouvir seu lamento:
20 Ela se esgotou, latindo como um cão,
E sua razão foi reprimida pela tristeza;

Enfim, nem a fúria de Tebas, nem a de Troia,
Não poderiam machucar de maneira tão cruel,
Nem ferir as bestas, muito menos a forma humana,

Como duas sombras que eu vi, pálidas e nuas
Numa corrida louca, mordendo a todos pelo caminho,
Assim como os porcos que saem de um chiqueiro.

Uma delas alcançou Capocchio, e cravou-lhe os dentes
Em sua nuca; o pobre coitado caiu de barriga
30 E foi levado, arrastado pelo chão pedregoso.

E o aretino,[4] que ainda estava tremendo, se levantou
E me disse: "Esse capetinha é Gianni Schicchi,[5]
Que está sempre assim, raivoso, mordendo os outros."

"Ó amigo!", disse eu para ele, "Antes que esse aí
Também crave os dentes em você, por favor,
Diga quem é a outra sombra que veio correndo."

E ele me disse: "Aquele é o antigo espírito
Da celerada Mirra,[6] que se tornou amante
Do próprio pai, além de todos os limites do amor.

40 E, para cometer essa vil transgressão,
Ela conseguiu falsificar a própria forma,
Como o seu par, esse outro que ali vai.

Tendo cobiçado a Dama do Rebanho,
Ele se disfarçou, e fingiu ser Buoso Donati[7]
Legando seus bens, e assinando um testamento."

E quando o casal raivoso se afastou –
Eu não conseguia despregar os olhos deles –,
Voltei-me para olhar os outros infelizes.

Então eu vi um que se pareceria com um alaúde,
50 Se a sua virilha estivesse separada
Daquela parte do corpo onde o homem se bifurca.

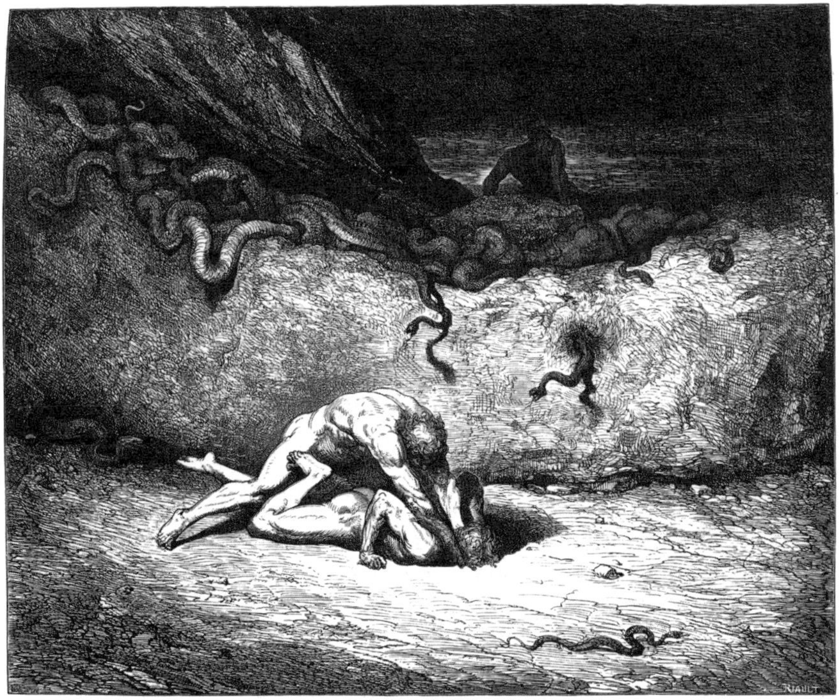
RIAULT

A dolorosa hidropisia, que desproporciona o corpo
E distorce os membros com os humores de seu mal,
Até que a barriga cresça fora de sintonia com o rosto,

Obrigou-o a manter os lábios entreabertos
Como faz um hético que, possuído pela sede,
Deixa um lábio caído enquanto ergue o outro.

"Ó vocês, que por nenhum castigo são angustiados,
E não entendo porquê, neste mundo de sofrimento",
60 Ele disse; "Por favor, deem um pouco de atenção

À completa miséria do Mestre Adamo.[8]
Em vida, gozei à vontade tudo o que desejei;
E agora, ai de mim! clamo por uma gota de água fresca.

Os riachos de água cristalina em cada colina verde
De Casentino, que descem até a queda do Arno
E todos os seus cursos preenchem com umidade fria,

Sempre, como em um sonho, vejo todos eles;
Porque a visão deles me castiga mais
Do que esta doença que vai comprimindo meu rosto.

70 A justiça que me castiga de forma tão dolorosa
Pode encontrar motivo no lugar onde pequei
E faz aumentar os suspiros que agora deploro.

Foi em Romena, lá onde eu falsifiquei
Uma moeda com a efígie do Batista,[9]
E ali deixei meu corpo queimado para trás.

Queria tanto encontrar aqui o espírito miserável
De Guido, ou de Alessandro, ou do irmão deles![10]
Eu preferiria vê-los, a ver novamente a Fonte Branda.[11]

Um já está aqui, a menos que estejam mentindo
80 As celeradas sombras que por aqui vagam.
Mas, de que me adianta, se estou todo deformado?

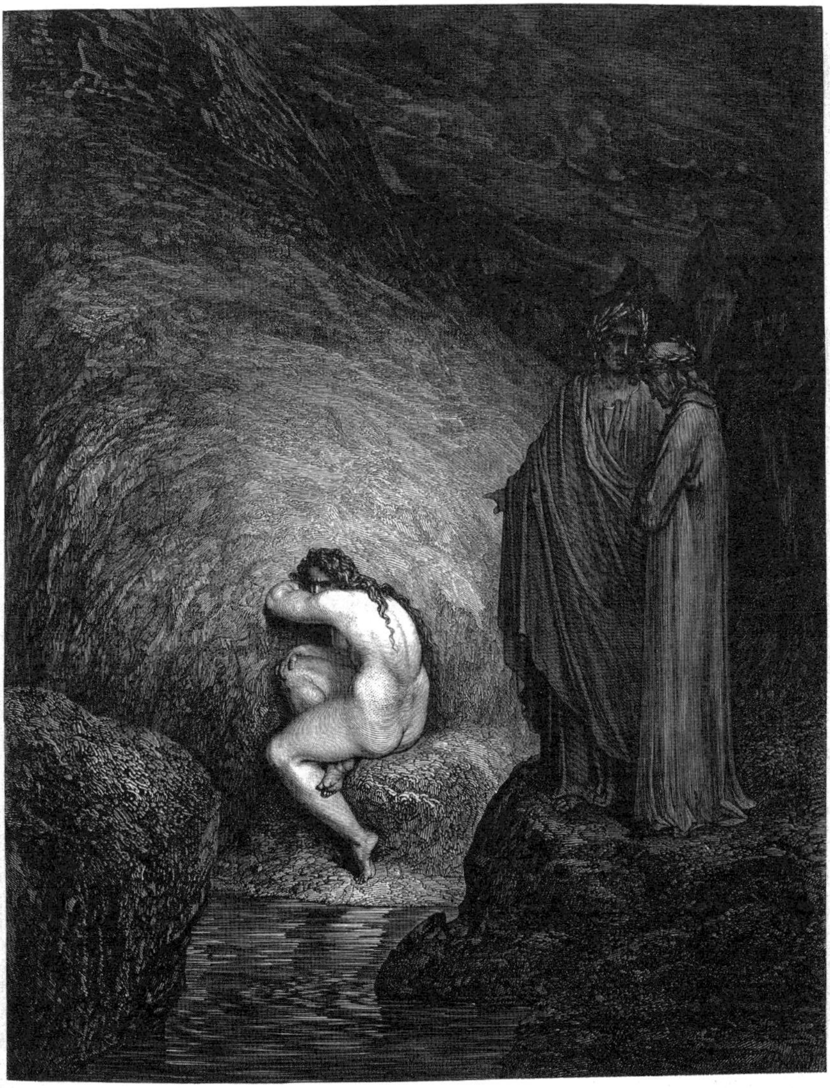

Pois, se eu ainda tivesse forças para rastejar
Pelo menos uma polegada a cada cem anos,
Eu já teria me colocado a caminho

E procurado por eles, entre esta gente vil;
Mas esta pocilga tem onze milhas de comprimento,
E não tem menos de meia milha de largura.¹²

Por causa deles estou aqui, entre maldita família;
Fui induzido por eles a cunhar os florins
90 Que continham três quilates de falsa liga."

Perguntei a ele: "E quem são esses dois miseráveis
Que exalam vapor como uma mão suada no inverno
E apodrecem aí, do seu lado direito?"

"Já estavam aqui antes, e nunca os vi se mexerem,
Desde que fui atirado neste vale", ele disse.
"E creio que eles nunca se moverão.

Uma dessas sombras é a cínica que acusou José;¹³
O outro é o falso Sinon, o grego de Troia.¹⁴
Queimando de febre, eles exalam esse fedor."

100 Então, um deles, com o orgulho ferido
Por ter sido apresentado assim, de forma tão indigna,
Golpeou, com o punho, aquela barriga estufada.¹⁵

A barriga redonda soou como um tambor;
E Mestre Adamo devolveu-lhe um tapa no rosto
Com o seu braço que estava menos rígido,

Enquanto exclamava: "Embora eu esteja impedido
De me mover, porque meus membros estão pesados,
Ainda tenho um braço para usar, quando preciso."

O outro respondeu: "Ah, é? Mas, quando estava indo
110 Para a fogueira, o seu braço não teve tanta serventia;
A não ser quando você cunhava suas moedas."

E o hidrópico respondeu: "Sim, isto é fato!
Mas você não foi assim tão verdadeiro
Quando os troianos perguntaram pela verdade."

"Sim, eu menti, mas você cunhou moedas falsas!"
Disse Sinon; "E eu estou aqui por uma única falha,
Mas você errou mais do que todos os demônios!"

"Lembre-se do cavalo, seu perjuro!",
Respondeu aquele da barriga dilatada;
"E que sinta mais dor, quanto mais for conhecido!"

"E que seja infinita a sede que racha sua língua!"
Disse o grego, "E que essa água podre
Inche seu estômago, diante dos olhos de todos!"

E o cunhador: "Você arreganha essa boca
Apenas para caluniar e para amaldiçoar;
Mas, se eu tenho sede e os humores me incham,

Você queima de febre, e a sua cabeça lateja.
E, para fazer você lamber o espelho de Narciso,[16]
Não seria preciso insistir com muitas palavras."

Eu os ouvia, ainda imóvel e perplexo,
Quando meu Mestre disse: "Mas que tanto você olha!
Falta bem pouco para me deixar zangado."

E, quando percebi que ele falava com raiva,
Voltei-me para ele com tanta vergonha,
Que, só em recordar, o meu rosto queima novamente.

E, como aquele que tem um sonho mau
E, acordando, não sabe se foi apenas um sonho,
Desejando que aquilo não se torne real,

Assim eu fiquei, mudo e cheio de remorsos,
Pois queria pedir desculpas, e não conseguia;
Pois acreditava que não seria perdoado.

"Falhas maiores são lavadas com menos vergonha",
Disse meu Mestre. "Há muitas falhas maiores do que a sua;
Portanto, fique livre de toda tristeza.

Mas não esqueça que sempre estarei ao seu lado,
Se a sorte o levar novamente para perto
Desse tipo de gente, em semelhante debate;

Porque é vergonhoso dar ouvidos a coisas como essas."

Notas

1. *Sêmele*: A filha de Cadmo, fundador e rei de Tebas, era amada por Júpiter e, portanto, odiada por Juno (Ovídio, *Metamorfoses* IV.).

2. *Atamante*: Casado com uma irmã de Sêmele, enlouqueceu com a irada Juno, com o resultado descrito no texto.

3. *Hécuba*: Esposa de Príamo, rei de Troia, e mãe de Polixena e Polidoro. Enquanto ela lamentava a morte de sua filha, morta como uma oferenda na tumba de Aquiles, ela também encontrou o cadáver de seu filho, morto pelo rei da Trácia, a cuja guarda ela o havia confiado (Ovídio, *Metamorfoses* XIII.)

4. Griffolino, aquele que disse que podia voar (*Inferno* XXIX. 97).

5. *Gianni Schicchi*: um dos Cavalcanti de Florença.

6. *Mirra*: Mirra ou Esmirna, na mitologia greco-romana, foi a mãe de Adônis, filho que ela teve com seu próprio pai.

7. *Buoso Donati*: Apresentado como ladrão na Sétima Bolgia (*Inferno* XXV. 140). Buoso era dono de uma égua ímpar, conhecida como a Dama do Rebanho. Para reparar sua inescrupulosa aquisição de riquezas, ele fez um testamento, transmitindo seus legados a várias comunidades religiosas. Quando ele morreu, seu sobrinho Simone manteve o fato escondido e contratou Gianni Schicchi, que tinha grandes poderes de mimetismo, para fingir ser Buoso no leito de morte. Agindo como Buoso, o trapaceiro Gianni professou o desejo de fazer uma nova disposição de seus recursos e, após especificar alguns insignificantes legados de caridade, nomeou Simone como herdeiro dos bens e legou a égua de Buoso para si mesmo.

8. *Mestre Adamo*: Adamo de Brescia, exímio trabalhador dos metais, foi induzido pelo conde Guido de Romena em Casentino, distrito de planalto do Alto Arno, a falsificar a moeda de ouro de Florença (ver nota 9).

9. O florim de ouro, adotado depois em outros países da Península Itálica, foi cunhado pela primeira vez em 1252; os florins traziam de um lado o lírio, e do outro a efígie de São João. O ouro era de vinte e quatro quilates; ou seja, não tinha liga. A moeda logo passou a circular de forma ampla, e manter sua pureza tornou-se para os florentinos uma questão de primeira importância.

10. Os Guidi de Romena eram um ramo da família dos Guidi. O pai dos três irmãos citados no texto era neto do velho Guido e da boa Gualdrada, e primo de Guido Guerra (que Dante encontrou no Sétimo Círculo – ver *Inferno* XVI. 38). Não se sabe como se chamava o terceiro irmão, nem qual dos três já estava morto no início de 1300.

11. *Fonte Branda*: célebre fonte da cidade de Siena. Perto de Romena existe uma nascente que também se chama Fonte Branda. Mestre Adamo teria mais prazer em encontrar os Guidi

no *Inferno*, do que em ver novamente essa fonte.

12 Recordemos que a Bolgia anterior tinha 22 milhas de circunferência (*Inferno* XXIX. 9). Onze milhas de comprimento equivalem a dezessete quilômetros e meio, e meia milha de largura equivale a oitocentos metros.

13 A esposa de Potifar, que acusou injustamente José (*Gênesis* XXXIX).

14 *Sinon*: chamado Sinon de Troia, como foi conhecido por sua conduta. Ele fingiu ter desertado dos gregos e, por meio de uma história falsa, convenceu os troianos a aceitarem o fatal cavalo de madeira.

15 O grego, Sinon, deu um soco na barriga de Mestre Adamo.

16 *Espelho de Narciso*: O lago em que Narciso viu sua forma refletida.

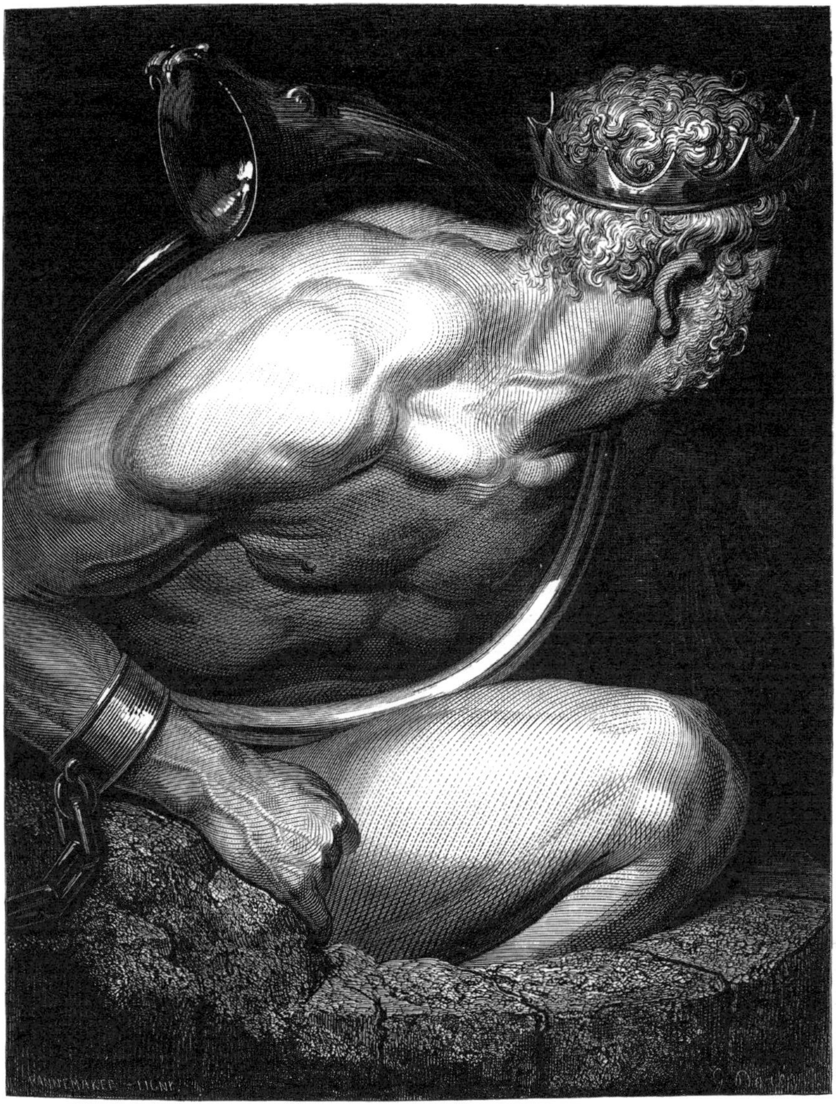

Canto XXXI

NONO CÍRCULO: LAGO CÓCITO. PRISÃO DOS GIGANTES

A mesma língua que primeiro me feriu
Tingindo de vermelho as minhas duas faces,
Agora, como um remédio, me curava.

Costumava-se dizer que a lança de Aquiles,
Que antes tinha sido de seu pai,
Primeiro feria, e depois restituía a saúde.[1]

Viramos as costas àquele vale miserável,[2]
Abrindo caminho pela muralha circundante
Sem proferir qualquer palavra, ao cruzá-la.

10 Aqui era menos que noite e menos que dia,
E mal conseguia ver o que estava à minha frente;
Mas ouvi o zunido sonoro de uma trombeta

Tão forte, que todos os trovões pareceriam fracos.
Voltei meus olhos para o lugar de onde veio o som,
Até que meu olhar se concentrou em um ponto.

Mesmo após a dolorosa derrota de Carlos Magno,
Quando perdeu seu exército sagrado,
Não soou de forma tão terrível o berrante de Orlando.[3]

Eu virei minha cabeça rapidamente
20 E então pude ver muitas torres elevadas.
"Mestre, que cidade é essa?", perguntei.

E ele para mim: "Você tenta forçar a sua visão
Para enxergar de longe as coisas obscuras;
E por isso seus olhos têm se enganado.

Chegando lá, você distinguirá bem
O quanto seu sentido foi traído pela distância;
Portanto, para o teu bem, vamos mais depressa."

Então, com ternura, ele pegou minha mão e disse:
"Antes de passarmos, quero que você saiba,
30 Para que fique menos consternado,

Que não são torres, mas sim gigantes enfileirados.
Posicionados em volta da borda do poço;
E do umbigo para baixo estão enterrados."

E quando o véu de névoa se dividiu,
Pouco a pouco foi se esclarecendo a visão
Do que aquele obscuro vapor antes escondia;

Então, perfurando denso o ar sem luz,
Conforme eu, passo a passo, me aproximava do limite,
Meu engano se foi; mas fiquei sobremaneira assustado.

40 Assim como Monteriggioni[4] é coroada com torres
Que surgem das paredes que a rodeiam,
Da mesma forma se erguiam, circundando o poço,

Com metade dos seus corpos elevada,
Gigantes terríveis, a quem Júpiter ainda ameaça
Quando troveja e envia seus raios dos céus.

Eu já podia avistar o rosto de um deles,
Seus ombros, seu peito e boa parte da barriga,
E ambos os braços, pendurados ao lado do corpo.

Quando a Natureza cessou de fazer criaturas como essas,
50 Ela com certeza trabalhou com sabedoria,
Privando Marte desses instrumentos de guerra.

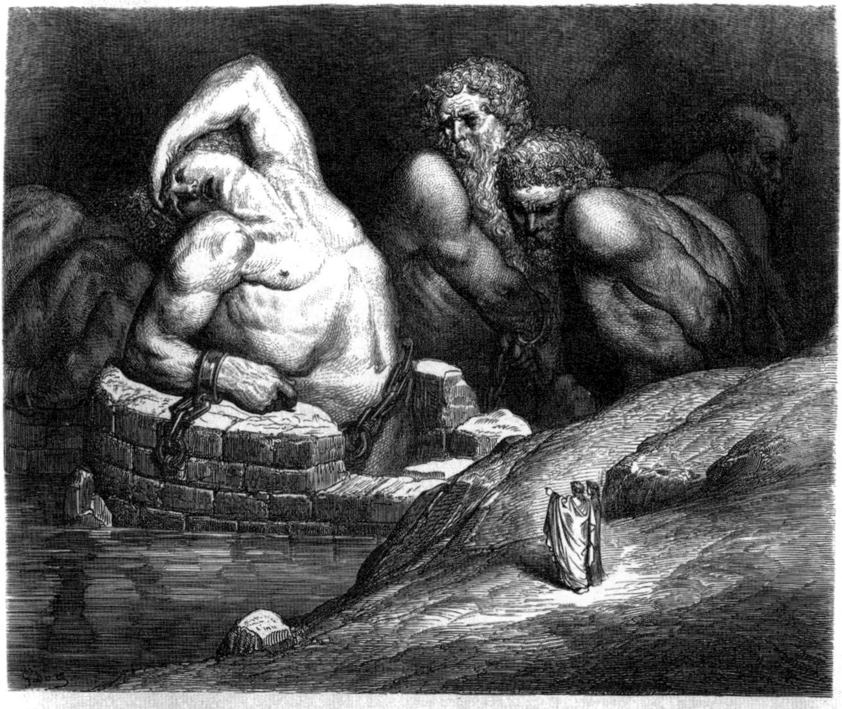

E, embora ela tenha se arrependido deles,
Ela criou a baleia, e também o elefante.
Mas isso justifica sua sabedoria de pensamento;

Pois, quando os poderes do intelecto
Estão casados com a força e a má vontade,
A raça do homem está, de fato, desamparada.

Então um rosto apareceu, tão grande e longo
Quanto a cúpula de São Pedro, em Roma,
60   E nessa proporção eram moldados todos os ossos.[5]

As barrancas da vala cingiam a sua cintura,
Assim como uma túnica rasgada;
E tão alta estava a folhagem de seus cabelos,

Que nem três frísios[6] teriam altura para alcançá-los.
Eu pude contar trinta grandes palmos,
A partir do lugar de onde o homem afivela seu manto.

"Raphèl maì amècche zabì almi!"[7]
Começou a sair daquela boca bestial,
Que dificilmente pronunciaria os doces salmos.

70   E, então, meu Guia acusou-o: "Alma estúpida,
Continue tocando o seu berrante. Alivie-se com isso,
Quando a raiva ou outras paixões saírem do controle!

Olhe para o seu pescoço e você encontrará a alça
Que o mantém firme; e veja, espírito confuso,
Como ela fica bem no seu peito monstruoso."

E então para mim: "Ele mesmo é seu próprio acusador;
Pois esse é Nimrode, cujo pensamento perverso
Impediu os homens de falarem uma só língua.

Vamos deixá-lo, não gastemos nosso discurso em vão;
80   Pois as palavras ditas a ele, em qualquer idioma,
Para ele não contêm nenhum sentido."

295

Virando à esquerda, aceleramos em nossa jornada,
E à distância do voo de uma flecha
Encontramos outro maior e mais terrível.

Qual artífice o prendeu assim com força, eu não sei dizer;
Mas seu braço esquerdo estava amarrado na frente,
E o direito estava preso às suas costas,

Com uma corrente que o cingia com firmeza.
Do pescoço até a cintura, onde seu corpo podia ser visto,
90 Por cinco voltas dessa corrente ele era oprimido.

"Incitado pela ambição, este soberbo
Tentou medir forças com o Todo-Poderoso Júpiter",
Disse meu Guia; "E ele é assim recompensado.

Esse é Efialtes,[8] que lutou de forma poderosa
Na batalha em que os gigantes assustaram os deuses;
Os braços que ele empunhava não se movem mais."

E eu disse para ele: "Eu gostaria, se pudesse,
De saber onde está o desmesurado Briareu[9]
E poder colocar meus olhos sobre ele."

100 "Em breve você verá Anteu", ele respondeu,
"Ele pode falar, e não está acorrentado.
Ele nos levará até as profundezas de toda iniquidade.

Aquele que você quer ver está mais longe,
Preso e acorrentado, assim como este;
Mas em seu rosto reina muito mais ferocidade."

Nunca houve terremoto tão estrondoso
Que pudesse derrubar uma torre com tanta força,
Como o tremor de Efialtes, cheio de raiva e despeito.

O terror da morte se apoderava de mim;
110 E creio que o próprio medo teria me matado,
Se não fosse pelas correntes que prendiam o gigante.

E seguimos um pouco adiante, e chegamos a Anteu.
Ele ostentava umas cinco braças de altura,
Sem contar a cabeça, para fora do poço.

"Ó você, do vale abençoado pela Fortuna,[10]
Onde Cipião da glória foi feito herdeiro
Quando Aníbal e seus homens viraram as costas;

Você que tomou mil leões como espólio,
E, se tivesses participado na guerra suprema[11]
120 Lutando ao lado de seus irmãos,

Os filhos da Terra teriam conquistado a vitória.
Conduza-nos agora, e não se mostre desobediente,
Até onde o Cócito[12] está preso por grande geada.

Não nos faça ir até Tício[13] nem até Tifeu.
Pois trago alguém que pode conceder o que mais deseja.
Não nos desdenhe, e incline-se até nós.

Ele pode restaurar o seu nome na Terra com glória;
Ele vive, e ainda vai ter uma longa vida,
Se a Graça não o chamar antes de sua hora."

130 Assim falou meu Mestre. Em seguida, com toda pressa,
O gigante estendeu as mãos e pegou meu Guia –
Aquelas mãos, em cujo aperto Hércules fora retorcido.

E, quando Virgílio se sentiu em segurança,
Ele me disse: "Venha, para que eu possa te segurar."
E segurou-me forte, como se fôssemos um só.

E assim como alguém sob a torre de Carisenda,[14]
Enquanto sobre ela voam as nuvens,
Assombrado, vê que a torre parece se inclinar;

Assim aconteceu comigo. Fiquei estarrecido,
140 Enquanto Anteu se inclinava; e, se eu estivesse sozinho,
Teria procurado de bom grado outro caminho.

Mas ele nos depositou com gentileza no abismo,
Onde Lúcifer e Judas permanecem engolidos;
Ele não permaneceu assim curvado por muito tempo,

E, como o mastro de um navio, ergueu-se novamente.

Notas

1. A ferrugem na lança de Aquiles tinha a virtude de curar feridas.

2. Deixando a Décima Bolgia, eles escalam a margem interna e se aproximam do Nono e último Círculo do Inferno.

3. *Orlando*: Carlos Magno, em sua marcha para o norte depois de derrotar os sarracenos, deixou Rolando para conduzir a sua retaguarda. O inimigo caiu sobre ele com força superior e matou os cristãos, quase até o último homem. Então Rolando, mortalmente ferido, sentou-se debaixo de uma árvore em Roncesvalles e soprou seu famoso berrante, tão alto que foi ouvido por Carlos a uma distância de vários quilômetros.

4. *Montereggioni*: Uma cidade perto de Siena, da qual ainda existem amplas ruínas. Não tinha uma fortaleza central, mas doze torres se erguiam de sua parede circular como pontas de uma tiara. Como as torres se erguiam ao redor de Montereggioni, os gigantes em intervalos regulares se posicionam ao redor do fosso central. Como a personificação da força ímpia sobre-humana e do orgulho, eles representam os carcereiros do último nível do Inferno.

5. Se o rosto do gigante era do tamanho da cúpula de Roma, ele deveria ter pelo menos 15 metros de altura.

6. Três homens muito altos, como Dante imaginou que fossem os frísios, se ficassem de pé um na cabeça do outro, não atingiriam os cabelos do gigante.

7. Estas palavras, assim como a linha de abertura do Canto VII, desafiaram a engenhosidade de muitos estudiosos. Mas, pelo que se segue, fica claro que Dante pretendia que elas não tivessem sentido. Isso faz parte da punição de Nimrode por ter incitado a construção da Torre de Babel e causado a confusão de línguas; agora ele não entende ninguém, e fala em uma língua que só ele entende.

8. *Efialtes*: Um dos gigantes lutou na *Gigantomaquia*, a guerra com os deuses.

9. *Briareu*: segundo a mitologia, um monstro assustador que tinha cem braços.

10. *O vale assombrado pela fortuna*: O vale do Bagrada, perto de Útica, onde Cipião derrotou Aníbal e ganhou o sobrenome de Africano. O gigante Anteu vivia ali, segundo a lenda, comendo carne de leões e morando em uma caverna. Ele era filho da Terra e não poderia ser derrotado enquanto estivesse com os pés no chão. Antes de lhe dar um abraço mortal, Hércules precisou levantá-lo.

11. Anteu não lutou na *Gigantomaquia*, a batalha dos gigantes contra os deuses.

12. *Cócito*: O lago congelado alimentado pelas águas do Flegetonte (*Inferno* XIV. 119).

13 *Tício e Tifeu*: Estes eram outros gigantes, menos fortes do que Anteu.

14 *Carisenda*: Torre ainda de pé em Bolonha, construída no início do século XII e, como tantas outras do gênero, erigida não como fortaleza, mas apenas para dignificar a família à qual pertencia.

Canto XXXII

NONO CÍRCULO: LAGO CÓCITO. CAÍNA (TRAIÇÃO CONTRA OS PARENTES). ANTENORA (TRAIÇÃO CONTRA A PÁTRIA)

Se eu soubesse produzir rimas ásperas e mais sonoras,
Tal como seria adequado para essa triste caverna
Acima da qual estão todas as outras muralhas,

A seiva dos pensamentos que nascem dentro de mim
Brotaria com mais força; mas, como eu as não tenho,[1]
Continuo divagando em meus versos, mas um tanto aflito.

Pois não deve ser encarada como brincadeira
A tarefa de descrever a base de todo o universo
Em minha língua de criança, que fala "mamma" e "babbo".[2]

10 Mas que as Senhoras possam sustentar meu verso,
Assim como ajudaram Anfião a cercar Tebas,[3]
E que minhas palavras permaneçam fiéis.

Ó gentalha malnascida! Miserável, acima de tudo!
Como é difícil falar sobre a sua dura morada.
Vocês seriam mais felizes, se fossem ovelhas ou cabras!

Já estávamos parados no fosso escuro,
Abaixo dos pés do gigante,[4] bem abaixo,
E estava ainda olhando para o muro alto,

Quando ouvi uma voz: "Preste atenção aos seus passos,
20 Para que não sejam pisadas por suas solas
As cabeças dos seus infelizes e miseráveis irmãos."

Ao ouvir essas palavras, eu me voltei
E vi sob meus pés um lago congelado,[5]
Que parecia ser feito de vidro, em vez de água.

Em todo o curso por onde jaz o austríaco Danúbio,
Nunca vi um véu de gelo tão espesso no inverno,
Nem no rio Don, sob seus céus frios,

Como esse que vi aqui; se Tambernicchi
Ou o Monte Pietrapana caíssem sobre ele,[6]
30 A sua borda não sofreria o mais leve trincar.

E como o sapo coaxante mantém bem à vista
Seu focinho fora do lago, na época do ano
Em que a camponesa sonha com as colheitas;

Assim as sombras enlutadas eram cobertas de gelo;
Estavam tão lívidos, que nem podiam corar de vergonha,
Batendo os dentes, como as cegonhas batem seus bicos.

Cada um deles tinha o rosto inclinado para baixo;
As bocas davam testemunho do frio que sentiam,
Enquanto os olhos denunciavam a tristeza do coração.

40 E, tendo olhado com mais calma ao meu redor,
Eu me detive, olhei para baixo e vi duas cabeças
Tão juntas, que seus cabelos estavam emaranhados,

"Digam-me, quem são vocês, assim tão estreitados?"
Eles dobraram seus pescoços para trás,
E, quando suas faces se ergueram,

Seus olhos, que antes estavam apenas úmidos,
Jorraram lágrimas, que desceram até os lábios;
Mas logo o frio congelou as lágrimas, e cerrou seus olhos.

Nenhuma ferramenta já fixou um rebite na prancha
50 Com mais firmeza do que aqueles dois estavam ligados;
E, como bodes raivosos, eles batiam as cabeças um no outro.

E um outro, que já não tinha mais as orelhas,
Com o rosto ainda virado para baixo,
Perguntou: "Por que está tão espantado conosco?

Se você quer saber quem são esses dois,
O vale onde descem as enchentes do Bisenzio
Já foi deles, e de seu pai Alberto;[7]

E uma mesma mãe os carregou. E por toda a Caína,[8]
Procure, e você não encontrará ninguém
Mais merecedor de ser preso nesta gelatina.

Nem aquele, cujo peito e sombra igualmente
Foram perfurados por um golpe da lança de Arthur;[9]
Nem ainda Focaccia;[10] e nem este aqui

Cuja cabeça me atrapalha, bloqueando minha visão.
O nome dele era Sassolo Mascheroni;[11]
Você deve conhecê-lo, se também é toscano.

E você não precisa me fazer falar mais:
Sou Camiscione de Pazzi[12] e estou cansado de esperar
Por Carlino, cuja culpa é maior do que a minha."

E meus olhos viram milhares de rostos asquerosos,
Por isso, até hoje, eu sempre fico assombrado
Quando fico perto de lagos congelados.

Enquanto fazíamos nosso caminho para o Centro[13]
Para o qual gravitam e convergem todas as coisas,
Naquele frio eterno que me fazia tremer,

Seja por fortuna, providência ou destino,
Eu não sei; mas quando andava entre as cabeças
Eu chutei uma bem no rosto; e ela logo me disse:

"Ei, por que me chuta?", rosnou e lamentou.
"A menos que esteja se vingando por Montaperti,
Por que você está me machucando?"[14]

Eu disse: "Mestre, por favor, me espere
Pois preciso esclarecer algumas coisas com este aqui;
E depois deixarei meu ritmo ser guiado por você."

Meu Guia parou, e eu parei para falar com aquele
Que continuava proferindo maldições estridentes:
"Diga, quem é você, para gritar assim com os outros?"

"E quem é você, que anda assim à vontade por Antenora,[15]
Chutando e atropelando o rosto dos outros
90   Com tanta força, como se ainda estivesse em vida?"

"Eu ainda estou vivo e até poderia te ajudar",
Respondi. "Caso queira ser lembrado na Terra,
Posso colocar o seu nome entre as minhas notas."

E ele: "Eu, não! Pelo contrário, estou feliz assim.
Saia daqui e não me ofereça mais esmolas;
Dentro deste pântano, suas lisonjas são todas em vão."

Então comecei a puxá-lo pelo couro cabeludo,
E disse: "Você vai me dizer o seu nome,
Ou logo seu cabelo não será mais tão abundante."

100 E ele respondeu: "Mesmo que você me deixe careca!
Não vou dizer nada, nem mostrarei o meu rosto;
Não, mesmo que me escalpele mil vezes!"

Eu já tinha as mãos cheias de cabelos,
Com muitos tufos que já tinha arrancado,
Enquanto ele latia, com os olhos voltados para o chão.

Então, outro gritou: "Ei, Bocca, o que foi agora?
Não basta ficar batendo com os dentes,
Você também precisa latir? Qual o diabo que te ataca?"

"Ah-há!", disse eu, "Não precisa dizer mais nada,
110 Traidor maldito; e notícias boas e verdadeiras
Sobre sua desgraça eu levarei para o mundo."

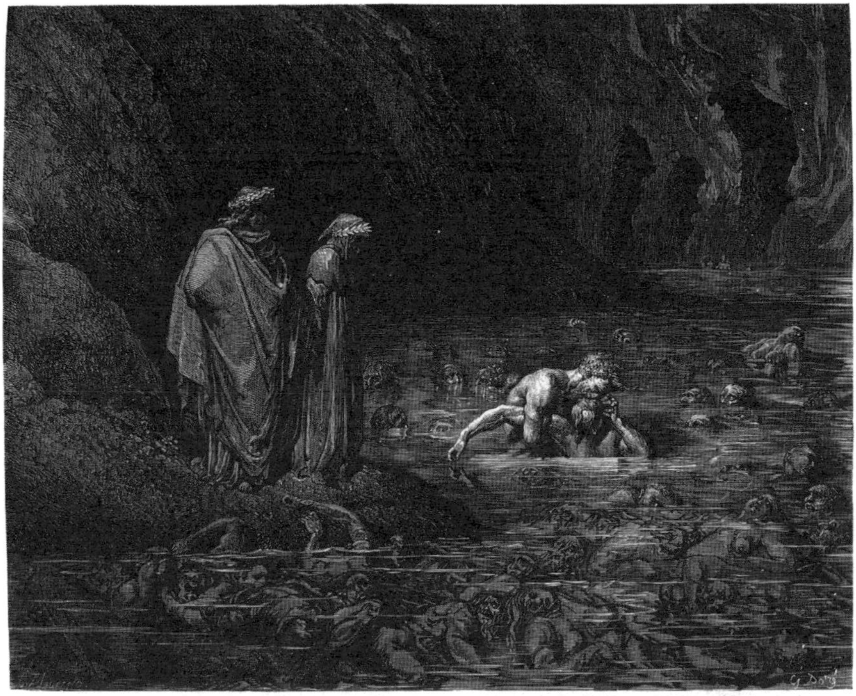

"Vá embora, e conte o que quiser!", ele respondeu;
"Se sair daqui, também não deixe de difamar
Esse aí, que não sabe guardar a língua.

Pela prata dos franceses, ele hoje aqui chora.[16]
Pode dizer a todos: 'Eu vi aquele tal de Duera,
Lá onde os pecadores tremem congelados.'

E se perguntarem: 'Quem mais estava lá?'
Você tem o Beccheria[17] aí ao seu lado,
120 Aquele que teve a garganta cortada em Florença.

Gianni de Soldanieri[18] também está aqui,
E também o Ganellone,[19] e o Tebaldello,[20]
Aquele que abriu os portões de Faenza."

Nós já o tínhamos deixado para trás,
Quando eu vi outro par, dentro de um buraco;
A cabeça de um era como se fosse o chapéu do outro.

E, como um homem faminto que rasga um pão,
Assim o de cima cerrava os dentes no outro,
No lugar onde a nuca e o cérebro se juntam.[21]

130 Era pior que Tideu,[22] em seu ódio desdenhoso,
Quando mordeu e retalhou as têmporas de Menalipo
O que ele fazia do crânio e de outras partes.

"Ó você, que prova por tal ato bestial
O ódio que sente por aquele que mastiga.
Declare o seu motivo", disse eu, "para tal ato;

E, se essa mágoa for justificada,
Quero saber quem você é, e qual foi o seu pecado,
E eu farei bem para você no mundo,

Se você ainda tiver uma língua para falar."

Notas

1. *Como eu as não tenho*: "não tenho as rimas ásperas e mais sonoras" (ver nota 2).

2. Dante reclama que, para seu propósito, ele não tem na língua italiana um suprimento adequado de palavras ásperas e sonoras; mas ele tentará usar as melhores palavras que puder.

3. *Anfião*: com a ajuda das Musas (*Senhoras*) tocou uma música e encantou as rochas da montanha, empilhando-as para formar os muros de Tebas.

4. Os pés do gigante Anteu. Este é o Nono e último Círculo, dividido em quatro anéis concêntricos – *Caína, Antenora, Ptolomeia* e *Judeca* – onde os traidores de diferentes tipos são punidos.

5. *Um lago congelado*: O Cócito. Consulte *Inferno* XIV. 119

6. *Tambernicchi*: hoje conhecido como monte Tambura, na Toscana. É mencionado não por seu tamanho, mas pela dureza de seu nome. *Pietrapana*: montanha entre Modena e Lucca, visível de Pisa.

7. *Alberto*: da família dos Condes Alberti, senhor do vale superior do Bisenzio, perto de Florença. Seus filhos, Alessandro e Napoleone, mataram um ao outro em uma briga a respeito de sua herança.

8. *Caína*: O primeiro anel externo do Nono Círculo, e aquele em que são punidos os traidores de seus parentes. Aqui está reservado um lugar para Gianciotto Malatesta, o marido de Francesca Rimini (*Inferno* V. 107).

9. Mordred, filho natural do Rei Arthur, que foi morto pelo pai em batalha como um rebelde e traidor. A lenda diz que, após o golpe de lança, o cavaleiro Girflet viu com clareza um raio de sol passar pelo buraco da ferida.

10. *Focaccia*: membro da família pistoiense de Cancellieri, cujas rixas domésticas originaram os partidos dos Brancos e Negros. Ele assassinou um de seus parentes e cortou a mão do outro.

11. *Sassolo Mascheroni*: Da família florentina dos Toschi. Ele assassinou seu sobrinho, de quem, segundo alguns relatos, ele era o tutor. Por este crime, sua punição foi rolar pelas ruas de Florença em um barril, e depois ele foi decapitado.

12. *Camiscione e Carlino de Pazzi*: pertenciam à família dos Pazzi de Valdarno, distintos dos Pazzi de Florença. Camiscione está ansioso para revelar a traição e profetizar a culpa de seu parente Carlino, ainda vivo. Em 1302 ou 1303, Carlino ocupou o castelo de Piano de Trevigne em Valdarno, onde muitos dos Brancos exilados de Florença se refugiavam, e por suborno ele os entregou ao inimigo.

13. *O Centro*: O fundo do *Inferno* é o Centro da Terra e, no sistema de Ptolomeu, o ponto central do universo.

14 *Montaperti*: Ver *Inferno* X. 85. Quem fala é Bocca, da família florentina dos Abati, que serviu como um dos cavaleiros florentinos em Montaperti. Quando o inimigo avançava contra o estandarte da cavalaria republicana, Bocca desferiu um golpe no braço do cavaleiro que o carregava e cortou sua mão. A queda repentina da bandeira desanimou os florentinos e em grande parte contribuiu para a derrota.

15 *Antenora*: O segundo anel do Nono Círculo, onde os traidores de seu país são punidos; o nome é em homenagem a Antenor, o príncipe troiano que, segundo a crença da Idade Média, entregara sua cidade natal aos gregos.

16 Quem revelou o nome de Bocca foi Buoso de Duera, um dos chefes gibelinos de Cremona. Quando Guido Monforti liderou um exército pela Lombardia com Carlos d'Anjou, em sua guerra contra o rei Manfredo (*Inferno* XXVIII. 16 e *Purgatório* III), Buoso, que guardava a passagem do rio Oglio, aceitou suborno para deixar o exército francês passar.

17 *Beccheria*: tesoureiro da família Beccheria, abade de Vallombrosa e legado em Florença do Papa Alexandre IV. Ele foi acusado de conspirar contra a comunidade junto com os exilados gibelinos (1258). Toda a Europa ficou chocada ao saber que um grande clérigo havia sido torturado e decapitado pelos florentinos. A cidade foi colocada sob interdição papal, proclamada pelo arcebispo de Pisa.

18 *Gianni de Soldanieri*: foi desertado pelos gibelinos florentinos, após a derrota do rei Manfredo.

19 *Ganellone*: seu conselho traidor levou à derrota de Carlos Magno e Orlando, em Roncesvalles.

20 *Trebaldello*: Um nobre de Faenza, que, para se vingar pela perda de um porco, enviou um molde da chave do portão da cidade a João de Apia, que então rondava a Romagna (*Inferno* XXVII. 43).

21 Estes são o Conde Ugolino e o Arcebispo Ruggieri, cujas histórias serão contadas no Canto XXXIII. Ruggieri, como traidor de seus amigos e aliados, está congelado em Ptolomeia; e Ugolino está em Antenora, como traidor de seu país. Mas Ugolino está perto da borda de Antenora, e pode alcançar a cabeça de Ruggieri.

22 *Tideu*: um dos Sete Reis de Tebas, que, tendo sido mortalmente ferido por Menalipo, fez com que seus amigos trouxessem a cabeça de seu inimigo e a destroçou com os dentes.

Canto XXXIII

**NONO CÍRCULO: LAGO CÓCITO.
ANTENORA (TRAIÇÃO CONTRA A PÁTRIA) – CONDE UGOLINO – PTOLOMEIA
(TRAIÇÃO CONTRA OS AMIGOS) – FREI ALBERIGO**

Erguendo sua boca do banquete selvagem,
Aquele pecador esfregou e limpou o sangue
No cabelo da cabeça que ele destruía;

E, então, começou: "Você me fará reviver mais uma vez
Uma dor desesperada, que me torce até o âmago,
Só em pensar, antes mesmo de falar.

Mas, se minhas palavras forem a semente para multiplicar
A vergonha do traidor que assim atormento,
Então verás como misturo fala e lamento.

10 Eu não sei quem você é, ou de que maneira
Desceu até este Inferno; mas quando te ouço,
Pelo seu jeito de falar, sei que é um florentino.

Você então deve saber que eu fui o conde Ugolino,[1]
E este aqui é o arcebispo Ruggieri.[2]
Agora ouça bem, e vou dizer por que estamos juntos.

Pelo efeito de seus desígnios doentios
Eu fui pego, confiando em suas palavras;
Contar como fui preso e morto seria perda de tempo.[3]

Mas aquilo que você ainda não ouviu
20 É como foi cruel a morte que conheci:
Ouça, e julgue, e diga-me se não foi uma grande ofensa.

Por uma janela estreita na Torre das Águias,
Que agora, por minha causa, se chama Torre da Fome,[4]
Lugar onde muitos ainda definharão,

Eu podia ver, através de uma fenda,
Que se passavam muitas luas;[5] e então tive um pesadelo,
E a cortina sobre o meu futuro foi aberta.

Nesse sonho, eu vi um senhor e um mestre,
Perseguindo um lobo e seus filhotes,
30   Na montanha que protege Lucca dos olhos de Pisa.[6]

E ele tinha como batedores, na dianteira,
Com seus cães famintos, bem treinados e velozes,
Os Gualandi, os Sismondi e os Lanfranchi.[7]

Não foi muito longa a perseguição:
Pai e filhos começaram a se cansar,
E então, pelas afiadas presas, seus flancos foram rasgados.

Quando eu acordei, antes do amanhecer,
Eu ouvi meus filhos[8] todos chorando, durante o sono –
Pois eles estavam comigo – e pediam pão.

40   Ah! Você deve ser muito cruel, se não sentir pena
Pelo simples pensamento que eu tinha em meu coração;
E, se não chorar por isso, o que te faria chorar?

Agora eles acordavam, e chegava o momento
Em que costumava chegar a nossa refeição;
E eu tinha medo de que meu sonho se tornasse realidade.

Então eu ouvi quando trancaram o portão
Da horrível torre; e, nesse momento, eu olhei
Nos rostos de meus filhos, silenciosos e espantados.

Eu não chorei, pois eu estava atordoado:
50   Mas eles choravam, e o querido Anselmuccio me perguntou:
"O que te aflige, papai? Por que nos olha assim?"

E mesmo assim eu não chorei, e não respondi;
Fiquei o dia inteiro, e a noite toda, sem dar resposta alguma,
Até que outro sol brilhou sobre o mundo.

Assim que um fraco raio de luz entrou
Em nossa penosa prisão, eu vislumbrei
Aqueles quatro rostos, tão parecidos com o meu.

Mordi minhas duas mãos em desespero;
E eles, imaginando que eu estava com fome,
60 Levantaram-se diante de mim, e disseram:

'Ó papai, para nós seria menos doloroso se nos devorasse.
Foi o senhor que nos vestiu nesta carne miserável:
Então somente o senhor pode nos despir.'

Eu me acalmei, para não aumentar a dor dos meus filhos.
E, no dia seguinte, não dissemos nenhuma palavra.
Ah! terra maldita, por que não se abriu naquele momento?

Quando chegamos ao final do quarto dia,
Gaddo caiu aos meus pés, de bruços; e perguntou:
'Por que, meu pai, por que o senhor não me ajuda?'

70 E ali ele morreu. Simples assim, como estou aqui agora;
E vi os outros três caindo, um por um,
No quinto dia e no sexto; então, já fraco e cego,

Eu tateei na escuridão, e procurei por eles,
E ainda chorei sobre seus corpos dois dias.
Por fim, a fome, mais forte do que a dor, prevaleceu."[9]

Tendo dito isso, com os olhos oblíquos,
Cravou novamente no crânio infeliz os seus dentes,
Fortes como os de um cachorro, raspando-o até os ossos.

Ah, Pisa! Vitupério e vergonha do povo
80 Que habita o doce país onde soa o *Sì*,[10]
Como os vizinhos são lentos para punir-te!

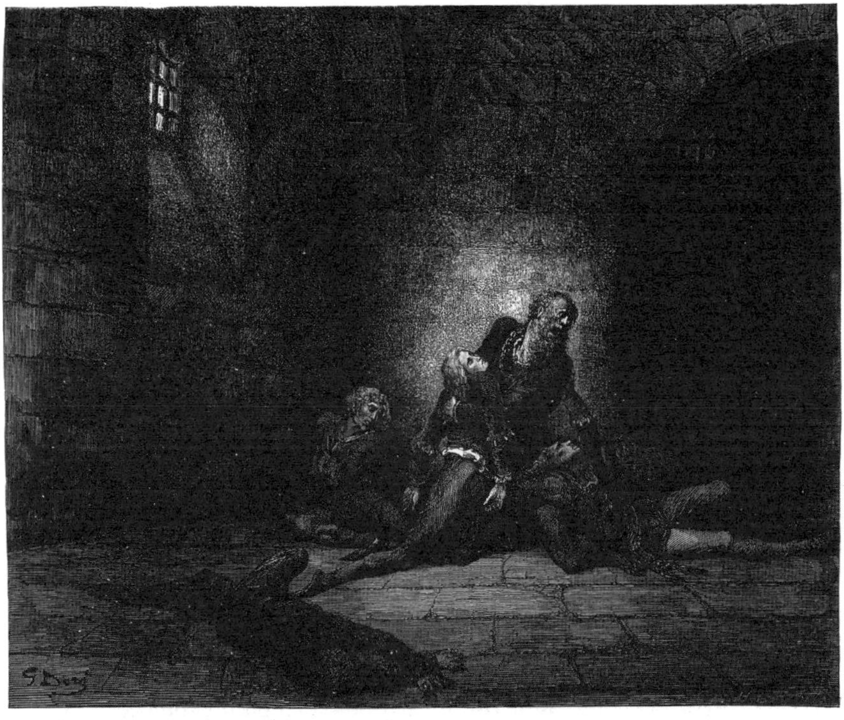
G. Doré

Que as ilhas de Górgona e Capraia[11] se movam,
Até onde o Arno se mistura com o mar,
Até que todos sejam afogados dentro de suas paredes!

Pois, embora Ugolino fosse culpado
De ter traído com vilania os teus castelos,
Os filhos dele não mereciam ter ido à cruz.

Quantos inocentes condenaste, quantas crianças! –
Ó, nova Tebas! – Além de Brigata, e o jovem Ugguicione,[12]
90 E os outros pequenos, que aqui foram cantados.

E seguimos adiante, onde há outra multidão de sombras
Que o gelo, com grossas nervuras, mantém acorrentadas;
Suas cabeças não estão abaixadas, mas deitadas para trás.[13]

O seu próprio suplício não os deixa chorar,
Pois a tristeza, encontrando barreiras em seus olhos,
Flui de novo para dentro, em aflição profunda.

As primeiras lágrimas logo se cristalizam,
E preenchem, como uma viseira de cristal,
O oco sobre o qual as sobrancelhas se erguem.

100 Meu rosto já estava calejado de frio,
Totalmente entorpecido, por causa da geada,
A ponto de eu não conseguir sentir mais nada;

Mas, assim parecia, eu senti uma brisa soprando
E perguntei: "Ó Mestre, de onde vem isso?
Tão fundo como onde estamos, ainda há algum vapor?"[14]

E ele respondeu: "Você não demorará muito para ver
A verdade sobre isso com seus próprios olhos
E descobrirá o que faz o vento soprar."

Então, na crosta fria, alguém naquela triste tripulação
110 Clamou em alta voz: "Ó almas cruéis,
Que chegam à ala mais profunda do Inferno,

Tirem estes duros véus do meu rosto,
Para que eu possa desabafar essa dor que me sufoca,
Antes que o meu pranto congele novamente."

E eu a ele: "Se você quer que eu te ajude,
Primeiro diga-me quem você é; e se eu não ajudar,
Que para o fundo do gelo eu seja atirado."[15]

Ele respondeu: "Eu sou o frei Alberigo,[16]
Aquele que cultivou frutas em um mau horto,
120 E aqui estou, recebendo tâmaras por figos."

"Ué!" disse-lhe eu, "Então já está morto?"
E ele respondeu: "Meu corpo ainda está lá em cima,
No mundo, e vou explicar como isso pode ser.

Pois Ptolomeia tem esta peculiaridade:
Muitas vezes, a alma mergulha neste lugar
Antes que seja libertada por Átropos.[17]

E como, de boa vontade, de meu rosto
Você removerá as vítreas lágrimas, vou dizer:
Qualquer alma humana que comete traição,

130 Assim como eu fiz, perde o corpo que uma vez foi seu.
Ele é possuído por um demônio, que o governa,
Até que todo o tempo de sua vida seja cumprido.

A alma arruinada é precipitada neste tanque.
O corpo deste aqui, a meu lado, pode estar lá em cima
Ainda que sua sombra já esteja cativa nesta geleira.

Mas você mesmo pode me dizer, já que acaba de chegar:
Pois este é *Ser* Branca d'Oria, e já faz alguns anos
Que sua alma jaz aqui, muito bem acorrentada.[18]

"Ora, ora", eu respondi, "acho que você quer me enganar,
140 Pois Branca d'Oria nunca esteve morto.
Ele ainda come, bebe, dorme, e muito bem se veste."

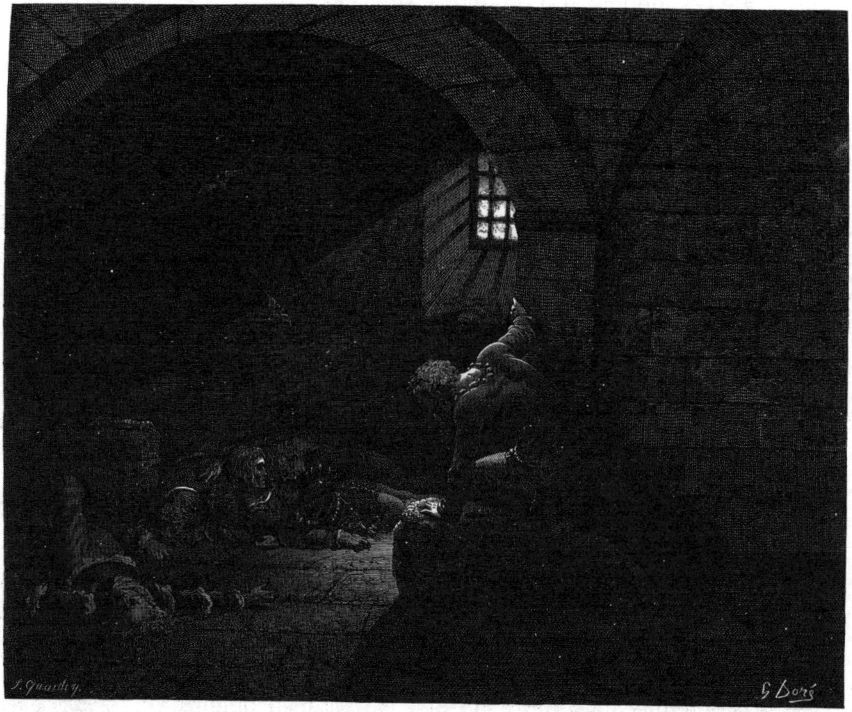

J. Quartley.
G. Doré

"Pois bem; lá em cima, em Malebranche",
Respondeu ele, "lá onde ferve o cruel lago de piche,
Ainda não tinha descido a sombra de Michel Zanche,

Quando esse aí deixou o diabo tomar sua alma
E apoderar-se de seu corpo; e um de seus parentes,
Traiçoeiro como ele, experimenta igual condenação.[19]

Mas agora estenda sua mão, cumpra sua promessa
E venha libertar meus olhos." Eu não fiz isso;
Minha maior cortesia foi não lhe dar nada.

Ah, genoveses! Homens que não sabem o que é decência!
Gentalha infectada com todos os tipos de pecado!
Por que não desaparecem logo do mundo?

Pois, ao lado da alma mais negra de Romagna,[20]
Eu encontrei um de vocês; que tanto mal fez,
Que sua alma já é oprimida nas geleiras do Cócito,

Embora seu corpo ainda esteja no mundo, em vida.

Notas

1 *Conde Ugolino*: Ugolino della Gherardesca, conde de Donorático, nobre rico e fértil em recursos políticos. Nascido em 1220, foi uma figura proeminente na cidade de Pisa, no período mais crítico de sua história. Ao dar uma de suas filhas em casamento ao chefe dos Visconti de Pisa, ele ficou sob a suspeita de ser simpatizante dos Guelfos, enquanto a cidade de Pisa era fortemente Gibelina. Quando foi levado ao exílio, junto com os Visconti, ele aproveitou a ocasião para entrar em relações estreitas com os Guelfos de Florença; e em 1278 pôde retornar a Pisa. Ele comandou uma das frotas de Pisa na desastrosa batalha de Meloria, em 1284 – quando Gênova obteve a supremacia sobre o mar Mediterrâneo e levou milhares de cidadãos pisanos em cativeiro. Isolada de seus aliados Gibelinos e quase afundada no desespero, a cidade o elegeu em 1285 para um governo com poderes quase ditatoriais; e, por meio de subornos e negociações astutas com os genoveses, ele conseguiu salvar Pisa da destruição. Mas a população logo percebeu que Ugolino parecia não estar interessado em negociar o resgate dos prisioneiros em Gênova. A fim de fortalecer sua posição, ele firmou um pacto com seu neto guelfo, Nino dei Visconti (*Purgatório* VIII. 53). Mas, sem o apoio do povo, era impossível manter sua posição contra os nobres Gibelinos, que se ressentiam da arrogância de seus modos e estavam amargurados com a perda de sua participação no governo. Seu destino foi selado quando, após brigar com Nino, ele buscou uma aliança com um líder dos Gibelinos, o arcebispo Ruggieri. O arcebispo delatou o conde como traidor; e então ocorreu uma batalha campal, na qual Ugolino foi derrotado. Ele se refugiou com seus filhos e netos no Palácio do Povo, onde resistiram por vinte dias, cercados pelas famílias Gibelinas e pela multidão enfurecida. Em julho de 1288 eles foram capturados, acorrentados e levados à torre de Gualandi. A prisão durou 8 meses; e em março de 1289 Ruggieri decretou que eles morressem de fome. Nem mesmo um confessor foi permitido a Ugolino e seus filhos. A porta da torre foi trancada, e ao final de oito dias todos estavam mortos.

2 *O arcebispo Ruggieri*: Ruggieri, da família toscana dos Ubaldini, à qual também pertenciam a beata Lúcia Ubaldini (*Inferno* II. 97) e o Cardeal Ottaviano (*Inferno* X. 120). Perto do fim de sua vida, ele foi convocado por Roma para prestar contas de todas as suas más ações e, ao se recusar, foi declarado rebelde à Igreja.

3 Toda a região da Toscana está familiarizada com a história do triste destino de Ugolino.

4 Por causa da história de Ugolino, a Torre de Gualandi passou a ser conhecida como Torre da Fome. Seu local agora abriga outra construção. As águias se aninhavam nela, na época da troca de penas.

5 *Muitas luas*: A prisão durou oito meses.

6 Lucca está a cerca de vinte quilômetros de Pisa, e a montanha entre elas é o Monte Giuliano.

7 *Os Gualandi, os Sismondi e os Lanfranchi*: Estes eram os chefes gibelinos das famílias de Pisa. No sonho de Ugolino eles são os caçadores, sendo Ruggieri o mestre da caça, e a população os cães de caça. Ugolino é o lobo; seus filhos e netos são os filhotes.

8 Dois deles, Anselmuccio e Brigata (mencionado na linha 89), eram netos de Ugolino, e não filhos. Por parte de mãe, ambos eram netos do Rei Enzo (filho de Frederico II). Os filhos de Ugolino eram Gaddo e Uguiccione.

9 Esta linha pode significar que Ugolino comeu a carne das crianças. De qualquer modo, por mais pungente que fosse sua dor, o sofrimento causado pela fome era maior.

10 *País onde soa o Sì*: a região da Toscana, sendo *sì* o italiano para "sim". Em *Inferno* XVIII. 61, os bolonheses são descritos como as pessoas que dizem *sipa*.

11 *Gorgona* e *Capraia*: Ilhas não muito longe da foz do Arno.

12 Ver nota da linha 38.

13 Eles estão em Ptolomeia, a terceira divisão do Nono Círculo, que é designada aos traidores aos seus amigos, aliados ou convidados (hóspedes). Apenas as faces das sombras estão livres do gelo. Esta divisão recebe o nome do hebreu Ptolomeu, filho de Abubo, adepto das medidas antijudaicas do rei selêucida Antíoco IV Epifânio (ver nota em *Inferno* XIX. 86). Ptolomeu assassinou em 166 a.c. o sumo sacerdote Simão Macabeu, que era seu sogro, além de seus cunhados Matatias e Judas, durante um banquete. *"O filho de Abubo, que planejava uma traição, os recebeu na fortaleza chamada Doc, que ele próprio tinha construído. Ofereceu-lhes um grande banquete, colocando aí alguns homens de emboscada. Quando Simão e seus filhos já estavam embriagados, Ptolomeu e seus companheiros se levantaram, puxaram de suas armas, atacaram Simão na sala do banquete e o mataram, juntamente com seus dois filhos e alguns da sua comitiva. Assim, Ptolomeu praticou um grande crime, pagando o bem com o mal."* (*I Macabeus* XVI – livro presente apenas nas edições católicas da *Bíblia Sagrada*, como a *Edição Pastoral*. Ver em *Referências Bibliográficas*).

14 Na época de Dante, acreditava-se que o vento era causado pela exalação do vapor.

15 Dante vai até o fundo do *Inferno* de qualquer maneira, e sua promessa não passa de um trocadilho.

16 *Frei Alberigo*: Alberigo Manfredi, senhor de Faenza, que mais tarde se tornou um dos Frades Gaudentes (consulte *Inferno* XXIII. 103). No decorrer de uma disputa com seu parente Manfredo, ele foi golpeado na cabeça por uma caixa pesada. Fingindo ter perdoado o insulto, ele

convidou Manfredo com um filho pequeno para jantar em sua casa, tendo primeiro providenciado que, quando os convidados terminassem a carne e pedissem frutas, eles fossem atacados por homens armados. "O fruto de Frei Alberigo" passou a ser um dito popular na Itália.

17 Átropos: O Destino, que corta o fio da vida e separa a alma do corpo. A ideia da possessão demoníaca do traidor pode ter sido tirada das palavras do Evangelho: "e depois do bocado, Satanás entrou em Judas" (*João* XIII, 27).

18 *Branca d'Oria*: Um nobre genovês que em 1275 matou seu sogro Michael Zanche (*Inferno* XXII. 88) enquanto a vítima se sentava à mesa como seu convidado. Branca d'Oria ainda estava vivo e viveu tempo bastante o suficiente para ler ou ouvir sobre a *Divina Comédia* – e saber que Dante acorrentou sua alma no *Inferno*.

19 Um primo ou sobrinho de Branca d'Oria foi cúmplice dele no assassinato de Michel Zanche. A vingança veio sobre eles tão rapidamente, que suas almas mergulharam em Ptolomeia antes mesmo que Zanche desse seu último suspiro e sua sombra descesse para o Malebranche (Oitavo Círculo).

20 *A alma mais negra de Romagna*: o Frei Alberigo.

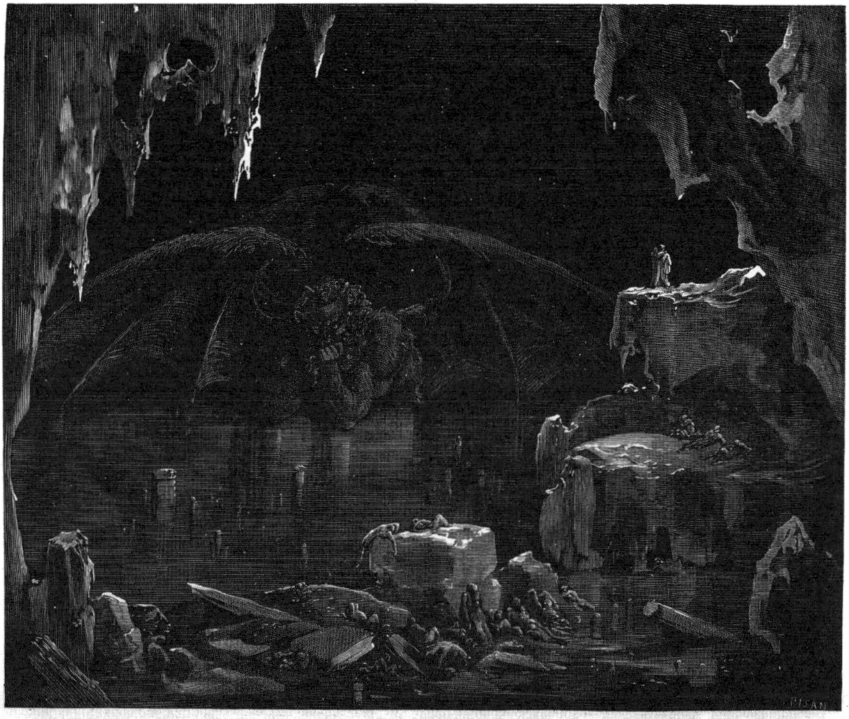

Canto XXXIV

NONO CÍRCULO: LAGO CÓCITO. JUDECA (TRAIÇÃO CONTRA OS BENFEITORES) – LÚCIFER – O CENTRO DA TERRA

"*Vexilla regis prodeunt inferni,*[1]
Aqui estamos; fique com os olhos atentos",
Meu Mestre ordenou, "e veja se consegue discernir algo."

Assim como o vento sopra quando a neblina é densa,
Ou quando nosso hemisfério escurece com a noite,
E um moinho de vento parece girar, visto ao longe,

Eu parecia captar a visão de tal estrutura;
E, então, para escapar do forte vento, eu retrocedi
E fiquei atrás do meu Guia, pois não havia outro abrigo.

10 Agora eu estava – e com medo escrevo esses versos –
Ali, onde as almas estavam totalmente congeladas
Mas visíveis como pedaços de palha no vidro.[2]

Alguns estavam em pé, e outros deitados,
Alguns com a cabeça voltada para cima, outros para baixo;
E alguns com o corpo dobrado, como um arco.

Nós continuamos andando mais adiante,
Quando meu Mestre disse que eu deveria contemplar
A criatura de semblante outrora tão doce.[3]

Ele deu um passo para o lado e me parou, dizendo:
20 "Veja, este é Dite. E este aqui é o lugar
Onde você deve ter mais coragem e ser mais forte."

Não me peça, leitor, para descrever
O quanto eu estava tremendo, horrorizado,
Porque todas as palavras do mundo seriam poucas.

Eu não estava morto, mas também não estava vivo;
Pense por você mesmo, se tiver o engenho,
Pois eu estava privado de vida e de morte.

O Imperador desse reino atormentado
Estava livre, fora do gelo, do peito para cima;
30 E, perto dele, um gigante se sentiria pequeno como eu.

Pois seu braço era maior que um gigante inteiro;
Julgue, então, qual seria o verdadeiro volume
E a verdadeira proporção de tal membro.[4]

Se um dia ele foi belo, como agora é hediondo,
E, ainda assim, ergueu sua face contra o Criador,
Então é dele que realmente flui todo o mal.

Oh, como fiquei terrivelmente surpreso
Quando eu vi três rostos[5] saírem de sua cabeça!
O primeiro, bem vermelho, olhava para a frente;

40 E juntavam-se a ele outros dois,
Um rosto subindo de cada ombro,
Até se unirem os três, no alto da cabeça.

O lado direito tinha um tom entre branco e amarelo;
O lado esquerdo era negro, como aqueles do país
Que fica além do vale, onde chegam as enchentes do Nilo.

Duas asas poderosas se erguem abaixo de cada rosto,
Tão amplas quanto se imagina, para um pássaro tão imenso;
Nunca vi um navio com velas tão largas.

Não eram emplumadas, mas desenhadas ao estilo
50 Das asas de um morcego; e ele as agitava,
De modo que elas produziam um vento triplo.

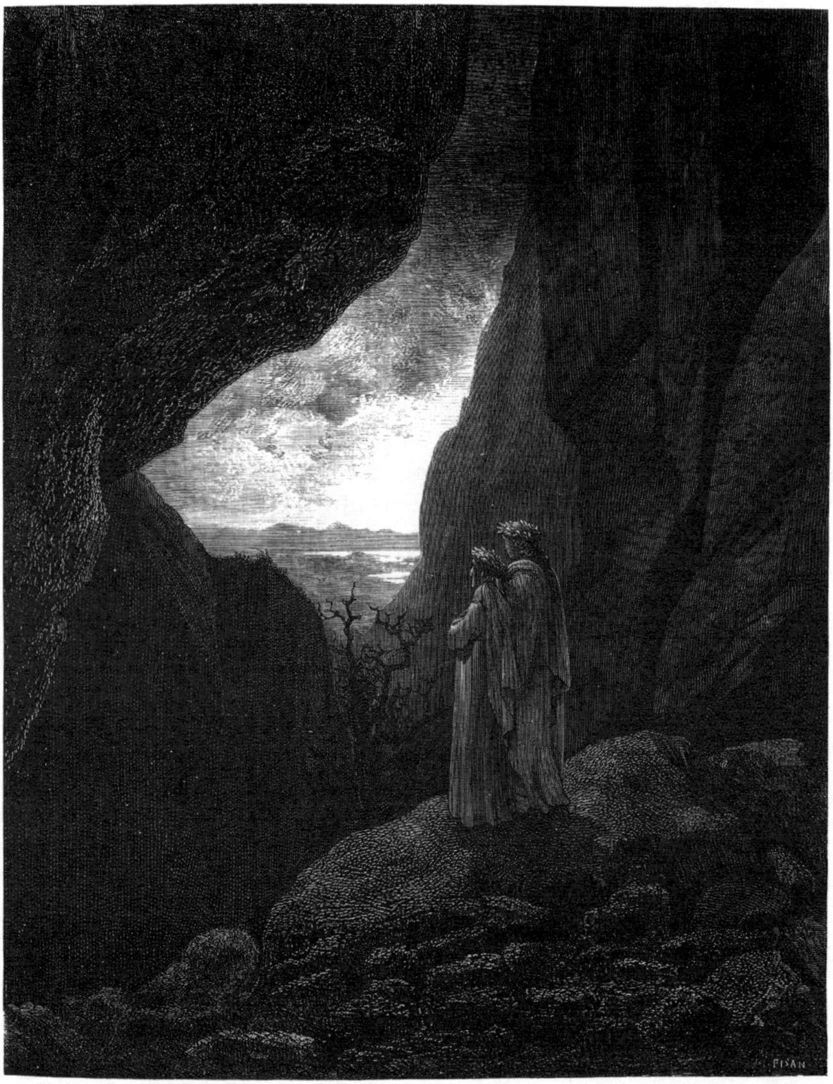
PISAN

É por esses ventos que o Cócito se congela.
Seus três queixos gotejam eternamente as lágrimas
De seus seis olhos, e se misturam à sua baba sangrenta.

Em cada boca havia um pecador sendo rasgado
Por dentes que retalhavam como um moedor;
Assim, ele fazia sofrer três de uma vez.

Para o que estava na frente, ser mastigado era pouco;
Ele era arranhado e esfolado continuamente,
60 Até que sua espinha dorsal ficasse totalmente sem pele.

"Aquela alma lá em cima, que sofre com a maior dor,
É Judas Iscariotes, com a cabeça entre os dentes."
Disse meu Mestre. "Suas pernas ficam para fora,

Mas os outros dois ficam de cabeça para baixo.
Bruto é o pendurado pelo rosto negro:
Veja como ele se contorce, mas nunca se queixa.

O outro, o mais forte deles, é Cássio.[6]
Filho, a noite está caindo, e devemos partir;[7]
Pois já vimos tudo o que havia para ser visto."

70 Conforme ele me ordenara, agarrei-me ao seu pescoço;
E ele ficou aguardando pela melhor oportunidade.
E, quando aquelas asas negras se abriram,

Ele alcançou as costelas peludas e as agarrou.
E assim, de tufo em tufo, fomos escorregando
Entre o pelo emaranhado e a crosta congelada.

Nós descemos até a anca protuberante,
Para onde está a articulação do quadril; e então
Meu Guia, em um esforço penoso e supremo,

Virou de ponta-cabeça em direção às pernas do monstro,
80 Agarrou os pelos com força, e voltou a subir;
E pensei que voltaríamos novamente para o Inferno.[8]

"Segure-se firme em mim; vamos ter que escalar",
Disse meu Guia, ofegante, como um homem exausto;
"Está na hora de nos despedirmos dessa miséria."

Então ele deslizou por uma fenda na rocha,
E colocou-me na borda, onde me sentei;
E então, de forma hábil, subiu para perto de mim.

Eu levantei meus olhos, ainda esperando ver
O rosto de Lúcifer, como eu o vira pela última vez;
90 Mas, ao invés, eu estava debaixo de suas pernas e pés.

E nessa hora fiquei em total perplexidade,
Como as pessoas mais ignorantes; pois eu não entendia
Por onde era que eu tinha acabado de passar.

"Levante-se", meu Mestre me disse;
"O caminho é longo, e a subida acidentada,
E o Sol já está brilhando no meio do céu."⁹

Não estávamos no salão de nenhum palácio,
Mas sim um calabouço, feito por mãos da natureza,
Áspero sob os pés, e muito pobre em luz.

100 "Antes de finalmente escaparmos desse abismo,
Ó Mestre meu", disse eu, agora de pé,
"Ajude-me a entender o que acabei de presenciar.

Onde está o gelo? Como é que agora vemos o Cujo
Assim, de cabeça para baixo? E como pôde o Sol,
Em tão pouco tempo, passar da noite para o dia?"

E ele para mim: "Você ainda pensa que está
Do outro lado da Terra, onde me agarrei
Aos pelos do vil verme que carcome o mundo.

Estávamos lá, enquanto íamos em curso descendente;
110 Mas, quando viramos, passamos pelo ponto
Para o qual, de todas as partes, convergem todas as coisas.

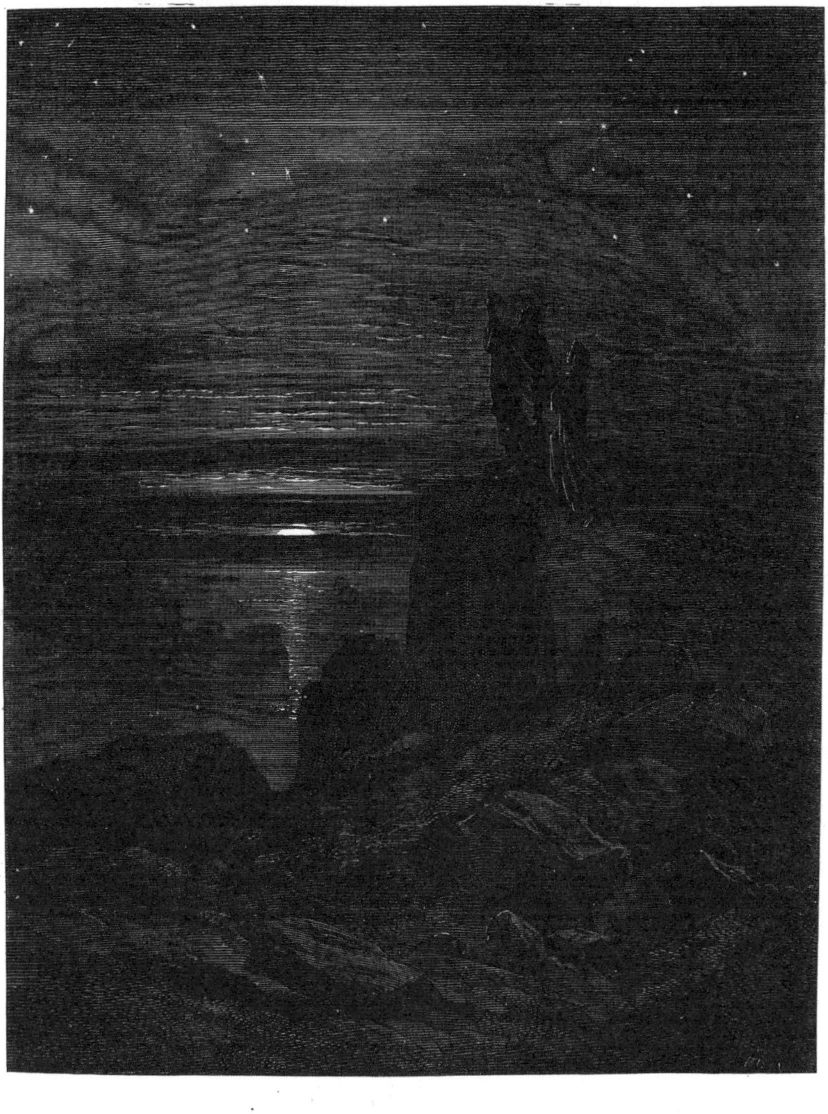

E agora nós estamos no outro hemisfério,
Oposto àquele recoberto pelas grandes terras secas,
E sob cujo zênite[10] morreu o Homem

Cujo nascimento e vida foram sem pecado.[11]
Nossos pés estão firmes sobre a pequena esfera
Que corresponde ao lado oposto da Judeca.

Quando aqui é manhã, lá é noite;
E aquele, cujos pelos nos serviram de escada,
120 Ainda continua preso lá, como antes.

Foi deste lado que ele caiu de cabeça do Céu;
E a terra, que aqui antes era abundante,
Escondeu-se no oceano, por medo dele,

E emergiu do outro lado, sob nosso hemisfério.
A terra que restou deste lado, para fugir dele,
Elevou-se em um monte e deixou este vazio."[12]

Existe um lugar, um ponto remoto,
Bem distante do sepulcro de Belzebu,[13]
Que não se consegue ver, mas apenas ouvir

130 Pelo murmúrio de um riacho que ali corre.[14]
Ele desce por um canal, erodindo as rochas,
E a inclinação de seu curso é muito suave.

Meu Guia e eu prosseguimos nossa jornada
Para o mundo claro, por essa estrada escondida;
E seguimos, sem nenhuma intenção de descansar,

Ele na frente, eu atrás, sempre subindo.
Vi coisas belas no céu, pela primeira vez,
Reveladas a mim através de uma fenda aberta;

E, quando por fim saímos, vimos outra vez as estrelas.[15]

Notas

1. *Vexilla regis prodeunt inferni*: "As bandeiras do Rei do Inferno". As palavras são adaptadas do hino católico *Vexilla regis prodeunt*, entoado na Semana Santa; e elas nos preparam para encontrar Lúcifer, o oponente do Imperador que reina nas alturas (*Inferno* I. 124).

2. Estamos na quarta divisão ou anel do Nono Círculo. Aqui são punidos os culpados de traição aos seus senhores legítimos, ou aos seus benfeitores. Por causa de Judas Iscariotes, o arqui-traidor, a região leva o nome de Judeca.

3. Lúcifer, culpado de traição contra o Altíssimo, em *Purgatório* XII. 25 é descrito como a criatura mais nobre de todas as criaturas. Virgílio o chama de *Dite*, o mesmo nome que usou para Pluto na *Eneida*.

4. O braço de Lúcifer era mais longo do que a estatura de um gigante. Os gigantes tinham mais de quinze metros de altura – dez vezes a estatura de um homem (*Inferno* XXXI. 60). Se o braço de um homem tem um terço de sua estatura, então Lúcifer é trinta vezes mais alto que um homem, isto é, ele deve ter 45 metros de altura ou mais.

5. Pelas cores das três faces são representados os três continentes conhecidos na época: vermelho (Europa), amarelo (Ásia) e preto (África). Os rostos também simbolizam a Mentira, a Tirania e o Ódio Primordial, atributos opostos à Sabedoria, o Poder e o Amor Primordial da Santíssima Trindade (*Inferno* III. 5).

6. *Judas Iscariotes, Bruto e Cássio*: assim como Judas foi culpado de alta traição contra Jesus, Bruto e Cássio Longino foram culpados do mesmo crime contra Júlio César, escolhido e ordenado por Deus para fundar o Império Romano. Como o grande rebelde contra a autoridade espiritual suprema, Judas merece a dor mais violenta.

7. É sábado à noite, e completam-se vinte e quatro horas desde que eles entraram pelo portão do Inferno.

8. Virgílio, agarrando-se ao corpo peludo de Lúcifer, desce o espaço escuro e estreito entre ele e o gelo, até o Centro da Terra. Aqui ele vira de ponta-cabeça, de modo a ter os pés voltados para o centro. Dante está sendo carregado e, não podendo ver nada na escuridão, pensa que eles estão voltando para o *Inferno*. A dificuldade de Virgílio em se virar e escalar as pernas de Lúcifer decorre de estarem no centro gravitacional da Terra, para o qual convergem todas as coisas, de todas as partes (ver linha 111). Ao saírem do buraco, eles estão no hemisfério sul.

9. Agora são sete e meia da manhã. A noite estava começando quando eles saíram da Judeca, e o dia já está avançado no hemisfério sul. A jornada que os espera é longa, pois eles têm que voltar à superfície da Terra.

10. Jerusalém é considerada o ponto central do hemisfério norte – uma opinião fundada em *Ezequiel* V. 5:

"Coloquei Jerusalém no meio das nações e países ao seu redor."

11 *O Homem*: O nome de Cristo não é mencionado no *Inferno*.

12 Na queda de Lúcifer do céu, toda a terra seca do hemisfério sul fugiu dele sob o oceano e se refugiou no hemisfério norte. O solo restante, na linha direta do tombo de Lúcifer até o Centro da Terra, se amontoou no Monte do Purgatório – a única terra seca que restou no hemisfério sul.

13 O *Inferno*, tumba de Satanás e todos os ímpios.

14 Este é o rio Letes, um dos rios do Paraíso terrestre (*Purgatório*).

15 *As estrelas*: Cada uma das três divisões da *Divina Comédia* termina com as palavras *le stelle* ("as estrelas"). Estas aqui mencionadas, como veremos em *Purgatório* I, são as estrelas do amanhecer. Foi logo após o nascer do sol que eles começaram sua ascensão à superfície da Terra; então eles gastaram quase vinte e quatro horas na jornada – o mesmo tempo que levaram para percorrer o *Inferno*. Esta é a manhã do Domingo de Páscoa. Ver *Inferno* XXXI. 112.

Referências Bibliográficas

OBRAS CONSULTADAS PARA ELABORAÇÃO DAS NOTAS EXPLICATIVAS

a) Edições anteriores da Divina Comédia

ALIGHIERI, Dante. *La Divina Commedia*. In: Dante: Tutte le opere. Roma: Newton Compton, 2008.

ALIGHIERI, Dante. *A Divina Comédia: Inferno, Purgatório e Paraíso*. Tradução para o português e notas de Ítalo Eugênio Mauro. Edição bilíngue (português/italiano). São Paulo: Editora 34, 1998.

ALIGHIERI, Dante. *The Divine Comedy*. Tradução para o inglês e notas do Rev. Henry Francis Cary. Londres, 1814.

ALIGHIERI, Dante. *The Divine Comedy*. Tradução para o inglês e notas de Henry Wadsworth Longfellow. Cambridge (Massachussets),1867.

ALIGHIERI, Dante. *A Divina Comédia*. Tradução para o português e notas de José Pedro Xavier Pinheiro. São Paulo: Atena, 1955.

ALIGHIERI, Dante. *A Divina Comédia*. Adaptação em prosa (português) e notas de Eugênio Vinci de Moraes. São Paulo: L&PM, 2016.

ALIGHIERI, Dante. *A Divina Comédia: Inferno*. Adaptação em prosa (português), ilustrações e notas de Helder L. S. da Rocha. Publicado gratuitamente em: stelle.com.br, 1999.

ALIGHIERI, Dante. *A Divina Comédia: Purgatório*. Adaptação em prosa (português), ilustrações e notas de Helder L. S. da Rocha. Publicado gratuitamente em: stelle.com.br, 2000.

b) Obras clássicas

ALIGHIERI, Dante. *Convívio*. Tradução para o português e notas de Emanuel França de Brito. São Paulo: Companhia das Letras, 2019.

ALIGHIERI, Dante. *Convivio, De Vulgari Eloquio, Epistola a Cangrande e Vita Nuova*. In: Dante: Tutte le opere. Roma: Newton Compton, 2008.

ALIGHIERI, Dante. *La Vita Nuova*. Tradução para o inglês e notas de Dante Gabriel Rossetti. Londres: Smith & Elder, 1861.

BÍBLIA SAGRADA. Edição Pastoral. Tradução para o português de Ivo Storniolo, Euclides Martins Balancin e José Luiz Gonzaga do Prado. São Paulo: Paulus, 1990.

BÍBLIA SAGRADA. Edição Revista e Corrigida. Tradução para o português de João Ferreira de Almeida. São Paulo: Sociedade Bíblica do Brasil, 1969.

BOCCACCIO, Giovanni. *Decameron*. Tradução para o português de Ivone C. Benedetti. São Paulo: L&PM, 2013.

CÍCERO, Marco Túlio. *Sobre a Amizade [De Amicitia]*. Tradução para o português de Alexandre Pires Vieira. São Paulo: Montecristo, 2020.

CÍCERO, Marco Túlio. *Dos Deveres [De Officiis]*. Tradução para o português e notas de João Mendes Neto. São Paulo: Edipro, 2019.

HOMERO (Ὅμηρος). *Ilíada*. Tradução para o português de Manuel Odorico Mendes. São Paulo/Campinas: Ateliê Editorial/Unicamp, 2008.

HOMERO (Ὅμηρος). *Odisseia*. Tradução para o português e notas de Jaime Bruna. São Paulo: Cultrix, 2006.

LUCANO, Marco Aneu. *Pharsalia*. Tradução para o inglês de Jane Wilson Joyce. New York: Cornell University, 1993.

LUCANO, Marco Aneu. *Farsália* (Cantos I a V). Tradução para o português de Brunno Vinicius Gonçalves Vieira. Campinas: Unicamp, 2011.

OVÍDIO (Públio Ovídio Naso). *Metamorfoses*. Tradução para o português de Domingos Lucas Dias. Edição bilíngue (português/latim). São Paulo: Editora 34, 2017.

VIRGÍLIO (Públio Virgílio Maro). *Eneida*. Tradução para o português de Manuel Odorico Mendes. Edição bilíngue (português/latim). São Paulo: Montecristo, 2017.

c) Outras obras consultadas

BASSETTO, Bruno Fregni. *Elementos de Filologia Românica*. São Paulo: Edusp, 2005.

BOSCO, Umberto (org.). *Enciclopedia Dantesca*. Roma: Istituto della Enciclopedia Italiana, 1973. Disponível em: treccani.it/enciclopedia/elenco-opere/Enciclopedia_Dantesca.

GLASSIER, John. *Guia para os clássicos: A Divina Comédia* (Guide to the Classics: Dante's Divine Comedy). Tradução para o português de Thiago Oyakawa. Organização de Frances di Lauro. Edição bilíngue (português/inglês). Disponível em: mojo.org.br, 2017.

GIUNTI, Carlo (org.). *Parola Chiave: Dizionario di Italiano per Brasiliani*. São Paulo: Martins Fontes, 2007.

GUERINI, Andréia e GASPARI, Silvana de (orgs.). *Dante Alighieri: língua, imagem e tradução*. São Paulo: Rafael Copetti, 2015.

HOUAISS. *Dicionário da Língua Portuguesa*. São Paulo: Objetiva, 2009.

WITTE, Karl. *Essays on Dante* [Dante-Forschungen]. Tradução para o inglês de C. Mabel Lawrence e Philip H. Wicksteed. Norderstedt: Hansebooks, 2016.

Compartilhando propósitos e conectando pessoas

Visite nosso site e fique por dentro dos nossos lançamentos:
www.gruponovoseculo.com.br

facebook/novoseculoeditora
@novoseculoeditora
@NovoSeculo
novo século editora

gruponovoseculo.com.br

Edição: 1ª
Fonte: Bressay Display